HEYNE

MAREN WINTER

Das Erbe des Puppenspielers

ROMAN

WILHELM HEYNE VERLAG
MÜNCHEN

HEYNE ALLGEMEINE REIHE
Band-Nr. 01/13841

Umwelthinweis:
Dieses Buch wurde auf
chlor- und säurefreiem Papier gedruckt.

2. Auflage

Redaktion: Monika Köpfer
Originalausgabe 08/2003

Der Wilhelm Heyne Verlag ist ein Verlag
der Ullstein Heyne List GmbH & Co. KG
Printed in Germany 2003
Umschlaggestaltung: Hauptmann und Kampa Werbeagentur,
München-Zürich unter Verwendung des Gemäldes
DIE DREI LEBENSALTER DES MENSCHEN
von Giorgione, 1510
Gesetzt aus der Sabellicus
Satz: Buch-Werkstatt GmbH, Bad Aibling
Druck und Bindung: Elsnerdruck, Berlin
http://www.heyne.de

ISBN: 3-453-87030-1

Gewidmet dem geduldigsten aller Vorleser,
meinen Geliebten und Ehemann
Willi Winter

INHALT

Verehrte Richter, Ihr könnt mich nun fortschaffen, mir in einem dunklen Winkel den Garaus machen und versuchen, mein ungebührliches Verhalten zu vergessen. Doch dazu ist auch später noch Gelegenheit.

Ich glaube nicht, dass ich, Meginhard, ein Künstler bin, noch dass ich jemals einer war. Weder der Heilige Geist noch ein Teufel hat je aus mir gesprochen. Das kann ich bezeugen, denn alles, was ich tat, habe ich selbst entschieden. Jeder Mensch bestimmt allein über seine Taten; selbst Hexen und Zauberer handeln eigenständig, und auch unsere guten Mönche werden von keiner Vorsehung gelenkt. Ich behaupte das ohne Furcht, denn mich plagt keine Sorge um mein Seelenheil; ich wünsche mir kein Leben nach dem Tode. So viele Wunder habe ich gesehen, so viele schuf ich selbst, und nun bin ich müde zu glauben.

Auch Euch Richter fürchte ich nicht, die Ihr Ehrlichkeit verlangt und einen Meineid fordert. Ich werde niemandem Rechenschaft ablegen außer mir selbst, denn es gibt keinen Menschen, keinen Geist und keinen Gott, der in meine Seele eindringen könnte.

Jetzt fürchte ich nur noch das Schwinden meiner Kraft, die ich so dringend brauchen werde, falls Ihr Euch entschließen solltet, mich freizugeben. Noch zittern die Spieler vor meinem Urteil und buhlen um meine Gunst, denn noch kann meine Stimme sich erheben und mein Haar als dunkel gelten, wenn es auch mit grauen Flecken gemustert ist. Schon lange leugne ich die Schmerzen in meinem Rücken, in der Nacht flieht mich der Schlaf, und während der Darbietungen überfällt mich unentrinnbare Müdigkeit.

Doch ich kenne die Spieler und brauche nicht zu sehen, was sie tun. Wahllos zitiere ich sie zu mir, rüge sie ob ihrer Trägheit und gräme mich über ihr Unvermögen, bis sie ihre Blicke in die Erde bohren und jede Strafe auf sich nehmen, die ich, Meginhard, ihnen zu meiner eigenen Bequemlichkeit auferlege.

Denn die Menschen wollen geführt werden. Ist der Herr freundlich zu ihnen, verwandeln sie sich in unersättliche Bestien und machen ihm das Leben zur Hölle. Ist der Herr schwach, lassen sie ihn im Graben liegen und geifern nach seiner Habe. Bedient er sich aber ärgerer Hand, ist ungerecht und grob, dann vertrauen sie ihm, sind glücklich unter seinem Schutz und gehorchen gern. Und die Menschen wollen betrogen werden. Sie fürchten den Wandel, da er sie frei machen könnte. Sie fürchten die Freiheit, da sie selbst entscheiden müssten. Sie fürchten sich zu entscheiden, da sie irren könnten. Schafe sind sie und folgen dem, der eindrucksvoll zu blöken versteht. Sie ducken sich vor Drohungen und gieren nach armseligen Vergünstigungen. Die Könige ebenso wie die Knechte.
Weil sie sich so ängstigen, küssen sie jedem die Hand, der ihnen zukünftiges Heil verspricht.
Darum habe ich alle Talente genutzt, die mir zur Verfügung stehen, und ich tue es noch. Ich bin niemandem Dank schuldig für diese Talente, denn ich selbst habe sie gefördert und gepflegt.
Sie machten mich zu dem, was ich jetzt bin.

Ich bin der Herr über die Darsteller.
Ich bin der Herr über die Hölle und das Himmelreich.
Ich bin der Herr über Glück und Elend aller Menschen, die mir zusehen.
Ich bin Tokkenspieler.«

Sacramentale qualiter promitto ego
In einem heiligen Eid verspreche ich

Ich war noch klein, als Mutter uns verließ.

Ein Versteckspiel, hatte sie gesagt, und mich in die Vorratskammer gestoßen. Wenn ich mich still verhielt, würde ich Honig bekommen. Der Verschlag war dunkel, aber durch eine Ritze konnte ich die Hütte überblicken. Rötlicher Schein von der Feuerstelle flackerte über unsere zerstreute Habe. Auf den Steinen davor hatte Mutter sich eben noch die Füße gewärmt.

Jetzt lag sie rücklings im Stroh, und ein Blutfaden sickerte in ihr Haar. Einer der Krieger stand breitbeinig neben ihrem Kopf. Seine Stiefel reichten ihm bis über die Knie, und an seinem Gürtel baumelte die leere Scheide. Blonde Wellen umrahmten sein Gesicht, und um den Helm trug er einen metallenen Reif, der gleißte und blendete.

Die Spitze seines Schwertes machte eine kleine Delle in Mutters Hals. »Diese Klinge ist berühmt, wusstest du das? Sie heißt Durendal und ist sehr durstig. Falls du noch länger schweigst, wird sie dein Blut trinken.« Er schob die Schneide unter Mutters Tunika. Ein leichter Ruck, und der mürbe Stoff zerriss. Der Ritter trat einen Schritt zurück und betrachtete sein Werk. »Los, Meginher, du bist dran. Bring sie zur Vernunft, du hast dich oft genug deiner Erfolge bei den Weibern gebrüstet.«

Meginher beugte sich so weit vor, dass ich ihn sehen konnte. Seine roten Zöpfe baumelten über Mutters Haut. Er hielt sich nicht damit auf, die Handschuhe auszuziehen, sondern wischte den Stoff zur Seite und stieß seinen Finger in ihren Unterleib. Sie schrie, und ihr Körper bäumte sich auf. Mit Wucht trat er in ihre Lende.

Mutter krümmte sich zur Seite. Ihr Blick huschte für einen Moment zu mir in den Verschlag.

Nur nicht hinsehen.

Das viereckige Stück Himmel in der Tür war schon fast schwarz gefärbt. Die Sterne verschwammen vor meinen Augen und streckten lange Spitzen aus. Ich blinzelte, um die Tränen wegzudrücken, und umklammerte die glänzende Fibel, die Mutter mir zum Spielen um den Hals gehängt hatte.

»Lass sie los.« Die Stimme klang ruhig, fast sanft. Sie gehörte einem hoch gewachsenen Mann, den die anderen Gerrich nannten. Er lehnte an der Wand und knetete unablässig seine weißen Finger. »Warum leugnest du, dummes Weib? Alle wissen, dass Karlmann bei dir war.«

»Bitte lasst mich. Mein Sohn wurde viel früher geboren, als man Euch erzählt hat. Ja, er ist ein Bastard, aber was soll ein Bauernmädchen tun, wenn es den Herren nach ihm gelüstet.«

Gerrich kam näher, griff Mutter am Kinn und zog ihren Kopf in die Höhe. Seine Finger quetschten ihre Wangen, so dass ihre Lippen sich wie ein Fischmaul nach vorne schoben.

»Mir ist es gleich, mit wem du dich im Stroh gewälzt hast. Aber jetzt rüsten Franken gegen Franken. Karlmann muss sterben und mit ihm seine Brut. Überlasse uns den kleinen Bastard, dann soll weder dir noch deinem Ältesten ein Leid geschehen.«

An meinen Beinen rann Flüssigkeit hinab.

Wollten sie denn mich?

Niemals hatte sich irgendjemand für mich interessiert. Wenn nach jemandem verlangt wurde, dann nach meinem Bruder, nach Ansgar mit seinen harten Muskeln und dem widerborstigen Strohhaar. Ansgar, den die Nachbarjungen fürchteten und gleichzeitig verehrten. Ansgar, der mich beschützte, wenn meine vorlaute Zunge schneller gelaufen war, als meine Beine rennen konnten. Wenn er allerdings gezwungen wurde, mich auf seine Streifzüge mitzunehmen, ließ er keine Gelegenheit aus, mich zu puffen und zu stoßen, aber das war sein Recht, denn er zählte mindestens zwei Sommer mehr als ich.

Mutters Stimme wurde schrill. »Ich schwöre, ich habe nur einen Sohn, und der stammt von einem Lehnsherrn aus dem Norden ...«

Es roch nach scharfem Schweiß und nach Erregung. Ich konnte Gerrich in die Augen blicken, als er über sie stieg. Das missfällige Gesicht schwappte auf mich zu. Ganz deutlich zeichneten sich seine hochgezogenen Unterlider ab, die Falte an seinem Mundwinkel, die Zunge in der blasigen Höhle.

Dann wich er wieder zurück, und verschwamm.

Kam mir entgegen, wich zurück ...

Ich drückte den Kopf zwischen die Knie. Wenn ich mich ruhig verhielt, würde ich Honig bekommen, das hatte Mutter versprochen.

Ihr Stöhnen klang wie aus weiter Ferne.

Neben mir auf dem Regal stand der tröstliche Topf. Vorsichtig angelte ich danach, und die klebrige Süße verdrängte den Salzgeschmack auf meinen Lippen.

Als die Bauern mit meinem Bruder zurückkamen, waren die Ritter längst fort, und Mutter hatte aufgehört, sich zu wehren. Ihre Hände lagen in ihrem Schoß, so leblos und schlaff wie die Falten ihres zerrissenen Gewandes.

* * *

Da standen wir nun, mein Bruder Ansgar und ich, unmündige Burschen, die ihre Bündel an die Brust pressten und sich vor der neuen Heimat fürchteten. Weit waren wir gefahren, immer gen Norden bis an den Rand des christlichen Reiches.

Gegen den weißen Himmel erhob sich die *civitas*, der Fronhof von Rinhausen, ein mächtiger Bau aus Stein, umgeben von unzähligen Ställen und Scheunen, Back- und Brauhäusern. Weit breitete sich das Salland aus, dessen Erträge allein dem Fronherrn zugute kamen. Im Osten drängten sich kleine Felder mit schiefen Hütten, die ein paar Kolonenbauern ermöglichten, ihr eigenes Brot zu essen. Von der Insel im Rhein klang die Klosterglocke herüber, und wir erahnten den Gesang der Mönche, die Tag und Nacht für unser Heil beteten. Dahinter aber drohte endlos der Wald. Dort hielten sich die Sachsen verborgen.

Der Hausmeier stieß uns durch das Tor. »Wir sind zu Hause«, sagte er. Das waren die ersten Worte, die er direkt an uns richtete, nachdem er uns in seine Obhut genommen hatte.

Eine Welle lärmender Geschäftigkeit rollte über uns hinweg. Wagen polterten, Kinder liefen schreiend umher, Pferdehufe klapperten, und dazwischen stoben die Hühner auseinander. Irgendwo wurden scharfe Befehle gerufen, und in einem offenen Verschlag hämmerte der Schmied ohrenbetäubend auf das Eisen. Die Luft war kalt, voll von Staub und fremden Gerüchen.

Ansgar streckte sich, und das Muster aus Lehm und Schmutz auf seinem Hals zog sich auseinander. Seine Tunika war mürbe und die Säume aufgerissen, der Stoff bedeckte nicht einmal seine Knie. Er besaß nichts anderes, sonst hätte er mir das kratzige Ding schon längst vererbt.

Ich fror. Bestimmt sah ich genauso schäbig aus.

»Du bist kräftig«, sagte der Hausmeier zu meinem Bruder, »ich denke, dass du zupacken kannst. Fürchtest du dich vor Pferden?«

»Vor Pferden? Bestimmt nicht, Meier.«

»Gut, dann melde dich beim Stallmeister.«

Ansgar stieg das Blut in die Wangen. »Wirklich? Im Pferdestall?«

»Dort hinten das helle Gebäude, worauf wartest du?«

»Danke, Meier«, sagte mein großer Bruder und rannte los.

Der hagere Mann sah ihm nach, er lächelte sogar ein wenig. Diese Regung erstarb, sobald er sich an mich erinnerte. Sein

Umhang schlotterte ihm um die Glieder, und das graue Haar sah aus, wie bei einem Vogel, der sein Gefieder sträubte. »Du kannst dir denken, dass weder der Fro noch die Frouwe einen schwächlichen Bastard durchfüttern wollen, der nicht einmal zur *familia* gehört.«

Beflissen schüttelte ich den Kopf.

Er starrte auf mich herab und sagte nichts.

»Ich bin nicht so schwach, wie ich aussehe, Meier, ich kann Wasser holen und Grütze kochen, ich habe auch schon Garben gebunden ...«

Keine Antwort.

»Bitte, Ihr dürft mich nicht fortschicken.«

»Vorerst dienst du in der Küche. Aber kein Wort über deine Herkunft, zu niemandem, sonst fliegst du von diesem Hof, noch ehe du blinzeln kannst.«

Was hätte ich von meiner Herkunft verraten können? Ich kannte weder den Namen meines Vaters noch den der *civitas,* in deren Schatten ich geboren worden war. Erleichtert verbeugte ich mich vor ihm und verharrte in dieser Haltung, bis er im Haupthaus verschwunden war.

Ratlos stand ich zwischen all den Fremden und wusste nicht, wohin ich mich wenden sollte. Zweimal versuchte ich, nach der Küche zu fragen, aber die Menschen eilten an mir vorüber, als hätten sie mich nicht gesehen.

Schließlich griff ich ein Mädchen am Ärmel. Es drehte sich um und blickte mich neugierig an. Noch nie war ich einem Mädchen begegnet, das so verdreckt herumlief. Ihre Glieder waren von oben bis unten mit angetrocknetem Lehm bekleckst, man konnte die ursprüngliche Farbe ihrer Kleider nicht mehr erkennen, und aus der verfilzten Zottelmähne bröselte Staub. Das Gesicht war streifig verschmiert, aber ihre Augen glänzten wie polierte Kastanien. Ich stammelte etwas von ›Küchenjunge‹, und sie brach in Gelächter aus.

»Du Mickerling willst Küchenjunge sein?«, gluckste sie.

»Ich heiße Gisela, und ich zeige dir lieber den Weg, sonst kommst du noch vor dem Essen unter die Hufe.«

Schon rannte sie los zu einem steinernen Nebengebäude. »Warte nur, in ein paar Wochen bist du fett wie Bertha.« Sie öffnete die Tür und schubste mich hinein.

Es duftete warm nach Suppe. Ein langer Tisch bestimmte das riesige Gewölbe. Hier wurden Fische geschuppt und Berge von Gemüse geschnitten.

An der Stirnseite stand der Koch, brummte Anweisungen und walkte kräftig den Teig. Seine Oberarme waberten dabei wie kalte Grütze. Ich überlegte, ob ich wohl zu ihm gehen und mich vorstellen musste. Doch da rollte aus dem dunstgeschwängerten Teil des Raumes eine Magd heran, ein mächtiges Weib, in dessen Busen man gewiss ersticken konnte. Das musste Bertha sein. Sie entdeckte mich und schob sich um den Tisch. »Wer ist das?«

»Mein Name ist Meginhard, der Meier hat gesagt, ich soll ...«

»He, Eigil!«, rief sie gellend. »Du bekommst Unterstützung. Der Bastard hier will dir das Wasser tragen.«

Sie klapste mir auf den Hintern, und ich flitzte um den Tisch herum, wo Eigil mich erwartete. Bis jetzt war er der einzige Küchenjunge gewesen, und er freute sich sichtlich, dass er einen Gehilfen bekam.

»Wer ist dein Vater?«, fragte er. Ich zuckte mit den Achseln, und Eigil grinste. »Das hab ich mir gedacht! Du trägst die Krüge, Bastard.«

Mein Name war für alle Zeit vergessen. Sie riefen ›Bastard‹, und ich hatte zu springen. Jeder schien das Recht zu haben, mich hin und her zu scheuchen, wie es ihm beliebte. Vor allem Bertha machte eifrig Gebrauch davon.

»So ist das nun mal«, sagte Eigil, »ein Bastard ist gerade gut genug für alles, was den anderen einfällt, er hat ja keinen Vater, der für ihn einstehen könnte. Du wirst schon sehen, wenn etwas daneben geht, hast du es getan. Selbst wenn du gar nicht in der Nähe warst, die Schuld bekommst du doch. Glaub mir, ich kenne das, und ich bin ehrlich froh, dass du jetzt hier bist, Bastard.«

Gehorsam stolperte ich durch meine Pflichten, so gut ich es irgend vermochte. Trotzdem konnte ich nicht die geringste Wertschätzung für meine Mühen erlangen. Ungeschickt, faul und dumm, nichts weiter als Dreck war ich. Nein, weniger als Dreck, denn dem wurde große Beachtung geschenkt. Immerhin schmeckte die Abendgrütze nach Milch und fetten Knochen, viel besser als ich es kannte.

Später richteten die Knechte ihr Nachtlager auf den Bänken ein, und den Mägden war der Platz am Kamin vorbehalten. Eigil und ich legten uns in eine freie Ecke. Stroh gab es nicht für uns, also streckte ich mich auf dem nackten Boden aus, schob mir mein Bündel unter den Kopf und begnügte mich mit einem Zipfel von Eigils Decke. Der Lärm an diesem Hofe ebbte niemals ab. Schnarchen erfüllte den Raum, einzelne Paare stöhnten unter ihren wollenen Tüchern, und draußen lärmten die Hunde, wenn sie die Tiere des Waldes witterten.

Die Kreuzfibel meiner Mutter baumelte noch immer an meinem Hals. Wie lange war es her, dass sie mir ihren Schatz gegeben hatte? Ich presste das kalte Metall an die Brust, bis es schmerzte, denn der Gedanke, dass es einen Abdruck auf meiner Haut hinterlassen würde, tröstete mich.

So sehr ich mich nach meinem Bruder sehnte, nach Anteilnahme oder nur danach, meinen Namen zu hören, ich fand keine Gelegenheit, Bertha zu entwischen. Es dauerte viele Tage, bis ich den Mut aufbrachte, heimlich zum Pferdestall zu schleichen.

Ansgar stand mit einer Forke in der Streu, ein eckiger Block verdichteter Muskeln, der fluchte und grimmig die Brauen zusammenzog. Die Pferde beeindruckte das nicht, sie rieben ihre Köpfe an seiner Schulter und schnaubten, wenn er sie aus dem Weg drückte.

»Meginhard!«, rief er, »das ist eine Überraschung!« Er warf die Gabel beiseite und kletterte mit mir auf den Heuboden. Kichernd zogen wir die Leiter hoch.

»Wo steckst du, fauler Sack?«, hörten wir aus der Tiefe. »Was wird aus dem Mist?«

Ich krabbelte zu Ansgar und flüsterte: »Soll er seinen Mist doch fressen, wenn er ihn stört.« Wie konnte ich ahnen, dass Ansgar meine Worte sofort lautstark nach unten weitergeben würde.

Der Stallmeister bellte vor Wut. »Wenn du nicht augenblicklich herunterkommst, wirst du meine Peitsche kennen lernen.«

»Ansgar, wir treffen uns lieber ein andermal. Du solltest gehorchen, bevor er seine Drohung wahr macht.«

»Sei nicht so ein Unglückshäher. Der beruhigt sich schon wieder, ohne mich würde er ja an seinem Mist ersticken.«

Mein Bruder kümmerte sich nicht weiter um die Verwünschungen des Stallmeisters, sondern wühlte seelenruhig nach einem Krug mit starkem Bier, den er im Heu versteckt hatte. Er nahm einen großen Schluck und streckte mir das Gefäß entgegen. Aber ich war unruhig. »Lange kann ich nicht bleiben, ich mache sowieso alles falsch, und wenn sie merken, dass ...«

»Man wird dir schon nicht den Hals umdrehen.« Er trank noch einmal und zog mich an seine Seite. »Immerhin leben wir jetzt im Hause eines mächtigen Fro, wenn sein Land auch schlammig ist und der Himmel darüber ewig grau. Auf jeden Fall haben wir hier mehr Gelegenheit, seine Gunst zu gewinnen, als wenn man uns auf die Felder geschickt hätte.«

»Gewiss, Ansgar, ich sage dir Bescheid, falls er sich in die Küche verirren sollte. Sogar die Frouwen kommen nur ganz selten ins Küchenhaus, und dann sprechen sie natürlich nicht mit mir. In ihrer Gegenwart muss ich den Kopf gesenkt halten, da kann ich höchstens versuchen, sie an den Füßen zu unterscheiden. Oder ich merke mir lieber ihren Wohlgeruch, besonders den der Tochter Hadelinda.«

Ansgar lachte. »Mit mir sprechen sie gottlob auch nicht, ich würde mir wohl vor Aufregung ins Hemd pissen. Ja, ich weiß, Hörige haben keine Ehre im Leib, und von einem Bastard ist schon gar kein Anstand zu erwarten, mit solchem Gesindel gibt man sich nicht ab. Aber die Krieger sehen jeden Tag, dass ich mit Pferden umgehen kann. Wenigstens den Knappen könnte auffallen, dass ich noch nie im Schlamm gelandet bin. Blinde Hohlköpfe allesamt. Ich werde wohl einen von ihnen verprügeln müssen, damit sie mich bemerken. Wenn ich nur einmal Schwert und Schild tragen dürfte, glaube mir Meginhard, sie hätten kein leichtes Spiel mit mir.«

»Sei lieber froh, dass du nicht kämpfen musst. Bertha sagt, dass Franken gegen Franken rüsten. Außerdem treiben sich hier im Norden Sachsen herum. Du willst doch nicht ernsthaft gegen die Heiden ziehen.«

»O Graus, die Sachsen kommen. Versteck dich lieber, du Hemdenscheißer, tu das, was du am besten kannst.« Er kam mir nahe und hechelte mir ins Gesicht. »Weißt du, was sie mit Hemdenscheißern anstellen, die Sachsen? Sie hängen sie überkopf in Bäume und lassen sie dort verschmachten, ein Geschenk für ihre Götter.«

Ich wandte mich ab, und Ansgar grinste. »Übrigens wird es keine Schlacht zwischen Franken geben. Karlmann ist tot.«

»Karlmann, der König?«

»Die Ritter behaupten, er sei krank gewesen, er starb an einem Blutsturz. Was für ein passendes Geschenk für Karl. Nun kann er sich die Krone seines Bruders kampflos aufs Haupt setzen.«

Vor meinen Augen erschienen grobe Stiefel und ein roter Bart, ich sah einen gleißenden Helm auf goldenen Locken, sah Blut und Feuerflackern. Gerrich, Meginher ... die Namen sausten um mich herum und auch die Drohung, König Karlmann zu töten, samt seiner ganzen Sippe.

»Ansgar, Karlmann hatte doch Söhne, sind die auch gestorben?«

»Nein, sie sind wohl zu Desiderius geflohen, ins Langobardenreich.«

»Dort sind sie sicher, nicht wahr? Du hast mir selbst erzählt, dass König Karl sich mit einer Langobardin vermählen will. Er darf sich nicht mit seinem Schwiegervater streiten.«

»So eine Heirat kann der Papst nicht zulassen. Desiderius wäre viel zu mächtig, wenn er die Franken durch Familienbande hinter sich wüsste. Die Ritter behaupten, dass Karl längst mit einer anderen buhlt. Unser neuer König duldet keine Rivalen neben sich. Sobald die Sachsen ihm ein wenig Ruhe gönnen, wird er die jungen Prinzen verfolgen. Das gibt ein Gemetzel. Wer weiß, vielleicht fällt ihm bei dieser Schlacht sogar die eiserne Langobardenkrone in die Hände.«

Mich schauderte. »Zum Glück sind wir bloß Hörige, die damit nichts zu schaffen haben.«

Über den Krug hinweg starrte Ansgar mich an. Plötzlich riss er mir die Fibel vom Hals und schleuderte sie quer über den Heuboden.

»Was tust du? Mutter hat sie mir gegeben.« Verstört krabbelte ich durch das Heu, um sie wiederzufinden.

»Dummer kleiner Scheißer!«, zischte Ansgar. »Wie soll ein Kolonenweib zu solchen Kostbarkeiten kommen? Das ist reicher Lohn für Hurendienste, und du, Meginhard, bist die verdorbene Brut!«

»Warum sagst du das? Ich bin dein Bruder.«

»Mein Bruder? Sieh dich an, fahle Augen und Krähenhaar! Welche Farbe wird wohl deine Seele haben? Nach dem, was du erzählt hast, ist Mutter deinetwegen tot. Aber du bist ja bloß ein Höriger und hast nichts damit zu schaffen!«

Meine Finger ertasteten das Metall und krampften sich darum.

Ansgar sackte auf die Knie. »Warum muss ich der Bastard einer losen Bauernhure sein? Wieso bin ich mit einem Bruder gestraft, dem Unheil an den Fersen klebt? Fluch über meinen namenlosen Vater, der mir feuriges Blut vererbte und mich nun im Mist wühlen lässt. Wenn ich daran denke, könnte ich heulen.«

Das tat er tatsächlich.

Ich krabbelte näher. »Ansgar ...«

Zögernd wischte ich sein klebriges Gesicht. Dann streichelte ich geduldig seinen Kummer fort, bis er nur noch wütende Schluchzer herauswürgen konnte. Er lehnte seine Stirn an meine Schulter und schlief ein.

Sogar jetzt hatte er einen harten Zug um den Mund, während auf den Wangen noch die Tränen trockneten. Ich verglich seine roten Pranken mit meinen schlanken Händen. Wir waren uns wirklich nicht sehr ähnlich. Er würde sicher einmal Krieger sein. Wenn nicht auf dem Schlachtfeld, dann zumindest unter den Knechten auf irgendeinem Hof. Ich hingegen war ein Unglückshäher, ein Hemdenscheißer, dem die Knie schlotterten, wenn er an den Koch dachte. Vorsichtig bettete ich meinen Bruder ins Heu und stahl mich über den dunklen Hof zurück in die Küche.

* * *

Am nächsten Morgen stand ich lange vor Bertha und ließ das Strafgericht ihrer klatschenden Hände über mich ergehen. Meine Wangen brannten bereits, aber sie hatte noch nicht genug und sperrte mich mit Wasser und Bürsten ins Hühnerhaus.

Der Gestank war so widerlich, dass ich nur flach zu atmen vermochte. Bei jeder Bewegung wirbelte beißender Staub, und überall flogen kleine Federn herum, die sich in meine Augen setzten.

Auf Stangen und Kästen hatten sich dicke Schichten von Kot gebildet, oben noch breiig, und darunter steinhart. Das Wasser verwandelte den frischen Mist in weißliche Brühe und hinterließ auf der harten Kruste nur einen schleimigen Film. Der Schmadder glibschte durch meine Zehen, die Arme bedeckten sich mit Staub, und meine Hände waren so beschmiert, dass ich den Dreck eher verteilte, statt ihn zu entfernen. Ich hielt nicht lange durch, sondern rutschte in den Matsch und heulte.

»Gib's auf, Bastard!«

Hinter einer Spalte in der Wand erschien Giselas feixende Grimasse. »Komm raus, aus dir wird nie ein richtiger Hahn!«

»Verschwinde!« Ich rutschte ein Stück weiter, damit sie mich nicht sah, aber sie hatte schon die nächste Ritze gefunden.

»Jetzt weiß ich, was du da drinnen machst. Du versuchst, Eier zu legen! Na, mein Hühnchen, wie viele sind es denn?«

»Verschwinde, verfluchte Göre!«

»Kommt alle her!«, rief Gisela. »Der Bastard hat ein Ei gelegt!«

Meine Finger krallten in den weichen Kot, ich nahm eine Handvoll und klatschte den Matsch durch den Spalt, wo Giselas hämisches Grinsen zu sehen war. Einen Augenblick lang blinzelte sie. »Das wirst du büßen!«

Sie verschwand, und ich hörte, wie der Riegel nach oben geschoben wurde. Die Tür knarrte in den Angeln, und in der Öffnung erschien die Silhouette einer Rachegöttin, die grausame Vergeltung zu üben gedachte.

»Man hat dich ja eingesperrt!«, sagte sie.

»Lass mich in Ruhe!«

Das tat sie aber nicht, im Gegenteil, sie kam herein und zog die Tür hinter sich zu. Mit schiefem Kopf versuchte sie, meine Miene zu erkennen.

»Geh weg! Starr mich nicht so an, ich bin völlig verdreckt.«

»Na, das bin ich auch, allerdings ohne diesen Gestank!« Ohne zu zögern ließ sie sich neben mich plumpsen. »Heule ruhig weiter, damit ich Mitleid haben kann. Man muss jemanden finden, dem es richtig schlecht geht, schon fühlt man sich selbst als Glückspilz. Die kleine Freude wirst du mir wohl gönnen. Dein Mund ist übrigens eckig, wenn du heulst, wusstest du das?«

Plötzlich sog sie scharf den Atem ein. »Au, ich hätte mir nicht die Augen reiben sollen, der Hühnermist brennt ja wie Feuer.«

»Warte Gisela, nicht wischen, ich habe Wasser.«

Sie hatte ihr Gesicht zusammengekniffen, so dass kreuz und quer kleine Fältchen entstanden. Ich tauchte einen Zipfel meiner Tunika ins Wasser und säuberte ihr die Wangen, die Nase und die Stirn. Unter meinen Fingern verwandelten sich ihre Züge, sie wurden weich und genossen das sanfte Streicheln. Als ich sagte, dass sie nun sauber sei, öffnete sie die Augen und lächelte. In ihrer linken Wange erschien ein winziges Grübchen. »Wieso haben sie dich eingesperrt? Ich kann mir gar nicht vorstellen, was du verbrochen haben könntest.«

Sie wollte mir wirklich zuhören. Dabei hatte sie genügend Freunde auf dem Hof. Sie war fröhlich und machte es den Menschen leicht. Außerdem wusste sie, wie man sich Respekt verschafft, sie scheute nicht einmal davor zurück, sich mit ihren Gegnern im Staub zu wälzen.

Mit klopfendem Herzen breitete ich mein Elend vor ihr aus. Ach, tat es wohl, den Kummer endlich zu teilen, und so wurde er fast bedeutungslos. Alles konnte ich mir von der Seele reden, und sie lachte nicht ein einziges Mal.

Danach erzählte sie selbst.

Ihr Vater arbeitete als Töpfer auf dem Hof. »Es ist schrecklich«, sagte sie, »immer hat man kalte, nasse Hände, der Tonmatsch spritzt überall hin, in die Kleider, in die Haare, du weißt ja selbst, wie ich aussehe. Heute sind beim Brand ein Dutzend Henkel abgefallen, ich hatte sie wohl nicht richtig verschlickert. Vater war wütend, er zerschlug alles, was ihm in die Finger geriet, nicht nur meine Becher. Die Arbeit von einer Woche ist hin. Jetzt sitzt er schwitzend in der Werkstatt und hofft, dass niemand die Scherben findet. Die Schuld wird er selbstverständlich mir geben, darum darf ich mich vorerst nicht blicken lassen.«

»Ich hoffe, dass er sich bald beruhigt«, sagte ich. Das war

ein ziemlich lahmer Trost, und er vermochte nicht, sie aufzuheitern. »Gisela, da fällt mir ein, er darf dich gar nicht verantwortlich machen. Schließlich bin ich der Bastard auf diesem Hof! Mit mir muss er schelten, das ist das einzige Recht, das ich habe, ich werde mich sofort beschweren.« Ich sprang entschlossen auf, und Gisela klammerte sich lachend an meinen Arm.

»Niemand darf mir einen ungerechten Tadel vorenthalten!«, rief ich. »Lass mich los, ich meine es ernst! Ich werde deinem Vater die Suppe versalzen, bis er um Gnade bettelt.«

»Gut, dann werde ich dir auch bei Bertha helfen!« Gisela leerte den Wassernapf und hockte sich darüber. Pling, pling tröpfelte ihr gelber Saft, und bald füllte ein entschiedener Strahl das Gefäß. Sie reichte es mir mit beiden Händen, als würde es Weihwasser enthalten.

»Für Berthas Morgenbier.«

Ich nahm ihr Geschenk an, und ich verwendete es sogar.

Von da an riss mich Gisela sicher aus jeder trüben Stimmung. Hand in Hand schmiedeten wir Rachepläne für unsere Peiniger, und wenn wir sie in Gedanken genügend geplagt hatten, sprachen wir sie glucksend von ihren Sünden los.

Seitdem ich eine Freundin auf dem Hof hatte, wagte ich immer häufiger, die dreisten Bemerkungen, welche mir reichlich auf der Zunge lagen, auch fallen zu lassen, wofür ich zwar meistens Kopfnüsse, aber zuweilen auch Gelächter erntete.

Was wollte ich mehr? Sollte doch der Boden zu Stein gefrieren und eisiger Nebel in den Spinnenweben glitzern, ich hatte meinen Platz an der wärmsten Stelle des Hofes und war entschlossen diese Gunst zu genießen.

* * *

Die Sonne hatte es eilig, den Winter zu vertreiben. Im Hornung weckte sie die ersten Insekten und im Lenzimanoth brannte sie schon. Leider besaß der Fro große Felder, und alle mussten nun umgebrochen werden.

Natürlich wurden die Kolonenbauern zum Frondienst gerufen, aber ihre Arbeit war genau bemessen, und sie kümmerten sich lieber um ihr eigenes Land. Außerdem war Folkrich dem Heerbann unterworfen. Er sandte eine große Anzahl Männer in den Norden, damit sie dem König zur Seite standen und elende Sachsen mit dem Schwert bekehrten.

So mussten Ansgar und ich auf das Salland hinaus, das Heer der hörigen Landarbeiter zu verstärken.

Tagelang blickte ich auf die glänzenden Rücken der Männer und das rhythmische Wiegen der Frouwen. Die Hacke rutschte in meinen Händen, der Schweiß lief mir in die Augen, und ich schlug blind nach schillernden Fliegen, die mir auf dem Gesicht herumkriechen wollten.

Ansgar schuftete an meiner Seite. Stur stieß er den Grabscheit in die Erde und ruhte nicht, bis der Meier uns eine Pause gönnte. Wie nur konnte er sich so verbissen plagen, ohne ein einziges Mal innezuhalten? Zu gerne hätte ich ihn mit einem Halm gekitzelt, damit er das herzlose Gleichmaß unterbrach. Doch das wagte ich nicht. Meine Füße waren noch schwarz von der letzten Flucht, und doch hatte er mir am Ende Käfer auf die Zunge gesetzt.

Endlich war gepflügt und gesät, und wir mussten einen langen Tag Zweige über die Erde ziehen, um alles einzuebnen. Nun hofften wir auf Regen und Sonne in rechtem Maß und flehten um Gottes Wohlwollen.

Unsere Mühe blieb umsonst.

Es regnete nicht.

Die Saat ging nicht auf, weder die unsere noch die der freien Kolonen.

Wir taten Buße für alle Sünden, die unseren lieben Herrgott vielleicht erzürnt haben mochten.

Nichts half.

Sogar die Pflanzen des Waldes litten unter der Dürre, und

im Fluss vertrocknete der Fischlaich zwischen raschelndem Schilf. So tief war das Wasser gesunken.

In den Ställen brüllte das Vieh vor Durst. Die Erde wurde hart wie Stein und bekam wunde Risse. Tag für Tag trugen wir Wasser zum Salland, doch es durchdrang die Scholle nicht, es sickerte in die Spalten und war fort.

Folkrich schenkte dem Kloster mehrere Hufen, damit die Mönche besser beten konnten, und der Priester verhängte strenges Fasten über uns. Niemand murrte darüber, denn im Frühjahr, da die Mieten leer standen und das Vieh dürr über den Winter gekommen war, konnten wir ohnehin nicht ans Schlemmen denken.

Die Bauern munkelten, dass die Heidengötter sich an uns rächen wollten, denn der König hatte die Irminsul zerstört, den heiligen Baum der Sachsen. Heidnische Dämonen hatten in jenem Stamm gehaust, nun fegten sie frei geworden über das Christenland und versengten unsere Erde.

Das Bauerngerede beeindruckte mich mehr als das der Priester.

Sobald ich mich abends zusammenrollte und die Augen schloss, konnte ich die Gestalten der Teufel vor mir sehen. Tief im Wald versammelten sie sich zu blutigen Ritualen. Zwischen schwanzschlagenden Ungeheuern tanzten sie hitzige Reigen, und ihr Gelächter klang wie Krähengeschrei, wenn sie um die Hütten zischten, um nach unschuldigen Schläfern zu spähen. Hatten sie einen gefunden, stürzten sie sich auf ihn, und ich sah, wie ihrem Opfer das Blut aus dem Munde brach.

So greifbar waren diese Bilder, dass ich sie Gisela anvertrauen musste.

Meine furchtlose Freundin bekam Albträume.

Das tat mir zwar Leid, aber nachdem meine Beschreibungen diese Wirkung zeigten, konnte ich mir nicht versagen, sogleich die Küchenjungen mit einer ausgeschmückten Variante zu beunruhigen. Ich wisperte hinter vorgehaltener Hand bei den Mägden oder raunte den Knechten zu, was ich in den Nächten erträumte und am Tag erdachte.

Natürlich erzählte ich auch Ansgar davon. Nie hatte ich damit gerechnet, dass er zornig werden könnte.

»Verfluchte Ratte!«, brüllte der und packte mich am Haar, bevor ich davonlaufen konnte. Er riss meinen Kopf nach vorne und klemmte ihn unter seine Achsel. »Reicht es nicht, dass du Mutters Leben zerstört hast? Willst du uns alle ins Elend stürzen? Es ist mein Fluch, dass ich deine Nähe dulden muss, aber wage es nie wieder, Unheil herbeizureden!« Schwitzend stak ich zwischen seinen harten Muskeln und der kratzigen Tunika. Meine Arme ruderten hilflos in der Luft, während mein Rumpf sich bog und hüpfte, um der sausenden Faust zu entkommen. Ich schrie aus Leibeskräften, noch bevor ich die Hiebe wirklich spürte. Ansgar ließ sich davon nicht täuschen. Er schlug mit aller Härte und brüllte, dass wir die Dürre nichts anderem als meiner verdorbenen Seele verdankten.

Sein Ausbruch hatte mich erschreckt, weniger der Schmerz als seine Worte. Argwöhnisch grub ich in meiner Seele und fand doch nichts, wovor ein Christenmensch sich entsetzen müsste. Vorsichtshalber versagte ich mir weitere Gräuelmärchen. Das war sehr schade, denn sie hatten mir zum ersten Mal ein wenig Respekt verschafft.

Eigil weckte mich früher als gewohnt. »Steh auf, sei leise! Die Alten haben beschlossen, Holda um einen Zauber zu bitten. Niemand darf dabei fehlen, nicht einmal du, Bastard. Wir werden zurück sein, bevor die Herrschaft uns vermissen kann.«

»Holda? Wer ist das?«

Eigil hielt mir den Mund zu. »Verdammt, sei still!«

Holda lebte in einer schiefen Hütte am Waldrand. Sie kannte die Mächte der Pflanzen, konnte Krankheiten verscheuchen und betreute die Frouwen bei Geburten. Und sie war es auch, die dem Mond zu neuem Glanz verhilf, wenn er, kaum mehr als fingernagelgroß, am Himmel zu verschwinden schien.

Da nur noch wenige Zahnstummel in ihrem Munde staken, klangen ihre Worte wunderlich, selbst wenn sie nicht mit Geistern sprach.

»Das Wasser ist nicht fort«, murmelte sie und saugte an ihrer Unterlippe. »Es schläft im Fluss und mag nicht mehr heraus. Beim nächsten Vollmond wird ein unschuldiges Kind das Nass zurück auf die Felder locken können.«

Meine Schläfen begannen zu pochen.

Die Alte hörte es und humpelte auf mich zu. »Bist du unschuldig, Meginhard?«, fragte sie.

Woher kannte sie meinen Namen?

Sie legte mir ihre knotigen Hände auf die Schultern. »Bist du unschuldig?«

Meine Kehle schnürte sich zusammen, und ich senkte den Kopf.

Holda spuckte tonloses Gekicher aus. »Ein hübscher Knabe. Du hast schlanke Glieder, und deine Bewegungen gleichen denen der Rehe. Ja, du könntest mehr als Wasser verführen. Aber während der Zeremonie müssen deine Augen geschlossen bleiben, sonst können dich die Nymphen erkennen, und dann würden sie dich holen. Bist du trotzdem bereit, das Ritual zu vollbringen?« Ich nickte und wünschte gleichzeitig, ich hätte es nicht getan.

Weiber und Mädchen standen schweigend unter dem Mond und warfen lange Schatten. Jede trug ein Talglicht in der Rechten und eine Gerte in der Linken. Die Hunde duckten sich gegen die Wände und starrten mit glühenden Augen auf das ungewohnte Bild.

Der Fronherr aber schlief. Er ahnte nicht, was heute Nacht auf seinem Hofe geschah.

Die Mägde führten mich zum Brunnen, entkleideten mich und wuschen meinen Körper. Abendwärme strich über meinen nassen Leib. Holda legte mir die Hand auf den Kopf und drückte ihren Daumen zwischen meine Brauen. »Schließe jetzt die Augen, Meginhard.«

Die Mädchen berührten mich sachte mit ihren Gerten, und ich setzte mich in Bewegung. Rot leuchtete der Mond durch meine geschlossenen Lider. Das Federvieh war längst auf den Stangen eingeschlafen, und die Kühe schnaubten nur noch leise. Nicht einmal die Amseln mochten singen. Die Luft aber stand schwer und reglos und wollte der Nacht nicht weichen.

Schatten von Hütten und Häusern glitten an mir vorüber, und die Weiber begannen eine strenge, stets wiederkehrende Melodie zu singen. Ihre kehligen Stimmen verschmolzen ineinander und trieben mich weit über die Wiesen. Schritt für Schritt drückte ich das vergehende Gras in die Erde.

Unvermittelt stockte mein Gang.

Irgendetwas stand vor mir und befühlte mich mit großen, schlaffen Händen. »Das Bilsenkraut! Er hat es gefunden!«, riefen die Mädchen. Sie banden mir die Pflanze mit einer Schnur an die Zehe, damit ich sie zum Rhein ziehen konnte, ohne sie zu berühren. Zischend erloschen die Talglichter im Strom. Die Mädchen schubsten mich in den seichten Fluss, lachten und peitschten mit ihren Ruten aufs Wasser. So ausgelassen trieben sie ihr Spiel, dass ich triefnass dabei wurde.

Da stiegen Nymphen aus den Fluten empor und ließen kleine Wellen um meine Beine tanzen.

Plötzlich empfand ich ein leichtes Donnern. Ich konnte es im Wasser spüren, es vibrierte unter meinen Füßen und bebte in meinem Kopf.

Schwerter blitzten vor meinen geschlossenen Lidern.

Es schrie aus mir heraus.

Grauenhaft gellte meine Stimme, weit über den Fluss, über Felder und Hügel, bis tief in den Wald hinein.

Ich keuchte, mir rann das Wasser aus den Haaren, und mein ganzer Körper zitterte. Holda berührte meinen Arm. »Es ist vorbei, Meginhard. Komm jetzt.«

Das Bilsenkraut hatte sich vollgesogen. Es war schwer, als

ich es aus dem Fluss zog. Jetzt musste ich rückwärts gehen, genau wie die Krebse, über alle Felder, alle Wiesen, über das ganze Salland.

Ein kräftiger Wind kam auf, und ich fror.

In dieser Nacht ging ein gewaltiges Gewitter nieder.

Aber ich fürchtete mich nicht, denn ich hatte es geschaffen.

Die meisten wussten von meiner Tat, und den anderen erzählte ich davon, denn ich fand, ich hätte ein wenig Verehrung verdient. Immerhin war ich mit Geistern und Nymphen umgegangen und hatte ein Wunder bewirkt.

Doch die Knechte blieben nach wie vor im Eingang stehen, wenn ich mit meinem Wasserbottich kam. Ich hingegen musste aufspringen, wenn sie durch die Küche trampelten.

Die Mägde aber hatten ihren Spaß mit mir. Wie aus Versehen stießen sie gegen meine Schüssel, dass die Bohnen unter den Tisch kullerten. Wenn ich herumkrabbelte, um alles wieder einzusammeln, kreischten sie, als ob ich unter ihre Kleider sehen wollte. Notgedrungen ließ ich mich auf die Scherze ein, denn sie sollten nicht wissen, dass sie mich kränken konnten. Manchmal entdeckten sie trotzdem Tränen in meinen Augen. Dann auf einmal nannten sie mich niedlich und zogen mich auf den Schoß, während ich nach der Fibel meiner Mutter tastete und daran dachte, dass meine Anwesenheit ihnen allen die Ernte sicherte.

* * *

Während sich mein Leben zwischen Küche und Feldern, dem Strom und der Kapelle abspielte, stürmte unser König Jahr für Jahr durchs Sachsenland. Er unterwarf ihre Festungen, erkämpfte den Weserübergang und zwang viele Heiden zur Taufe. Doch kaum hatte er den Sachsen den Rücken gedreht, erinnerten sie sich ihrer heidnischen Götter und griffen von neuem fränkische Dörfer an.

Im Langobardenreich war Karl mehr Erfolg beschieden. Er tat dem Papst einen großen Gefallen und vertrieb dessen Widersacher Desiderius.

Dann rief man auch aus dem Süden um die Hilfe des Königs. Dort in Hispania herrschte die Geißel der Sarazenen unter dem mächtigen Emir von Cordoba.

Hispania, das bedeutete für junge Recken nicht nur Ehre, sondern vielleicht auch die Gelegenheit, Gold nach Hause zu tragen. Der König mochte sich aber nicht auf die Gier seiner Krieger verlassen und verlangte, dass sie ihm Treue schworen, wenn sie ihn begleiten wollten. Überall im Reich strömten sie zusammen, um ihren Eid zu leisten. Sogar im nahen Kloster Swidbertswerth sollte eine solche Feierlichkeit begangen werden.

Einer der Vasallen machte bei unserem Fro sein Gastrecht geltend, und Folkrich empfing den hohen Herrn mit allen Ehren. Die schönste Kammer gab er ihm, die besten Weine und die erlesensten Speisen. Er durfte sich nicht beschweren, falls die Krieger ihre Tiere ins Kornfeld trieben oder wertvolles Gerät zerschlugen. Der Gast hätte nicht gezögert, seinem Recht mit Gewalt Nachdruck zu verleihen.

Das fremde Fußvolk lagerte draußen vor dem Tor, und etwa zwanzig Ritter hatten neben den Ställen ihre Zelte aufgeschlagen. Sie machten sich einen Spaß daraus, unsere Mägde zu erschrecken, die sich ihnen kreischend entwanden. Einige belagerten den armen Schmied, der schwitzend die Arbeit zu bewältigen suchte, die sie ihm mitgebracht hatten. Ich machte einen großen Bogen um die Männer und beneidete meinen Bruder, der sich in ihrer Mitte sichtlich wohl fühlte.

So mächtig nahm sich das Gefolge des Königstreuen aus, dass die Frouwe nicht ohne ähnlich glanzvolles Geleit zur feierlichen Handlung ins Kloster ziehen mochte. Die ganze *familia* wünschte sie dabei zu haben, und der Meier befahl, dass wir uns wuschen und die Kleider flickten.

Am Sonntagmorgen rumpelte ein ansehnlicher Zug von Karren und Wagen voller heiter schwatzender Menschen auf das Kloster zu.

Gisela sah völlig verändert aus. Ihre Haut war gerötet, nachdem sie unbarmherzig die Tonschichten abgerubbelt hatte, und schimmernd fiel das Haar über ihren Rücken. Ich hätte es gerne berührt. Stattdessen hielt ich ihre Hand und hoffte, dass alle es bemerkten.

Vor dem Kloster drängelten sich solche Menschenmassen, dass nur die Edlen hineingelassen werden konnten. Für uns war ohnehin kein Fest vorgesehen. Tiere mussten versorgt werden, man brauchte Feuerholz und Wasser, und vor allem Speisen in unglaublichen Mengen.

Ansgar behauptete, er sei nicht hergekommen, um zu schuften. »In diesem Gewühl kann mal allzu leicht verloren gehen«, sagte er und zog uns einfach ins Gebüsch. Wir krochen hinter ihm her an den Palisaden entlang. Das Kloster rechnete offensichtlich nicht mit Überfällen, an manchen Stellen war das Holz schon morsch, Ameisen bauten ihre Burgen darunter, und Schlingpflanzen wanden sich zwischen den Pfählen empor. Ansgar sah nach oben. »Es muss doch eine Möglichkeit geben hinaufzuklettern.«

Probeweise zog er am Efeu.

»Nicht, Ansgar«, ich erwischte seinen Ärmel, »man wird uns entdecken. Wir können doch genauso gut auf dieser Seite faulenzen.« Er sah mich nur mitleidig an und wies auf eine Stelle, wo die Äste eines Baumes bis über die Einfriedung reichten. Gisela stieß mir in die Rippen. »Komm Meginhard, von dort oben können wir die Ritter sehen.«

Ich fand es zwar nicht besonders angebracht, dass Gisela junge Ritter begaffte, aber noch weniger wollte ich als Hasenfuß beschimpft werden. Gegenseitig halfen wir uns auf den Baum. Es war sogar recht bequem, verborgen im Blätterdach über den spitzen Palisaden zu thronen. Wir konnten den gesamten Klosterhof überblicken. Unter uns glänzten Tonsuren in der Frühlingssonne, und die Häupter unserer Herren sahen gar nicht mehr Furcht einflößend aus.

Vor dem Kirchenportal hatte man den heiligen Reliquienschrein aufgebaut, ein goldverzierter Kasten mit unsichtbaren Wunderdingen darin. Acht Krieger knieten auf der unteren Stufe und lauschten den endlosen Erklärungen des Bischofs. Sie sahen wirklich prachtvoll aus, die Waffen waren blank gerieben, und ihre Pelze schimmerten in der Sonne. Kein ausgefranster Kragen, kein verblichenes Untergewand störte den vornehmen Anblick. Bisweilen ruckten sie verstohlen hin und her, um ihr Gewicht auf dem harten Stein zu verlagern.

Einer der Ritter hob ungeduldig den Kopf. Goldene Wellen umrahmten das edle Gesicht, und um seinen Helm trug er einen blitzenden Reif, der glänzte und gleißte ...

»Der Blonde!«, entfuhr es mir.

»Bist du sicher, Meginhard?« Ansgars Stimme klang hohl.

Gisela beugte sich vor. »Wen meint ihr denn? Ach den, er nennt sich Hruodlandus, Graf der Bretagne. Hübsch ist er ja, dieser Roland, aber die Zofen behaupten, er sei in eine Verschwörung verwickelt gewesen, damals, als Karlmann starb. Der König lässt ihn wohl nicht in seine Nähe, bevor er den Treueid ...«

»Gisela, verschwinde.«

Überrascht sah sie erst Ansgar an, dann blickte sie zu mir und schüttelte den Kopf. »Aus Männern soll man schlau werden«, sagte sie, zuckte mit den Achseln und kletterte hinunter.

Roland hieß der Blonde also. Er hatte sich kaum verändert. Ich erkannte seinen Gesichtsausdruck, seine Stimme war mir gegenwärtig, sogar sein Geruch. Der Ast unter uns bebte, und ich krallte mich in die Rinde.

»Zeig mir die anderen!«, flüsterte mein Bruder.

Meine Augen flogen über den Platz.

Ich fand sie nicht, nur Roland glühte in der Menschenmenge.

Die Ritter waren inzwischen aufgestanden und wischten sich den Staub von den Stiefeln. Ansgar legte mir die Hand auf den Arm. »Dieser Scheißkerl! Wir dürfen nicht zulassen, dass er ungestraft davonkommt.«

»Ich habe Angst, lass uns hinunterklettern.«

»Was bist du für ein Schwächling«, zischte Ansgar. »Hast du vergessen, zu welchem Preis du am Leben geblieben bist?«

»Bitte Ansgar, ich will hier weg, wir können ja doch nichts tun.«

Unten hatte der Bischof seine Rede abgeschlossen. Ein älterer Fürst trat vor, um an des Königs Stelle den Eid entgegenzunehmen.

»So sprecht mir nach!

Sacramentale qualiter promitto ego,
quod ab isto die inantea fidelis sum ...«

»Sieh mich an, Meginhard!«

Ansgar hatte seine Rechte erhoben. In seinen Augen lag ein feindseliger kalter Brand, wie Raureif. Ich wand mich unter seinem Blick, aber er hatte meine Seele durchstoßen und erlaubte nicht, dass ich mich entzog.

Der grüne Blätterschleier hüllte uns ganz und gar ein. Wir schwebten unsichtbar zwischen Himmel und Erde. Dumpfes Gemurmel stieg zu uns empor.

Widerstrebend nahm ich Ansgars Pose an. Die Bewegungen seiner Lippen übertrugen sich auf meine. Selbsttätig bildeten sich die Worte in uns und flossen aus unseren Mündern:

»In einem heiligen Eid verspreche ich,
dass ich von diesem Tage an treu bin
der Gerechtigkeit
und nicht ruhen werde,
Roland, Gerrich, und die anderen Ritter
zu verfolgen und zu vernichten, bis ihre Freveltat gesühnt ist.

Wenn Gott mir helfen möchte,
und mich die Heiligen, welche an diesem Ort sind,
beschützen mögen,
mit meinem Willen und Kraft des Geistes, den Gott mir
gegeben hat
will ich dem zustimmen und einverstanden sein.«

»... *sic attendam et consentiam.*«, sprachen die Ritter.

Es klang wie eine Bestätigung, wie ein Siegel unter unserem Eid.

Ansgar lächelte schwach, und ich erkannte wieder meinen Bruder in ihm.

Er schüttelte kräftig den Kopf. »Komm, Meginhard, wir wollen versuchen, uns unter die Knappen zu mischen, vielleicht erfahren wir noch mehr.«

Ich muss ihn wohl sehr entgeistert angesehen haben.

»Meinetwegen bleib auf deinem Ast hocken, bis dir die Beine absterben«, sagte er und schwang sich hinunter.

Unten plünderte die Gesellschaft die reich gedeckten Tische.

Ein bitterer Geschmack lag auf meiner Zunge. Er ließ sich nicht hinunterschlucken. Mein Leben gehörte mir nicht mehr.

Hinter den Büschen am Nordtor schnaubte ein Pferd. Jemand führte sein Ross außen an den Palisaden entlang. Es war nur noch ein paar Schritte von meinem Baum entfernt. Mit geschlossenen Augen hätte ich gewusst, dass Roland die Zügel hielt. Sein Knappe lief dicht hinter ihm. »Ja, Herr, die junge Frouwe ist bereit, aber den Wagen konnte ich nicht bekommen, den brauchte der Bauer selbst, weil ...«

Roland schlug so heftig zu, dass sein Bursche rückwärts taumelte. »Verdammter Nichtsnutz! Warum tust du nie, was man dir sagt? Wir verlieren Zeit durch deine Schlamperei und lassen Hadelinda warten.«

Hadelinda, so hieß die Tochter des Fro!

Auf dem Klosterhof hatte ich sie nicht gesehen, auch nicht am Morgen auf den Wagen. Natürlich, sie war überhaupt nicht mitgefahren!

Meine Hände begannen zu zittern. Ich rieb mir die Arme, um das Kribbeln zu vertreiben.

Folkrich würde nicht zulassen, dass ein dreister Ritter seine Tochter entführte. Er würde den Kerl bestimmt nicht schonen. Ich brauchte meinem Fro nur zu offenbaren, was sich hinter seinem Rücken zusammenbraute. Warte nur, Roland, noch heute wirst du deine Schandtat büßen, denn ich, Meginhard, werde dich zu Fall bringen, wie ich es eben versprochen habe.

Meine Tunika zeriss als ich vom Baum rutschte.

»Wo willst du hin?«, rief Gisela. »Warum rennst du so?«

Hastig erzählte ich ihr von meinem Verdacht.

»Ach, ich verstehe, und nun möchtest du ins Kloster laufen und Hadelindas Schamlosigkeit vor aller Welt hinausbrüllen. Wer sollte dir wohl zuhören? Überlass das lieber mir, ich sage es der Zofe.«

Der Fro zögerte nicht einen Moment. Mit wehendem Haar und finsterer Miene kam er aus dem Tor gestampft und rief zum Aufbruch. Seine Gemahlin folgte ihm mit kleinen Trippelschritten. Auf dem ganzen Weg sprach er kein Wort, und niemand wagte, ihn anzusehen.

Gleich geht es dir an den Kragen, Roland. Ich hütete den sorgenvollen Ausdruck auf meinem Gesicht, damit sich kein gehässiges Grinsen hervorschleichen konnte.

Als wir auf dem Hof eintrafen, stand Hadelindas Wallach gesattelt und beladen vor dem Stall.

Folkrich starrte das Tier an. Dann stieß er einen Fluch aus und war mit drei Sätzen im Haus. Wir hörten ihn toben. Alles Gesinde wurde hinausgejagt, und hinter den Zofen flog Hadelindas Reisebündel aus der Tür. Noch in der Luft fiel es auseinander. Tongefäße mit kostbaren Salben zerbrachen auf dem Boden und verströmten verschwenderischen Duft. Obst und kleine Kuchen kullerten dazwischen, und die feinen Gewänder senkten sich langsam darüber.

Im Hause brüllte Folkrich. Seine Tochter beteuerte laut ihre Unschuld, und die Mutter heulte. Zofen und Lakaien drückten sich im Hof herum und blickten verstört zu den Fenstern. »Das dumme Kind«, flüsterten sie. »Eine Liebschaft mit einem Fremden.« »Sie war doch schon versprochen.« »Immerhin ein Graf.« »Folkrich wird das Mädchen totschlagen.«

Als Hadelinda schrie, erstarrten wir alle.

Anfangs klang es nach Empörung, doch dann setzte der wirkliche Schmerz ein, und die Schreie folgten schneller aufeinander. Das auf- und abschwellende Geheul wurde atemlos, und irgendwann erstickte es ganz. Nur in unseren Köpfen hallte es nach.

Folkrich erschien in der Tür. Graue Falten standen zwischen seinen Brauen, und die wasserhellen Augen waren zu Eis geworden. Er betrachtete das Bündel in seinen Armen: Kleider, Schmuck und ein Zopf aus rehbraunem Haar. Dann warf er alles auf den Haufen, der schon im Staub lag. »Verbrennt das! Meine Tochter will es nicht mehr.«

Von da an blieb Hadelinda in ihrem Gemach und bereitete sich auf ein Leben in Swidbertswerth vor, denn kein Ehrenmann würde sie jetzt noch in seine Munt nehmen. Ihre Mitgift sollte das Kloster bekommen, Ländereien, Kostbarkeiten aus Silber und Glas, wertvolle Stoffe und eine große Anzahl Höriger.

Der Töpfer gehörte dazu, mitsamt seiner Tochter. Ritter Roland aber blieb ungestraft, denn der gehörte dem König.

Ich saß mit Gisela vor der Hütte ihres Vaters und fröstelte, weil der Brennofen erloschen war.

»Du bist mein Freund, Meginhard. Dir konnte ich immer vertrauen, du darfst dich niemals ändern, ja?«

Es quälte mich, dass sie mich lobte. Durch meine Schuld

war sie in diese Lage geraten, durch meine Rachgier. Ausgerechnet Gisela hatte ich damit getroffen. Und mich selbst natürlich, denn ich brauchte sie.

War ich denn wirklich verdorbene Brut? Zog ich einen Schweif von Kummer hinter mir her, der alle verletzte, die sich in meine Nähe wagten? Ich sollte froh sein, Gisela weit fort zu wissen.

»Weinst du, Meginhard?« Sie warf den Kopf in den Nacken und boxte mich in die Seite. »Du steckst mich noch an, mit deinem Trübsinn. Es wird mir schon gut gehen. Swidbertswerth ist gar nicht weit. Wenn Markt im Kloster ist, können wir uns sicher manchmal sehen.«

Ich legte meinen Arm um sie und versprach ihr stumm meine ganze Zuneigung.

Wessen klagt Ihr mich an? Dass ich mit Wassergeistern war und keinen Unterschied zwischen den Göttern finden kann?
Auch Ihr fürchtet Donner und Blitz, Regenflut und Sonnenhitze. Doch Ihr bangt nicht etwa um die Ernte, wie es sich ziemt. Eure Sorge gilt der eigenen Seele, denn jede Plage wird zweifellos nur Euretwegen ausgesandt. Manch eitler Graf dünkt sich gar einer Sintflut würdig, ja, Gott hat die Erde gewiss nur überschwemmt, um ihn an das Nachtgebet zu mahnen. Oh, stellt Euch gut mit Göttern, Geistern und Teufeln, sie allesamt haben nichts Besseres zu tun, als dem Menschen beschwerlich zu sein.
Freilich kennen sie die geheimen Sünden jedes Einzelnen, dazu sind sie geschaffen, das ist ihre Aufgabe. Denn wer mag schon einer Ameise gleich auf der Welt umherkrabbeln und nach kurz gemessener Frist wieder unerkannt zu Erde werden.

Hetzt über mich, umso sichtbarer strahlt die Achtbarkeit um Eure Häupter. Beleidigt mich so laut Ihr könnt, vielleicht versteht Gott Eure hehre Gesinnung, so Ihr an seiner Existenz nicht zweifelt, ja, vielleicht schrecken die Dämonen entsetzt vor Euch zurück.
Doch möglicherweise finden sie Gefallen an Eurem einfallsreichen Krakeel. Lauft heim in Eure friedlichen Häuser und verriegelt sorgsam die Türen. Die Dämonen werden dennoch unter Eure Decken kriechen, um sich die bleichen Leiber zu wärmen.

Ich werde Euch nicht helfen können, denn meinen Kerker mögen sie nicht, und sie gelten mir inzwischen genauso wenig wie ich ihnen.«

QUOD AB ISTO DIE INANTEA FIDELIS SUM DOMINO MEO
Dass ich von diesem Tage an treu bin meinem Herrn

Auf die Vereidigung folgte das Fest, so war es Sitte.

Folkrich beeilte sich, seine Tochter ins Kloster zu geben, um gleich darauf mit besonderer Großzügigkeit den Ruf seines Hauses wiederherzustellen.

In endlosen Reihen karrten Kolonen Lebensmittel heran, und den ganzen Tag drangen die Lieder der Spielleute in die Küche. Hier hatte allerdings niemand Zeit, darauf zu hören.

»He, Bastard«, rief der Koch schon wieder. Ich wischte mir die Hände ab und eilte zu ihm. »Lauf in den Saal und hol die leeren Schüsseln.«

»Danke, Koch«, sagte ich und verschwand, bevor er es sich anders überlegen konnte.

Die Halle erstrahlte im Lichterglanz unzähliger Wachskerzen, und trotz der warmen Jahreszeit hatte man ein Feuer entfacht. Der Fro besaß nämlich einen Abzugskamin, so dass auch große Menschen aufrecht stehen konnten, ohne dass ihr Antlitz im Rauch unter dem Dach verschwand. Die beiden Türen an der Stirnseite standen heute offen, und ich konnte in die Kammern spähen, sogar ins Frouwenzimmer.

Vornehme Gäste saßen an den Tischen und scherzten angeregt. Eine Gruppe von Musikanten ging singend umher, und die Lakaien achteten darauf, dass niemand seinen Becher leer fand, wenn er trinken wollte.

Ich kam mir schäbig vor und versuchte so wenig wie möglich aufzufallen, während ich um die Tische glitt und nach leeren Schüsseln Ausschau hielt. Dennoch geschah es nicht ganz unabsichtlich, wenn ich ab und zu ein kostbares Gewand oder einen spinnwebzarten Schleier streifte.

Schade, dass Gisela all das nicht sehen konnte.

Hörnerklang schallte durch den Saal, und der Sänger kündete eine vergnügliche Darbietung an. Vor einer Wand war ein Gestell aufgebaut und mit Tuchen verhängt worden. Darauf erhob sich eine kleine Burg mit zwei Türmen und einem Tor in der zinnenbewehrten Mauer.

Ein winziges Männlein trat heraus. Es war ziemlich dick, und sein Kopf saß ganz ohne Hals direkt auf dem massigen Körper. Es trug einen silbernen Reif im Haar und hatte einen weiten blauen Umhang um die Schultern geworfen.

Natürlich wusste ich, dass es Kobolde gab, auch von Zwergen und anderem Gewürm hatte man mir berichtet. Aber niemals war es vorgekommen, dass einer von ihnen frech vor den Menschen einherspazierte.

Die Edelleute im Saal standen auf und hoben ihre Becher. »Auf unseren großen König Karl!«, riefen sie und tranken dem Männlein zu.

Der Kleine schien sich über die artige Begrüßung aber nicht zu freuen. »Verfressenes Pack!«, brüllte er und beugte sich über das Gestell. Böse funkelte er einen nach dem anderen an. »Da sitzt ihr, sauft und schlemmt und schämt euch nicht, während Euer König sein Leben wagt. Für wen bin ich dem Langobarden Desiderius auf die Zehen getreten? Nur für euch, damit ihr weiter prassen könnt und nicht in die Hände meiner gefährlichen Neffen geratet.«

»Gefährlich?«, rief einer der Edlen, »Karlmanns Söhne sind nicht einmal volljährig.«

»Sehr richtig«, sagte das Männlein, »und es ist besser, wenn sie das gar nicht erst werden.«

Die vornehmen Herren grölten.

»Was gibt es da zu lachen?«, schimpfte der Zwerg. »Ihr reist von einem Lehen zum anderen und mästet eure Bäuche. Ich aber muss das Land verteidigen und habe keine Zeit, meine Königspfalzen leer zu fressen. Ich hoffe, dass wenigstens einige von euch mit mir nach Hispania ziehen und ansehnlichen Proviant mitbringen.«

Auf der kleinen Burg erschien eine weitere Gestalt. Es war ein Weiblein, liebreizend anzusehen und offensichtlich schwanger.

»O Karl, musst du immer streiten?«, sagte sie mit hoher Stimme. »Denkst du denn nicht an mich und an dein Kind, welches ich unter dem Herzen trage? Ach, warum hast du die Langobardentochter nicht behalten und mir den Kummer erspart?«

»O Hildegard, ich musste sie verstoßen, weil ich nur dich liebe«, säuselte das Männlein.

»O Karl«, hauchte sie.

Er versuchte sie zu umarmen, aber beide Bäuche waren im Weg, und trotz der heftigsten Verrenkungen konnten sie nicht zueinander kommen.

Die Halle dröhnte vor Lachen.

Der kleine König hob seine kurzen Arme und meinte: »Ich habe es bald satt mit den Weibern. Ich brauche nur eine anzusehen, und schon schwillt sie an. Wollen wir hoffen, dass der nächste kleine Pippin wenigstens keinen Buckel bekommt.«

In diesem Moment stieß ein Lakai mich an und zischte: »Hast du nichts zu tun, Bastard?« Ich bekam einen solchen Schreck, dass mir Schüsseln und Platten entglitten und mit großem Getöse zu Boden polterten. Alle wandten die Köpfe, sogar der kleine König starrte herunter. Das Blut schoss mir ins Gesicht. Ich sammelte das Geschirr auf und machte, dass ich fortkam.

Nachdem die Küche halbwegs wiederhergestellt war, kamen die Lakaien, um auszuruhen. Sie fielen auf die Bänke, und im nächsten Moment schnarchten sie schon. Aus dem Saal hörte man nur noch wenige Stimmen.

Bertha drückte mir den Besen in die Hand. Jetzt war die Halle zu säubern, damit die Gäste sich am nächsten Morgen nicht an ihre Ausschweifungen erinnern mussten. Wie trostlos schien der Festsaal nun. Die Kerzen waren heruntergebrannt, und man hatte sie durch ein paar rußende Talglichter ersetzt. An den seltsamsten Stellen fand ich Zeugnisse des Mahles, und manche Scherbe hielt ich in der Hand.

Ich fegte mich mit meinem Besen in die Nähe der kleinen Burg, denn ich wollte gar zu gerne dahinter spähen. Ein winziger Arm schaute unter dem Tuch hervor. Ich kauerte mich nieder und hob behutsam den Vorhang.

Entsetzen packte mich.

Dort lag hingemetzelt der kleine König. Trübe schimmerte der goldene Reif im Dämmerlicht, er hielt den Kopf in unnatürlicher Haltung nach hinten gereckt, und hatte seine Arme grotesk zur Seite gewinkelt. Die Beine waren abgeschlagen, und irgendjemand hatte achtlos den blauen Umhang über die Wunden geworfen.

»Was suchst du da?«

Ich war furchtbar erschrocken, als ich plötzlich die Stimme über mir vernahm, und kroch zitternd rückwärts.

Ich wurde am Kragen gepackt und einer eingehenden Betrachtung unterzogen. »Das ist doch nicht möglich!«, sagte der Mann schließlich. »Wie zum Teufel kommst du an diesen Hof?«

»Er ist tot«, stieß ich hervor.

Einen Moment starrte der Mann mich an, doch dann lachte er. »Tot? Nur für eine Weile, Kleiner, nur für eine Weile.«

Er ließ mich runter und verschwand hinter dem Gestell. Kurz danach öffnete sich das Tor der Burg, und heraus trat, so lebendig wie zuvor, der kleine König. Er legte den Kopf schief, als er mich bemerkte.

»Ich kenne dich!«, sagte er, »Bist du nicht der Knabe, der mit seinen Schüsseln einen solchen Höllenlärm verursacht hat, dass ich meinen Vortrag unterbrechen musste?«

Sofort begannen meine Ohren wieder zu glühen. »Es tut mir Leid ...«

»Das will ich hoffen!«, sagte der König und wandte sich schwungvoll um, so dass der blaue Mantel flatterte. Da bemerkte ich, dass unter seinem Gewand ein behaarter Männerarm steckte. Es war nichts als eine Tokke, eine künstliche Figur aus Holz und Stoff, wie Kinder sie zum Spielen benutzen. Doch selbst jetzt, da ich den Schwindel durchschaute, konnte ich nicht anders, als höflich auf seine Fragen zu antworten.

Der Spieler trat hinter dem Gestell hervor und sagte: »Hoffentlich bist du nun überzeugt, dass zumindest heute kein Meuchelmord stattgefunden hat.«

Ich nickte. Er kam näher, griff mir in die Haare und zog meinen Kopf nach hinten. »Du hast mir gehörigen Ärger gemacht mit deinem Krach. Einen sicheren Lacher hast du verdorben, und ich habe zwei Zoten verbraucht, bis die Leute wieder aufmerksam wurden.«

Hastig entschuldigte ich mich.

»Wie ich sehe, hast du gesunde Arme und Beine, deinen Kopf brauche ich nicht. Zur Strafe hilfst du mir beim Packen, dann wünsche ich besonders gut zu speisen, und ein ruhiges Nachtlager wirst du mir auch besorgen.«

»Sehr gerne, Herr.« Ich würde ihm den Teller gut zu füllen wissen, wenn ich dafür Wunderdinge sehen durfte.

Er war nicht groß, und ziemlich hager, doch an seinen Armen zeichneten sich hart die Sehnen und Muskeln ab. Seine sorgfältig geflickte Tunika bestand aus wertvollen Stoffen, der Saum war sogar mit Goldfäden durchwirkt. Stolz legte ich mit dem Herrn das große Tuch zusammen. Ich musste mich auf die Zehenspitzen recken, damit es nicht über den Boden fegte. Dann sah ich zu, wie er Haar und Kleider der Tokken glatt strich und eine nach der anderen in die Kiste legte.

Er schulterte seinen Packen, und ich führte ihn über den dunklen Hof zum Schafstall, dem einzigen freien Platz, den ich wusste.

»Na, das ist ja ein Schloss!«, rief er und duckte sich, um durch die niedrige Tür zu schlüpfen. »Beeil dich, Kleiner! Ich verlange selbstverständlich nur das Beste, und bring mir von dem Wein, den euer Koch heimlich trinkt.«

Als ich mit einem vollen Korb zurückkam, strömte freundliches Licht aus der Tür des Schafstalls. Zwei Kerzen standen auf der großen Kiste, und daneben hatte der Tokkenspieler ein Strohlager aufgeschüttet. Erwartungsvoll winkte er mich herein.

»Das hast du gut gemacht«, lobte er und fing sofort an zu schmausen.

Ich verbeugte mich und wandte mich zum Gehen.

Der Herr sprang auf, war mit einem Satz an der Tür und richtete sein Messer auf mich. »Hier geblieben! Ich habe dir von meinem Silber erzählt, und nun wartest du darauf, dass ich einschlafe. Gib's zu, du hast ein Mittel in den Wein geschüttet!«

»Bestimmt nicht, ich schwöre ...«

»Beweise es.« Er stieß mich zu seinem Lager und drückte mich ins Stroh. Dann hielt er mir den Weinkrug entgegen. »Trink!« Zaghaft nahm ich einen kleinen Schluck. Aber er hob das Gefäß an der Unterkante, und der rote Saft ergoss sich in meine Kehle. Dumpfe Wärme stieg in mir auf.

»Wie es aussieht, lebst du noch«, bemerkte er und bediente sich selbst. »Ein guter Wein. Ja, dich kann man losschicken.«

»Darf ich jetzt gehen, Herr?«

»O nein! Einem Hörigen ist nie zu trauen. Sobald man ihm den Rücken kehrt, sinnt er auf Frevel. Erst wenn du mit mir gegessen hast, kann ich sicher sein, dass du mich nicht hinterrücks ermordest.«

»Bitte, glaubt mir, ich würde nie ...«

»Schon gut, du bist eingeladen.«

Er sah überhaupt nicht mehr finster aus, sondern schmunzelte hinter seiner Hühnerkeule.

»Herr, ich kann doch nicht mit Euch ...«

»Worauf wartest du?« Plötzlich flog mir ein Stück Schinken entgegen, und er sagte, ich solle gefälligst gehorchen. »Man muss zugreifen, wenn es etwas gibt, niemand kann in den Kochtopf von morgen blicken.«

Ich war den ganzen Tag über kaum zum Essen gekommen. Die Köstlichkeiten auf der Kiste zogen mir die Säfte aus allen Winkeln, und ich begann gehorsam zu essen. Ab und zu bot er mir den Weinkrug an.

In Ermangelung passenderer Gesellschaft erklärte er mir, dass er Berengar hieß, aus dem fernen Baiern stammte und noch viel weiter in der Welt herumgekommen war. Ich war es nicht gewohnt, dass ein Herr zu mir sprach, und ich wusste nicht recht, ob er Antworten von mir erwartete.

Er dagegen machte sich einen Spaß aus meiner Unsicherheit und redete von Städten mit so albernen Namen wie Smyrna und Konstantinopel, dass ich kichern musste. Eine wasserbetriebene Musikmaschine gebe es dort, ihre Pfeifen sollten lauter dröhnen als hundert fränkische Fanfaren. Er behauptete sogar, dass in den fremden Ländern die Tokken so geheim waren, dass man nur ihre Schatten sehen durfte. Vor Lachen über seine aberwitzigen Geschichten verlor ich beinahe jede Scheu.

Schließlich forderte er mich auf zu erzählen wie ich aufgewachsen war.

Meinen Vater kannte ich nicht, und über Mutter wollte ich nicht gerne sprechen. Stattdessen berichtete ich von Mägden und Knechten und kam auch auf die greise Holda. Automatisch fiel ich in ihren zahnlosen Singsang und ließ meine Unterlippe hin- und herflutschen. Als ich sah, dass der Tokkenspieler daran Vergnügen fand, stand ich auf, humpelte gebrechlich im Stall umher und beschwor ein paar Geister.

Mir wurde schwindelig. Ich wäre gestürzt, wenn der Fremde mich nicht aufgefangen hätte.

»Genug«, sagte er, »ich dachte mir schon, dass du Vorstellungskraft besitzt, und es macht dir Spaß, sie zu nutzen. Das ist eine wertvoll Gabe.«

Seine Worte flatterten wie flaumige Küken in meinem Herzen. Er hatte etwas Wertvolles in mir endeckt.

Der Fremde löschte die Kerzen und ließ sich neben mir nieder. »Woher kommst du, Kleiner?«, fragte er, »Du ähnelst niemandem auf diesem Hof. Du hast schmale Glieder, dein Haar ist weich wie Dohlendaunen, und das blasse Braun deiner Augen habe ich nur ein einziges Mal gesehen. Rinhausen bedeutet für dich die Welt. Aber die Welt ist größer. Sie wartet nur darauf, dass du sie findest. Dann könntest du Sehnsüchte wachrufen, Liebe und Furcht. Sogar bei Grafen und Königen, Kleiner ...«

Er legte seinen Arm um mich, und ich lauschte den Worten, ohne sie zu verstehen. Es war lange her, dass ich mich so geborgen gefühlt hatte. Und ganz bestimmt rief er in mir eine Sehnsucht wach. Und Liebe. Und Furcht. Denn ich träumte von einer Welt, die größer war als ich.

* * *

Ich erwachte mit pochendem Schädel. Meine Zunge lag mir pelzig im Mund, und ich hatte das dringende Bedürfnis, den abscheulichen Geschmack loszuwerden. Vorsichtig stahl ich mich aus dem Schafstall.

In der Küche lief das Leben träge an, wir sprachen nur das Nötigste und bemühten uns, dem Dienst ohne viel Aufwand gerecht zu werden. Zum Glück zogen die Herrschaften es vor, sich nicht sehen zu lassen, und die Spielleute würden noch lange in der Halle schnarchen.

Frisch und ausgeruht trat der Tokkenspieler ein, setzte sich an den Tisch, rieb sich die Hände und rief: »Was für ein herrlicher Tag!«

Der Koch bedeutete mir mit einer Kopfbewegung, den neuen Gast zu versorgen. Das Morgenmahl nahm seine volle Aufmerksamkeit in Anspruch, und ich sah mit eitler Befriedigung, wie ihm das, was ich jeden Tag haben konnte, so außerordentlich schmeckte.

Als er fertig war, lehnte er sich zurück und wartete, bis alle

Augen auf ihn gerichtet waren. »Ihr wisst ja, dass Karl, unser König nach Hispania ziehen will, um gegen die Sarazenen zu kämpfen. Oh, glaubt mir, jene Heiden sind stolz und wild, weit schlimmer als die Sachsen hier und schrecklicher noch als die Vandalen, die einst bis in die Heilige Stadt vorgedrungen sind.«

Dann beugte er sich vor und senkte die Stimme.

»Die Sarazenen sind Teufelsreiter. Ihre weißen Pferde fliegen schneller als der Wind. Wenn sich eine Schlacht zu ihren Ungunsten wendet, rufen sie einen Wüstensturm herbei, der all ihre Reiter mit sich fortträgt. Unsere Krieger tappen dann blind umher, wissen nicht, wer Freund oder Feind ist, und richten untereinander fürchterliche Gemetzel an. Gegen solche Geister kann ein Mensch nicht kämpfen, und selbst unser mächtiger König wird vor ihnen den Rückzug antreten müssen.«

Eine beklemmende Stille stand in der Luft. Der Koch räusperte sich und sagte: »Ach was, König Karl wird ihnen schon zeigen, dass mit Franken nicht zu spaßen ist! Die Sarazenen sind schließlich auch nur Heiden.«

»Das weiß nur Gott allein. Sie verhüllen sich ganz und gar in wehende Schleier. In ihrem Lande wächst weder Baum noch Strauch, auch Felder haben sie nicht. So weit man blickt, Wind, Sand und Steine. Darüber liegt eine glühende Hitze, die nur aus der Hölle selbst stammen kann. Menschen würden dort zugrunde gehen. Nur ein Dämonenvolk kann an solchen Orten überleben, ausgesandt von Teufeln, die unsere heilige Kirche stürzen wollen.«

Bertha bekreuzigte sich. »Um Himmels Willen«, rief sie aus. »Was sollen wir nur tun, wenn selbst der König vor ihnen weichen muss.«

»Solange euer Glaube sicher ist, kann euch nichts geschehen. Wie ich sehe, seid ihr alle gottesfürchtig, haltet euch an die Gebote und denkt nicht an Unsinn, wenn der Priester zu euch spricht.«

Jeder von uns spürte betreten in seinem Herzen nach, ob er wirklich so rechtgläubig war, wie der Fremde annahm, und keiner konnte mit dem, was er fand, zufrieden sein.

»Ich selbst bin leider nur ein schwacher Mensch«, fuhr der Tokkenspieler fort. »Ich muss zugeben, dass ich oft gefehlt habe, und wenn ich meinen Talisman nicht hätte, könnte ich sicher nicht mehr gesund und lebendig vor euch sitzen.«

Bedächtig zog er ein kleines Stückchen Holz aus seinem Beutel. Es war schwarz und samtig und schmiegte sich vollkommen glatt in seine Hand. Er küsste es ehrfurchtsvoll und erklärte, dass es von eben jenem Kreuze stamme, an dem unser lieber Herr Jesus seine gesegneten Qualen ausgestanden hatte. Widerstrebend gab er es reihum, dass wir alle die vollendete Oberfläche fühlen konnten.

Bertha schloss ihre kleinen Äuglein. »Ich kann spüren, welche Kraft von dieser Reliquie ausgeht. Oh, gütiger Herr, Ihr kommt in der Welt herum und würdet sicher nicht lange ohne göttlichen Schutz bleiben müssen. Überlasst uns das Kleinod, und wir wollen Euch geben, was wir haben.«

Der Tokkenspieler steckte sein Holzstück schnell wieder ein und schüttelte entschieden den Kopf. Doch das Gesinde bat und bettelte und beschwor seine Barmherzigkeit.

»Was ich wirklich brauche, ist ein Gehilfe«, sagte der Fremde schließlich. »Ich bitte euch um Unterstützung bei eurem Hausmeier, dass er mir für wenig Silber einen guten Burschen überlässt. Damit will ich zufrieden sein.«

Bertha stiegen vor Dankbarkeit die Tränen in die Augen. »Bekümmert Euch nicht weiter darum, ich habe dem Hausmeier schon manchen Gefallen getan und kann Euch versprechen, dass ihr Rinhausen nicht ohne einen passenden Gehilfen verlassen müsst.«

Der Tokkenspieler nickte und winkte nach mir. »Ich habe Lust, an den Rhein zu gehen. Du wirst mir den Weg zeigen.«

Er legte mir die Hand auf die Schulter, und wir schlenderten aus dem Hof hinaus. Laue Wärme strömte in meine Lungen. Meine Füße erkannten die weiche Erde und wären am liebsten davongerannt.

Der große Strom glitzerte in der Sonne

»Herrlich!«, rief der Tokkenspieler. Im Laufen riss er sich die Kleider vom Leib und stürmte mit Gebrüll in den Fluss. »Es ist wunderbar«, prustete er, »wo bleibst du?«

Es drängte mich zu baden, aber ich fürchtete mich vor seiner Wildheit. Erst als er weit hinausgepaddelt war, zog ich mich aus und setzte mich in die seichte Strömung.

Der Fremde kam zurück. »Was trägst du da um den Hals? Eine Kreuzfibel? Zeig her, das Ding würde ich gerne genauer sehen.«

Sofort schloss sich meine Hand um die Fibel. »Es ist gar nichts wert, Herr, ein Geschenk von meiner Mutter, was kann ein Kolonenweib schon besitzen, bloß eine Erinnerung.«

Er hob die Brauen. »So, von deiner Mutter ...« Dann lachte er plötzlich. »Du kannst nicht schwimmen, stimmt's? Ich muss es dir wohl beibringen.«

»Das ist wirklich nicht nötig, Herr.«

»Hast du Angst?« Er fing an, mich nass zu spritzen.

Ich versuchte, ans sichere Ufer zu entkommen, aber er erwischte meinen Fuß und zog mich zurück.

»Bitte nicht«, wimmerte ich. Schon hatte er mich um den Leib gepackt und watete ins tiefe Wasser. Ich schrie und klammerte mich an seinen Arm.

»He, du tust ja so, als wollte ich dich ertränken.«

Als ich entsetzt weiter zappelte, machte er kehrt und ließ mich frei.

So schnell ich konnte, hastete ich an Land. Auch er kam aus dem Wasser und streckte sich wohlig stöhnend aus. »Komm her!«

Ich hockte mich zitternd in sicherer Entfernung nieder und keuchte.

»Komm in die Sonne, sonst wirst du krank.«

Ich rutschte ein Stückchen näher, gerade soweit, dass er mir keinen Ungehorsam vorwerfen konnte.

Eine ganze Weile lagen wir im Gras und ließen uns wärmen. Der Fremde hielt die Augen geschlossen. Seine Züge waren jetzt völlig entspannt. Das nasse Haar bildete kleine Kringel auf seiner Stirn. Manchmal rollte ein Tropfen über seine Schläfe, und sein Augenwinkel zuckte.

Er hatte mir nichts zu Leide getan.

Das musste ein Leben sein, wenn man Tag für Tag in Gottes freier Natur herumstromern konnte. Keine Feldarbeit, kein Küchendunst und kein Lärm, der Tag und Nacht anhielt. Ich beneidete den Fremden und wünschte verwegen, er würde mich zu seinem Gehilfen wählen.

»Eigentlich habe ich es ganz gut getroffen,« sagte er, ohne die Augen zu öffnen. »Ich sehe Städte und Höfe, verkehre mit Adligen und gehe in den Klöstern ein und aus. Niemand wagt es, mich zu tadeln, denn ich gehöre weder zu den Fürsten noch zu den Knechten, und wenn man mich nicht gut behandelt, ziehe ich einfach weiter. Ich lebe wohl den Traum des gebundenen Volkes.«

Ja, elendig gebunden in alle Ewigkeit, das war mein Leben.

»Herr, falls Ihr mich gebrauchen könntet ...« Ich würde Wasserfälle sehen, Gipfel, die bis zum Himmel reichten, prunkvolle Burgen und aufregende Städte.

»Du möchtest mich begleiten? Eben glaubtest du noch, dass ich dich ertränken wollte.«

Wie hatte ich nur so einen Unsinn denken können. Wenn ich jemanden fürchtete, war das der Koch. Bertha konnte mich in Panik versetzen, und meinen Fro ehrte ich nicht mehr. Der hatte meine einzige Freundin in die Fremde geschickt.

Dieser Herr dagegen sprach mit mir, einem hörigen Bastard. Er hatte seine Hand auf meine Schulter gelegt und sogar seine Mahlzeit mit mir geteilt.

Warum sagte er nicht endlich, wie er sich entscheiden wollte?

Der Tokkenspieler war aufgestanden und winkte mich heran. Er hob mein Kinn, dass ich ihn ansehen musste. Seine Pupillen wurden zu stechenden Punkten. Ich konnte seinem Blick nicht standhalten und versuchte den Kopf zu drehen. Er klapste mir leicht auf die Wange. »Das nächste Mal sieh auf die Nasenwurzel. Dein Gegenüber merkt das nicht und wird den Blick früher abwenden als du.«

Auf dem Hof nutzte ich die erste Möglichkeit, meinen Bruder zu treffen.

Er sah müde aus. »Sie wollen mich nicht als Knappen«, sagte er. »Dabei habe ich mit ihnen gerauft und gesoffen. Sie müssen doch erkennen, dass ich unerschrockener bin als die verwöhnten Edelknaben.«

Ich erzählte ihm vom Tokkenspieler.

Ruckartig richtete Ansgar sich auf. »Ist das wahr? Mach mir nichts vor, ich kenne deine Geschichten.«

»Warum sage ich dir überhaupt noch etwas, wenn du mir nicht glaubst?«

»Warte, ich glaube dir ja. Oh, wie ich dich beneide, diesen Mauern zu entkommen. Ich würde jede Gelegenheit ergreifen. Ein Spielmann zieht überall herum, du wirst die Welt sehen.«

»Aber ich kenne ihn nicht, ich wäre ganz allein mit einem Fremden. Außerdem hat er noch nicht gesagt, dass er mich will.«

Ansgar griff mich an den Armen. »Sei jetzt kein Feigling, Meginhard. Du musst versuchen, ihm zu gefallen! Ich wüsste keine bessere Tarnung, die Spuren der Ritter zu verfolgen. Vergiss nicht, was du geschworen hast! Vielleicht wirst du eines Tages dein Versprechen einlösen können.«

* * *

Der Hausmeier saß schmächtig und wichtig am Tisch, und das Gesinde schlich respektvoll um ihn herum.

»Ihr sucht einen Gehilfen?«, fragte er und sah den Tokkenspieler prüfend an. »Auf den Feldern ist viel zu tun, wir können keinen unserer Männer entbehren.« Dann lehnte er sich zurück und sagte: »Es sei denn, Ihr besitzt genügend Mittel, mich vom Gegenteil zu überzeugen.«

Der Tokkenspieler lachte. »Ich habe leider nicht mehr als fünfzehn Denare.«

»Das reicht ja nicht einmal für ein Kind!«, rief der Meier.

»Ein Knabe könnte kaum meinen Packen tragen. Man weiß auch nie, ob er durchkommt. Mehr als siebzehn Denare kann ich für einen unmündigen Bastard nicht geben.«

»Hm«, machte der Meier. Er sah sich in der Küche um und zeigte auf Eigil.

Mit hängendem Kopf schlich der Bursche zum Tisch.

»Na, der sieht doch kräftig aus«, sagte der Meier. »Legt drei Denare dazu, und Ihr könnt ihn haben.«

Der Tokkenspieler kratzte sich am Kinn. Dann stand er auf und stellte sich vor Eigil, der ganz in sich zusammengesunken war.

»Wie alt bist du, elf oder gar schon zwölf?«

»Dreizehn!«, sagte Eigil.

»Zwanzig Denare also!« Der Tokkenspieler setzte sich und wühlte in seinem Beutel.

»Wartet«, sagte der Meier, »wenn er dreizehn Jahre alt ist, dann gilt er bereits als Mann, und ich kann ihn Euch nicht so billig lassen.«

»Meier«, rutschte mir heraus, »ich bin noch nicht volljährig.«

Der Meier fuhr herum: »Wer hat dich gefragt? Deine Dreistigkeit wird dir gleich vergehen.«

Der Tokkenspieler war schneller, er packte mich am Arm und schüttelte mich hin und her. »Wollt Ihr mir etwa dieses schmächtige Bürschchen anbieten? Handgelenke wie ein Mädchen und völlig kraftlose Schultern. Aus dem wird nie ein brauchbarer Kerl, wie gut man ihn auch füttert.«

Mir schossen die Tränen in die Augen.

»Jetzt heult er auch noch, und die eingefallenen Wangen, wer weiß, was der für Siechtum mit sich herumschleppt.« Er stieß mich so grob zurück, dass ich stolperte. Schluchzend kauerte ich mich in eine Ecke und bemühte mich nicht, das Bild des Jammers abzuschwächen, das ich sicherlich bot. Was die beiden sprachen, hörte ich nicht mehr. Nie hatte mich jemand so gedemütigt wie dieser Fremde, dem ich noch eben bis in die Hölle gefolgt wäre.

Plötzlich wurde ich unsanft hochgerissen.

Der Tokkenspieler schubste mich vor sich her ins Freie. Als wir draußen waren, nahm er meinen Kopf zwischen die Hände und küsste mich auf die Stirn. »Das hast du großartig gemacht, Kleiner. Ich selbst hätte es nicht besser gekonnt. Wie hast du es nur geschafft, dermaßen elend auszusehen. Nur einen Solidus, zwölf Denare! Wir werden ein gutes Gespann, das ist gewiss.«

Im Schafstall wühlte er nach seinen Sachen und pfiff fröhlich vor sich hin. Ich war völlig verwirrt und sah ihm argwöhnisch zu.

»Was ist denn mit dir?«, fragte er. »Ich dachte, du würdest dich freuen, aber jetzt machst du ein Gesicht, als solltest du zum Henker geführt werden.«

»Ihr könnt ja doch nichts mit mir anfangen, ich bin kraftlos, wie ein Mädchen.«

»Was?« Er sah mich erstaunt an. »Das war nichts weiter als ein Geschäft. Ich hatte dich für klüger gehalten.«

Ich scharrte mit dem Fuß im Stroh und senkte den Kopf, damit er nicht sah, dass ich schon wieder mit den Tränen kämpfte. »Wenn Ihr mich wirklich gebrauchen könnt, Herr ...«

»Ja, das kann ich. Aber eines muss dir völlig klar sein, wenn ich jetzt für dich bezahle, bist du ganz in meiner Gewalt. Ich werde sicher Dinge von dir verlangen, deren Sinn du nicht begreifst, und ich erwarte, dass du trotzdem gehorchst. Hast du das verstanden?«

»Ja, Herr.«

»Im Gegenzug verspreche ich, für dein Leben zu sorgen, dich zu beschützen, so gut ich kann, und dir alles beizubringen, was ich weiß, soweit es in deinen einfältigen Schädel passt. Willst du das, oder nicht?«

Mir wurde feierlich zu Mute, und ich nickte.

»Es ist nicht nötig, dass du mir Treue schwörst, dein Wort gilt ohnehin nichts, weil du nur ein Höriger und nicht einmal erwachsen bist. Aber ich möchte, dass du dich freiwillig in meine Hände begibst, bis ich dich von deiner Schuldigkeit entbinde.«

Ich legte meine Hände in die seinen. Damit hatte ich das Band zerrissen, welches mich an Folkrich, diesen Hof und an all das fesselte, was mir vertraut war.

* * *

Am nächsten Morgen wollten wir aufbrechen, und mein neuer Herr gab mir den Rest des Tages Zeit, mich von Folkrichs Hof zu verabschieden. Vom Rhein, von den Weiden, und von dem Acker, der mir den Kinderrücken gekrümmt hatte. Noch nie war ich mir so frei vorgekommen wie jetzt, als ich ziellos die wohlbekannten Wege entlangschlenderte.

Den Lärm hörte ich erst spät.

Dutzende von Reitern jagten mit einer solchen Geschwindigkeit um die Einfriedung des Fronhofes, dass der Staub wie Wolken aufwirbelte. Es roch nach Rauch, und die Luft sauste von fernem Gebrüll. Ohne mich zu besinnen, rannte ich auf den Tumult zu. Ich merkte kaum, dass ich begonnen hatte zu schreien, genau wie die Menschen innerhalb der Mauern. Irgendwie geriet ich zwischen die Reiter. Wie ein Hase lief ich kopflos hin und her, strauchelte, rollte mich zur Seite und rappelte mich wieder hoch, um blindlings weiterzustolpern.

Ein Schwert zischte an meinem Ohr vorbei, und ich warf mich auf den Boden. Um mich herum war nur noch grauenhaftes Durcheinander. Es krachte und toste, dicht neben mir kreischten Menschen in Todesangst. Ihre Schmerzensschreie waren so furchtbar, dass ich die Arme über dem Kopf verschränkte und vor mich hin wimmerte.

Jemand zerrte an meinen Kleidern. »Lauf!«, brüllte Ansgar. Er riss mich auf die Beine und hastete der Kapelle entgegen.

Hinter mir hörte ich das Schnauben eines Pferdes. Sein heißer Atem strich schon über meinen Nacken. Dann vernahm ich ein röchelndes Geräusch, das mächtige Tier stürzte schwer zu Boden, und der Reiter brüllte fremd klingende Flüche hinter mir her. Die Wut unseres Verfolgers versetzte mich derart in Schrecken, dass ich meinen Bruder überholte.

In der Kirchentür stand Eigil und streckte abwehrend die Arme aus.

»Lass uns rein! Schnell«, keuchte ich.

Er blickte über uns hinweg. »Nein, lauft in den Wald.«

Ich versuchte, mich an ihm vorbeizudrücken, und sah, wie zwei Priester geborgen im Halbdunkel vor dem Altar knieten. Eigil rührte sich nicht von der Stelle. Ich trat gegen sein Schienbein und brüllte: »Mach Platz! Willst du uns den Sachsen ausliefern?«

Eigil packte mich am Kragen. »In den Wald, sie martern alle, die sie in der Kirche finden. Die Priester sammeln nur noch das heilige Gerät zusammen.«

Ansgar zog mich fort und stieß mich unter ein Gebüsch.

Die sächsischen Reiter wälzten sich heran. Eigil rief etwas in die Kirche. Er konnte sich nicht entschließen, ohne die Priester davonzulaufen.

Als er die Tür zuwarf, war es zu spät.

Die Sachsen kümmerten sich nicht um ihn, zitternd blieben ihre Speere in dem schweren Holz stecken. Einer durchbohrte Eigils Bein, ein weiterer stak in seiner Schulter. Die Männer hieben mit den Schwertern auf ihn ein, bis ihm der Kopf auf die Brust sackte.

Dann polterten sie gegen die Balken. Da niemand öffnete, warfen sie Fackeln durch die Fenster. Schwarzer Rauch quoll aus der Öffnung. Die Reiter jubelten zu den Schreien der Männer, deren Leiber dort drinnen verbrannten.

Vorsichtig krochen wir rückwärts und schlichen tiefer in den Wald. Wir fanden eine umgestürzte Kiefer, unter deren Wurzeln wir uns verbergen konnten. Ansgar flüsterte: »Sie sind wie Marder. Wenn sie Blut sehen, hören sie nicht mehr auf zu töten. Sie haben alles niedergemäht, was sich bewegte.«

Erst als es dämmerte, ebbte der Lärm ab. Anfangs versuchte ich die Dunkelheit mit den Augen zu durchdringen und horchte angespannt auf jedes Geräusch. Aber ich war müde, und allmählich gewöhnte ich mich daran, dass der Wald auch nachts ein Leben hatte. Ich betrachtete die Sterne, die gleichmütig durch die Äste schimmerten, und lauschte auf den ruhigen Atem meines Bruders. Eine gelassene, fast heitere Stimmung senkte sich über uns herab, und ich wusste, dass wir nichts zu befürchten hatten.

Ansgar lag auf der Seite, hatte den Kopf in die Hand gestützt und sah zu, wie ich erwachte. »Na endlich, Siebenschläfer, ich habe Hunger, du auch?«

Natürlich hatte ich Hunger, doch die Angst, dass die Sachsen sich vielleicht noch in der Nähe befanden, war weit größer. Wir stritten darüber, denn ich war weder bereit, unser Versteck aufzugeben, noch wollte ich meinen Bruder alleine auf die Suche gehen lassen.

Ansgar wurde wütend. Er stand auf und rief: »Ich habe keine Lust mich mit einem Feigling herumzuplagen.«

Plötzlich schnaubte ein Pferd. Ansgar warf sich neben mich unter die Wurzel. Wir hielten den Atem an und lauschten auf das Knacken der Zweige. Es war ein einzelnes Tier, das gemächlich durch den Wald streifte. Ansgar spähte durch die Äste.

»Das ist Folkrichs Stute!«, sagte er erleichtert. Das Pferd

hob den Kopf, als es seine Stimme hörte, und wieherte. Mein Bruder sprach sanft mit dem Tier. Es ließ ihn an seine Seite kommen, und er konnte die hängenden Zügel ergreifen.

»Ob Folkrich wohl tot ist?«, fragte er. »Er muss ganz in der Nähe liegen, die Stute hätte sich nicht weit von ihm entfernt. Vielleicht hat er noch sein Schwert. Mit einer Waffe würde ich mich wesentlich sicherer fühlen.«

Nie im Leben wollte ich im Wald voller Sachsen nach einem Toten fahnden, um ihm dann sein Schwert zu rauben. Aber Ansgar war schon losgegangen, und ich schlich furchtsam hinter ihm her.

Wir fanden den Fro recht schnell. Er lag auf dem Bauch, seine Kleider waren blutbeschmiert, und eine Spur bezeugte, dass er versucht hatte, vorwärts zu kriechen. Sein Schild war zwischen die Büsche gefallen, und das Schwert entdeckten wir ein Stückchen dahinter. Mein Bruder nahm die Gegenstände sofort an sich. Dann stellte er sich neben mich, und wir betrachteten den Toten.

»Weißt du, wie viel eine solche Rüstung wert ist?«, fragte Ansgar.

Ich war fassungslos, dass er an so etwas denken konnte. »Und wenn er noch lebt? Vielleicht ist er nur ohnmächtig.«

Mein Bruder stieß mit dem Schwert gegen den Leib. »Der muckst sich nicht mehr.«

Ich bekreuzigte mich. »Du musst ihn umdrehen. Und wenn er wirklich tot ist, müssen wir ihn begraben.«

Ansgar gab ihm einen derben Tritt, und der Körper rollte auf den Rücken. Wir hörten verhaltenes Stöhnen. Der Mann versuchte, die Hand über den Kopf zu heben, aber seine Kraft reichte nicht aus, und der Arm fiel schlaff herunter. Die Augen ruckten furchtsam hin und her, suchten den Feind. Sein Gesicht war verzerrt vor Angst und Schmerz, ich fand nur noch wenig Ähnlichkeit mit unserem Fro.

»Lange hält der nicht mehr durch«, stellte mein Bruder fest. Vorsichtig zog er den Umhang zur Seite und deckte eine klaffende Wunde auf. Blutige Därme quollen heraus. Angewidert wandte Ansgar sich ab.

Ich hingegen konnte meinen Blick nicht lösen. Erregt betrachtete ich das schmierige Gewürm, das im Bauch des edlen Herrn gelebt hatte. »Ich glaube, man muss es wieder hineinstopfen.«

»Was?« Ansgar sah mich entgeistert an.

»Und dann braucht er einen Verband. Du hast selbst erzählt, dass die Ritter mit solchen Narben prahlen.«

»Ja, ja. Ich weiß, was ich zu tun habe.«

Er schickte mich zum Pferd zurück, vielleicht hing am Sattel ein Krug mit Wein, der Folkrichs Qualen lindern konnte.

Ich beeilte mich, fand einen Krug und lief zurück zu meinem Bruder, der neben unserm Herrn kniete. Schnell breitete er den Umhang über den versehrten Leib.

»Er ist gestorben. Schau nicht hin, seine Augen sehen schrecklich aus. Seltsam, trotz der Schmerzen hat er überhaupt nicht geschrieen, nur gerasselt.«

Ansgar nahm das Schwert in beide Hände und musterte die dunklen Flecken auf dem Stahl. Sein Kinn zitterte. »Lass uns hier weggehen, Meginhard.«

Er stützte sich auf meine Schulter und wankte neben mir her. Bei unserem Versteck warf er sich gleich unter die Wurzel, zog die Knie an und barg den Kopf in den Armen. Ich hockte mich vor unsere Höhle und ließ ihn in Ruhe. Ich fürchtete mich vor meinem Bruder, denn ich war sicher, dass er Folkrich getötet hatte.

Später wies er mich an, zu bleiben, wo ich war, und ging in Richtung des Toten davon. Als er zurückkam, trug er Folkrichs Panzerhemd über dem Arm. Es starrte vor Dreck und roch nach Blut. Die kleinen Metallplatten schimmerten nicht mehr. Sie hatten Folkrich vielleicht vor Pfeilen schützen können, nicht aber vor dem Schwert seines Gegners und ebenso wenig vor der Gier seines eigenen Stallburschen.

»Ich habe ihn begraben«, sagte Ansgar. »Um einen solchen

Herrn ist es nicht schade, statt seine *familia* zu schützen, hat der Feigling versucht zu fliehen. Meginhard, ich habe mich entschieden. Ich reite nach Aachen und schließe mich dem Heer des Königs an. Niemand wird nach meiner Herkunft fragen, wenn ich ein Ross besitze.«

»Nach Aachen? Wir werden uns verlaufen. Ich bin noch nie geritten, außerdem weiß ich nicht, ob ich kämpfen kann.«

Ich sah in seine kalten blauen Augen. Er schien gewachsen zu sein. Aufrecht stand er vor mir, und das helle Haar wehte um seine Stirn. Nicht nur die Waffen, auch die Haltung unseres toten Herrn hatte er angenommen, sogar dessen Gesichtszüge. Mich erfasste dumpfes Unbehagen.

»Ich werde dich nicht mitnehmen, Meginhard. Du taugst nicht zum Krieger, und ich möchte nicht an deinem Tode schuldig werden.«

Ich wollte ihn anschreien, brachte aber nur tonloses Flüstern heraus. »Ansgar, was wird dann aus mir?«

Er beugte sich herab und streichelte meine Wange. »Es tut mir weh, dich allein zu lassen, aber es ist besser so. Ich wünsche dir alles Glück, und ich hoffe, dass wir uns wohlbehalten wiedersehen.« Darauf nahm er das Pferd am Zügel und schritt fort, ohne sich noch einmal umzusehen.

* * *

Gänsehaut kroch über meine Arme, als mir bewusst wurde, wie allein ich war. Ansgar hörte ich nicht mehr, meinen Herrn hatte ich verloren, und ich war nicht gewohnt, selbst über mich zu bestimmen. Sogar über Berthas herrischen Ton hätte ich mich jetzt gefreut, aber der Fronhof war sicher abgebrannt oder voll von Sachsen.

Gisela! Sie würde mir helfen.

Vielleicht zeigten sich die Mönche in Swidbertswerth barmherzig und würden meine Dienste annehmen, wenigstens so lange, bis die Erben meines Herrn über mich zu verfügen gedachten. Ich vermied es, an die Klostergrube zu denken, vor der sich täglich die Armen drängten.

Wenigstens hatte ich jetzt ein Ziel.

»Halt, bleib stehen!«, rief es aus dem Gebüsch.

Das Herz hämmerte mir in der Kehle, und die Zunge klebte mir am Gaumen. Ich wagte nicht, mich zu rühren, und horchte auf die Schritte, die sich von hinten näherten.

Eine Hand legte sich auf meine Schulter. »Bist du es, Kleiner?«

Der Tokkenspieler drehte mich um. Ich schlang die Arme um seinen Leib, drückte den Kopf an seine Brust und weinte hemmungslos.

»Komm jetzt«, sagte er.

Er wanderte schnell, ich hatte Mühe, mit ihm Schritt zu halten. Erst am frühen Abend fanden wir eine Lichtung nahe am Weg. Vollkommen erschöpft und schwach vor Hunger ließ ich mich auf die Erde fallen. Der Tokkenspieler trat gegen mein Bein. »Steh auf und suche nach trockenen Ästen.« Ich gehorchte, denn ich war froh, dass ich mir nicht mehr den eigenen Kopf zerbrechen musste.

Das Feuer prasselte, und er packte unglaubliche Schätze aus seinem Bündel. Den ganzen geräucherten Schinken hatte er dabei, und Käse und Brot. Sogar einen Krug Bier hatte er mitgenommen. Hungrig machte ich mich über meine Portion her. Der Tokkenspieler schüttelte den Kopf über meine Gier, aber er lächelte. »Du hast geglaubt, ich wäre tot, nicht wahr? So schnell wirst du mich nicht los. Ich hatte Glück, dass ich einen Schlag auf den Kopf erhielt und in eine Nische rollte. Aber von meinem Theater ist nur noch Asche übrig geblieben, und wir werden uns bald etwas einfallen lassen müssen, um unser Überleben zu sichern. Mein Silber möchte ich nicht gerne anbrechen, wir werden es im Winter bitter nötig haben. Gottlob kamen die Sachsen auf die Idee, dass im Kloster Swidbertswerth mehr zu holen sei. Sie haben einiges auf dem Hof zurückgelassen, diesen Schinken zum Beispiel. Wenn du nicht so gefräßig wärest, bräuchten wir uns eine Weile keine Sorgen zu machen.«

»Swidbertswerth?« Meine Seele krampfte sich zusammen.

Gisela war so lebendig in meinen Gedanken, ihr Lachen, ihr Grübchen und ihre Hand, wie sie sich in meiner anfühlte.

Die Sachsen waren wie Marder, sie schlugen auf alles ein, was sich bewegte. Sie legten Feuer und ließen Menschen verbrennen. Die Vorstellung, wie Gisela in den Flammen umkam, raubte mir den Atem. Vor meinen Augen entstanden gelbe Löcher, und die Bäume begannen schadenfroh um mich herum zu wirbeln.

Der Tokkenspieler schüttelte mich.

Mir wurde übel, ich würgte und konnte nicht verhindern, dass ihm die scharfe Soße über die Hände lief.

Sollte er doch wütend werden, seine Schläge würde ich nicht spüren, der Gedanke an Gisela hatte keine Empfindung mehr übrig gelassen.

»Weine nur, Kleiner, du brauchst dich nicht vor mir zu schämen.«

Er ließ mich lange in Ruhe, und ich war ihm dankbar dafür.

Wortlos stocherte er in der Glut und wischte ab und zu einen Nachtfalter zur Seite, der sich ins Feuer stürzen wollte. Ich hätte mich gerne bei ihm entschuldigt, aber mir fielen keine Worte dafür ein.

»Gottlob seid Ihr noch am Leben, Herr. Sicher habt Ihr Euer Glück dem Talisman zu verdanken.«

Er nickte mir zu. »Wer weiß? Den Talisman habe ich verloren. Aber wir werden gleich morgen nach dunklem Wurzelholz suchen, denn mein Messer und eine Feile besitze ich noch.«

»Ich verstehe nicht ...«

»Wir schnitzen einen neuen, vom Kreuze Christi oder vom Sarg eines Heiligen. Was immer du willst.«

»Um Himmels Willen, das dürft Ihr nicht tun. Ich will ja nicht widersprechen, Herr, aber Ihr werdet Gottes Zorn auf uns herab beschwören. Besonders, nachdem das heilige Ding Euch gerettet hat.«

»Es war genau so heilig, wie jeder Ast, den du hier im Walde findest. Hältst du mich für so kindisch, dass ich auch nur ein Ei für ein Stückchen Holz hergegeben hätte? Du würdest bei den Toten viele geweihte Gegenstände finden, und trotzdem liegen sie nun in ihrem Blut und werden von den Raben gefressen.«

Ich mochte nicht glauben, dass er so ruchlos war.

»Vorsicht, Kleiner, denk nach, bevor du mich verdammst. Jedes Ding wird wieder zu Staub und Erde. Aus dieser Erde wächst womöglich durch Gottes Hand ein neuer Baum. Wer kann bezeugen, dass die Wurzel, die wir morgen finden, nicht tatsächlich aus dem Staub hervorgegangen ist, zu dem das Kreuz Christi vor langer Zeit zerfiel?«

Seine Worte erstickten jeden Einwand. Aber mein Herz sträubte sich, ihm zu glauben. Unaufhörlich raunte es, dass der Tokkenspieler Unrecht tat. Um mich zu beruhigen, sprach ich lautlos ein *pater noster* und versuchte daran zu denken, dass ich nur ein Höriger war, dem es nicht zustand, die Taten seines Herrn zu beurteilen.

Auf jeden Fall war ich ihm Gehorsam schuldig, und am nächsten Tag machte ich mich daran, ihm zu helfen. Von nun an feilte ich bei jeder Rast an einem kleinen Wurzelstück herum. Der Tokkenspieler sammelte Schachtelhalm, damit ich mit den getrockneten Stängeln mein Kunstwerk vollkommen eben schleifen konnte. Anschließend musste ich das Holz mit Schweineschwarte einreiben, so dass die Maserung hervortrat, und danach die ganze Oberfläche mit einem Kieselstein glänzend polieren.

Warm und glatt schmiegte es sich in meine Hand.

Es verschaffte mir ein tröstliches Gefühl, wenn ich es zwischen den Fingern drehte. Am liebsten hätte ich es nicht mehr hergegeben, und ich redete mir ein, dass es eine Menge wert war, selbst wenn es nicht vom Kreuze Christi stammte.

Verschwindet mit den Reliquien, verschwindet mit Euren tückischen Floskeln. Lasst mich los, ich darf nicht schwören!

Wie soll ich denn aus freiem Willen ein Gelöbnis leisten, wenn Ihr mich dazu zwingen wollt? Zuneigung und freundlichen Sinn könnt Ihr nicht als Pflicht auf Eure Pergamente schreiben, die könnt Ihr nicht in die offenen Mäuler stopfen, so schmackhaft Ihr die Worte auch feilen und schleifen mögt. Wer solches auf Lebenszeit gelobt, tut gut daran, sobald wie möglich zu sterben, bevor die unstete Seele seine hehren Grundsätze Lügen strafen kann.

Wenn Ihr mir wahrhaft Schutz verheißen könntet, ich würde nicht zögern, Euch meine Seele zu versprechen. Allein, ich glaube nicht, dass Ihr dazu imstande seid. Nicht einmal der Allmächtige vermag die Gläubigen vor Unheil zu bewahren. Seine eigenen Priester leiden mehr als alle anderen und sind noch dazu angehalten, sich für die ausgestandene Qual zu preisen.

Will nun der Kaiser mehr bewirken als Gott? Ich traue seinem Schutz nicht sehr. Mögt Ihr auch anderes in seinen Reichsannalen lesen, ich kenne die scharfkantigen Federn, die heuchlerisches Lob verstohlen dort hineinzukratzen verstehen. Wenn selbst der Kaiser nicht widerstehen kann, gelegentlich die Wirklichkeit zurechtzustutzen, wie sollte dann ein Gaukler es wagen, sich laut und öffentlich zu rühmen, dass er ganz ohne Falschheit sei?

Man würde ihm zu Recht die lügnerische Zunge aus dem Rachen reißen, ein Schicksal, das ich durchaus nicht teilen möchte.«

PURA MENTE ABSQUE FRAUDE ET MALO INGENIO

Reinen Geistes, ohne falsche Absichten und bösen Sinn

Wir hielten uns Richtung Süden, und jeden Tag hoffte ich, die Mauern einer strahlenden Burg hinter den Bäumen auftauchen zu sehen. Doch der Wald nahm kein Ende, und allmählich war ich überzeugt, dass der Tokkenspieler seinen Weg verloren hatte. Dummerweise wagte ich, danach zu fragen.

Er blieb stehen und starrte mich an. Seine Brauen warfen zackige Schatten auf seine Augen. »Welchen Weg meinst du? Vielleicht den nach Samoussy? Wer würde mir wohl dafür danken?« Ohne ein weiteres Wort stapfte er davon.

Lange brütete er vor sich hin. Wenn er mich überhaupt ansprach, dann nur, um mich zurechtzuweisen. Vorsichtshalber hielt ich mich aus seiner Reichweite und gehorchte eilig jedem Wink, damit er nicht noch zorniger wurde.

Seine Laune besserte sich erst, als der Wald sich lichtete und wir die Wiesen und Felder eines kleinen Hofes durchschritten. Das Haupthaus war in schlechtem Zustand und kaum größer als die Bauernhütten, die sich an den Waldrand drückten.

»Ausgezeichnet«, sagte der Tokkenspieler, »hier wird nicht viel zu holen sein, ein Ort, den Besucher meiden. Der beste Platz für deinen ersten Auftritt. Ich warne dich, Kleiner, solltest du mir das Geschäft verderben, lasse ich dich hier.«

Wie in Rinhausen erzählte der Tokkenspieler den Bauern von Karls Sarazenenfeldzug. Ich achtete genau auf seine Worte, nickte und bekreuzigte mich an den richtigen Stellen. Zehn Eier gab man uns für meinen Talisman, am liebsten hätte ich verraten, dass ich das Werk geschaffen hatte.

Als wir den Hof verließen, lobte mich mein Herr sogar. »Du hast ein wunderbar harmloses Gesicht, Kleiner. So etwas kann Gold wert sein, wenn man es einzusetzen versteht, auch wenn wir bis jetzt nur Eier bekamen.«

Wenn niemand unsere Amulette begehrte, las der Tokkenspieler die Zukunft aus den Händen oder half mit geheimen Tränken bei noch geheimeren Liebesnöten. Manchmal ließ er mich vor den Herrschaften seine komischen Lieder vortragen. Die Frouwen fanden, dass ich hoch wie eine Nachtigall sang, und fütterten mich mit Honiggebäck, was mir außerordentlich behagte. Aber mein Herr wurde ärgerlich über meinen Erfolg, darum wies ich die Süßigkeiten zurück, und bat um etwas so Begehrenswertes wie Roggenschrot oder Zwiebeln.

Unser Gepäck war schwer geworden. Inzwischen besaßen wir zu den Vorräten ein großes Tuch, eine stabile Kiste und sogar ein neues Theatergestell.

»Im Winter will ich Tokken schnitzen. Dazu muss ich wissen, welche Figuren wir brauchen. Wir sollten eine neue Geschichte suchen.«

»Das Neueste ist Karls Sarazenenfeldzug, nicht wahr?«

»Da hast du Recht, aber wir wissen noch nicht, wie er enden wird, und ich müsste fliegende Pferde bauen.«

»Ja Herr, das müsst Ihr wohl«, sagte ich, denn ich wollte gerne zusehen, wie er fliegende Pferde baute.

»Dein Gedanke ist nicht schlecht, sicher können wir viele Amulette verkaufen, wenn wir den Menschen leibhaftige Sarazenen zeigen. Von nun an wirst du kleine Rösser in die Wurzelstücke schnitzen.«

Wenn wir am frühen Abend lagerten, kritzelte er mit einem verkohlten Ast Gesichter auf die Kiste. Ich staunte über die Köpfe, bei jedem hatte ich den Eindruck, einen solchen Menschen zu kennen, wusste aber nie zu sagen, wer es war.

»Wie wirkt dieser Mann auf dich?«, fragte er.

»Na ja, freundlich ist er bestimmt nicht, er kann sicher sehr böse werden, wenn man ihn reizt.«

Er wischte etwas Kohle fort und gab den Brauen einen leicht schrägen Schwung nach oben. Darauf verlängerte er den linken Mundwinkel um einen Bruchteil und machte die Lippen etwas dünner. Zum Schluss kratzte er kleine helle Punkte in die Augen.

Gemein und hinterlistig lächelte das Scheusal mich an, als hätte es Übles mit mir vor. Grausame Augen waren das, und wenn ich mich zur Seite bewegte, verfolgte mich der lauernde Blick. Ich schauderte.

»Das wollte ich wissen«, sagte der Tokkenspieler.

Leider bestand er täglich darauf, auch meine Arbeiten zu beurteilen.

»Zu kurze Beine, das Auge ist zu tief, viel zu unsauber, der Hals zu dick, was soll das sein, ein Frosch?« Nicht ein einziges Stück fand seine Zustimmung. Als er bemerkte, dass ich zu Boden blickte, riss er meinen Kopf nach oben. »Sieh gefälligst hin, wenn ich dir etwas zeige, ich mache das nicht aus Spaß!« Und ich musste mir das ganze Elend noch einmal anhören.

Doch kaum wurde es dunkel, sprach er von König Karl und seinen mutigen Vasallen. Auch von Roland erzählte er.

Ich zwang mein Herz zur Ruhe und unterbrach den Tokkenspieler nicht, obwohl er den verdammten Krieger zum Helden machen wollte. Ritter Roland von Britanie, der treueste aller Paladine. Schon im Norden hatte er gegen die Sachsen gestritten, und jetzt schützte er unseren König unverzagt in Hispania.

Und wer beschützte uns vor diesem Scheusal und seinem gierigen Schwert?

Das Licht flackerte über die Kiste, während der Tokkenspieler sprach. Die Gesichter darauf schienen lebendig zu sein. Glühend starrten sie in die Nacht, und ihre Lippen bewegten sich. Ich lauschte angestrengt, aber nie konnte ich verstehen, was sie zu sagen hatten. Lautlos beschwor ich die Grimassen, den Sarazenen beizustehen, damit sie Ritter Roland in Stücke rissen. Doch am Tage waren sie wieder nichts als Kohlenstaub und wagten nicht mehr zu sprechen.

* * *

Der Weg wurde breit, immer öfter erkannten wir frische Wagenspuren, und endlich standen wir wieder vor dem Rhein. Gemächlich wanderten wir auf dem ausgetretenen Treidelpfad, und ich staunte über die zahllosen Schiffe und kleinen Boote, die langsam flussaufwärts gezogen wurden. Reiche Hofanlagen breiteten sich auf den Hügeln aus, aber auch viele verfallene Bauten aus Stein, die sicher einmal prächtig gewesen waren. Jetzt wuchs Unkraut zwischen den Mauerresten, und das Vieh weidete sich daran. Das sonderbarste Bild boten zwei mächtige Pfeiler, welche trutzig im Strom ausharrten, obwohl die Brücke, die sie einst getragen hatten, längst verschwunden war.

Am anderen Ufer lag die Stadt. Majestätisch ragten Kirchen und Türme empor, und ein Ring von Wällen und Palisaden zog sich um die ganze *civitas*. »Das ist Mogontiacum, oder Mainz. Trink von nun an kein Wasser mehr, darin gleichen sich alle großen Städte.«

Wir warteten, bis der Fährmann mit seinem Nachen angelegt hatte, und mein Herr musste ihn teuer bezahlen, damit er uns übersetzte. Ich hockte mich in das kleine Boot, hielt mich krampfhaft fest und versuchte möglichst reglos zu bleiben, denn bei jeder Bewegung schwankte es gefährlich und weiße Schaumkronen netzten meine Hände.

Der betriebsame Hafen verwirrte mich und zog mich gleichzeitig an. Es stank nach Fisch und Unrat; die Straße war so aufgeweicht, dass der Schlamm uns in die Schuhe drang, ehe wir drei Schritte gegangen waren. Gelbe Wellen gluckten an den Bäuchen der Schiffe. Unter ihren Lasten gebeugt, patschten barfüßige Sklaven über Planken zum Ufer. Aufseher brüllten, und Händler hüpften neben ihnen her, ängstlich um ihre Ladung besorgt. So viele Ochsenkarren und Pferdewagen rumpelten über den Platz, dass sie sich gegenseitig im Weg waren. Die Tiere zerrten am Geschirr, ruckten vor und zurück, und da niemand nachgeben wollte, kamen sie nur mit größtem Spektakel aneinander vorbei. Aus dem rollenden Räderwald glitten dreckige Kinder hervor und stellten den Passanten nach, um ihnen hinterrücks die Beutel abzuschneiden.

Der Tokkenspieler eilte in das Gewirr aus Gassen und Gängen, Brutstätten von haarigen Fliegen und eklem Geschmeiß. Baufällige Häuser quetschten sich eng zusammen, einige wurden wohl nur noch von ihren Nachbarn gehalten. Sicher konnten die Bewohner ihrem Gegenüber durchs Fenster auf den Tisch spucken. Ich fragte mich, wie die Menschen in diesem Labyrinth ihr Heim wiederfanden, und griff nach der Tunika des Tokkenspielers, denn ich wollte auf keinen Fall verloren gehen.

Vor einer niedrigen Hütte blieb er stehen und klopfte.

»Jetzt wirst du deine *familia* kennen lernen«, sagte er fröhlich, »die *familia* der Spielleute und Gaukler, der Possenreißer und Beutelschneider. Traue keinem von ihnen, denn sie wissen alle Schliche der Erde, und es macht ihnen Spaß, mit ihren Kenntnissen zu prahlen. Ach ja, gib mir deine Kreuzfibel.«

»Nein, das dürft Ihr nicht! Ihr dürft sie mir nicht wegnehmen.«

»Ich darf nicht?« Er riss mich schmerzhaft am Haar. »Du wirst gehorchen! Ich habe dich gekauft, schon vergessen?«

»Bitte seid nicht böse, Herr, ich will ja nicht ungehorsam sein, aber die Fibel ist die einzige Erinnerung an meine Mutter. Bitte, lasst sie mir.«

»Dir könnte weit Schlimmeres geschehen, als beraubt zu werden, dummer Bengel«, zischte er und zog mir die Fibel vom Hals. »Steck das Ding unter deinen Gürtel und lass es nicht sehen! Meine Freunde wittern hässliche Gelegenheiten schneller als der Fuchs die Hühner.«

Mir war nicht wohl bei seinen Worten, und ich hielt mich dicht hinter ihm, als die Türe sich öffnete.

»Berengar!« Eine kleines Weib kullerte heraus und umarmte den Tokkenspieler. Es reckte sich auf die Zehenspitzen und blinzelte mir über seine Schulter hinweg mit einem Auge zu. Feine graue Strähnen schlichen sich unter dem Tuch hervor, das sie nachlässig ums Haupt geschlungen hatte. Dann schob sie meinen Herrn von sich weg und betrachtete ihn eingehend. »Berengar, wie lange warst du nicht mehr hier? Ich muss dir leider sagen, dass du nicht jünger geworden bist.«

»Dafür hast du dich überhaupt nicht verändert, Doda. Ich hoffe, wir finden Platz in deinem Hause. Ich habe dem Fährmann viel zahlen müssen, um dich wiederzusehen.«

Doda schüttelte den Kopf und ging voraus in das dunkle Gemäuer. Durch einen engen Gang gelangten wir in die Küche. Ein winziger Raum, vollgestopft mit Geschirr und Gerät. Zwei Männer und ein Mädchen saßen an einem wackeligen Tisch, auf dem sich Teller häuften und die Reste mehrerer Mahlzeiten vor sich hin faulten.

»Ihr müsst auf dem Boden schlafen, denn wie ihr seht, habe ich schon Gäste. Wenn es euch zu schmutzig ist, sorgt selbst für Ordnung. Ich biete nur Unterkunft und räume nicht hinter euch her.« Sie stemmte die Hände in die Taille, verdrehte die Augen über das Durcheinander und verschwand im hinteren Gemach.

»Raban, alter Lump!«, rief der Tokkenspieler und schüttelte dem älteren Mann herzlich die Hand. Der Kerl wirkte drahtig, seine Nase war scharf geschnitten und stand in krassem Gegensatz zu dem groben, unförmigen Kinn.

Der andere hieß Eberhard, ein wahrer Hüne. Wenn er aufstand, würde er gewiss mit dem Kopf an die Decke stoßen. Seine Lider hingen schläfrig über die Augen herab, so dass er zumindest im Moment nicht den Eindruck machte, als sei ihm an aufreibenden Feindseligkeiten gelegen.

Auch ihn begrüßte mein Herr wie einen alten Freund.

Dann wandte er sich dem jungen Mädchen zu: »Und wer ist dieses zarte Geschöpf?«

»Sie ist meine neueste Entdeckung«, sagte Raban. »Ich nenne sie Tänzerin, beweglich wie eine Schlange. Los, zeig unserem Freund, was du kannst.« Mit dem Arm wischte er Tassen und Teller beiseite und klopfte auf die Platte. Das Mädchen kletterte auf den Tisch, schälte sich aus seinem Tuch und ließ es langsam zu Boden gleiten. Wie ein dürres Kitz sah es aus, als es in seinem Hemdchen vor uns stand.

»Mach schon«, sagte Raban, »muss ich alles zweimal sagen?«

Die Tänzerin knickte ein wenig in den Knien ein, hob die Arme über den Kopf und bog sich rückwärts, bis ihre Hände die Tischplatte berührten. Dann schnellte sie die Beine durch die Luft, stand plötzlich wieder aufrecht und begann das anmutige Rad von neuem. Die Männer klatschten aufmunternd den Takt, und sie wirbelte wieder und wieder durch die Luft. Ihre Wangen röteten sich, ihr Atem ging stoßweise, aber Raban klatschte immer schneller.

Mein Herr rief, sie solle aufhören, sonst würde ihm schwindelig werden. Keuchend stieg sie vom Tisch und wickelte sich fest in ihren Umhang.

»Das war bezaubernd, mein Kind.« Der Tokkenspieler lächelte ihr zu, und sie freute sich darüber. »Du hast eine seltene Blume gefunden, Raban, behandle sie gut, damit sie nicht vorzeitig welkt.«

»O ja, aber das ist nicht leicht. Wenn sie zu viel frisst, verliert sie ihre Geschmeidigkeit und wenn sie hungrig ist, wirkt sie so elend, dass nicht einmal die Hafensklaven für ihre Gesellschaft bezahlen würden. Aber du hast auch einen Begleiter. Na, Junge, womit verdienst du dir dein Brot?«

Ich wusste nicht, was ich sagen konnte, gottlob antwortete mein Herr für mich. »Ich habe ihn gerade erst aus dem Küchendunst herausgeholt, im Winter wird er lernen, mir zur Hand zu gehen.«

»Hoffentlich entpuppt er sich nicht als Fehlschlag wie der Knabe, den ich in einem Anfall von Barmherzigkeit aufgenommen habe. Der wurde immer steifer, völlig ungeschickt beim Jonglieren, und dann auch noch der Stimmbruch. Na, wir haben eine Regelung gefunden, und jetzt bringt er wenigstens ein bisschen ein. Er holt gerade Wein, dazu ist er immerhin zu gebrauchen. He, Junge, wenn du in der Küche aufgewachsen bist, dann mach dich nützlich, du siehst ja, was zu tun ist.«

Der Tokkenspieler nickte mir zu, und ich begann den Tisch abzuräumen. Jetzt, da meine Hände beschäftigt waren, fühlte ich mich etwas sicherer. Ich scheuerte um die plaudernden Männer herum, als wäre ich noch auf Folkrichs Hof. Allerdings hatte ich es dort nie mit derart hartnäckigem Schmutz zu tun gehabt, welcher nahezu jeden Gegenstand in diesem Raum in schmierigen Schichten überzog.

Mein Herr berichtete, dass er in Rinhausen sein Theater verloren habe.

»Ja, ich hörte von den Sachseneinfällen im Norden«, sagte Raban. »Solche Gegenden sollte man meiden. Siehst du, es hat seine Vorteile, überall als Fremder zu gelten und nirgends gebunden zu sein. Schade, dass auch Swidbertswerth abgebrannt ist. Die Mönche dort wussten zu leben, einige der schönsten Sauflieder kenne ich von ihnen.«

Dann beklagte er sich, dass die Kleriker unter König Karl zu mächtig wurden und sich mehr in das weltliche Geschehen einmischten, als ihnen zukam. »Warts ab, Berengar, sie werden sich noch in die Ehebetten schleichen, um auch dort ihre mahnenden Finger zu erheben.«

»Oh, das tun sie schon längst. Hat nicht damals der Papst dafür gesorgt, dass Karl die Langobardin verstieß?«

Der Tokkenspieler wurde unterbrochen, denn ein junger Bursche trat ein und brachte zwei Krüge mit Moselwein. Er war nicht viel älter als ich und grinste über das ganze Gesicht. Seine schartigen Mundwinkel zogen sich tatsächlich fast bis zu den Ohren, was ihm ein spaßiges Aussehen verlieh.

»Wo hast du dich herumgetrieben?«, fragte Raban. »Es sind nur ein paar Schritte bis zum Weinhändler. Warum lässt du uns auf dem Trocknen sitzen?«

Der Junge behauptete, es sei eben nicht schneller gegangen, grinste beständig weiter und knallte die Krüge auf den Tisch.

Raban erhob sich. »Ich werde dich lehren, uns warten zu lassen! In den Handstand mit dir und dreimal durch den Raum.«

Leicht ließ der Bursche sich auf die Hände fallen und begann, kopfüber zu laufen. »Drück das Kreuz durch«, schimpfte Raban, »kannst du nicht die Beine ruhig halten, ein Strohsack ist eleganter als du. Sieh dir das an, Berengar, womit habe ich das verdient?«

Der Junge war schon an die Herdstelle gelangt und machte auf den Händen kehrt. Seine Muskeln zitterten leicht, als er den Rückweg antrat.

»Bist du schon müde? Das kommt davon, wenn du nicht übst.«

Der Bursche schwankte, aber es gelang ihm, das Gleichgewicht zu halten.

»Weiter! Ich werde mich morgen deiner annehmen, wenn du es nicht bis zur Wand schaffst.«

Mühsam versuchte der Junge die Hand zu heben, aber seine Muskeln zitterten jetzt heftig, die Beine klappten über, und er knallte auf den Rücken.

Sicher ein schmerzhafter Sturz. Der Bursche erhob sich umständlich, und grinste dann so fröhlich in die Runde, dass ich lachen musste.

Raban vergaß ihn gleich und berichtete, dass König Karl wenig Glück in Hispania hatte. »Ich weiß es von den Kriegern, die schlau genug waren, sich rechtzeitig aus dem Staub zu machen. Ein großes Heer hat der König gegen die Sarazenen geführt. Aus allen Ecken des Reiches kamen seine Treuen, nur die baiovarischen Truppen fehlten. Der Feldzug begann vielversprechend. Die ersten Burgen ergaben sich, sobald die

Franken vor ihren Mauern auftauchten. Doch später haben die Sarazenen von Cordoba die gesamte Beute wieder eingeheimst. Dem König selbst ist nichts geschehen, aber viele seiner Vasallen sind umgekommen. Das haben sie nun von ihrer Treue.«

»Es gibt wohl keine Siegesfeier in Aachen«, brummte Eberhard. »Der König wird sich damit trösten, einen Verrat zu wittern, und die Baiovaren zurechtweisen.«

»Trotzdem lohnt es sich, nach Aachen zu reisen«, sagte Raban. »Unterhaltung ist immer erwünscht, und wer Geschichten von germanischen Helden zu erzählen weiß, kann sich der Belohnung sicher sein. Karl lässt solche Märchen sogar aufschreiben, obgleich er selbst kaum lesen kann.«

Der Tokkenspieler fragte, um was für Geschichten es sich handeln müsse.

»Denk dir irgendetwas aus«, empfahl Raban, »Hauptsache, es ist eine alte Überlieferung. Du kannst natürlich auch eine Ode auf die gefallenen Ritter dichten. Ja, besinge ihre göttergleichen Leichen.«

»Ich werde es mir überlegen«, sagte der Tokkenspieler und winkte mich zu sich. »Willst du uns nicht ein Mahl bereiten? Du darfst aus meiner Kiste nehmen, was du willst. Überrasche uns mit deiner Kochkunst.«

Mir glühten die Ohren vor Stolz, noch nie hatte er mir die Vorräte anvertraut. Als ich eifrig der Feuerstelle entgegen strebte, hielt er mich am Ärmel zurück. »Nicht den Schinken!«

Ja, ich wollte herrliche Gerichte bereiten, Raban würde meine Fähigkeiten schon kennen lernen. Dem Geschwätz hörte ich nicht mehr zu. Meine Aufgabe nahm mich völlig in Anspruch, und ich prahle nicht, wenn ich behaupte, dass die anspruchsvollsten Gaumen mit dem Ergebnis zufrieden sein konnten.

Die Unterhaltung verstummte, als das Essen fertig war. Ich selbst füllte ihnen die Teller und setzte mich dann still auf die Bank, um zu hören, wie es ihnen schmeckte. Was ich geschnippelt und gemischt, eingeweicht und gebraten hatte, war in kurzer Zeit verschlungen, und ich argwöhnte, dass ein gut gewürzter Eintopf diese gierigen Barbaren ebenso erfreut hätte.

Als der Tokkenspieler gegessen hatte, fuhr er mir durchs Haar: »Das war sehr gut, ich kann mich glücklich schätzen, einen solchen Weggefährten zu haben.«

Ich errötete über sein Lob, welches er laut und für alle hörbar ausgesprochen hatte. Auch die anderen wischten sich die Mäuler und priesen das Mahl, Raban goss mir Wein in einen Becher, und niemand mischte Wasser dazu. Ich trank wie die anderen. Heitere Geister stiegen mir in den Kopf, und meine Lider wurden schwer. Ich verschränkte die Arme auf dem Tisch und bettete mein umnebeltes Haupt darauf. Glücklich lauschte ich dem Gesumm der Stimmen.

* * *

Als ich am nächsten Tage dumpf erwachte, fand ich mich vor der Feuerstelle wieder, und unser großes Tuch war über mich gebreitet.

»Steh auf«, sagte der Tokkenspieler, »es ist schon eine ganze Weile hell.«

Schlaftrunken begab ich mich zum Bottich und benetzte mich zögerlich. Doch der Tokkenspieler war schon über mir und tauchte meinen Kopf ins Wasser. »Bist du endlich wach? Ich wollte mir heute noch den Markt ansehen.«

Mein Kopf schmerzte bei jeder plötzlichen Bewegung, aber der Tokkenspieler zog mich unbarmherzig nach draußen, wo die Sonne meine Augen blendete, und der Lärm in meinen Ohren sauste.

Der Markt war mit Menschen überflutet. Wir kamen an offenen Hütten vorbei, in denen Schmiede und Wagner, Zimmerleute und Bäcker ihre Handwerkskünste anpriesen und sich gegenseitig zu übertönen suchten. Auf den Ständen häuften sich Gemüse und Fleisch. Meine Augen irrten matt darüber hinweg und sahen doch nichts davon. Das Einzige, was ich deutlich wahrnahm, war ein Bauer, der eine fette Fliege auf einer Schweinekeule zu violettem Brei schlug.

In einem abgetrennten Bereich trieben die Fremden ihren Handel.

Manche trugen grellbunte Gewänder, andere verbargen Gesicht und Körper ganz unter Schleiern. Ihre Kunden lockten sie in kleine Zelte, die ohne jede Ordnung aufgeschlagen waren. Fluchtwege und heimliche Gänge schlängelten sich dazwischen. In diesem Durcheinander würde jede Schandtat verborgen bleiben. Ihre Heidenaugen lauerten überall, sie verfolgten uns, schlichen uns nach. Niemand konnte verstehen, was sie miteinander tuschelten.

»Bitte Herr, lasst uns in die Friesensiedlung gehen, wo ehrbare Menschen ihre Geschäfte haben. Man kann diesen fremden Teufeln nicht trauen, Betrüger, die Euch das Silber aus der Tasche ziehen wollen.«

Ruckartig drehte der Tokkenspieler sich um und schlug mir hart ins Gesicht. »Nie wieder will ich solchen Mist von dir hören! Dir scheint entgangen zu sein, dass du selbst kein ehrbarer Mensch mehr bist. Du hast Amulette geschnitzt und sie leichtgläubigen Menschen als Heiligtümer um den Hals gehängt, nur um in den Besitz ihrer Güter zu kommen. Du bist es, dem nicht zu trauen ist! Wie kannst du es wagen, unschuldige Händler zu beschimpfen?« Er drehte sich um und strebte in eines der Zelte. Was blieb mir übrig, als hinter ihm her zu hasten.

Die Unruhe des Marktes blieb draußen zurück, und der Stoff verwandelte alles Licht in goldenen Schein. Ein zartgliedriger Mann von dunkler Hautfarbe begrüßte uns. Sein Gesicht war fein geschnitten, er hatte weiche Lippen und Wimpern, so lang wie die eines Weibes. Zuvorkommend bat er den Tokkenspieler, Platz zu nehmen, und reichte ihm eine

Platte mit kleinen süßen Kuchen. Das tat er, obwohl er ein Heide war.

»Da Ihr mich besucht, müsst Ihr ein Mann von erlesenem Geschmack sein, trotz Eures ausgefallen Gewandes. Wenn Ihr erlaubt, zeige ich Euch gleich meine Seide.«

Der Händler rollte einen schimmernden Stoff vor uns aus. Das Gewebe war so leicht, dass es beim geringsten Lufthauch flatterte. Adler waren darauf zu sehen und andere Tiere, die ich nicht kannte.

»Byzantinische Seide«, erklärte der Kaufmann, »Ich habe viel zu wenig davon mitgebracht und könnte mir das Gesicht zerkratzen über meine Dummheit, aber Narben würden die Käufer abschrecken.«

Der Tokkenspieler strich über das zarte Tuch und schüttelte bedauernd den Kopf. »Ich fürchte, ich kann mir solche Kostbarkeiten nicht leisten. Ich bin wegen einer schwierigeren Sache hier.«

»Ah, Ihr sucht einen Sklaven! Eunuchen kann ich Euch bieten, Jünglinge und Mädchen von den edelsten Turkstämmen oder arbeitsame Hände aus dem Norden. Ich habe wirklich nichts dagegen, wenn ich sie nicht bis Cordoba durchfüttern muss. Getauft sind sie allerdings noch nicht, ich dürfte sie sonst nicht über die Grenzen bringen.«

»Nein, nein«, wehrte der Tokkenspieler ab. »Keine Sklaven.«

»Welcher Teufel hat Euch dann zu mir gesandt?«, rief der Kaufmann und nahm meinem Herrn die Platte weg. »Ihr verspeist meine Süßigkeiten und habt wahrscheinlich keinen Denar in der Tasche. Soweit ist es gekommen, dass jeder hergelaufene Strolch uns Chasaren verspotten darf. Habe ich Euch nicht respektvoll hereingebeten, ohne an Euren schmutzigen Lumpen Anstoß zu nehmen? Aber nichts wird einem gedankt, wahrhaftig nicht.«

Der Tokkenspieler hob besänftigend die Hände. »Ich wollte Euch nicht beleidigen, guter Mann. Ich suche Farben. Leuchtendes Blau, das man Indigo nennt, rote und gelbe Erden. Ich bin nicht mittellos, wie Ihr zu glauben scheint, aber ich bin leider auch nicht reich. Darum bietet mir kein Purpur an, ich könnte es wohl nicht bezahlen.«

Der Händler setzte eine klägliche Miene auf. »Bitte erlaubt mir, meinen Fehler wieder gut zu machen.« Er verschwand hinter dem Vorhang und kam mit einem Kästchen zurück. Schwarzblaue Würfel lagen darin, jeder einzelne in ein dünnes Tuch gewickelt. An der Seite steckte in einem Fach ein versiegeltes Fläschchen.

»Indigo«, sagte er. »Es kommt aus Indien und ist von bester Qualität. Die Flüssigkeit werdet Ihr brauchen, man nennt sie *sulphuricum acidum*, und Ihr müsst besonnen damit umgehen. Sie kann Löcher in das stärkste Metall fressen, wie viel leichter zerstört sie das menschliche Fleisch.«

Der Tokkenspieler nickte. »Ich weiß, wie man Indigo behandelt.«

»Oh, ich wollte Euch nicht belehren. Doch seht, welche Kostbarkeit ich für Euch gefunden habe. In diesem Beutel ist das Pulver der Krappwurzel. Es wurde fünf Jahre gelagert, Ihr könnt es also sofort anwenden und werdet prachtvolles Rot erhalten.«

Dann trug er noch ein zweites Kästlein heran, welches in vier Fächer aufgeteilt verschiedene Erden enthielt. Roten und gelben Ton, grüne Erde aus Verona und die Schattenfarbe aus Cypern.

Der Tokkenspieler ließ den Blick über die ausgebreiteten Schätze gleiten.

»Ich begehre alles, doch ich brauche nicht so viel. Mir genügen die Erden und ein kleiner Indigowürfel. Sagt mir, was Ihr dafür haben wollt.«

»Bedenkt, welche Gefahren jedes einzelne Stück überstanden hat. Nachlässige Kameltreiber, Sandstürme und Überfälle, die eisigen Gebirge des Nordens, Zölle und goldgierige Waräger, mit denen schwer zu verhandeln ist. Und doch habe ich dafür gesorgt, dass alles wohlbehalten in Eure Hände gelangt.«

Der Tokkenspieler antwortete ruhig: »Ich bin bereit, fünf Denare auszugeben, für die Erden und einen Würfel.«

Der Kaufmann wandte sich ab. »Ach, hätte meine Mutter mich mit den jungen Hunden ertränkt. Ich werde mir vor Verdruss das Gewand zerreißen und von meiner Gemahlin unrühmliche Reden zu hören bekommen. Gebt mir fünfzehn und einen für die Krappwurzel, dann verlasst schnell das Zelt, damit Ihr nicht Zeuge meiner Verzweiflung werden müsst.«

So ging es eine Weile hin und her, und zum Schluss einigten sie sich auf achteinhalb Denare. Der Kaufmann kramte eine Rolle Hacksilber hervor und wog den Wert ab, den er herausgeben musste. Dann lud er den Tokkenspieler ein, jederzeit wiederzukommen.

Ich hoffte, die Mönche würden ihn bekehren, denn es wäre schade, wenn ein so unterhaltsamer Heide der ewigen Verdammnis anheimfallen müsste.

Nachdem das Geschäft abgeschlossen war, überquerten wir einen Platz, auf dem Spielleute das Volk in Staunen versetzten.

Eine Akrobatengruppe fesselte meine Aufmerksamkeit. Sie vollführten gewandte Sprünge, kraftvoll und anmutig zugleich. In rasantem Tempo sausten sie über und untereinander durch die Luft; sie überschlugen sich; ihre Leiber schnellten in die Höhe und wirbelten unter dem Himmel; sie flogen, als gelte ihnen die Schwere ihrer Körper nichts.

Einer von ihnen war weniger geschickt. Bei jedem Versuch zu springen fiel er auf den Bauch oder auf den Hintern. Aber er grinste breit über seine Misserfolge. Er verbeugte sich sogar, als wäre ihm ein großes Kunststück gelungen, und die Leute feuerten ihn an, es noch einmal zu wagen. Wenn er nach vielem Zureden neuen Anlauf nahm, stellte ihm einer der Umstehenden ein Bein, und wieder purzelte er linkisch über den Platz.

Der Tokkenspieler fragte, ob mir die Darbietung Spaß mache. Ich nickte und hoffte, er würde mich noch eine Weile zusehen lassen.

»Glaubst du, dass es dem Burschen behagt, verspottet zu werden?«

Der Kerl lachte doch über das ganze Gesicht. Das würde er wohl kaum tun, wenn er keine Lust zu seinen Kapriolen hätte. Doch sah ich auch, dass er seine Brauen schmerzlich zusammenzog, wenn er fiel, und wenn er gestoßen wurde, rieb er sich die Schulter. Die Freude war mir fast verdorben.

Der Tokkenspieler sagte: »Er ist zu nichts nutze, darum lacht er jetzt auf ewig, selbst wenn man ihn verhöhnt, selbst wenn man ihn quälen würde. Schau ihn dir an. Manche haben sich eine solche Grimasse nur angewöhnt, damit man ihre Anstrengung nicht erkennt. Andere schmieren sich das Grinsen mit Farbe auf. Ihm aber hat man die Mundwinkel eingeschnitten.«

Mir wurde übel, und ich wollte mich abwenden, doch der Tokkenspieler hielt meinen Kopf fest, so dass ich auf den Burschen starren musste.

»Sieh hin. Wie soll die Akrobatengruppe ihn ernähren, wenn er zu ihrem Beruf nicht taugt? Jeder muss seinen Teil einbringen, so gut er eben kann. Manchmal verstümmeln sie auch die überzähligen Kinder, denn bei ihnen heilen Brüche noch gut, und sie sollen ein sicheres Auskommen haben. Siehst du, wie lustig der Kleine dort hinten einherhüpft. Er erregt Gelächter und Mitleid zugleich. Das Volk braucht solche Gestalten, um sie zu verspotten und gute Werke an ihnen zu tun. Aber du gehörst nicht mehr zum Volk, du bist ein Gaukler, ein Herumtreiber, ein Fremder. Ich finde, du solltest das langsam begreifen.«

Der Tokkenspieler ließ mich frei.

Schaudernd dachte ich an Rabans Burschen und an die Regelung, die sein Herr für ihn gefunden hatte. Vor allem aber dachte ich an mich und daran, was aus mir werden sollte, wenn ich mich als ungeschickt erwies. Als der Tokkenspieler erwog, einen Umhang für mich zu kaufen, damit ich im Winter nicht frieren müsste, hoffte ich, er möge von diesem Gedanken Abstand nehmen. Ich wollte nicht, dass er Geld für mich ausgab. »Es ist noch nicht kalt, Herr, und ich habe ja das große Tuch. Ihr braucht Euer Silber doch sicher, da Ihr so viel für die Farben bezahlen musstet.«

Überrascht hob er die Brauen und meinte, der Einwand sei sehr vernünftig. Dann erstand er für das Gesparte eine Leier.

In Dodas Haus machte ich mich ohne Aufforderung daran, die Spuren des gestrigen Mahles zu beseitigen. Raban und seine Leute brachten Lebensmittel, und ich bereitete sie sorgsam zu. Niemand wunderte sich darüber, dass ich sie alle bediente. Ich war sehr höflich, obgleich sie Scherze mit mir trieben und mich Küchenfee nannten.

Nachdem sie gegessen hatten, duldeten sie nicht, dass ich die Töpfe scheuerte. Sie wollten lustig sein und sich nicht durch mein Geklapper die Stimmung verderben lassen.

Eberhard meinte, ich müsse lernen, auf den Händen zu tanzen, und verlangte nach Musik. Er hob mich einfach an den Füßen in die Höhe, senkte mich herab, dass meine Hände den Boden berührten, und führte meine Beine, bis ich das Gleichgewicht fand. Die anderen jubelten, als ich für einen Moment ohne seine Hilfe stehen blieb.

Der Tokkenspieler begann auf der neuen Leier einen temperamentvollen Tanz zu spielen. Raban holte seine Schnabelflöte, und Eberhard ließ mich kopfüber auf und nieder hüpfen. Zuerst fürchtete ich, er könnte mich fallen lassen, aber seine Arme erlahmten nicht.

Da sie alle mir aufmunternd zuriefen, klatschte ich den Takt, wenn ich mich gerade in der Luft befand, und sie machten begeistert mit. Angeregt durch meinen Erfolg, schnellte ich mich selbst mit den Händen vom Boden ab, um Eberhard zu unterstützen und vollführte graziöse Bewegungen in der Höhe. Die Pendelei machte mir für eine Weile Spaß, doch der

Mensch ist nicht dazu geboren, wie eine Fledermaus zu hängen. Mir floss das Blut in den Schädel, und ich war froh, als Eberhard genug hatte und mich behutsam auf den Boden gleiten ließ. Wie ich es bei den Akrobaten gesehen hatte, rappelte ich mich hoch und verbeugte mich mit ausgebreiteten Armen. Fröhlicher Applaus war mein Lohn.

Heimlich schielte ich zum Tokkenspieler, um zu sehen, ob er mit meiner unfreiwilligen Darbietung zufrieden war. Er klatschte nicht, sondern schmunzelte nur vor sich hin.

Raban schlug ihm auf die Schulter und rief: »Hör mal Berengar, du musst mir deine Küchenfee überlassen. Ja, du musst! Ich kann einiges aus dem Bengel herausholen, das sehe ich genau. Ich biete dir dreißig Denare für ihn. Was sagst du?«

Ich erstarrte. Mein Herz wollte vor Entsetzen schreien. Der Tokkenspieler hatte zwölf Denare für mich gegeben und konnte jetzt mehr als das Doppelte bekommen. Von Raban, der seinem Burschen die Mundwinkel aufgeschnitten hatte und seine Tänzerin bis zur Erschöpfung Räder drehen ließ. »Bitte nicht«, flüsterte meine Seele, obgleich ihre Wünsche bei diesem Handel keinerlei Gewicht haben konnten.

»Er ist nicht verkäuflich!«, sagte mein guter Herr bestimmt.

Ich sank zusammen und weinte vor Erleichterung. Der Tokkenspieler hob mich auf und führte mich nach draußen. »Schluss jetzt mit der Heulerei!«

Der Rotz lief mir aus der Nase. Ich konnte nicht verhindern, dass meine Stimme auf Pfützen dahinschlitterte und immer wieder in Schluchzern ertrank. »Ihr hättet mich in Rinhausen lassen sollen.«

»Nun, dann wärest du jetzt tot, wie all die anderen von Folkrichs Hof. Wenn dir das lieber ist ...«

»Ich möchte lieber tot sein, als so ein Schicksal erleiden wie Rabans Bursche. Dreißig Denare hat er geboten, und Ihr habt doch gesagt, dass jeder seinen Teil einbringen muss. Wenn ich nun Eure Erwartungen nicht erfüllen kann ...«

Der Tokkenspieler nahm mich an den Schultern und rüttelte mich. »Was habe ich verbrochen, dass du mich für ein Ungeheuer hältst. Wie kommst du nur darauf, dass ich dir so etwas antun könnte?«

Wie gerne hätte ich mich an ihn gelehnt und ihm gesagt, dass ich nichts anderes wollte, als bei ihm zu bleiben, selbst wenn er Lügen erzählte und falsche Amulette verkaufte! Ich würde ihm sogar dabei helfen, ich hatte es ja schon getan, denn er war der einzige Mensch, der mir geblieben war.

Aber er stützte das Kinn auf die Faust und starrte feurige Löcher in die Dunkelheit. »Wenn ich nach Silber gierte, würde ich weit mehr für dich bekommen, als du ahnst. Es wird sich zeigen, ob du meine Lauterkeit wert bist. Ich tue dir nichts an, aber hüte dich, mich zu enttäuschen, falls ich deinen Gehorsam einmal nicht erzwingen kann. Jetzt wisch dir das Gesicht ab und verdirb mir nicht länger den Abend.« Er erhob sich und verschwand im Haus.

Nachdem ich mich beruhigt hatte, folgte ich ihm. Ich setzte mich an die Wand und sah zu, wie die Spielleute scherzten. Der Tokkenspieler war ein Teil dieser sonderbaren Gesellschaft, und auch ich hatte kurz zu ihnen gehört, als ich in der Luft hing und sie mir Beifall zollten. Jetzt hockte ich im Dunklen und wagte nicht einmal, nach der tröstenden Fibel zu tasten. Ich beneidete die dürre Tänzerin. Sie hatte gerötete Wangen und lachte gelöst im Kreise derer, die ich fürchtete. Alles war falsch an ihnen, und trotzdem wünschte ich, in ihrer Mitte einen Platz zu finden. Ich hatte keinen anderen mehr.

Wir blieben viele Tage bei Doda. Ich kochte und schrubbte, und ich gewöhnte mich leidlich an den Umgangston, der unter den Spielleuten herrschte. Im Gegensatz zu normalen Menschen lachten sie über gehässige Bemerkungen, und ich beteiligte mich bald an ihrer unflätigen Redeweise.

Manchmal benahmen sie sich vollends närrisch und debattierten über die lächerlichsten Dinge. Raban versuchte sogar, mir weiszumachen, dass es nichts Festes auf dieser Welt gäbe. »Dieser Tisch erscheint dir nur deswegen starr, weil du es so gelernt hast. Reine Lüge! Du wirst doch zugeben, dass alle Dinge altern, also verändern sie sich, nicht wahr? Veränderung ist aber Bewegung, und was sich bewegt, kann nicht starr sein. Der Tisch wabert! Er bewegt sich eben zu langsam oder zu schnell für dein träges Hirn. Ja, ich wundere mich, dass du es wagst, die schweren Schüsseln dieser Platte anzuvertrauen.«

Als ich nur den Kopf schüttelte, rief er: »Überzeuge mich vom Gegenteil, Küchenfee. Bring mich dazu, an die Starrheit zu glauben.«

Ich wusste nicht, was ich zu diesem Unsinn sagen sollte, doch als ich die Suppe auftrug, füllte ich alle Schüsseln, bis auf seine. Raban wurde ärgerlich, aber der Tisch befand sich zwischen uns, und der Tokkenspieler saß ihm im Weg.

»Seid bitte nicht böse auf mich, Herr Raban«, sagte ich. »Doch, nach allem, was Ihr mir erklärt habt, fürchte ich, dass Euer Napf vielleicht zu sehr wabert, als dass er die Suppe halten könnte. Keinesfalls möchte ich schuld an Eurem Zorn sein, wenn die heiße Flüssigkeit sich über Eure Beine ergießt.«

Oh, wie schnell gab er zu, dass der Tisch, seine Schüssel und alles, was ich wollte, von unveränderlicher Festigkeit sei, die Suppe hingegen sehr gut duftete und er noch nie eine so gerissene Küchenfee wie mich getroffen habe.

* * *

Eines Abends verkündete mein Herr, er wolle eine Taverne besuchen. Mir graute bei dem Gedanken, ihn fortgehen zu lassen. Also bettelte ich nach bestem Vermögen, mich mitzunehmen. Ich versprach, bestimmt nicht zu stören und still in einer Ecke auszuharren, bis er sich auf den Heimweg begeben wollte. Der Tokkenspieler lachte: »Gut, ich nehme dich beim

Wort, aber ich befürchte, du wirst bald bereuen, auf deinen Wunsch bestanden zu haben.«

In der Friesensiedlung waren die Häuser zwar prächtiger als in Hafennähe, doch aus den Wegen dünstete der gleiche Gestank wie überall in der Stadt. Die Leute gruben kein anständiges Loch für ihren Unrat. Was sie nicht mehr haben wollten, kippten sie aus den Fenstern, und man wusste nie genau, woraus der Matsch bestand, in den man gerade trat.

Wir fanden die Taverne schnell. Der Tokkenspieler nahm ein wenig Hacksilber aus seinem Beutel und steckte die restliche Habe unter meinen Gürtel. »Bei dir wird man keine Reichtümer vermuten. Ziehe ihn nicht heraus, was auch immer geschieht, selbst wenn ich dich darum bitten sollte. Du besitzt gar nichts, bis wir wohlbehalten zurück sind. Hast du das verstanden?«

Ja, das hatte ich, und ich würde ihm beweisen, dass er sich auf mich verlassen konnte.

Auf sein Klopfzeichen wurde uns aufgetan, und ein Mädchen führte uns eine wacklige Treppe hinab. Laute Stimmen drangen aus der Tiefe. Man hatte mit Räucherwerk nicht gespart, und die Talglichter erhellten den Raum nur spärlich. Kaum konnte man die Gestalten erkennen, die an den Tischen in nächster Nähe saßen. Wir fanden zwei freie Plätze. Nachdem wir uns gesetzt hatten, kam ein junges Weib zu uns. Ihre Tunika war über die Schulter gerutscht, aber das störte sie nicht, denn es war sehr warm. Unbefangen stützte sie sich auf den Tisch und schüttelte das strähnige Haar aus der Stirn. Wir sollten nicht lange überlegen, ob wir hungrig seien, denn just in diesem Moment wurde der Bratspieß abgenommen und das Fleisch sei so knusprig, wie wir es später am Abend nicht mehr bekommen könnten. Mir liefen die Säfte in den Mund. Dem Tokkenspieler ging es wohl ebenso, denn er bat sie, das Festmahl mit Wein und leichtem Bier so schnell wie möglich aufzutragen.

Der Mann am Nebentisch lehnte sich neugierig zu uns herüber. Nach seinen Gewändern zu urteilen war er sicher reich. Im Moment stand sein Haar allerdings in einzelnen Büscheln ab, und seine Augen starrten glasig, was dem Eindruck der Vornehmheit eher abträglich war.

»Ihr seid wohl fremd hier, wie? Bei Eurer Aussprache müsste ich befürchten, dass Ihr aus Baiern stammt. Ich hoffe, Ihr beweist mir das Gegenteil, denn ich will unbeschwert meinen Wein genießen und mir nicht von Tassilos Spießgesellen die Laune verderben lassen.«

Der Tokkenspieler sagte: »Ich bin tatsächlich in Baiern aufgewachsen, doch ich war schon viele Jahre nicht mehr dort und fühle mich unter Franken mehr zuhause als in meinem Heimatland. Darum lasst uns in ehrlicher Bewunderung auf König Karl trinken.«

Der Mann lehnte sich zurück, leerte seinen Becher in einem Zug und rief laut nach einem Krug für sich und seine Freunde. »Kommt herüber.« Er winkte uns einladend zu. »Diese Bänke sind bequemer, und Ihr sitzt nicht im zugigen Gang.« Es schien unmöglich, seiner Gesellschaft zu entgehen, und so wechselten wir die Plätze, um ihn nicht zu beleidigen.

Mein Herr sagte freundlich: »Ich reiste lange durch den Norden, darum erklärt mir, was Euch gegen Herzog Tassilo aufgebracht hat und warum Ihr seine Getreuen beschimpft.«

»Wisst Ihr denn nicht, mit wem Tassilo vermählt ist?«

»Ihr sprecht von Liutperga, einer Tochter von Desiderius?«

Der Fremde schenkte uns beiden nach und ereiferte sich: »Oh, sie ist hart wie Fels. Sie wird König Karl nie verzeihen, dass der ihren Vater überfallen hat und nun die Langobardenkrone trägt. Das Weib sinnt auf Rache. Sie verbreitet, dass Karlmanns Söhne rechtmäßig auf den Thron gehören. Wenn die Legitimen nicht mehr aufzufinden sind, dann eben sein Bastard. Hoffen wir, dass Karl den Burschen eher aufspürt als sie. Tassilo ist schon so weich geklopft, dass er dem König die Hilfe in Hispania verweigerte. So sieht es aus, mit Eurem Herzog von Baiern.«

Der Mann langte nach dem Mädchen, das unser Essen brachte. Er griff sie um die Taille, zog sie auf den Schoß und gab ihr zu trinken. Sie wehrte sich nicht, aber ich sah, dass sie den Wein auf den Boden spuckte.

Schon lange hatte ich kein Fleisch gegessen, und so achtete ich nicht weiter auf unseren Tischgefährten, der mit der Bediensteten tändelte. Auch mein Herr dachte nicht daran, sich zurückzuhalten. Seine Wangen röteten sich bereits von dem starken Wein.

Der Fremde rülpste und fragte das junge Weib, ob sie sich wohl mit einem Baiovaren einlassen würde. Sie meinte, es käme ganz auf seine Ausstattung an, worauf er den Finger hob, gegen ihre Nase stupste und erklärte, dass diesen Verrätern nicht einmal zu trauen sei, wenn sie tausend Eide leisteten. Schon Pippin hatten sie feige in der Schlacht verlassen, und jetzt suchte man sie vergeblich unter den Recken des Königs.

Mein Herr wollte solche Reden über seine Landsleute nicht mehr hören und brummte: »Denkt über die Baiovaren, was Ihr wollt, aber ich kenne viele, die sich keine Gelegenheit nehmen lassen, bei Karls Beutezügen dabei zu sein.«

Der Mann stieß das Mädchen von seinem Schoß und sprang auf: »Wollt Ihr mich der Lüge bezichtigen?« Unbeherrscht fegte er die Becher vom Tisch, dass mir sein Wein auf den Braten und die Kleider spritzte.

»Ich lasse mich nicht von einem Herumtreiber beleidigen. Kommt mit mir hinaus und zeigt, dass Ihr würdig seid, auf meinen König zu trinken.«

Auch der Tokkenspieler erhob sich, und seine Augen glitzerten gefährlich. Ich bekam Angst, denn der Fremde griff nach seinem Kurzschwert. Inständig hoffte ich, dass jemand dem Streit ein Ende machen möge. Die anderen Gäste drehten sich zu uns um und lachten. Sie hielten es nicht für nötig einzugreifen, es ging ja nur um einen heruntergekommenen Wanderer, den niemand kannte. Schon sah ich mich allein in dieser feindlichen Stadt nach Brot betteln. Vorerst hatte ich zwar genügend Silber unter dem Gürtel, doch irgendwann würde es zu Ende gehen.

Ich erhob mich ebenfalls und hörte mich sagen: »Aber guter Fürst, Ihr wollt doch nicht mit einem Mann des Friedens streiten und Blut auf Eure Seele laden. So ein Sieg würde Euch wenig Ehre machen.«

Der Fremde drehte sich langsam zu mir um und starrte mich an. In meiner Furcht plapperte ich weiter: »Ihr habt meinen Herrn missverstanden, er sprach nur von den letzten aufrechten Rittern Baierns.«

Der Mann hatte den Schwertgriff noch immer gepackt, und ich überlegte fiebrig, wie ich ihm nach dem Mund reden konnte, ohne meinen Herrn ins Unrecht zu setzen. »Ja, die letzten aufrechten Baiovaren, die sich gegen Tassilos Befehl dem König angeschlossen haben. Gegen Tassilos Befehl, versteht Ihr? Ihr werdet meinem Herrn doch nicht verübeln, dass er sich für ihre Ehre ausspricht.«

Jetzt wandte auch der Tokkenspieler den Kopf. Noch nie hatte ich ihn so verblüfft gesehen. Schnell setzte ich mich hin und widmete mich den Resten des Bratens, die jetzt in gemischter Flüssigkeit schwammen.

Der Fremde nahm wieder Platz, lehnte sich über den Tisch und fragte: »Ist das wahr, gegen den Befehl des Herzogs? Woher weißt du das?«

Ich behauptete schmatzend, ein Pilger erführe dies und jenes, leider könne ich nicht mehr berichten, denn wir strebten nach geistigem Heil, und unsere Ohren sollten vor weltlichem Geschwätz verschlossen bleiben. Diese Worte liefen mir leicht von den Lippen, der Tokkenspieler hatte sie hundertfach verwendet, wenn er es leid war, auf die Fragen der Bauern einzugehen.

Der Fremde lächelte, schlug meinem Herrn freundschaftlich auf die Schulter und bestellte einen neuen Krug. »Ich werde das Lob über Eure baiovarischen Freunde in meiner

Kapelle verkünden lassen, mag doch Bischof Lul das Gegenteil behaupten. Die Priester folgen mir, da ich sie ernähre, und meine Leute glauben meinen Priestern, denn ich lasse sie nur an hohen Feiertagen die öffentliche Kathedrale besuchen. Ihr werdet Euch wundern, wie schnell sich die Neuigkeit verbreiten kann.«

Das Mädchen setzte sich wieder auf die Knie des Edlen, und ein anderes brachte den neuen Krug. Sie bat den Tokkenspieler, ihr einen Schluck zu gönnen, es sei heiß und ihre Kehle ausgetrocknet. Er schubste mich zur Seite, füllte ihr meinen Becher und zog sie auf die Bank. »Kümmere dich nicht um den Kleinen«, sagte er zu ihr, »seine Augen sind vor dem weltlichen Geschehen verschlossen. Er wird still in seiner Ecke sitzen bleiben und uns nicht stören.«

Die Männer waren völlig in Anspruch genommen, und ich mochte sie nicht anstarren. Als ich mich im Gewölbe umsah, fing ich den Blick des jungen Weibes auf, welches zuerst nach unseren Wünschen gefragt hatte. Sie kam an den Tisch und setzte sich mir gegenüber. Ihre Schulter war immer noch entblößt. »Erlaubst du, dass ich einen Moment hier ausruhe? Es ist spät und meine Füße sind schwer.«

»Ja natürlich, gnädige Frouwe.«

»Ich bin nicht gnädig«, sagte sie.

»Verzeiht mir bitte ...«

Sie warf den Kopf zurück und lachte. »Nicht doch, du musst dich nicht entschuldigen. Ich bin eins der Weiber, die keinen Ehebruch bedeuten, wenn du verstehst was ich meine.« Sie zupfte eine Strähne hinter dem Ohr hervor und drehte sie um ihren Finger. »Darf ich fragen, was du in dieser Stadt zu besorgen hast? Ich habe dich noch nie gesehen. Deine schlanke Gestalt und den Glanz in deinem dunklen Haar hätte ich sicher nicht vergessen.«

Bis jetzt hatte ich jeden kräftigen Kerl beneidet und nicht für möglich gehalten, dass ein so schönes Weib an meiner Gestalt etwas Lobenswertes finden konnte. Beglückt ging ich auf ihre Fragen ein. Sie hörte aufmerksam zu und unterbrach mich nie.

Ganz in unser Gespräch vertieft, hatte ich nicht bemerkt, dass der Tokkenspieler mit dem Mädchen fortgegangen war.

Nun sah ich den leeren Platz und geriet in Panik. Ich gab nicht eher Ruhe, bis das junge Weib versprach, mir zu zeigen, wo er steckte.

»Du bist doch noch ziemlich jung, ich sollte dich in Ruhe lassen. Viel Zeit habe ich mit dir verschwendet, mein Schöner, aber eigentlich bereue ich es nicht.«

Sie führte mich die Treppe hoch auf einen Gang mit vielen kleinen Zellen und blieb vor einem der Vorhänge stehen. »Da ist er drin, dein edler Herr, sieh lieber nicht nach, er wäre wenig erfreut.«

Ich ließ mich nieder, lehnte mich an die Wand und horchte auf die Geräusche, die von innen kamen. Es war unverkennbar der Tokkenspieler, der dort leise lachte, und das Mädchen war bei ihm. Sie schienen sich gut zu verstehen, die beiden, wirklich sehr gut.

Ich schlang die Arme um die Knie und legte den Kopf darauf. Von unten klang gedämpft das heitere Treiben, und aus den kleinen Gemächern hörte ich Keuchen. Sie würden sich unter ihren Decken auf und ab bewegen, unter Stöhnen mühsame Verrenkungen vollführen und hinterher so aussehen, als sei ihnen das Dach aufs Haupt gefallen. Ich versuchte an etwas anderes zu denken, aber mir fiel nichts ein, und so lauschte ich weiter und fand mich damit ab, hier sitzen zu bleiben, bis mein Herr beschloss, nach Hause zu gehen.

Nach einer Ewigkeit öffnete sich der Vorhang. Das Mädchen kam heraus und verschwand auf der Treppe. Vorsichtig spähte ich in den kleinen Raum. Der Tokkenspieler lag quer über dem schäbigen Bettgestell und schnarchte. Ich sammelte seine Kleider auf und suchte seine Schuhe. Das Hacksilber konnte ich nirgends finden.

Ich rüttelte ihn sanft und fragte, ob wir jetzt gehen sollten, aber er stöhnte nur. Darum begann ich, ihn anzuziehen, und schimpfte vor mich hin, weil er mir so gar nicht half. Ich musste ihn mehrmals umdrehen. Plötzlich würgte er und erbrach sich. Ich konnte gerade noch zurückspringen. Doch als ich sah, wie er sich quälte, schob ich seinen Leib zur Kante und hielt ihm die Stirn. Ich schloss die Augen, damit ich nicht all die Erbsen und Rübenstücke sehen musste.

Als der Krampf vorbei war, stammelte er: »Bist du es, Kleiner? Du solltest nicht hier sein. Sie dürfen dich nicht finden, hörst du? Die Baiovaren nicht, und schon gar nicht die Franken. Lauf zu Doda. Lass mich. Ich bin betrunken.«

»Nein, Ihr müsst mitkommen, bitte Herr.«

Ich half ihm, sich aufzusetzen, und zog seine Füße auf den Boden.

»Was ist denn los?«, fragte er. »Gehen wir schon?«

»Ja Herr, bitte steht jetzt auf«, sagte ich und drückte gegen seinen Rücken.

»Dränge mich nicht, ich komme ja.« Er erhob sich tatsächlich und wankte durch das Zimmer. Am Türrahmen hielt er sich fest und meinte, er brauche dringend Luft. Ich hängte seinen Arm um meine Schulter, fasste ihn um die Taille und führte ihn ins Freie.

Er ließ sich willig leiten, aber er war schwer und riss mich zur Seite, wenn er das Gleichgewicht verlor. So torkelten wir durch die Gassen, und ich war froh, dass nur noch wenig Leute unterwegs waren, die unseren schmachvollen Gang beobachteten. Auf dem ganzen Weg erzählte er mir, was für einen lustigen Abend er verbracht hatte. Ich hütete mich, ihm zu widersprechen, schubste ihn, wenn er stehen bleiben wollte, und führte ihn bis zu Dodas Haus.

Der Tokkenspieler schlief lange. Nachdem er halbwegs bei Sinnen war, verlangte er seinen Beutel und zählte das Silber nach. »Du kannst von Glück sagen, Kleiner. Es wäre dir schlecht bekommen, wenn etwas gefehlt hätte.«

Es kränkte mich sehr, dass er glaubte, ich könnte ihn bestehlen. Galt es denn gar nichts, dass ich redlich an seiner Seite ausgeharrt hatte, wie schlecht es ihm auch ging? Er fing meinen verdrießlichen Blick auf und brummte: »Komm nur nicht auf die Idee, dich zu beklagen. Du hast selbst darauf bestanden, mich zu begleiten.«

Also schwieg ich, doch mein Herz klagte laut nach Gerechtigkeit.

Wenigstens eröffnete er, dass wir diese Stadt sobald wie möglich verlassen müssten. Unverzüglich wusch ich unsere Kleider und packte unsere Habe zusammen.

Als wir übersetzten und die Betriebsamkeit des Hafens nur noch ein fernes Murmeln am anderen Ufer war, wurde mir der Sinn wieder leicht, und ich grämte mich nicht mehr.

Im herbstlichen Sonnenschein wanderten wir südöstlich. Das Weinlaub glänzte rot, und von den Bäumen tanzten goldene Blätter, ich hätte mit niemandem mehr tauschen mögen.

Wessen bin ich angeklagt?
Dass ich den Täuschungen meines Herrn erlag? Dass ich mich selbst der Lüge bediente, anfangs ohne es zu ahnen, später sogar mit Wonne?

Von einem Gaukler will niemand hören, was tatsächlich geschah. Wir sollen die Gegebenheiten mit Aufregung und Abenteuer würzen, mit Geheimnissen und Verlockungen.
Auch Ihr verlangt nach Täuschung, Ihr wünscht nachgerade, betrogen zu werden. Ihr wünscht, dass ich diesen Eid ablege, obgleich mein Leben mir offenbart, dass ich ihn niemals halten könnte.
Diese Gunst gewähre ich Euch nicht, Worte sind zu willfährig, um harmlos zu sein, Ihr könntet sie gar für die Wahrheit halten.

Glaubt mir, ein paar Äußerungen über Euren Richter, eine winzige Bemerkung über seine absonderliche Vorliebe, der er nur bei Dunkelheit im verschlossenen Stall nachzukommen wagt, und eben dieser geachtete Mann hätte fortan um seine Würde zu kämpfen.
Ich brauche mir nur eine kleine Bosheit auszudenken und sie an rechter Stelle vor mich hin zu murmeln. Bald würde mir mein eigenes Gerücht als Tatsache hinterbracht. Nach ein paar Tagen wüssten schon so viele von dem Sachverhalt, dass man mich Lügner schimpfte, wollte ich behaupten, ich selbst hätte die Peinlichkeit erfunden.

Wahrheit ist ein äußerst schmiegsames Gebilde. Ich möchte dem gefährlich Ding nicht allzu nahe kommen, darum vergebt mir, dass ich meiner Zunge keine Ausflüge mehr erlaube, wenn der Rückweg durch unwegsames Gelände führt, in dem ich straucheln könnte.«

DE MEA PARTE AD SUAM PARTEM

Ihm zur Seite stehend

Auf abgelegenen Pfaden zogen wir den Bergen entgegen. An unserem Weg wachte schwarzer Nadelwald. Kein Kraut gedieh zu seinen Wurzeln, und wenn wir uns abends unter die Zweige betteten, erhob er bedrohlich die Stimme und rauschte und heulte im Wind.

Der Tokkenspieler trieb ungeduldig vorwärts, denn nachts hauchte der Frost weißen Reif über die Erde, und mein Herr wollte vor dem ersten Schnee im Winterlager sein. Er sprach von einer schönen festen Hütte, von prasselndem Feuer und weichem Haferstroh, von geräuchertem Fleisch, das er kaufen wollte und von fetter Suppe. Dann griff ich in die Riemen, gab mein Bestes und stöhnte nicht mehr, damit wir diesen gesegneten Ort so schnell wie möglich erreichten.

An hübschen Höfen kamen wir vorbei, doch nirgends blieb er stehen und verkündete, dass wir angekommen seien. In meiner Vorstellung wurde aus seiner Hütte ein Haus, und aus dem Haus ein Palast. Berge von Speisen türmten sich darin, und freundliche Mägde wuschen uns die Füße, um unsere geschundenen Glieder zu beschwichtigen.

Als er tatsächlich halt machte, standen wir auf einer kleinen Lichtung vor einem windschiefen Schuppen. Er war aus runden Stämmen erbaut, und das Moos, das einst der Zugluft getrotzt haben mochte, war längst aus den Ritzen gekrümelt. Betrüblich seufzte die Tür in den Angeln, und von innen wehte uns der Mief von Schimmel und Rattendreck entgegen.

Der Tokkenspieler drang in das Dunkel ein, löste die Klappe von der Fensteröffnung und fuhr mit dem Finger durch die Spinnweben. Dann drehte er sich zu mir um und sagte fröhlich: »Du kannst deinen Packen ruhig absetzen, wir gehen nicht mehr weiter. Wie du siehst, gibt es einiges zu tun. Was ist? Willst du die Hütte mit deinen Blicken heizen?«

Ich zog es vor, im Wald herumzutrotten und eine Menge trockener Äste zu übersehen. Sollte er das elende Loch doch selbst in Ordnung bringen.

Bald zitterte eine dünne Rauchfahne über dem Dach, und der Duft von kräftiger Grütze stieg mir in die Nase. Jetzt half ich, die Möbel abzuschrubben, und schüttelte die verschossenen Decken aus, denn er wollte nicht mit dem Essen beginnen, solange die Umgebung ihm den Appetit verdarb.

Wie im Hause meiner Mutter lag die Feuerstelle mitten im Raum und der Rauch vertrieb allmählich die eklen Gerüche. An der Schmalseite stand eine Truhe, auf die der Tokkenspieler alles Küchengerät verteilte. Den Tisch stellte er quer dazu unter die Fensterluke. Auf der anderen Seite war ein Bretterverschlag abgetrennt, der wohl ehemals das Vieh beherbergt hatte. Nun hängten wir unsere Vorräte darin auf, damit die Ratten sie nicht erreichen konnten. Eine wackelige Leiter führte unter das Dach. Hier sollte ich fortan mein Lager aufschlagen. Der Tokkenspieler selbst nahm das mächtige Bettgestell für sich in Anspruch, das fast so lang war wie der ganze Verschlag. Es stammte sicher von einem reichen Hof und wirkte in dieser jämmerlichen Hütte völlig fehl am Platze. Es zog erbärmlich durch die Ritzen, und ich ahnte, woraus meine Aufgabe in den nächsten Tagen bestehen würde.

Von nun an beschäftigte sich der Tokkenspieler nur noch damit, Figuren zu schnitzen, die den Gesichtern auf seiner Kiste deutlich ähnlich sahen. Er wollte sie immer um sich haben. In der ganzen Hütte lagen sie herum und stierten mir nach. Ich durfte sie nicht einmal vom Tisch räumen, wenn ich kochte. Manchmal stand er sogar beim Essen auf, holte sein Messer und vertiefte eine Falte oder betonte einen Nasenflügel.

Eines Abends gab er mir einen verkohlten Ast und forderte mich auf, selbst ein Gesicht zu zeichnen. Aufmunternd klopfte er mir auf die Schulter und versprach, mich nicht zu stören. Da saß ich nun vor meinem Brett und wünschte, er hätte mir genauer gesagt, was ich tun sollte. Doch alles war besser, als mit klammen Fingern Moos zu zupfen, und ich überlegte, dass eine hübsche Frouwensperson in der Sammlung des Tokkenspielers fehlte. Sie sollte erhabene Schönheit ausstrahlen, sanft und bescheiden sein, aber auch ungestüm das Haar in den Nacken werfen können, wie meine Freundin Gisela.

Zögernd begann ich das linke Auge zu zeichnen; es geriet mir groß und staunend, und ich malte gebogene Wimpern daran. Voller Zuversicht wagte ich mich an den zweiten Spiegel der Seele. Er rutschte, ohne mein Zutun, ein wenig herunter und starrte mich herausfordernd an. Ja, es erinnerte offenkundig an Giselas ungebändigtes Wesen, und wenn ich das Brett etwas drehte, befanden sich die Augen auch wieder auf einer Linie. Die Umrisse des Mundes fielen mir schwerer. Ich entschied mich, die Lippen lächeln zu lassen, aber was ich auch tat, es glich eher Rabans Burschen als einem liebreizenden Wesen. Nun, wenn das Schicksal es durchaus so haben wollte, dann sollte ich wohl ihn verewigen. Der Nasenstrich wirkte sehr hart in dem jugendlichen Gesicht, und ich setzte sein Alter kurzerhand um ein paar Jahre hinauf. Dann bemühte ich mich, das Gesicht zu formen. Mir gelang kein gleichmäßiger Zug, und ich war gezwungen, den grotesken Schädel mit reichlich Haaren zur Vernunft zu bringen. Jetzt störten nur noch die zarten Augenbrauen, aber das ließ sich schnell ändern, und weil ich so schön bei der Sache war, ließ ich auch gleich das schaurige Grinsen unter einem Bart verschwinden. Ich hatte lange und versunken gearbeitet und rief stolz nach dem Tokkenspieler.

Er starrte stumm auf das Brett, und über seine Stirn huschten die Falten in verschiedene Richtungen. Ich befürchtete, er würde zornig werden oder gar in haltloses Gelächter ausbrechen. Nervös erwartete ich, dass sich die Spannung entladen möge.

»Was hattest du vor, Kleiner, wen wolltest du darstellen?«

Ich behauptete, es sei einer der wilden Männer aus den Wäldern, die noch kein Christenmensch zu Gesicht bekommen hatte, ohne kurz darauf schwachsinnig zu werden.

»Ja, das sehe ich«, sagte er. »Aber was sollte es ursprünglich werden? Du brauchst nicht zu schwindeln, ich weiß, wie schwer es ist, einer Entscheidung zu folgen, und noch schwerer ist es, sie zu treffen. Also, was hattest du vor?«

Da er freundlich war, gestand ich den unrühmlichen Weg, den meine Schöpfung genommen hatte. »Vielleicht ist es besser, ich fange gleich an zu schnitzen, Herr, alle bewundern doch die kleinen Pferde in meinen Amuletten.«

»Weil ich sie dir aufzeichnete, oder nicht? Du musst sehen, was sich in dem Holzblock befindet. Erst wenn du mir zeigen kannst, was du siehst, werde ich dir das Holz anvertrauen.«

Täglich sorgte ich für das Feuer, holte Wasser, bereitete die Mahlzeiten und hielt die Hütte leidlich sauber. An den Abenden saß ich dann beim Flackerlicht und mühte mich, Gesichter von verschiedenen Seiten abzubilden, oder ein Ei aus einem Holzblock zu schälen.

Der Tokkenspieler vernachlässigte mich genauso wie alles andere und vor allem sich selbst. Sein Haar stand struppig, die Falten gruben sich ungestört in sein Wintergesicht, und er wusch sich nur, wenn ich ihm das Wasser direkt unter die Nase stellte. Es war ja niemand da, der seinen Anblick ertragen musste, außer mir natürlich, und ich zählte nicht.

Aber ich war längst kein scheuer Knabe mehr, der sich von einem harten Wort erschüttern ließ, besonders da der Tokkenspieler es kaum für nötig hielt, mit mir zu schelten, geschweige denn, dass er sich die Mühe machte, mich zu schlagen, wenn ich seinen Wünschen unzureichend folgte.

Einmal hatten wir einen schlimmen Sturm, und mehrere Schindeln waren vom Dach gefallen. Natürlich berichtete ich von dem Schaden, aber er sagte bloß: »Du wirst sie schon irgendwo finden. Wenn nicht, nimm etwas anderes, um das Loch zu stopfen.«

»Ich habe so etwas noch nie gemacht. Es ist besser, wenn Ihr das in Ordnung bringt.«

»Du könntest es wenigstens probieren«, brummte er und glaubte, die Angelegenheit damit erledigt zu haben.

»Ich muss Wasser holen.«

»Es ist noch früh, du hast genügend Zeit.«

»Wann soll ich denn Zeit haben? Ich schufte den ganzen Tag, dass Ihr es bequem habt, und abends quäle ich mich, Eure Kunst zu erlernen.«

»Ja, du bist zu bedauern. Lass mich jetzt in Ruhe.«

»Ganz allein sorge ich für uns beide, doch Euch genügt das nicht, Ihr jagt mich aufs Dach, obwohl ich nicht einmal weiß, wie ich hinauf kommen soll.«

»Wie wäre es, wenn du die Leiter nimmst, die vor deiner Nase steht. Du bist doch erwachsen, verdammter Quälgeist.«

»So ist es immer, wenn ich handle, ohne zu fragen, werde ich beschimpft, und wenn ich um Hilfe bitte, verachtet Ihr mich. Ich kann machen, was ich will, Ihr seid doch nie zufrieden mit mir. Vielleicht solltet Ihr Euch nach einem anderen Burschen umsehen und mich ins Elend schicken.«

Ich hockte mich in eine Ecke, verbarg das Gesicht in den Armen und erbebte gelegentlich erbarmungswürdig.

Lange sagte der Tokkenspieler kein Wort, und ich begann aufrichtig zu zittern. Wenn er mir nun recht gab, wenn er meiner nun tatsächlich überdrüssig war? Ich hätte mich ohrfeigen mögen, dass ich ihn selbst auf meine Unzulänglichkeiten hingewiesen hatte.

Als er zu mir herüber kam, war ich gewiss, er würde meiner überzogenen Darbietung gleich ein drastisches Ende bereiten.

Aber er war nicht wütend.

Er hockte sich vor mich, streichelte mir den Rücken und sagte, dass er nur bewundern konnte, dass einer wie ich sich so viel Mühe gab und sich spät am Abend über Zeichnungen plagte. Zum Schluss versprach er, sich um das Dach zu kümmern.

Da wusste ich, dass er meine Gesellschaft nicht entbehren wollte.

Oh, diese Erkenntnis beruhigte mich außerordentlich. Wenn mir das tägliche Einerlei auf die Nerven ging, setzte ich mich nun auch bei Tage hin, holte mir einen Apfel und versuchte die Formen mit Schatten abzubilden. Ich fand bald heraus, welchen Gesichtsausdruck ich aufsetzen musste, dass der Tokkenspieler mich in tiefem Sinnen versunken glaubte. Unverwandt stierte ich auf die längst bekannten Gegenstände, ließ den Mund leicht offen stehen und wartete in starrer Haltung, bis er seinen Umhang nahm und sich selbst in die Kälte begab, um Wasser zu schleppen.

Ich fand eine Menge Möglichkeiten, meinen Pflichten zu entgehen. Manchmal zupfte ich entsetzlich auf der Leier, bis er den Lärm nicht mehr ertragen konnte und mich lehrte, richtig zu musizieren. Wenn er böse wurde, ahmte ich seine baiovarischen Flüche nach und schalt in seinem Tonfall selbst mit mir, was ihn meistens zum Lachen brachte. Ich verlangte auch, dass er mir endlich das Wahrsagen beibrachte, und mir zeigte, Liebestränke zu brauen.

»Es gibt keine Liebestränke«, sagte er nur.

Ich glaubte ihm nicht. Auch Holda hatte besondere Kräuter in ihrer Hütte getrocknet, um fleischliche Begierden anzufachen oder zu besänftigen, ganz wie ihre Auftraggeber es wünschten.

Nein, so leicht sollte er nicht davonkommen.

Ich füllte Moos und Rinde in den Wassertopf, dazu einen Knochenrest und mehrere Tannenzapfen. Tags zuvor hatte er eine Ratte erschlagen, auch diese warf ich in meine Brühe und setzte das Ganze aufs Feuer. Es würde furchtbar stinken, dann musste der Tokkenspieler einsehen, dass er mir lieber seine wirklichen Rezepte verraten sollte.

Als er erkannte, was ich tat, erhob er sich und kam auf mich zu. Sein Gesicht war fahl. Er packte meinen Arm, drehte ihn auf den Rücken und zog ihn plötzlich hoch, dass ich aufheulte. »Sollte ich dich jemals wieder dabei erwischen, dass du mit Aufgüssen und Extrakten hantierst, und sollte ich gar erfahren, dass du dein fragwürdiges Gebräu unschuldigen Menschen zu trinken gibst, dann wird mein Zorn dich grausamer treffen, als du es dir vorzustellen wagst. Es gibt keine Zaubertränke!«

Ich stimmte hastig zu, damit er meinen Arm nicht weiter drehte.

Der Tokkenspieler ließ mich los und schnitzte weiter, aber er stieß das Messer mit solchem Nachdruck ins Holz, als wollte er jemanden erstechen. Wie konnte er über meinen albernen Scherz nur derart böse werden? Warum schlug er mich dann nicht und ließ seinen Ärger verrauchen? Sein stummer Groll verbreitete sich in der ganzen Hütte. Ich schlich vorsichtig um ihn herum und musste abends ohne seine guten Wünsche auf mein Lager klettern.

Er lag rücklings auf dem Bett. Ich hörte an seinem Atem, dass auch er nicht eingeschlafen war. »Nicht jedes Spiel ist es wert, gespielt zu werden, Kleiner, sei vorsichtig damit, und tue nie etwas, nur weil es möglich ist. Ich habe wohl bemerkt, dass du deine Zeit damit vergeudest, mich täuschen zu wollen. Das ist nicht weiter schlimm, die Kunst der Täuschung gehört zu unserem Broterwerb. Doch wenn du nicht entlarvt werden möchtest, musst du dich selbst zurückstellen und dein Gegenüber wichtig nehmen. Erst wenn du in seiner Haut umherlaufen kannst, darfst du dir sicher sein, dass du es nicht verletzt.

Sagen wir, du wolltest einen Greis darstellen, und weil du selbst noch jung bist, wird niemand denken, du wärest wirklich der, den du zu verkörpern suchst. Erinnere dich an alle alten Leute, die dir jemals begegnet sind. Du spürst nach, wie sie sich fühlen, wenn ihre Glieder nicht mehr gehorchen wollen. Dein Körper wird sich von ganz allein in jene Haltung begeben. Erst wenn du das vermagst, darfst du versuchen, einem Greis deine Wünsche einzuflößen.«

Ich lag oben und lauschte seiner Stimme, die wieder sanft geworden war. Es machte nichts, dass ich die Worte nicht begriff.

»Mit den Tokken ist es noch anders. Jede Figur ist schon der gesamte Sinn, und deshalb kann sie tiefer beeindrucken als du, der du einen anderen darstellst. Wir dürfen die Tokken nicht gegen ihre Bestimmung missbrauchen. Nur wenn wir uns ihren Wünschen fügen, ihre Eigenarten anerkennen, werden sie uns ihre magischen Seelen offenbaren.«

Was sollte auch dabei herauskommen, wenn ein erwachsener Mann sich monatelang in den Wald zurückzog.

»Jedes Ding hat wesenhafte Empfindungen. Du zum Beispiel wirst niemals deine Fäuste einsetzen, um dir Recht zu verschaffen, denn du bist nicht dumm und weißt, dass du zartere Glieder hast als andere. Genauso wird ein Tuch nicht mit Gepolter zur Erde fallen, sondern sich, seiner Art entsprechend, langsam niedersenken und keinen Schaden nehmen. Das wird es tun, ob du nun an sein Wesen glaubst oder nicht. Hinter allem steckt eine eigene Wirklichkeit, die unabhängig von unserem Denken ist. Ein jedes Gebilde spricht mit seinen eigenen Worten.«

Zu mir sprach vor allem mein bequemes Lager. Ja, ich spürte, dass es die Wärme der Feuerstelle einfing, damit ich nicht frieren sollte, dass die nahen Wände mich bargen und das niedrige Dach schon darauf wartete, meinen Schlummer zu beschützen. Bereitwillig gab ich den Wünschen meiner Schlafstatt nach.

* * *

Kurz vor dem Christfest ging das Getreide zur Neige. Der Tokkenspieler beschloss, den nächsten Bauern aufzusuchen, um unsere Vorräte aufzufüllen. Es war kalt draußen, und dünner Schnee hatte sich über den Wald gelegt. Da ich weder einen Umhang noch warme Strümpfe besaß, musste ich in der Hütte bleiben. Pfeifend ging er davon und ließ mich in der Einöde zurück. Eine Weile starrte ich hinter ihm her. Der Pfad führte wie ein Tunnel in den Wald hinein. Bleiche Nebel krochen aus der Wiese, und die Farben waren blass.

Mir fiel ein, dass ich jetzt ungestört sein Schnitzwerk betrachten konnte, und ich huschte in die Wärme zurück. Ich legte die Köpfe nebeneinander auf den Tisch und wählte einen aus, der mich am meisten beeindruckte. Er war schön, mit hohen Wangenknochen und einem eigensinnigen Mund. Wenn ich mir blonde Locken dazu dachte, konnte es Roland sein. Der Hinterkopf passte gerade in meine Hand, ich ließ ihn nach meinem Willen nicken oder das Haupt schütteln und fragte ihn, wie er heiße.

Mit tiefer Stimme antwortete ich: »Mein Name ist Hruodlanus, Graf der Britanie, der schändlichste Ritter aus dem Heer des Königs.«

Probeweise legte ich mich auf das große Bett des Tokkenspielers und hielt den rohen Schädel hoch, so dass er auf mich herunter sah. Es war sehr bequem. Meine Atembewegungen übertrugen sich auf die Arme, dann auf die Hände und wurden von dem Holzkopf begehrlich aufgenommen.

Jetzt atmete auch er.

Zögernd zuerst, doch dann immer sicherer, saugten sich seine leeren Augen an meinen fest. Ich konnte ihm nicht mehr verwehren, dass er von meinem Leben trank.

Wie nach langem Dämmer richtete der Holzkopf sich auf und schaute durch die Fensterluke. Die Schatten veränderten seinen Ausdruck, hellwach spähte er jetzt in die Ferne.

»Alles ist still! Und doch, ich spüre die Gefahr«, sagte er.

Dann drehte er sich ruckartig um und rief: »Ein Hinterhalt! Der König muss leben und auch sein Kind, das bald den ersten Schrei über diesen Pass senden wird. Eilt euch! Was gibt es mit dem Wagen? Runter vom Bock und schiebt! Ihr da vorne, helft! Und du, führ die Ochsen! Bleibt nicht zurück, erbärmliche Brut! Ist der König schon durch den Engpass? Seid ihr Männer oder eine Viehherde? Macht den Wagen endlich frei! Mögen euch die Waskonen allesamt aufschlitzen, dann muss ich eure elenden Fratzen nicht mehr sehen!«

Plötzlich war er still und horchte angespannt; langsam senkte sich sein Haupt; er bannte meinen Blick und zischte: »Verräter!«

Ich wollte den Kopf von mir werfen, aber meine Hand ließ nicht los. Er fuhr auf und brüllte: »Waskonen! Sie schneiden uns den Weg ab! Wohin wollt ihr fliehen? – Kämpft! Nein, nicht das Horn! Der König muss leben! Er ist verloren, wenn er uns zur Hilfe eilt! – Durendal, mein Schwert, jetzt sollst du Blut trinken!«

Der Holzkopf fiel auf das Bett, federte etwas und kugelte auf den Boden. Dumpf schlug er auf, es war kein Atem mehr in ihm.

Ich spuckte aus, um den metallischen Geschmack loszuwerden. Vorsichtig fasste ich den Schädel am Ohr und legte ihn auf den Tisch. Die anderen Köpfe bebten, ich hatte wohl gegen die Platte gestoßen. Ich holte eine Wolldecke und breitete sie über alle, damit sie mir nichts mehr anhaben konnten.

Die Sonne zog sich hinter die Tannen zurück, und es wurde kühl in der Hütte. Mit klammen Fingern verschloss ich Tür und Fenster vor der feindlichen Nacht, blies in die vergehende Glut und legte dünne Zweige nach. Das Feuer ließ ich hoch auflodern mit all dem Reisig, damit die Helligkeit meine Beklemmung vertrieb. Gespenster zuckten über die Wände. Ängstlich kauerte ich in ihrer Mitte und versuchte zu beten. Die Verse kamen mir nur unvollständig über die Lippen, und ich flehte, dass der Allmächtige mir die Stammelei verzeihen und mich trotzdem erhören möge. Ich schwor sogar, keinen Abend mehr ohne Nachtgebet einzuschlafen, wenn Er meinen Herrn jetzt wohlbehalten durch die Türe treten ließe.

Endlich hörte ich Schritte. Es rumpelte laut, und eine ungeduldige Stimme rief: »Komm raus und hilf mir!«

Erleichtert rannte ich dem Tokkenspieler entgegen. Er stand neben einem kleinen Karren, der kurz vor dem Ziel umgestürzt war. Alles, was er geladen hatte, lag nun verstreut im Schnee. »Such das verdammte Zeug zusammen, ich habe mich, weiß Gott, oft genug danach gebückt.« Der Tokkenspieler gab dem wackeligen Gefährt einen Tritt und stapfte in die Hütte.

Geräuchertes Fleisch hatte er mitgebracht, Gemüse, Talglichter und echte Wachskerzen, auch Mehl und sogar einen kleinen Ballen Haferstroh.

Gerade wollte ich mit den kostbaren Gütern die Schwelle überschreiten, als er sich in den Eingang stellte. Er schlug mir ins Gesicht und brüllte: »Ich möchte wissen, was in deinem beschränkten Schädel vorgeht! Nichts ist vorbereitet, kein Wasser gewärmt, kein Mahl gekocht. Wo ist das Holz, das du holen solltest? Denk ja nicht, dass ich dich hereinlasse, wenn du es wagst, ohne ein Bündel Äste zu kommen.« Dann riss er mir die Lebensmittel aus den Händen und knallte die Türe zu.

Bibbernd stand ich in der Kälte und starrte auf die abgenutzten Bretter, die unnachgiebig verschlossen blieben. Ein warmer Lichtschein sickerte unter der Türritze hindurch auf meine Füße.

Ich klopfte leise. »Bitte, lasst mich rein, Herr. Es ist doch noch ein wenig Holz da, ihr werdet sehen, wie schnell Ihr eine warme Mahlzeit bekommt.« Ich war darauf gefasst, dass er mich eine lange Weile frieren lassen würde, doch er riss die Tür auf und brummte, ich solle keine Reden halten.

»Werde nicht zu dreist, Kleiner, dieser verfluchte Wagen ist mir wohl hundertmal umgestürzt, und ich hatte keinen angenehmen Weg. Ich erwarte, dass du selber weißt, was zu tun ist und dich nicht wie ein dummer Junge benimmst. Also reize mich nicht und mach, verdammt noch mal, dass du rein kommst, oder soll die Wärme zum Teufel gehen.« Er schalt den ganzen Abend mit mir und allem, was ihm in die Quere kam. Ich aber kuschelte mich in das duftend frische Stroh und sprach, wie ich gelobt hatte, mein Nachtgebet.

Am Tage war er wieder heiter und erzählte bereitwillig, was er an Neuigkeiten erfahren hatte. »Du wirst es kaum glauben, aber einige von Herzog Tassilos Vasallen haben sich tatsächlich gegen ihn gewandt und sind zum Heer des Königs gestoßen. Genau, wie du damals in der Taverne behauptet hast.«

»Ich kann nichts dafür, wirklich nicht.«

Er lachte. »Nicht? Ich wollte dir gerade die Ohren lang ziehen für diesen Frevel. Aber hör zu, ich habe auch Kunde von Hispania. Du weißt doch, dass Karl erfolglos von den Sarazenen zurückgekehrt ist. Pamplona hatte er sogar besiegt, erst vor Saragossa musste er aufgeben. Allerdings hat er nicht dort seine Beute verloren, es gab keine offenen Schlacht gegen die Teufelsreiter, wie ich angenommen hatte. Es war ein gemeiner Hinterhalt.«

»Die Waskonen!«, fuhr mir heraus.

Der Tokkenspieler musterte mich. »Du hast recht. In den Pyrenäen, im Tal von Roncevalles waren die Truppen weit auseinander gezogen, und die überladenen Fuhrwerke mit all dem Gold blieben zurück. Da stürzten die Angreifer hinter den Felsen hervor. Unsere Krieger in ihren schweren Rüstungen konnten sich kaum verwundert umdrehen, schon rollten ihre Köpfe. Es muss ein furchtbares Blutbad gewesen sein. Die Waskonen verschwanden mit der gesamten Beute in den Bergen.«

»Und der Paladin, Ritter Roland, ist der auch gefallen?«, flüsterte ich.

»Roland ist tot. Vielleicht wäre das Unglück vermieden worden, hätte er nur das Horn geblasen und den König zur Hilfe gerufen. Man hat ihn gefunden, erstochen mit seinem berühmten Schwert Durendal. Er wird einen prächtigen Märtyrer abgeben.«

Ich fröstelte. Eigentlich hätte ich frohlocken müssen, von Rolands Tod zu hören. Aber das Grauen kroch um mich herum und haftete an mir.

»Diese Kunde wird vergangene Gerüchte verblassen lassen, und Karls Getreue werden anderes zu tun haben, als nach verschollenen Thronerben zu forschen. Wir dürfen bald wieder losziehen, Kleiner, hinaus aus dieser Enge. Was ist denn mit dir? Hast du Fieber?« Er fühlte meine Stirn und schüttelte den Kopf. »Vielleicht ist es besser, wenn du ein wenig ausruhst. Du brauchst deine Kraft, denn du musst noch lernen, mit den Tokken zu spielen.« Er schickte mich aufs Lager und stopfte alle Decken und Tücher um meinen Leib, die wir besaßen.

Ja, ein verdorbenes Fieber lieh sich meine Gedanken.

Was konnte die baiovarischen Recken dazu bewogen haben, meinen Hirngespinsten zu gehorchen. Und woher waren die Worte gekommen, die einen rohen Holzkopf von Unglück sprechen ließen, welches nun tatsächlich eingetreten war?

Dieses war nicht Gottes Werk, denn Er füllt die Erwählten mit heiligen Schauern des Glücks. Mir jedoch rieselte Entsetzen durch die Glieder.

Bei der geringsten Regung meines Geistes liefen Schattenwesen in meinem Inneren umher, raunten und harrten darauf, aufs Neue tätig zu werden. Wie sollte mein einfältiges Gemüt sie zum Stillstand bringen, wie ihnen die Richtung weisen, die erlaubt und gut war?

Künftig wollte ich weder denken noch träumen, denn vielleicht nahmen sie daraus ihre Kraft, und alles, was ich überlegte, konnte sich wahrhaftig ereignen.

* * *

Alle Geister flohen entsetzt, sobald der Tokkenspieler begonnen hatte mich in seiner Kunst zu unterweisen. Ich weiß nicht, aus welchem kranken Hirne kroch, dieses Martyrium

Spiel zu nennen. Es hat nicht die geringste Ähnlichkeit damit. Nichts als Pein und Qual bedeutet es, und ich wünsche niemandem den Irrsinn, sich freiwillig damit zu befassen.

Der Holzkopf baumelte auf meinem schmalen Finger, bog ihn nach hinten und nach vorn. Die hölzernen Hände wollten nicht neben dem Körper hängen bleiben, sondern rutschten unter das Kinn, um das schwere Haupt zu stützen. Meine anderen Finger schoben sich unaufhaltsam nach vorne, so dass alle Tokken einen Buckel auf der Brust bekamen.

»Die Schultern sind schief! Kopf hoch, wo schaut er denn hin? Weg mit den Fingern. Warum hält er ständig die Hand ans Kinn? Runter damit! Hoppel nicht wie ein Kaninchen. Was machst du denn jetzt? Das ist doch kein Greis! Weg mit den Fingern, hab ich gesagt ...«

All das, wenn ich mit der Tokke auch nur ein paar Schritte machte. Tausendfach hörte ich die gleichen Ermahnungen, und je mehr ich mich anstrengte, desto sicherer schossen meine Finger nach vorn und bohrten Beulen ins Gewand.

»Hör auf, so hat das keinen Sinn.«

Ich ließ den Arm sinken. Der Tokkenspieler zog mir den Ritter von der Hand, riss ein schmales Stück Stoff zurecht und band meine überzähligen Finger eng an die Handfläche. Meine Sehnen wurden gestreckt, und die verkrampfte Haltung schmerzte.

»Weiter!«

Und ich hatte davon geträumt, den kleinen Figuren Leben einzuhauchen, ihnen meine Stimme zu leihen und sie possierliche Späße ausführen zu lassen. Eine geheimnisvolle Kraft würde meine Hände führen, und ich könnte dem Schauspiel, das ich schuf, milde lächelnd von unten folgen.

»Weiter!«

Unerbittlich trieb seine Stimme voran, nur kurz ließ er mich ausruhen, und kein Schluchzen konnte ihn erweichen. Täglich stand ich auf der großen Kiste, reckte mich über das Gestell und übte, die Figuren gehen zu lassen, wie sie aufstanden oder sich hinlegten, wie sie sprachen und sangen. Sobald ich etwas begriffen hatte, fing der Tokkenspieler mit dem nächsten Elend an.

»Fühle dich ein!«, rief er. »Nicht verkrampfen, entspanne dich.«

Ich gehorchte, mit dem Ergebnis, dass meine Arme freudig dem Gewicht der Tokken nachgaben. Sein Ringen drang mir nicht ins Herz, meine Muskeln waren widerborstig, und ich verstockte mich gegen seine Strenge. Sobald er mich einen Moment aus den Augen ließ, lehnte ich mich heimlich an das Gestell. Beherrscht erklärte er abermals, das Theater würde wackeln, was nur in einer wilden Schlacht gestattet war.

»Schluss! Komm runter! Morgen werden wir zusammen spielen. Du wirst staunen, wie schnell du lernen kannst.«

Der Schnee war nicht mehr weiß, Tannennadeln und Geäst lagen auf der harschen Kruste, die sich erbittert gegen die Sonne wehrte. Doch am Morgen sangen schon die Vögel, und einzelne Schneeglöckchen schoben ihre grünen Spitzen ans Licht.

Der Tokkenspieler wies mich ab, als ich die Bänder bringen wollte. »Du wirst jetzt selbst dafür sorgen, dass deine Finger nicht zu sehen sind.«

Er stellte sich hinter das Gestell, atmete tief und nahm den Herold auf die Hand, der die Geschichte einleiten sollte. Ich stand auf meiner Kiste, und unsere Köpfe befanden sich auf gleicher Höhe.

Fasziniert beobachtete ich seine Miene. Vornehm sah er jetzt aus und wichtig; seine Lippen schürzten sich, und die Augenbrauen hatte er anmaßend hochgezogen. Unzählige Male hatte ich die Rede vernommen, und natürlich kannte ich den Augenblick, da ich ins Horn blasen musste. Doch ich hatte so andächtig zugesehen, dass ich nicht an meinen Einsatz dachte, und der Tokkenspieler drehte sich zu mir um. »Ich warne dich, mach von jetzt an keine Fehler mehr.«

Er begann noch einmal, und ich verpasste meinen Einsatz nicht.

Jetzt erst, als er mitspielte, entspann sich die wirkliche Geschichte. Ich antwortete oder reagierte, und von selbst bildeten sich die richtigen Worte. Die Figuren setzten sich, weil sie müde von der Schlacht waren, und sie fuhren auf, als von Ferne die weißen Reiter heransprengten.

Unausweichlich legte das Schicksal sein Gewebe um die Personen, für manche dicht und weich und für andere tückisch wie ein Spinnennetz. Ich ergab mich in den Rausch, und als der Recke Roland seine letzten Atemzüge tat, lehnte ich meine Waskonen entspannt an die Seitenklappe, dass sie dem Röcheln hämisch lauschen konnten.

Jäh durchzuckte mich ein heftiger Schmerz. Die Muskeln an meinem Gesäß zogen sich zusammen, und ich sprang entsetzt von der Kiste.

»Komm rauf!«

Der Tokkenspieler hatte die Rute schon wieder beiseite gelegt und sagte ruhig: »Das Theater wackelt, wenn du dich anlehnst. Lass uns weitermachen.«

Verstört kletterte ich auf meinen Platz.

Der Zauber war vorbei, meine Beine zitterten, und die Rede der furchtlosen Ritter geriet mir nur noch zu einem Stammeln. Wachsam hielt ich mich an der äußersten Kante meiner Kiste, aber was half es, der Tokkenspieler war schnell, und ich jaulte noch einige Male. Bald wagten meine Finger nicht mehr, sich nach vorne zu stehlen, und ich zwang meine Arme unter meinen Willen.

Die Rute behielt ihren Platz hinter der Bühne, auch wenn sie selten zum Einsatz kam. Eine Regung von ihm genügte, um meine Tokken hochzucken zu lassen. Allmählich wurde mir der Ablauf so geläufig, dass ein Stichwort das Weitere selbsttätig abspulen ließ.

Und dann spielte ich.

Nicht wie das erste Mal, als mich der Strudel einfach mitgerissen hatte, sondern besonnen und wach. Ich empfand mit den Figuren, fühlte ihre Freuden und ängstigte mich mit ihnen. Gleichwohl flitzte ich nach unten, wechselte die Tokken an der Hand des Tokkenspielers, vollführte in der Tiefe grausigen Radau, während ich oben die Stange mit den Pferden auftauchen ließ. Der Rhythmus des Spiels regte uns an, verband unsere Seelen, und ließ uns im Gleichklang atmen.

Mein Herr breitete lachend die Arme aus, er hatte noch Hildegard auf der einen und Karl auf der anderen Hand. Die Haare klebten ihm an der schwitzigen Stirn, aber jede Anspannung war aus seinen Zügen gewichen. Ich ließ mich erlöst von ihm drücken.

* * *

Schon ein paar Tage danach befanden wir uns auf dem Weg. Der Packen auf meinen Schultern war gewichtiger als früher. Nicht, dass ich schwerer daran zu schleppen hatte, ich war gewachsen, und die täglichen Übungen hatten mir harte Muskeln beschert. Nein, er war bedeutungsvoller und verhieß lustig klimpernde Münzen.

An Hunderten von Tannen spazierten wir vorbei, und alle hatten sich zu unseren Ehren mit hellgrünen Spitzen geschmückt. Regen und Wind klärten meine Augen und verliehen meinen Gliedern Hochgefühl. Wie ein Schatten entschwand die Hütte aus meinem Geist, und ich hoffte, dass ich nie wieder in diese Enge zurückkehren musste.

Unser Auftritt sollte in einer abgelegenen Siedlung stattfinden, wo gerade der erste Markt des Jahres eröffnet wurde.

Der Tokkenspieler besprach sich mit dem Kirchenvater, und uns wurde eine Scheune angewiesen, in der wir das Theater aufbauen konnten. Wir brauchten lange dazu, denn ich war nervös, und die vertrauten Handgriffe schienen mir fremd. Als wir anfangen wollten, fand der Tokkenspieler einen erbärmlichen Haufen zitternder Grütze auf dem Platz seines Gehilfen. Unsanft trat er mir in die Seite: »Steh auf! Hinter der Abdeckung bleibt es immer gleich, egal wo wir aufbauen. Hier ist unser Zuhause. Denk nicht an die Menschen, die sind draußen, weit fort. Das hier ist Wirklichkeit für uns. Los jetzt, nimm das Horn, wir fangen an!«

Ich erinnere mich nicht mehr an das, was ich tat oder sagte. Doch ich weiß, dass meine Knie durchgehend schlotterten, dass sich die Erschütterung auf die Figuren übertrug und meine Stimme ein paar Töne höher stieg als sonst. Nebelhaft vernahm ich, wie das Volk lachte oder raunte, und später zeugten einige blaue Flecken davon, wie viel ich wohl falsch gemacht hatte.

Es war vorbei.

Ich sank auf die Kiste, und meine Tränen liefen ungehindert.

Der Tokkenspieler streichelte mir den Kopf.

»Ist ja gut, Kleiner. Sieh doch! Komm schon, sieh hin!« Er öffnete einen kleinen Spalt im Vorhang, und ich sah die erregten Gesichter der Menschen. Die Leckereien, die sie sich mitgebracht hatten, lagen unberührt auf ihren Schößen. Das Blut war ihnen in die Wangen gestiegen, und sie gafften verzückt zu unserer kleinen Burg, als ob sie hofften, dass sich noch etwas regen möge. Nur zögernd standen sie auf, warfen ihre Gaben in den Korb am Tor und verließen die Scheune in Gedanken an die Wunder, denen sie beigewohnt hatten.

Stille zog ein. Nichts war geschehen. Nur ein wenig Staub wirbelte im Lichtstrahl, der durch das Tor fiel, und ein paar Brotkrumen auf dem Boden erinnerten daran, dass Menschen hier gewesen waren.

Der Tokkenspieler begann, das Theater abzubauen, und ich raffte mich auf, ihm zu helfen. Unbegrenzte Traurigkeit hatte mich erfasst, doch ich konnte nicht sagen, worüber ich so bekümmert war.

»Ich kenne das, Kleiner, das ist nur die Erregung. Erst hat

man zu viel davon, und dann ist nichts mehr übrig. Das geht vorbei.«

Als ich nicht antwortete, stieß er mich freundschaftlich an. »Du hast schon recht mit deinem Trübsinn. Diese Bauern haben noch nie etwas derartiges gesehen, darum waren sie leicht zu verblüffen. Woanders hätte man uns mit Hundedreck beworfen.«

»War es so schlimm, Herr?«

»Allerdings, Kleiner«, sagte er fröhlich.

Gottlob gewöhnte ich mich an das Spiel. Es begann sogar, mir Spaß zu machen, besonders wenn wir unter freiem Himmel gegen die Kaufleute anschreien mussten. Dann konzentrierte ich mich nur darauf, vernehmlich zu sprechen, und hatte keine Zeit mehr zu verzagen. Nach den ersten zögerlichen Sätzen wurde meine Kehle weit, und die Laute flossen mühelos hervor. Meine Stimme erhob sich großmächtig. Ohne die geringste Anstrengung konnte ich sie auf und nieder schweben lassen. Sie schallte über den Platz, erreichte die letzten Winkel und unterbrach die Händler bei ihren Geschäften. Alle, alle hörten mir zu.

Aber der Tokkenspieler gönnte mir den Spaß nicht lange. Er konnte mich mit einem Flüstern unterbrechen. Ja, das gelang ihm auch ganz ohne Worte, wenn er zu meinen getragenen Ausführungen possierliche Bewegungen vollführte. Alles lachte dann über seine Figuren, und meine beachtete niemand mehr.

Auch fing er auf, was das Volk zum Besten gab, verdrehte es und passte es in die Geschichte ein. Manchmal waren seine Scherze so komisch, dass selbst ich darüber lachte. Es war schlimm mit meinem unbeherrschten Gekicher. Wir mussten Ritter Oliver in der Kiste lassen, nur weil der Tokkenspieler ihm ein einziges Mal das Zerrbild meiner Stimme gegeben hatte. Meine Wangen verkrampften sich schon, wenn ich die Figur nur sah, ich gluckste, wenn er die ersten Worte sprach, und Ritter Roland hüpfte auf meiner Hand, weil ich mich gegen den Lachanfall nicht wehren konnte. Doch selbst die Lücke, die Oliver im Spiel hinterließ, weckte die Erinnerung. Ich kicherte, sobald er NICHT kam. Eine gut gezielte Ohrfeige rettete mich vor weiterer Schande.

Allmählich wagte auch ich, die vorgeschriebenen Worte zu verlassen, und als die Scheu einmal durchbrochen war, konnte es niemand mit meiner Schlagfertigkeit aufnehmen. Ich erlaubte mir Frechheiten, die jeden freien Mann vor den Richter gebracht hätten, aber den Tokken sah man die Schamlosigkeiten nach und jubelte sogar darüber.

Ja, es gefiel mir sehr, Tokkenspieler zu sein, ich hätte nicht mehr tauschen mögen.

Ich merke wohl, Ihr fürchtet mich schon weniger. Meinen Blicken weicht Ihr nicht mehr aus, und kommt mir reichlich nahe mit Euren scharfen Klingen.

Ist es wohl klug, dass ich Geheimnisse preisgebe, welche das Gebaren der Spielleute erklärlich machen und ihre Wundertaten in fadem Licht erscheinen lassen? Kann ich erwarten, dass Ihr versteht, wie nahe wir an den Abgrund treten müssen, auf dass wir ihn kennen lernen? Ja, wir müssen ihn kennen, denn Ihr würdet keinen Napf Wassersuppe an uns verschwenden, gliche unser Wirken dem Gesäusel eines braven Weibes.

Sollte ich nicht lieber von Mysterien sprechen, von der unsichtbaren Welt der Guten und der Bösen, die allesamt in meine Tokken gefahren sind und nun auf ihren Einsatz harren?
Oh, es ist tatsächlich Magie noch in der schlechtesten Figur. Doch nicht ich kann solches Wunder tun, das bewirkt nur, wer ihr zusieht, wer ihr Handeln und Wünschen zugesteht und ihr vorübergehend wahres Leben glaubt. Meine Tokken werden Euch nichts anhaben. Nicht einmal ihr Fluch kann Euch erreichen, solange Eure Vorstellung ihm keine Kraft verleiht.

Ihr könnt sie unbeachtet lassen, aber vernichten könnt Ihr sie nicht. Tausend Tode starben sie auf der Bühne, und immer standen sie wohlbehalten auf. Das täten sie noch, selbst wenn man ihre Köpfe in zwei Hälften schlüge. Mit mir ist es leider anders bestellt, ich bin empfindlich gegen Eure Klingen, sie ritzen mir schmerzhaft die Haut, selbst wenn ich mich noch so sehr bemühe zu glauben, ich trüge einen Kettenpanzer.«

ET AD HONOREM REGNI SUI
UND SEINE HERRSCHAFT EHREND

Mit den Jahren wurden wir zu Verbündeten. Wir errieten gegenseitig unsere Stimmungen, und wenn einer von uns nicht mehr weiter wusste, sprang der andere ohne Umstände ein. Die Münzen flossen natürlich in den Beutel des Tokkenspielers, aber er kaufte mir Schuhe und einen Umhang, wollene Strumpfbeine und einen eigenen Feuerstahl. Ja, meistens war ich es, der zur Sparsamkeit mahnen musste, besonders im Winter, wenn wir in den großen Siedlungen blieben und die Tavernen ihn regelmäßig lockten.

Damals gab ich den Weibern dieser Häuser noch nicht nach, obwohl ich schon vierzehn Sommer zählte. Erster Flaum war auf meinem Kinn gesprossen, und die Berührung eines wohlgeformten Weiberarmes bescherte mir durchaus Gänsehaut.

Der Tokkenspieler hatte uns Richtung Samoussy geführt. Eine zauberische Gegend, der Himmel blau, die Erde schwarz, würzig-süßer Duft lag über den Hängen, und die Sonne flimmerte weich auf hellem Gestein. Mir war, als hätte ich einen vergessenen Traum betreten, sogar der Tonfall der Ansässigen war mir seltsam vertraut.

Von weitem erblickten wir die Königspfalz. Der prächtige Bau war kompakt angelegt, so majestätisch und ehrfurchtgebietend, wie ich mir Paläste von Römern und Griechen vorgestellt hatte.

Etwas abseits davon brannte ein riesiges Feuer.

»Wir haben einen schlechten Tag gewählt«, sagte der Tokkenspieler, »die Leute werden uns kaum zuhören, solange ein solches Ereignis ihr Interesse fesselt.«

»Was für ein Ereignis?«

»Siehst du nicht den Scheiterhaufen? Wen auch immer sie dort verbrennen, dagegen werden unsere Künste gründlich verblassen.« Er rückte seinen Packen zurecht. »Macht nichts, ich habe noch anderes hier zu tun. Ich denke, wir werden den Hof dort drüben mit unserem Besuch beglücken.«

Gerne hätte ich mir die Hinrichtung angesehen, aber mein Herr fand solche Schauspiele nicht sonderlich erbaulich und strebte zum besagten Hof.

Zum Ausgleich brauchte ich heute nicht hinter ihm zu stehen, um seine Schüssel zu füllen, sondern nahm als sein Gefährte neben ihm Platz. Es gefiel mir, untätig am Küchentisch zu thronen, während Knechte und Mägde ihrer Arbeit nachgingen. Derweil schwatzten sie ausgiebig von der Verbrennung und entschädigten mich ganz und gar.

»Wer hätte gedacht, dass sie eine Hexe ist ... Man war seines Lebens nicht mehr sicher ... Sie hätte eben nicht mit ihren Schandtaten prahlen sollen ... Nicht geprahlt, gedroht hat sie ... Das lassen sich die Edlen nicht gefallen ... Schon gar nicht die *missis* des Königs ... Nun ist sie hin ... Wer weiß, wie viele sie auf dem Gewissen hat mit ihren Mixturen und Tränken ...«

Es wurde spät, und immer noch kamen Schaulustige zurück, begierig die letzten Momente der Verderbten zu schildern.

Natürlich wusste ich, dass es keine Hexen gab. Es ist ja furchtbare Sünde, an ihre Existenz zu glauben oder gar andere zu solchem Glauben zu verführen. Doch ich genoss den wohligen Schauder und rief zwischendurch nach Brot und Käse, um zu sehen, ob die Mägde sich meinetwegen beeilten.

Nicht alle waren umsichtig. Ein Mädchen stieß gegen meinen Arm, und ich verschüttete meinen Wein. »Pass gefälligst auf, ungeschickte Kröte, ich möchte das Zeug nicht auch noch auf meinen Gewändern haben!«

Sie entschuldigte sich und beeilte sich, den Tisch sauber zu wischen. Trotzdem wies der Koch sie hinaus, was mich sehr befriedigte.

Der Tokkenspieler boxte mir den Ellenbogen in die Rippen

und flüsterte zwischen zusammengebissenen Zähnen: »Ich bemühe mich, das Vertrauen dieser Leute zu gewinnen, und dir fällt nichts anderes ein, als sie zu beleidigen. Begreife endlich, weshalb wir mit ihnen umgehen, sie ernähren uns. Das nächste Mal wird eine solche Dummheit übel für dich enden. Verschwinde!«

Vorsichtshalber widersprach ich nicht, sondern verließ unverzüglich die Küche. Allein schlenderte ich zwischen den Ställen umher und überlegte, wie ich meinen Fehler bereinigen konnte.

Am Brunnen traf ich auf das Mädchen aus der Küche. Sie war gerade dabei, die Winde zu drehen. Als sie mich bemerkte, trat sie schnell zur Seite, und der Kübel rumpelte in die Tiefe. Mit lautem Platschen schlug er auf. Da sie sich nicht bewegte, ging ich hin und zog ihn hoch. Eine Seite war gesprungen, und das Wasser floss in breitem Strahl heraus. »Sieh, was du angerichtet hast!«

»Bitte, verrate mich nicht. Ich habe keinen guten Stand auf diesem Hof. Und verzeihe mir, dass ich dich vorhin verärgert habe, was ich bestimmt nicht wollte, denn du bist ein vornehmer Mensch, der einer dummen Magd großzügig vergeben kann. Bitte, sag ihnen nichts, ich will dir auch etwas geben, wenn du mich davonkommen lässt, alles was ich besitze.«

Zitternd fingerte das Mädchen einen Anhänger unter ihrer Schürze hervor, drückte ihn mir in die Hand und huschte davon.

Es war ein vollkommen durchsichtiger Stein, wie ein Tropfen reinsten Wassers, gefasst mit silbernem Draht, der in einer kleinen Öse endete.

Wie kam sie nur dazu, mir, dem fremden Gaukler, eine solche Kostbarkeit zu schenken? So sehr fürchtete sie sich vor ihrer Herrschaft?

Ich rannte hinter ihr her. Ich lief um die Nebengebäude herum, fragte in den Ställen nach ihr und suchte in der Küche.

Nichts.

Der Erdboden hatte sie verschluckt.

Erst am nächsten Tag entdeckte ich sie, als sie mit zwei Kannen Milch aus dem Kuhstall kam. Ich bat sie, für einen Moment mit mir zu sprechen. Sogleich senkte sie den Kopf und folgte mir ergeben hinter eine Stützmauer.

»Hab keine Angst, Mädchen, ich will dir nur dein Schmuckstück zurückgeben, du hast nichts zu befürchten. Vielleicht verrätst du mir, um was für einen Stein es sich handelt.«

Sie sah mich verwundert an, dann lächelte sie. »Du bist sehr freundlich. Es ist ein Bergkristall, meine Mutter hat ihn mir geschenkt. Ach, du wirst sowieso erfahren, wer sie ist. Gestern hat man sie verbrannt. Wer weiß, wie lange man mich noch an diesem Hofe duldet. Ich darf auf keinen Fall Ärger erregen, verstehst du?«

Ihre Augen füllten sich mit Tränen. Sie tat mir unendlich Leid, und ich streckte ihr das Kleinod hin. »Niemals hätte ich dich verraten, und ich nehme natürlich keine Bezahlung von dir.«

»Mein Name ist Madelgard. Ich wusste gleich, dass du ein guter Mensch sein musst, in einer so angenehmen Gestalt kann keine böse Seele wohnen.«

Ich war Schmeicheleien nicht gewöhnt und fühlte, wie meine Ohren zu glühen begannen. In ihrer linken Wange entdeckte ich ein Grübchen, etwas weniger ausgeprägt als bei Gisela, deren Gesicht mir plötzlich lebhaft vor Augen stand. Sonst konnte ich keine Ähnlichkeit zwischen den beiden entdecken. Madelgards Haar war weich und sträubte sich nicht gegen das Band, mit dem sie es zusammenhielt. Sie fuchtelte auch nicht mit den Händen, um ihre Worte zu unterstreichen. Trotzdem gedachte ich in ihr der einzigen Freundin, die ich jemals gehabt hatte.

»Das ist ein schöner Name, Madelgard. Wenn du willst, behaupte ich, dass ich den Kübel zerbrochen hätte. Da ich Gast bin, wird niemand das Wort gegen mich erheben.«

»Danke, du bist wirklich ganz anders als das abscheuliche

Volk auf diesem Hof. Auch dein Herr trägt feine Gewänder, und ihr wählt eure Worte vornehm, sogar wenn ihr ärgerlich seid. Ich werde mich an euch erinnern, wenn der Fro mich fortjagt oder Schlimmeres für mich entscheiden will.«

Schöne Worte wollte ich ihr sagen, sie wenigstens trösten, doch mein Kopf war ganz leer. Entschieden schob sie meine Hand zurück, auf der noch immer ihr Anhänger lag. »Der Stein gehört dir.«

»Nein Madelgard, das darfst du nicht, er ist bestimmt sehr wertvoll.«

»Er ist genauso viel wert wie deine Freundschaft zu mir. Wenn du mich magst, trägst du ihn und wirst ihn niemals ablegen.« Sie stellte sich auf die Zehenspitzen und umarmte mich. Ganz nahe sah ich ihre helle Haut, die kräftigen Brauen und die Wimpern, die gerade so lang waren, dass sie kleine Schatten warfen.

Der Tokkenspieler rief, und ich musste ihn zur Königspfalz begleiten.

Willenlos trabte ich neben ihm her und wusste nichts von seinem Vorhaben, weil ich noch immer der Berührung nachspürte. Mich hatte eine zärtliche Melancholie überfallen, welche meine Sinne bannte, so dass alles andere in Nebeln verschwand.

Wir wurden eingelassen und traten auf einen großzügigen Innenhof. Ein halbes Reiterheer hätte sich darin aufstellen können, so weitläufig war er angelegt. Eingerahmt wurde der Platz von einem Wandelgang aus glatten runden Säulen. Geschaffen, die Macht des Herrschers widerzuspiegeln, zog er sich breit die ganze Exedra entlang. Fast erwartete ich, Madelgard würde im nächsten Moment aus einem der Schattenstreifen treten, gleichzeitig wünschte ich sie weit fort, aus Furcht, dass sie mir diesen glückseligen Zustand wieder nehmen könnte.

»Hast du jemals so erhabene Pracht gesehen?«, fragte der

Tokkenspieler. »Hier habe ich einst gespielt, und König Karlmann selbst hat mich fürstlich belohnt. Er war ein feinsinniger Mann mit zartem Verständnis für alles Schöne, das krasse Gegenteil zu Karl. Schade, dass du ihn nicht kennen lernen konntest. Du bist ihm sehr ähnlich und hättest ihn bestimmt gemocht. Mit seinem Tod ist leider auch seine Gesinnung im Frankenreich gestorben. Nun, wenn es nach mir geht, wird sein Erbe irgendwann wieder auferstehen.«

Ein greiser Kleriker kam uns entgegen. Nach einem kurzen Blick auf den Tokkenspieler blieben seine schwarzen Augen an mir hängen. »Komm näher!« Er hob mein Kinn, drehte meinen Kopf hin und her und musterte die Linien in meinen Händen.

Dann nickte er und wandte sich meinem Herrn zu. »Sei gegrüßt, guter Mann, ich weiß nicht, ob ich dir helfen kann, aber sicher ist es ein Ergötzen, einmal durch die Schatten dieser erhabenen Säulen zu schlendern.« Er schlenderte noch langsamer, als er es seinem Alter schuldig war. »Du hast Recht, mein Sohn, wir alle sind traurig, dass Karlmann sterben musste. Genau wie du sprachen damals viele von Gift, von einem Komplott einzelner Anhänger Karls. Aber ich glaube nicht daran.«

Jäh entfloh der Gedanke an Madelgard, ich war schlagartig hellwach.

... Mir ist es gleich, mit wem du dich im Stroh gewälzt hast, aber jetzt rüsten Franken gegen Franken, Karlmann muss sterben ...

Lange hatte ich nicht an die Mörder meiner Mutter gedacht, doch jetzt standen sie mir überdeutlich vor Augen, als könnte ich nach ihnen greifen. Ich fühlte wieder das Stroh im Vorratsverschlag unter meinen Knien, schmeckte Tränen und Honig, sogar der würzige Thymianduft stieg mir wie damals in die Nase.

Thymian! Dieser Duft war tatsächlich vorhanden. Er hatte schon die ganze Zeit über den Hügeln gelegen und umfächelte zart die steinernen Säulen.

Natürlich, in dieser Gegend musste ich zur Welt gekommen sein.

Der Tokkenspieler ließ seinen Fuß in der Luft hängen um den Greis nicht zu überholen. »Was führt Euch zu dieser Ansicht, Vater?«

»Wer hätte Karlmann Gift einflößen können? Einige Tage bevor die Krankheit begann waren alle Gäste abgereist. Nur die *familia* befand sich in diesen Mauern, niemand, der dem unglücklichen König nicht in tiefster Zuneigung verbunden war. Außerdem war es Gerberga selbst, die über seine Mahlzeiten wachte, er liebte ihre Kochkunst.«

»Ich möchte Eure Überlegungen nicht in Frage stellen, Vater, aber möglicherweise handelte es sich um eine Substanz, die erst nach Tagen wirksam wird.«

Der Kleriker blieb stehen, jetzt lächelte er nicht mehr. »So etwas gibt es nicht. Gott ist gerecht, Er duldet keine tödliche Geißel, die einen Sünder jeglicher Verfolgung entziehen würde. Und glaube mir, hätte der Teufel einen solchen Trank auf die Erde geschüttet, dann wüsste ich davon. Nein, Gott selbst in seiner Güte hat Karlmann geopfert, um den Franken ein furchtbares Blutvergießen zu ersparen.«

»Habt Dank, lieber Vater«, sagte der Tokkenspieler rasch. »Ihr habt mir meine Seelenruhe wiedergegeben.«

»Vertraue unserem Schöpfer, mein Sohn, und sieh seine wunderbaren Wege: In Verona fielen Karlmanns unmündige Söhne unserem gesegneten König Karl in die Hände, als er Desiderius belagerte.«

»In Verona also«, murmelte der Tokkenspieler. »Dann müssten wir die Alpen überqueren.«

Der Alte musterte mich aufs Neue. »Karl hat die Knaben ins Kloster verbannt, wo sie dem Paradies nun näher stehen, als es ihnen die Throneswürde je beschieden hätte. Ein solch begünstigtes Schicksal wäre jedem königlichen Spross zu gönnen, nicht wahr? Du wirst mir sicher beipflichten,

Gaukler, sonst müsste ich ernstlich um dein Heil besorgt sein.«

Der Tokkenspieler beeilte sich mit der Zustimmung, empfing einen schroffen Segen und war entlassen.

Nach diesem Gespräch war mein Herr nicht zu bewegen, mehr als die nächste Nacht in Samoussy zu verbringen.

Aber ich wollte wenigstens versuchen die Hütte meiner Mutter zu finden und schlich bereits bei Sonnenaufgang aus dem Stall, damit er mich nicht zurückhalten konnte.

Dunkelblau wölbte sich der Himmel über dem trockenen Gesträuch. Die ledrigen Blätter umgaben sich mit herbem Aroma, und dazwischen nickten kleine Blumen. Es konnte keinen schöneren Platz auf Erden geben.

Die Bauern trotteten müde zu ihrem täglichen Dienst, und ich hastete an ihnen vorüber, damit sie mir die Freiheit nicht neiden konnten. Erst allmählich fiel mir auf, dass die Felder wohl hauptsächlich Steine hervor brachten. In langen Mauern säumten sie die Wege, und doch wuchsen immer neue nach. Das Gras war hart, und die Ziegen begnügten sich damit, am Gestrüpp zu nagen. Nicht einmal Schweine wollten hier gedeihen, sie reichten mir gerade bis zum Knie, so dass ich sie im ersten Moment für Jungtiere hielt.

Fast das ganze Salland hatte ich schon umrundet, doch keine der verstreuten Hütten weckte irgendwelche Erinnerungen. Der Tokkenspieler war sicher längst zornig über meinen eigenmächtigen Ausflug. Trotzdem beeilte ich mich nicht. Absichtlich blieb ich ein bisschen länger aus, damit er sich sorgte und bei meinem Anblick erleichtert wäre.

Hinter einer Biegung entdeckte ich Madelgard.

Sie versuchte offensichtlich in einen Holzschuppen zu gelangen, doch vor der Tür stand ein Kerl, der sie tatkräftig daran hinderte. Innen rumorten weitere Männer. Sie trugen verschlissene Kleider heraus, Töpfe und magere Vorratssäcke.

Was ihnen von Wert erschien, banden sie zusammen, der Rest wurde zerstört und in den Dreck geworfen.

Über all das wachte ein Ritter, der hoch zu Ross saß und dem Treiben gelangweilt zusah. Er knetete unablässig seine weißen Finger, als wollte er einen Makel abreiben.

Dieses Gesicht würde ich nie vergessen, und niemals diesen Namen – Gerrich!

Als Madelgard mich erkannte, lief sie mir entgegen und warf sich in meine Arme. »Mutter ist tot, und nun plündern sie ihre Habe. Hilf mir Meginhard, bitte hilf mir.«

Gar nichts konnte ich tun. Ich klammerte mich an sie und wandte Gerrich den Rücken zu, denn ich hatte Angst davor, dass der Verdammte mir in die Augen sah.

Einer der Knechte drehte sich nach uns um. »Der Fro holt sich bloß, was ihm zusteht. Wir haben die Salben deiner Mutter immer redlich vergütet. Aber Begga wollte ja reicheren Lohn. Nun hat sie bekommen, was sie verdient.«

»Mutter hat Euch nichts getan!«, schrie Madelgard. »Seid ihr denn alle Ungeheuer?«

»Du klagst uns an? Frag lieber, was man in der Pfalz über die Giftmischerin erzählt.«

Ein anderer pfiff durch die Zähne und zeigte ein Kästchen herum. Es glitzerte darin. »Wofür hat Begga so viel bekommen?«

»Sicher nicht für Hurendienste, wenn ich an ihre spitzen Knochen denke. Die Tochter dagegen ...«

»Halts Maul!«, sagte Gerrich und nahm den Schatz an sich. »Seid ihr endlich fertig? Brennt die Hütte nieder, damit das verdammte Kräuterwerk niemandem mehr schaden kann.«

Die Flammen fauchten an den alten Brettern empor. Wie ein rotes Tier umkrallte das Feuer die Hütte und spie uns beißenden Qualm entgegen.

Gerrich fuhr zurück. »Tut mir Leid für dich, Mädchen«, sagte er. Dann scheuchte er die beladenen Männer der Königspfalz entgegen.

Madelgard weinte noch, als das Feuer fast heruntergebrannt war.

Beinahe hätte ich mitgeheult, und ich schüttelte kräftig den Kopf, denn sie sollte meine Schwäche nicht bemerken.

Madelgard hatte sich niedergehockt und wühlte in dem Plunderhaufen vor ihrem kokelnden Heim. Jeden einzelnen Gegenstand nahm sie auf und ließ ihn wieder fallen. Nur eine Holzdose mit marmorierten Samen wollte sie behalten und einen halbfertigen Schuh. Dann erst war sie bereit, mit mir zum Fronhof zu kommen. Kurz vor dem Tor fasste sie mich an den Händen und drehte mich zu sich. »Meginhard, du musst mich mitnehmen, wenn ihr weiterzieht.«

»Nichts würde ich lieber tun, aber du gehörst deinem Fro, ich kann dich doch nicht rauben.«

»Magst du mich denn nicht?«

Ich umarmte sie. »Natürlich mag ich dich, sehr sogar.« Ihre Verletzlichkeit berauschte mein Herz, ich war ihr Beschützer, ihr einziger Trost. Ein neues seltsames Gefühl. Leider würde es verblassen, sobald sie wieder glücklich war. Ich schämte mich meiner Gedanken und ließ sie los.

»Verstehe doch, Madelgard, ich bin genauso wenig frei wie du. Ich darf nicht über mich verfügen, und über dich schon gar nicht. Jeder muss den Platz erfüllen, welchen Gott ihm zugewiesen hat, dann wird Er alles zum Guten wenden.«

»Versprich mir wenigstens, dass du meinen Stein über dem Herzen trägst und mir für immer die Freundschaft hältst.«

»Das verspreche ich gern.«

Sie nahm mein Gesicht in ihre Hände und zog mich zu sich hinunter, bis unsere Lippen sich berührten. Weich und warm war der Kuss, aber mich ließ er erzittern.

* * *

Der Tokkenspieler hatte es so eilig, dass er keine Zeit verlor, um mit mir zu schelten. »Willst du hier herumlungern, bis es dir an den Kragen geht? Nimm endlich deinen Packen und lass uns verschwinden.«

Viele Ruten ging ich schweigend hinter ihm und wagte nicht, nach dem Grund seiner Besorgnis zu fragen.

Wer sollte mir schon schaden wollen? Mir, dem hörigen Gehilfen eines Herumtreibers. Niemand hatte sich je für mich interessiert.

Oder doch?

Gerrichs Finger quetschten Mutters Wangen. »Überlasse uns den kleinen Bastard, dann soll weder dir noch deinem Ältesten ein Leid geschehen.«

Um meinen verworrenen Geist zu beschwichtigen, erzählte ich unterwegs von dem Mädchen. Dass sie ganz gerade Wimpern hatte, wie empfindsam sie war, was für weiches Haar sie besaß.

Gerrich rückte tatsächlich ein wenig in die Ferne.

Ich wusste nicht viel von dem Mädchen, aber es reichte, ihre Vorzüge so weitschweifig zu loben, dass der Tokkenspieler mich anflehte, mein Geschwafel für mich zu behalten.

Beim Feuerschein fädelte ich eine Schnur an ihren Anhänger, damit ich ihn über dem Herzen tragen konnte, wie ich es versprochen hatte. Sobald ich auf dem Lager die Augen schloss, träumte mir von zarten Händen, die meine Wangen streichelten, von weichen Lippen auf meinem Nacken, und mir geschah noch mehr. Nicht die kleinste Ahnung einer Sünde lag in diesem bangen Spiel, welches unschuldige Seelen in Eintracht mit ihren Leibern geschehen ließen. In meinem Traum sehnte ich mich mit taumelnder Kraft, jedes Haar an meinem Körper bog sich dem berückenden, fremden Geschöpf entgegen, ich rief nach der, die mich mit ihrem Zauberstein gefangen nahm, und flehte, dass sie mich erhören möge.

Als ich erwachte, war sie da.

Verschüchtert saß sie dem Tokkenspieler gegenüber und

gestand, dass sie fortgelaufen war, uns zu folgen gedachte und niemals zurückkehren würde.

»Auf jeden Fall wirst du zurückgehen«, sagte der Tokkenspieler. »Wie kommst du nur auf den Gedanken, dass wir dich mitnehmen würden?«

Madelgard blickte zu mir herüber, aber ich brachte keinen Ton hervor.

Ihre Augen wurden groß. »Du hast mir Freundschaft versprochen, Meginhard, und du hast ein Pfand angenommen. Unsere Schicksale sind verwoben, der Beweis hängt um deinem Hals. Du darfst dich nicht von mir abwenden!«

Der Tokkenspieler ballte die Fäuste. »Was der Hohlkopf darf oder nicht, bestimme immer noch ich! Du verschwindest augenblicklich, Mädchen. Wenn du uns weiter folgen solltest, werde ich dich an den Haaren nach Hause schleifen, dann wirst du keine Zeit mehr haben, Ausreden zu erfinden.«

Madelgard rührte sich nicht vom Fleck. Sie hatte den Kopf zwischen die Schultern gezogen, aber ihre Worte waren bestimmt. »Ich kann nicht zurück. Ich habe herumerzählt, dass ihr mich entführen wollt. Außerdem habe ich dieses und jenes mitgebracht, und ach, ich glaube, mir ist eine der gestohlenen Münzen aus der Hand geglitten, just in der Scheune, die euch als Schlafstatt diente. Wir sollten lieber aufbrechen, man wird die Diebe bald verfolgen.«

Der Tokkenspieler fuhr hoch und holte aus.

»Tut ihr nicht weh!«, rief ich. Mein Blick begegnete einen Moment den Augen meines Herrn, und er ließ den Arm sinken.

Er hockte sich nieder und hob den Kopf des Mädchens. »Wir sind nur elende Gaukler. Hunger und Durst sind unsere Gefährten, wir sind verfemt und gehören keiner Gesellschaft an. Selbst Gott verliert uns zuweilen aus den Augen, da wir von einem Ort zum anderen reisen. Warum gehst du nicht zurück und gestehst, was du getan hast. Ich begleite dich und spreche mit deiner Herrschaft. Sie werden froh sein, dich wieder zu haben, und niemand soll dir ein Leid antun.«

Madelgard barg ihr Gesicht in den Händen und schluchzte, sie würde sterben, wenn selbst wir, die sie für gute Menschen gehalten hatte, nichts anderes wären als gefühllose Teufel.

Der Tokkenspieler nahm sie in die Arme und sagte sanft: »Aber nein, an so etwas darfst du gar nicht denken, kleine Frouwe. Du bist noch jung und weißt nicht, welche Freuden auf dich warten.«

»Was für Freuden sollen das sein? Der Fro wird mich verstoßen oder irgendeinem Bauern geben. Dann schleppt man mich in eine widerliche Hütte, und die Verwandten stehen geifernd vor dem Bett, um uns zur Vereinigung anzufeuern. Ich werde unter Fremden leben, die Wäsche eines Fremden waschen, für ihn spinnen und weben, Tag ein, Tag aus, bis ich bei der Geburt eines seiner Bälger sterbe. Nie wird ein zartes Gefühl in meinem Herzen leben, nie nur die geringste Freude.«

»Vielleicht ist der Bauer jung und schön, in dessen Munt du gegeben wirst. Du wirst ihm hübsche Kinder schenken und sie innig lieben.«

Sie hörte auf zu weinen und sagte: »Ihr hättet nicht freundlich zu mir sein dürfen, denn jetzt bleibe ich erst recht. Das erste gute Wort hat eurer Gefährte zu mir gesprochen, und auch Ihr seid ein edler Mann. Ich werde nicht mehr dort hingehen, wo man mich hasst.«

Mit Bestürzung bemerkte ich, dass auf der Stirn des Tokkenspielers zwei dunkle Adern anschwollen. Langsam erhob er sich.

Madelgard zog den Kopf noch tiefer ein. »Schlagt mich nur, starker Herr, das bin ich gewohnt. Aber Ihr könnt mich doch nicht fortschicken, und wir verlieren nur Zeit damit.«

Der abscheuliche Fluch meines Herrn dröhnt mir noch heute in den Ohren, er trat nach dem kauernden Bündel, als wäre es ein Hund, schulterte seinen Packen und stampfte davon.

Madelgard wagte nicht, mich anzusehen, denn mit Recht befürchtete sie, dass auch ich verstimmt sein könnte. Doch so groß war meine Eitelkeit, dass ich ihr verzieh. Lieblich klang in meiner Seele: Mich, Meginhard hatte sie erwählt, sie war bereit mir zu folgen, wohin ich auch wollte.

Der Tokkenspieler ging schnell, und er atmete heftig. Lange würde er das Tempo nicht durchhalten können, und ich hoffte, dass dann auch die Wut verraucht sein würde.

Plötzlich drehte er sich um. »Komm her, Rattenhirn.«

Er wartete, bis ich an seiner Seite war. »Welcher Teufel ist in deinen Schädel gekrochen, diese Schlange hinter uns her zu locken? Ausgerechnet jetzt, wo ich allmählich Klarheit gewinne.«

»Sie mag mich eben, und sie ist keine Schlange.« Dass sie die Tochter einer Gifthexe war, wagte ich nicht zu erwähnen.

»Du musst sie los werden, hast du gehört? Schrei sie an, beschimpfe sie, egal. Hauptsache, sie verschwindet.«

Wortlos schritt ich neben ihm. Er selbst hatte mich zurechtgewiesen, als ich sie schlecht behandelte, ich würde es nie wieder tun.

»Verstehst du nicht? Wenn sie bei dir bleibt, bist du ein Räuber. Ich bin dein Herr, und damit verantwortlich für deine Taten. Dieses Biest hat vorgesorgt. Solange sie nicht gesteht, wird uns kein Mensch Glauben schenken. Wir sind hier fremd, wir sind überall die Fremden. Menschenraub ist eine schlimme Sache. Du hast meine Ehre besudelt, verfluchter Bengel.«

Erst jetzt begriff ich die Lage, in die uns Madelgards Tollheit brachte. Von nun an hatte jedermann den Freibrief, uns zur Rechenschaft zu ziehen. Ich sah mich um. Madelgard war zurückgeblieben, die Augen auf den Weg gerichtet und ihr Bündel fest an den Leib gedrückt. Sie konnte kaum noch Schritt halten, und rosa Flecken huschten über ihr Antlitz.

»Bitte habt Geduld mit ihr, Herr, ich werde in Ruhe mit ihr sprechen. Sie ist keine Schlange und will uns gewiss nicht schaden. Vielleicht sollten wir bald rasten, Madelgard kann nicht mehr weiter.«

Der Tokkenspieler lachte bitter. »Umso besser, wir laufen

ihr einfach davon, wieso bin ich nicht gleich darauf gekommen?«

»So etwas Dummes könnte Euch bestimmt nicht einfallen. Wenn man sie irgendwo fände, allein und verlassen – Ihr wisst doch, was sie vor lauter Kummer berichten würde. Nie würdet Ihr eine solche Torheit vorschlagen, nicht Ihr, der alle Menschen kaltblütig abschätzt und niemals ohne Grund mit ihnen verkehrt.«

Der Tokkenspieler blieb stehen und sah mich unverwandt an. »Was habe ich da an meiner Seite genährt? Du wendest dich gegen mich, sobald eine kleine Göre dir den Kopf verdreht. Kein Wunder, wenn man bedenkt, aus welchem Stall du kommst. Ein Fluch bist du, ein lästiger Bastard, den niemand will.«

»Was meint Ihr damit, Herr? Bitte, Ihr wollt mich doch nicht etwa los sein?«

»Dafür ist es zu spät. Selbst wenn meine Pläne sich in Luft auflösten, dürfte ich dich nicht aus meinem Leben verbannen. Nicht deinetwegen, sondern weil ich mein Wort gegeben habe, und weil ich mich vor der Hölle fürchte. Doch schmähe mich nie wieder, ich würde meine Furcht vergessen.«

Ich hatte ihn nicht verletzen wollen, ich hatte nicht einmal gewusst, dass ich es konnte.

Madelgard holte uns keuchend ein. »Bleibt nicht meinetwegen stehen, ich weiß, dass wir uns eilen müssen. Ich werde es schon schaffen, aber mein Beutel ist sehr schwer.«

»Gib mir den Beutel, dann geht es sicher besser,« sagte ich.

Sie atmete auf und schenkte mir ein zauderndes Lächeln.

Der Tokkenspieler zog das grobe Tuch von ihren Schultern und warf es mir ins Gesicht. Darauf bückte er sich und riss einen langen Spalt in ihr Gewand, damit sie größere Schritte machen konnte.

»Danke«, hauchte sie zu der rohen Behandlung.

Ich hatte mir wirklich vorgenommen, sie zur Umkehr zu bewegen. Doch sie war sehr erschöpft. Als sie uns beim Feuermachen behilflich sein wollte, rutschten die Äste einfach aus ihren Händen. Ich bedeutete ihr, sich auszuruhen, brachte ihr etwas zu essen und setzte mich neben sie.

»Es fällt mir schwer, das zu sagen, aber der Tokkenspieler hat vielleicht Recht. Wir werden ständig auf der Flucht sein, wenn du mit uns kommst, und ich glaube nicht, dass du so ein Leben durchhalten könntest.«

»Ich werde ertragen, was du von mir verlangst, denn ich vertraue darauf, dass du es gut mit mir meinst.«

»Aber wenn man uns einholt, du weißt, welches Urteil wir zu erwarten hätten. Du kannst doch nicht wünschen, dass man falsch über uns richtet.«

»Ich verstehe«, sagte sie und stand mühsam auf. »Ihr beide seid viel zu klug, euch erwischen zu lassen, denn ihr kennt alle Wege. Du hast dich nur mit mir vergnügt, und jetzt bin ich dir lästig. Befiehl mir zu gehen, und ich verschwinde sofort. Mach dir keine Gedanken um mich, der dunkle Wald wird mich verschlucken, dann bist du frei und brauchst dich vor keinem Gericht mehr zu fürchten.«

Jedes ihrer Worte brannte wie Nesseln in meiner Seele. Ich sah den Wald, der nach ihrem verwundbaren Körper verlangte, sie durchs Gebüsch in die Finsternis hetzte, mit tausend Stimmen erschreckte, bis sie mit verwirrtem Haar und aufgerissenen Augen reglos im Laube liegen blieb.

»Geh nicht«, sagte ich, und ihr Zauberstein schaukelte über meinem Herzen.

Sie rollte sich auf dem weichen Moos zusammen, bat mich, eine Weile meine Hand halten zu dürfen, und schloss die Augen.

Der Tokkenspieler spuckte verächtlich aus.

Sie ging nicht am nächsten Morgen, auch nicht den Tag darauf, und irgendwann waren wir zu weit, um sie noch fortzujagen.

Madelgard versuchte uns nach bestem Vermögen gefällig zu sein. Sie erbot sich, unsere Kleider zu waschen, zu kochen oder Holz zu sammeln. Doch es war nicht anzusehen, wie sie ihre weißen Hände zaghaft ins eisige Wasser tauchte und am ganzen Körper fröstelnd das Tuch zu walken versuchte, geschweige denn, dass sie vermochte, es ordentlich auszuwringen. Meistens nahm ich mich der Sache an, damit sie sich nicht quälte.

Dafür kam sie ganz nah zu mir, wenn wir uns niederlegten. »Es ist kalt für ein Mädchen. Das liegt daran, dass Weiber wenig Wärme im Körper haben! Du merkst es nicht, denn deine Muskeln sind hart, und dein Geist ist unnachgiebig gegen die feindliche Nacht. Aber ich friere leicht. Bitte gib mir deinen Umhang, wenn ich eingeschlafen bin, magst du ihn wiederhaben.«

Natürlich nahm ich ihr den Umhang nicht mehr weg. Ich lag bibbernd neben ihr, träumte verzückt von meiner Ritterlichkeit und streichelte ihr Haar.

Da wir sie nun einmal nicht loswerden konnten, und sie den Tokkenspieler wie einen Edlen behandelte, wurde er allmählich zugänglicher. Bald unterhielt er sich mit ihr, während wir wanderten. Ich freute mich darüber und blieb absichtlich ein wenig hinter den beiden. Klaglos schleppte ich meinen Packen und ihre Habe, natürlich auch den Umhang, zumindest solange die Sonne warm am Himmel stand. Und schließlich wurde dies mein gewohnter Platz.

Der Tokkenspieler brachte Madelgard bei, die Weiberrollen zu sprechen, ja er zeigte ihr sogar, die Figuren zu halten. Dabei stand er hinter ihr und führte ihre Hände. Sie lachten, und er fand Lob für alles, was sie tat. Nie brüllte er, sie solle gefälligst die Arme oben lassen, geschweige denn, dass er mit der Gerte auf sie losging. Er schenkte ihr auch warme Tücher und ein wollenes Gewand und versprach, ihr die höchsten Gipfel der Welt zu zeigen. Währenddessen blieb mir nur zu waschen und zu kochen und ihr das immer schwerer werdende Bündel hinterher zu tragen. Dabei sehnte ich mich danach, sie zu berühren, ihren weichen Leib zu bergen und zärtliche

Worte von ihren Lippen zu trinken. Denn mir war sie gefolgt, mich hatte sie erwählt und mein Umhang schützte sie vor der Kälte.

Wir zogen weit südostwärts bis nach Burgund und folgten dort dem Tal der Saone. Mir schien, dass der Tokkenspieler sich noch immer davor fürchtete, man könnte Madelgard bei uns entdecken, denn er mied weiterhin die größeren Ansiedlungen. Kurz vor den Hügeln von Lyon ließ er uns sogar im Wald zurück und begab sich alleine in die alte Römerstadt, dem Paradies für wagemutige Händler, die ihre Waren über die schneebedeckten Felsen trugen. Hier, in der Nähe von Bergverstecken und heimlichen Alpenpfaden, die bis hinüber ins Langobardenreich führten, hoffte er Fürsprecher an höchster Stelle für uns zu gewinnen. Näher erklärte er sich nicht.

Wir warteten zwei Tage auf ihn, ohne Mahl, ohne einen Schluck Wasser. Wenn er unbedingt ein Gefolge haben wollte, sollte er sich auch gefälligst darum kümmern. Oh, ich würde ihm gehörig ins Gewissen jammern, damit er sich seiner Pflichten erinnerte.

Doch als er endlich zurückkam, befand er sich in so düsterer Stimmung, wie ich ihn selten erlebt hatte. »Was willst du?«, schnaubte er bei meinem ersten Ansatz einer Klage. »Dir geht es besser als deinesgleichen! Du läufst herum, frisst und säufst, freust dich deines Lebens, und andere bezahlen bitter dafür. Das Schicksal ist dir weitaus gnädiger, als du erwarten darfst.«

»Von Fressen und Saufen kann zumindest im Moment keine Rede sein«, brummte ich zurück.

»Was hängst du noch an meinem Hemdenzipfel, wenn dir meine Führung ohnehin nicht passt! Willst du ein Wappen? Willst du Ehre? Dann geh doch zu deinen Brüdern, geh nach Verona und teile ihr Los. Such dir deine Fürsprecher selbst und beschwere dich in Rom. Aber lass mich damit in Ruhe, ich kehre um! Ich habe nämlich keine Lust, den Mont Cenis hinaufzuklettern, mich durch Steinschlag und Schneestürme zu quälen, solange der Lohn ungewiss bleibt.«

Dann jagte er mich fort und zog Madelgard auf sein Lager.

Ich kann nicht beschreiben, welche Gedanken mich in dieser Nacht bedrängten. Ach was, Gedanken! Es war ein Beben widriger Gefühle.

Mich überfiel das Schreckbild eines geifernden Greises, der nur noch wenig Ähnlichkeit mit meinem Herrn hatte. Fordernd fuhren seine Finger über Madelgards Körper, deutlich sah ich schwarze Nagelmonde und hörte die Hornhaut seiner Handflächen über ihre reinen Glieder schürfen.

Und das Weib erschien mir als Brutstätte von Sünde und Verdruss, als eine Schlange, die jeden mit ihrem Blick bannte, eine Spinne, die ihr Opfer umgarnte und bei lebendigem Leibe in klebrigen Stricken gefesselt hielt, damit es schmackhaft blieb. Der Tokkenspieler war eine lohnende Beute, und ich wünschte zutiefst, dass er lange leiden müsse an seiner verdorbenen Lust. Die ganze Nacht verbrachte ich damit, im Unterholz herumzustolpern und abscheuliche Vorstellungen zu nähren.

Als ich Madelgard am Morgen traf, war nur noch Bitternis auf meiner Zunge, und ich nannte sie eine liederliche Kebse.

»Warum verletzt du mich, Meginhard? Du musst mich wohl sehr hassen.«

Tränen standen ihr in den Augen, sie schmiegte sich an mich und streichelte schüchtern mit dem Finger über meinen Nacken, dass mein ganzer Körper in Aufruhr geriet.

»Mein einziger Freund, du hast mich in die Fremde gelockt, und ich bin dir arglos gefolgt. Jetzt flehe ich um dein Verständnis. Was sollte aus mir werden, wenn Berengar genug von mir bekäme? Ich will ja glauben, dass du mich gerne hast, doch das nützt mir wenig. Du bist kein freier Mann, Meginhard.«

Nie hatte ich mich geschämt, ein Höriger zu sein. Lange vor meiner Geburt hatte der Allmächtige dieses Schicksal in meine Seele geschrieben, und ich hatte mich gefügt, wie es gut und richtig war. Doch jetzt legten sich giftige Schlangen um meine Kehle. Dem Tokkenspieler hatte sie sich hingegeben; sie würde es wieder tun, und ich konnte nur hilflos dabei zusehen.

Ich begann meinen Herrn aus tiefster Seele zu hassen

Nach außen blieb ich weiterhin gehorsam und tat, was er von mir verlangte, doch keinen Handschlag mehr. Zu allem ließ ich mich auffordern, und wenn er deshalb brüllte oder nach mir schlug, nahm ich seinen Zorn teilnahmslos hin. Ich spürte seine Schläge nicht, denn ich konnte nur noch daran denken, was in der nächsten Nacht aufs Neue geschehen würde.

Ein Schatten hatte sich auf unser Verhältnis gelegt, denn auch er betrachtete mich mit Argwohn. Er missgönnte mir die Jugend und beneidete mich, weil mein Rücken glatt und braun in der Sonne wurde, während sich von seinen roten Schultern Hautfetzen schälten. In seiner Eitelkeit ließ er sich sogar einen Sud bereiten, welcher die Haare schwärzte. Doch sein Gesicht wirkte umso bleicher und stand im krassen Missverhältnis zu der Farbe, die eher einem Raben angestanden hätte.

Es war uns fast unmöglich geworden zusammen zu spielen. Obgleich wir uns bemühten, die frühere Leidenschaft in die Darbietungen zu legen, erreichten wir das Volk nicht mehr und merkten es deutlich an unseren Beuteln.

Einmal jagte man uns sogar fort.

Vielleicht hatte ich das große Tuch nicht richtig befestigt, jedenfalls rutschte es mitten im Spiel auf den Boden. Da stand ich nun, für alle sichtbar, mit dem Horn in der einen und dem wilden Sarazenen in der anderen Hand. Der Tokkenspieler sang gar salbungsvoll und schritt oben mit dem König auf und ab, während Madelgard ihm unten den treuen Ritter von den Fingern zog. Aus war es mit Zauber und Magie, wir glotzten genauso bestürzt wie die Menschen auf der anderen Seite des Gestells.

Sie fühlten sich bitter betrogen. Erst murmelte es leise zwischen den Reihen, dann schwoll das Raunen an, und die Gischt der Empörung fuhr uns entgegen. Einzelne erhoben sich und warfen mit ihren Vorräten nach uns.

Madelgard schrie, und ich beeilte mich mit dem Tokkenspieler, das Tuch nach oben zu zerren, damit wir vor den Geschossen leidlich sicher waren. Wahllos stopften wir unsere Habe in die Kiste, und Madelgard schlich sich mit dem Packen nach draußen. Ja, plötzlich konnte sie die Kiste tragen.

Der Tokkenspieler und ich wagten uns nach vorne, es hagelte Flüche, Brot und Äpfel, manche zielten gar mit kleinen Steinen auf uns. Wir schützten unsere Köpfe so gut es ging, klappten das Gestell zusammen und suchten eilends das Weite.

Der Pöbel verfolgte uns bis hinter das Tor und rief uns Schmähungen nach. Wir liefen davon und machten erst Rast, als es dämmerte. Niemand von uns war in der Stimmung, sich zu unterhalten. Schweigsam saßen wir zu dritt am Feuer und hätten genauso gut allein sein können.

Der Tokkenspieler stocherte in der Glut und sagte irgendwann: »Was hast du aus mir gemacht, Kleiner? Ich habe mein Handwerk immer geliebt, doch nun fürchte ich mich, vor die Leute zu treten, und lebe nicht mehr im Spiel. Du hast verstanden, mir alles zu nehmen, was mich jemals glücklich machte.«

Weshalb beklagte er sich? Er hatte mich genauso um mein Glück gebracht.

* * *

An der großen Handelsstraße, Richtung Norden, stießen wir auf das Lager von Rabans Truppe. Grausamer Raban, der mich in Schrecken gestürzt hatte, der seine Leute misshandelte und der das Volk betrog.

Ich freute mich ehrlich, ihn zu sehen, und schüttelte ihm herzlich die Hand. Auch Eberhard war bei ihm und seine Tänzerin, die überhaupt nicht mehr dürr, sondern wohlgerundet und rotbackig geworden war. Den grinsenden Burschen konnte ich nicht entdecken, dafür drei Zwerge und einen jungen Mann von wohlgeformter Statur.

»Sieh mal an, die Küchenfee«, sagte Raban, »du bist älter geworden, wie ich sehe, aber wann willst du endlich anfangen zu wachsen?«

»Sobald Eberhard damit aufhört«, entgegnete ich.

»Kommt, setzt euch zu uns!«, rief er. »Es gibt etwas zu feiern. Was denn, ist das alles, was ihr mitbringt? An einem solchen Tag, wo alle Beutel lose hängen und reichlich gefüllt sind?«

Der Tokkenspieler ließ sich müde ins Gras fallen. »Wir haben uns in letzter Zeit selten an belebten Orten aufgehalten.«

Niemand fragte nach dem Grund, sie türmten ihre Beute vor uns auf und luden uns ein zuzugreifen. »Dann wisst ihr wohl gar nicht, dass Karls Söhne, Ludwig und Pippin, morgen gekrönt werden«, sagte Raban.

Ruckartig setzte sich der Tokkenspieler auf. »Ist das wahr? Der Papst macht sie zu Königen? Sehr klug von Karl, an dieser Entscheidung wird nicht mehr zu rütteln sein. Und ich alter Narr glaubte tatsächlich, ich könnte am Weltenrad drehen. Komm Kleiner, trink! Dein Schicksal hat entschieden! Meine eitlen Wünsche sind endgültig dahingefegt, und alle meine Ängste sind plötzlich sinnlos geworden. Ich habe bloß irgendeinen Küchenbastard zu meinem Gehilfen gemacht, nichts weiter.« Er begann zu lachen, laut und krampfhaft.

Eberhard seufzte versonnen: »Drei Jahre alt, und schon König von Aquitanien.«

»Du würdest einen schönen König abgeben«, kicherte einer

der Zwerge. »Auf deinen Riesenschädel passt keine Krone der Welt.«

»Ich will doch nicht König werden, aber gegen einen solchen Sohn hätte ich nichts einzuwenden. Der hat es weit gebracht in seinem zarten Alter.«

»Ja tatsächlich«, sagte der junge Mann. »Wie er das wohl angestellt hat? Ich konnte mit drei Jahren noch nicht einmal sprechen.«

»Mach dein Maul zu, Kunibert, du kannst es auch jetzt noch nicht.« Raban warf ihm eine Rübe an den Kopf. »Hört gar nicht hin, er ist Sänger, ansonsten ist es besser, wenn er seine Stimme schont. Was sagst du zu meinen Zwergen, Berengar, sind das nicht prächtige Kerle? Alle drei habe ich für einen bekommen, du erinnerst dich vielleicht an den ungelenken Burschen. Aber fressen wollen sie wie ganze Männer.«

»Na und«, sagte ein Zwerg, »wir arbeiten ja auch wie Männer. Ohne uns ist deine Truppe nichts als ein schäbiger Haufen von Stümpern.«

Ach, tat es wohl, ihre Reden zu hören! Mochten sie auch nicht gerade liebenswürdig sein, so waren sie doch völlig frei von der stummen Missgunst, die ich in letzter Zeit ertragen hatte. Auch der Tokkenspieler taute sichtlich auf, er schenkte mir sogar mehrmals nach, wahrscheinlich aus alter Gewohnheit.

Madelgard hatte sich etwas abseits hingekauert, aber Rabans Aufmerksamkeit entging sie nicht. Er forderte sie auf, ins Licht zu treten, damit man sie bewundern konnte. Verschüchtert stand sie vor den Flammen, allen Blicken preisgegeben. Mich überkam ein unbändiger Drang, das zarte Wesen zu verbergen, und ich hüllte sie in meinen Umhang.

Auch der Tokkenspieler hatte sich erhoben. »Lasst sie in Ruhe! Ich warne euch, treibt keine Späße mit ihr.«

»Oho!«, sagte Raban. »Sie muss ein tolles Weib sein, wenn sich gleich zwei Beschützer um sie reißen. Oder ist sie gar eine Prinzessin, für die ihr ein Lösegeld erpressen wollt?«

»Lasst sie einfach in Ruhe, verstanden?«

Die Tänzerin lachte. »Das ist keine Prinzessin. Seht ihr nicht? Das ist eine Hexe. Alle beide hat sie schon verflucht, und wenn ihr nicht aufpasst, ihr geilen Hammel, wird es euch bald ebenso ergehen.«

»Das soll eine Hexe sein?« Einer der Zwerge humpelte näher an uns heran. »Hexen sind alt und hässlich. Warzen tummeln sich auf ihrem Balg, die Haut voll räudigem Aussatz, dass sie sich fortwährend kratzen müssen. Mit Krallen schmücken sie die Spinnenfinger, und ihre Stimmen gellen liebestollen Katzen gleich. Die Lippen öffnen sich zu gähnenden Schlünden, darin giftiger Schleim brodelt, heißer Atem strömt aus den Tiefen, betäubt ihre Opfer, auf dass sie willenlos sich ihre Seelen aus den Leibern saugen lassen.«

Die Tänzerin gab sich nicht geschlagen. »Was verstehst du davon. Hexen kochen magische Salben, mit denen sie sich einschmieren. Dann erscheinen sie lieblicher als Engel. Bisweilen benutzen sie auch glitzernde Steine, die sie im Licht funkeln lassen, dass Menschenaugen verblendet sind für ihre wahre Gestalt. Nein, so dumm sind die Hexen nicht, dass Wildschweine wie ihr sie erkennen könnten.«

Natürlich glaubte ich nicht, dass Madelgard eine Hexe war, was man auch immer über ihre Mutter sagte. Dennoch nahm ich den Arm von ihrer Schulter und spürte den harten Stein auf meiner Brust. Ich entsann mich auch, dass sie sich sehr oft kratzte, wie wir es freilich alle taten, wenn das Ungeziefer uns zu sehr plagte.

Madelgard neben mir zitterte. Der Tokkenspieler hatte das wohl auch bemerkt, denn er fuhr die Tänzerin an: »Du scheinst sehr viel über diese Dinge zu wissen, lass uns in Frieden mit deinem Unsinn, wenn du nicht in üblen Verdacht geraten willst.«

Er half Madelgard auf und führte sie an den Rand des Lagers. Ich folgte den beiden, denn ich wollte mit meinen unguten Gedanken nicht allein bleiben. Zu dritt lagen wir nebeneinander, Madelgard geschützt in unserer Mitte.

Lange blieben wir bei Rabans Truppe, denn es war bequemer, in Gesellschaft zu reisen. Mit vielen Umwegen zogen wir Richtung Fulda, wo der König sich für den nächsten Sommer angekündigt hatte. Raban dachte sogar daran, noch weiter nach Norden zu wandern.

»Stellt euch vor, wenn man die Sprache der Sachsen begreifen könnte!«, sagte er. »Wie frisch gerodeter Boden liegt das ganze Land vor uns, keiner der Barbaren hat unsere Tricks je gesehen, was könnte das für eine Ernte sein.«

»Nein, danke«, sagte ich, »selbst wenn wir sie unterworfen haben, so spüre ich nicht das geringste Verlangen, ihnen zu nahe zu kommen.«

»Ach was, ihr Anführer Widukind ist fort. Der König selbst war in Lippspringe, hat Grafen eingesetzt und strenge Gesetze erlassen. Ein Sachse muss schon mit dem Tode rechnen, wenn er während der Fastenzeit Fleisch isst.«

Was die Sachsen der heiligen Kirche nicht näher brachte, wandte ich ein, doch Raban lachte über meine Bedenken. »Der König ist nicht dumm. Er hat nämlich außerdem verfügt, dass in der Kirche jedem Asyl gewährt wird. Selbst dem schlimmsten Verbrecher darf kein Leid geschehen, solange er sich in einem heiligen Hause aufhält. Mehr noch, wenn der Sünder bereit ist, dem Priester zu beichten und Buße zu tun, soll ihm die Strafe erlassen werden. Nun, ich bin sicher, wenigstens die Schurken werden das Christentum lieben lernen.«

Der Tokkenspieler nickte: »Man könnte tatsächlich glauben, dass die Sachsen zahm geworden sind. So viele Mönche reisten noch nie in das gefährliche Land, und zum ersten Male kämpfen sächsische Truppen an der Seite von Franken.«

»Sie kämpfen gegen Slawen«, meinte Eberhard. »Das sind ohnehin ihre Feinde. Wartet nur ab, bald werden sie wieder gegen Franken streiten.«

Er sollte recht behalten. Im Winter hörten wir erneut von Sachsenübergriffen, von Klosterplünderungen und gemarterten Mönchen, und Raban sprach nicht mehr davon, im Heidenland umherzureisen.

Auch aus dem Süden kam schlimme Kunde. Herzog Tassilo geriet in immer schlechteres Licht. Schließlich weigerte er sich offen, Karls Befehl zu folgen, und der König sammelte ein Heer, um es an die Grenzen von Baiern zu senden.

Der Tokkenspieler versagte sich vorsichtshalber seinen Dialekt, aber mir war schließlich bewusst, woher er stammte, und ich freute mich hämisch, als wir ein paar Tage später erfuhren, dass Tassilo tatsächlich vor der Übermacht des Heeres nach Worms gekrochen kam und dem König Treue schwor. Es war fast, als hätte ich, der Franke, den bairischen Tokkenspieler besiegt. In seinem Beisein fragte ich Madelgard: »Ist es wohl klug, sich einem Baiovaren anzuvertrauen? Jetzt gelten sie alle als abtrünnige Verlierer, so einer wird dich nicht besonders gut beschützen können.«

Von nun an legte der Tokkenspieler Gift in die Stimme des Königs. Und wenn dieser mit dem Sarazenenhäuptling stritt, den ich zu spielen hatte, spie er mir seinen ganzen Groll ins Gesicht. Ich fürchtete den Kampf, der sich im Geheimen, für die Zuschauer unsichtbar während der Darbietung vollzog.

Neuerdings verschenkte Madelgard ihr Wohlwollen umschichtig an den Tokkenspieler, an irgendwelche Bauernburschen und neuerdings auch an den schönen Sänger Kunibert. Ging es jedoch um eine unangenehme Gefälligkeit, kam sie zu mir. »Meginhard, halte mir diesen grässlichen Zwerg vom Leib, ich habe Angst vor ihm.«

»Was hat er getan?«

»Immer wenn ich an ihm vorbei gehe, starrt er mich an.«

»Nun ja, du bist schön, Madelgard, alle erfreuen sich an deinem Anblick, du kannst ihm nicht verübeln, dass auch er es tut.«

»Aber er ist entstellt, ein böser Zwerg, mich ekelt vor ihm.«

Ich dachte daran, wie dürftig meine eigene schmale Gestalt in ihren Augen wirken musste. »Der Zwerg hat sein Aussehen nicht gewählt, er muss deshalb nicht böse sein.«

»Warum verhöhnst du mich?« Ihr ganzes zerbrechliches Wesen klagte mich der Rohheit an. »Entweder hältst du mich für dumm, oder du bist es selbst. Jedes Kind weiß, dass solche Missgeburten keine Nächstenliebe empfinden können. Man hätte sie töten müssen, noch bevor sie ihren ersten Schrei taten. Wo ich herkomme, kennt man die gefahrvollen Orte, an denen Wechselbälger verscharrt sind. Kein Christenmensch kann sich ungeschoren dort aufhalten. Also rede keinen Unsinn. Gib lieber zu, dass du den Zwerg fürchtest, obgleich du größer bist als er, was ja nicht so oft vorkommt. Ich wende mich wohl lieber an Kunibert, der wird mich nicht feige im Stich lassen.«

»Nein, warte, ich bin nicht feige, ich würde alles für dich tun.«

»Ach, wie gerne würde ich jemandem vertrauen. Ich sehne mich nach einem Menschen, in dessen Schutz ich mich geborgen fühle. Und Meginhard, ich träume davon, dass du dieser Mensch sein könntest.«

Jetzt ließ sie es zu, dass ich meinen Arm um sie legte. Es war wirklich ein geringer Dienst, den sie von mir verlangte, und ich versprach, dafür zu sorgen, dass der Zwerg die Truppe verließ, damit sie sich nicht mehr zu ängstigen brauchte.

Als ich Raban mein Anliegen vortrug, lachte er mich aus. »Ich kann zwar mit den Zwergen verfahren wie ich will, doch würde ich einen verkaufen, hätte ich an den anderen keine Freude mehr. Die halten zusammen und fürchten niemanden. Mir macht das nichts, solange sie genug einbringen, und das tun sie, das kannst du mir glauben. Warum sollte ich sie also verstoßen? Nur damit du eine dumme Göre auf dein Lager zerren kannst, wessen du dir nicht einmal sicher sein kannst? Sie muss ihr Angebot schon mir unterbreiten. Nachdem sie mir gefällig war, werde ich entscheiden, ob sich der Einsatz lohnt.«

Ich verschwendete kein Wort mehr an diesen Flegel, sondern suchte den Zwerg auf, um ihn zur Rede zu stellen. Der war völlig ahnungslos und lud mich gar zu einem Krug Bier, damit die wichtige Unterredung nicht auf dem Trockenen verdorren sollte. So freundlich wie möglich verlangte ich, dass der Zwerg die Truppe freiwillig verlassen möge, damit ich nicht gezwungen sei, ärgere Schritte gegen ihn zu unternehmen. Er musste doch einsehen, dass seine Anwesenheit eine Zumutung für Madelgard war, nachdem er sie mit seiner Lüsternheit verletzt hatte.

Der Gnom verzog das Gesicht zu einer spöttischen Fratze und kroch so nahe an mich heran, dass ich seinen fauligen Atem riechen musste. »Du heuchelst, deine Verehrung sei rein, während ich ein abscheulicher Lüstling bin? Doch auch du schmachtest danach, ihre nackten Glieder zu befühlen, deinen Bauch auf den ihren zu drücken und ihren Speichel zu schmecken. Freilich wirst du sie ebenso wenig besitzen wie ich. Wir sind gleich, Meginhard, genau gleich!« Er kicherte über mich.

»Hör auf!« Ich trat nach ihm, doch er wich geschickt zur Seite.

»Hat sie dich so sehr in ihren Fängen, dass du über deine Brüder herfällst? Was hat das kleine Biest dir wohl versprochen?«

Geschmeidig schlich er um mich herum und säuselte mir in die Ohren. »Ah, da sehe ich sie, die dünne Schlinge, die dir ins Fleisch schneidet, und ein garstiger Stein zerdrückt dein Herz.« Seine Finger angelten nach der Schnur an meinem Hals. Mit einem Ruck hatte er sie zerrissen, und funkelnd pendelte Madelgards Bergkristall vor meinen Augen.

»Das Licht der Sonne und des Mondes, jahrhundertlang gefangen im dunklen Fels, gewaltig gestaucht und eingezwängt, doch nun heraufgeholt und widerscheinend in einem winzigen Tropfen. Wie solltest du erbärmliches Geschöpf dich einer solchen Kraft erwehren können? Sieh, er strahlt klar und rein, wie des Mädchens weißer Leib. Glühende Träume sendet er dir, jedoch sein Feuer ist kalt, er wird dein Herz zu Eis gefrieren. Bald schmähst du deine besten Freunde. Bald bist du bereit, ihretwegen ruchlose Sünden zu vollbringen. Das wird Ihr nimmer genügen. Sie ruhet nicht, bis deine Seele verloren ist.«

Der Stein schien von innen zu leuchten, er blendete meine Augen, aber ich konnte die Lider nicht mehr schließen. Ungehindert stach die Rede des Zwerges Wunden in mein benommenes Herz. Er sagte, dieses Weib sähe Zwietracht und Missgunst. Hatte ich mich gegen den Tokkenspieler gewendet? Hasste ich nicht jeden Burschen, der mit ihr sprach? Und jetzt war ich auch noch bereit, diesen meinen Bruder ins Elend zu schicken, um ihrer Laune zu genügen.

»Du tust mir Leid, Meginhard, ich will dir helfen. Ich nehme den Zauberstein an mich, denn ich bin kein Geschöpf Gottes, und meine Seele kann keinen Schaden nehmen. Sobald ich den Stein um meinen Hals hänge, wirst du frei sein.«

Das blinkende Kleinod verschwand unter seinen Lumpen, und mir war, als hätte er ein schweres Tuch von meinem Haupt gezogen. Herzlich dankte ich dem Zwerg und versprach, ihn in meine Gebete einzuschließen, da er selbst keine Fürbitte leisten konnte.

»Erwarte keine Wunder, Meginhard, du wirst eine Weile brauchen, bis du Ruhe findest. Und grolle dem Mädchen nicht. Madelgard ist nicht böse, sie handelt nur nach ihrer Natur. Sie kann nichts für ihre Erscheinung, die ja allzu bald der Vergänglichkeit anheim gegeben wird.«

Der Zwerg hatte Recht, ich würde noch lange nicht aus ihren Fängen entkommen. Auch mochte ich nicht wirklich glauben, dass sie mit bösem Zauber umging, obgleich ihre Mutter sich mit Tränken und Salben, vielleicht auch mit Gift beschäftigt hatte. Manchmal hegte ich gar den Verdacht, dass der Gnom nur nach dem Kleinod gegiert hatte, welches jetzt, zugegeben durch beachtenswerte Hinterlist, sein Eigentum geworden war.

* * *

Ende des Sommers erreichten wir Fulda. Die Gegend Eihloha wirkt sehr freundlich, die sanften Hügel sind von Mischwald bewachsen und die Täler fruchtbar. Seit Sturmius hier sein Kloster gegründet hatte, waren mehr und mehr Menschen zusammengeströmt. Ich staunte, mit welcher Weitläufigkeit die Anlage sich ausbreitete. Erhaben wachten die Türme der Basilika über ein hohes Mittelschiff mit eigener Fensterreihe, welches von niedrigeren Anbauten gestützt wurde, die nirgendwo dem Licht im Wege standen. Diese Form wiederholte sich auch bei den kleineren Gebäuden, dem prächtigen Abtshaus, dem Dormatorium, wo die Brüder gemeinsam schliefen, und dem Refektorium, in welchem sie speisten. Das Kloster nahm Mönche aus der ganzen Welt in seinen Mauern auf, und nun auch den König samt seinem Gefolge.

Das riesige Heer lagerte rund um die Abtei. Dicht an dicht standen Zelte, Knechte liefen herum, Mägde und einige Kinder. Natürlich hatten sich auch Händler eingefunden. Genau wie wir hofften sie auf reiche Ausbeute bei den Kriegern, die nichts anderes zu tun hatten, als geduldig auszuharren, bis der König sie, wer weiß wohin, zu führen gedachte.

»Vorsicht!«, rief Raban und riss mich zur Seite. An einen Stapel Kisten gedrückt, entkamen wir dem Fuhrwerk, das in voller Fahrt an uns vorüber donnerte. Es war aussichtslos, einen ruhigen Flecken zu finden. Uns blieb nichts weiter übrig, als mitten zwischen dem Fußvolk zu lagern, unsere Habe so gut wie möglich zu sichern und Eberhard zur Abschreckung wachen zu lassen.

Ich hatte Wein mitgenommen und gedachte, bei den ausgedörrten Kehlen ein gutes Geschäft zu machen. Also stolperte ich in dem Durcheinander umher, sorgsam meinen Krug bewahrend, auf der Suche nach Bessergestellten, die für die rare Freude blankes Silber zu spenden bereit waren.

»Sag, was willst du für deinen Krug?«, rief ein junger Bursche, der sich wohl noch nicht lange Ritter nennen durfte. Er saß mit mehreren Männern zwischen zwei Zelten. »Jetzt werde ich meinen Einstand geben, ihr sollt sehen, dass ich mich nicht lumpen lasse!«

Ich verlangte zwei Denare, man konnte nicht unverschämt genug anfangen, wenn man begehrte Güter mit sich führte.

»Jag ihn fort!«, brüllte ein älterer Kämpfer, »Aber, pass auf, dass nichts verschüttet wird. Was ist da drin? Flüssiges Gold?«

»Gute Herren«, antwortete ich höflich, »ein Pflug kostet zehn Denare, ein Knabe zwanzig, und für einen Mann, der selber auch noch trinken will, müsstet ihr gar hundert berappen. Nichts davon könnt ihr gebrauchen, und ich verlange nur einen Bruchteil für etwas, nachdem Euer Gaumen sich verzehrt. Flüssiges Gold würde Euch weniger munden, das kann ich mit Gewissheit sagen.«

»Wer bist du? Ein Tuchhändler? Fast möchte man glauben, dass du wirklich einen fürstlichen Saft mit dir führst.«

»Allerdings, es ist ein ausgezeichneter Tropfen. Niemals würde ich etwas anbieten, was der Prüfung meines eigenen Gaumens nicht standhält.«

Der junge Bursche klopfte mir auf die Schulter. »Ich verstehe, du kannst mit uns trinken. Ich werde einen leichten Silberpfennig bezahlen.«

Ich verlangte sein Vermögen zu sehen, schließlich gab es nicht viele junge Kerle, die Münzen in der Tasche trugen. Er musste der Spross sehr reicher Eltern sein, denn er wog das Silber nicht einmal ab.

In gehobener Stimmung machten wir dem bauchigen Krug den Garaus. Um das Gelärme zu übertönen, das unentwegt durchs Lager brandete, mussten wir fortwährend brüllen.

Der Junge konnte es kaum erwarten, dem Feind zu begegnen. »Ich bin nicht traurig, dass der König so plötzlich aufbrechen will. Sonst hätte es sicher noch ein ganzes Jahr gedauert, bis ich meine Klinge mit Blut härten kann.«

»Freu dich nicht zu früh!«, rief einer der Recken. »Vielleicht will Karl Richtung Norden, das würde mich nicht wundern, nach all den Überfällen diesen Winter. Letztes Jahr bin ich im Güntelgebirge gerade noch davon gekommen, aber die meisten meiner Kameraden verfaulen jetzt im Weserschlamm.«

»Ich war auch dort«, sagte ein anderer. »Adalgis und Gailo, die ehrgeizigen Großmäuler, hatten die Sachsen völlig unterschätzt. Kaum waren wir in der Nähe des feindlichen Lagers, befahlen sie den überstürzten Angriff. Wie eine Meute Halbwüchsiger rannten wir dem Feind entgegen. Das Sachsenheer dagegen stand in bester Schlachtordnung und wartete auf uns, Widukind an der Spitze. Es war ihm ein Leichtes, unsere Leute einzuschließen und uns Kriegskunst zu lehren.«

Der junge Bursche war jetzt weniger zuversichtlich. »Macht der König nicht den gleichen Fehler, wenn er in aller Eile um sich schart, wen er zu fassen bekommt? Sollte man nicht lieber ein größeres Heer sammeln und dann nachdrücklicher zuschlagen?«

»Auch wenn Karl noch warten würde, es kämen doch nicht mehr«, meinte der Alte. »Wer Krieger haben will, muss Beute bieten. Einverstanden, jeder zieht alle fünf, sechs Jahre gerne in die Schlacht. Aber der Heerbann ereilt uns inzwischen dauernd, ob gegen die Slawen, nach Hispania, oder nach Baiern, um Tassilo zur Vernunft zu bringen, und immer wieder gegen die Sachsen. Bei denen ist nichts mehr zu holen. Ich habe schon einige meiner Männer zurückgeschickt, ich brauche sie auf meinem Land.«

»Du hast recht getan. Das Fußvolk macht sowieso mehr Ärger, als dass es nützt. Die wollen nicht kämpfen, die wollen nach Hause zu ihrer Scholle.«

Der Alte trank schnell, und ich bedauerte, nicht für Nachschub sorgen zu können. Er wischte sich die roten Tropfen aus dem Bart und brummte: »Eines sag ich euch, falls Karl wieder nach Norden zieht, werde ich mich verlaufen, oder besser noch, ich werde krank.«

Plötzlich verstummte er, und alle Augen richteten sich auf einen Punkt hinter mir. Ein blonder Jüngling stand da. Seine kalten Augen ermaßen uns alle, und keiner wagte mehr zu sprechen.

»Ihr trinkt!«, sagte er scharf. »Ich lasse nicht zu, dass ihr die Befehle missachtet. Raus mit euch, ihr werdet heute Nacht im ganzen Lager Löcher für den Unrat schaufeln. Das könnt ihr am besten, euch klebt noch immer der Dreck der Felder unter den Fingernägeln. Wenn auch nur einer seinen Grabscheit vor dem Morgengrauen zur Seite legt, werdet ihr alle wünschen unter den Sachsen geboren zu sein.«

Sein Blick fiel auf mich, doch keine Bewegung verriet, dass mein Bruder mich erkannte. »Du kommst mit mir, Schmeißfliege. Wenn ich mit dir fertig bin, wirst du nicht mehr wagen, dich an den Kriegern zu bereichern.«

Die wackeren Kämpfer schlichen geduckt an ihm vorbei in die Dunkelheit hinaus.

»Komm, nimm den Krug mit.« Das war alles, was Ansgar zu mir sagte.

Die meisten Männer traten sofort zur Seite, wenn sie ihn kommen sahen. Wer es nicht tat, musste mit Fußtritten und Flüchen rechnen. Ich fragte mich, wie mein Bruder es so weit gebracht hatte, dass gestandene Recken ihn fürchteten. Allerdings zählte er inzwischen schon sechzehn Jahre und war eine stattliche Erscheinung geworden. In seiner Rüstung glich er unserem ehemaligen Fronherrn aufs Haar.

Wir fanden einen geschlossenen Futterwagen und kletterten hinein, um frei sprechen zu können. Alle Härte wich aus Ansgars Zügen, als er mich umarmte. »Ich habe nicht geglaubt, dich jemals wiederzusehen. Es ist schwer, einsam zu sein, Meginhard. Nie darf ich mich fürchten, niemals zaudern, immer muss ich als Erster zuschlagen und zwar so hart, wie ich es vermag. Wie sehr ich mich danach sehne, die Selbstzucht einmal fahren zu lassen. Du darfst mich nicht verachten, wenn ich vor dir jammere wie ein Weib.«

Erst jetzt spürte ich, wie sehr ich meinen Bruder vermisst hatte, und ich musste mehrmals schlucken, als ich erzählte, wie es mir ergangen war.

»Du hast dich verändert Meginhard. Ich kannte einen verschüchterten Jungen, der nicht einmal zu fluchen wagte. Jetzt finde ich dich saufend unter den ärgsten Rüpeln und höre dich treulose Reden führen. Mich wundert, dass sie dich nicht ausgeplündert und verprügelt haben.«

»Seinen Lieferanten verprügelt man nicht.«

»Du kannst dir etwas darauf einbilden, dass ich dich nicht melde. Es ist das erste Mal, dass ich pflichtvergessen handle, und es wird das letzte Mal sein. Betrunkene sind dem König ein Gräuel, er findet, es ist nicht gottgefällig, darum hat er befohlen, dass die Männer nüchtern bleiben sollen. Aber es sind nun einmal Krieger, man kann nicht erwarten, dass sie wie zahme Kaninchen umherhoppeln. Wenn man ihnen nichts zu tun gibt, keine Weiber und kein Bier, rechnen sie ihre Verluste nach und überlegen, wie sie dem Heerbann entgehen können. Es ist besser, man lässt sie saufen und sich gegenseitig die Köpfe einschlagen, als sie zur Untreue zu verleiten.«

Betrübt schüttelte er den Weinkrug, aber es war kein Tropfen mehr darin.

»Weißt du, Meginhard, der König lässt sich zu sehr von Klerikern leiten, er hat in Sachsen schlimme Fehler gemacht.«

»Aber die Heiden hatten sich doch unterworfen, sie waren bereit, das Christentum anzunehmen. Jetzt müssen sie sich der göttlichen Ordnung eben fügen.«

»Widukind ist ganz und gar nicht deiner Meinung. Er brauchte nur einen Winter, um die Missionsarbeit von Jahren hinwegzufegen. Und Karl holt sich unterdessen gelehrte Schmarotzer an den Hof, die ihm einreden, dass seine Kinder lesen lernen müssen, sogar die Mädchen.«

Mein Bruder lachte laut, und ich lachte mit.

»Akademien will der König plötzlich haben, damit sich jeder Mensch mit Gelehrsamkeit plagen soll, weil ja kein Ungebildeter die Geheimnisse Gottes durchdringen kann. Ich bitte dich, wo soll das hinführen, wenn die Edlen sich ihre Köpfe zerbrechen, anstatt ihre Schwerter zu schärfen? Wer soll die Felder bestellen, wenn die Bauern ihre Zungen mit Latein verknoten? Wissen ist eine bösartige Waffe, das sollte Kundigen vorbehalten bleiben, den Äbten und den Mönchen. Es kommt ja auch niemand auf die Idee, einem Hörigen ein Schwert in die Hand zu drücken.«

Es belustigte mich, dass er sich so ereiferte und darüber seine Herkunft völlig vergaß. »Wie ich sehe, ist es nicht unbedingt das Schlechteste, einen Hörigen die Klinge führen zu lassen.«

Ich hatte nur gescherzt, aber Ansgar starrte mich entgeistert an.

»Du wirst mich doch nicht verraten, Meginhard? Ich weiß, dass ich eine Sünde von dir verlange, aber ich will die Schuld vor unserem Herrgott gerne auf mich nehmen. Ich habe dem König mein Schwert versprochen, du darfst mich nicht daran hindern, mein Wort zu halten.«

»Ich denke nicht im Traum daran, dich zu verraten, wir sind Brüder.«

Man würde mich mindestens blenden und mir wahrscheinlich die Zunge herausreißen, falls jemals ans Licht käme, dass ich einen Hörigen schützte, der sich als Freier ausgab. Er aber würde in der Hölle brennen, wenn er sein Versprechen brach.

Dumpf stieg mir ins Herz, dass auch ich einst ein Gelübde ausgesprochen hatte, welches auf Erfüllung wartete.

Ansgar legte die Stirn an meinen Arm und bat mich, dem Heer zu folgen. »Bleib bei mir, Meginhard. Lästert so viel ihr wollt in euren Märchen, macht unverschämte Witze und beleidigt die Weiber. Das gefällt den Kriegern, und sie brauchen es nicht mehr selbst zu tun. Außerdem kommen wir an einigen Burgen vorbei, und dort wird man sicher für Unterhaltung dankbar sein.«

Da ich nicht frei über mich verfügen konnte, versprach ich ihm nichts. Ich musste abwarten, wie sich der Tokkenspieler entscheiden würde, und ich glaubte nicht, dass er zu irgendwelchen Zugeständnissen bereit war.

Ich fand meinen Herrn in düsterer Verfassung, als ich zu unserem Lagerplatz kam. Madelgard hatte sich Zugang zur Klosterküche verschafft und war mit reicher Beute zurückgekehrt. Jetzt stand sie vor ihm und klagte: »Wie kannst du mich derartig verurteilen? Wenn ich sage, sie haben mir alles geschenkt, dann darfst du mir ruhig glauben. Das ist ein Kloster, dort leben Christenmenschen, die voller Liebe zu ihren Nächsten sind.«

»Genau das habe ich gemeint, voller Liebe. Ich könnte ertragen, wenn du einer Verlockung erlegen bist, aber es tut weh, dass du versuchst, mich zu täuschen.«

Madelgard begann zu weinen. Sie sei ein anständiges Mädchen und wäre noch nie so schändlich beleidigt worden.

»Ein anständiges Weib hätte sich nicht leichtfertig einem alten Gaukler hingegeben. Ich verachte dich nicht dafür, aber ich glaube dir kein Wort, wenn du vorgibst eine unschuldige Seele zu sein.«

Madelgard erbebte bei jedem Schluchzer, der sich ihrer Brust entrang, und da der Tokkenspieler sie nicht trösten wollte, tat ich es. Heimlich spähte sie hinter meiner Schulter hervor, ob er auch zusah, wie geborgen sie sich in meinen Armen fühlte. Doch der hatte sich umgedreht und beachtete uns nicht. Da stieß sie mich von sich, behauptete, wir seien allesamt scheinheilige Ungeheuer, rollte sich am Feuer zusammen und wollte nichts mehr mit uns zu schaffen haben.

»Warum tust du mir das an?«, fragte der Tokkenspieler das Bündel auf der Erde. »Ich habe nie auf dich herab gesehen, weil du gerissen und hinterlistig bist, aber ich ertrage nicht, dass du mich für einen Schwachkopf hältst.«

Madelgard reagierte nicht.

Längst hatte sie entdeckt, dass die reichen Jünglinge vom Heer ihrem Reiz genauso leicht erlagen wie heruntergekommene Spielleute, und am nächsten Morgen war sie verschwunden. Anfangs sorgten wir uns und suchten nach ihr. Doch dann fanden wir sie in heiterem Einvernehmen mit einem jungen Edlen, der vornehm gewandet war und silbernen Schmuck an den Armen trug. Wir schlichen zurück und ersparten uns die Peinlichkeit, das Mädchen vor diesem Wichtigtuer zur Rede zu stellen.

Ich grämte mich sehr und streichelte die wenigen Habseligkeiten, die Madelgard zurückgelassen hatte, ihren Schal, die kleine Holzdose mit irgendwelchen Samen, einen Strumpf und zwei verschossene Haarbänder. Der Tokkenspieler lächelte schief und klopfte mir auf den Rücken. »Meinetwegen behalte den Plunder. Früher oder später wäre sie ohnehin einem betuchteren Glück entgegengeflogen, das habe ich immer gewusst. Falls du tatsächlich Liebe für sie empfindest, solltest du ihr den Aufstieg gönnen. Jetzt sind wir Leidensgenossen, so ungern ich es zugebe.«

Ja, nun hatte er nur noch mich. Ich war zur Stelle, wenn er mich brauchte, und er würde mich fallen lassen, sobald es ihm wieder besser ging. Doch auch ich hatte nur ihn, und so begrub ich meinen Groll. Ich beschloss, vorübergehend sein Gefährte zu sein und mich von ihm trösten zu lassen, wie er es umgekehrt ja auch in Anspruch nahm.

»Komm, Kleiner«, sagte er, »gegen unsere Krankheit gibt es nur ein Mittel, ein anderes Weib.«

Wir gingen in eine schäbige Taverne, die etwas entfernt vom Kloster an der großen Straße lag. Eigentlich war sie nichts weiter als eine Bauernhütte, deren Besitzer umgesattelt hatte, weil seine Felder vorläufig nicht mehr zu gebrauchen waren. So bekam er seinen Verlust von den Kriegern, die den Wachen entwischen konnten, doppelt und dreifach ersetzt. Seine Weiber waren weniger gewandt als die in Mainz. Sie brauchten auch keine besonderen Fähigkeiten, denn die Krieger soffen und waren umnebelt, wenn sie nach ihnen verlangten.

Ich tat es ihnen gleich. Schon nach einem Krug Bier brüllte ich genauso laut wie die anderen und verbreitete vehement meine unbedeutende Meinung, was mir etwas Erleichterung verschaffte. Ich wehrte mich nicht einmal, als ein fülliges Mädchen mich bei der Hand nahm und in den Stall führte. Sie hatte runde Augen und schwere Lider. Ihr Kuchengesicht wirkte derart schläfrig, dass ich trotz meiner Unwissenheit keinerlei Nervosität empfand. Ich versuchte mit ihr die Lust zu genießen, doch gelang es mir nicht, Freude dabei zu empfinden. Darum gesellte ich mich wieder zum Tokkenspieler und trank mit ihm, bis sein Durst für diese Nacht gelöscht war.

Auf dem Rückweg ins Lager eröffnete er, dass wir jetzt ohne einen Pfennig seien und keine andere Wahl hätten, als am nächsten Tag zu spielen.

Ich scherte mich nicht weiter darum, denn in meinem Kopf summte es, und der Weg schlingerte unter meinen Füßen. Ich hoffte nur, dass er lange schlafen würde und mich nicht in aller Frühe das Theater aufbauen ließ.

Eine Frouwe ist gefährlich für jeden Mann, für einen Künstler kann sie verheerend sein.
Erst wird der Arglose zu ihren Ehren besondere Anstrengung auf sich nehmen, damit sein Schaffen ihr in goldenem Licht erscheint. Doch zappelt er erst fest in ihren Fängen, da säuselt sie keine Süße mehr in seine Ohren, da greift sie mitleidlos nach allem, was wertvoll an ihm ist. Ehe er sich versieht, hat sie die erste Stelle in seinem Leben besetzt, und schon vernachlässigt er seine Pflicht.
Der Narr wird mittelmäßig und ist fortan kein Künstler mehr.

Ihr lacht mich aus? Ihr dünkt Euch gefeit und stark genug, es mit den Frouwen aufzunehmen?
Ich hingegen frage mich, wie Ihr Euch erdreisten könnt, das weibliche Geschlecht für schwach zu halten. Zu jedem Mond verblutet ihnen aufs Neue der Leib. Ihr alle würdet daran sterben, doch sie werden nur von Mal zu Mal ein wenig kälter und verlangen nach dickeren Pelzen. Listig sind die Weiber, dass sie Euch erlauben, über sie zu zetern oder gar den Stock zu schwingen. Ihr trefft nur ihre Leiber, und Euer Gebrüll kratzt wenig an den Ehrfurcht gebietenden Seelen. Bisweilen lächeln sie sogar zu Eurer Unvernunft, weil Ihr sie immer nur an misslaunige Knaben zu erinnern vermögt.

Doch wehe, wenn sich Zornesfalten in die verständigen Züge graben. Ihr würdet vor Furcht erzittern, solltet Ihr solches je hervorrufen. Sie könnten Euch in kleine Stücke pflücken. Das tun sie ganz allmählich, noch während Ihr mit ihnen hadert. Das tun sie mit der gleichen Hingabe, mit der sie sonst Eure Überlegenheit bekunden.

Und doch beneide ich Euch um alle vorwurfsvollen Blicke aus Frouwenaugen, denen Ihr auszuweichen gedenkt.
So schwach bin ich.«

IUSTITIA OBEDIENS ATQUE CONSENTIENS
DER GERECHTIGKEIT GEHORCHEND UND ZUSTIMMEND

Die Mittagssonne brannte längst, als wir uns ans Werk begaben. Es ging uns beiden nicht besonders gut. Der Brummschädel machte uns grimmig, und wir beschlossen, den rauen Kerlen die Haare zu Berge stehen zu lassen. Nach langer Zeit spielten wir wieder. Wir beflügelten uns gegenseitig immer dreistere Zoten zu reißen, die Krieger brüllten vor Vergnügen und trommelten auf ihre Schilder. Ach, es tat wohl, ihre Begeisterung zu vernehmen.

Erwartungsvoll trat ich mit unserem Korb vor die Abdeckung um reiche Gaben einzusammeln. In weitem Halbkreis standen sie um mich herum. Die Gesichter noch verzerrt vom Lachen, johlten sie, schlugen sich auf die Bäuche und konnten nicht aufhören mit ihrem Beifallsgeschrei.

Speichel sammelte sich in meinem Mund. Er schmeckte, als hätte mir jemand eine Silbermünze auf die Zunge gelegt. Die Rufe der Krieger hörte ich nicht mehr, es sauste in meinem Schädel, und ihre grotesken Fratzen verschwammen.

Plötzlich wusste ich, woran sie sich ergötzten.

Der Halbkreis, den sie freigelassen hatten, war nicht wirklich leer.

Hunderte von angsterfüllten Menschen drängten sich dort zusammen, ein jeder bestrebt, in die Mitte zu gelangen, in die vermeintliche Sicherheit, fort von den blanken Schwertern der Ritter. Unter ihnen tauchte ein Antlitz auf, welches mir einmal nahe gewesen war. Das Mädchen schlug um sich und schrie vor ohnmächtiger Wut. Ich konnte ihre Worte nicht verstehen. Ich konnte mich nicht rühren, und ich konnte ihr nicht helfen.

Dann war alles fort, und ich erkannte den Tokkenspieler, der mich heftig rüttelte. »Ruhig, hör auf zu schreien. Niemand will dir etwas antun.«

»Was ist denn geschehen?«

»Das wüsste ich auch gerne, du hast gebrüllt wie ein Wildschwein.«

»Ich habe wohl nur geträumt.« Wie sollte ich anders erklären, dass düstere Kräfte in meinem Inneren wüteten, die alles, was ich dachte, Wirklichkeit werden ließen. Jetzt hatte ich ein Gemetzel verursacht, und ich ahnte nicht, wo es stattfinden sollte. Nur, dass die Männer, die uns zugesehen hatten, daran beteiligt sein würden, wusste ich genau. Vielleicht könnte ich das Unglück verhindern, wenn ich mit ihnen zog.

»Geträumt, Kleiner? Wahrscheinlich von dem Mädchen, nicht wahr? Ich träume auch von ihr, aber ich tue es nachts und mache nicht solchen Lärm dabei. Du hast gestern gesoffen und heute noch nichts in den Bauch bekommen, das wird es sein.«

»Herr, können wir nicht bei den Kriegern bleiben und mit ihnen ziehen?«

»Ich wollte gerade vorschlagen, so viele Ruten wie möglich zwischen uns und diesen Haufen zu legen.«

»Aber wir kommen an reichen Burgen vorbei. Es ist viel sicherer, mit dem Heer zu reisen, mein Bruder wird uns beschützen, und vielleicht spielen wir sogar vor dem König.«

»Dein Bruder dient beim Heer?«

Ich hatte Ansgar verraten!

»Starr mich nicht so an, einen Bruder zu haben ist doch kein Verbrechen. Ich vermutete deine Brüder allerdings woanders als ausgerechnet unter Karls Soldaten.«

Man würde mir die Zunge herausreißen, mindestens. Ich schloss die Lider und wartete darauf, dass die Erde sich auftat und meinen Verrat verschluckte.

Der Tokkenspieler klopfte mir auf den Arm. »Vielleicht bin ich ein furchtbarer Dummkopf gewesen. Komm jetzt, hilf mir.« Er wandte sich um und machte sich daran, das Theater zusammenzupacken. Sorgfältig faltete er das Tuch und legte es in die Kiste. »Du hast irgendetwas gesehen, stimmt's? Ich glaube, du hattest auch früher sonderbare Träume. Nächstes Mal möchte ich die wahren Gründe kennen, wenn ich dir nachgeben soll. Bevor es zur Schlacht kommt, verschwinden wir. Und ich will in Zukunft keinen Ärger mehr, du hast uns um den Lohn eines ganzen Tages gebracht.«

»Danke, Herr.«

Der Morgen des Aufbruches begann mit einem Gottesdienst im Kloster und eifrigem Packen im Lager. Die Ritter brüllten ihren Vasallen Befehle zu, und die wiederum hieben auf ihre Leute ein, bis ein jeder wusste, wo er sich aufstellen sollte. Selbst als der Zug geordnet war, galoppierten sie noch zwischen den Reihen, versetzten den Soldaten Stöße und herrschten sie an, damit sie ihrer Pflicht gedachten und ihnen das Warten nicht lang wurde.

Wir gliederten uns bei Ansgars Vorratskarren ein und fanden auf einem der Wagen sogar Platz für unsere Habe. Ich freute mich auf die bequeme Reise.

Weit, weit vorne erschien der König auf seinem Ross. Trotz der Entfernung wirkte er Achtung gebietend, er überragte fast alle Männer und war so stark gebaut wie der kräftigste seiner Recken. Kein prunkvolles Gewand machte seine Stellung deutlich, denn schließlich zog er in die Schlacht und nicht zu einem Hoffest. Gelassen ritt er die Reihen entlang, und niemand wagte mehr, sich zu rühren.

Ich hörte nichts von dem, was er sprach. Doch als der Hofstaat sich in Marsch setzte, sprengten die Ritter zu ihren Männern und wiederholten die Rede des Königs mehr oder weniger wortgetreu. Auch Ansgar trabte heran und warf zornige Blicke auf die Kerle, die von einem Bein aufs andere traten und nicht länger herumstehen mochten.

»Carolus Rex Francorium et Langobardorum ac Patricius

Romanorum, gekrönt durch Gottes Gnade, hat beschlossen, nach Sachsen zu marschieren. Er befiehlt, dass jeder Krieger wohl ausgestattet ist mit Schild, Lanze, Schwert, Dolch, Bogen und Köcher mit Pfeilen. Vorräte für drei Monate und Kleidung für ein halbes Jahr sind verlangt. Wer an seiner Ausstattung gespart hat, ist selber schuld, es geschieht ihm ganz recht, wenn er unterwegs zu Grunde geht. Der König wünscht, dass seine Truppen friedlich durch alle Teile des Reiches ziehen und sich des Trunkes enthalten. Die Führer werden von jetzt an immer bei ihren Männern, Karren und Reitern bleiben und ihnen keine Gelegenheit geben, Unheil anzurichten. Ich verspreche, dass ich eigenhändig jeden verprügeln werde, der sich nicht an die Anweisungen hält. Und sollte ich einen Mann dabei verlieren, so ist mir das einerlei, denn die Heiden werden euch ohnehin die Haut von den Leibern reißen. Versucht wie Soldaten auszusehen und schlurft nicht daher wie eine blökende Hammelherde, denn falls ihr die Sachsen besiegen solltet, dürft ihr ihre Weiber nehmen, die stolz und schön sind und nur die tapferen Krieger lieben.«

Die Soldaten trommelten auf ihre Schilde und erhoben ein fürchterliches Gebrüll. Ansgar wendete sein Pferd und galoppierte an die Spitze unserer Abteilung, während die Führer wieder fluchten, wie es alle gewohnt waren.

Träge setzte sich der Zug in Bewegung.

Wenn ich geglaubt hatte, wir könnten unterwegs auch nur den geringsten Gewinn machen, hatte ich mich arg getäuscht. Karl drängte zu unmenschlicher Geschwindigkeit, und ich fragte mich, wie das Fußvolk diese Plackerei ertrug. Sie mussten ja all ihre Waffen tragen, während ich frei von jeder Bürde marschieren konnte. Wir machten nur kurze Pausen, um zu trinken, und viele Männer klagten über Blasen an den Füßen. Doch sobald jemand verschnaufen wollte, kam Ansgar herbeigeritten und zwang ihn mit Hieben und Tritten weiterzugehen.

Endlich, kurz vor Sonnenuntergang kam der Befehl anzuhalten. Die Plackerei für die Krieger war noch lange nicht vorbei: Zelte wurden aufgestellt, Holz und Wasser geschleppt, die Tiere mussten versorgt und Lebensmittel verteilt werden. Die Männer legten sich hin und schnarchten, sobald man sie in Ruhe ließ. Auch ich war völlig erschöpft und sah erleichtert, dass der Tokkenspieler aus unerklärlichen Quellen eine Mahlzeit für uns beschafft hatte.

Obgleich nach ein paar Tagen beschwerliche Bergstrecken zu überwinden waren, fühlten sich die Soldaten nun wohler. Sie sangen auf dem Marsch und fingen wieder an zu lästern, wenn sie abends vor den Zelten saßen. Oft verprügelten sie sich gegenseitig, und am nächsten Tag wollten sie dann mit dem Wagen fahren, da sie verletzt seien. Je besser es ihnen ging, desto mehr machten sie Ansgar zu schaffen. Dessen Augen waren rot vor Müdigkeit, und sein Gesicht hatte eine graue Farbe angenommen. Ihm blieb wenig Muße, sich mit mir zu befassen.

Gelegentlich spielten wir kurze Zoten. Die Ausbeute reichte gerade aus, dass wir nicht hungern mussten und sogar etwas reichlicher speisten als die Kämpfer. Bessere Möglichkeiten eröffneten uns die Versorgungshöfe, welche Karl in weiser Voraussicht an den Heerstraßen angelegt hatte. Wir passierten auch die Eresburg, ehemals eine mächtige sächsische Festung, doch nun längst in fränkischer Hand. Vor langer Zeit war eine Handvoll Ritter hier oben zurückgelassen worden, um die Stellung zu sichern. Inzwischen gab es natürlich Bedienstete und einige Weiber, deren Funktion nicht ganz eindeutig war. Was ihnen allen fehlte, war Abwechslung.

Der Tokkenspieler wollte sich die Gelegenheit nicht entgehen lassen, und wir kletterten mit Sack und Pack den Berg hinauf. Überaus freudig wurden wir empfangen. Man half uns gar, unsere Sachen zu tragen, gab uns ein Zimmer im Hauptgebäude und behandelte uns mit allen Ehren. Es war nicht schwierig, die einsamen Burgbewohner zu begeistern. Wir konnten wieder einmal richtig schlemmen und versteckten eine Menge Wein zwischen den Tokken, was unseren Lebensunterhalt in den kommenden Wochen aufbessern sollte. Aber weil man uns so fürstlich verpflegte, blieben wir zu lange und mussten unsere Weinschläuche bis nach Paderborn schleppen, wo wir die Truppen wieder einholten.

Das Heer hatte sich auf eine ausgedehnte Lagerzeit eingestellt, und der König sorgte dafür, dass sämtliche Erträge seiner Pfalz den Kriegern zu Gute kamen. Unablässig schlichen die Bauern zur Karlsburg, beladen mit dem, was ihre Scholle getragen hatte, und schielten nach den Soldaten, welche die mageren Gaben gedankenlos verschlingen würden. Doch keinen hörte ich, der murren wollte. Sie fürchteten die Sachsen mehr, als den Hunger und vertrauten auf den Schutz ihres Königs. Zu unserem Leidwesen offenbarten sie den Kriegern ihre eigenen Weinquellen, und unsere Ware sank deutlich im Wert. Wir hielten sie lieber zurück, und der Tokkenspieler war bereit, bis zur nächsten Ansiedlung weiter zu marschieren, damit uns das gute Geschäft nicht aus den Fingern glitt. Danach jedoch wollte er endgültig umkehren.

* * *

Es gab keine Ansiedlung mehr. Nur Wildnis lag zwischen uns und den Sachsen. Wir stolperten durch fremde Wälder, und einen Weg erkannte man erst, nachdem das Heer ihn getrampelt hatte. Die Männer wurden unruhig, sie fürchteten den unsichtbaren Feind und flüsterten über die grausamen Heidengötter, über Blutopfer und Dämonen. Manchmal erreichten uns Schreckensbotschaften von Übergriffen auf kleine fränkische Höfe, und das Heer machte sich sofort daran, die Täter zu verfolgen, durch sumpfige Täler, durch Wald und Steppe, immer im Zickzack durch das unbefriedete Gelände.

Täglich sprach der König nun zu seinen Kriegern.

Er würde nicht eher ruhen, bis alle Sachsen bekehrt waren, damit man ihnen endlich trauen könne. Weigerten sie sich, so mussten sie vernichtet werden, denn ein Franke lässt sich nicht von Heiden zum *scurra* machen. Weiter versprach Karl allen Kriegern einen Platz im Paradiese, die mutig und selbstlos dem Willen Gottes genügten, und den Nörglern drohte er mit ewigem Höllenfeuer.

Er hätte besser daran getan, Beute und Weiber zu versprechen, denn Gott ist stets so fern wie die Gefahr, der Leib aber, ist allzeit in der Nähe. Die Soldaten jubelten, solange sie ihren König sehen konnten, doch dann schoben sie ihre Unterkiefer vor und munkelten, Karl habe sich verlaufen, denn die Sonne stand mal links, mal rechts, was nicht nur mit der Tageszeit zu tun haben konnte.

Es war später Nachmittag, und die Männer brummten wie gewöhnlich, wenn sie hungrig waren und lagern wollten. Wir marschierten über trockenes Gras durch ein weitläufiges Tal, gesäumt von herbstlichen Wäldern.

Unvermittelt sanken zwei Kerle in der Reihe zu Boden.

Dem einen war die Brust durchbohrt worden, und er starb nach wenigen Augenblicken. Der andere kniete auf der Erde und starrte verblüfft auf seinen Arm. Ein Pfeil stak zu beiden Seiten heraus.

Das Blut war auf die Umstehenden gespritzt, die das für ein schlechtes Vorzeichen hielten und Gebete flüsterten. Einige liefen verstört hin und her, und manche wimmerten vor Entsetzen.

»Wollt ihr eure Brüder ungerächt lassen?«, rief Ansgar. »Mit Hasenfüßen haben wir es zu tun, die feige im Hinterhalt lauern und nicht wagen, sich zu zeigen. Holt euch die Feinde! So leicht wird es euch nie wieder gemacht!«

Nach beiden Seiten liefen die Krieger auf den nahen Wald zu und ließen nur wenige Männer bei den Wagen zurück. Als sie das Gehölz fast erreicht hatten, stürmten Sachsen daraus hervor. Sie trieben unsere Soldaten wie eine Herde kopfloser Schafe vor sich her. Planlos rannten die Krieger durcheinander und schrieen, statt sich zu wehren. Viele wurden niedergemetzelt. Das Gebrüll und Wehklagen bedrängte mich, zudem zischten jetzt Pfeile über uns hinweg, und ich beeilte mich, unter einen Karren zu kriechen. Er hatte schöne massive Räder, welche ich die ganze Zeit streichelte.

Die Heiden waren beileibe keine Hasenfüße. Aus allen Richtungen griffen sie nun an. Manche trugen keinen Schild, andere besaßen keinen Helm, aber sie setzten wütenden Eifer darein, das Fehlende zu beschaffen. Die Gottlosen bemühten sich nicht einmal, ihre Feinde ordentlich zu töten. Mit ihren Saxen, den fürchterlichen Haumessern, hieben sie einfach die Hände ihres Gegners ab und wandten sich dem nächsten zu. Die schwache Natur des Menschen erledigte den Rest.

Manch ein Franke begann den Glauben an seine Stärke zu verlieren, und versuchte auszubrechen, um sich in Sicherheit zu bringen. Doch Ansgar stand im Weg und brüllte, er solle sofort sein Schwert aufheben, wenn er nicht von seiner Lanze durchbohrt werden wolle.

Vor meinem Karren stürzte ein Kerl zu Boden. Blut quoll aus einer Wunde knapp unter seiner Kehle und färbte seinen Kragen. Er lebte noch, aber er konnte nicht schreien. Nur eine Elle von mir entfernt krampften sich seine Finger in die Erde.

Inzwischen hatte sich die Kunde von dem Angriff bis zur Vorhut verbreitet, und endlich schoben sich unsere Ritter heran. Sie hatten wenig Eile, und ich fürchtete sehr, sie würden es nicht schaffen, bevor ein Heide mich in meinem Versteck aufspürte. Meine Beine befahlen mir zu rennen, und ich sah mich nach einem Durchschlupf um. Wenn es nicht anders ging, würde ich sogar über den Sterbenden kriechen.

Da entdeckte ich, dass unser Fußvolk geduckt am Waldrand entlanglief. In weitem Bogen schlossen die Männer das Geschehen ein. Alle Vorsicht vergessend, rief ich den Soldaten die frohe Botschaft zu, damit sie Mut schöpften und unverzagt weiter stritten. Doch in dem Getümmel hörte man mich nicht, und das war ein Glück, ich hätte sonst den ganzen Plan zunichte gemacht.

Als den Sachsen der Fluchtweg abgeschnitten war, erhoben unsere Krieger wildes Siegesgeheul und rückten in raschem Tempo vor. Die Soldaten um meinen Karren stimmten in ihr Gebrüll ein, ich weiß nicht, ob mehr vor Angst oder vor Freude, jedenfalls kämpften sie standhaft und klagten nicht mehr über ihre gefallenen Brüder.

Fassungslos blickten die Sachsen sich um, die meisten ließen die Waffen sinken, aber ich sah einzelne verbissen um sich schlagen, bis auch der letzte gefällt war. Die Soldaten jubelten und stachen ihre Schwerter gar in die Toten, damit Heidenblut die jungfräulichen Klingen benetzte und sie mit ihren Taten prahlen konnten. Die Führer verdarben ihnen aber bald die Freude. Sie ließen die überlebenden Sachsen fesseln und unsere Verwundeten auf Wagen laden. Dann gingen ein paar Ritter auf dem Schlachtfeld umher und töteten barmherzig alle Verletzten, denen nicht mehr geholfen werden konnte.

Ich hockte immer noch unter meinem Karren. Auf der anderen Seite kletterte der Tokkenspieler von einem Futterwagen, strich das Heu von seinen Kleidern und blickte sich suchend um. Ich muss zugeben, dass ich während der Schlacht überhaupt nicht an ihn gedacht hatte, doch jetzt war ich heilfroh, ihn wohlbehalten zu sehen. Ich rief, damit er mich befreien sollte, doch er winkte mich nur ungeduldig zu sich, und da mir nichts anderes übrig blieb, überwand ich meinen Ekel und krabbelte über die Leiche ans Licht.

»Ich habe mir Sorgen gemacht«, sagte er. »Plötzlich warst du verschwunden, ich dachte schon, du wärest kopflos in den Wald geflohen. Bleib nächstes Mal gefälligst in meiner Nähe.«

Das Gemetzel hatte nur kurz gedauert und war glücklich ausgegangen, aber ich konnte die Begeisterung der Krieger nicht teilen. Der Geruch nach Blut, Schweiß und Kot ekelte mich, und die Rufe der Krähen, die unseren Zug nun begleiteten, gellten mir hämisch in den Ohren. Selbst der Anblick der Gefangenen vermochte nicht mein Herz zu erfreuen. Auf fünf Wagen hatte man stabile Käfige errichtet. Wer sich nicht auf den Beinen halten konnte, wurde dort hineingesperrt. Es waren so viele jammernde Leiber, dass keiner von ihnen Platz zum Sitzen oder gar zum Liegen fand.

Die anderen mussten zusammengebunden zwischen den Wachen laufen. Unsere Krieger machten sich einen Spaß daraus, die Männer mit Lanzen zu stechen und an ihren Stricken zu ziehen, damit sie stolperten und ihre Nachbarn zu Boden rissen. Die Franken befreite das von der schmachvollen Angst, die jeder von ihnen ausgestanden hatte. Ich versuchte eine Weile bei dem Spaß mitzutun, doch es verschaffte mir keine Erleichterung. Längst wünschte ich, der Tokkenspieler hätte nie auf meinen dummen Vorschlag gehört.

* * *

Der König verlangte, dass die sächsischen Anführer ihm verrieten, wo ihre Truppen versteckt waren und wo ihre Höfe lagen. Wenn sie Treue und Gehorsam versprachen, sollte weder ihnen, noch ihren Familien etwas geschehen. Sie mussten ihm wohl geglaubt haben, denn jetzt trafen wir häufig auf kleinere Einheiten und Dörfer, die sich, überrascht von Karls Übermacht, ohne große Verluste bezwingen ließen. Der Tokkenspieler achtete darauf, dass wir jedem Kampf fern blieben und uns dem Heer erst wieder anschlossen, wenn das Schlachtgetöse verklungen war. Doch die furchtbaren Laute erreichten mich trotzdem. Sie blieben in meinem Gedächtnis haften und mischten sich mit dem Stöhnen der vielen verkrüppelten Recken, die jetzt auf den Vorratskarren lagen.

Wir drangen weit in den Norden vor und lagerten an dem Flusslauf, welchen man Aller nennt. Die Zahl der Gefangenen war inzwischen auf mehrere Hundert angestiegen. Nun bauten die Soldaten keine Käfige mehr, sondern errichteten ein Gehege, wo die Männer hineingetrieben wurden. Nacht für Nacht mussten Wachen eingeteilt werden, die dafür sorgten, dass niemand auf schlechte Gedanken kam. Doch auch wer dienstfrei war, konnte nicht schlafen, weil die Heiden sich darin abwechselten, laut über ihr Unglück zu klagen. Der König bestand darauf, dass sie Wasser und Lebensmittel bekamen, und das bedeutete schmalere Zuteilung für die Krieger. Kein Wunder, dass manch ein Heide am Morgen tot gefunden wurde.

Unter den sächsischen Grafen brach Schrecken aus, als sie von Karls Beharrlichkeit erfuhren. Aus allen Richtungen kamen sie angereist, ließen Pferde und Schwerter vor dem Lager zurück und traten demütig vor den König, um sich seiner Macht zu beugen. Widukind, ihr streitbarer Anführer, war allerdings nicht unter ihnen.

Karl erwartete sie auf einem wackeligen Schemel, der ihm jetzt als Thron diente. Ich war sehr froh, kein Feind des Königs zu sein, denn selbst in dieser prunklosen Umgebung ging eine beklemmende Gewalt von ihm aus. Die Grafen knieten nieder und baten ihn um Frieden. »Ihr habt unser Land verheert, König, und wir sind von Eurer Stärke überzeugt. Vergebt uns, dass wir je daran gezweifelt haben. Jetzt aber wollen wir unter Eurem Schutz leben und Eure Herrschaft anerkennen.«

Karl verlangte, dass sie ihm und allen Franken Treue gelobten. Sie mussten dem Irrglauben entsagen und schwören, ihren Untertanen heidnische Handlungen zu verbieten. Ja selbst ihre Hörigen sollten zur Taufe gebracht werden. Karl wollte sich erst zufrieden geben, wenn alle Sachsen bekehrt oder vernichtet worden waren. »Ich fordere von euch, dass ihr freiwillig danach strebt, dem heiligen Gesetz Gottes zu dienen, dass ihr nicht versäumt, meiner Vorladung zu gehorchen, wenn ich euch rufe, und dass ihr nichts verbergt, wenn ich Geschenke von euch verlange. Ich erwarte, dass ihr das Gut des Königs nicht verschwendet und dass ihr nicht säumt, eure Beiträge zu bezahlen. Befolgt die Befehle der *missis*, meiner Gesandten, als wären es meine eigenen. Ich betrachte Sachsen als Teil meines Reiches und werde jeden Ungehorsam erbarmungslos verfolgen. Aber wenn ihr ehrlich sein wollt, empfangt das Land aus meinen Händen. Verwaltet es unter der Aufsicht meiner *missis* und in meinem Namen.«

Die Grafen versprachen alles, was er wünschte, und legten den feierlichen Treueid vor vielen Zeugen ab, denn sie glaubten, nichts dabei zu verlieren.

Als sie nun rechtmäßig unter Karls Gewalt standen, sprach dieser: »Ich habe erfahren müssen, dass ihr gerne in schlechte Gewohnheiten zurückfallt, sobald man euch den Rücken kehrt, doch ich will euch unterstützen, euren Schwur dieses Mal zu halten. Ich verlange, dass ihr mir die Aufständischen als Geiseln ausliefert, und erwarte, dass sie innerhalb von fünf Tagen in meinen Händen sind. Von eurem zukünftigen Wohlverhalten wird es abhängen, ob sie ihre Köpfe behalten dürfen.«

Die Grafen ballten die Fäuste und verfluchten den grausamen Herrscher. Karl hörte sich ihr Gezeter eine Weile an und sagte dann ruhig: »Nun, wenn euch das lieber ist, werde ich euch meinen Rittern überlassen, die sehr erbittert sind, weil sie ihre Vorräte mit Gefangenen teilen müssen. Sie werden mich preisen, wenn ich euch nicht weiter in Schutz nehme und sie ihren Ärger an euch auslassen dürfen.«

Da warfen sich die Grafen ihm zu Füßen und versicherten, dass sie treulich all seine Wünsche erfüllen wollten und wie glücklich sie sich schätzten, unter seinem Schutz zu stehen.

Die Grafen hielten ihr Wort tatsächlich. Täglich trafen nun Geiseln ein, die zu den Gefangenen gepfercht wurden. Es kamen magere Weiber, Kinder und Greise. Sie wanderten ganz allein auf unser Lager zu und entsetzten sich sehr, als fränkische Soldaten sie ergriffen. Man hatte ihnen nicht gesagt, was sie erwartete. Selbst diese armseligen Menschen versuchten mit aller Kraft sich zu wehren, wenn die Krieger ihnen die Vorratsbündel aus den Händen rissen. Ja, ich beobachtete einen Jungen, der sich am Unterarm seines Feindes festgebissen hatte und nicht losließ, bis er einen Schlag auf den Schädel erhielt. Natürlich hassten es die fränkischen Soldaten, ihre Geiseln bedienen zu müssen. Man hatte ihnen sogar verboten, die Weiber anzurühren, und mehrere Kerle wurden öffentlich verprügelt, weil sie sich nicht beherrscht hatten.

Je übler die Laune unter den Kämpfern war, desto besser verdienten wir. Unseren Sarazenentokken hatten wir die Schleier abgenommen und stattdessen helles Pferdehaar an ihren Köpfen befestigt, so dass man sie für Sachsen hielt. Furchtbare Torturen mussten die Figuren in unserem Spiel ertragen, denn das war es, was die Krieger sich wünschten.

Als wäre der Sommer zurückgekehrt, bummelten weiße Wölkchen über den Himmel, Hummeln summten, und die Waldvögel zwitscherten vergnügt, denn sie merkten nichts von der Spannung, die im Lager herrschte.

Der König sprengte heran und kam jäh vor der Einfriedung zum Stehen. Sein Gesicht war verzerrt, er riss an den Zügeln und trieb seinem Ross die Hacken in die Flanken, dass es mit den Augen rollte. Hitzig galoppierte er um die Geiseln herum und brüllte: »Ihr elendes Geschmeiß, hat Morden und Brandstiften nie ein Ende bei euch? Was fällt euch leichter, einen Eid zu leisten oder ihn zu brechen? Ihr habt Klöster geschändet, unschuldige Mönche gemartert, und die *missis*, die ich euren Grafen sandte, sind verstümmelt zurückgekehrt. Glaubt ihr denn, ich würde euch straffrei lassen? Ich werde euch schon in die Knie zwingen, und sollte ich mein ganzes Leben dazu brauchen!«

Die Geiseln verstanden nicht ein Wort von dem, was er ihnen entgegen schleuderte, doch sie begriffen, dass sie in Gefahr schwebten.

Der König fasste Ansgar am Arm, weil der zufällig in seiner Nähe stand. »Töte sie! Töte sie alle, ich will ihre heimtückischen Fratzen nicht mehr sehen! Du bist mir verantwortlich, dass nicht ein Einziger entkommt!« Darauf sprengte er davon und achtete nicht auf sein Gefolge, das hinter ihm her eilte, um ihn von dem grausamen Entschluss abzubringen.

Die Soldaten dagegen jubelten und priesen seine Tatkraft. Sie liefen nach ihren Schwertern, und nur die Gewohnheit hielt sie davon ab, ohne Befehl das Gehege zu stürmen. Ansgars Augen flammten genauso wie die ihren. Er ließ sie einen Kreis um die Gefangenen bilden, damit jede Flucht unmöglich wurde.

Kreischend wichen die Menschen vor den blitzenden Schwertern zurück, doch die Krieger rückten von allen Seiten näher. Sie lachten, stachen in die wimmelnde Menge und ahmten die seltsamen Laute nach, mit denen die Bedrängten vergebens um Erbarmen flehten.

Mitten unter den Geiseln sah ich eine junge Frouwe mit struppigem braunem Haar und wilden dunklen Augen. Sie zitterte nicht vor Angst, sondern schlug um sich und fluchte, wehrte sich aus Leibeskräften, um nicht von Stärkeren nach außen gedrängt zu werden.

Gisela!

Ich rannte zu meinem Bruder, zerrte an seinen Kleidern und schrie: »Ansgar, hol sie da raus, schnell, es ist Gisela!«

Doch sein Gesicht blieb starr auf die Gefangenen gerichtet. Er schüttelte mich ab und beachtete meine Rufe nicht.

Nach kurzem Zögern stürzte ich mich selbst ins Gehege. Ansgar würde das Gemetzel sofort abbrechen, um mich nicht zu gefährden. Ich verließ mich ganz auf ihn und verschwendete keinen Gedanken daran, dass die Soldaten sich möglicherweise nicht mehr aufhalten ließen und mich leicht mit einem Sachsen verwechseln konnten.

»Meginhard, bleib hier!«

Ich boxte mich zu Gisela vor, ergriff ihren Arm und wollte sie mit mir fort ziehen. Sie erkannte mich nicht, sondern kratzte und trat erbittert nach mir, so wütend, dass ich sie beinahe losließ. Doch jetzt war Ansgar hinter mir, und seine Gegenwart machte mich hartnäckig. Er hatte immer noch nicht begriffen, was ich wollte, und fluchte mir ins Ohr, während er um sich metzelte und mich mit der freien Hand zu packen versuchte.

»Raus hier!«, brüllte er, und ich ließ mir das nicht zweimal sagen.

Die Gefangenen waren voller Panik. Wer stürzte, wurde von den anderen zertreten. Die Soldaten grölten, ihre Gesichter waren entstellt vor Lust an ihrer Übermacht, und sie bohrten ihre Schwerter in die kreischenden Leiber. Das Blut spritzte weit umher. Ich hatte meine Finger in Giselas Arm verkrampft, kümmerte mich nicht um ihr Zetern und strauchelte hinter Ansgar über die Menschenhaufen. Er nahm sein Schwert in beide Hände und mähte jeden nieder, der uns im Wege stand.

Erst als wir über die Einfriedung geklettert waren, drehte er sich zu mir um. »Welcher Teufel hat dich gebissen? Du hättest tot sein können. Einen meiner eigenen Leute habe ich verletzt, für dich und die Sachsenhure, und wenn ich das Mädchen laufen lasse, breche ich auch noch meinen Eid vor dem König und vor Gott.«

»Aber erkennst du sie denn nicht? Sie ist unschuldig, es ist Gisela, die Tochter von Folkrichs Töpfer.«

»Na und, jetzt ist sie eine Geisel und gehört dem König. Unschuldig sind sie alle, oder sehen so etwa Aufständische aus? Geiseln werden getötet, um ihre Herren zu treffen, sie büßen für die Gräueltaten ihres Stammes. Der König handelt gerecht, wenn er Vergeltung übt.«

Der Tokkenspieler kam um die Einfriedung gelaufen. »Hirnloser Narr, ich frage mich, was du im Schädel hast. Wenn die Krieger erst merken, dass du dir eine Braut gesucht hast, werden sie bald teilen wollen. Wir sollten das Durcheinander nutzen und hier verschwinden.«

Ansgar stellte sich in den Weg. »Ich bin verantwortlich, dass niemand entweicht.«

Der Tokkenspieler musterte ihn. »Ansgar, nehme ich an? Der König wird nichts davon erfahren. Niemand hat die Menschen gezählt, die von heute Abend an nur noch Erinnerung sein werden. Der Allmächtige aber wird einst deine guten Werke gegen die schlechten abwägen. Es ist deine Entscheidung, wie du an dem Mädchen handeln willst.«

»Verschwinde Gaukler!«, brüllte Ansgar ihn an. Dann sagte er leiser, »Ja, verschwindet und nehmt sie mit. Wandert direkt nach Süden. Mit Glück stoßt ihr auf Paderborn. Ich bitte euch zu vergessen, dass Gisela je bei den Geiseln war. Und du, Meginhard, komme mir nie wieder in die Quere.«

* * *

Wir beeilten uns, das Lager zu verlassen. Da sich kein Mann das Schauspiel entgehen ließ, waren die Vorratskarren unbewacht, und wir packten ein, was wir tragen konnten. Dann liefen wir der Mittagssonne entgegen und trafen auf die Weser, deren Windungen wir nach Süden folgen konnten. Gisela hatte die ganze Zeit kein Wort gesprochen, sondern sich willenlos mitschleppen lassen. Als wir am warmen Ufer rasteten, sagte sie langsam: »Meine Familie ist tot, alle meine Freunde sind tot, ich weiß nicht, wozu ich noch leben soll. Du hättest mich nicht mitnehmen dürfen, Meginhard.«

Der Tokkenspieler lächelte sauer: »Mach dir nichts daraus, er nimmt gerne hier und da ein Mädchen mit. Ich werde dich in Paderborn unterbringen, bis dahin stehst du in meiner Munt.«

»Ich bin einverstanden, Herr.«

»Niemand fragt nach deinem Einverständnis. Du bist eine Geisel oder meinetwegen eine fränkische Unfreie, weiter nichts. Na gut, immerhin verstehst du die fremde Sprache und kannst uns behilflich sein, falls wir auf Sachsen treffen. Solange du mir keinen Ärger machst, hast du nichts zu befürchten.« Dann stand er auf und ging schwimmen. Denn so stumpf war seine Seele, dass ihn der letzte warme Tag des Jahres fröhlich stimmte. Er wollte ihn, trotz allem was geschehen war, nicht ungenutzt vorüber gehen lassen.

Behutsam nahm ich Giselas Hand. »Nicht alle deine Freunde sind tot, ich lebe noch.«

Sie sah mich an, und endlich brach der Schmerz aus ihr heraus. Es war ein wütendes störrisches Geheul, das ihren ganzen Körper schüttelte. Ich streichelte ihren Rücken. Sie war mir noch ganz und gar vertraut, als wäre kein Tag vergangen, seit sie und ich Rinhausen verlassen hatten.

»Ach Meginhard, will denn mein Schicksal, dass ich immer verliere, was mir gerade lieb geworden ist?« Zwischen den Schluchzern erzählte sie mir, dass damals viele vom Gesinde entführt worden waren. Die Sachsen benahmen sich aber nicht wie Dämonen, sondern wie stolze Menschen, die Gottes Natur mehr liebten als manch ein Christ. Gisela wurde in ein kleines Dorf gebracht und nicht schlechter behandelt als andere Sklaven. Sie hatte die fremde Sprache gelernt und sich gemeinsam mit den Weibern auf den Feldern geplagt, genau wie sie es bei fränkischen Bauern getan hätte.

»Wir dachten alle, du seist mit den Opfern verbrannt«, sagte ich. »Kannst du dich nicht ein wenig mit mir freuen, dass wir uns wiedergefunden haben?« Gisela richtete sich auf. »Ich freue mich ja. Wie es aussieht, sterbe ich nicht so leicht.«

Sie schmiegte sich an mich und ich drückte sie, glücklich meine Freundin in den Armen zu halten.

Der Tokkenspieler kam aus dem Wasser und schüttelte sich. »Wenn du nicht baden willst, Kleiner, dann tu deine

Pflicht. Man wird uns nicht verfolgen, wir können getrost hier lagern.«

Vorerst brauchten wir uns keine Sorgen zu machen, denn wir besaßen genügend Nahrungsmittel, und das Wandern fiel uns leicht, da Gisela sich nicht scheute, ihren Teil zu tragen. Außerdem bestand selbst das Sachsenland nicht nur aus Wildnis. Wir stießen auf schmale Wege, die an den Fluss führten, und manchmal sahen wir in der Ferne stattliche Ansiedlungen oder sogar Burgen. Wenn wir einem Hof nicht ausweichen konnten, sprach Gisela mit den Fremden, und sie gaben uns tatsächlich Unterkunft. Diese Sachsen waren so gastfrei, wie man es von guten Menschen erwarten kann. Allerdings waren sie groß und äußerst selbstbewusst, was mich sehr verunsicherte.

Dem Tokkenspieler schien die Schwierigkeit der Sprache wenig zu stören. Er verständigte sich mit Händen und Füßen und lernte schnell das eine oder andere Wort. »Bring mir die Kiste, Kleiner!« Vor den erstaunten Augen der Heiden packte er unsere Figuren aus und setzte mir einen Ritter auf die Hand. Dann erkundigte er sich nach den schlimmsten Flüchen der Sachsensprache und verlangte von mir, sie zu wiederholen. Ich verkrümmte mir die Zunge dabei und blamierte mich sehr. Die Heiden lachten über meinen unrühmlichen Versuch, und als der Tokkenspieler gar mit der hölzernen Hildegard sächsische Liebesschwüre säuselte, ich aber immer noch die gleichen bösen Worte stammelte, kannte ihre Heiterkeit kein Ende mehr. Verdrossen zog ich die Tokke von der Hand, warf sie in die Kiste und verließ die alberne Gesellschaft.

Unter den stolzen Burschen des Dorfes kam ich mir ohnehin schon erbärmlich vor, und richtig elend fühlte ich mich, wenn der Tokkenspieler nach mir rief, damit ich mich vor aller Augen seinen kindischen Wünschen fügte. Zweifellos hatte er das Recht dazu, ich war schließlich nichts weiter, als ein

Höriger. Doch genau diese Tatsache fraß immer deutlicher an meiner Seele. Denn Gisela sah zu!

Gisela bat mich eines Abends um mein Messer. »Wenn ich mich auf euch verlasse, werde ich wohl lange keinen Braten zwischen die Zähne bekommen.« Damit verschwand sie im Gesträuch und scherte sich nicht um meine Rufe.

Der Tokkenspieler blieb sitzen. »Lass sie gehen, wenn sie durchaus will, Kleiner, sie wird schon wissen, was sie tut.«

»Habt Ihr nicht verstanden, sie will jagen! Wer weiß, wem dieses Land gehört. Das ist Wilderei, man wird uns allen die Hände abschlagen.«

»Vielleicht ist es bei den Sachsen üblich, dass die Weiber auf Jagd gehen, während die Männer das Feuer hüten.« Er lachte über diese Vorstellung, legte sich auf den Rücken und verschloss die Ohren gegen mein Gejammer.

Bei Einbruch der Dunkelheit war Gisela noch nicht wieder da, und ich machte mir Vorwürfe, weil ich sie nicht zurückgehalten hatte. Jetzt wurde auch der Tokkenspieler unruhig. »Meinst du, sie könnte davongelaufen sein? Das würde uns in eine betrübliche Lage bringen, denn wer sollte sich mit den Leuten verständigen, wenn unsere Lebensmittel zur Neige gehen? Es ist noch weit bis Paderborn.«

»Denkt Ihr denn immer nur an Euch? Wirklich, Ihr seid der selbstsüchtigste Mensch, den ich je kennen gelernt habe.« Es erleichterte mich nur wenig, ihn zu beschimpfen, denn ich sorgte mich furchtbar um meine Freundin.

Gisela hatte sich heimlich an unser Lager geschlichen und sprang plötzlich mit lautem Rufen in den Schein des Feuers. Stolz wedelte sie mit einem toten Kaninchen.

Ich fuhr sie an: »Wie kannst du dein Glück derartig versuchen? Wenn ich nicht für dich gebetet hätte, lägest du jetzt sicher irgendwo im Moos. Wer hat je davon gehört, dass eine Hörige sich ungestraft an Herrengut vergreifen darf, selbst wenn die Herren Heiden sind.«

»Mir ist ja nichts passiert, du hättest nicht ängstlich sein müssen. Hilf mir lieber, das Tier abzuziehen, ich bin ziemlich hungrig.«

Es ärgerte mich, dass sie mich ängstlich schimpfte. »Auf keinen Fall werde ich dein Diebesgut anrühren. Friss es alleine, ich will keinen Anteil an deinem Vergehen haben.«

»Du bist wie alle fränkischen Bauern, Meginhard. Verschreckte Kinder, die nicht wissen, ob sie das Höllenfeuer oder ihren Grundherrn mehr fürchten sollen. Und um sich mannhaft zu fühlen, zanken sie mit den Weibern. Die Sachsen dagegen haben einen wilden Gott, der ihnen Mut und Kraft gibt.«

»Um Himmels Willen, Gisela, hast du keine Angst, dass der Allmächtige dich hören kann?«

Sie begann, in aller Ruhe das Kaninchen vorzubereiten.

»Was ist das für ein schwächlicher Gott, der seinen eigenen Sohn nicht aus den Händen der Peiniger befreite? Was ist das für ein göttlicher Sohn, der sich willenlos wie ein Ochse auf die Schlachtbank führen ließ? Seine Priester reden von Demut und bringen den Gläubigen Furcht statt Stärke.«

Der Tokkenspieler meinte: »Furcht ist kein so schlechtes Ding, Mädchen. Sie schützt uns davor, Dummheiten zu machen, und sie hilft uns, die zu bewahren, die uns teuer sind.«

Gisela wies mit dem blutigen Messer auf die dunklen Bäume und sagte: »Seht euch um, das ist die wahre Allgewalt, der jedes Wesen untertan ist, ob es nun daran glaubt oder nicht. Die Starken werden die Welt vollenden, und die Schwachen treten zur Seite, um den großen Willen zu erfüllen. Dagegen hilft auch Frömmigkeit nicht, und selbst der christliche König muss diesem Gesetz gehorchen. Ihr habt mit eigenen Augen gesehen, dass er es tut.«

Lächelnd klopfte der Tokkenspieler ihr auf die Schulter. »Ich bin nur froh, dass wir uns gegenseitig unterstützen können und deinem strengen Gesetz nicht ganz und gar ausgeliefert sind.«

Der Bratenduft stieg uns in die Nase, und der Tokkenspieler machte sich mit Freuden über den ungewöhnlichen Genuss her. Verdrossen kaute ich an einem Stück Brot. Zu meiner Schande muss ich gestehen, dass ich Giselas Worten durchaus gelauscht hatte und insgeheim nicht umhin konnte, ihr beizupflichten. Tatsächlich hatte ich noch nie erlebt, dass der Allmächtige die Schwachen schützte. Wahrscheinlich würde Er sich später dazu entschließen, am Ende der Welt, wenn Er über Gute und Böse Gericht hielt. Ich wischte die unerfreulichen Gedanken fort, denn ich wusste nicht sicher, in welche Gruppe ich mich dereinst einzureihen hätte.

Der Herbst war nicht mehr zu verleugnen. Es gab keine goldene Farbenpracht, sondern ständigen Niesel und schlammige Wege, geeignet, jede frohe Stimmung zu erdrücken. Ich konnte nicht begreifen, woher Gisela ihre Lebenskraft nahm. Sie wachte früh am Morgen auf, hielt das Gesicht in den Regen und atmete tief die klamme Waldluft. Dann schenkte sie uns einen mitleidigen Blick und begann das Frühmahl vorzubereiten, um uns aus den Decken zu locken. Ich blieb immer liegen, bis sie fertig war, denn ich liebte es, ihren Bewegungen zuzusehen und die Frische zu spüren, die von ihr ausging.

Am Abend erhob sich ein schlimmer Wind. Es brauste bedrohlich in den Wipfeln, bald peitschte der Regen waagerecht, und wir waren kaum vor der Feuchtigkeit geschützt. Mehr hockend als liegend versuchten wir in dem Getöse einzuschlafen.

Mitten in der Nacht rüttelte Gisela uns wach und beschwor uns, einen anderen Unterschlupf zu suchen. Ich hatte sie niemals so ängstlich gesehen. »Wir können nichts bauen, was dem Sturm widersteht!«, rief sie. »Wir müssen eine Höhle finden, irgendetwas Festes!«

Schon packte sie unsere Habe zusammen, und ihre Stimme

klang derart ungeduldig, dass wir ihr benommen halfen. Sie rannte mitten in den Wald hinein und wir stolperten hinter ihr her. Äste schnellten uns entgegen und schlugen mit ihren nassen Blätterhänden nach uns. Die Wipfel heulten, und über den Boden huschten Lichtfetzen, um uns zu verwirren. Aber Gisela folgte den Pfaden der Tiere. An einem umgestürzten Baumstamm blieb sie stehen, warf unsere Sachen darunter und schrie, wir müssten ein Loch graben, in das wir uns hineinkauern konnten. Im Getöse des Waldes verstanden wir nicht, was sie von uns wollte, denn der Regen klatschte uns jetzt hart um die Ohren. Gisela begann zu buddeln, und wir machten es ihr nach.

Plötzlich hielt sie inne.

Sie stand gegen den Wind und schaute Dinge, die wir nicht sehen konnten. Wir fragten nicht danach, sondern gruben weiter. Steine und Wurzeln zerrissen uns die Haut, doch wir spürten wenig davon. Erst als wir alle unter den Baum gekrochen waren, begann das Blut in den kalten Fingern zu pochen und zeigte uns, wie sehr wir sie misshandelt hatten. Der Tokkenspieler versuchte eine Faust zu machen, ließ es aber sofort wieder sein. »Wozu das alles? Wenn nicht wenigstens Wölfe hinter uns her sind, dann wehe dir, Mädchen.«

»Das ist der Sturmgott«, flüsterte Gisela.

Der Tokkenspieler schüttelte den Kopf. »Sturmgott! Sie ist verrückt.«

Aber Gisela fauchte ihn an. »Der Gott ist zornig und kann uns alle vernichten. Ihr werdet sein erstes Opfer sein, wenn Ihr ihn verhöhnt.«

Ich zog sie näher an mich heran. »Der Tokkenspieler meint es nicht so. Sag ruhig Sturmgott zu dem Unwetter, man könnte tatsächlich glauben, dass wilde Geister durch den Wald fegen.«

»Ich rede keinen Unsinn«, beharrte sie, »Ich habe ihn schon einmal gesehen. Es war, als die Sonne zwölf Tage stillstand und sich die irdischen mit den himmlischen Mächten vereinten. In den Tagen nach dem Christfest, wenn kein Gläubiger etwas Neues anfängt – weder Wasser aus dem Brunnen holt, noch die Kühe melkt, in dieser Zeit sind sie gekommen. Der Gott und seine Gemahlin, mit Sturm und Schnee, so mächtig, dass die Bäume sich vor ihnen zur Erde neigten und die störrischen Fichten leichter als dürre Zweige knickten. In wilder Jagd brausten die Götter über den Himmel. Sie rissen alles mit, was siech und schwach war, und machten die Welt rein für das junge aufkeimende Leben. Ich will nicht, dass sie mich jetzt schon mit sich fortzerren.«

»Was erzählst du da, Gisela? Du glaubst doch nicht im Ernst daran? Dies hier ist ein gewöhnlicher Herbststurm, nichts anderes.« Aber auch ich horchte ängstlich auf die tobenden Gewalten. Dicke Zweige krachten zu Boden, und am Himmel hetzten die Wolken, als würden sie verfolgt. Unsichtbare Gestalten donnerten über unsere Köpfe hinweg. Was fest und wirklich auf der Erde gestanden hatte, galt nicht als Hindernis für sie. Wenn der Sachsengott sich so den Menschen zeigte, war es vielleicht wirklich besser, ihn versöhnlich zu stimmen.

Bald sollte ich erfahren, was der Grausame verlangte.

Wir waren tagelang durch Matsch und Schlick getrottet, hatten längst keinen trockenen Faden mehr am Leib, und unsere Schuhe machten bei jedem Schritt ein schmatzendes Geräusch. Vor uns öffnete sich der triefende Wald auf eine Wiese, in deren Mitte eine mächtige Eiche stand. Sie lud geradezu ein, sich unter ihren Ästen niederzulassen, und wir traten auf die Lichtung, um uns auszuruhen.

Als wir näher kamen, entdeckte ich, dass zwischen den braunen Blättern sonderbare Bündel schaukelten. Haare sah ich, und Knochen staken daraus hervor. Ein Bein schlug in dumpfem Rhythmus gegen die Äste, das feuchte Gewand klebte noch halb daran, und das Fleisch war verfault oder angefressen. Dort wo man den Menschen in den Baum gefesselt hatte, waren die Stricke bis auf den Knochen gedrungen. Muskeln und Sehnen hielten nicht mehr, sondern hingen in schwammigen Stücken herunter. Ich suchte erst gar nicht nach dem Gesicht des Geschändeten, doch ahnte ich, dass er keines mehr hatte.

Ich schrie nicht einmal.

Ich rannte.

Mir war einerlei, wohin die Flucht mich treiben würde, nur fort, so weit wie möglich fort von dem grausigen Anblick.

Ich rannte, bis das Herz mir schmerzhaft in den Schläfen pochte und ich Atem schöpfen musste. Aus der Ferne vernahm ich besorgte Rufe, doch ich konnte nicht antworten. Mein Magen entleerte sich in beide Richtungen. Ich würgte noch, als ich nichts mehr in mir hatte.

Gisela war zuerst an meiner Seite, während der Tokkenspieler mit all unserem Gepäck weit hinter ihr her keuchte.

»Du brauchst dich nicht zu fürchten, Meginhard, im Gegenteil, das ist ein heiliger Baum.«

»Hast du nicht gesehen, es hingen Menschen darin.«

»Das sind Opfer für den Sturmgott, damit er neue Kraft gewinnt und die Sachsenstämme beschützen kann. Es ist nichts Schlimmes dabei, denn ihre Seelen nimmt er in seinem wilden Heer als Krieger auf. Dann jagen sie mit ihm und seiner Gemahlin über die Welt.«

»Was? Du findest nichts dabei, wenn man Menschen in einen Baum fesselt und ihre Leiber den Krähen zum Fraß überlässt?«

Sie zuckte mit den Achseln. »Die Burschen der Sachsen empfinden das jedenfalls als große Ehre. Sie stählen ihre Körper, um ihres Gottes würdig zu sein, und streiten darum, einmal zu seinem Heer zu gehören.«

»Ich hoffe, der König macht ein Ende mit diesen widerlichen Bräuchen.«

Gisela lachte nur. »Das kann er nicht! Karl hat einen großen Frevel begangen, als er die Irminsul vernichtete. Diese Eiche war ein Heiligtum, aber es gibt noch andere mächtige Bäume. Er müsste schon den ganzen Wald zu Feuerholz verarbeiten. Ich verstehe nicht, warum gerade du nach dem König rufst, Meginhard. Hast du dich etwa um seine Befehle geschert, als du mich befreitest? Nein, auch du lässt dir nicht einfach fremden Willen aufzwingen, wenn er allem zuwiderläuft, was dir wichtig ist, genau wie die Sachsen.«

Der Tokkenspieler war inzwischen nachgekommen. Er ließ die Bündel auf die Erde fallen und lehnte sich schwer atmend gegen einen Baum. Aber kaum hatte er ein wenig Luft geschöpft, brüllte er: »Was fällt dir ein, deinen Packen im Stich zu lassen und kopflos davon zu rennen? Ich hätte dich in dein Verderben laufen lassen sollen. Da ich dir alles hinterhertragen musste, wirst du bis heute Abend meinen Teil übernehmen, vielleicht bringt dich das zur Vernunft. Was stehst du noch herum, beweg dich!«

»Schreit mich nicht an!«, brüllte ich zurück, nahm aber doch unser Gepäck, weil ich keineswegs so standhaft war, wie Gisela noch einen Augenblick zuvor behauptet hatte. Doch ich zeigte nicht, wie schwer die Bürde auf meinen Schultern lastete. Keinen Ton hörte der Tokkenspieler von mir, ich bat um keine Rast und hielt erbittert durch, bis er sich bequemte zu lagern.

»Schluss für heute!«, sagte er viel früher als gewöhnlich. »Du bist zäh geworden, Kleiner, ich selbst hätte nicht so lange durchgehalten.«

»Nennt mich nicht Kleiner, ich bin ein Mann und dulde nicht, dass Ihr mich dauernd wie einen kindischen Trottel behandelt.«

Der Tokkenspieler lachte. »Wie schade, ich habe mich so daran gewöhnt. Wie war noch dein Name?«

»Ihr fühlt Euch nur wohl, wenn Ihr andere verletzen könnt. Freut Euch an Eurem Erfolg!«

»Das war Spaß, Meginhard. Du kennst mich, nimm meine

Worte nicht so ernst. Ich wollte dich nicht kränken. Wir sind Gefährten, und ich möchte keinen Streit mit dir.«

* * *

Es wurde höchste Zeit, dass wir Paderborn erreichten, und ich war sehr erleichtert, als ich auf den Höfen vertraute Worte hörte. Endlich konnte ich die Menschen wieder selber einschätzen, nach dem Weg fragen oder Lebensmittel erhandeln. Wir baten in der Karlsburg erst gar nicht um Unterkunft, da man den König in Kürze zurückerwartete, und niemand Platz für Herumstreicher finden würde. Stattdessen suchten wir uns einen kleinen Hof in der Nähe. Das Theater jedoch bauten wir mitten im Burghof auf und führten den Leuten vor, was an der Aller im tiefen Sachsenland geschehen war. Unsere Nachrichten waren so dramatisch und so neu, wie es sich die Menschen nur wünschen konnten. Man entlohnte uns großzügig, und der Tokkenspieler schenkte mir einen eigenen Beutel mit etwas Hacksilber darin.

Den ganzen Nachmittag stolzierte ich über den Markt und feilschte um Dinge, die ich nicht haben wollte. Nur ein wollenes Tuch nahm ich mit. Gisela strahlte vor Freude, als ich es ihr um die Schultern legte. Mehr noch strahlte sie, als ich ihre Hand nahm und auf dem ganzen Heimweg nicht mehr freigab.

Schon ein paar Tage später war die Karlsburg von den zurückkehrenden Kriegern überschwemmt.

Der Tokkenspieler erlaubte mir, Ansgar im Heer aufzusuchen. »Falls du deinen Bruder findest, werdet Ihr feiern wollen«, sagte er. »Das kann man nicht, wenn man befürchten muss, im Morgengrauen aus dem Schlaf gerissen zu werden. Sei mittags wieder hier. Ich vertraue darauf, dass du kein Unheil anrichtest.«

Gisela begleitete mich. Sie hatte den Tokkenspieler nicht

um Erlaubnis gefragt. Mich übrigens auch nicht. Zu zweit schlenderten wir an den Wachen vorbei direkt ins Soldatenlager hinein. Wie in Fulda streckten die Männer die Hände nach den Weibern aus, aber Gisela war wenig geschmeichelt davon. Ungehalten trat sie nach den Kerlen, und bei einem hinterließen ihre Fingernägel bleibende Spuren. Sie half mir nicht im mindesten, die Krieger ruhig zu stimmen, dabei wollte ich gerne alles tun, sie zu beschützen, und wenn ich dafür lügen oder gar mich selbst ins Unrecht setzen musste. »Kannst du nicht ein bisschen nachsichtig mit ihnen sein, Gisela? Sie haben wochenlang in der Wildnis zugebracht und durften nicht einmal bei den Sachsenweibern liegen. Es tut dir doch nicht weh, wenn sie deine Schulter streifen oder dein Gesäß befühlen. Du kannst dich nicht wie eine Prinzessin aufführen, wenn du Lumpen trägst und kein Gefolge deinen Weg beschützt. Lächle ihnen zu und sage, dass ein Ritter dich erwartet. Sie werden sich hüten, dich weiter zu bedrängen.«

»Warum sollte ich? Sie haben kein Recht mich wie eine Hure zu behandeln. Wenn du Angst vor ihnen hast, ist das deine Sache, ich fürchte mich jedenfalls nicht.«

Sie hatte leicht reden, denn da ich ihr Begleiter war, hatte ich allen Ärger einzustecken, den sie verursachte. Mir drohte man Prügel an, nicht ihr. Kein anständiges Mädchen würde freiwillig im Kriegerlager umherspazieren, sie brauchte sich nicht zu wundern, dass man sie für leichtfertig hielt.

Endlich fanden wir Ansgar, er war dabei, sein Pferd zu striegeln. Das besorgte er immer eigenhändig, mochten die anderen Ritter ihn dafür auch verlachen. Doch diese Stute war sein kostbarster Besitz, ohne sie hätte er seine Stellung nicht erreichen können, und da er sich gut um sie kümmerte, trug sie ihn sicher durch jedes Getümmel. Er freute sich, als er uns sah, unterbrach seine Tätigkeit aber nicht. »Schön, dass ihr heil angekommen seid. Ich kann euch sagen, dass unser Rückmarsch kein Vergnügen war. Es hat derartig geregnet, dass alles Getreide schimmelte. Gottlob sind die Sachsen im Moment gebändigt. Sie haben eifrig ihre Vorräte abgeliefert, nachdem wir ihnen ein wenig Stahl unter die Hintern hielten.«

Gisela spuckte auf den Boden. »Wenn ihr den Höfen alles genommen habt, werden sie den Winter nicht überleben.«

»Wahrscheinlich nicht, aber der eigene Bauch ist nun einmal näher als der des Nachbarn. Es werden genügend Sachsen übrig bleiben, wir brauchen keine Angst zu haben, dass die Truppen sich langweilen müssen.«

»O ja«, sagte Gisela. »Viele werden übrig bleiben. Ich kann mir nicht vorstellen, dass sie die Niederlage so einfach hinnehmen. Wenn sich die Stämme nur ein einziges Mal verbünden würden, dann ginge es dem König schlecht.«

Ansgar lachte. »Ich hoffte, das würden sie tun, dann käme es endlich zu einer Entscheidung. Die Sachsen sind mutige Gegner, mögen die Stärkeren gewinnen.«

»So soll es sein«, sagte Gisela und lachte jetzt auch. Ich bemerkte, dass sie meinen Bruder anerkennend musterte.

Als er das Pferd versorgt hatte, führte er uns zu seinem Zelt, warf die Burschen hinaus, die sich darin zu schaffen machten, und bat uns, einzutreten. »Wie ihr seht, bin ich jetzt ein bedeutender Mann.«

Ich ließ mich auf einem Strohsack nieder und nahm erfreut den Bierkrug entgegen. »Ich hoffe, du hattest keinen Ärger durch Gisela und mich.«

»Niemand erinnert sich daran, aber nie wieder werde ich meinen Treueschwur vergessen. Der König hat mir nämlich ein Lehen vermacht, nachdem meine Männer alle Geiseln getötet hatten. Stell dir vor, Meginhard, es liegt ganz in der Nähe von Rinhausen. Bilk heißt es, nicht besonders groß, aber mir allein zur Nutzung übergeben.«

Wie weit war das fort, Rinhausen. Nun zurückzukehren, nicht mehr als Stallbursche, sondern als Fro ... mein Bruder musste sehr glücklich sein. »Ich würde dich gerne besuchen, aber leider muss ich einem launischen Herrn gehorchen, der mich durchs ganze Reich zu jagen gedenkt.«

»Sei nicht bitter, Meginhard, das muss ich auch. Der König vergibt sein Land nicht aus Großzügigkeit sondern, damit seine Ritter versorgt sind und er sie eng an sich gebunden weiß. Ich werde nicht viel Zeit haben, meinen Hof zu genießen. Ich muss Männer ausrüsten und in die Schlacht ziehen, sobald er ruft. Und das tut er oft, das kannst du mir glauben. Wenn ich mir etwas zuschulden kommen ließe, wäre ich das Lehen ebenso schnell wieder los, wie ich es bekommen habe. Du besitzt zuverlässigere Werte Meginhard, du hast dir ein reines Herz bewahrt, das wird dir niemand nehmen können.«

Seine Worte trösteten mich nicht. Neben ihm kam ich mir schwach und dürftig vor, und ich beneidete ihn zutiefst.

Ansgar war entschlossen, Pferde zu züchten. Er hatte die besten Vorraussetzungen, denn er kannte die Tiere und liebte sie. »Ich weiß noch nicht, wie viel der Hof abwerfen kann. Unter Umständen muss ich die Abgaben erhöhen, bis ich eine Herde zusammen habe. Als Erstes werde ich eine Kirche bauen, dann brauche ich dem Kloster nichts zu geben, und der Zehnt läuft in meine eigene Tasche. Für die Bauern ist es ja einerlei, zu welchem Priester sie rennen, da ist mir doch lieber, dass ich bestimme, was er ihnen erzählt.«

Ich wünschte, dass Gisela aufhören würde, ihn derart aufreizend anzulächeln. Sie war meinem Bruder so ähnlich, wild und voller Lebensdurst. Ich würde nicht mit den beiden mithalten können.

Sie seufzte. »Es muss wundervoll sein, auf einem Pferd dahinzusausen, als ob man fliegen würde.«

»Für mich gibt es nichts Schöneres«, sagte Ansgar. »Ein Pferd ist wie ein Freund, man kann ihm alles erzählen, wenn man sich einsam fühlt. Bist du noch nie geritten?«

Gisela schüttelte den Kopf.

»Möchtest du es gerne versuchen?«

»Sehr gerne sogar. Doch wenn das Pferd merkt, dass ich nichts davon verstehe, lacht es mich aus und wirft mich in den Graben.«

»Meine Stute wird nichts dergleichen tun. Trink aus, Meginhard, jetzt wollen wir reiten.«

Ich war zwar ein wenig betrunken, aber nicht so sehr, dass ich mich bedenkenlos einem Ungeheuer genähert hätte. »Wir haben einen weiten Weg zurück zum Hof, Gisela. Sollten wir nicht lieber aufbrechen?«

»Schade, dass du schon müde bist, aber wenn du möchtest, dann gehen wir.« Man sah ihr die Enttäuschung deutlich an, und ich brachte es nicht über mich, ihr die Freude zu verderben. »Ach was, die Nacht ist noch lang genug. Reitet ihr nur, ich werde in sicherer Entfernung zusehen. Einer muss ja übrig bleiben, um eure gebrochenen Glieder aus dem Dreck zu sammeln.«

Es war schon ziemlich dunkel, als wir durchs Lager schritten. In einigen Zelten zitterten Talglichter, und die Soldaten darin wurden zu riesigen Schatten. Ansgar rüttelte einen Pferdeknecht aus dem Schlaf, damit er Geschirr und Sattel hinter uns her schleppte.

Auf einen Pfiff kam die Stute angetrabt und wieherte leise. Willig ließ sie sich das Zaumzeug überstreifen und musterte mit gespitzten Ohren den nächtlichen Besuch. Ansgar gab Gisela eine Rübe und zeigte ihr, dem Pferd den Bissen auf der flachen Hand zu reichen. Sie lachte entzückt, als die weichen Lippen ihre Handfläche berührten.

Der Pferdeknecht lehnte, immer noch den Sattel im Arm, an einem Wagen und war kurz davor, im Stehen einzuschlafen. Da ich nichts anderes zu tun hatte, gesellte ich mich zu ihm und beobachtete, wie mein Bruder Gisela auf den glatten Pferderücken half und sich hinter sie schwang. Dann trabten sie los und entschwanden meinen Blicken.

Mich fröstelte, und ich wurde ärgerlich. Warum hatte Gisela darauf bestanden, mich zu begleiten, wenn ich nach langer Zeit Gelegenheit hatte, meinen Bruder zu treffen? Sie hatte sich mehr mit ihm unterhalten als ich, und jetzt ließen mich die beiden einfach in der Kälte stehen.

Ich hörte den leichten Galopp des Pferdes, und Gisela winkte mir von weitem zu. Sie rutschte herunter und lief mir fröhlich entgegen. Kein Arg war in ihr, sie war tatsächlich nur glücklich. »Es ist wunderbar, Meginhard, du musst es auch versuchen. Geh schon, ich warte solange. Meine Knie sind ganz wackelig. Was ist denn? Dir passiert schon nichts.«

Sie schob mich zu dem riesigen Ungetüm, und Ansgar hielt mir seine Hand entgegen, um mich hinaufzuziehen.

»Nein, das ist nichts für mich, ich möchte noch eine Weile am Leben bleiben.«

»Wie du willst.« Ansgar ließ sich auf die Erde gleiten, nahm dem Tier das Geschirr ab und warf es dem Knecht über die Schulter.

»Es ist spät«, sagte er, »ich begleite euch durchs Lager, den weiteren Weg müsst ihr alleine finden.«

Auf der Straße drehte Gisela sich mehrmals nach ihm um. »Dein Bruder ist sehr nett, früher habe ich ihn für einen Angeber gehalten. Ach, ich bin froh, euch beide zu kennen. Seltsam, dass ihr so verschieden seid.«

»Du magst ihn gern, nicht wahr?«

»Ja, es ist aufregend, mit ihm zusammen zu sein.«

Natürlich mochte sie ihn, er war stark und fröhlich. Und er hatte keine Ähnlichkeit mit mir. »Mich verachtest du jetzt wohl, weil ich mich vor Pferden fürchte.«

Gisela blieb stehen und sah mir direkt ins Gesicht. »Was redest du für Unsinn, ich würde dich nur verachten, wenn du Dinge tätest, die du nicht willst.« Sie lachte. »Nein, selbst dann müsste ich dich noch gern haben. Du bist mein bester Freund, Meginhard, das war schon immer so, und ich hoffe, das wird sich nie ändern.« Ohne Umstände nahm sie meine Hand.

Als wir am Hof ankamen, mussten wir die Hunde beruhigen. So leise wie möglich schlichen wir in den finsteren Stall, um den Tokkenspieler nicht zu wecken. Wir kamen uns vor wie unartige Kinder und kicherten fortwährend. Umso mehr, als wir feststellten, dass unsere Rücksicht unnötig war, weil sich niemand außer uns im Stroh befand.

Plötzlich wurde Gisela ernst. »Ich mag dich wirklich sehr, Meginhard, und ich vertraue dir. Ich glaube, ich könnte es nicht verwinden, wenn du dir ein anderes Mädchen suchtest, um deine Lust zu befriedigen. Ich meine, wir sind längst erwachsen, und wenn du gerne ... Du würdest mich danach doch nicht fallen lassen, oder?«

Ich ahnte ihre Gestalt mehr, als dass ich sie sah. »Mach dir keine Gedanken, ich habe nicht vor, mir ein Mädchen zu suchen, und ich würde dich niemals fallen lassen. Du brauchst mir kein solches Geschenk zu machen, wenn du nicht möchtest.«

Ihre Stimme wurde sehr leise, als sie antwortete. »Ich will ja, zumindest glaube ich das. Wir können nicht bestimmen, was aus uns werden soll, darum möchte ich, dass du bei mir liegst, bevor es ein anderer tut. Aber du wirst mir sagen müssen, was ich machen soll.«

Als ich sie umarmte, kam sie mir entgegen und drückte sich an mich. Behutsam küsste ich sie und lauschte ihrem Herzschlag. Ich tastete ihre Wirbelsäule entlang, strich über die zitternde Schulter nach vorne und hinab zu ihrer Brust. Giselas Atem ging schnell, als ich mit den Lippen ihren Mund öffnete. Sie ließ es zu, dass ich ihre Schenkel streichelte und die Tunika nach oben schob. Unwillkürlich hob sie die Arme, damit ich ihr die Kleider über den Kopf streifen konnte. Danach entkleidete sie mich. Meine Lippen glitten über ihren Hals und weiter zu den weichen braunen Warzen, die hart wurden unter meiner suchenden Zunge. Ich saugte daran, konnte nicht widerstehen, sie leicht zu beißen. Mein Rücken schauderte unter ihren Händen, und mein Glied rieb sich an ihrem Bauch, wuchs in der Wärme und unter der Berührung. Meine Finger streichelten ihre Scham, verirrten sich in dem Haar, rutschen die Ritze entlang in ihren heißen Schoß. Gisela zuckte und bog sich mir entgegen, so dass sich unsere Leiber finden konnten. Bedächtig, um jeden Moment auszukosten, drang ich in sie ein.

Gisela stöhnte, aber ich konnte nicht mehr innehalten. All meine Lebenskraft verströmte sich in ihr und mischte sich mit grenzenloser Zärtlichkeit.

»Habe ich dir weh getan?«

»Nicht sehr«, sagte sie und zog mich wieder zu sich herunter. Warme Flüssigkeit lief an ihren Schenkeln hinab. Ich umfing sie mit meinen Armen, und sie presste sich gegen meinen Leib.

In dieser Nacht weinte ich, es waren Tränen des Glücks.

Ich weiß, wo Ihr hinseht, Ihr keuschen Kleriker, ich weiß, wozu Ihr Euch zur Seite stehlt, Ihr achtbaren Herren. Dort warten sie, die Huren mit ihren bemalten Gesichtern, und winken sogar mir verlockend zu. Ich verstehe ja, dass Ihr nichts hören wollt von meinem Jubel. Wie dürftet Ihr Euch auch erdreisten, einen Glücklichen zu richten. Es gibt so wenige davon, und ihr Bestehen ist so schrecklich kurz.

Wie könnt Ihr nur so tollkühn sein, über mich Gericht zu halten? Das Schicksal verfolgte mich mit anderen Fallen als Euch. Ich bin nicht wie Ihr, edle Herren, ich bin weder ein Bauer noch ein Sklave. Nicht einmal Gauner darf ich mich nennen, da ich immer noch unvernünftige Skrupel hege. Nein, Ihr werdet keine Gerechtigkeit für mich finden, solange Ihr an Gleichheit denkt. Jeder Schäfer weiß, dass er den einen Hund am Nacken schütteln muss, den anderen jedoch nur sanft ermahnen darf. Ich aber bin nicht einmal ein Hirtenhund.

Warum wagt Ihr nicht, an höhere Gerechtigkeit zu glauben? Wollt ihr mich nicht dem Ratschluss des Allmächtigen übergeben, den Ihr so gern im Munde führt? Sprecht mich frei, und Er wird Blitze nach mir schleudern, wenn Er mein Weiterleben untersagen will. Lässt Er mich aber gehen, hässliche Tokken bauen und kecke Verse singen, dann muss wohl an dem Unwesen, was ich zu treiben gedenke, ein wenig Gutes sein. Vielleicht möchte sich der Herrgott, nach all den ernsten Angelegenheiten, mit denen Ihr Ihn Tag für Tag belästigt, auch einmal erheitern lassen.

Doch wenn Euch gelüstet, Euch an meinen Sünden zu berauschen, dann will ich weiter sprechen und die feuchte Kälte begrüßen, da sie mir den Kopf klärt und das Verlangen in meinen Lenden erfrieren lässt.«

SICUT RECTE DEBET ESSE HOMO DOMNO SUO

SO WIE SICH EIN MANN SEINEM HERRN GEGENÜBER ZU VERHALTEN HAT

Erst am späten Vormittag bequemten wir uns in die Küche, wo der Tokkenspieler auf der Bank thronte und uns erwartete. »Ich hoffe, ihr hattet einen schönen Abend.« Ich errötete und ließ Giselas Zeigefinger fahren, den ich gedankenverloren geknetet hatte.

Später musste ich Hände für die Tokken schnitzen, was meinem Herrn immer lästig war, weil man gleich zwei für jede Figur benötigte. Mir machte die gleichförmige Beschäftigung nichts aus, denn ich dachte derweil an Gisela, an ihren Duft, der noch an meinen Gliedern haftete und an ihre warme Haut unter meinen Händen. Sie war so anders gewesen in der Dunkelheit, so weich. Der Gegensatz zu ihrem sonstigen schroffen Wesen hatte mich überrascht und entzückt. Wenn ich ihr zusah, wie sie sich ungeduldig durchs Haar fuhr oder heftig gestikulierend dem Koch erklärte, dass er die Zwiebeln vor dem Getreide in den Topf werfen sollte, füllte sich meine Seele ganz mit ihr, nun da ich ihre geheime Empfindsamkeit kannte.

Inzwischen hatten die Soldaten ihre Heldentaten verbreitet und die Menschen nach weiteren Schreckensberichten über die Sachsen gierig gemacht. Wir waren gerne bereit, dieses Verlangen zu befriedigen. Knechte und Mägde hatten sich in die Scheune gedrängt, saßen bequem auf den Strohballen und lauschten gespannt unserem Vortrag.

»Sie wählen den kräftigsten Kerl unter den Gefangenen«, erzählte ich, »das tun die Sachsenweiber, und sie nehmen sich viel Zeit, bevor sie ihr Urteil fällen, damit der grausame Gott das Opfer auch annimmt. Die Männer werfen Seile über die Äste ihres heiligen Baumes und ziehen den Bedauernswerten nach oben. Dann treiben sie einen Hengst und einen Bock herbei, binden ihnen die Füße zusammen und lassen sie kopfüber neben dem Gefangen baumeln. Die Heiden sind jetzt alle splitternackt. Wie Eulenrufe klingen ihre Gesänge, und sie zappeln in ekstatischen Tänzen, um Teufel und Dämonen herbeizurufen.«

Wie gewöhnlich setzte der Tokkenspieler meinen Bericht fort.

»Plötzlich halten die Wilden inne«, sagte er. »Niemand rührt sich, niemand wagt zu atmen. Die Zeit ist stehen geblieben. Eine dunkle Wolke zieht langsam vor den Mond. Es wird stockfinster.

Da, ein heiseres Stöhnen zerreißt die Stille.

Das erste Opfer ist tot.

Allmählich löst sich die schwarze Wolke auf, und ein kalter Lichtstrahl fließt über die Silhouette des Baumes.

Jubelgeschrei erhebt sich, es kommt Bewegung in die Masse.

Jeder Heide will zuerst bei dem Leichnam sein. Sie reißen Fleischstücke aus dem toten Körper und stopfen sie sich in die Mäuler. Lüstern schmieren sie sich mit dem Blut des Opfers die nackten Leiber ein.

Die Seele des Toten aber hat schon der Sturmgott gefangen. Ewig muss sie ihm jetzt folgen, auf wilder Jagd über dunkle Wälder. Nimmermehr wird sie rasten können.«

In diesem Moment öffnete sich die Scheunentür, und im Gegenlicht stand Gisela, aufrecht und mit flammendem Haar. Entgeistert wandten sich die harmlosen Leute der Erscheinung zu.

»Oja!«, rief sie. »Auf ewig reiten sie über den Himmel. Sie schauen herunter auf euren engen Hof und lachen über euch, ihr feiges Gesindel, die ihr vor Angst schlottert und kleine

Hölzer um eure dürren Hälse hängt, damit ihr euch vor den Göttern sicher fühlen könnt. Ich habe selbst gesehen, wie ein Greis und ein junger Bursche im Sachsenwald die Amulette schnitzten. Gebt nur eure letzte Habe hin für ein albernes Stückchen Wurzel, damit ihr weiterhin ruhig träumen könnt.« Die Tür knallte zu, und die Gestalt war verschwunden.

Ich spürte, dass auch der Tokkenspieler seine Muskeln in Bereitschaft hielt, um, falls es nötig wurde, schnellstmöglich das Weite zu suchen. Die Menschen aber dachten nach und starrten auf die Tür. Dann drehte sich ein Knecht zu uns um und fragte: »Ist das wahr, besitzt ihr tatsächlich Hölzer aus dem Sachsenland, die vor den bösen Göttern schützen?«

Gisela hatte uns, ohne es zu wollen, einen großen Dienst erwiesen, und wir konnten uns der Angebote kaum erwehren.

Auf dem Weg zur Küche sagte der Tokkenspieler: »Was hat sich diese kleine Kröte dabei gedacht, uns in solche Gefahr zu bringen?«

»Ich glaube, Gisela mag es nicht, wenn wir mit unseren Geschichten Hass in die Frankenherzen säen.«

»Dann traut sie unserer Kunst mehr Macht zu, als sie tatsächlich hat. Gar nichts können wir säen, wir ernten nur, was schon längst in den Hirnen steckt. Bis Paderborn wollte ich sie bringen, weiter nicht. Es wird Zeit, dass ich sie abgebe, bevor sie uns wirklichen Ärger beschert.«

»Wovon sprecht Ihr?«

»Vielleicht gelingt es mir, Gastrecht für den ganzen Winter gegen das Mädchen zu tauschen.«

»Ihr könnt sie doch nicht für eine Unterkunft feilbieten!«

»Es wird ihr gut gehen, Meginhard, dies ist ein warmherziges Haus.«

Ich blieb stehen. Obgleich ich mich bemühte, fest und entschieden zu sprechen, klang meine Stimme schrill. »Wenn Ihr eine solche Grausamkeit begeht, verlasse ich Euch.«

Mit einem Satz war er hinter mir, packte mich bei den Haaren und bog meinen Kopf zurück. »Hast du vergessen, wer du bist? Du wirst an meiner Seite bleiben und tun, was ich von dir verlange, ob dir das gefällt oder nicht.«

Dann ließ er mich los und sagte: »Sie bringt nichts ein und macht nur Schwierigkeiten. Gönne ihr die Sicherheit eines geachteten Hauses. Es gibt Hunderte von Weibern, du wirst den Verlust bald verschmerzen.«

Ich hätte ihm sagen müssen, dass ich Gisela liebte und ohne sie nicht mehr leben wollte. Ich hätte vor ihm knien müssen, damit er den Ernst meiner Gefühle verstand. Vielleicht hätte er sich erweichen lassen.

Aber ich konnte nicht, zu gallig schmeckte die Ohnmacht.

Ich dachte an Ansgar, der seine Fesseln mit einem Schwerthieb gelöst hatte. Warum tat ich es ihm nicht gleich? Welch wundervolles Leben würde auf mich warten, wenn ich dem Tokkenspieler entkäme. Aber nein, ich fügte mich in mein Los, wie die Priester es verlangten. Kein Frevel lastete auf meiner Seele, und doch floh mich das Glück.

Gisela nahm den Entschluss meines Herrn gelassener auf als ich.

»Dein Herr ist ein Gaukler«, sagte sie, »er hätte mich vor die Leute stellen können. Er hätte mich zwingen können, vor den grässlichsten Kerlen zu hüpfen und zu tanzen. Stattdessen sucht er einen freundlichen Platz für mich, und ich bin dankbar dafür. Ach, ich wünschte, er würde mich deinem Bruder schenken, du wüsstest dann immer, wo du mich findest. Kannst du ihn nicht darum bitten? Dir gegenüber ist er doch meistens großzügig. Ich würde auf dich warten, niemand kann uns ganz und gar trennen.«

»Ich werde mich überhaupt nicht von dir trennen. Ich möchte an deiner Seite sein, und ich dachte, du wolltest das auch.«

»Es hat keinen Zweck, sich gegen das Schicksal aufzulehnen.«

»Aber ich liebe dich, Gisela, ich will alles dafür tun, dass wir zusammen bleiben.«

»Quäle dich doch nicht mit unmöglichen Wünschen. Wir sind nicht frei, Meginhard.«

Diese Worte hatte ich schon einmal vernommen, und schon einmal hatten sie mir die Kehle zusammengeschnürt. Damals hatte ich mich gefügt, aber diesmal konnte ich es nicht. Ich liebte Gisela, ich begehrte sie nicht nur. Ich wollte mich mit allem wehren, was mir zur Verfügung stand, wenn man sie mir zu entreißen drohte. Sie allein hätte die Macht gehabt, mich umzustimmen, darum drang ich nicht länger in sie.

* * *

Ich brauchte Zeit, um einen Plan zu entwickeln. Vor allem musste ich den Tokkenspieler daran hindern, Gisela unserem Gastgeber anzubieten. Also stahl ich Honig oder Salz aus der Küche und begann, das Gesinde damit zu bestechen. Ich verlangte, dass sie über ihre Herrschaft klagten, wenn der Tokkenspieler in der Nähe war. Zuerst wollten sie nicht, denn sie fühlten sich recht wohl auf ihrem Hof. Aber ich stocherte so lange in ihren Gemütern, bis ihnen selber einfiel, was ihnen nicht passte, wann der Hausherr ungerecht war und wie beschämend sich seine Gemahlin benahm, wenn sie getrunken hatte.

Schon bald lud der Tokkenspieler mich in eine Taverne, um ungestört mit mir zu sprechen. »Hör mal, Meginhard, mir sind böse Dinge über den Hof zu Ohren gekommen, ich möchte das Mädchen ungern dort lassen. Im Sachsenland hat sie uns geholfen, und dafür verdient sie meine Umsicht.«

»Ihr nehmt sie mit, Herr?«

»Tut mir Leid, Meginhard, ich werde mich nicht mit einer aufsässigen Göre plagen, das habe ich dir bereits gesagt.«

»Dann lasst mich auch hier.«

»Sei nicht dumm!« Der Tokkenspieler gab sich Mühe, ruhig zu bleiben. »Du willst doch nicht allen Ernstes wieder Küchenbastard sein, nicht du, dem so viel an Anerkennung liegt.

Außerdem habe ich deinetwegen eine Menge Schwierigkeiten auf mich genommen, und jetzt, wo du mir tatsächlich eine Hilfe geworden bist, lasse ich dich nicht einfach aus den Fingern. Wir sollten gemeinsam einen Platz für sie finden. Ich habe nämlich keine Lust, mir dein Gezeter anzuhören, falls es der kleinen Geisel schlecht gehen sollte.«

»Ich verstehe! Ihr fragt mich nur, damit ich Euch nach dem Mund rede und Euer Gewissen erleichtere.« Ich bereute meine Worte sofort, denn der Tokkenspieler trank in einem Zug seinen Becher aus, knallte ihn auf den Tisch und erklärte die Unterredung für beendet.

»Wartet, Herr, es tut mir Leid. Ich glaube, ich weiß, was gut für Gisela wäre.«

Er setzte sich wieder und sah mich argwöhnisch an.

»Ansgar hat ein Lehen in der Nähe ihrer Heimat bekommen. Bitte macht sie ihm zum Geschenk. Als Gegenleistung könntet Ihr Unterkunft auf seinem Hof aushandeln. Vielleicht können wir auch mit ihm ziehen, wenn das Heerlager aufgelöst wird. Unter seinem Schutz kämen wir bis an den Rhein. Ich bitte um Eure Großmut, Herr, verzichtet für Gisela auf Euren Gewinn, und ich gebe auch alles zurück, was Ihr in meinen Beutel gesteckt habt.«

Die Stirn des Tokkenspielers glättete sich. »Wenn dein Bruder sie will, soll es mir recht sein«, sagte er und bestellte neuen Wein. »Aber wir beide gehen nach Süden.« Mir fiel eine Last vom Herzen, da ich Giselas Wunsch doch noch entsprochen hatte.

Die Speisen wurden gebracht und der Tokkenspieler griff freudig zu. Er versuchte mich für Trier zu begeistern, eine alte Stadt, die noch von Römern erbaut worden war. »Dort ist es schon früh im Jahre warm«, sagte er. »Während hier noch alles im Schlamm versinkt, blühen in Trier schon die Pflaumenbäume. Das gefällt dir bestimmt.«

Gisela würde es auch gefallen. Im Geiste sah ich sie die Schuhe abstreifen und unter den Obstbäumen durchs taunasse Gras laufen. Ich würde ihr die weißen Blütenblätter aus dem Haar sammeln.

»Warum isst du nicht, Kleiner, du wirst doch nicht krank?«

Das wäre eine Möglichkeit. Wenn ich tatsächlich krank würde, müsste er alleine weiterziehen. Ich spürte in mich hinein und entdeckte ein leichtes Unwohlsein im Magen. Sorgsam hütete ich diese kleine Flamme und nährte sie, bis sich das Elend in meinem Gesicht abzeichnete.

Der Tokkenspieler langte herüber und fühlte meine Stirn. »Das hat mir noch gefehlt. Sorge dich nicht, ich lasse dich nicht im Stich. Möchtest du lieber zum Hof zurück?«

»Nein, es geht mir gut.«

Er würde mich niemals freigeben. Erbittert kaute ich auf einem Stück Schwarte herum und beobachtete, wie seine Züge sich vom Weine röteten. Er erzählte irgendeinen Unsinn von Figuren, die an Fäden bewegt wurden. Ganz aufgeregt wurde er von seinem Gedanken, die Griechen hatten es wohl früher so gemacht, und wir sollten es unbedingt ausprobieren.

Wie konnte ich ihn nur davon überzeugen, dass er ohne mich besser dran war? Vielleicht sollte ich mitten in der Darbietung das gesamte Theater umstürzen lassen oder ständig die falschen Tokken hochhalten.

Ihm bliebe gar nichts anderes übrig, als mich zu verstoßen.

Jetzt genoss ich das reichliche Mahl. Gleich morgen wollte ich anfangen, ungeschickt zu sein.

Als ich das Theater aufbaute, war ich fast so aufgeregt wie vor meiner allerersten Vorstellung. Da ich wusste, wie schwer es ist, die gewohnten Pfade zu durchbrechen, hatte ich mir genau zurechtgelegt, welchen Fehler ich begehen wollte. Je näher der Moment des Frevels kam, desto mehr schwitzten meine Hände. Ich hatte große Mühe in die Tokken zu schlüpfen, und ich zitterte sogar ein wenig.

Dann war es so weit.

Statt der lieblichen Hildegard nahm ich Ritter Roland auf

die Hand, der bei uns immer noch so hieß, auch wenn er längst verschiedene Vasallen zu spielen hatte. Alles andere blieb gleich.

Ich ließ meinem Handgelenk, welches nun das Gesäß war, gar zierlich hin und her schaukeln und sprach in den süßesten Tönen. Sanft machte mein Holzritter dem König Vorwürfe, weil dieser sich mehr um die Sachsen kümmerte als um die Menschen die ihn liebten.

Eigentlich hatte ich nur die denkbar ungeeignetste Tokke nehmen wollen, zu den Worten die ich immer sprach. Wie ein Versehen sollte es aussehen und nicht wie tollkühne Absicht.

Erst jetzt wurde mir klar, was die Leute denken mussten. Sie kreischten vor Vergnügen, und sogar der Tokkenspieler prustete, was ich noch nie bei ihm erlebt hatte. Er ging sofort auf die Neuerung ein, auch der König schwenkte jetzt sein Hinterteil und säuselte meinem Ritter zarte Worte ins Ohr.

Es half nichts, ich musste das Spiel mitmachen und mir hinterher auch noch sein Lob anhören. »Ich wusste immer, dass wir ein gutes Gespann sein können, aber heute hast du selbst mich überrascht. In dir steckt wirklich mehr als in einem dumpfen Bauernbastard.«

Mit großer Begeisterung machte er sich an sein Vorhaben, die Figuren durch Fäden zu bewegen. Er meinte, mit einem talentierten Gefährten wie mir könne er alles wagen. Für mich bedeutete das allerdings mühevolle Arbeit, denn er verlangte nun Rümpfe, Beine und Füße zu den Tokken.

Stumm über mein Messer gebeugt, sann ich nach Möglichkeiten, ihm zu entrinnen. Dieser Narr hatte mich gelehrt, teure Gewänder und einen klimpernden Beutel zu tragen. Er hatte mich darin bestärkt, selbstsicher mit den Menschen zu sprechen und aufrecht zu gehen. Vor allem hatte er zugelassen, dass ich eigene Wünsche hegte.

Wozu brauchte ich ihn noch? Ich hatte genug von ihm gelernt.

Der Tokkenspieler setzte derweil die Glieder zusammen

und verbrauchte eine Menge Garn, welches sich dauernd verknotete und nicht mehr zu entwirren war. Dann wurde er zornig, warf die schlenkernden Gebilde gegen die Wand und bisweilen ins Feuer. »Du kannst aufhören, Meginhard. Vielleicht ist alles Unsinn, was ich vorhabe, ich will darüber nachdenken.« Darauf verschwand er und ward bis in die tiefe Nacht nicht mehr gesehen.

Gisela hatte inzwischen feste Aufgaben am Hof übernommen, doch wenn der Tokkenspieler mir unverhoffte Mußestunden bescherte, richtete sie es immer ein, die Zeit mit mir zu verbringen. Wir verkrochen uns im Stall, flüsterten miteinander und beobachteten, wie unser Atem kleine Wölkchen in die Eisluft hängte. Ich hatte nichts dagegen, dass es kalt geworden war, umso enger kuschelte Gisela sich an mich. Lautlos beschwor ich das Dämmerlicht, das streifig durch die Ritzen fiel, dass es endlich verschwände. Gisela fürchtete, dass man uns entdecken könnte, wenn wir nicht warteten, bis Ruhe auf dem Hof eingekehrt war. So redeten wir von unwesentlichen Dingen, und jedes Wort galt uns als Verheißung, nur ausgesprochen, um unser Begehren anzufachen.

Oft war unsere Lust dringend und gierig, doch je vertrauter ihr Leib mir wurde, desto behutsamer äußerte sich meine Zärtlichkeit. Ich drückte sie gegen meinen Körper und streichelte über ihre Glieder, damit die Formen sich für immer in mein Gedächtnis prägten, denn ich hatte das Gefühl, ein größeres Recht auf ihre Liebe zu haben, wenn meine Hand sie kannte.

* * *

Der Tokkenspieler schleppte mich regelmäßig ins Lager des Heeres. Wir spielten, erfuhren Neuigkeiten und verbreiteten Gerüchte. Ansgar hatte mir eröffnet, dass er in einer Woche aufbrechen würde, denn die Wege waren endlich hart gefroren und versprachen eine zügige Reise.

Eine Woche noch, dann sollte Gisela ihm gehören.

Meine Zeit lief ab.

Gelassen schlenderte mein Herr an den lärmenden Soldaten vorbei und scherte sich nicht um meine Not. Meine Augen blieben an den Schwertern hängen, die hier und da achtlos an die Zelte gelehnt waren. So ein Schwert war kostbar, siebzig Denare musste man dafür aufbringen und mit Scheide gar noch mehr. Es wäre mir ein Leichtes gewesen, eins davon unter meinem Umhang verschwinden zu lassen, denn die Männer waren miteinander beschäftigt, lachten oder prügelten sich und achteten nicht auf uns.

Ich hatte bemerkt, dass mich selten jemand erkannte, wenn ich ohne den Tokkenspieler auftauchte, fast als wäre ich unter einer Tarnkappe verborgen. Er jedoch trat überall deutlich in Erscheinung. Die meisten Menschen erinnerten sich an den seltsamen Herumtreiber, selbst wenn sie ihm nur ein einziges Mal begegnet waren.

Wenn ein wertvolles Schwert gestohlen würde, käme man gewiss auf ihn. Bald würde man seine Unterkunft kennen, bald würde man seine Habe in Augenschein nehmen. Ich brauchte nur dafür zu sorgen, dass ich nicht in der Nähe war, wenn man die Diebesbeute fand.

Ich blieb ein wenig zurück und stellte mich zwischen zwei Zelte, als ob ich mein Wasser abschlagen wollte. Ohne besondere Vorsicht bückte ich mich und hatte schon die Waffe in der Hand.

Ich war darauf gefasst, jeden Moment angesprochen zu werden. »Gehört Euch das Schwert?«, würde ich fragen. »Es hat auf der Erde gelegen, schade um die schöne Klinge.« Dann hätte ich es dem Mann in die Hand gedrückt und wäre meiner Wege gegangen.

Fast wünschte ich, dass jemand mich daran hindern möge, den kalten Stahl unter meinen Umhang zu schieben. Aber was bei hellem Tageslicht vor aller Augen geschieht, ist am wenigsten sichtbar.

Ich betrachtete die ausgemergelte Gestalt des Tokkenspielers vor mir. Wo die Riemen seiner Kiste drückten, waren kleine Gruben zwischen Schulter und Hals entstanden, die nicht mehr verschwinden würden. Er ging ein wenig vornüber gebeugt, und seine Nackenmuskeln waren angespannt, weil er den Kopf dennoch aufrecht hielt. Nichts war rund an ihm, er bestand nur aus Knochen, Sehnen und harten Muskeln. Er kam mir kleiner vor als früher, aber das lag wohl daran, dass ich inzwischen gewachsen war.

Was würde mit ihm geschehen, wenn man das Schwert bei ihm fände?

Denk an Gisela, befahl ich mir, der Tokkenspieler ist ein Betrüger, er hatte auch mich dazu gebracht, unehrlich zu werden, es ist gerecht, wenn er büßen muss.

Man würde ihm die Hände abhacken. Er wäre gezwungen zu betteln, wenn er überlebte. Was mitleidige Menschen ihm zuwarfen, würde er nicht einmal aufheben können. Wie ein Hund müsste er den Kopf in seinen Napf senken, um zu essen. Es wäre barmherziger, ihn verbluten zu lassen.

Ich war sonderbar erleichtert, als er sich umdrehte. »Trödel nicht! Los, los, ich habe keine Lust, ständig auf dich zu warten!«, sagte er, und ich sah seine beiden Hände unversehrt. Es kam mir vor, als hätte ich soeben ein Moor überquert.

Doch den festen Boden hatte ich noch nicht erreicht. Das Schwert wieder loszuwerden, war viel schwieriger, als es zu stehlen. Kalt schlug es an mein Bein, und ich krampfte die Finger um die Klinge, damit sie nicht zu tief hinunterrutschte. Die Angst, entdeckt zu werden, zerstörte das Vertrauen in meine Unauffälligkeit. Ich glaubte misstrauische Blicke in meinem Rücken zu spüren, die Krieger tuschelten über mich und unterbrachen ihre Streitereien, wenn ich vorüberging.

Weiter vorne lösten sich zwei Kerle aus der Menge. Sie starrten uns an, tauschten ein paar Worte, und ihre Haltung zeigte, dass sie uns nicht vorbei lassen würden.

Der eine Krieger war offensichtlich angetrunken. Er tippte

meinem Herrn grob gegen die Brust und packte ihn am Arm. Der andere redete herrisch auf den Tokkenspieler ein. Als ich mich unauffällig vorbeidrücken wollte, griff er mich im Nacken. Wie eiserne Klammern bohrten sich seine Finger in meinen Hals, er kannte genau die Stellen, an denen man mit wenig Kraft Schmerzen hervorrufen kann. »Sieh an, dein Bursche ist klüger als du. Ganz ohne Gezeter wird er mit mir gehen, nicht wahr, mein junger Freund?« Er zwang mich zu nicken.

»Also gut«, sagte mein Herr, »wenn es nicht zu lange dauert, werde ich mich mit euch unterhalten. Der Bursche soll laufen und Bescheid geben, dass ich später komme.«

Der Kerl lockerte seinen Griff keineswegs. Er gab zu bedenken, was mir alles passieren könne, wenn ich ganz allein durchs Lager streifte. »Folge mir, Possenreißer! Mein Kamerad wird Acht geben, dass wir ungestört bleiben.« Er schob mich zwischen die Zelte, und der Tokkenspieler kam uns nach. Der Betrunkene aber schlenderte am Wege auf und ab, um jeden aufzuhalten, der die Verhandlung unterbrechen wollte.

Ich hörte die Soldaten um uns herum lachen und brüllen, lauter ehrliche kräftige Kerle. Am liebsten hätte ich um Hilfe gerufen – hätte ich ihnen nicht soeben ein Schwert gestohlen.

»Ich will es kurz machen, Gaukler. Ich weiß, auf welchem Hof du gastest. Ich weiß auch, dass du dort freigiebig warst und Vertrauen bei eurem Gastgeber genießt. Morgen muss er einen Wagen zur Burg schicken. Du wirst ihm anbieten, die Fuhre zu übernehmen, und wir treffen uns am östlichen Hauptweg. Ich erwarte eine großzügige Ladung, ach ja, es kann eigentlich nicht schaden, wenn du eine hübsche Magd dabei hättest.«

Der Tokkenspieler lachte trocken. »Warum sollte ich das tun, ich hege keinen Groll gegen unseren Gastherrn. Euch hingegen kenne ich nicht, und ich lege wenig Wert darauf, das zu ändern.«

»Ich dachte mir, dass du töricht bist. Darum wird dein Bursche mir Gesellschaft leisten, bis du mit dem Wagen auftauchst. Ich werde ein paar fröhliche Stunden mit ihm verbringen. Achte darauf, dass die Magd, die ich verlange, jung und hübsch ist, sonst bin ich vielleicht nicht mehr bereit zu tauschen.«

Mein Blut wurde dünn in den Adern.

Der Tokkenspieler lächelte mir aufmunternd zu. Das also war der Abschied. Er würde verschwinden und mich in den Händen dieses Rohlings zurück lassen. Ich konnte ihm nicht einmal zürnen, ich hätte es wohl genauso gemacht.

Doch dann sah ich, dass er langsam seine Kiste von den Schultern nahm. Er hatte die Riemen nicht losgelassen. Plötzlich holte er Schwung und rammte meinem Peiniger das schwere Ding in die Seite. Der strauchelte und war einen Moment lang ehrlich verblüfft. Doch allzu schnell fasste er sich wieder. Seine Faust landete in der Magengrube des Tokkenspielers, und ein zweiter Hieb traf ihn gegen die Stirn.

Der Tokkenspieler stürzte und rang nach Luft. Mit aller Kraft trat der Kerl in den keuchenden Leib.

Langsam drehte er sich zu mir um.

Ich konnte nicht an ihm vorbei.

Ich schloss die Augen, packte das Schwert am Griff und hieb zu, so fest ich konnte.

Der Kerl schrie auf.

Es klang nicht nach Schmerz, sondern nach rasender Wut, die sich gleich fürchterlich entladen würde. Ich hatte seine Wade getroffen, die Wunde klaffte bei jeder Bewegung auseinander und blutete stark. Sein Gesicht war schief vor Pein, doch er grinste, und seine Augen flackerten böse.

Er kam auf mich zu. Die Arme standen weit vom Körper, wie bei einem Raubvogel, der im Begriff ist, seine Beute zu reißen. Ich wich zurück, bis ich an der Zeltwand lehnte. Meinen zweiten Schlag fing er mühelos ab, packte meine Gelenke, so dass ich die Waffe fahren ließ.

Wieder heulte er auf, und seine Hände fuhren nach hinten,

als wollte er ein gemeines Insekt verjagen. Sein Fuß knickte um, und der mächtige Kerl stürzte zur Erde. Dumpf schlug sein Kopf auf den gefrorenen Boden.

Der Weg war frei, und ich rannte los. Aber der Tokkenspieler erwischte mein Bein und zog mich zurück. »Bleib hier, treulose Ratte. Ich habe ihm die Sehne über der Ferse durchschnitten. Mein Messer muss irgendwo liegen, wir dürfen es nicht zurücklassen. Mach schon, er kann dir nichts mehr tun.«

Vorsichtig krabbelte ich zu dem reglosen Körper. Ich musste seine Beine zur Seite schieben, um an das Messer zu gelangen, und konnte nicht verhindern, dass meine Hände blutig wurden.

Der Tokkenspieler ächzte, als ich ihm auf die Beine half. Er schaffte es nicht, die Kiste auch nur anzuheben, also lud ich sie mir selber auf und zog seinen Arm über meine Schulter, um ihn zu stützen. Gemeinsam humpelten wir auf den Weg.

Der andere Kerl bemerkte uns natürlich gleich. »Hast du so geschrieen? Mein Freund hat eine ausgezeichnete Überredungsgabe, nicht wahr?«

»Das kann man wohl sagen«, stöhnte der Tokkenspieler. »Ich wäre dir dankbar, wenn du uns durchs Lager begleiten könntest, ich möchte keine weiteren Überraschungen erleben.«

»Moment, ich sehe nur nach, ob alles in Ordnung ist.«

Mein Herr hielt ihn am Ärmel zurück. »Du siehst doch, wie ich zugerichtet bin, was also sollte nicht in Ordnung sein?«

Der Kerl rülpste und schloss sich uns ohne weitere Umstände an.

Am Ausgang des Lagers verließ er uns, und wir hasteten so schnell wie möglich fort. Bald würde man den Krieger auf der Erde entdecken, und es war gesünder für uns, dann nicht mehr in der Nähe zu sein.

Wohlbehalten entkommen, strömte warmes Blut durch meine Adern, und ich frohlockte über das Geräusch unserer

Schritte im Schnee, über das Eis in meinem dünnen Bart, über die ganze winterliche Welt, die ich schon verloren geglaubt hatte.

»Bleib stehen!«, sagte der Tokkenspieler unvermittelt. »Du hattest ein Schwert unter deinem Umhang verborgen. Wo kam das her?«

»War das nicht ein Glück? Wer weiß, ob wir sonst noch am Leben wären.«

»Ich fragte, woher du das Schwert hattest?«

Sein Ton war alles andere als angenehm und ich beeilte mich, zu antworten. »Ach, es lehnte an einem Zelt. Ich wollte es woanders hinlegen, damit der Krieger in Zukunft besser auf seine Waffen Acht gibt. Nur ein kleiner Scherz.«

Ohne mich aus den Augen zu lassen, brach er einen Ast aus dem Gebüsch.

»Wirklich Herr, es war nur ein Spaß. Es hat uns doch genützt, warum seid Ihr böse auf mich?«

Der Stock traf mich hart an der Schulter, und gleich darauf landete er auf meiner Hand, die ich gegen die schmerzende Stelle gedrückt hatte.

»Stehlen wolltest du! Ausgerechnet eine Waffe, ausgerechnet beim königlichen Heer! Das ist Verrat, bis ans Ende der Welt hätten sie uns gejagt.«

Ich hob meine Arme, um die Schläge abzuwehren. Jetzt sauste der Prügel auf meinen Rücken und warf mich zu Boden. Wie konnte sein geschundener Körper nur eine solche Kraft entwickeln?

»Meine Geduld ist zu Ende. Einen Dieb zur Seite zu haben, könnte ich noch ertragen. Aber du bist ein treuloser Verräter! Weglaufen wolltest du! Habe ich dich verborgen, als gierige Hände nach deinem Leben trachteten? Habe dich vor dem Kloster bewahrt und auch vor deiner eigenen Eitelkeit? Wären Karls Söhne nicht gekrönt worden, hätte ich dir sogar gegen den König geholfen, die Würde zu erlangen, die dir zusteht. Du dagegen wolltest mich hilflos liegen lassen! Verzeihen kann ich dir das nicht, aber ich kann dich Anstand lehren, in der einzigen Sprache, die du verstehst.«

Blindlings drosch er auf mich los. Ich kroch auf allen vieren davon und flehte vergebens, dass er aufhören möge. Heulend suchte ich Schutz im Gebüsch.

Welches Wissen verbarg er vor mir? Welche Würden hatte er mir vorenthalten? Ich tastete nach der Fibel unter meinem Gürtel. Und wer gab ihm das Recht, über mein Geschick zu bestimmen?

»Komm raus!« Seine Stimme hatte sich verändert, nur mit Mühe stieß er die Worte hervor: »Komm schon, ich schlage dich nicht mehr, es sei denn, du gehorchst nicht augenblicklich!«

Misstrauisch krabbelte ich zurück. Er saß gekrümmt auf der Kiste, keuchte und presste sich die Hände auf die Brust. »Der Kerl hat mir die Rippen gebrochen. Deinetwegen habe ich mich zu heftig bewegt, und jetzt stechen sie mir in den Leib.«

Er atmete flach, kleine rosa Bläschen bildeten sich an seinen Mundwinkeln, und ich begriff, dass er ernstere Schmerzen litt als ich. Mit einiger Anstrengung richtete er sich auf. Einen Arm über die Brust gepresst, den anderen schwer auf meiner Schulter, schritt er verbissen vorwärts.

»Was meintet Ihr damit, dass Ihr mir gegen den König helfen wolltet, und welche Würde steht mir zu?«

»Gar nichts steht dir zu, Bastard!«

Ich weiß nicht, wer von uns beiden lauter jammerte, als wir endlich den Hof erreichten. Der Tokkenspieler behauptete, wir wären unglücklich von einem Wagen gestürzt. Nur Gisela erzählte ich, dass man uns überfallen hatte. Noch im Nachhinein bekam sie Angst um mich, und das tröstete mich über die erlittene Pein hinweg.

Ich führte den Tokkenspieler zu unserm Lager im Stall und half ihm sich darauf auszustrecken. Er klagte nicht, doch er fror und man sah deutlich, dass ihm jeder Atemzug schwer fiel. Sobald er eine bequeme Haltung gefunden hatte, lief ich in die Küche, um nach heißer Suppe zu fragen.

Gisela stritt aufgeregt mit dem Gesinde. »Was seid ihr für Menschen, dass ihr eurem Gast zehn kleine Eier verwehrt. Er hat mich aus den Händen der Sachsen befreit und mich sicher durch das ganze Heidenland geführt, damit ich wieder unter Christen leben kann. Ein Heiliger hätte nicht mehr für mich tun können.«

Die Köchin bekreuzigte sich und meinte: »Vielleicht hast du Recht, auch der heilige Bonifatius klopfte als Bettler an die Türen, um zu erkennen, wer nach Gottes Willen lebte. Aber ich fürchte mich vor unserem Herrn. Was wird er sagen, wenn du so viele Eier entzwei schlägst?«

Giselas Auge zuckte. »Ich verschwende meine Zeit. Eigentlich wollte ich vermeiden, dass euer Fro belästigt wird, doch nun werden wir sofort erleben, was er dazu sagt, dass ihr seinem Gast eine Nichtigkeit vorenthaltet. Das ist sicher eine Prüfung eurer Nächstenliebe, und ich fürchte, es steht sehr schlecht um dieses Haus.«

Sie drehte sich schroff um und war im Begriff, die Küche zu verlassen. Zum Glück stand ich ihr im Wege und verzögerte den überhasteten Abzug. Man muss den Menschen ein wenig Zeit lassen, das Gehörte zu schmecken, zu schlucken und zu verdauen. Erst dann kann man Reaktionen erwarten.

»Gute Leute«, sagte ich bescheiden, »bitte, lasst meinen Herrn nicht merken, dass ihr ihn für einen Heiligen haltet, er würde denken, ich hätte sein Geheimnis verraten, und das habe ich nicht, das müsst ihr zugeben.«

Die Köchin blickte mich forschend an, und nichts an meinem Ausdruck verriet ihr, dass mein Herr ein boshafter Alter war, der seinen Gehilfen bedrückte und verprügelte. Sie tat einen tiefen Atemzug und sagte: »Um der Liebe Gottes Willen sollt ihr das Eiweiß haben. Aber aus den Dottern bereiten wir die Abendspeise, der Fro wird nichts vermissen, wenn wir sie mit Speck und Käse verrühren.«

Sogleich machte sie sich daran, Eier zu trennen, und ich begab mich zum Feuer, um Brühe zu wärmen.

Wir ließen die Stalltür offen stehen, damit mehr Licht auf das Lager fiel. Der Tokkenspieler lächelte gequält, als wir eintraten. »Das lasse ich mir gefallen, gleich zwei Menschen, die um mein leibliches Wohl besorgt sind.«

»Das könnt ihr immer haben, Herr. Nehmt Gisela einfach mit.«

Er runzelte die Brauen.

Vorsichtig half ich ihm, sich aufzurichten, und zog ihm die Tunika über den Kopf. Gisela tastete seinen Oberkörper ab. »Falls nichts anderes verletzt ist, kann Eure Rippe wieder zusammen wachsen, Herr. Ihr dürft sie nur nicht immerzu bewegen. Es wird besser heilen, wenn Euer Leib eingewickelt ist.«

Sie wühlte unter unseren Sachen, fand ein Leintuch und riss kurzerhand einen ellenbreiten Streifen ab. Dann strich sie das Eiweiß auf den Stoff und wies meinen Herrn an, die Arme zu heben. Sie drückte den Verband an seinen Rücken und verlangte von mir, ihn so fest wie möglich um seinen Leib zu wickeln. Er heulte auf, und ich scheute mich, ihm weh zu tun, obwohl ich wahrhaftig keinen Grund hatte, zimperlich mit ihm zu sein. Gisela riss Bänder in die Stoffenden und verknotete das Ganze. Sie sah sehr besorgt aus. »Euer Atem geht zu mühsam, Herr, hoffentlich ist innerlich kein Schaden entstanden. Auf jeden Fall zieht das Eiweiß die Haut zusammen, der Verband wird ziemlich hart und wirkt dann wie ein Panzer. Ich habe Sachsen erlebt, die mit gebrochenen Rippen in die Schlacht gezogen sind.«

»In die Schlacht ziehen kann jeder«, sagte der Tokkenspieler und versuchte zu grinsen, »wohlbehalten zurückzukommen ist die Schwierigkeit.«

Gisela setzte eine strenge Miene auf. »Ihr solltet lieber ausruhen, statt Witze zu machen. Euch könnte ja ausnahmsweise etwas Lustiges einfallen, und wehe, wenn Ihr dann lachen müsst. Schlaft jetzt, ich sehe später wieder nach Euch.«

Als sie fort war, bemerkte er: »Das Mädchen ist tatsächlich sehr geschickt und ziemlich schlagfertig. In passenden Gewändern wäre sie auf ihre Art sogar hübsch. Wenn sie erst zum Weib gereift ist und ihren Eigensinn vergessen hat, könnte sie in vieler Hinsicht nützlich werden. Es ist töricht, sie einfach zu verschenken. Ich glaube, vorerst behalte ich sie doch. Wir werden sehen, was sich später herausholen lässt.«

Damit drehte er sich um und schlief ein.

Ich hätte glücklich sein müssen. Das war es doch, was ich erträumt hatte.

War es auch das, was Gisela sich wünschte?

Wenn sie mit uns kam, würde der Tokkenspieler dafür sorgen, dass sie ihren Teil einbrachte, auf Märkten, in Städten, im Kriegerlager … Er würde sich nicht damit begnügen, dass sie kochte oder wusch.

Gisela war so stolz und voller Lebensfreude. Sollte sie fortan Lügen verbreiten und sich damit beschäftigen, ihren Nächsten das Silber aus den Taschen zu ziehen? Sollte sie sich von rohem Gesocks begaffen und betatschen lassen und gute Minne zum bösen Spiel singen, weil es den begüterten Widerlingen so gefiel?

Allmählich würde sie daran verkümmern und irgendwann nur noch mit Argwohn ins Leben blicken, ein ehrloses Spelwip, jedem verfügbar, der ihrem Herrn genügend Mittel unter die Nase hielt.

Und natürlich müsste sie dem Tokkenspieler selbst gefällig sein, sooft er danach verlangte.

Meine Fäuste verkrampften sich, und ich schlug ins Stroh.

Niemals durfte Gisela diesen Preis bezahlen, dafür, dass ich mich nach ihrer Nähe sehnte!

Der Tokkenspieler röchelte.

Da lag er unter dem Berg von Decken und Pelzen, klein und weißlich, wie eine vertrocknete Made, die durchaus nicht sterben wollte. Ja, er lebte, gebrechlich nun, gleichwohl mit unabänderlicher Gewalt. Auch wenn seine Stimme nur noch flüsterte, er würde weiterhin Gehorsam verlangen, von mir und auch von Gisela. Selbst jetzt, da er schlief, beherrschte er mich und zwang mich, ihm zu lauschen.

Bei jedem Atemholen rasselte seine Lunge, dann ging das Geräusch in stockendes Knarzen über, welches ganz plötzlich erstarb.

Eine endlose Unterbrechung folgte und nötigte mich zu nervöser Aufmerksamkeit. Mein eigener Atem raste schon, und das Blut rauschte mir in den Ohren.

Wie lange hatte er nicht mehr Luft geholt? War es vorbei, war er erstickt?

Nein, er verharrt in quälender Todesahnung, den Mund weit aufgesperrt.

Da! Endlich! Rasselnd fährt neue Luft in seinen Leib.

Er will ja leben, er setzt seine ganze Kraft in dieses Ziel, seine Lunge zischt, er krallt die Finger ins Stroh, biegt den Kopf nach hinten, und die Füße treten ins Leere.

Vielleicht vermochte er eine weitere unvollendete Ewigkeit zu ertragen, oder zwei oder hundert. Ich konnte es nicht. Ich nahm meine Wolldecke, rollte sie fest zusammen und kniete mich hinter seinen Kopf.

Ich brauchte nicht viel Kraft, sie auf sein Gesicht zu drücken.

Sein Körper bäumte sich nur wenig auf, löste sich nach einer Weile und ruhte dann beschwichtigt und frei von aller Qual im weichen Stroh. Sorgsam stopfte ich den Pelz um seinen schmalen Leib, der sich nun gegen die Kälte nicht mehr wehren konnte.

Darauf verließ ich den Stall, hockte mich vor die Tür und atmete tief die klare Nachtluft. Allmählich entspannten sich meine Muskeln, und alle Bedrängnis fiel von mir ab.

Der Tokkenspieler hatte die Augen nicht geöffnet, als er starb. Er hatte genauso ausgesehen wie sonst, wenn ich vor dem Einschlafen seine vertrauten Züge betrachtet hatte.

Sicher würde er mir vergeben. Das hatte er getan, solange ich ihn begleiten durfte. Wenn er später auf die Erde blickte und sah, wie froh ich mit Gisela geworden war, wie wir unseren Kindern von ihm erzählten und alles, was er mit eigenen Händen geschaffen hatte, an einem würdevollen Ort in unserem Hause verwahrten, dann würde er mir übers Haar streichen und sagen: »Fast beneide ich dich, Kleiner, aber ich gönne dir dein Glück.«

Nie sollte er sich schämen müssen, mich sein Erbe tragen zu lassen. Zum Dank wollte ich seinen Namen annehmen, damit er durch mich weiterlebte. Ich konnte nur noch mit tiefer Zuneigung an ihn denken und weinte lange um ihn.

Im Morgengrauen, als die ersten Laute aus der Küche drangen, ging ich hinein und sagte, dass mein Herr gestorben sei. Matt folgte ich den aufgeregten Leuten zum Stall. Sie klagten, riefen nach dem Hausherrn und dem Priester und drückten mich in ihren Armen. Natürlich wollten sie mir die Ehre überlassen, meinem Herrn den letzten Dienst zu erweisen, ihn zu waschen und die Totenwache zu halten. Aber jetzt fürchtete ich mich. Was dort drinnen lag, war nicht mehr mein Herr. Das war ein Leichnam, ein böser Toter, der die Augen aufreißen und anklagend auf mich zeigen würde.

»Lasst ihn in Ruh«, sagte Gisela und legte ihr Tuch um mich. »Ihr seht doch, wie verstört er ist.«

Der Priester hatte großes Verständnis dafür, segnete mich und fragte mich aus. Alles wollte er wissen, unsere Herkunft, die geplante Weiterreise und auch unsere Namen. Meinem Versprechen gemäß nannte ich mich fortan Berengar, so dass der Tokkenspieler in der Welt der Lebenden zugegen wäre.

Vielleicht war das ein Fehler, denn jedes Mal, wenn ich mit diesem Namen gerufen wurde, fuhr ein kaltes Schwert durch meinen Nacken. Ich ahnte Schritte hinter mir und spürte eine Hand auf meinem Haupt, als würde der Tote sich noch immer angesprochen fühlen.

Die ganze Nacht verbrachte ich neben seinem Geist. Ich hatte entsetzliche Angst, ersticken zu müssen und wagte nicht, die Augen zu schließen. Der Schlaf schien mir dem Tod entsetzlich ähnlich, und ich fürchtete, nicht wieder zu erwachen.

Es stand wirklich nicht gut um mich, fast war ich bereit, mich jemandem anzuvertrauen, damit er die Last von meinen Schultern nahm. Doch der Priester erfreute sich gar zu gerne der Speisen und klopfte mir zwischen zwei Bissen mit seinen rosa Fingern begütigend auf den Kopf. Er hätte sicher einen unheilbaren Schluckauf bekommen, wenn ich ihm gebeichtet hätte. Gisela die Wahrheit zu gestehen, traute ich mich nicht. Jetzt noch nicht. Ich wollte sie erst sicher in meiner Munt wissen, bevor ich ihre Liebe dieser Prüfung aussetzte.

Am dritten Tage endlich bekam der Tokkenspieler seine Leichenfeier. Man hatte mir einen Karren geschenkt, damit ich die Habe des Toten fortschaffen konnte. Der Gastgeber verzichtete sogar auf seinen gerechten Anteil, nur den Pelz wollte er behalten.

Als wir aufgebrochen waren, ging es mir wesentlich besser.

Zu zweit zuckelten wir mit unserem Wagen den Weg entlang.

So würde es ab heute sein, Gisela an meiner Seite, einer leuchtenden Zukunft entgegen.

* * *

Vorerst gingen wir aber noch nicht so weit, sondern begaben uns ins Kriegerlager und fanden Ansgar ohne Zwischenfälle.

»Es tut mir aufrichtig Leid, Meginhard, das muss ein schlimmer Verlust für dich sein. Was hast du jetzt vor, willst du alleine weiterziehen?«

»Ich bin nicht allein, wir werden so schnell wie möglich heiraten. Ich hatte auf einen Platz in Bilk gehofft.«

Ansgar sah nicht besonders glücklich aus, als er mein Ansinnen hörte, und Gisela wurde sogar ärgerlich. »Willst du von der Mildtätigkeit deines Bruders leben? Wir brauchen einen eigenen Herd. Wir brauchen einen Herrn, der uns die Heiratserlaubnis gibt, Nachbarn und eine *familia*, die uns ans Lager geleiten kann, damit die Hochzeit öffentlich vollzogen wird. Ich will mich nicht mit einer Friedelehe begnügen, Meginhard. Du musst dir erst eine Hufe geben lassen.«

»Keinesfalls werde ich ein Stückchen Erde nehmen und lebenslang daran gebunden sein. Ich trage den Namen eines freien Mannes, kann endlich über mich selbst verfügen und heirate, wann und wen ich will.«

Gisela schob ihre Unterlippe vor. »Ach, ein Freier, der kein Wittum verspricht, keine Morgengabe schenken will und kein Stückchen Land sein eigen nennt. Du willst Hof halten wie ein Edler, aber du besitzt keinen Hof. Nein, lass uns den Schutz eines starken Herrn annehmen. Als seine Kolonen werden wir eigenes Brot essen und in Frieden leben.«

»Gisela, was verlangst du von mir? Nie wieder soll ein verdammter Fro über dein Los bestimmen dürfen, weder der Tokkenspieler noch ein anderer, und nie mehr will ich ohnmächtig daneben stehen. Deinetwegen habe ich mich befreit. Aus Liebe zu dir habe ich eine furchtbare Sünde auf mich genommen, damit unser Glück unabhängig von den Launen irgendeines Herrn sei. Und du verlangst, dass ich mich wieder in Ketten legen lasse, denen ich mit großer Not entronnen bin?«

Mein Bruder war blass geworden. Groß und unbeholfen stand er da, als sähe er die Welt plötzlich spiegelverkehrt. »Meginhard, ich verstehe nicht, du hast doch nicht deinen Herrn ... das ist Mord! Um Himmels Willen, wie konntest du ein solches Verbrechen begehen?«

»Du musst mich gerade danach fragen, edler Bruder. Hast du mich nicht gelehrt, wie man sich eines unbequemen Herrn entledigt? Wie man einen anderen Stand annimmt und sich ein Lehen verschafft? Wage nicht, das Wort gegen mich zu erheben, auch deinen Weg zeichnet eine Blutspur.«

Mein Bruder ballte die Fäuste: »Das darfst du nicht vergleichen, du warst damals noch ein Kind. Unser Fronherr ist feige davon geritten, statt seine *familia* zu schützen. Er war pflichtvergessen, und außerdem wäre er ohnehin gestorben. Ich musste seine Aufgabe übernehmen, denn ich kann sie gewissenhafter erfüllen, als er. Ich bin nur ein Werkzeug Gottes gewesen.«

Warum sollte seine Tat plötzlich ein gottgefälliges Werk sein? Oh, mein Bruder durfte mich nicht verurteilen, nicht er, dessen Vorbild ich nachgeeifert hatte. »Spar dir deine Scheinheiligkeit, Ansgar. Du hast deinen eigenen Vater erstochen. Wusstest du das nicht? Nein, du hast nicht geahnt, wer Folkrich war, weil du nicht richtig hingesehen hast. Schau dich an, du bist sein genaues Ebenbild geworden. Wir hätten deinem Vater helfen müssen, wir hätten es wenigstens versuchen können. Aber in deinem Herzen lebte nur die Gier nach seinem wertvollen Panzer. Erzähle mir nicht, dass Gott dir so etwas eingepflanzt hat. Ich hingegen habe aus Liebe getötet und versuche nicht, meinen Frevel zu beschönigen.«

Er sank auf die Knie und zitterte.

Gisela weinte lautlos.

Auf gewisse Weise erleichterte es mich, dass sie nun wusste, was ich getan hatte. Vorsichtig legte ich meine Hand auf ihr Haar. Sie wich nicht aus, als ich meine Finger durch die verknoteten Flechten zog.

»Meginhard, du bist ein Mörder«, sagte sie.

Mein Blut war dick und drohte mein Herz zu verstopfen. »Ich weiß, dass ich Unrecht tat. Aber es ist sehr schnell gegangen. Der Tokkenspieler konnte kaum noch atmen, und jetzt hat er Frieden. Gisela, ich liebe dich, es geschah einfach, weil ich dich schützen wollte. Dir allein erlaube ich, über mich zu richten, und wenn du willst, werde ich zum armseligsten Hufenbauer, den das Reich je gesehen hat.«

Sie sagte nicht, dass sie es wollte.

Ich fuhr mir mit den Händen über mein Gesicht, doch die

Scham blieb an mir haften. »Wenn du möchtest, dass ich gehe, werde ich dich nicht mehr mit meiner Anwesenheit quälen.«

Sie nickte.

»Dann bitte ich dich, bei Ansgar zu bleiben. Er ist kein schlechter Mensch, Folkrich hatte den Tod tatsächlich verdient.«

Gerne hätte ich noch einmal ihr Gesicht gesehen, aber sie hielt den Kopf gesenkt, und ich wagte nicht mehr, sie zu berühren. »Gisela, wenn ich Buße tue, wenn ich allem entsage, was mich erfreuen könnte ... glaubst du, dass ein Mensch sich läutern kann? Wirst du mich abweisen, wenn ich dann vor deiner Tür stehe?«

»Ich weiß es nicht. Bitte geh jetzt.«

Mein Karren rumpelte über die eingefrorenen Wagenspuren. Weit trug die klare Luft den Lärm ins Land hinaus, eine passende Begleitung zu meinem schäbigen Ausmarsch.

Ich wanderte die ganze Nacht hindurch und auch den nächsten Tag. Erst als ich völlig erschöpft war, hielt ich an, denn ich wollte sicher sein, gleich einzuschlafen, damit der Gedanke an meine Lage mir nicht die Seele zerfleischen konnte. Es war kalt. Mit klammen Fingern trug ich ein paar Äste zusammen und zündete selbst den Feuerstahl. Niemand brach mir ein Stück Brot ab, niemand teilte mir Käse zu, und mit niemandem konnte ich hadern, dass ich zu wenig bekam.

»Hört auf mich zu quälen, Herr!«, schrie ich in die Dunkelheit. »Ihr hättet auf mich achten müssen. Ihr durftet Euch nicht einfach davonstehlen, Ihr seid doch verantwortlich für mich! Was soll ich denn anfangen ohne Euch?«

Aber niemand antwortete.

Ihr braucht nicht zu schreien und nach mir zu stoßen. Ich habe mit meiner Untat länger leben müssen als Ihr, und sie war ein saurer Weggefährte.
Dabei habe ich nur um mein Glück gerungen, nur darum, frei zu sein. Verspottet mich ruhig, ich weiß, dass den meisten Menschen ein solcher Wunsch vollkommen närrisch erscheint, insbesondere Euch, die Ihr nichts anderes kennt, als den Willen Eurer Herren zu tun, ohne danach zu fragen, ob es auch der Eure ist.

Der Kaiser selbst wagt nicht zu handeln, wenn er sich der Zustimmung seines Gottes ungewiss sein muss. Und nicht nur nach Ihm streckt er die Hände aus, nein auch nach den Geistern der Ahnen, auf dass sie seine Freiheit beschneiden und ihm die wohl umgrenzte Straße zeigen mögen.

Ich hingegen habe alles getan, auch die zartesten Bänder abzuschütteln, damit sie mich nicht halten sollten.
Und was habe ich vollbracht, seitdem mein Wunsch erfüllt ist? Ich bin gealtert.

Erst jetzt, da ihr meine Freiheit gefährdet, da ihr Seile nach mir auswerft und Fallen stellt, jetzt beginnt mein Puls zu schlagen, setzt das verdorrte Hirn sich mühsam in Gang, Euch zu entkommen und Euch zu beschämen.
Jetzt deucht mich das Leben mit einem Mal verheißungsvoll, und sei es auch nur der erbärmliche Rest, den ihr mir zugesteht, solange ich Euch zu fesseln vermag.

Ja, dieses Glück verdanke ich Euch, ich werde es nicht vergessen.«

SI ME ADIUVET DEUS
Wenn Gott mir helfen möchte

Für die erste Zeit besaß ich genügend Silber und war nicht gezwungen, wundertätige Amulette feilzubieten. Man hätte mir auch schwerlich geglaubt. Ein derart trübsinniger Bursche wie ich konnte wohl kaum unter dem Schutz eines Talismans stehen.

Manchmal versuchte ich zu beten, doch der Schöpfer entzog sich gänzlich meiner Stotterei. Mitten im *pater noster* kam es mir verwegen vor, mit einem Wesen zu sprechen, welches mein Vorhandensein verdrießlich stimmen musste. Ich erreichte Ihn nicht mehr.

Genauso wenig erlaubte Er, dass ich meinen Mitmenschen nahe kam. Ich konnte sie sehen und hören, ich konnte sie riechen und sogar berühren, doch sie lebten in einer fernen Wirklichkeit, die sich mit der meinen nicht mehr überschnitt.

Ich musste wohl dankbar dafür sein, wer weiß was ich ihnen sonst angetan hätte.

Um Gottes Wohlwollen zu schmeicheln, ließ ich das Theater bei einem Bauern stehen und widmete mich dem Gesang von frommen Weisen. Da ich nicht mit größter Fertigkeit im Leierspiel beschlagen war, baute ich mir einen Ritter, durch dessen Körper ich zwei Bänder zog. Diese befestigte ich an einem Stock, den ich in die Erde rammte und schlang mir die anderen Enden um die Fessel. Wenn ich nun den Takt zu meinen Liedern stampfte, hüpfte das Männlein possierlich auf und nieder. Den Leuten gefiel mein braver Ritter. Meine Kleider, die ich sorgfältig pflegte, flößten Vertrauen ein, und der dichte Bart gab meinen sicher schon achtzehn Jahren eine angemessene Würde. Über all das möge mir verziehen sein, dass der musikalische Vortrag nicht immer vollendet war.

Mit der Zeit gewöhnte ich mich daran, einsam zu reisen. Es trieb mich sogar von selber fort, wenn die Huren, deren Dienste ich durchaus in Anspruch nahm, außer meinem Leib auch mein Herz berühren wollten. Noch schneller rannte ich, wenn irgendwo Gericht gehalten wurde, denn ich war ein landschädlicher Gaukler, hatte meinen Herrn getötet und gab mich als Freier aus.

Ein stattlicher Trupp überholte mich auf dem staubigen Weg. Schon von weitem vernahm ich das Gepolter der Wagen und beeilte mich, zur Seite zu treten. Mindestens vierzig Ritter trabten an mir vorbei, ihnen folgten mehrere Karren und ein bequemer Reisewagen. Bewaffnetes Fußvolk sah ich nicht, dafür liefen umso mehr Diener mit dem Zug. Das war nicht ungewöhnlich auf dem Weg nach Paderborn, denn dort wollte der König Reichsversammlung halten, nachdem er den Winter in Sachsen verbracht hatte. Fürsten und Grafen mussten seinem Rufe folgen, um Gericht zu halten und neue Gesetze zu besprechen. Nicht, dass irgendjemand glaubte, seine Anwesenheit könnte für Karls Entscheidungen von Belang sein. Dem König ging es darum, den Gehorsam der Edlen zu prüfen, und meist führte er das glücklich versammelte Heer gleich nach der Zusammenkunft in eine Schlacht. Richtung und Dauer waren nicht immer im Vorhinein bestimmt; die Grafen taten also gut daran, wohlgerüstet zu erscheinen.

Am selben Abend holte ich den Zug ein und kam gerade rechtzeitig als das Lager fertig aufgeschlagen war. In der Mitte glänzte ein prunkvolles Zelt, dessen vermögende Bewohner ich gerne mit meiner Darbietung belustigt hätte. Leider erlaubte mir die Wache nur, etwas abseits für die Ritter zu spielen.

Krieger sind überall gleich, mögen sie nun verschwitzt und dreckig durch den Schlamm kriechen oder im glänzenden Harnisch einherreiten. Alle lieben Heldengeschichten mit möglichst viel Blut und grölen gerne mit, wenn sie die Melodien kennen, die ihnen vorgetragen wurden. Da ich nicht die

Statur besaß, dass sie mit mir streiten wollten, und ich ihr unbeherrschtes Gehabe gewohnt war, fürchtete ich mich nicht, sie gehörig in Fahrt zu bringen.

Plötzlich legte jemand seine Hand auf meine Schulter. Ich unterbrach die Darbietung und sah zu einem Ritter auf. »Folge mir, der König verlangt, dich zu sehen.« Die Krieger murrten, da sie nun das Ende der Geschichte nicht mehr hören sollten, aber sie hinderten mich nicht, meine Sachen zusammenzuklauben und hinter dem Ritter her zu hasten.

Ich hatte nicht geahnt, dass der König selbst zugegen war. Am liebsten hätte ich meinen Packen geschultert und wäre fortgerannt, doch der Ritter öffnete bereits das Zelt und hieß mich eintreten.

Ich kniete sofort nieder, um keinen Unwillen zu erregen. Deutlich fühlte ich die abschätzenden Blicke auf meinem Rücken.

Ich selbst sah nur zerdrückte Grashalme und zwei Ameisen, die sich mit einem Brotkrumen mühten. Mir wurde heiß in dem stickigen Zelt. Wollte man mich nicht endlich ansprechen, wollte man nicht endlich erklären, was mit mir zu geschehen hatte? Alles wäre mir lieber gewesen, als im Ungewissen zu verharren und auf die Erde zu stieren.

»Sing!«, befahl eine Kinderstimme. Ich spähte nach oben. Vor mir saß ein Knabe, umringt von Grafen und Rittern, die mich verächtlich musterten.

»Ich werde sofort beginnen«, sagte ich, »doch ich wüsste gerne, wer mein gnädiger Zuhörer ist, damit ich eine angemessene Weise auswählen kann.«

Einer der Grafen warf mir die Erklärung hin: »Das ist Ludwig, König von Aquitanien, der Sohn von Carolus Rex. Halte keine Reden, fang an.«

König oder nicht, dort saß ein Junge, der sicher ähnlich reagieren würde wie seine Altersgenossen. Die Männer fürchtete ich weit mehr als diesen kleinen Edlen, sie konnten meine

Zoten leicht als unschicklich für Kinderohren empfinden. Vorsichtshalber sang ich vom heiligen St. Martin und sparte nicht, unseren Schöpfer in jeder Strophe ausgiebig zu preisen.

Der Knabe unterbrach mich. »Haben die Krieger etwa darüber gelacht?«

»Nein, mein König, aber Soldaten sind kulturlose Gesellen, was ich denen spiele, wäre sicher eine Beleidigung für Euer Gemüt.«

»Ich will es aber hören. Ob du mich beleidigst, werde ich danach entscheiden.«

Der Knabe war aufgestanden. Plumpe Fäuste baumelten an seinen dünnen Ärmchen. Auch sein Kopf wirkte zu massig für den schmächtigen Leib, doch in seinem Antlitz erkannte ich die Ähnlichkeit mit seinem Vater.

»Wie Ihr wünscht«, sagte ich, packte feierlich meine Figur aus und band das Schnurende an der Zeltstange fest. Unglaubliche Gefahren bestand der Holzritter in diesem Zelt. Gegen Dämonen musste er kämpfen, er zähmte gar ein fliegendes Pferd, und als der Knabe mit hochroten Wangen nach Luft schnappte, ließ ich die Tokke vorsichtshalber zum beruhigenden Abschluss die Liebe einer Prinzessin erringen.

Der Junge strahlte. »Sein Spiel war eindrucksvoll, nicht wahr? Er soll großzügig beschenkt werden. Nein, Arnold, sag ihm, dass er mit uns kommen muss.«

»Unsinn! Bedenkt, welchen Rang Ihr bekleidet. Das war gewöhnlicher Bauerntand, nichts weiter.«

Die Mundwinkel des Kleinen zuckten. »Du verdirbst mir jede Freude, Arnold. Ich will dich nicht mehr sehen. Verschwindet! Alle! Ich möchte allein sein!«

Die Männer schickten sich an, das Zelt zu verlassen, und ich kramte eilig meine Sachen zusammen. Auf reiche Gaben hoffte ich nicht mehr, ich konnte froh sein, wenn man mich überhaupt entlohnte.

»Du nicht!«, sagte der Knabe. Ich verbeugte mich und wartete, was er noch von mir wollte. Er hockte sich vor die

Tokke, die jetzt leblos auf dem Boden lag. »Darf ich sie berühren?«

Ich lächelte ihm aufmunternd zu. Seine Finger strichen ehrfürchtig über den ausgefransten Hanf, welchen ich als Haar benutzt hatte. Heimlich zog ich die Schnur ein wenig an, dass die Figur sich aufrichtete. Der Junge wich zurück.

»Guten Abend«, sagte mein kleiner Ritter. »Du hast ja ein ganz prachtvolles Zelt, und wie ich sehe sogar eine Haferstrohmatratze. Darauf schläft es sich zweifellos wie auf Wolken.«

»Ach, das ist nichts. Ich würde lieber bei den Rittern auf der Erde liegen, die haben es wenigstens lustig. Es ist nicht angenehm, immer alleine zu sein.«

»Das kannst du laut sagen, ich kenne das gut. Auf meinen Reisen habe ich oft wochenlang mit keinem Menschen gesprochen, beinahe hätte ich vor lauter Schweigsamkeit meinen eigenen Namen vergessen.« Ich ließ die Tokke bedauernd mit den Armen schlenkern. »Aber du, junger König, warum bist du einsam? Du hast doch viele Menschen, die sich um dein Wohlergehen sorgen?«

»Denen bin ich völlig gleich. Die Grafen trachten nur danach, sich in ihrer Stellung zu bereichern, und Diener fürchten sich eben, ungehorsam zu sein. Auch meine Spielkameraden geben sich bloß gezwungenermaßen mit mir ab. Adhemar verhöhnt mich sogar, wenn es niemand sieht, weil ich nicht richtig gewachsen bin und weil ich noch nicht schreiben kann, obgleich ich schon sieben Jahre zähle. Aber denkst du, er hilft mir? Er behauptet, es sei Betrug und eine Sünde vor Gott, wenn er mir vorsagen würde. Wenn ich groß bin, stifte ich viele Klöster, sollen die Mönche doch für mich schreiben.«

»Genau«, sagte die Tokke fest. »Dann sollen sie auch ordentlich für dich beten, so kannst du dir die eine oder andere Sünde schon jetzt erlauben.«

Der Knabe erschrak. »So etwas darfst du nicht sagen, kleiner Ritter, der Allmächtige hört alles. Jetzt wirst du mindestens zwei Tage büßen müssen.«

»Ich scherze oft mit meinem Schöpfer«, behauptete die Holzfigur, »freilich muss ich damit rechnen, dass Er mir im Gegenzug auch manchmal Streiche spielt.«

»Bei dir geht so etwas vielleicht, aber ich bin ein König. Gott wird mich strenger richten als alle anderen, und wenn ich Fehler mache, straft er mein ganzes Volk dafür.«

Was für eine erdrückende Verantwortung für den kleinen Burschen! Sollte er allerdings überleben und später einmal Macht in seinen Händen halten, war es nur gut, wenn sein Gewissen demütig blieb. »Weißt du, der Allmächtige ist sehr klug. Bevor Er eine solche Pflicht auf deine Schultern legt, wird Er dir Kraft geben, sie auch zu tragen, genau wie Er es bei deinem Vater tat.«

Zaghaft nahm der Knabe die Hand des Männleins. »Arnold sagt, dass wir in vier Tagen Paderborn erreichen, dann werde ich meinen Vater wiedersehen. Wenn meine Mutter noch leben würde, könnte ich mich darüber freuen. Aber jetzt hat er eine andere geheiratet, die Tochter von Rodolph aus Sachsen und Luitgarde aus Ostfranken. Sie heißt Fastrada und soll besonders streng sein, weil sie sich als echte Fränkin bewähren will. Mich wird sie bestimmt nicht mögen.«

»Natürlich wird sie das, du bist doch ein liebenswerter Junge.«

»Das bin ich nicht, sonst hätte mein Vater mich nicht vor vier Jahren nach Aquitanien geschickt. Sie wollen mich nicht.«

Tränen schimmerten in den Augen des unglücklichen Königs, und ich spürte das dringende Bedürfnis, ihn in den Arm zu nehmen. Doch er sprach nicht mit mir, er sah nur die Holzfigur zu meinen Füßen, so musste sie ihn trösten. »Dein Vater hat dich bestimmt sehr lieb, er gab dir ein eigenes Königreich, und jetzt darfst du auf deiner Reise sein ganzes Land erkunden.«

»Nein, er holt mich bloß, damit ich nicht vergesse, dass ich ein Franke bin, das hat Graf Arnold gesagt. Wenn er mich gesehen hat, geht er gleich wieder jagen oder in die Schlacht und lässt mich bei der strengen Stiefmutter. Mir wird es so ergehen wie Pippin, dem Erstgeborenen, dem buckligen Bastard. Meine Mutter konnte ihn nicht leiden, und Vater hat auf sie gehört. Er hat sogar meinem Bruder dessen Namen gegeben. Der Bastard zählt überhaupt nicht mehr. Wenn Fastrada nun einen Sohn bekommt, der schöner gewachsen ist als ich, dann nennen sie ihn sicher Ludwig und vergessen mich. Ich versuche ja die Wünsche meines Vaters zu erfüllen. Ich reite sogar, obwohl ich mich vor Pferden fürchte. Das darfst du aber niemandem verraten.«

Ich konnte seine Scheu vor den schrecklichen Tieren durchaus verstehen.

»Willst du ein Geheimnis wissen? Ich fürchte mich auch vor Pferden, und ich bin immerhin ein Ritter. Wie peinlich, wenn das jemand wüsste. Deshalb stelle ich mir immer vor, ich säße auf einer Kuh, sonst würde ich gewiss vor Angst hinunterstürzen.«

Ludwig kicherte. »Vielleicht sollte ich mir auch eine Kuh besorgen«, sagte er. »Man hat mir neue Kleider für Paderborn gegeben, Stiefel mit eingesetzten Sporen und einen Wurfspieß, warum sollte ich also kein neues Reittier bekommen.«

Damit holte er die prunkvollen Stiefel hervor, in denen kein Mensch gehen konnte, und wir lachten über die Vorstellung, was ein Rindvieh wohl dazu sagen würde, den aufgeputzten jungen König in waskonischer Tracht mit rundem Mantel und weiten Hosen in die Stadt zu tragen. Uns fiel nur eine Antwort ein, die einer Kuh angemessen war.

Dann wurde er ernst. »Wenn ich dich mitnehmen könnte, kleiner Ritter, dann würde ich mich nicht mehr so einsam fühlen. Du darfst auch auf meiner Matratze liegen, es ist, als ob man auf Wolken schläft, das wolltest du doch gerne ...«

»Hm«, sagte die Tokke, »aber ich bin verzaubert und spreche nur alle hundert Jahre einen Tag lang. Du müsstest jede Unterhaltung alleine führen.«

»Ich weiß.« Der Junge blickte zu mir auf. »Leider kann ich nichts bezahlen, ich habe zwar kostbare Becher und Gewänder, so viel man sich nur wünschen kann, aber nichts davon besitze ich wirklich. Ich muss Arnold um alles fragen, und der ist bestimmt nicht einverstanden.«

Ja, so hatte ich mir das vorgestellt! Erst brachte man mich bei den Kriegern um den verdienten Lohn, und jetzt verlangte dieser Bengel gar die Figur, mit der ich meinen Lebensunterhalt bestritt. Nichts würde mir bleiben, ich konnte mich nicht einmal für meine Großmut rühmen lassen, wenn ich ihm heimlich den Ritter schenkte.

Er hatte meinen Seufzer gehört und setzte sich wieder auf den Schemel. »Vergiss, was ich gesagt habe. Arnold wird dir zuteilen, was er für richtig hält. Geh jetzt.«

Ich weiß nicht, was mich bewog, gegen alle Vernunft seinem Begehren nachzugeben, und ich ärgerte mich über meine Dummheit noch während ich sprach. »Es wäre mir eine große Freude, meinen Ritter unter Euren Vasallen zu sehen, er könnte keine höhere Würde erreichen. Wenn Ihr versprecht, ihn gut zu behandeln, will ich ihn Euch gerne überlassen.«

»Wirklich?« Bevor ich es mir anders überlegen konnte, hatte er die Tokke an sich gerissen. Dann umarmte er mich und legte den Kopf an meine Brust. So warm und zutraulich schmiegte sich das kleine Wesen an mich, dass ich seinen Herzschlag spüren konnte. Ich streichelte ihm über den Rücken. Seine Einsamkeit vermischte sich mit meiner und galt nichts mehr.

Mir wurde bewusst, wie lange ich auf jede Verbundenheit verzichtet hatte, und die Tränen stiegen mir in den Hals.

War es das, was ich verloren hatte? Sandte der Allmächtige mir nun ein Zeichen seiner Gunst, weil ich verschenken wollte, was mir selber wichtig war?

Draußen näherten sich Schritte. Ich schluckte die Rührung hinunter und löste entschieden seine Arme. »Bitte, mein König, ich glaube nicht, dass sich so etwas ziemt.« Gerade hatte ich ihn auf seinen Schemel gedrückt, als das Zelt geöffnet wurde und die Grafen hereinmarschierten.

Hastig kniete ich nieder und murmelte untertänigst Abschiedsworte.

»Dieser Mann soll fünf Denare erhalten«, sprach der König von Aquitanien, der recht unbequem auf einem hölzernen Ritter saß.

Arnold entgegnete: »Ihr solltet die Verhandlungen mir überlassen. Ich versichere, dass der Lump befriedigt seines Weges ziehen wird.«

Artig bedankte ich mich, zwinkerte dem Knaben zu und verließ das herrschaftliche Zelt.

Nach einer Weile kamen die Edlen leise heraus.

»Er schläft jetzt«, sagte Arnold. »Ich weiß nicht, was du ihm erzählt hast, es muss ziemlich ermüdend gewesen sein, sonst hat er es nämlich nicht so eilig, aufs Lager zu kommen. Einen Denar werde ich vergeuden, nicht für dein Spiel, sondern weil du uns den allabendlichen Verdruss erspart hast.«

Das war eine Menge Silber, dennoch schlug ich das Angebot aus. »Behaltet Eure Schätze, wenn Ihr Euch so ungern davon trennt. Ich verlange nur ein Empfehlungsschreiben mit dem königlichen Siegel, das kostet Euch nichts, und mir kann es nützen.«

Arnold legte den Kopf schief. »Ausgerechnet ich soll dich empfehlen? Du weißt, dass ich wenig von dir halte.«

»Dem König hat mein Vortrag gefallen, es reicht, wenn Ihr darüber schreibt.«

»Gut, du sollst dein Pergament bekommen.«

Er führte mich in ein anderes Zelt, wo ein Diener Gottes schriftlich festhielt, dass ich von nun an würdig war, in den achtbarsten Häusern zu verkehren. Leider verstand ich nicht, was der Graf diktierte, denn es war Lateinisch, die Sprache der Kirche, ganz meiner Erhöhung angemessen. Die beiden Männer lächelten, und auch ich strahlte, als der Mönch mir das Pergament überreichte.

Das Schriftstück sollte mir wirklich gute Dienste leisten, obgleich weder Bauern noch Grundherren des Lesens kundig waren. Hätte ich geahnt, welche Ehrfurcht die unbegreiflichen Zeichen hervorriefen, wäre ich schon früher auf den Gedanken gekommen, mir Pergament und Tinte zu beschaffen. Von nun an brachte man mich im Haupthaus unter und lauschte andächtig meinen unvollkommenen Weisen.

Ja, Gott hatte mir verziehen, und der Erfolg wurde mein treuer Gefährte. Darum ließ ich die Heiligen ihr frommes Leben wieder selber führen und hängte nun zwei Figuren an meine Schnüre. Zwei Ritter, die fluchen und brüllen durften, die miteinander rauften oder sich herzlich in die Arme fielen, je nachdem, welches Schicksal mein Fuß ihnen in den Boden stampfte.

Ohne mir einer Absicht bewusst zu sein, wanderte ich in weitem Bogen nach Norden. Dort irgendwo lag Bilk, der Hof, an dem Gisela lebte und darauf wartete, dass ich eines Tages geläutert an die Türe klopfen würde.

* * *

Im Herbistmanoth erhob sich allenthalben großer Jubel im Land. Widukind, der Schrecklichste aller Sachsen, wollte in der Pfalz zu Attigny den wahren Glauben annehmen, und unser großer König selbst würde sein Pate sein. Laut wurde der Sieg verkündet, und auch ich sang allerlei Weisen über die sagenhafte Taufe. Von den Geiseln, welche der König stellen musste, damit Widukind sich überhaupt auf fränkischen Boden begab, erzählte ich jedoch nichts, obwohl es das Einzige war, was ich sicher wusste; ein Kämpfer, der die Unglücklichen nach Norden begleitet hatte, war bei einem Krug Bier gesprächig geworden.

Die Grenzen des Reiches schienen auseinander zu streben. Der weite Norden tat sich auf, jenseits der Pyrenäen waren Gerunda und Gerona zu sicheren Verbündeten geworden, und selbst Baiern konnte kein Ärgernis mehr sein. Zu groß war das Land, als dass ich es zu durchwandern vermochte.

Ich verlief mich hoffnungslos in den ausgedehnten Wäldern und geriet in den Osten, in jene Gebiete, welche man Thüringen nennt. Die Bevölkerung dort bediente sich der drolligsten Mundart, die ich je gehört hatte, aber das wussten die gesprächigen Leute nicht. Jede noch so ernste Äußerung klang bei ihnen lächerlich, besonders, wenn sie fluchten. Ich konnte mich nicht enthalten, die gutturalen Laute nachzuahmen, was dazu führte, dass man mir arglos vertraute.

Ausgerechnet in dieser Gegend traf ich auf einen Grafen, der mein zerknittertes Schriftstück lesen konnte. Die Obstbäume seines Anwesens waren ordentlich gestutzt, die Felder in gutem Zustand und die Wege ohne tiefe Wagenspuren. Aus dem trüben Hornungwetter leuchtete das Hauptgebäude schon von Ferne. Man hatte die Wände weiß gekalkt, und das bleigedeckte Dach glänzte erhaben.

Ich trug mein Begehren der Wache vor und wurde mit einer Kopfbewegung in den Hof gewiesen. Leider wollte der faule Krieger mich nicht begleiten, und kaum hatte ich das Tor durchschritten, stürmten Hunde, groß wie Kälber, geifernd auf mich los. Sie brachten mich dazu, meinen sicheren Schritt aufzugeben, eiligst den Platz zu überqueren und unter dem Gelächter des Gesindes drängend gegen die Tür zu hämmern.

Nach einer Unendlichkeit wurde mir geöffnet, und ich stürzte ohne ein Begrüßungswort ins sichere Haus. Ein junger Diener stand vor mir, kniff die Augen zusammen und bemühte sich, ungemein wichtig auszusehen. Es wollte ihm nicht ganz gelingen, denn sein rundes Gesicht war übersät mit Sommersprossen, und seine hellen Brauen wirkten wie weiches Kinderhaar, sosehr er sie auch runzelte. »Was willst du?«, fragte er.

»Mein Name ist Berengar. Ich habe mich trotz der unerfreulichen Witterung auf den Weg gemacht, um deiner Herrschaft mit meiner Kunst die langen Abende zu verkürzen. Säume also nicht, meine Ankunft dem Fro zu melden.«

»Wir haben keinen Bedarf an Halunkenpack. Wenn Ihr Euch eine Abfuhr ersparen wollt, zieht lieber gleich Eurer Wege.«

»Tu, was man dir sagt, und maße dir nicht an, das Urteil deines Herrn vorwegzunehmen! Worauf wartest du, soll ich dir zeigen, wie man die Beine gebraucht?«

Der Bursche beeilte sich tatsächlich und ließ mich in der großen Halle zurück. Jetzt zweifelte ich, ob er seine Herrschaft nicht richtig einschätzte und sein Rat womöglich zu meinem Besten gewesen war.

Zu spät, schon kam der Graf hereingestampft. Ein breiter Mann mit mächtigem Nacken und roten Pranken. Er besaß mehr Haare am Kinn als auf dem Haupt und hatte über die grobe Tunika einen zottigen Mantel geworfen. Ein Schwert trug er nicht – er brauchte seine Stärke nicht durch solche Mittel deutlich zu machen, mir war sofort klar, dass es wenig gab, was er zu fürchten hatte. Hinter ihm feixte der sommersprossige Diener und erwartete gespannt meinen Misserfolg.

Ich verbeugte mich und streckte dem Hausherrn mein Pergament entgegen. Gereizt betrachtete er das Siegel, faltete das Schriftstück auseinander und begann zu lesen. Während er die Zeilen überflog, erhellte sich seine Miene, es kollerte in seinem Bauch, und dann lachte er ein Erdbeben durch die Halle. »Seid willkommen, Berengar«, polterte er. »Ich bin Graf Hardrad, Ihr habt nichts zu fürchten, hier seid Ihr unter Gleichgesinnten. Burchard, sorge dafür, dass er alles bekommt, was er braucht. Gib ihm die südliche Kammer und sage in der Küche Bescheid, dass wir einen Gast empfangen haben.«

Das Grinsen auf dem Gesicht des Dieners entschwand, bescheiden bat er mich, ihm zu folgen, und führte mich in mein Gemach. Es war beileibe nicht das, was ich unter einer Kammer verstand. Ein enormes Bettgestell stand darin, es gab vier Messingleuchter mit Wachskerzen, und auf den Dielen lag ein dicker Wollteppich, der jeden Schritt verschluckte. Sogar eine Feuerstelle war vorhanden. Und all diese Pracht galt tatsächlich mir.

Burchard entfachte ein Feuer, brachte Wasser und frische Kleider. Nachdem ich mich gewaschen hatte, trocknete er mich ab und machte Anstalten, mir die Gewänder anzuziehen, was mir höchst unangenehm war. Weil er durchaus nicht gehen wollte, ließ ich ihn auf der Truhe sitzen und befragte ihn über die Gastleute.

»Ach, der Fro ist ganz verträglich, solange man nicht über die Franken spricht. Einmal hat er seinen Lieblingsdiener in den Schweinestall verbannt, weil der Dummkopf Karls Klugheit zu loben wagte. Darum bin ich lieber vorsichtig, was sollte ich auch von Reichsgeschäften verstehen.«

Warum hatte der Graf mich so liebenswürdig empfangen, wenn er dem König übel gesonnen war? Glaubte er etwa, dass ich seine Meinung teilte? Sicher nicht, er hatte meine Empfehlung gelesen, das Reichssiegel prangte deutlich obenauf. Ich sah mich geradewegs in eine Falle spazieren.

»Die Frouwe ist ziemlich still«, plapperte der Bursche weiter. »Die beiden haben zwei Söhne verloren und auch ein kleines Mädchen. Jetzt ist nur noch eine Tochter übrig. Soll ich Euch mit den Schuhen helfen, Herr?«

»Nein, bleib sitzen. Wie ist denn die Tochter?«

»Adeltrada? Oho!« Er zeichnete ihre Formen mit den Händen in die Luft. »Aber macht Euch keine Hoffnungen, sie ist längst versprochen.«

»Was hat der Graf gegen den König?«

»Das werdet Ihr sicher besser wissen. Ihr seid doch auf seiner Seite, oder nicht?« Er sprang von der Truhe und blickte mich misstrauisch an.

»Denkst du, dein Fro hätte mich sonst willkommen geheißen?«

»Natürlich nicht, es stand ja wohl auf dem Pergament, wer Ihr seid.«

Nun hätte ich doch gerne den Inhalt meines Schriftstückes gekannt. Ich wagte nicht, den Burschen weiter auszufragen, denn ich bewegte mich auf trügerischem Eis und hatte nicht die Absicht einzubrechen.

Die Gastleute saßen bequem am Feuer in der Halle.

»Unglaublich, dieser Kerl«, sagte Hardrad zu seiner Gemahlin, »er drückte mir die Schmähschrift einfach in die Hand. Verräterische Lügen soll er verbreiten, eine Beleidigung für jeden ehrbaren Franken, heißt es darin. Du musst sie dir zeigen lassen.«

Leider bemerkte der Graf mich nun, und sprach nicht weiter. Immerhin ahnte ich nun den Inhalt meines Schreibens. Dass Ludwigs Vormund mich genarrt hatte, wunderte mich wenig, doch wie konnte ein Mönch so niederträchtig sein? Nicht auszudenken, was geschehen wäre, wenn ein Königstreuer mein Pergament hätte lesen können. Bei der nächsten Gelegenheit würde ich die Schrift vernichten müssen.

Die zarte Frouwe erhob sich und streckte mir die Hand entgegen. »Ich habe mir einen völlig anderen Menschen vorgestellt«, sagte sie.

»Es tut mir Leid, wenn ich Euch enttäusche, verehrte Frouwe, aber meine Gestalt wurde mir in die Wiege gelegt, und ich kann zu meinem Bedauern nichts daran ändern. Ihr jedoch übertrefft meine Erwartungen aufs Angenehmste.«

Ein Hauch von Röte überzog ihre Wangen. »Da spricht mein Gemahl von einem dreisten Kerl, der sich nachdrücklich Einlass verschafft, unseren guten Burchard zurechtweist und sich mit der Missbilligung des Königs brüstet. Musste ich nicht befürchten, einen bärbeißigen Rüpel zu Tisch zu bitten? Stattdessen finde ich einen galanten jungen Mann. Es ist mir eine Freude, Euch zu begrüßen, Berengar.«

»Adeltrada!«, rief Hardrad. Seine Tochter hob den Kopf

und schätzte mich ab. Dann nickte sie kurz, dass man ihr keine Unhöflichkeit unterstellen konnte, und wandte sich wieder der Handarbeit zu.

Burchard hatte nicht übertrieben. Sie war wirklich außergewöhnlich schön. Die helle Haut und das aschblonde Haar erinnerten an ihre Mutter, dazu besaß sie die dichten Brauen des Vaters und hielt ihre Mundwinkel, genau wie er, etwas störrisch nach unten gezogen.

»Das ist meine Prinzessin«, sagte Hardrad. »Wer die einmal nach Hause führt, kann sich glücklich schätzen, findet Ihr nicht?«

Das Mädchen enthob mich einer Antwort. »Vielleicht bekommt mich niemand. Das ist es doch, was du willst.«

Der Vater winkte ab. »Lasst uns zu Tisch gehen, ich bin hungrig.«

Adeltrada setzte sich mir gegenüber und musterte mich so ungeniert, dass ich nicht wusste, wo ich hinsehen sollte.

»Lasst hören«, sagte der Graf. »Was bringt Ihr für Neuigkeiten?«

»Leider nicht viel, ich hatte gehofft, von Euch etwas zu erfahren.«

»Hier ist alles beim Alten. Karl hat zu viele Vasallen. Vor allem mit den Klöstern sieht es schlimm aus. Er beschenkt sie reichlich für ihre Treue, und seine Äbte sitzen schon überall. Ohne die Unterstützung der freien Bauern werden wir nicht zuschlagen können.«

Das Mädchen pflückte den Glücksknochen aus dem Huhn und hielt ihn mir entgegen. »Was werdet Ihr Euch wohl wünschen, wenn Ihr das Plättchen gewinnt?«, fragte sie.

Statt ihr zu antworten, fasste ich mutig zu. Wie ein Männlein, welches nur einen Kopf und zwei Beine besaß, schwebte der Knochen über der Tafel. Wir hielten jeder einen Fuß und zögerten beide, ihn auseinander zu brechen.

Die Frouwe seufzte. »Stellt euch nur vor, dass Karl mit uns ebenso verfährt wie mit den Sachsen. Alles, was wir seit Menschengedenken besitzen, gehörte dann plötzlich ihm, und wir werden ins Elend geschickt.«

»So dumm ist er nicht, meine Liebe, wir dürfen durchaus auf unserem Gut bleiben, wenn wir Treue schwören und ihm jederzeit zur Verfügung stehen. Aber er wird uns den Odal nehmen, die Freiheit über uns und unsere Habe zu verfügen. Seine *missis* werden uns beaufsichtigen. Die ziehen so viel aus jedem Hof heraus, wie ihnen möglich ist. Warum sollten sie auch pflegen, was sie nicht vererben können? Unsere Bauern lassen sie auf ihrer eigenen Scholle ackern, bis die Hörigen uns ganz entfremdet sind und nicht mehr wissen, zu wem sie gehören. Aber ich will mich nicht ausplündern lassen. Ich werde weder mein Land noch meine Tochter einem Franken anvertrauen.«

Adeltrada brach den Knochen mit einem Ruck entzwei. Sie hatte jedoch kein Glück, das Plättchen blieb fest an meiner Hälfte, und sie warf mir ihren Splitter ins Gesicht. »Du sprichst immer nur von deinem Besitz, Vater. Dein Land, deine Tochter. Ich bin kein Haufen fruchtbarer Dreck, der dir angenehme Erben verschafft. Ich bin verlobt! Aber du siehst in mir nur ein Pfand, das du auszuspielen gedenkst.«

Die Mutter strich ihr übers Haar. »Dein Vater meint es doch gut mit dir, meine Kleine.«

Das Mädchen wischte die Hand zur Seite und fixierte den Grafen mit seinem Blick. »Warum hast du mich damals dem Franken versprochen, wenn du dein Wort nicht halten magst? Er ist mächtig und vermögend, und er ist von höherer Bildung als die alten Thüringer, denen du mich jetzt feilbietest wie reifes Obst. Entweder du verheiratest mich mit Ritter Meginher, oder ich entscheide selbst. Dem erstbesten Franken werde ich mich hingeben, danach möchte ich sehen, ob du mich noch gewinnbringend vermählen kannst.«

»Sei still!«, sagte der Vater. »Ich dulde keine Frankenbrut auf meinem Lande und schon gar nicht den roten Meginher, der hinter dem König herwinselt wie ein geifernder Jagdköter.

Soll er doch nach meinem Erbe hecheln, bis ihm die Zunge abfällt, es gibt genügend passende Freier für dich, und falls du alle ausschlägst, werde ich dir ein Kloster bauen. Jetzt will ich kein Wort mehr davon hören.«

Meginher!

Diesen Namen kannte ich gut, er war dem meinen so ähnlich. Die Fibel unter meinem Gürtel drückte, als wäre sie zu Stein geworden, und mahnte mich an einen Eid, dem ich mein Leben verpflichtet hatte.

Rote Zöpfe baumelten über Mutters Haut. »Meginher, bring du das Weib zur Vernunft ...«

Ich konnte den Gesprächen nicht mehr folgen, denn dieser eine Name hatte alles wach gerüttelt, was ich seit Jahren vergessen glaubte.

Wies der Allmächtige mir nun den Weg, damit ich mein Versprechen halten und endlich wieder frei sein durfte? Vielleicht hatte Er meine Schritte hierher gelenkt, nach Thüringen, in dieses Haus, zu Adeltrada, damit sie mich auf die Spuren des Kriegers führen sollte, der meine Mutter geschändet hatte.

* * *

Am nächsten Tag trafen weitere Gäste ein. Elf Männer, durchweg hochgeborene Herren, die sich gut zu kennen schienen und ohne Scheu miteinander verkehrten. Es waren nicht nur Thüringer, die verschiedensten Dialekte hatten sich hier versammelt. Mich behandelten sie wie einen der ihren, sie zollten mir sogar einige Bewunderung. Wahrscheinlich hatte der Graf von meinem Pergament berichtet.

»Nun, Wanderer«, sprach ein junger Kerl mich an, »Ihr habt doch Erfahrung mit den Bauern, werden sie uns gegen Karl zur Seite stehen?«

»Da Ihr nach meiner Meinung fragt, will ich gerne antworten. Die meisten Bauern interessiert es wenig, wem sie Abgaben schuldig sind. Sei es ein Thüringer, ein Franke oder die heilige Kirche. Für sie ändert sich nichts, sie bleiben auf Gedeih und Verderb an ihre Scholle gebunden, damit haben sie genug zu kämpfen.«

»Gott sei Dank sind sie gebunden, die guten Felder wären schnell verdorben, wenn man zuließe, dass die Bauern zügellos im Reich umherlaufen. Nein, sie sollen gefälligst auf dem Land bleiben, das sie einmal übernommen haben.«

Ein anderer meinte: »Wir müssen ihnen begreiflich machen, dass auch sie unter Karl zu leiden hätten.«

»Nehmt es mir nicht übel«, wagte ich zu bemerken, »aber ihr Leid hielte sich in Grenzen. Der König denkt durchaus an die Armen, und er befiehlt seinen Grafen, überall gleiches Gesetz anzuwenden.«

»Was für ein Unsinn!«, rief Hardrad. »Der Fro macht das Gesetz auf seinem Land, so ist es immer gewesen.«

Jetzt gesellte sich ein Recke namens Otakar zu uns und blickte mich durchdringend an. »Auf welcher Seite stehst du, Kerl? Hat nicht das Frankenheer Wohnstätten und Felder geschleift, wo immer es marschierte? Was fangen die Bauern mit ihren Hufen an, nachdem die Truppen sie verwüstet haben? Baiern ist unmündig, und Sachsen ist gefallen. Der König wird auch Thüringen nicht länger schonen. Würde sein Bruder noch leben, hätte er nie eine solche Macht entfalten können. Ich jedenfalls gedenke nicht, seiner Maßlosigkeit untätig zuzusehen.«

Ja, Karlmann hatte sterben müssen, bevor noch Franken gegen Franken stritten. Unabwendbar war er einer plötzlichen Krankheit erlegen. Der Boden unter meinen Füßen wurde morsch. Hatte womöglich Karl selbst über den Tod seines Bruders bestimmt?

»Was habt Ihr vor?«, flüsterte ich. »Wollt Ihr den König vergiften?«

Otakar schob seinen Kiefer vor. »Unterstellst du mir, dass ich seinem ehrlosen Vorbild folge?«

»Verzeiht meine Worte, Herr, ich bin nur ein unbedeutender Gaukler …«

Der Recke schlug mir auf den Rücken. »Ja, das merkt man, junger Freund. Aber ich bin Krieger, und mir ist ein offener Angriff lieber als Gift. Der Zeitpunkt scheint mir günstig, Karl hat das Reich mit den Sachsenkriegen erschöpft, seine eigenen Vasallen suchen sich dem Heerbann zu entziehen, und ein Kloster nach dem anderen bittet um Freistellung.«

»Nicht so eilig«, sagte Hardrad. »Sollten wir den ersten Kampf gewinnen, wird Karl von neuem einmarschieren, wieder und wieder, bis er uns gänzlich unterworfen hat. Thüringen wäre dann ausgelöscht. Nein, der Gaukler hat recht, Karl selbst muss sterben, durch ein Messer, ein Schwert oder meinetwegen durch einen bösen Trank. Nach seinem Tod wird das Reich ohnehin auseinanderbrechen.«

Otakar fuhr sich über den Bart. »Na gut, Hardrad, wenn du eine wirksame Essenz beschaffen willst, werde ich den König in aller Freundschaft in mein Haus laden. Mit seinem Gefolge werden wir schon fertig. Wir dürfen uns nur nichts zu schulden kommen lassen, damit Karl keinen Grund findet, die Grenzen mit seinen Truppen zu überschreiten.«

Hardrad nickte bedächtig. »Ich stimme zu. Und nur wenn dieser Plan misslingen sollte, kündigen wir offen unsern Gehorsam auf.« Auch die anderen willigten ein. Sie legten die Hände aufeinander und warteten, dass ich es ihnen gleich tat.

Mich schauderte vor ihren Plänen, mich schauderte vor ihrer Gottlosigkeit. Mochte ich auch ein Mörder sein, so wäre ich niemals auf den Gedanken gekommen, meinen König zu verraten, Carolus Rex, von Gottes Gnaden eingesetzt über das Reich und über unser aller Leben. Wer sollte eine solche Schuld ertragen können, wer sie je von seinen Schultern wischen?

Was sollte ich nur tun, ich hatte alles gehört und wagte nicht zu widersprechen.

Konnte es denn Gottes Wille sein, dass ich mein Leben fortwarf? Er blickte tief in meine Seele und würde keinen Verrat darin finden. Am nächsten Morgen wollte ich eilig das Weite suchen und viele *pater noster* beten, um zu sühnen, dass ich nicht vermocht hatte, ehrenhaft das Wort zu ergreifen.

Mein Blut war fauliges Wasser, als ich tonlos die Lippen zu ihrer Verschwörung bewegte.

Nun sollte der König also mein Feind sein. War er es womöglich schon immer gewesen?

* * *

Später nahm Graf Hardrad mich zur Seite: »Euer Einfall, den König zu vergiften, ist natürlich ehrlos, Berengar. Aber ich trage die Verantwortung für viele Seelen und werde alles tun, die Verluste gering zu halten. Wir sollten das Volk auf unserer Seite haben, damit es sich nicht mit unsinnigen Zweifeln befasst. Ihr wart in Baiern, Ihr wart in Sachsen, und Ihr sprecht sogar die Sprache meines Landes. Man wird Euch Glauben schenken, wenn Ihr in Euren Liedern von Karls Verheerungen berichtet. Geht auf die Hufen und in die Klöster, das soll Euer Beitrag sein. Fangt auf meinem Lande an, während Ihr Gast in meinem Hause seid.«

Mein Einfall? Nein, an diesem Frevel will ich keinen Anteil haben. Allmächtiger, warum muss alle Welt mich missverstehen? Verlangst du denn, dass ich in Zukunft schweige? Ich verbeugte mich hastig und wisperte: »Danke für Eure Großzügigkeit, verehrter Graf, doch ich verdiene mein Brot, indem ich umherziehe, und will Eure Gastfreundschaft nicht länger missbrauchen.«

»Unsinn, Ihr dürft nicht mehr nach Entlohnung streben, wenn es um Größeres geht! Wir alle beherbergen Euch gerne, keiner von uns wird seinem Mitverschworenen nur das Geringste vorenthalten. Ich gebe Euch Burchard zur Begleitung. Er kennt das Gelände und wird für Euer Wohl sorgen.«

Als Burchard erfuhr, dass er sich um mich zu kümmern hatte, wich er mir nicht mehr vom Fell. Dahin waren die Stunden, in denen ich meinen Gedanken nachhängen konnte, da ich Lästerlieder trällerte oder einfach nur in Gottes Schöpfung starrte. Nicht, dass er mich absichtlich störte, doch er lauerte beständig, ob ich ihn wohl rufen würde, und das war fast noch schwerer zu ertragen als sein Geplapper. Die albernsten Besorgungen dachte ich mir für ihn aus, um für Momente allein sein zu können. Ich weiß wirklich nicht, warum er so anhänglich war, oft genug fuhr ich ihn an, sprach nur das Nötigste zu ihm und hörte seinen Ausführungen nicht zu. Erst als er die Kerzen gelöscht und mein Gemach verlassen hatte, konnte ich mich ein wenig entspannen.

Mitten in der Nacht fuhr ich aus dem Schlaf.

Eine Hand lag auf meinem Mund.

Ich glaubte, ersticken zu müssen, und schlug in Panik um mich.

»Seid doch still! Ich bin es, Adeltrada. Wollt Ihr das ganze Haus wecken?«

Oh, nach dieser Offenbarung hätte ich mich noch wilder wehren mögen. »Was macht Ihr hier?«, flüsterte ich. »Lauft in Euer Gemach, bevor man Euch entdeckt.«

Sie aber behauptete, sie hätte kalte Füße, und schlüpfte unter meinen Pelz. Glücklicherweise war das Bett groß, und ich konnte einen geziemenden Abstand einhalten.

»Ich bin keine Bauerndirne, mit der man schelten kann«, sagte sie.

Während sie ihr Nachtgewand ein wenig verrutschen ließ, zog ich mir die Decke bis zum Kinn. »Bitte gnädige Frouwe, was soll denn daraus werden? Nur Leid und Verdruss. Denkt an Euren Vater.«

»Ich denke die ganze Zeit an ihn. Ihr habt doch gehört, wie er an mir zu handeln gedenkt. Ihr seid ein Franke, genau wie mein Verlobter, das Schicksal verbindet uns.«

Mir klang noch in den Ohren, dass die Prinzessin gedroht hatte, sich mit dem erstbesten Franken einzulassen, wenn sie ihren Willen nicht bekam.

Ihre Stimme wurde scharf: »Ihr müsst mir gefällig sein, oder soll ich anderweitig nach Hilfe rufen? Gleich jetzt?«

Am liebsten wäre ich aufgesprungen und hätte dieser abwegigen Verführung ein unsanftes Ende bereitet. Da aber nur der Pelz meine Blöße bedeckte, blieb ich, wo ich war, und legte Liebenswürdigkeit in meine Stimme. »Es ist mir eine Ehre, Euch zu Diensten zu sein, nur scheinen mir Ort und Zeit ungünstig gewählt, gar zu leicht könntet Ihr in schlechten Ruf geraten.«

Adeltrada stieg aus dem Bett, kauerte sich ans Feuer und wandte mir den Rücken zu. »Ich hätte es wissen müssen«, sagte sie. »Gaukler denken nur an ihre Sinnenfreuden. Ach, es gibt nicht einen einzigen Menschen auf der Welt, der mir helfen will.«

»Aber nein, Adeltrada, mir liegt sehr an Eurem Wohl.«

Adeltrada stocherte ungeduldig in der Glut. »Das sagt Ihr bloß, um mich auf Euer Lager zu locken. Wenn Ihr mir wirklich gewogen wäret, würdet Ihr nicht zögern, Ritter Meginher von meiner Lage in Kenntnis zu setzen oder wenigstens diese Nachricht weiterzuleiten.« Sie zog einen versiegelten Brief aus ihrem Nachtgewand und legte ihn vor mich hin.

Da hatte ich mich eitel einer lästerlichen Anfechtung zu erwehren gesucht und musste nun feststellen, dass meiner Person nicht die geringste Bedeutung zugemessen wurde. Nur der Bote sollte ich sein, nicht der Erwählte.

Ach, hätte ich nur lesen können, wohin der Brief gesendet werden sollte. Als unverdächtigen Boten der zarten Verlobten würde man mich arglos empfangen und mich mit dem todgeweihten Ritter in seiner Kammer alleine lassen. Einen plötzlichen Stich in den Rücken des Verdammten traute ich mir durchaus zu.

Aber nein, warum sollte ich mich selbst mit Blut besudeln?

Ich besaß doch mächtige Verbündete. Mit Wonne würden sie ihm die roten Zöpfe vom Schädel reißen, um mir, ihrem Mitverschworenen, gefällig zu sein. Ich brauchte ihn nur nach Thüringen zu locken.

Aufmerksam hörte ich Adeltradas Anweisungen zu und versprach, das Schreiben zuverlässig auf den Weg zu bringen.

Leider konnte ich keinen Reisenden finden, der Richtung Westen zog und Adeltradas Brief überbringen würde. Der einzige Wanderer weit und breit war nun einmal ich, und ich war dazu verdammt, mit dem lästigen Burschen im Schlepptau Gräuelgeschichten über meine Landsleute zu verbreiten.

Im nächsten Kloster fing ich damit an und steckte heimlich einem Kleriker mein Schreiben zu. Die Kirche war dem frommen Frankenkönig selbst in diesem Landstrich zugetan. Außerdem unterhielt sie berittene Kuriere, die bei Bedarf durchs ganze Reich gesandt werden konnten. Man wollte nicht zögern, dem Königstreuen zu hintertragen, dass Graf Hardrad gedachte, sein Wort zu brechen.

Darauf stolperten wir Tag für Tag über die verstreuten Hufen.

Ich bemühte mich, keinen wirklichen Verrat an Karl zu begehen, und bediente mich nicht der sündigen Lüge, sondern hielt mich an das, was sich tatsächlich ereignet hatte. Die Vernichtung der Geiseln in Sachsen sollte genügen, die Menschen vor dem grausamen König erzittern zu lassen. Seltsamerweise blieb ihr Entsetzen mäßig, ob ich nun von Hunderten oder Tausenden erzählte, die niedergemetzelt worden waren. Wirkliches Mitgefühl stellte sich erst ein, wenn sie von Gisela und ihrer Flucht erfuhren.

Den ganzen Tag musste ich auf meine Worte achten, wie leicht konnte die Vorsicht dahinschwinden, wenn man mir Wein anbot und ich nach dem Mahle müde wurde. Darum war ich mit dem Notwendigsten zufrieden, lebte wie ein echter Pilger und malte mir zum Trost Meginhers Untergang aus.

Es war spät am Abend, als ich entgültig von meiner Mission zurückkehrte. Steter Nieselregen vergällte jede Rast, und sogar Burchard schritt gut aus, da auch er sich nach trockenen Kleidern und heißer Suppe sehnte.

Wir hatten noch an die fünfhundert Ruten zu laufen, als zwei Reiter in fränkischem Harnisch uns einholten.

»Wo liegt der Hof von Hardrad?«, fragte der eine.

Burchard baute sich vor ihnen auf. »Wer will das wissen? Wenn dem Grafen an Besuchern gelegen ist, kennen die im Allgemeinen den Weg.«

Statt einer Antwort erhielt er einen Schlag mit dem flachen Schwert und blieb im Matsch liegen. Schon holte der Ritter gegen mich aus. Ich hob die Hände und beteuerte in bestem Fränkisch, dass ich in keiner Weise an Streitereien interessiert sei. »Vergebt meinem Diener, er ist den Umgang mit edlen Herren nicht gewohnt. Ich werde ihm seine Frechheiten austreiben, falls er jemals wieder zu sich kommt. Wir befinden uns just auf dem Weg zu Hardrad, und es wäre mir eine Ehre, von Euch begleitet zu werden.«

Sie fragten aber nur nach der Richtung und stürmten davon.

Burchard heulte. »Ich kann meinen Arm nicht bewegen, die räudigen Hunde haben mir die Schulter zertrümmert. Die können sich auf Ärger gefasst machen, wenn ich sie erwische.«

»Du solltest lieber fliehen, sobald du sie von weitem siehst. Dein vorlautes Mundwerk wird dich noch den Kopf kosten.«

Vorsichtig tastete ich seine Schulter ab. Er schrie und stieß mich kräftig zur Seite. Ich konnte sicher sein, dass nichts gebrochen war.

»Mach, dass du auf die Beine kommst, und heb die Sachen auf. Dir ist ganz recht geschehen. Statt mir Verdruss vom Hals zu schaffen, wie es deine Pflicht gewesen wäre, hat deine Unverschämtheit mich in ernste Gefahr gebracht. Ich bin gespannt, was Hardrad dazu sagen wird.«

»Nein, bitte verratet ihm nichts, Herr.« Mühsam erhob er sich. »Ich nehme den Packen ja schon, und wenn Ihr wünscht, trage ich Euren Beutel noch dazu, damit Ihr meinen guten Willen erkennt und davon abseht, mit dem Grafen zu sprechen. Bitte Herr, ich habe meine Strafe doch schon eingesteckt.«

Ächzend zog sich Burchard das Bündel auf den Rücken. Nach einer Rute konnte ich sein Stöhnen nicht mehr ertragen und nahm ihm seine Last, was ihn zutiefst erstaunte.

Der Packen war schwer, vollgesogen mit Schlamm und Wasser. Wenn ich daran dachte, wie die Leier und meine Tokken wohl aussehen mochten, überkam mich erneut die Wut. Burchard trottete triefend hinter mir her und wurde auch ohne Bürde immer langsamer.

»Komm endlich! Wie lange soll ich noch auf dich warten?«

Er blickte auf und beeilte sich, mich einzuholen. Bibbernd und triefend blieb er vor mir stehen. »Es tut mir Leid«, sagte er und nieste mir ins Gesicht. Er war völlig durchnässt und klapperte mit den Zähnen, ob vor Kälte oder aus Furcht vor dem Grafen.

»Schon gut, du Nichtsnutz, wenn du nicht mehr trödelst, sehe ich keinen Anlass, Hardrad mit diesem Vorfall zu behelligen. Aber falls du mich wieder in Schwierigkeiten bringst, werde ich dich eigenhändig verprügeln, bis du selbst nach deinem Grafen jammerst.«

Er blickte mich an und lächelte zaghaft. »Danke, Herr.«

Ich wollte endlich weiter, aber Burchard rührte sich nicht von der Stelle. »Was ist denn noch?«

»Ich glaube, ich muss Euch etwas sagen.« Er senkte den Kopf. »Ich habe Eure Freundlichkeit nicht verdient ... Ihr wollt mich nicht verraten, und ich dagegen ... der Fro verlangt doch, dass ich alles, was Ihr ...« Weiter sprach er nicht. Er starrte derart entgeistert an mir vorbei, dass ich mich umdrehte.

Graf Hardrad sprengte heran, dicht gefolgt von einigen seiner Krieger.

»Ihr habt Glück, dass wir euch getroffen haben!«, rief der Graf. »Fragt nicht lange, auf die Pferde mit euch!«

Ein Ritter streckte mir hilfreich die Hand entgegen. Ohne nachzudenken griff ich zu und wurde auf das Ross gezogen. Kaum hatte ich Zeit meine Arme um den breiten Körper vor mir zu klammern, schon begann die wilde Hatz. Der Regen stichelte mir ins Gesicht. Ich wurde auf und nieder geschleudert, verlor jedes Gefühl in den Beinen und spürte nur noch die harten Stöße auf die Pferdekuppe.

»Wo reiten wir hin?«, brüllte ich.

Der Ritter drehte seinen Kopf, damit ich ihn verstehen konnte. »Ihr macht es dem Tier schwer, wenn Ihr wie ein Sack auf seinen Rücken plumpst. Passt Euch seinen Bewegungen an, gebt Euch wenigstens ein bisschen Mühe.«

»Ich bemühe mich ja, aber wenn es noch lange dauert, werde ich hinunter fallen.«

»Bleibt lieber, wo Ihr seid. Wir fliehen nach Fulda. Die beiden Königsboten sind tot. Inzwischen befindet sich ein ganzes Heer auf dem Marsch, weil Hardrad sich weigert, seine Tochter dem Franken auszuliefern. Ich gäbe keinen Pfennig für Euer Leben, wenn man Euch fände.«

Ich glaubte ihm aufs Wort. Trotzdem konnte ich mich kaum noch halten. Meine klammen Finger rutschten auf der Rüstung des Reiters, die scharfen Metallplättchen schnitten mir in die Haut, und mein Bündel zerrte mich bei jedem Sprung nach hinten.

Ich musste den Packen fahren lassen, darin die Figuren, wertvolle Farbpulver und vor allem die Leier, die ich von meinem Lehrherrn geerbt hatte. Hörte den Aufprall auch nicht – dafür ritten wir viel zu schnell – so glaubte ich dennoch ein klagendes Geräusch zu vernehmen, welches das Instrument mir nachsandte, aus Kummer über meine Treulosigkeit, denn mit ihm hatte ich die letzte Erinnerung an den Tokkenspieler in den Dreck geworfen.

»O Allmächtiger!«, rief meine Seele. »Ich war doch bereit, alles zu tun, um Genugtuung zu leisten. Weshalb strafst du mich dann? Wenn du meinen Tod wünschst, so lasse mich von diesem Ungeheuer stürzen, damit es schnell zu Ende geht. Ich kann mich nicht mehr länger festhalten, ich will nicht mehr kämpfen. Dieses Mal gelobe ich nichts, denn du kennst mein Herz und weißt besser als ich, dass meine Schwüre den Atem nicht wert sind. Verfahre mit mir, wie es dir beliebt, doch falls du mein Leben erhältst, zeige mir gefälligst auch den Weg, den ich gehen soll.«

Nicht mein Wille befahl den Fingern, sich in die Rüstung zu krallen, nicht einmal meine Vernunft konnte irgendeinen Grund finden, diesen erbärmlichen Zustand noch länger zu ertragen. Es war weder Gott, noch waren es irgendwelche Geister, die mich zu weiterer Anstrengung zwangen. Der einfältige Körper bestimmt zuletzt, was der Mensch bewältigt, und mein Körper entschied, dass es nicht schade um die Hände sein konnte, wenn dadurch der Leib gerettet wurde. Ich schloss die Augen und erwartete, dass dieser Ritt sich bis in alle Ewigkeit fortsetzen würde.

Wer seid Ihr, mit Euren gewetzten Schwertern, die noch versteckt in den Scheiden lauern? Wer seid Ihr, mit Euren stacheligen Worten, die Ihr noch hinter den Lippen verbergt?
Seid Ihr Aufrührer oder Getreue?
Seid Ihr Freunde oder Schurken?
Oder seid Ihr nackt und glatt, genau wie ich selbst, für jede Aufschrift geeignet, die man Euch diktiert?

Der Schöpfer allein vermag Gute und Böse zu unterscheiden, nur Er verfügt über genügend Geduld, den unendlichen Morast nach Seelen zu durchwühlen, alle Körnchen zu drehen und gerechte Namen für sie zu erschaffen.
Gerne würde ich Ihn fragen, was Er für mich gefunden hat, doch sein Wesen ist mir gänzlich unbekannt geblieben. Er gibt sich äußerst ungern preis, und so stückelt sich ein jeder seinen eigenen Herrgott zurecht. Es deucht mich müßig, dieser Sammlung einen weiteren Unsichtbaren hinzuzufügen.
An die Heiligen mag ich mich schon gar nicht wenden, denn es ist töricht, mit Toten und Geistern zu sprechen, wenn sie nicht zugegen sind. Der Märtyrerschwarm muss sich ja ständig sputen, dem Allmächtigen durch die Unendlichkeit zu folgen, beflissen endlich an seiner Seite zu sitzen, wie ihnen einst verheißen ward.

Ihr hingegen und vor allem Eure Waffen muten mich recht wirklich an.
Darum will ich mit Eurer gnädigen Beachtung vorlieb nehmen, obgleich ich klüger daran täte, Euch zu langweilen, damit ich jeder Aufmerksamkeit entfliehen und unerkannt entwischen kann.«

ET ISTA SANCTORUM PATROCINIA QUAE IN HOC LOCO SUNT

UND MICH DIE HEILIGEN, WELCHE AN DIESEM ORT SIND, BESCHÜTZEN MÖGEN

Ich war nicht bei Sinnen, als wir endlich ans Ziel kamen. Verschwommen erinnere ich mich, dass fürsorgliche Menschen mich stützten, dass man mir die Füße wusch, die Hände verband und mich auf ein Lager bettete.

Als ich erwachte, stand Burchard vor mir.

»Man hat uns in die Scheune gesteckt«, zeterte er auf mich herab. »Ich verdiene Hardrads Zorn vielleicht, aber Euch steht Besseres zu. Habt Ihr nicht den Grafen unterstützt, wo Ihr nur konntet? Habt Ihr nicht Leib und Leben gefährdet und Eure Tokken verloren? Und jetzt lässt er Euch fallen. Er meint, es wäre genug, dass er Euch zur Flucht verhalf. Oh, das ist kein ehrenwerter Mann.«

»Wo sind wir?«

»In der Scheune!«, rief der Bursche, »Ihr hättet ein eigenes Gemach im Gästehaus verdient, mit Feuer und Fenster, und mit einer Nische für Euren treuen Diener.«

»Das habe ich schon verstanden, aber in wessen Scheune befinden wir uns?«

»Ach, das wisst Ihr nicht? Wir sind im Kloster Fulda.«

So, ins Kloster hatte mich der Allmächtige geführt. Deutlicher hätte Er mir den Weg wirklich nicht weisen können. Ich konnte nicht anders, als laut über Seinen Beschluss zu lachen.

Burchard lächelte gequält. »Es geht Euch doch gut, Herr? Die anderen Grafen sind alle schon eingetroffen. Karl kann ihnen nichts anhaben, solange sie sich in den heiligen Mauern befinden. Feiges Pack, das nur an seine eigene Haut denkt und Euch dem Schicksal überlässt.«

Ich rieb mir die Stirn, um klare Gedanken fassen zu können, und Burchard sah mich prüfend an. »Herr, ich werde sogleich für eine bessere Unterkunft sorgen. Hardrad kann mich nicht einfach verleugnen, nur weil ich zum Schluss nicht mehr reden wollte.«

»Nein, warte! Lass die Grafen ihren Streit lieber allein ausfechten, ich will mich nicht zwischen fremden Gegnern zermalmen lassen. Wir bleiben in der Scheune.«

»Habt Ihr vielleicht Fieber? Ihr wart ja völlig erschöpft. Regt Euch nicht auf, überlasst alles mir, ich will Eure Ehre schon wieder herstellen.«

Er war fest entschlossen, und ich musste unfreundlich werden, damit er von seinem Vorhaben abließ.

»Bleib hier, verbohrter Engerling! Du sagst selbst, ich darf mich nicht aufregen, also gehorche, und sorge dich nicht um meine Ehre, solange du an deiner eigenen zu zweifeln hast.«

Gleich hockte er sich hin und war still.

Ein mausgesichtiger Mönch trat ein und bimmelte sanft mit einem silbernen Glöckchen. Er bewegte sich nahezu lautlos. Kaum spürte ich die Hand, die er mir zum Gruße reichte, und seine Stimme war ein flüchtiger Lufthauch, was bewirkte, dass ich genau hinhören musste. »Es geht dir besser, wie ich sehe. Gelobt sei Gott, der unsere Gebete erhörte, die meine Brüder und ich die Nacht hindurch gen Himmel sandten. Da Er dich rettete, bist du wohl ein guter Mensch, der nicht undankbar ohne Gegengabe seiner Wege ziehen will. Solltest du aber ein Sünder sein, wirst du umso mehr nach Begleichung deiner Schuld streben.«

»Bin ich wirklich so krank gewesen?«

Meine Tokken waren fort, und Graf Hardrad hatte leider nur meinen Bauch gefüllt, nicht jedoch meinen Beutel. »Lieber Vater, ich verlangte nicht nach Euren Bittgebeten, und deshalb kann ich Euch nichts schuldig sein.«

»Die Krankheit des Körpers ist wahrhaftig nicht die

Schlimmste, das Böse kriecht nur allzu gern in die Seele und schleicht sich ins Herz.«

Fast unhörbar zischte er jetzt. Ich beugte mich vor und lauschte angestrengt, um ihn zu verstehen. Plötzlich ließ er die Glocke schrillen, unerbittlich laut, gnadenlos hoch! Erschrocken presste ich die Hände auf die Ohren.

»So ja, so, ganz ruhig, mein Sohn«, sagte der Mönch und strich mir über den tönenden Schädel. »Mit dem Bösen darf man nicht barmherzig sein. Vorerst wird es nicht mehr wagen, deine Freigebigkeit zu stören. Falls es dich wieder einmal plagen sollte, scheue dich nicht, mich aufzusuchen.«

Den Teufel würde ich tun, aber angesichts der Glocke zwang ich mich zu einem milden Ton. »Wie gerne würde ich Eure Großmut vergelten, doch leider verlor ich meine ganze Habe. Doch darf ich mich darüber wohl nicht grämen, es waren ja nur irdische Güter, die nun einen anderen erfreuen.«

»Wir werden euch trotzdem speisen und den Schutz eines Daches gewähren. Sicher finden wir auch eine Aufgabe für dich, dass deine Dankesschuld nicht gar zu drückend wird.« Damit winkte er uns, ihm zu folgen, und führte uns zum Refektorium. Eintreten durften wir jedoch nicht. Hier speisten nur Mönche, selbst die Novizen mussten ihr Mahl in einem eigenen Saal einnehmen. Er ließ uns auf der Stufe zum Eingang niedersitzen und verschwand in dem verheißungsvollen Gebäude. Mein Magen rief ihm vernehmlich nach, dass er schon mehrere Mahlzeiten verpasst habe.

Ein weitaus besser genährter Bruder kam heraus und reichte mir eine hölzerne Schüssel. »Unser verehrter Dekan sagte mir, dass ihr hungrig seid. Ihr kommt zwar unerwartet, doch wir werden niemanden zurückweisen, der bittend vor unserer Schwelle steht.« Burchard war sichtlich enttäuscht, dass wir nur einen einzigen Napf bekamen. Nun musste er warten, bis ich gesättigt war, bevor er sich über die Reste hermachen durfte.

Er brauchte sich nicht zu grämen. Diese Kost hätten selbst

Hardrads Hunde verschmäht, ein übelriechendes Gemisch aus Gemüseabfällen, Knorpel und Fischstückchen, oder war es vielleicht Brot? Ich hätte nicht einmal gegen eine solche Mahlzeit etwas einzuwenden gehabt, wenn dieser Fraß nicht schon tagelang in der feuchten Küchenwärme gestanden hätte. Das einzige Fleisch, was darin zu finden war, schien sich zu bewegen. Schnell gab ich die Schüssel an Burchard weiter, bevor sich noch weiteres Getier offenbaren konnte.

Der Mönch hängte seine Daumen in den Gürtel. »Ich bin der Refektarius des Klosters, verantwortlich für Küche und Speisen. Dein Diener zeigt sich dankbarer als du, und die Armen, die an der Abfallgrube warten, würden dieses Gericht für einen Festschmaus halten.«

Burchard fingerte in dem Fraß herum und triumphierte, wenn er den Abschnitt einer Möhre fand. »Ihr solltet auch essen, Herr, vielleicht bekommen wir nichts anderes, und zum Schluss nehmt Ihr es doch.«

»Lieber verhungere ich, ganz wie der Allmächtige es wünscht.«

»Wenn Ihr wollt, suche ich heraus, was noch gut ist, ich kann es ja abwaschen, dann sieht es schon ganz anders aus.«

Als ich den Kopf schüttelte, fragte der Mönch: »Warum bist du nicht deiner Wege gezogen? Du weißt dir sicher ein weicheres Lager zu verschaffen, als du es hier bekommen kannst.«

Ich fand keinen Grund, ihm unter die Nase zu reiben, dass ich ohne Tokken und ohne Instrument nicht besser dran war als die Armen, die sich vor der Klostergrube drängten. »Ich habe um Sühne gebetet, und ich wurde erhört«, sagte ich. »Da ich nun einmal hierher geleitet wurde, bitte ich um Eure Gastfreundschaft.«

Der Refektarius lächelte. »Leider ist das Gästehaus vergeben. Ein Verwandter des Abtes beehrt uns mit seinem Besuch, und er hat viele Freunde mitgebracht. Du wirst dir Speisen und Schutz verdienen müssen.«

»Falls es um den Schutz ebenso bestellt ist wie um die Küche, bin ich auf freiem Feld unter wilden Tieren allerdings sicherer untergebracht.«

Burchard stand hastig auf und verbeugte sich vor dem Refektarius. »Nein, nein, ehrwürdiger Vater, mein Herr ist wirklich dankbar für Eure Güte und wird sie nach besten Kräften vergelten.«

»Gut«, sagte der Mönch und verschwand im Gebäude.

»Bist du toll geworden, Burchard? Wie kannst du es wagen, ungefragt das Wort zu ergreifen und dich in meine Angelegenheiten zu mischen?«

Der Bursche betrachtete seine schmutzigen Zehen. »Jedes Dach ist um diese Jahreszeit ein Gottesgeschenk. Man wird Euch fortjagen, wenn Ihr die guten Brüder verärgert. Was soll dann aus mir werden? Der Graf sitzt im Haus des Abtes und hat keine Lust, sich an mich zu erinnern. Da ich Euer Diener bin, ist es meine Pflicht, an Euer Wohl zu denken, nicht wahr?«

»Bring mich lieber zurück in die Scheune, und sorge dafür, dass ich ein weiches Lager finde. Ich könnte sonst auf die Idee kommen, dass du dich mir aufgedrängt hast und keineswegs mein Diener bist«, brummte ich.

Trotz der Geräusche in meinem Leib empfand ich es als Wohltat, wieder ins duftende Stroh zu fallen. Ich hätte erholsamen Schlaf finden können, doch kaum hatte ich die Augen zugemacht, läutete draußen die große Glocke. Kurz darauf schlurften Mönche über den dunklen Hof. Sie trugen Kerzen, um ihren Weg zu erhellen, und zuckten nicht, wenn ihnen heißes Wachs auf die Hände tropfte. Die letzten rannten und stolperten und ließen geduldig Ermahnungen am Tor über sich ergehen. Das mächtige Gebäude verschluckte sie alle.

Jetzt flackerte es rotgolden aus den Fenstern des Kirchenschiffes, und geheimnisvoll dunkel klangen die Gesänge der Männer, die sich dort drinnen zur mystischen Handlung versammelt hatten.

Die Choräle verzauberten mich. Leicht schwangen sie über den Platz und drangen in meinen Schädel. Dort schwollen sie großmächtig an, machten mich trunken, schwebten auf und nieder, um endlich warm zu verklingen.

Fast konnte ich vergessen, dass es Menschen waren, die solchen Wohlklang schufen. Die Worte verstand ich zwar nicht, doch gleich einer Zauberformel wuchsen wieder und wieder die gleichen Laute hervor, und meine Lippen bildeten sie nach. Zaghaft, um die Heiligkeit des Augenblicks nicht zu stören, summte ich mit den Mönchen und lobte den Schöpfer mit ihnen. Lange beteten sie. Lange lauschten sie dem monotonen Vorleser. Und wunderbar lange sangen sie. Burchard hatte recht, dieses Dach war ein Gottesgeschenk.

Doch ach, mitten in der Nacht begann das Spektakel von neuem. Die Mönche nannten es Morgenfeier, obgleich nicht der geringste Lichtschimmer im Osten auszumachen war. Als man die Sonne dann tatsächlich erahnen konnte, wurde das wiederum ausgiebig besungen, und dann noch einmal der Beginn des Tages, den nun auch die Hähne begrüßten.

Ich wunderte mich nicht mehr über die teilnahmslose Haltung mancher Männer. Bald würde ich ebenso aussehen, wenn es mir nicht gelang, meine Träume zu Ende zu bringen und uns bald eine anständige Mahlzeit zu beschaffen.

* * *

Zum Frühmahl kamen wir wohl zu spät. Da man uns ausdrücklich den Einlass verwehrt hatte, wagte ich nicht, die Tür zu öffnen. Aber wozu hatte ich gelernt, die Menschen in Erstaunen zu versetzen? Was mir unter treuherzigen Bauern gelang, sollte mir vor schlaftrunkenen Mönchen nicht schwer fallen. Ich beschloss, eine Vision zuzulassen. Askese des Leibes ist durchaus dazu angetan, das überreizte Hirn mit Geistern und Engeln verkehren zu lassen. Einige Male war ich unfreiwillig in jenen sonderbaren Zustand geraten, da mein

Geist in der Welt umherlief, um Dinge geschehen zu lassen, die ich nicht beeinflussen konnte. Nun wollte ich etwas Ähnliches mit Absicht hervorrufen.

Als ich einige Brüder den Hof überqueren sah, zwang ich mich, ohne zu blinzeln in die Sonne zu starren, damit meine Pupillen klein und stechend würden. Dann holte ich tief Luft und hielt den Atem an.

Mein Antlitz war schon gerötet, und in meinem Kopf entstand ein dumpfer Druck. Aber ich gab nicht nach, meine Brust blieb jedem Zustrom verschlossen. Unbeherrscht ruckten die Arme nach oben; meine Augen quollen hervor; das Feuer des Spiritus Sanctus flimmerte in meinem Blick; ohne mein Zutun bog sich mein Leib nach hinten; ich stürzte auf die Knie; die Welt um mich herum bekam grelle, gelbe Löcher; sie war dabei, sich davonzustehlen.

Kurz bevor sie ganz verschwand, öffnete ich ihr Tür und Tor. Gewaltig fuhr sie mir in die Lunge. Ich hinderte meinen Körper nicht, sich auf der Schwelle zu winden, und keuchte heftig dabei. Selbst auf die Gefahr, dass man mich nicht verstehen mochte, stieß ich bei jedem Atemzug ein entzücktes Gloria hervor.

Inzwischen hatte sich eine größere Gruppe versammelt, und ich musste die Vision zu einem wirkungsvollen Abschluss bringen, bevor man mir beruhigend zur Seite eilen konnte. Alle Muskeln spannte ich an, um aus der zuckenden Rückenlage mit einem Sprung in den sicheren Stand zu kommen.

Die Mönche wichen verwirrt zurück.

Ich aber breitete die Arme aus und sagte milde: »Meine Brüder!«

Erleichtert kamen sie mir entgegen. Manche hoben die Augen zum Himmel, und andere murmelten Gebete. Nur Burchard regte sich nicht sondern starrte mich fassungslos an.

Vor Erschöpfung bebte meine Stimme, doch das konnte im Moment nicht schaden. »Wie stark muss Euer Glaube sein, dass der Allmächtige sich so deutlich in Eurer Mitte zeigt. Mir ist bisher noch nie dergleichen widerfahren, darum seht mir nach, wenn ich nun geschwächt bin und Stärkung benötige.«

Die freundlichen Brüder nickten zwar verständnisvoll zu meinen Worten, machten jedoch keine Anstalten, mich endlich in den Speisesaal zu führen.

Darum sank ich auf die Knie und rief einer Wolke entgegen: »Ja, mein Schöpfer, ich werde ihnen eigenhändig die Schüsseln reichen, wenn sie sich zum Mahle setzen. Meine ganze Liebe werde ich aufbieten, nahrhafte Gerichte für sie zu ersinnen.« Dann stand ich auf, winkte Burchard, mir zu folgen, und betrat das Refektorium.

Die armen Mönche liefen hinter mir her. »Das geht nicht, wir bitten dich, du darfst nicht in die inneren Räume, sagt dem Dekan Bescheid, ruft den Abt!« Sie wagten aber nicht, mich aufzuhalten. Zügig schritt ich an den langen Tischen vorbei, geradewegs in die Küche hinein und stellte mir vor, die ehrwürdigen Väter wären bloß lästige Mücken.

Mein entschlossener Marsch endete abrupt. Ich stand direkt vor dem Dekan, dem Mausgesicht. Er hob nur kurz die Hand, und sofort kehrte Ruhe ein.

»Was ist das für ein Spektakel, habt ihr vergessen, dass ihr schweigen sollt? Geht an eure Aufgaben.«

Die Brüder verneigten sich und verschwanden leise.

»Nun zu dir, mein Sohn«, hauchte er. »Ich kann nicht beurteilen, ob du guten oder bösen Geistern begegnet bist. Falls es Gottes Wille ist, dass ihr in der Küche bleibt, müsst ihr euch an die Regeln halten. Wir sprechen nicht und wir verabscheuen das Gelächter. Ihr werdet alle Brüder Vater nennen und ihnen ohne zu Zögern gehorchen. Ganz besonders mir, denn ich bin der Dekan des Klosters und nach dem Abt verantwortlich für alles, was in diesen Mauern geschieht.«

Ich nickte gehorsam und achtete darauf, dass Burchard es mir gleich tat. Der Dekan legte uns segnend die Hände auf den Kopf. »Wer weiß, vielleicht wird euch Gottes Gnade zuteil, wenn wir euch nicht erlauben zu fehlen. Zumindest kommt ihr mir gelegen. Der Abt beansprucht im Moment alle geschickten Hände, und ich hätte ungern einen Prior zur Knechtarbeit gebeten.«

Das war das Letzte, was man zu uns sprach, von nun an folgten wir den Handzeichen des Refektarius. Von Zeit zu Zeit schlich der Dekan durch die Küche, und da er sich völlig lautlos bewegte, wusste ich nie, ob er nicht gerade hinter mir stand. Gemüse und Fisch gingen durch meine Hände, sogar Huhn wurde zubereitet, da es ja kein Vierbeiner war und nicht zum verbotenen Fleisch gerechnet wurde. Aber nicht der kleinste Bissen wagte sich in meine Taschen.

Später füllten wir den Mönchen die Näpfe, wir durften jedoch nicht bei ihnen speisen. Das Mausgesicht gab uns jedem ein Stück Brot und gewährte uns einen Krug mit verdünntem Bier. Dann wies er uns in der Küche einen Platz nahe der Türe an, wo er uns sah und wir, wie alle anderen, der heiligen Schrift lauschen mussten. Im Refektorium herrschte tiefes Schweigen während des Mahles, nur zaghaftes Geschirrklappern und die Stimme des Vorlesers war zu hören. Allerdings achtete kaum jemand auf ihn. Die klugen Brüder hatten eine Zeichensprache entwickelt, mit der sie sich weitschweifig unterhalten konnten, ohne das strenge Gebot zu brechen.

Die Mönche erwartete die Komplet, der Gottesdienst zum Tagesabschluss, und uns die Säuberung der Küche. Erst als wir damit fertig waren, entließ man uns in die Scheune. Völlig erschöpft fiel ich ins Stroh.

Burchard blieb stehen. »Darf ich etwas fragen, Herr?« Selten hatte ich ihn so schüchtern erlebt, er wartete sogar meine Zustimmung ab, bevor er weiter sprach. »Habt Ihr den Allmächtigen tatsächlich ansehen können? Mich hat er wohl nicht zufällig erwähnt? Meint Ihr, dass ich auch so fromm werden kann wie Ihr? Dass er auch mir eines Tages erscheint?«

Ich musste lachen. Nie hätte ich damit gerechnet, dass er so arglos war. Burchard verzog das Gesicht. »Bitte macht Euch nicht lustig über mich, mir liegt auch an meinem Seelenheil. Ich habe gehört, dass die Jungfrouwe Maria den Rechtgläubigen mit eigener Hand den Schweiß von der Stirne wischt.«

»Oh, Burchard, ich bin nicht halb so gottgefällig wie du meinst, und ich begnüge mich lieber mit lebendigen Jungfrouwen.«

»Aber die Offenbarung, die über Euch gekommen ist ...«

»Hör auf, Dummkopf, nichts anderes ist über mich gekommen als der Hunger, und ich habe nichts Erhabeneres geschaut als ein gebratenes Huhn.«

»Ihr braucht mich nicht zu verspotten Herr, ich verstehe ja, dass Ihr nicht mit einem Sklaven darüber sprechen wollt. Aber ich werde auch gottgefällig, und Graf Hardrad wird mich nie wieder sehen.« Burchard räkelte sich ins Stroh und grunzte zufrieden.

* * *

Die Speisen wurden schmackhafter, seit ich mit Burchard in der Küche diente. Da wir weitgehend unsichtbar blieben und dem Koch das Lob überließen, dachte niemand mehr daran, den Abt von unserem Vorhandensein in Kenntnis zu setzen. Allmählich lernte ich die Zeichensprache der Mönche zu deuten und schaute interessiert zu, wenn sie sich lautlos unterhielten.

»Sie erwarten die Ankunft eines Würdenträgers«, raunte ich Burchard ins Ohr, »oder auch nur einen wichtigen Feiertag. Jedenfalls werden wir viel zu tun bekommen, das ganze Kloster soll gesäubert werden.«

»Ach du seliger Hühnermist«, entfuhr es dem Burschen, und alle Köpfe hoben sich. Reumütig stellte er seine Schüssel beiseite und wagte nicht einmal, nach schlechtem Brot zu greifen.

Nach dem Mahle ließ der mausgesichtige Dekan mich zu

sich kommen. »Ich habe dich beobachtet, mein Sohn. Du bedienst dich einer gewählten Sprache und weißt dich zwischen den Tischen gewandt zu bewegen. Wir erwarten einen hohen Gast, der natürlich sein eigenes Gefolge mitbringt. Doch könnte es sein, dass er begehrt, unter den Brüdern zu weilen, mit ihnen zu speisen und freundlichen Umgang zu pflegen. Die Mönche werden nur verwirrt von solcher Zuwendung. Sie würden das unsinnige Verlangen hegen, als Schreiber an den Hof gerufen zu werden, ihre Nächstenliebe vergessen und versuchen, sich gegenseitig auszustechen. Außerdem kann es bei den Verhandlungen zu unschönen Verdächtigungen kommen, und der ehrwürdige Abt möchte vermeiden, die Brüder damit zu belasten. Deshalb wirst du den Wünschen des Gastes entgegenkommen, falls er darum fragt.«

»Ich will nicht widersprechen, Vater, doch Euer Gast wird sicher merken, dass ich kein Mönch bin. Seht mich an.«

»Dem werden wir abhelfen.«

»Aber ich kann das Gewand nicht nehmen, ich habe weder die Prüfungen abgelegt noch die Regeln gehört, und ich fühle mich überhaupt nicht berufen, der Welt den Rücken zu kehren.«

Ein Mundwinkel lächelte in seinem spitzen Gesicht. »Ich verlange nicht, dass du dem Orden beitrittst. Ich würde dir diesen Wunsch sogar verweigern, solltest du ihn jemals äußern. Haare und Bart wachsen nach, und Kleider sind schnell gewechselt.«

Ich wollte aufbegehren, doch der Dekan hob die Hand. Eifrig blitzte die Glocke darin, erpicht, meiner Zunge Einhalt zu gebieten. »Schon einmal hast du falsche Andacht vorgetäuscht, mein Sohn, ein weiterer kleiner Betrug kann dir nicht schwer fallen.«

Wenn er mich die ganze Zeit durchschaut hatte, warum jagte er mich nicht fort, warum setzte er meinem Treiben nicht ein Ende? Seine Stimme war jetzt so leise, dass jeder Lauscher aufgeben musste. Ich klaubte die Worte geradezu von seinen Lippen. »Oh, ich weiß, dass der Schöpfer dem armen Judas die allerschwerste Aufgabe zumutete. Durch seinen Verrat erst konnte Gottes Sohn seiner Bestimmung entsprechen und die Welt durch seinen Martertod erlösen. Nun darf Judas am ewigen Leben teilhaben, auf der Erde jedoch wird man bis zum Ende auf sein Andenken speien und mit ihm sein ganzes Volk verfemen.«

Jetzt lächelte auch der andere Mundwinkel, oder war es nur ein Schatten, der unbesonnen über seine Miene huschte? »Von dir verlange ich weniger, eine unerhebliche Verkleidung, die niemandem schadet, sondern einiges erleichtert. Zum Lohn soll dein Name ins Gedenkbuch eingetragen werden, und bei jeder Messe wird man fortan um deine Seele beten.«

Nie hätte ich mir eine solche Fürbitte leisten können. Die Fürsten schenkten ganze Höfe, um in diesem Buch zu stehen, es wäre wirklich töricht gewesen, das Angebot auszuschlagen. Noch bevor ich zustimmte, segnete mich das Mausgesicht, und ich war entlassen.

So kam ich in den zweifelhaften Genuss der Rasur. Ich musste meine Sachen ablegen und trat fröstelnd ins Badehaus. Die anderen Brüder waren schon dabei, sich von Kopf bis Fuß zu schrubben. Niemand erkannte mich, denn die wenigsten hatten mich jemals zu Gesicht bekommen, und keiner käme auf den Gedanken, dass sich ein Küchendiener in den heiligen Bereichen aufhalten könnte. Nachdem wir leidlich sauber waren, wurden zwei Bänke einander gegenüber gestellt und wir schabten uns gegenseitig singend das Haar vom Haupt. Ich hatte das Glück, mich einem erfahrenen Manne anvertrauen zu können, er selber jedoch trug tapfer einige Schnitte davon. Dann wurden saubere Gewänder ausgeteilt, und ich durfte mich nun im ganzen Klosterbereich bewegen.

Zum ersten Mal betrat ich die Kirche. Ehrfürchtig schritt ich durch das hohe, schweigende Gewölbe, betrachtete scheu die Gemälde an den Wänden und erbebte vor den hölzernen

Standbildern, welche von ihren Simsen herab direkt in meine Seele starrten.

Aber mehr noch beeindruckte mich die Werkstatt, in der solche Figuren geschaffen wurden. Hier entstanden wahre Heilige, verzückte Andacht sprach aus ihren Zügen, ihre Inbrunst ließ gar die hölzernen Gewänder wallen. Wie bewegt waren diese Gestalten, voll des seligen Feuers. Auch die Dämonen sahen äußerst lebendig aus. Es ist nicht besonders schwer, eine hässliche Fratze zu schaffen. Doch diese waren nicht nur hässlich, sie waren wirklich böse. Zum Sprung bereit, kauerten sie auf dem Werktisch, ringelten die garstigen Schwänze und angelten mit ihren Krallen nach mir.

Unbemerkt ließ ich eins der Schnitzmesser in meine Tasche gleiten, nicht weil ich stehlen wollte, sondern aus Hochachtung vor den Bildern, die es aus dem Holz befreit hatte.

Ins Dormatorium, wo die Brüder gemeinsam schliefen, ging ich aber nicht. Ich wollte eine erholsame Nacht verbringen, unbeobachtet und unerkannt, nur Burchards regelmäßigen Atem neben mir, den nicht einmal die drängendste Glocke in Unruhe versetzen konnte.

Der Bursche empfing mich mit bitteren Vorwürfen. »Wo seid Ihr gewesen? Woher soll ich wissen, wie man Federvieh rupft? Ihr haltet es ja nicht für nötig, mir irgendetwas beizubringen. Ohne Brot hat man mich fortgeschickt, das hab ich Euch zu verdanken. Ein wenig müsst Ihr Euch schon um mich kümmern, wenn Ihr unbedingt einen Diener haben wollt.«

Jetzt erst bemerkte er mein Gewand, das nackte Kinn, die blanke Tonsur. Er wandte sich ab und heulte. Ich wollte ihm beruhigend auf die Schulter klopfen, doch damit erreichte ich nur, dass er um sich schlug und mich schmerzhaft an der Elle traf.

»Was fällt dir ein?«, brüllte ich. »Das also ist der Dank, dass ich dich nicht verjagte. Was habe ich überhaupt mit dir zu schaffen?«

Normalerweise brachte es ihn zur Besinnung, wenn ich mit

ihm zankte, jetzt aber schluchzte er nur heftiger. Mir blieb nichts übrig, als mich ins Stroh zu kauern und zu hoffen, dass der Anfall vorüber gehe.

Er gab nicht nach. Rotz und Wasser begleiteten den Schluss der Komplet, flossen stetig durch die Nachtruhe und ebbten nicht einmal während der Vigilien ab.

Inzwischen war ich bereit, einen Narren aus mir zu machen, wenn er nur endlich still sein wollte. »Sei nicht traurig, Burchard, hör auf zu heulen. Was ich dir auch angetan haben mag, es tut mir aufrichtig Leid. Allerdings wüsste ich gerne, womit ich deine Verachtung verdiene.«

»Ich dachte, Ihr wärt ein guter Mensch, dem man sich anvertrauen kann, doch dann schleicht Ihr Euch heimlich davon und kommt als Mönch zurück. Was aus mir wird, kümmert Euch nicht, Ihr seid genau wie Hardrad. Spart Euch die Worte, ich weiß jetzt, mit wem ich es zu tun habe.«

»Ich bin kein Mönch, Burchard. Denk nach, wäre ich sonst hier? Dürfte ich die Messen versäumen, um einen starrsinnigen Diener zu trösten? Ich würde um diese Zeit wohlbehütet bei Kerzenlicht im Dormatorium liegen und mit meinen Brüdern von künftiger Seligkeit träumen.«

Burchard grinste durch die Tränen und nickte. »Ja, das stimmt, Ihr wärt sonst nicht hier. Ich hatte solche Angst, dass ich zu Graf Hardrad zurück muss. Er würde mich wohl kurzerhand zur Seite schaffen, das tut er sogar mit Freien, wenn er ihnen nicht mehr trauen mag.«

Als der hohe Gast eintraf, rannte jeder Bruder, war es ihm nun erlaubt, oder nicht, hinaus, den Ankömmling zu begrüßen. Auch Burchard und ich ließen uns von der Aufregung anstecken, fuchtelten mit den Armen und riefen wie die anderen: »Gelobt sei Gott!« und »Willkommen!«

Als ich allerdings sah, wer dort auf dem Rosse thronte und leutselig seinen Gruß winkte, verging mir der Jubel. Carolus Rex Francorium et Langobardorum ac Patricius Romanorum, unser aller Herr und König nahte heran, die Guten zu belohnen und die Bösen zu vernichten.

Die Mönche stießen sich gegenseitig aus dem Weg; jeder wollte das Pferd am Zügel halten, dem Gottgekrönten aus dem Sattel helfen oder sonst wie gefällig sein. Dass der eine oder andere Bruder dabei stürzte, kümmerte sie nicht.

Abt Baugulf hatte sich nun auch heraus bequemt, ein hageres Männlein mit hochgezogenen Schultern und gelber Gesichtsfarbe. Lächelnd empfing er seinen Besucher und nickte eifrig zu allem, was dieser von sich gab.

Ich hingegen dachte nur noch an Flucht, als ich dem Manne gegenüber stand, an dessen Allmacht ich gerüttelt hatte. Eisig strich die Frühjahrsluft über meinen nackten Schädel. Ich wäre wohl nicht weit gekommen in meinem Aufzug.

Bald rief man mich ins Haus des Abtes, welches ein eigenes Wirtschaftsgebäude mit Küche besaß, drei Kammern und einen Saal. All das stand nun ganz dem König zur Verfügung.

In der Küche herrschte nervöse Spannung. Die sonst so sanften Brüder fauchten einander Tadel zu, der Koch verteilte Ohrfeigen, wie es wohl alle Köche tun, und der mausgesichtige Dekan tat nichts anderes, als krampfhaft die Hände zu öffnen und zu schließen.

Sobald er mich erblickte, zerrte er mich am Gewand, wies auf den Suppentopf und zischte: »Schnell, du brauchst die Würdigen nur zu bedienen. Wein steht schon bereit. Wenn sie alles haben, bleib an der Wand stehen, sei unauffällig und übersieh ja keinen Mangel.«

Dann schubste er mich in den Saal, wo man bereits bei Tische saß und gerade den Willkommenstrunk geleert hatte.

Ich wagte nicht, mich umzusehen. Wie im Refektorium schwankte ich mit meinem Topf zu dem, der mir am nächsten saß, und füllte seine Schüssel. Während die Brühe in den Napf schwappte, wurde mir klar, welche Ungezogenheit ich gerade beging: der König saß am anderen Ende und ihm zur

Seite unser Abt. Sie hätte ich zuerst bedienen müssen. Die Mönche verzogen keine Miene zu meiner Rüpelei, sie schienen mich nicht einmal wahrzunehmen.

Nur einer der Krieger blickte zu mir herüber und spähte nach dem Inhalt meines Topfes.

Meginher!

Ich zwang mein Herz zur Ruhe, damit das Blut mir nicht Ohren und Glatze färbte. Als ich hinter ihm stehen blieb, stieg seine Gegenwart beißend zu mir empor. Ich roch nicht nur das muffige Wams unter seinem Harnisch, sondern empfand seine leicht gereizte Stimmung und die Erschöpfung vom langen Ritt. Ich schmeckte sogar den Speichel, der ihm hungrig im Maul zusammenlief.

Hüte dich, Meginher, denn wenn ich wollte, könnte ich dir jetzt den schweren Topf über den Schädel schlagen. Heute geschieht dir nichts, denn ich habe zu meinem eigenen Wohl entschieden, dich noch am Leben zu lassen. Aber bedenke, dass der schwächliche Mönch, der dich gerade so demütig bedient, grimmig deinen Untergang begehrt. Meinem Fluch wirst du nicht entrinnen, leiden sollst du, wie ich gelitten habe.

Die Suppe kleckerte in seine Schüssel, gewürzt mit meinen bittersten Verwünschungen.

Äußerst gelassen setzte ich die Runde fort. Vor dem König verbeugte ich mich tief, doch er beachtete mich nicht, und ich beschloss, solche Überflüssigkeiten beim nächsten Rundgang zu unterlassen. Ich würde die einmal gewählte Reihenfolge beibehalten müssen, damit niemand einen Missgriff vermuten konnte.

»Ich danke Euch zutiefst, mein Herr und König«, sagte Abt Baugulf, »Ihr habt meinem Flehen entsprochen und seid trotz Eurer bedeutsamen Aufgaben herbeigeeilt. So kann ich darauf vertrauen, dass die reuigen Grafen Gnade vor ihrem barmherzigen Richter finden werden.«

»Hm«, machte Karl.

Baugulf selbst schenkte ihm nach, obwohl ich nicht gesäumt hatte und mit dem Krug schon zur Stelle war. »Gebe der Allmächtige, dass die Sünder bußfertig vor Euch knien werden. Es täte mir um jede Seele weh, die Ihr nicht großmütig zu retten vermögt.«

Karl stocherte widerwillig in seiner Schüssel. »Ist nicht der Anführer, wie heißt er noch ...«

»Ihr meint sicher Graf Hardrad.«

»Ja, ja, ist nicht dieser Hardrad ein Verwandter von dir?«

Der magere Abt zog die Schultern noch ein wenig höher. »Ein sehr entfernter Verwandter. Ich hoffe, Ihr versteht, dass mich seine Unklugheit ganz besonders bekümmert.«

»Ich hingegen kann nur hoffen, dass du für genügend Braten gesorgt hast. Es war ein scharfer Ritt, und meine Recken sollen deiner Sippe wegen nichts entbehren müssen.«

»Gewiss, mein König, wir haben nicht gespart, wenn auch normalerweise kein Fleisch in unseren Mauern zu finden ist. Wie Ihr selber oft gemahnt, enthalten wir uns der leiblichen Genüsse. Die Buße ziemt sich für den wahren Mönch, nicht das Wohlleben.«

»Das ist ganz meine Meinung, sei nur eifrig darum bedacht. Da mir dieses Kloster durch die Gunst Christi zum Schutz anvertraut wurde, könnte ich mich leicht darüber wundern, dass meine erbittertsten Feinde ausgerechnet hier Asyl gefunden haben.«

Ich brachte das Fleisch herein, saftig und knusprig am Spieß gebraten.

Der König wünschte keine Unterhaltung mehr. Er sah mir zu, wie ich die Tafel entlangschritt, umsichtig die halbe Gesellschaft zufrieden stellte, bis er an der Reihe war und endlich zugreifen konnte. Seine Spannung wurde mir zur Qual, gerne hätte ich ihm gleich gegeben, wonach sein Gaumen verlangte, hätte er doch nur nach mir gewinkt. Eigenmächtig durfte ich den eingeschlagenen Weg nun nicht mehr ändern.

Nachdem der König gesättigt war, wünschte er die Abendandacht zu begehen, die sogleich zu ungewohnter Stunde abgehalten wurde. Alle hatten daran teilzunehmen, auch ich.

Ergeben schritt ich hinter den Seniores durch den schmalen Gang, der das Abtshaus mit der Klosterkirche verband. Wir betraten die Kirche nahe am Altar. Jeder Mönch kannte seinen Platz, den die Stellung bestimmte, welche er in der Gemeinschaft einnahm, und alle, die mit dem König gekommen waren, galten als sehr würdige Väter. Ich dagegen hätte sicher weit hinten im Chor sitzen müssen. Doch ich wagte nicht, als Einziger an den langen Reihen vorbeizuspazieren. So blieb ich, wo ich ankam und löste leichte Verwirrung unter den Nachrückenden aus. Von nun an war ich damit beschäftigt, rechtzeitig zu knien oder aufzustehen, die Psalmen, soweit ich sie kannte, vorsichtig mitzusingen und bei allem eine inbrünstige Miene zu zeigen.

Endlich, endlich war auch das vorüber. Ich frohlockte, gleich mit den Mönchen ausziehen zu können, und in der friedlichen Scheune auszuruhen. Karl verabschiedete sich vom Abt und dem Dekan, legte dem einen oder anderen Bruder wohlmeinend die Hand auf die Schulter, lobte hier eine schöne Stimme und mahnte dort zu eifrigem Studium.

Zu meiner Bestürzung bedachte er auch mich mit gnädiger Aufmerksamkeit. »Du wirst mir weiterhin Gesellschaft leisten. Ich schrecke oft im Schlafe auf, und die Gegenwart eines frommen Bruders könnte mich beruhigen. Außerdem würden meine Diener sich in euren Mauern kaum zurechtfinden, falls ich einen Becher Milch oder etwas anderes brauche.«

Ich versuchte zu nicken, doch mein Kopf hing schon so tief herab, dass es mir unmöglich war. Der König ging ohnehin davon aus, dass ich ihm folgen würde, was ich ja auch tat.

Im Saale hatten seine Diener einen bequemen Stuhl ans Feuer gerückt. Karl entließ seine Vasallen, warf den Umhang zur Seite und setzte sich, die Beine weit von sich gestreckt. Ich nahm meinen Platz neben der Truhe ein, der mir am vertrautesten erschien. Während man ihm die Stiefel auszog und die Bänder von seinen Hosenbeinen löste, begann das Verhör: »Wie heißt du?«

»Berengar, mein König.«

»Kommst du aus dieser Gegend?«

Ich schüttelte den Kopf.

»Lebst du schon lange im Kloster?«

Ich schüttelte den Kopf.

»Besonders gesprächig bist du wohl nicht.«

»Wir sollen die Schweigsamkeit lieben.«

»Es ehrt dich, dass du der Regel gehorchst, aber ist nicht die Sprache das, was Gott dem Menschen gab, um ihn vom Tier zu unterscheiden? Sollten wir sie dann nicht auch benutzen?«

»Nur, um unseren Schöpfer zu preisen, oder wenn sie der Wahrheit dient.«

»Nun, dann sollst du jetzt ein besonders ergebener Diener der Wahrheit sein. Wer hat dir aufgetragen, mich beim Mahle warten zu lassen?«

»Niemand«, sagte ich. Meine Stimme hörte sich heiser an.

Karl beugte sich ruckartig vor, und der Diener sprang zur Seite. »Willst du behaupten, dass du nicht wusstest wer ich bin? Deinen Abba wirst du ja wohl kennen, und der hat sich auch gedulden müssen. Gerade das weckt mein Misstrauen, ich denke fast, es war seine Idee.«

»Wir sind Brüder in diesen Mauern«, krächzte ich, »und vor Gott sind alle Menschen gleich. Man hat mich gelehrt, keinen Unterschied zu machen. Aber ich werde gleich den Abba bitten, mir die Beichte abzunehmen, damit ich meinen Fehler sühnen kann. Schließlich seid Ihr der Beschützer unserer Kirche und wisst wohl besser als ich, wie ein Mönch sich verhalten soll.«

Der König lachte über meine Antwort. »Vor allem weiß ich jetzt, warum man dir Schweigsamkeit ans Herz legte. Du hast nichts zu beichten, schon gar nicht dem Abt. Deine Handlungsweise war untadelig, wenn auch etwas ungewohnt für mich. Sehr ungewohnt.« Er lachte wieder laut. Ich richtete mich auf und wagte, ihn anzusehen.

Inzwischen war er ganz entkleidet, und die Diener bemühten sich, ihm das Nachtgewand überzustülpen, was allerdings nicht einfach war. Er hatte sich nämlich zum Tisch begeben, wo vorsorglich kalte Bratenkruste bereit lag. Halb steckte er schon in dem langen Kleide, doch sein Arm stahl sich an erstaunlichsten Stellen daraus hervor, um einen Leckerbissen zu ergreifen. Doch war ihm im Moment der Weg zum Munde versperrt. O ja, sein Körper war beneidenswert muskulös, bis auf den Bauch. Nun, wenn es ihn belustigte, sich Dreistigkeiten gefallen zu lassen, würde ich ihn unterhalten können.

»Da ich ein Diener der Wahrheit sein soll, mein König: Nicht nur die Sprache unterscheidet uns vom Tier, sondern auch der Wille.«

»Was? Das wäre mir neu. Wenn mein Hengst nach einer langen Jagd im Stall den Hafer riecht, dann will er nach Hause, ganz gleich, was ich dazu sage. Es gibt kaum einen Kerl, welcher dem Ross an starkem Willen gleich käme.«

»Ich meine nicht den Willen, etwas zu tun, sondern den Willen, etwas zu unterlassen. Die freie Entscheidung, Verzicht zu leisten, wenn wir etwas begehren, wie gebratenes Fleisch zum Beispiel.«

Der König hielt inne in seinen Bemühungen, und die Diener vollendeten ihr Werk. »Fängst du an zu unken, wie meine Ärzte, deren Gerede allein mich krank werden lässt? Ich schwöre dir, solange ich gutes Essen habe, werde ich euch alle überleben. Du aber wirst drei Wochen nichts als Wasser und Brot zu dir nehmen, um deine Frechheit zu büßen.«

»Ja, mein König.«

Gefolgt von den Lakaien stampfte er in seine Kammer, und ich blieb allein im Saal zurück. Als ich sicher war, dass er nicht plötzlich zurückkommen würde, sammelte ich seinen Umhang auf, legte seine Kleider ordentlich über einen Stuhl und löschte die Kerzen. Eine einzige ließ ich zu meiner Beruhigung brennen.

Ich fürchtete den übermächtigen Gegner. Wenn nun Hardrad morgen auf mich zeigen würde: »Dieser dort ist kein Mönch! Er war es, der das Volk gegen Euch einnahm, er hat uns vorgeschlagen, dass wir Euch vergiften sollen.«

Ich war doch bloß ein unbedeutender Bastard, der sich mühte, dem Allmächtigen zu gefallen. Wie sollte ich meine Fehler vor dem Herrn in Ordnung bringen, wie mein Versprechen einlösen, wenn Karl mich nun richten würde?

Das Abtshaus lag an der Nordseite des Klosters. Es besaß eine Tür nach draußen, die kein Pförtner bewachte.

Acht Schritte nur.

Die Diener schnarchten längst, doch der König schlief unruhig. Er warf sich auf dem Lager hin und her, und ich hörte ihn murmeln.

Lautlos schlich ich durch den Saal, schob unendlich langsam den Riegel zur Seite und öffnete die schwere Tür. Leichter Nieselregen wehte herein.

Auf der anderen Seite des Weges bemerkte ich einen Schatten.

Himmel, warum hatte ich nicht an die Kerze gedacht? Wenn dort drüben jemand lauerte, musste er mich gesehen haben.

Plötzlich stöhnte der König auf, ich sprang hinaus, drückte die Türe hinter mir zu und rannte los.

Weit kam ich nicht. Zwei Gestalten traten aus dem Gebüsch und versperrten mir den Weg. »Warum so eilig, kleines Mönchlein, die Teufel werden dich schon nicht einholen. Wir wollen dich beschützen, besonders, wenn du eine gute Tat begehst und uns behilflich bist.«

»Sobald ich zurückkomme, stehe ich Euch gern zu Diensten. Aber jetzt muss ich gehen, ich wurde zu einem Sterbenden gerufen, und das duldet keinen Aufschub.«

»Dann gib uns den Schlüssel, damit wir nicht im Regen stehen. Wir werden im Abtshaus auf dich warten.«

Der andere hatte das Schwert halb aus der Scheide gezogen. »Wie viele sind drinnen, raus mit der Sprache.«

»Lasst mich!«, rief ich. »Ich weiß von keinem Schlüssel, ich weiß überhaupt nichts.«

Damit versuchte ich an ihnen vorbei zu schlüpfen, doch sie hoben mich in die Höhe, als wäre ich ein Sack mit trockenem Brot und kein erwachsener Mann. Strampeln und Schreien half mir nicht, sie schleppten mich ins Gästehaus und warfen mich vor den versammelten Grafen auf den Steinboden.

»Was soll das?«, rief Graf Hardrad und walzte auf meine Entführer zu.

»Ruhig Blut, Hardrad. Wir glauben nicht länger, dass wir uns auf deinen Vetter Baugulf verlassen können. Karl wäre nicht hier, wenn der Abt ihn nicht gerufen hätte. Nun ist keine Zeit mehr für argloses Vertrauen. Dieser kleine Heilige kam aus dem Haus des Abtes, und er wird uns helfen, hineinzugelangen, nicht wahr?«

Man zog mich auf die Beine, und Ritter Otakar packte mich am Kragen.

»Moment!« Hardrad riss mich herum und hob meinen Kopf. »Berengar! Was für ein Aufzug, ich hätte dich fast nicht erkannt.«

Otakar entschuldigte sich sofort für die grobe Behandlung, und die beiden Entführer klopften mein Gewand wieder glatt. Man drängte mich auf einen Stuhl und bot mir süßen Wein an. Hardrad fragte: »Wie sieht es aus, wie viele Kerle wachen beim König?«

»Nur zwei Diener, glaube ich, aber die Mönche schlafen niemals alle, sie schwirren überall herum und begehen des Nachts heilige Feiern.«

»Ja, ich weiß, aber zwischen Vigil und Laudes wird sich ein umsichtiger Mann wohl in Karls Gemach schleichen können.«

»Was habt Ihr vor?«, fragte ich und dachte gleichzeitig, dass ich es eigentlich gar nicht wissen wollte.

Hardrad grinste. »Wir wollen unter vier Augen mit Karl verhandeln, ganz ohne Zeugen, verstehst du? Sag, was redet man im Kloster? Berichten sie von den Grausamkeiten des Frankenheeres? Beten sie für die armen Thüringer, deren Häuser und Felder verbrannt wurden?«

»Von all dem weiß ich nichts, ich bin des Lateinischen nicht mächtig.«

Graf Hardrad legte seinen schweren Arm um mich. »Die erbarmungslosen Franken gaben sich nicht mit den Fürstenhöfen zufrieden, sie plünderten auch die Hütten des unschuldigen Volkes, nahmen die Weiber und verschonten keine Saat. Und das, obwohl meine Bauern gute Christen sind. Hunger wird mein geschändetes Land bedrücken. Dem hartherzigen Tyrannen muss endlich das Handwerk gelegt werden!«

»Was ist aus der verehrten Gemahlin geworden und aus der lieblichen Tochter?«, fragte ich, um von dem Thema abzulenken.

»Mein Weib habe ich zu ihrer Familie gesandt, und Adeltrada ... ihr haben wir den Verrat zu verdanken, sie ist nicht mehr meine Tochter. Nicht einmal der Franke will sie jetzt noch haben, seine geilen Krieger haben sie vor ihm entdeckt.«

Gedämpft vernahm ich den Hymnus aus der Kirche.

Allmächtiger, soll ich nun in das Loblied einstimmen, weil Du mein Begehren erfülltest und meinen Feind vom Ross gestoßen hast? »Leiden sollst du, wie ich gelitten habe ...«, das hatte ich Meginher vor wenigen Augenblicken in die Seele geraunt. Aber mein Fluch sollte nicht das Mädchen treffen, niemandem hätte ich die Qualen gewünscht, die meine Mutter vor meinen Augen hatte erdulden müssen. Nein, mein Schöpfer, ich bin Dir nicht dankbar, mir graut vor Dir.

Jetzt kam nur noch das Evangelium und das Bittgebet, dann würde die Morgenfeier vorüber sein.

Otakar stützte die Hände auf den Tisch. »Kannst du mit dem Schwert umgehen, Berengar, oder ist dir ein Messer lieber? Du kannst meines haben, wenn du zum König gehst.«

»Was?«

»Niemand wird etwas dabei finden, einen Mönch am Lager des Königs zu sehen. Wir sorgen dann für deine Flucht.«

»Gute Herren, wie sollte ich mich gegen Karls Vasallen wehren? Ich bin kein Kämpfer, nur ein hilfloser Tokkenspieler.«

»Die Ritter träumen tief und fest. Sie haben ein würziges Klostergebräu genossen, ganz wild waren sie darauf, besonders Ritter Meginher, nachdem er erfuhr, was mit seiner Verlobten geschah.«

»Wählt einen anderen«, bat ich verzweifelt, »dazu bin ich nicht in der Lage!«

Otakar ballte die Fäuste. »Verlangst du etwa, dass ich mir die Haare schere? Ich könnte meinen Herrenpflichten wohl kaum noch nachkommen. Du hast dich mit uns verschworen, jetzt leiste deinen Teil.«

»Nein!«, rief ich. »Ich habe keinen Schwur geleistet, kein Wort kam über meine Lippen.«

Die Klammer um meine Schultern wurde fest, und Hardrads Fingernägel krallten in mein Fleisch. »Du wirst uns trotzdem zu Willen sein, sonst stirbst du selbst, sei es durch meine Hand oder die des Königs. Komme nicht auf die Idee, uns zu verraten. Vielleicht erinnerst du dich an ein Pergament mit königlichem Siegel, worauf geschrieben steht, was Karl von dir zu halten hat. Du dürftest keine Gnade erhoffen, wenn es in seine Hände gelänge.«

»Mein Empfehlungsschreiben? Woher habt Ihr ...«

Hardrad versetzte mir einen Schlag auf den Hinterkopf. »Du hättest nicht so faul sein sollen, meinen Diener deine Habe schleppen zu lassen.«

Burchard! Das runde Sommersprossengesicht mit den hellen Kinderbrauen, ständig harmlos plappernd, um mir den Sinn zu verwirren. Jetzt erinnerte ich mich sogar an die eine oder andere Bemerkung, die ihm herausgerutscht war und die mich längst hätten warnen müssen. Oh, er würde mir alles büßen, falls ich ihn je wieder sehen sollte.

»Los jetzt«, sagte Hardrad. »Geh in deinem eigenen Interesse so leise wie möglich vor, denn sobald wir irgendeinen Aufruhr hören, müssen wir verschwinden. Wenn du dich aber als treu erweist, werden wir dich angemessen belohnen, und du kannst dir unseres Schutzes sicher sein.«

Otakar streckte mir sein Messer hin.

»Nein danke, ich nehme mein eigenes«, sagte ich und wies die gestohlene Klinge vor, welche Heiligenbilder geschaffen hatte – und jetzt den König töten sollte.

Man brachte mich zum Abtshaus. »Eil dich«, flüsterte Otakar, »dich ruft ein Sterbender, und das duldet keinen Aufschub.« Damit stieß er mich hinein.

Die Kerze brannte noch immer, und ich bekreuzigte mich vor der zitternden Flamme. Meine Beine bewegten sich selbstständig und brachten mich schneller vor die Schlafkammer, als mir lieb war.

Schon einmal hatte ich einen Menschen getötet. Damals war es ein Freund gewesen, den ich liebte und verehrte und unter dessen Verlust ich immer noch litt. Diese eine Sünde hatte all meine Träume zerstört.

Würden Meginher oder Gerrich dort drinnen schnarchen, hätte ich trotzdem nicht gezögert, die versprochene Rache endlich zu vollziehen.

Der massige Fleischberg dort auf dem Lager zog allen Nutzen aus deren Missetat. Skrupel besaß er sicher nicht. Auch mich würde er bedenkenlos bei Haut und Haaren peinigen, mir die Hände abhacken, die Zunge herausreißen und die Augen blenden, wenn er nur den geringsten Verdacht hegte, ich könnte ihm im Wege sein. Aber er war der König, es war sein Recht zu handeln, wie es ihm beliebte ...

Lautlos glitt ich in das Gemach.

Ein böser Traum schleuderte den Schläfer hin und her, es würde nicht leicht sein, seinen kurzen Hals sauber zu durchstoßen.

Jäh schreckte er hoch, die Augen weit aufgerissen.

Er brüllte irgendetwas, aber noch erschrockener als er, übertönte ich ihn.

»In nomini patris, zarabuntis et spiritus sancti ...!«, rief ich und alle fremden Worte die ich je gehört hatte. »... magula malagula et filij, obtrayson ...« Zum Schluss setzte ich ein entschiedenes »Amen!« hinzu.

»Danke!«, sagte der König und atmete etwas ruhiger. »Komm, hilf mir!«

Ich musste ihm den Pelz über die Schultern legen und ihn stützen, damit er aufstehen konnte.

»Soll ich Eure säumigen Diener wecken, mein König?«

»Lass sie schlafen, sie sind es gewohnt, dass ich nachts schreie.«

Er setzte sich an den Tisch und verlangte nach einer Kerze. Ich gab ihm auch Wein zu trinken. Dann blieb ich neben der Truhe stehen und wartete auf die Frage, was ich an seinem Lager zu suchen gehabt hätte.

»Wie hast du das gemacht? Der Dämon ist geflohen, sobald er deine Stimme hörte, dabei war es kein Gebet, wenn ich richtig verstanden habe.«

»Ich bin nicht immer Mönch gewesen, mein König.«

Der König stützte den Kopf in die Hand. Er sah aus wie ein freundlicher Herr mit zerzaustem Haar und sehr, sehr müde. Ich konnte mir vorstellen, dass er Albträume bekam, wenn er sich spät am Abend noch mit Braten voll stopfte. Er sah zu mir herüber, und ich senkte den Kopf.

»Warum plagen sie mich? Jede Nacht fallen sie über mich her. Antworte, was wollen sie von mir?«

»Ihr seid ein mächtiger Mann, kein Wunder, dass die Teufel Euch auf ihrer Seite wünschen. Sie zerren an Eurer Seele, damit Ihr Eure Großmut vergesst.«

»So? Und was rätst du mir?«

Ich spürte, dass er mich aufmerksam betrachtete, und meine Hände schwitzten. »Je barmherziger Ihr denen vergebt, die Euch Unrecht taten, desto weniger Macht können die bösen Geister über Euch gewinnen.«

Und meine Seele flehte, dass er vor allem mir vergeben möge.

Doch er schnaufte nur missfällig. »Ich lasse kein Unrecht zu, und niemand hat Macht über mich!«

Was für ein anmaßender Irrtum. Er war auch nur ein Mensch, wenn auch ein recht großer. Sogar ich konnte ihn beherrschen. Wenn er mich schon vernichten wollte, sollte es mir Genugtuung sein, wenn er zumindest in einem Punkt fortan nach meinem Willen lebte. Gleich würde ich meine eigenen Gedanken in seinen Schädel pflanzen. »Möglicherweise kann ich Euch tatsächlich helfen, mein Herr und König. Bitte, wenn Ihr erlaubt, würde ich gerne den Anhänger betrachten, den Ihr heute getragen habt.«

Karl runzelte die Brauen, stand dann aber auf um das wertvolle Stück zu holen. Er drehte es in den Händen und kam auf mich zu. »Der Anhänger stammt von meinen Vorfahren, den Germanen. Hast du jemals ein solches Kleinod gesehen?«

Ehrfürchtig nahm ich das Geschmeide entgegen und strich über die massive goldene Einfassung, die reich mit bunten Steinen verziert war. Ich befühlte den großen Juwel in der Mitte. Er war rauchgrau, so klar wie eine Flasche, und schien ganz und gar mit einer seltenen Flüssigkeit gefüllt zu sein.

Meine Finger zitterten unter den Blicken des Königs. Rasch presste ich mir den Schmuck gegen die Schläfe und tat, als würde ich horchen. »Ich habe selten etwas so Machtvolles gespürt, mein König. Dieses Amulett besitzt große Kraft. Ihr lasst Euch bei Tage von ihm beschützen – vertraut ihm auch in den dunklen Stunden, dann werdet Ihr ruhiger schlafen können.«

»Ja, die Alten hatten noch anderes Wissen als wir. Du

scheinst einiges davon zu verstehen, allerdings fürchte ich, dein Abt Baugulf sieht es nicht gerne, wenn seine Mönche sich mit Zauberdingen beschäftigen.«

Unbedacht rutschte mir heraus: »Ich dagegen fürchte, Vater Baugulf sieht es nicht gerne, wenn der König sich allzu sehr mit seinem Abt beschäftigt.«

Ich duckte mich unter seiner rauen Schwerthand, die mir wohlmeinend über den kahlen Schädel fuhr.

Der König schritt zurück in seine Kammer und der Anhänger baumelte an seinem Hals. Schwer plumpste er aufs Lager, und kurz danach hörte ich ihn tief und gleichmäßig atmen.

Völlig erschöpft lehnte ich mich an die Wand und rutschte sachte nach unten. So blieb ich hocken und lauschte der Laudatio. Allzu schnell verblich das Bild des verwirrten Mannes im langen Nachtgewand. Stattdessen erschien ein Pergament vor meinen Augen, eine Schmähschrift auf meine Person, von dem untadeligen Vormund seines Sohnes verfasst. Wieder erblickte ich den König in Sachsen, vernahm seine Worte »... töte sie alle ...«, und ich sah Gisela inmitten der Geiseln.

Am frühen Morgen fand ich aus meinem Dämmer, weil ich entsetzlich fror. Es war nur noch wenig Glut im Kamin, und ich mühte mich, das Feuer wieder zu schüren. Schon wünschte der König sein Frühmahl einzunehmen. Auch danach blieb mir keine Zeit, über mein Los zu sinnen, denn während der Messe musste ich die schweren Stühle hinausschleppen, bis auf wenige, die Karl und den Seniors vorbehalten waren.

Nachdem der König Platz genommen hatte, polterten die bewaffneten Vasallen in den Saal. Sie stellten sich rundum an den Wänden auf und schubsten mich nach vorne, so dass ich ohne Rückendeckung mitten im Raum stehen bleiben musste. Aus den Augenwinkeln erhaschte ich einen Blick auf Meginher. Er wirkte völlig unbeteiligt. Sein Gesicht war eingefallen, und stumpfe Verbitterung stand in seiner Miene. Leider ahnte er nicht, dass ich sein Unglück verursacht hatte.

Gleich darauf wurden die Grafen hereingerufen.

Hardrad richtete es ein, nahe an mir vorbeizugehen, und zischte: »Du wirst dir wünschen, deine Mutter hätte dich beim Pissen verloren, verdammter Narr, denn jetzt werde ich dich mit in den Abgrund reißen.«

»Bitte handelt nicht voreilig, Graf Hardrad«, flüsterte ich zurück, »der König war schon wach, als ich zurückkehrte, aber die nächste Nacht kommt bestimmt, und mein Messer ist immer noch scharf.«

»Was habt ihr zu sagen?«, fragte Karl an die Grafen gewendet, ohne ein Wort des Grußes an sie zu verschwenden.

»Was habt Ihr zu sagen?«, entgegnete Hardrad. »Warum verwüstet Ihr unser Land und erschlagt unsere Bauern? Wir haben Euch nicht angegriffen. Was gibt Euch das Recht, mit Waffengewalt nach Thüringen zu marschieren, dass wir den ehrwürdigen Baugulf um Hilfe bitten mussten? Der Abt Eures eigenen Klosters war so erschüttert, dass er nicht zögerte, uns seinen Schutz zu gewähren.«

Baugulf zappelte auf seiner Stuhlkante. »Aber vergesst nicht, mein König, dass ich Euch sogleich benachrichtigte, damit Ihr in Eurer Weisheit die Angelegenheit zu einem guten Ende führen könnt. Ich wollte ja nur ...«

Karl schüttelte den Kopf, und Baugulf schwieg.

»Du, Hardrad, hast Ritter Meginher gegenüber dein Wort gebrochen. Wundert es dich, dass er sich holen wollte, was ihm versprochen war? Er hatte alles Recht, gewaltsam bei dir einzudringen. Ich müsste dir fast dankbar sein, denn ohne deinen Starrsinn hätte ich kaum von eurer Verschwörung erfahren. Was ihr getan habt, ist Hochverrat, Hardrad.«

Der Graf lachte rau. »Wen hätten wir verraten sollen? Unseren König? Ihr seid nicht unser König. Noch gehört Euch Thüringen nicht. Klagt uns nicht an, wir handeln nach eigenen Interessen, genau wie Ihr.«

»Immerhin leugnest du nicht.« Gelassen lehnte sich der König zurück und betrachtete die Grafen. »Ich hatte gehofft, euch reumütiger zu finden, denn ich verabscheue unnötige Härte. Ihr wisst, dass ich euch zum Tode verurteilen muss, wenn ihr mir keinen Grund zur Barmherzigkeit gebt.«

Baugulf rutschte vom Stuhl und kniete nieder. »Bitte, mein König, gewiss haben sie gefehlt, aber es sind edle Männer aus guten Familien, das Volk ehrt sie und gehorcht ihnen gern. Sie werden in Zukunft auf Eurer Seite stehen, Ihr habt doch die Macht, ihnen Gnade zu gewähren.«

Otakar trat vor und stieß den Abt zur Seite. »Hör auf mit dem Gejammer, wir brauchen deine Fürbitte nicht. Karl kann uns nicht verurteilen, denn niemals schworen wir ihm Treue und sind nicht seine Untertanen. Er wird nicht wagen, Hand an uns zu legen, denn das wäre schändlicher Mord. Ja, die Macht dazu hat er, solange seine Krieger mit blanken Schwertern hinter uns stehen, doch das Recht wird ihm jeder Christenmensch absprechen müssen.«

Der König winkte, ich sollte ihm zu trinken geben. Er leerte den Becher in aller Ruhe und ließ Otakar nicht aus den Augen.

»Gut!«, sagte er dann. »Ich bin kein Schlächter. Ihr werdet Euren Schwur nachholen, damit will ich zufrieden sein.«

Otakar ballte die Fäuste. Ich glaubte, er würde jeden Moment auf Karl losstürzen, aber Hardrad zog ihn zurück, warf mir einen kurzen Blick zu und sagte: »Wir gehorchen, weil du uns zwingst, König. Aber wenn alle meine Verbündeten so denken wie ich, wirst du den Rhein trotzdem nicht mehr lebend überschreiten.«

Keine Erregung war in der Miene des Königs zu entdecken. Er bestimmte die heiligen Orte, an denen die Grafen ihre Eide leisten sollten, und schickte sie unter Bewachung hinaus. Dann zog er Meginher zu sich herunter. »Sorge dafür, dass sie ihre Strafe erhalten, sobald sie rechtmäßig meine Untertanen sind. Es wäre gefährlich, sie nach Thüringen zurückkehren zu lassen. Vielleicht sollte ich in Zukunft von allen Grafen meines Reiches den Treueid verlangen, wenn nicht sogar von jedem freien Mann. Ich lege keinen Wert darauf, noch weitere Verschwörungen zerschlagen zu müssen.«

Später hörte ich, dass die Aufständischen verstümmelt worden waren. Man schrieb aber nicht dem König diese Grausamkeit zu, sondern seiner Gemahlin Fastrada, welche aus Ostfranken stammte und den Verrat entschieden missbilligte.

* * *

Die Mauern des Klosters waren mir inzwischen zuwider.

Bald würde der Frühling erwachen, außerdem besaß ich ein Messer, welches heilige Bilder schaffen konnte und sich weigerte, dem Bösen zu dienen. Gewiss lag große Kraft in dieser Klinge. Bald würde sie mir eindrucksvolle Tokken schenken, draußen, in Dörfern und Städten, bei heiteren Menschen, die sich nicht mit verwickelten Verschwörungen abgeben mussten.

Als Burchard bemerkte, dass ich die spärlichen Reste meiner Habe zusammenraffte, half er sogleich mit. »Wir brechen auf!«, jubelte er. »Wohin gehen wir denn? Ich hoffe, es gibt Fleisch dort.«

Seine harmlose Freude weckte kalte, unversöhnliche Wut in mir. »Wo du hingehst, weiß ich nicht. An deiner Stelle würde ich hier bleiben. Hier hast du ein Dach über dem Kopf und wirst leidlich versorgt.«

»Oh, ich komme natürlich mit!«

»Ganz sicher nicht!«, sagte ich. »Glaubst du, ich dulde dich in meiner Nähe, nach dem, was du mir angetan hast?«

Burchard hielt inne. »Was meint Ihr? Bitte, treibt keine Scherze mit mir.«

»So, einen Scherz nennst du das, du widerliche Zecke? Hast du nicht alles, was ich sagte oder tat, dem Grafen berichtet? Hast du nicht in meinen Sachen gewühlt und mein Pergament gestohlen, damit Hardrad eine Handhabe gegen mich bekam? Du hast mein Vertrauen missbraucht und mich niederträchtig hintergangen!«

Er senkte den Kopf und sagte nichts mehr.

»Keine Prügel der Welt könnte vergelten, in welche Lage du mich gebracht hast. Du erwartest wohl kaum, dass ich einen Judas mitnehme.«

»Nein, Herr.«

Tatsächlich hatte ich Lust, ihn meinen Ärger spüren zu lassen, aber es drängte mich fort. Es sollte mir genügen, ihn eingepfercht im Kloster zu wissen, während ich über weite Felder wandern würde.

»Herr ...« sagte Burchard. Als ich mich zu ihm umdrehte, kniete er. »... und wenn ich Euch um Vergebung bitte?«

Ich kam nicht mehr dazu, ihm meine Antwort ins Gesicht zu schleudern.

Der Dekan war hereingekommen und klingelte zart. »Du willst uns verlassen, mein Sohn? Leider ist es den jungen Mönchen nicht gestattet, außerhalb der Mauern umherzuspazieren. Wir wollen doch nicht ungehorsam sein, nicht wahr?«

»Ihr wisst, dass ich kein Mönch bin.«

»Ach«, sagte das Mausgesicht bekümmert, »ich hatte ganz anderes in unseren Büchern gelesen. Du wirst dich schon gedulden müssen, bis wir den Fehler ausgebessert haben und dein Haar gewachsen ist. Unser Kloster könnte in sehr schlechtes Licht geraten, falls man dich für einen Mönch hielte. Nein, mein Sohn, weder ich noch unsere Vasallen können dich einfach ziehen lassen. Du verstehst, dass ich es ernst meine?«

»Ja, ehrwürdiger Vater«, sagte ich und stand jetzt genauso elend da wie eben noch Burchard.

Der Nichtsnutz war sichtlich erleichtert.

Immerhin achtete er darauf, mich nicht zu verärgern. Von nun an schlief er in der entferntesten Ecke, enthielt sich des einfältigen Geschwätzes und starrte mich nicht mehr erwartungsvoll an, wie er es früher getan hatte. Da er sich neuerdings auch in der Küche durch großen Eifer auszeichnete, saß ich oft müßig auf der Schwelle, und die älteren Mönche nutzten die Gelegenheit, mich mit allerlei Botengängen durchs Kloster zu schicken. Ich tat ihnen gerne den Gefallen, besonders wenn sie mich ins Skriptorium sandten, ein wunderbares Reich aus Blattgold, Tinte und farbiger Tusche, wo Zeichen für Zeichen neue geheimnisvolle Welten entstanden.

»Wie lange soll ich noch auf die Schriften warten?«, rief der Bibliothekar. »Du stiehlst mir und dem Herrgott den Tag.«

»Entschuldigung«, murmelte ich und drückte ihm meinen Stapel in die Hand. Er ließ mich aber nicht gehen. »Ich habe deinem Treiben nun eine ganze Weile zugeschaut. Würdest du mir freundlicherweise erklären, was deine Schritte so regelmäßig aufzuhalten vermag?«

»Ich wollte nur zusehen, wie die Tusche angerieben wird, Vater. Es kommt nicht wieder vor.«

Der Bibliothekar lächelte. »Dich interessiert die Kunst des Schreibens wohl sehr, mir scheint fast, wir können deine Neugierde nur heilen, indem wir es dich versuchen lassen.«

»Das scheint mir fast auch, verehrter Vater.«

Er führte mich an ein Pult, gab mir eine Wachstafel und kratzte ein paar Buchstaben hinein, die ich nachzeichnen sollte.

Die Tafel hatte ihre Tücken, mein Strich geriet mal breit mal schmal, je nach dem Winkel, in dem ich mein Stöckchen führte. Aber ich gab nicht auf, was die anderen lernen konnten, würde auch ich begreifen. Als die Tafel beinahe vollgekritzelt war, machte ich meine Zeichen nur noch halb so groß, und zum Schluss verzierte ich den Rand mit Buchstaben, die nur noch Flöhe entziffern konnten. Widerstrebend löste ich mich abends vom Pult, um mit den Brüdern den Saal zu verlassen. Der Bibliothekar rief mich zurück. Er hatte sich an meinen Platz gestellt und studierte lange meine Tafel.

»Ich erwarte dich morgen nach der Prim«, sagte er dann.

»Burchard, Burchard, du wirst nicht glauben, was geschehen ist. Ich darf im Skriptorium arbeiten!«

»Ja, Herr.«

»Weißt du, was die Edlen aufbringen müssen, damit man ihre Kinder unterrichtet? Und ich werde ganz umsonst schreiben lernen! Hast du nicht einmal einen Glückwunsch für mich übrig?«

»Ihr mögt doch nicht, wenn ich zu viel rede. Jetzt werdet Ihr wohl gar nicht mehr zu mir in die Küche kommen.«

Er war eine Sklavenseele, natürlich dachte er nur an sich selbst, wie hatte ich etwas anderes erwarten können. »Du hast ganz recht, Burchard, ich mag nicht, wenn du zu viel redest.«

Von der Prim bis zur Terz durfte ich nun Buchstaben malen, bis zur Sext half ich in der Sakristei Wachslichter zu schneiden, nach dem Mahl diente ich im Armenhaus, gottlob nur bis zur Non, und dann in der Holzwerkstatt. Nach der Vesper behielt man sich vor, verschiedene Aufgaben für mich bereit zu halten, so dass ich mich selten in der Küche wiederfand.

Das Schreiben ging mir schwerer von der Hand, als ich gehofft hatte. Wie die anderen hatte ich mit Zornesausbrüchen und Kopfnüssen zu rechnen, und wenn ich gar wagte, meinen Nachbarn nach dem Namen eines Buchstaben zu fragen, musste ich zur Strafe alte Tinte von noch älteren Pergamenten kratzen. »Konzentriere dich auf deine Aufgabe und verführe deine Brüder nicht zur Plauderei.«

Ich wollte ja lernen, aber es schien mir nutzlos, Zeichen abzumalen, deren Sinn ich nicht verstand, da ich des Lateinischen nicht mächtig war. Der Bibliothekar wischte meinen Wissensdurst erbarmungslos vom Tisch. »Gott wiegt jeden Buchstaben, welchen ein Mensch in frommer Demut geschrieben hat, gegen dessen Sünden auf. Es wäre schlimm, wenn dir am Ende ein einziger fehlte.« Immerhin gab er mir eine Feder und ein Stückchen Pergament, damit ich mich nun im wahren Schreiben üben sollte.

Eines Tages reichte er mir ein Schriftstück. »Studiere es genau, morgen wirst du es kopieren. Es ist wichtig, dass du dann in einem Zuge damit fertig wirst. Ich möchte dich auch in Zukunft an deinem Platz wieder finden.«

»Ist das eine Prüfung, Vater?«

»Wenn du es so sehen willst.«

Der Text war lang. Da ich nach wie vor jedes Wort aus einzelnen Zeichen zusammensetzen musste, würde ich viel Zeit brauchen es zu kopieren, mehr als die anderen Brüder. Ich versuchte, mir die Worte einzuprägen, aber sie flossen mir aus dem Hirn, noch während ich sie hineinstopfte. Hätte ich doch nur ihren Sinn verstanden. Niemals konnte ich diese Aufgabe an einem Vormittag bewältigen.

Verzweifelt verließ ich das Skriptorium und begab mich in die Sakristei, um Kerzen zu schneiden. Um jeden Preis wollte ich schreiben können und vor allem lesen. Mir wäre einiges Ungemach erspart geblieben, hätte ich es nur schon früher gelernt.

Jäh fiel mir auf, was meine Hände gerade taten, während mein Geist nach Erleuchtung rang. Sie schnitten Wachslichter nach einer Schablone in genau gleiche Stücke. Diese Lichter bestimmten die Stunden – nach ihnen läutete man die Glocke. Täglich wurden sie in ein Körbchen gelegt und von einem Bruder im ganzen Kloster verteilt.

Und wenn ich sie für den folgenden Tag alle ein Stück länger ließe? Wem sollte das auffallen? Die Brüder würden mir sogar dankbar sein, schließlich wurde die Nachtruhe damit auch gestreckt.

Man achtete nicht auf mich, das war eine Arbeit, die jeder Dummkopf verrichten konnte. Ich überschlug, wie viel Zeit ich für die Prüfung brauchen würde, schnitt die erste Kerze ab und legte sie in den Korb. Der Himmel tat sich nicht auf, kein Donnergrollen war zu hören, und die Glocken protestierten nicht, also fuhr ich gleichmütig mit meiner Tätigkeit fort.

Am nächsten Morgen lief ich erregt zum Skriptorium, und sobald man mir Tinte gegeben hatte, begann ich zu schreiben. Sorgfältig und ohne Hast malte ich die Zeichen. Wort für Wort, Zeile für Zeile entstand auf meinem Pergament. Ab und zu sah der Bibliothekar mir über die Schulter, was den Fluss etwas hemmte, doch insgesamt geriet mir mein Werk schwungvoller und schöner als das Vorbild.

Lange bevor die Glocke erklang, konnte ich das fertige Schreiben vorlegen. Keinen Fehler fand der Bibliothekar darin, er lobte mich und versprach, dass man mir bald auch mit dem Lesen helfen würde.

Ach, ich war so froh, dass ich den Schöpfer am liebsten laut gepriesen hätte. Doch ich wollte die freundlichen Mönche nicht in ihrer Andacht stören, ganz im Gegenteil, ich wollte ihnen etwas Gutes tun. Im Moment hatte ich sie alle so gern, dass ich ihnen die nächste Nachtruhe auch verlängerte. Allerdings nicht den Tag, denn ich verspürte Hunger, und das Mahl war nach der neuen Zeitrechnung noch fern.

Als die Sonne unterging und noch immer nicht zum Abendgottesdienst gerufen wurde, beunruhigten sich die Brüder. Wie aufgescheuchte Gänse liefen sie auf den Hof, starrten zum Himmel und holten den Dekan, damit er ihnen die Finsternis erklärte.

»Der Allmächtige muss sehr erzürnt sein, wenn er uns das Tageslicht verdunkelt«, sagte dieser. »Jeder grabe in seiner Seele, ob er den Grund für diese Geißel darin finden kann.« Dann rief er alle in die Kirche, um Bittgebete zu halten. Einer nach dem anderen bekannte seine Vergehen und weinte darüber. Die kleinsten Fehler zerrten die Brüder hervor und ließen einen jeden in ihre schamhaften Seelen schauen. Es lebten mehr als hundert Mönche im Kloster, und über all ihre Sünden fiel das Mahl natürlich aus. Doch das reichte ihnen nicht. Die verschreckten Brüder gelobten sogar, eine ganze Woche bei Wasser und Brot zu fasten, wenn der Herrgott nur Erbarmen hatte. Die Fürbitte sollte die ganze Nachtruhe hindurch anhalten, und die würde, wie ich aus unfehlbarer Quelle wusste, sehr lang sein.

Das hatte ich wirklich nicht gewollt.

Ich musste meinen Frevel wieder gut machen und wenigstens die letzten Wachslichter aufs rechte Maß bringen. Die Sakristei besaß einen Zugang zum Altar und eine kleine Seitentür ins Südschiff. Ein weiter Weg für mich, da ich ihn betend und singend auf den Knien zurücklegte, um niemandem aufzufallen.

Ich schlüpfte durch die Tür, ergriff den Korb und strebte zu dem Schränkchen, in dem die geweihte Klinge aufbewahrt wurde.

Wie erschrak ich, als dort im Dunkeln jemand saß. Einer der ganz alten Seniores war es, der seinen Besitz dem Kloster vermacht hatte, um sich gerade noch rechtzeitig einen Platz im Paradies zu sichern.

»Was willst du hier, mein Sohn?«

»Ich wollte nur nachschauen, ob es Euch gut geht, Vater.«

»Das ist freundlich, aber unnötig. Ich bevorzuge es, mein Gebet alleine zu verrichten, denn meine Augen erblicken inzwischen weder die prunkvolle Kirche noch das Licht der Sonne.«

»Das tut mir sehr Leid, Vater.« Sicher zog er es vor, während der Andacht zu schlummern, und ich hatte ihn geweckt.

»Lass mich dein Gesicht fühlen, damit ich dich kennen lerne.« Ich beugte mich hinab, und die schrumpligen Finger huschten über meine Züge.

»Sorgst du dich, mein Sohn? Das brauchst du nicht. Unser Schöpfer wird alles zum Guten wenden, wie Er es immer tut. Mich beschenkte Er mit der vagen Erinnerung, und die Welt, die ich jetzt sehe, ist schöner als sie jemals war. Was machst du da?«

Ein abgeschnittener Stummel war zu Boden gefallen und

tief unter die Truhe gerollt. »Ich stelle Euch eine neue Kerze hin, lieber Vater, wenn Ihr sie auch nicht sehen könnt, so spürt Ihr vielleicht die Wärme.« Nur gut, dass er nicht wusste, was ich tat. Ich hätte diesen liebenswürdigen Alten ungern bekümmert.

Einer wenigstens freute sich über meinen dummen Streich.

Burchard prustete heraus, als ich ihm davon erzählte, er hörte gar nicht mehr auf zu lachen. Ich gönnte es ihm, denn er kümmerte sich wirklich rührend um mich, seitdem ich ihn auf seinen Verrat hingewiesen hatte. Der Bursche kicherte noch immer, als das mahnende Geklingel des Dekans ihn unterbrach. »Ich habe eine ernste Angelegenheit mit dir zu besprechen, Berengar. Ich erwarte dich nach der Vesper.« Er verschwand so lautlos, wie er gekommen war.

»Was will er denn von Euch?«, fragte Burchard. »Hat er wohl alles gehört?«

»Sicher nicht, er ahnt höchstens, dass ich mich über die Mönche lustig machte. Daraus wird er mir schon keinen Strick drehen.«

»Aber er sagte, es sei eine ernste Angelegenheit.«

»Kannst du dir irgendetwas vorstellen, was bei dieser grauen Maus nicht ernst wäre?«

Der Dekan war nicht allein in seiner Zelle. Drei Brüder standen mit gesenkten Häuptern an der Wand.

»Komm näher, mein Sohn. Mir wurde berichtet, dass du dich gestern Nacht in der Sakristei aufgehalten hast.«

Der Alte. Sicher hatte er wohlmeinend von dem besorgten Jüngling erzählt. Es hatte wohl wenig Zweck zu leugnen. »Ja, das stimmt. Ich weiß, das hätte ich nicht tun sollen, aber ich wollte beten, und ich darf ja während der Messe nicht in die Kirche, ohne Begleitung eines älteren Vaters.«

»Wie schön, dass du gebetet hast, vor allem aber interessierten dich die Kerzen, nicht wahr?«

»Die Kerze war für den alten Mönch gedacht.«

»Hast du nicht auch ein Licht abgeschnitten, und den übrig gebliebenen Rest unter die Truhe gestoßen? Wolltest du vielleicht einen Fehler berichtigen, der dir unterlaufen war?«

Den Stummel hatte ich völlig vergessen. Um Himmels Willen, wie viel wusste der Dekan? »Ja, Vater, so war es. Ich bin gestern unaufmerksam beim Lichterschneiden gewesen.«

Der Dekan beugte sich vor. »Du hast die Klosterordnung verletzt und deine Brüder in Angst und Schrecken versetzt. Sie mussten sich drückende Bußen auferlegen. Manch einer zweifelt nun an seinem Glauben, ganz abgesehen davon, dass du sie um die Nachtruhe gebracht hast. Gleich fünf sind heute beim Chorgebet eingeschlafen, und ich werde sie bestrafen müssen, obgleich es deine Schuld war. Kann ein Scherz so viel Leid wert sein?«

Es schien mir besser, er glaubte an einen Scherz, als dass er auf meine Schreibprüfung kam. Ich hätte das Skriptorium sicher nicht mehr betreten dürfen. Im schlimmsten Falle würde ich allen Brüdern die Füße waschen müssen, damit sie mir vergeben konnten. Ich brauchte mich nur recht reumütig zu zeigen.

Das tat ich. Ich kniete nieder und rief: »Ich bin ein abscheulicher Sünder und habe über meine arglosen Brüder gelacht. Ach, könnte ich es nur ungeschehen machen. Der Allmächtige kennt mein Herz und weiß, wie sehr ich mich gräme. Lieber Vater, sagt mir, was ich tun kann, um nicht mit dieser Schuld belastet, dereinst vor den großen Richter treten zu müssen.« Ich griff den Dekan am Saum, vergrub mein Gesicht in seinem Gewand und wischte schluchzend Rotz und Speichel darin ab.

Sanft entzog er mir sein Kleid. »Ich freue mich, dass du beschämt über deine Verfehlung bist. Wenn wir den Leib kasteien, der die Wohnstatt allen Übels ist, gelingt es manchmal, die Seele für die göttliche Gnade wieder frei zu machen. Wir haben einige Erwartungen in dich gesetzt, mein Sohn, und ich gebe dich noch nicht verloren.«

Dann legte er mir die Hand aufs Haupt und sagte zu den Mönchen: »Entkleidet ihn bitte.«

Der Dekan hatte so freundlich gesprochen, dass ich nicht glauben wollte, er könnte etwas Arges im Sinne haben. Wahrscheinlich sollte ich mit geweihtem Wasser von meiner Sündhaftigkeit gesäubert werden. Ich half den Männern sogar, mir das Gewand über den Kopf zu ziehen.

»Ich sehe, dass du deinen Brüdern ihre Aufgabe erleichtern willst, sie werden dafür nicht an Kraft sparen, dir zu helfen, deine menschlichen Schwächen zu überwinden.« Dann kniete er vor seinem schmucklosen Kreuze nieder und begann für mich zu beten.

Zwei Mönche fassten mich an den Armen und drückten meinen Kopf hinunter. Der dritte stand hinter mir.

Ich hörte ein zischendes Geräusch und schrie im nächsten Moment vor Schmerz. Mein Rücken brannte, Blut rann über meine Lenden. Schon zerschnitt mir der nächste Schlag die Haut. Ich wand mich und kreischte. Alle Kräfte bot ich auf, um zu entkommen, aber die Mönche beteten nur lauter und verstärkten ihren Griff. Es wurde von Mal zu Mal schlimmer, denn die Peitsche traf nun auf wundes Fleisch. Zwischen den Schlägen versuchte ich ängstlich einzuschätzen, mit welcher Kraft mein Peiniger ausholte. Und wieder wurde die gequälte Erwartung von der Gewalt des neuen Schmerzes übertroffen. Mein Körper kämpfte nicht mehr, ich war kaum noch bei Sinnen und spürte doch jeden Fetzen meines glühenden Leibes.

Endlich winkte der Dekan, dass es genug sei. »Ich tue so etwas gewiss nicht gerne, doch auch das Mitleid kommt nicht immer von Gott, und wir dürfen dem Bösen nicht den kleinsten Winkel in unseren Seelen einräumen. Wo wir es finden, müssen wir mit aller Härte vorgehen. Sorge dich nicht mehr, fürs Erste ist es vertrieben.«

»Danke, ehrwürdiger Dekan, vielen Dank.« Ich meinte damit nicht seine beharrliche Seelenhilfe, sondern, dass er die Prügel beendet hatte. Mein Peiniger kniete vor mir nieder. »Vergib mir, dass ich deinen Leib treffen musste.« Hastig versicherte ich, dass er nur seine Pflicht getan habe und dankte auch ihm, genau wie den beiden anderen. Sie beteten mit mir zusammen, lobten den Schöpfer und brachten mich endlich hinaus.

Nun, da ich als geläutert galt, kannte ihre Fürsorge keine Grenzen mehr. Vorsichtig wuschen sie das Blut ab, salbten meine Wunden und verbanden sie. Der Mönch mit der Peitsche hatte sogar Tränen in den Augen. »Bitte achte in Zukunft auf das, was du tust. Ich bin ein schwacher Mensch und kann es nicht ertragen, jemanden leiden zu sehen. Ich bete täglich zu Gott, dass er mich für meine Aufgabe stärken möge, aber ich habe wohl sehr gesündigt, da er mich nicht erhören will.«

Ich war tatsächlich geläutert. Zumindest benahm ich mich so, denn was mir diese Sonderbehandlung eingebracht hatte, war Angst.

Mit gesenktem Haupt schlich ich durch die Gänge und gehorchte allen ohne zu zögern, sogar der Klosterregel, zumindest solange man mich beobachtete. Hatte ich doch einmal gefehlt und wurde dafür getadelt, bedankte ich mich sofort für die Zurechtweisung, da sie mir weitere Verstöße ersparte. Manchmal legte man mir nahe, mir Trank oder Speise zu entziehen, und ich kam nicht einmal auf die Idee, den Verzicht in Frage zu stellen. Zumal ich wusste, dass Burchard mich heimlich versorgen würde.

Bei all dem lernte ich schreiben. Und auch lesen, mehr als mein Lehrer ahnte. Im Skriptorium bat ich nicht mehr um Unterweisung, denn ich wurde das Gefühl nicht los, dass man mir absichtlich das Wissen verwehrte, nach welchem ich so sehr verlangte. Doch auf dem Hof malte ich Wörter in den Sand und ließ meine Brüder die Bedeutung der Zeichen erraten. Die meisten waren gern bereit, mit ihren Kenntnissen zu prahlen.

Da man meine Neugierde gezügelt glaubte, musste ich Texte kopieren, die jeden frommen Mann in ernste Seelenqual gestürzt hätten. Eine Schrift zum Beispiel handelte von dem einstigen Papst Pelagius, der seinen Vorgänger ermordet haben sollte. Mit einem simplen Reinigungseid befreite er sich damals von dem bösen Verdacht und durfte weiter als Vertreter Petri der ganzen Christenheit gebieten.

Besonders gern studierte ich die Abhandlungen über die Natur des Menschen, über seine inneren Säfte und Drüsen. Ich fand genau beschrieben und bebildert, wie der Gebärsack im Frouwenleib umherwanderte und dem Weibe sonderbare Wallungen bescherte.

Leider währte diese interessante Tätigkeit nicht lange, denn der König war auf den Gedanken gekommen, sich mit Bauerndingen zu beschäftigen, und verordnete, dass man in allen Gärten bestimmte Kräuter halten soll: Lilien, Rosen, Bockshornklee, Raute, Kümmel, Meerzwiebel ... Die endlosen Listen wurden mir öde, darum vertauschte ich das eine oder andere nach meinem Geschmack.

Meistens aber schrieb ich Briefe ab.

Der Papst hatte den Bannfluch über Tassilo, Herzog von Baiern ausgesprochen, da dieser sich fortgesetzt weigerte, den Wünschen des Königs nachzukommen. Daraufhin musste ich Karls Befehl an die Äbte der verschiedenen Klöster kopieren, damit sie ihm Vasallen sandten. Die Krieger sollten mit dem Heer nach Baiern ziehen, an der Donau lagern und weitere Anweisungen erwarten.

Wenig später kritzelte ich an einem Bericht unserer Soldaten. Baiern sei bald eingeschlossen, Pippin von Italien stehe mit seinen Mannen in Bozen, und Karl selbst bewege sich mit großer Streitmacht, unter deren Tritt ganz Germanien erzittern müsse, nach Augustam.

Doch es kam zu keiner Schlacht. Ohne Gottes Beistand

wagte Tassilo nicht länger, dem König zu trotzen. Er leistete den Treueschwur, übergab zahlreiche Geschenke und sandte sogar seinen ältesten Sohn als Geisel.

* * *

In der Schnitzerei war ich dem Meister beinahe ebenbürtig geworden, aber noch nie hatte ich helfen dürfen, ein Heiligenbild zu schaffen. Ich freute mich sehr, als das Kloster sich für die Prozession eine neue Madonna wünschte.

Frouwengestalten sehen entweder ebenmäßig und somit langweilig aus, oder beseelt und weniger vollkommen. Ich meine nicht die wirklichen Weiber, die ja leben und atmen und vor allem jeden Moment den Ausdruck wechseln können. Ich meine die starren Bilder aus Holz, die nur selten gelingen, wenn sie vor allem schön sein sollen. Ach, wenn ich mit einer Marienfigur spielen könnte, die Arme würde ich sie ausbreiten lassen, alle willkommen zu heißen, um dann züchtig vor dem Kreuz das Köpfchen zu neigen und in aufrecht stolzer Haltung allem Bösen entgegenzutreten. Oder ich ließe sie ein Kindlein halten, um welches sie sich herzlich besorgte.

Der Bildhauer lachte über meine Wünsche: »Nur zu, dann leimen wir Kopf und Glieder eben nicht fest, aber wehe dir, wenn sie unterwegs hinunter purzeln.«

Das Antlitz überließ mir der Meister natürlich nicht, aber ich durfte den Kopf aushöhlen. Heimlich grübelte ich über ein Gelenk im Halse, über Schnüre und Hebel und beschäftigte mich mit Dingen, die später unsichtbar sein sollten.

Irgendwann thronte die Marionette, die kleine Maria, vier Fuß hoch in ganzer Schönheit auf dem Werktisch. Gewissenlos hatte ich zwei Löcher in die starke Platte gebohrt, um meine Drähte hindurchzuführen. Ich selber hockte in einem Korb unter dem Tisch und wartete reglos, bis einer der Brüder sich näherte. Nur undeutlich konnte ich seine Beine erkennen und musste den Moment erraten, da er direkt vor der Madonna stand. Mit lautem Geknirsch senkte sie den Kopf, sah ihm, wie ich hoffte, in die Augen und führte ihren Blick vernehmlich quietschend in himmlische Weiten zurück.

Der Mönch schrie vor Entsetzen. Er fuhr zurück und stammelte: »Da, da ...«

Seine Brüder entdeckten nichts Ungewöhnliches und versuchten ihn zu beruhigen. »Vielleicht hast du geträumt ...«

»O nein, ich weiß, was ich sah und was ich hörte. So lacht nur ein Teufel. Das Bildnis ist verflucht.«

Die Mönche bekreuzigten sich.

»Ja, jetzt sehe ich es auch, sie hat mir lüstern zugeblinzelt.« – »Mir hat sie mit der Hand gewunken, um mich in lodernde Abgründe zu locken.« – »Wir müssen sie verbrennen!«

Einer lief hinaus, um den Dekan zu holen, und der brachte viele Brüder mit, die begierig waren, einen Teufel zu schauen.

Ich konnte nicht mehr hinaus.

Der Dekan bespritzte die Figur mit Weihwasser, und da es nicht zischte oder kochte, berührte er das hölzerne Gewand mit seinem Kreuz. Nichts geschah. »Vielleicht hat unser Bruder dem Weine zu sehr zugesprochen, dass die Mutter Gottes ihn maßregeln wollte. Wenn aber tatsächlich etwas Böses in dem Bildnis steckt, möchte ich nicht der Säumige gewesen sein. Wir werden es auf jeden Fall dem Feuer übergeben.« Damit schickte er die Mönche fort, einen Scheiterhaufen aufzuschichten.

Das Weihwasser rann zu mir herunter, und wenngleich heilig, war es doch schrecklich kalt. Einen Nieser konnte ich mir verkneifen, der zweite platzte heraus. Der Dekan stutzte, rüttelte an meinem Korb und befahl mir, ans Licht zu krabbeln. »Was in Gottes Namen tust du da?«

In tiefster Bescheidenheit erklärte ich den geheimen Mechanismus, und es gelang mir tatsächlich, den Dekan für mein Werk zu interessieren. Er kroch sogar selbst unter den Tisch, um an den Drähten zu ziehen. »Dieses Weibsbild scheint außergewöhnlich zu sein, vielleicht etwas laut, man sollte es mit Öl oder besser Wachs versuchen.«

Dann wandte er sich mir zu und flüsterte: »Warum verschwendest du die Zeit des Herrn und deine Talente? Du weißt doch, dass wir es nicht schätzen, wenn du deinen Brüdern Streiche spielst. Ich fürchte, wir müssen dir nachdrücklicher helfen, deinen Lastern entgegenzutreten.«

Erschrocken wich ich zurück. »Bitte nicht, ehrwürdiger Dekan. Die Brüder waren doch beeindruckt, nicht wahr? Wie ergriffen wird erst das Volk sein, wenn bei der Prozession ein Wunder geschieht und die Madonna sich bewegt.«

Der Dekan musterte die Figur. »Ein Wunder, sagst du?«

»Es könnte so aussehen. Aber das Fest ist schon übermorgen. Ich muss noch einen Sockel für die Mutter Gottes bauen, damit ich darin sitzen kann. Außer mir weiß niemand mit den Zügen umzugehen, und wenn Ihr mir jetzt meine Sünden austreiben wollt, werde ich kaum fähig sein, Euch diesen Dienst zu erweisen.«

Der Dekan sagte lange nichts und blickte mich nur an, was meine Angst in Panik wandelte. Dann sprach er: »Dein Einfall ist unredlich und ruchlos! Doch seltsame Wege führen die Menschen zu Gott, und niemand fragt nach den Mitteln, wenn sie angekommen sind. Ich gestatte dir, deinen erneuten Fehltritt zu sühnen, indem du dein ganzes Streben darauf richtest, übermorgen Seelen zu retten. Wenn du mir versprichst, Stillschweigen über das Wunder zu bewahren, will ich dir erlauben, es auszuführen.«

»In meiner *familia* ist es nicht üblich, geheime Kniffe zu verraten, Vater, eher würde ich meine Zunge verschlucken.«

So hockte ich denn während der Prozession zusammengepfercht im Kasten unter der Maria, die inzwischen aufs Prächtigste bemalt und geschmückt worden war. Acht Mönche trugen das Bildnis auf starken Balken und schaukelten mich sachte. Ich lauschte dem geübten Gesang der Brüder und grämte mich über die Antworten des Volkes. Träge schleppte sich die Melodie dahin und endete immer ein wenig tiefer, als sie begonnen hatte.

Sobald wir am Wegekreuz die fromme Ansprache gehört hatten und uns auf den Rückweg machten, sollte die gnädige Mutter Gottes nach allen Seiten freundlich nicken, damit sich so viele wie möglich angesprochen fühlten. Ich hatte zu den Anweisungen gehorsam ja gesagt, obgleich ich nicht gedachte, diesen Unsinn auszuführen.

Die Madonna nickte natürlich nicht den Menschen zu. Ein einziges Mal senkte sie leicht den Kopf und zwar, als wir vor dem Kreuze standen, vor Jesus Christus, ihrem Sohn und unserem Herrn. Danach war sie wieder unbeweglich, wie es sich für ein Holzbild geziemt.

Ich hörte, dass einige erstaunt nach Luft schnappten. In meinem Kasten konnte ich mir ihre offenen Münder vorstellen, ihre ungläubigen Augen und den schnellen Blick zum Nachbarn, ob auch ihn das Bild genarrt hatte. Dann hub ein Raunen an, die Auserwählten konnten ihr Wissen nicht für sich behalten. Bald hatte auch der Letzte vernommen, was geschehen war. Jedermann starrte nun auf die Gebenedeite, und niemand wagte zu blinzeln, um das nächste Wunder nicht zu verpassen.

Aber Wunder sind nun einmal rar, und ich hütete mich, das Mysterium durch Gewöhnung abzuschwächen.

Die Mönche begannen ihr Kyrie, und wie zuvor antwortete das Volk. Doch anders klang ihr Singen nun, falsch vielleicht, aber kraftvoll und glühend. Die Menschen erkannten die wirkliche Mutter Gottes in meiner Statue. Die heilige Jungfrouwe, zu der man Vertrauen haben konnte, die sich geduldig kleine und große Sorgen anhörte und majestätisch genug war, göttliche Hilfe in die Wege zu leiten.

Die Menschen jubelten, und ich allein hatte ihnen diese Freude geschenkt.

Das war es, wozu ich geboren war! Das war es, wozu das Schicksal mich ausersehen hatte. Ich fühlte mich, als wäre ich soeben aus einem dumpfen Schlaf erwacht und endlich wieder lebendig geworden.

Die Menschen drängten sich nahe heran, ich hörte ihre Stimmen dicht neben mir, sie versuchten das Holzbild zu berühren, vielleicht sogar einen Splitter davon zu erhaschen. Ich wünschte den Trägern Kraft und Stärke und betete, dass sie mich nicht fallen ließen. Das letzte Stück legten sie im Laufschritt zurück, und ich war ihnen dankbar dafür, obwohl ich übel gerüttelt wurde und einige Schrammen davon trug.

Als ich aus meinem engen Kasten kroch, stand der Dekan vor mir. Demütig verbeugte ich mich. Ein Lob konnte ich mir wohl nicht erhoffen, doch das schadete nichts, ich wusste, dass ich dem Kloster reiche Schenkungen verschafft hatte.

»Warum hast du meine Befehle missachtet?«

»Ich wollte nicht ungehorsam sein, Vater, doch als ich zwischen den Menschen einhergetragen wurde, spürte ich, wonach sie verlangten, und habe mich danach gerichtet.«

»Du richtest dich lieber nach den Bauern als nach mir?«

»Die Prozession wurde schließlich ihretwegen veranstaltet, und ich dachte, Euch wäre an einem Erfolg gelegen.«

»Du Heilloser!«, fauchte er. »Du wagst es, die fromme Prozession in den Dreck zu ziehen, als sei sie ein gemeines Schauspiel? Darüber hinaus zweifelst du meine Beschlüsse an und setzt sie eigenmächtig außer Kraft. Ich werde deine Aufsässigkeit nicht dulden!«

Dann sammelte er sich und fuhr in gefährlich wohlmeinendem Ton fort. »Nie hätte ich dich mit dieser Aufgabe belasten dürfen. Es ist meine Schuld, dass sich der Hochmut auf dich stürzte, aber ich werde Buße tun und meinen Fehler auch an dir wieder gut machen.«

»Das war kein Hochmut, Dekan, das war Erfahrung. Wäre ich Eurem Geheiß gefolgt, hätten die Leute den Mechanismus wahrscheinlich entdeckt. Nicht alle Bauern sind dumm, Ihr schätzt die Menschen da draußen falsch ein.«

Ein älterer Mönch legte mir die Hand auf den Arm. »Bitte, mein Sohn, bedenke, was du sagst. Es kann doch nicht so schwer sein, einen Fehler zuzugeben, um uns allen Ungemach zu ersparen.« Er klang ehrlich besorgt, aber ich konnte nicht mehr zurück. Zu sehr hatte ich den Jubel des Publikums genossen, als dass ich ihn jetzt gering achten wollte. »Ich weiß, dass ich richtig handelte und Euch einen Dienst erwies. Wenn Ihr nicht die Großherzigkeit besitzt, mir dafür zu danken, so ist das Eure Sache.«

Die Umstehenden wichen vor mir zurück, und der Dekan tat, als ob er husten müsste, damit man den Zorn in seinem Gesicht nicht sah. Dann sagte er: »Lasst uns in die Kirche gehen und unsere Schwächen beklagen, ein jeder denke an seine eigene Schuld.« Er nahm mich bei der Schulter und führte mich hinaus.

In der Kirche wusch man mir mit geweihtem Wasser Hände und Füße, darauf wurde mir Salz in den Mund gerieben, und ich musste mich mit ausgebreiteten Armen auf den Boden legen. Als ich mich wehrte, raunte der Dekan: »Gehorche jetzt, mir liegt daran, dich wohlbehalten zu sehen.«

Die Bittgesänge dauerten lange und klärten meinen Geist.

Gleich nach dem Gottesdienst würde ich um Entlassung bitten und dafür sorgen, dass mein Name aus der Mönchsliste getilgt wurde. Ich war ein Tokkenspieler und würde nie ein frommer Mönch sein, der unauffällig zwischen den anderen sein bedeutungsloses Leben verrinnen ließ.

Meine Brüder hingegen wurden allmählich wieder gleichmütig, denn dies war die heilige Kirche, die ewig sein wird, auch wenn von Zeit zu Zeit neue Gesichter darin wandelten.

* * *

Mit bangem Herzen stand ich vor der Zelle des Dekans und klopfte so zaghaft, dass er es unmöglich hören konnte. Aber die hinterhältige Tür war nur angelehnt und schwang sogleich zurück. Der Dekan stand an seinem Pult und blickte auf. Gottlob war er allein.

»Dein Gebaren war sehr unbedacht«, sagte er. »Kennst du die menschlichen Schwächen so wenig, dass du mich derart herausfordern musstest?«

Natürlich hatte ich mit Anschuldigungen gerechnet, allerdings nicht damit, dass man mir mangelnde Menschenkenntnis vorwarf.

»Du hast dich offen meinen Anweisungen widersetzt. Wie sollten deine Brüder mir weiterhin Vertrauen entgegenbringen, wenn ich das hinnehmen würde? Nur ein wenig Reue – es war dunkel in dem Kasten – die Schnüre waren verdreht, was auch immer – eine kleine Entschuldigung hätte genügt.«

»Aber Vater, wollt Ihr mich zur Lüge auffordern? Ich habe mich bemüht, die Gebote zu beachten, und ich dachte ein Kloster wäre der richtige Ort dazu.«

»Hier ist jedenfalls nicht der Ort, an dem man sich lieber die Zunge abbeißt, als anderen zum Heil zu verhelfen. Was gilt deine dreckige Seele schon gegen hundert andere?«

Seine Worte trafen mich mehr, als mir lieb war.

»Genug davon«, sagte er. »Ich halte es für das Beste, wenn du uns verlässt. Ich hoffe, du hast dir Gedanken gemacht, wie du für die Kosten, die wir deinetwegen hatten, aufkommen willst.«

»Ich verstehe nicht, ich habe doch für Speisen und Dach gedient?«

»Ja, das hast du, und wir waren zufrieden mit dir. Aber was ist mit dem Unterricht? Lehrten wir dich nicht Lesen und Schreiben und die Sprache Roms? Ahnst du vielleicht gar nicht, was die Edlen dem Kloster schenken, damit wir ihre Kinder unterweisen?«

Natürlich hatte ich Tusche und Pergament verbraucht, man hatte mir Zeit gewidmet, die sicher anderswo fehlte. Aber ich hatte nicht gewusst, dass ich dafür bezahlen sollte. »Es tut mir Leid, ich werde wohl nie so viel besitzen, das Kloster zufrieden zu stellen.«

»Du willst also nehmen, was dir gefällt, und als gemeiner Dieb deiner Wege ziehen?«

»Nein, ich bin kein Dieb, dann muss ich eben bleiben, bis meine Schulden abgegolten sind.«

»Kannst du nicht zuhören?« Der Dekan lehnte sich über den Tisch. »Gerade erklärte ich, dass wir dich nicht länger unterbringen wollen.«

Die Verzweiflung kroch herauf und saß ranzig in meinem Hals. Was sollte ich denn tun? Ach, wollte er mir doch das Messer reichen, damit ich die Stricke zerschneiden konnte, die um meine Kehle lagen und mich an diese Mauern banden.

Er sah mich missbilligend an. »Du hast deine Brüder in den Schweigestunden zum Lachen gebracht, indem du die baiovarische Mundart nachahmtest.«

»Ja, Vater.« Es war wohl angebracht, dass ich mich jetzt schämte.

»Hast du schon einmal von Herzog Tassilo gehört?«

»Ja, Vater.« Wenn er es so haben wollte, schämte ich mich auch dafür.

»Setz dich«, sagte er und schob mir einen Schemel hin. »Leider ist der Herzog vom guten Wege abgefallen. Er hat den König geschmäht, sein Volk verhetzt und jetzt auch noch die Awaren gedungen, gegen uns zu rüsten. Das ist ein gefährliches Reitervolk aus dem Osten, welches früher Hunnen genannt wurde. Zu allem Unglück wird Papst Hadrian von den Griechen bedrängt. Nicht auszudenken, wenn sie sich alle verbünden würden.«

Ich blickte verwundert auf und begriff nicht, was das mit mir zu tun hatte.

Der Dekan stellte sich hinter mich und legte mir die Hände auf die Schultern. »Baiern ist begütert, und Tassilos Familie ist mächtig. Der Herzog ist eine echte Gefahr, wenn es nicht gelingt, ihn entgültig zu verurteilen. Aber wird er zugeben, was man ihm zur Last legt? Niemals täte er das, er sorgt sich nicht um Meineide.«

Jetzt hockte der Dekan sich vor mich, so dass er mir in die Augen blicken konnte. »Was meinst du, Berengar, wenn der König nun Tassilos Zepter in die Hände bekäme, seinen Schatz und seine Sippe dazu, würde der Herzog nicht eifrig alles beschwören, was man von ihm hören will?«

Lächelnd klopfte er mir aufs Knie. »Der Familie wird nichts geschehen, sie ist nur als Entscheidungshilfe gedacht. Ein Heer zu senden und Blutvergießen in Kauf zu nehmen ist nur vertretbar, wenn man auch gewinnen kann, doch das ist leider fraglich, nun da die Awaren hinter Baiern stehen. Aber ohne Heer gelangt niemand in Tassilos Burg – es sei denn, es wäre sein eigener Bote.«

Er ließ mir Zeit, seine Worte zu begreifen. »Ehrwürdiger Vater, Ihr denkt doch nicht etwa daran, mich nach Baiern zu schicken? Wie sollte ich die hohe Familie dazu bewegen, mit mir zu kommen? Und Ihr glaubt doch nicht im Ernst, dass mir jemand seinen Reichtum anvertrauen würde.«

Jetzt lachte der Dekan sogar. »Dir ganz sicher nicht, dem Boten des Herzogs schon eher. Besonders, wenn er eine Urkunde mitbringt, geschrieben in Tassilos Handschrift.«

Warum sollte ausgerechnet ich dem König zu Diensten sein? Ich, der ihm nach dem Leben getrachtet hatte und mit Wonne zwei seiner treuesten Vasallen in die Hölle schicken würde. »Ich eigne mich nicht für solche Dinge.«

»Du eignest dich sogar ausgezeichnet. Niemand verlangt, dass du die gefährliche Reise umsonst unternimmst. Der König hat ein beachtliches Maß an Dankbarkeit versprochen, du hättest weit mehr, als du dem Kloster schuldig bist, du könntest dir gar ein eigenes bauen.«

Ein eigenes Kloster?

Oder einen eigenen Hof! Ich würde zu Ansehen kommen, genau wie mein Bruder. Und dann wäre es mir vielleicht möglich, Giselas Vertrauen zurückzugewinnen ... Diese Aussicht ließ meinen Verstand Purzelbäume schlagen.

Der Mönch kniff die Augen zusammen, und sein Gesicht

wirkte noch spitzer als sonst. »Du zögerst?« Er zog ein Pergament aus seinem Gewand. »Du selbst hast diese Urkunde verfasst. Erinnerst du dich?«

Es war eindeutig meine Handschrift. Ich wusste genau die Stellen zu sagen, an denen der Bibliothekar mir während der Prüfung über die Schulter gesehen hatte. Als ich die Worte las, die ich damals nicht verstanden hatte, wurde mir übel. Sie forderten Tassilos Gemahlin auf, sich dem Boten anzuvertrauen, die *familia* für eine längere Reise auszurüsten und alles mitzunehmen, was sie fortschaffen konnten. Unterschrieben war das Ganze vom Herzog selbst.

»Verfluche uns nicht, Berengar«, sagte das Mausgesicht. »Wir mussten die Gelegenheit nutzen, als wir merkten, dass deine Handschrift der von Tassilo zum Verwechseln gleicht. In unseren Mauern gibt es keinen anderen, der baiovarisch spricht, sich auf den Straßen auskennt und zu täuschen versteht. Karl wird dir einen Ritter zur Seite geben, der über deinen Weg nach Baiern wachen soll. Falls du dich dennoch weigern solltest, werden wir dich als Betrüger vor Gericht stellen. Das täte mir aufrichtig Leid, denn der Abt ist hier der Richter, und sein Vertreter bin ich selbst.«

Die Drohung wäre nicht nötig gewesen, ich war ja schon bereit mich zu fügen. Schließlich hatte ich Schlimmeres überstanden als die Reise mit einer Herzogin, und bisher hatte mich niemand für meine Mühsal entschädigt.

»Gut Vater, wenn Ihr mir die Belohnung zusichern könnt, will ich einverstanden sein.«

»Bringe deine Sachen ins Gästehaus. Eine Weile wird dein Haar noch wachsen müssen, genügend Zeit, dich vorzubereiten. Lass es dir gut gehen, bis du uns verlässt.«

Zum Abschied segnete er mich sogar.

Ihr habt Recht, verehrte Richter, ich gab mich nicht mit dem zufrieden, was mein dürftiger Rang erwarten ließ. Ich verlangte nach mehr, nach üppigerem Leben, sobald eine Gelegenheit solches versprach.

Ich mag nicht glauben, dass die Begehrlichkeit von Teufeln auf die Erde geschüttet wurde. Sie kann nicht verwerflich sein, da sie das Leben erst ermöglicht.
Seht Ihr das Gras, das Ihr gedankenlos in den Boden trampelt? Es entzieht sich nicht, es harrt aus und duldet, was auch immer mit ihm geschieht. Doch glaubt nun nicht, es wäre demütig.
Ein solches Hälmchen klammert sich hartnäckig in der Erde fest, trotzt verbissen der Sichel, setzt all seine Zähigkeit gegen grobe Finger, die es achtlos herauszuzupfen drohen.
Und mehr noch, es trachtet gar danach zu wachsen.
Die Spitze hat es kühn zum Sonnenlicht erhoben, nichts Geringeres als der hohe Himmel ist sein eitles Ziel. Und unten streckt es schon die Wurzelfinger aus, um seiner Sippe Raum zu verschaffen, heimlich, hinterlistig gräbt es in der Erde, das ganze Weltenreich zu erobern.

Alles was da lebt, muss streben, muss größer werden und mehr, muss von Fülle träumen und sich plagen, so viel wie möglich davon zu erhaschen. Wer damit aufhört, stirbt.
Der Mensch kann nicht zufrieden sein. Er darf es nicht.

Wie sollte ich dem Gesetz der Schöpfung trotzen wollen?
Nein, ich bin nicht genügsam. Ich lebe noch, und ich schäme mich nicht, weiterhin Unmögliches zu begehren.«

QUIA DIEBUS VITAE MEAE
WÄHREND DER TAGE MEINES LEBENS

Auf dem Weg zur Scheune wurden meine Schritte leicht.

Ja, ich wollte diesen Auftrag ausführen. Ich würde einen Hof besitzen und fortan tun, was mir beliebte.

Was ging mich Ritter Meginher noch an? Was hatte ich mit Gerrich zu schaffen? Warum länger hinter einem Eid herrennen, den irgendwann ein halbwüchsiger Bengel unbedacht gesprochen hatte? Nein, ich würde die Tage meines Lebens nicht mehr opfern.

Es sei denn, aus Liebe.

Lange genug hatte ich vermieden, mich an Gisela zu erinnern, jetzt entzückte mich der Gedanke umso mehr. Jeder Augenblick, den ich je mit ihr verbracht hatte, wurde mir wieder lebendig. Im Geiste ersann ich den Moment, da sie die Schwelle meines Hauses überschreiten würde, um dann für immer bei mir zu bleiben. Ach, wie sehnte ich mich danach, sie wiederzusehen.

Ich stand im Stroh und sah mich um. Was sollte ich in mein neues Leben mitnehmen? Die zerschlissene Pferdedecke vielleicht? Einen hölzernen Napf, den Burchard aus der Küche entwendet hatte, oder das halbe trockene Brot dort in der Ecke? In meinem mageren Beutel klapperte bloß noch die Fibel meiner Mutter, eine Holzdose von Madelgard und ein gestohlenes Messer. Da verliefen sich meine Gedanken zu unfassbarem Reichtum, dabei besaß ich nicht einmal das Gewand, welches ich auf dem Leibe trug.

Ich konnte nicht anders, als haltlos zu lachen.

Natürlich hatte Burchard mich erspäht, und natürlich kam er gleich herbeigeeilt. »Was ist geschehen, Herr?«

»Ich habe gerade festgestellt, dass ich arm bin.« Das Gelächter brach noch heftiger aus mir heraus, und Burchard sah mich verständnislos an.

»Ich soll meine Sachen ins Gästehaus bringen«, prustete ich. »Du musst mir beim Packen helfen, ich fürchte, dass ich nicht alleine damit fertig werde.« Ich konnte kaum noch sprechen, brachte nur noch ein Glucksen hervor.

»Geht Ihr fort?«

Er stand da wie das Elend selbst. Breit war er geworden und einen ganzen Kopf größer als ich. Sicher zählte er schon siebzehn Jahre. Herr im Himmel, was wurde nun aus ihm? Hardrad lebte nicht mehr, niemand forschte nach seinem Verbleib. Konnte ich von ihm verlangen, sich mit mir ins Ungewisse zu stürzen? Würde er überhaupt fähig sein, die Komödie mitzuspielen? Allerdings, er war dazu fähig, ich hatte es bitter genug am eigenen Leibe erfahren.

»Was ist?«, schimpfte ich, »Warum gehorchst du nicht? Oder meinst du, du seist für das Klosterleben besser geeignet, als ich?«

»Darf ich denn ... wollt Ihr mich wirklich mitnehmen, Herr? Ich meine, könnt Ihr mir denn vergeben, dass ich Euch hintergangen habe?«

»Ganz bestimmt nicht, ich werde es dir bei jeder Gelegenheit vorhalten.«

»Oh!«, sagte er, immer noch unsicher.

»Benimm dich ja anständig. Irgendwie muss ich vor den Mönchen rechtfertigen, dass ich dich brauche, das heißt, wenn du überhaupt willst.«

Er sackte auf die Knie und weinte. »O ja, Herr, das will ich! Ich werde an Eurer Seite ausharren, was auch immer geschieht, das schwöre ich Euch. Ich schwöre bei Gott.«

»Hör auf damit, lass mein Gewand los. Fang bloß nicht wieder an, mich zu bedrängen, sonst könnte ich meinen Beschluss noch ändern.«

»Bitte nicht. Ihr werdet Eure Großmut nicht bereuen. Ich mache alles genau, wie Ihr wünscht, und wenn Ihr mir Geheimnisse anvertrauen müsst, werde ich lieber sterben, als ein Wort preiszugeben. Soll ich die Decken mitnehmen? Ich habe auch einen Holzbecher und drei Löffel. Man weiß ja nie. Wenn es ein Auftrag ist, wird man Euch vielleicht eine Ausstattung geben, nicht wahr? Aber die Decken behalten wir trotzdem. Geht es um irgendwelche Reliquien? Wo reisen wir denn hin? Nein, verdammt! Sagt es mir nur, wenn Ihr wollt, Herr.«

Ein junger Mönch geleitete uns ins Gästehaus und brachte einen Stapel eng beschriebener Pergamente mit. Das alles sollte ich zu meiner eigenen Sicherheit über Tassilos Familie wissen.

Noch schlimmer war, dass die ehrwürdigen Väter mir ein Pferd für die Reise schenkten. Es wurde in den angrenzenden Stall geführt und schnaubte dort bedrohlich, eine breite falbe Stute, der nichts anderes einfiel, als mich Tag und Nacht mit ihrem Gestampfe zu ängstigen. Ich nannte sie Bertha, weil sie mich in ihrer Schrecklichkeit an Folkrichs Küchenvorsteherin erinnerte.

Burchard drängelte täglich. »Das arme Pferd will hinaus. Es wird ganz hitzig, wenn es immer im Stall stehen muss. Ich habe mir zeigen lassen, wie man es sattelt, wirklich, ich mache bestimmt alles richtig.«

Irgendwann musste ich es ja doch wagen, warum also nicht gleich. Ich zwang mich, daran zu denken, dass ich bald einen eigenen Hof besitzen würde und Gisela dann hoch zu Ross willkommen heißen konnte.

Man hatte mir zwar versichert, dass Bertha ruhig und zuverlässig sei, doch nun witterte sie frische Luft und trat ungeduldig hin und her. Mit Hilfe meines eifrigen Dieners erkletterte ich das Ungetüm. Entsetzlich fern der Erde saß ich nun, krallte mich am Sattel fest und spannte jeden Muskel, dessen ich mich entsinnen konnte.

»Ich bin bereit. Sag ihm, dass es gehen soll.«

So furchtbar war es nicht. Willig schritt das Tier neben Burchard her, hob und senkte den Kopf bei jedem Schritt und schaukelte mich gelinde. Ich entkrampfte mich und wagte, umherzuschauen. Groß war ich jetzt, unter mir die gesammelte Kraft des braven Rosses. Ja, die Welt wirkte unbedeutender von hier oben.

Plötzlich schlug die Stalltür zu.

Bertha riss den Kopf in die Höhe, und Burchard ließ die Zügel fahren.

Das Pferd stürmte los. Mein Körper wurde zurückgeschleudert, und der Sattelknauf entglitt meinen Händen. Ich warf mich nach vorn und klammerte die Arme um den Hals des Tieres. Es raste in kopflosem Galopp den breiten Weg entlang, sprang plötzlich nach rechts über einen Graben, galoppierte quer durchs Feld, und direkt in den Wald, vorbei an peitschenden Zweigen und unter Ästen hindurch, dann ging es im hohen Sprung über einen Baumstamm, den steinigen Hügel hinauf und wieder ins Gestrüpp – um mich abzustreifen. Wahrscheinlich schrie ich erbärmlich, aber ich stürzte nicht.

Als Bertha endlich das Tempo verlangsamte, waren wir weit, weit fort.

Sie blieb mitten auf einer Wiese stehen, senkte den Kopf und graste.

Zittrig rutschte ich hinunter.

»Ganz ruhig, liebe Bertha, ganz ruhig«, sagte ich, während ich heimlich nach dem Zügel angelte. »So, jetzt wollen wir zurückgehen, nicht wahr?« Probeweise zog ich behutsam, aber Bertha war nicht einverstanden. Sie schüttelte die Mähne, schlug mit dem Schweif und schnaubte. Lange musste ich sie fressen lassen, bis sie bereit war, mit mir zu kommen.

Ausgerechnet jetzt war der Ritter eingetroffen, der mich nach Baiern begleiten sollte. Und es war ausgerechnet jemand, den ich sehr gut kannte. Von allen Menschen der Welt hätte ich mir ihn am allerwenigsten als Zeugen gewünscht, wie ich nun, zerschunden und zerkratzt, mit ausgestrecktem Arm das unschuldig dreinblickende Tier in den Hof führte.

Ansgar lächelte, als er mich kommen sah. Er machte eine Kopfbewegung zu Burchard, der mir sogleich entgegenlief, um Bertha in den Stall zu bringen.

»Verzeiht mir, Herr, Ihr braucht nicht zu schimpfen, der Ritter hat das schon für Euch erledigt.« Er wies auf seine Wange, die ziemlich gerötet war.

»Sei gegrüßt, Meginhard!«, rief mein Bruder. »Ich habe gerade mit Schrecken erfahren, dass du mein Schützling sein sollst.«

»Gefällt es dir nicht mehr, auf deinem Lehen zu hocken und vierbeinige Ungeheuer zu züchten?«

Ansgar kniff die Augen zusammen. »Ich bin dem König dienstpflichtig und habe es mir nicht ausgesucht, einen Bauernfänger durchs halbe Reich zu führen, der lieber zu Fuß geht, als standesgemäß zu Pferd zu reisen.«

»Nur keine Angst, ich werde rechtzeitig reiten können.«

»Ganz sicher sogar, dafür werde ich schon sorgen.«

Beim Mahle erzählte ich knapp, dass ich zuerst umhergezogen war und die letzten zwei Winter im Kloster verbracht hatte. Ansgar war auch nicht gesprächiger. Sein Hof brachte genügend ein, dazu kam mancher Beutezug, er war zufrieden.

»Ist Gisela noch bei dir?«

»Es geht ihr gut und der Tochter auch. Die Kleine muss inzwischen fünf Sommer zählen.«

So, eine Tochter. Vor ungefähr sechs Jahren war Gisela mit Ansgar gegangen, und gleich hatte sie ihm ein Kind geschenkt? Die Erinnerung an sie zerbröckelte in meinem Herzen, und die Bruchstücke stachen.

»Meginhard, ich bin verantwortlich, dass du mit allem gerüstet bist, damit man dir den Boten glaubt. Man sagte mir schon, dass mein Schutzbefohlener kein Ritter sei, ich hätte auch jedem anderen das Nötigste beibringen müssen. Du brauchst dich also nicht zu zieren, wenn ich dir sage, was du falsch machst.«

»Spar dir deine Überheblichkeit. Niemand hat mehr Interesse daran, überzeugend zu wirken, als ich. Wenn ich versage könnte es mich das Leben kosten.« Allerdings wusste ich nicht mehr, wozu es sich lohnen sollte, das Leben zu erhalten.

»Umso besser. Wir fangen morgen an.« Ansgar legte seinen Harnisch ab, ließ sich die Stiefel ausziehen und kroch vollständig bekleidet unter die Decke. Er schlief sofort ein. Seine Züge waren hart geworden, und seine Zähne knirschten aufeinander.

»Was für ein kühner Ritter«, sagte Burchard.

Ja, das war dieser Klotz wahrhaftig, kühn genug, sich Pferd und Harnisch zu beschaffen, Hunderte von Geiseln zu erstechen und mir die Geliebte zu nehmen. »Er ist mein Bruder.«

»Wirklich? So eine Freude, Herr. Ihr müsst sehr glücklich sein.«

Ich glaube, ich stieg erheblich in der Achtung meines Dieners.

Ansgar war ein geduldiger Lehrer. Er behandelte mich genauso wie eines seiner Tiere, freundlich aber unerbittlich. »Richte dich auf, die Schenkel müssen fester sein, ja, genau so, nicht an den Zügeln reißen, es tut ihrem Maul weh, du machst das sehr gut, lass die Mähne los, die Schenkel etwas fester ...« so sprach er in ruhigem Ton, während er stundenlang neben mir herritt.

Meine Beine waren reines Bohnenmus, und mein Gesäß fühlte ich schon gar nicht mehr. Gleichwohl enthielt ich mich jeglicher Klage, um mich vor Ansgar nicht bloßzustellen.

* * *

Es war noch nicht Hochsommer, die Morgen blieben lange kühl, aber mittags wurde es schon angenehm warm, die schönste Jahreszeit, in die Welt hinauszuziehen. Unsere Lasten hatten wir auf beide Pferde verteilt, so dass Burchard nichts zu tragen brauchte. Er lief unbeschwert an meiner Seite und versicherte, dass er keine Sehnsucht nach dem Kloster haben würde.

Um niemandem aufzufallen, lagerten wir weit entfernt von allen Ansiedlungen. Ansgar blieb wortkarg, und auch mir war nicht an Unterhaltung gelegen. Ich hätte doch nur über Gisela gesprochen, und ich wollte nicht hören, was Ansgar über sie zu berichten hatte.

Eines Abends löste dann das Bier seine Zunge. »Hör mal, Meginhard, nimm mir die Schweigsamkeit nicht übel. Ich hadere mit meinem Schicksal, dass ausgerechnet ich dich nach Baiern bringen muss, wo du wahrscheinlich umkommen wirst.«

»Du brauchst mich nicht wie ein Kind zu behandeln. Ich bin Gefahren entronnen, die du dir nicht einmal träumen lässt, und ich besaß keine bessere Rüstung als meine Gegner, was ja wohl der einzige Grund ist, warum das Frankenheer so viele Siege davonträgt.«

Ansgar lächelte. »Mit den Rüstungen hast du sicher recht, aber vor allem sind es die Steigbügel, die uns im Gegensatz zu manchem Feind so fest im Sattel halten.«

Er warf einen Stock nach Burchard. »Schlaf nicht, hol Bier, mein Becher ist leer!« Nachdem sein Begehr erfüllt war, sagte er: »Du hast wahrscheinlich keine Ahnung, wie sehr man deine Arglosigkeit benutzt. Abt Baugulf giert nach Rache, seit Karl seinen Vetter Hardrad verstümmeln ließ. Ein Hohlkopf wie du kam dem ehrenwerten Abt wohl gerade recht.«

»Behalte deine Weisheiten für dich. Die Mönche haben mich meines Verstandes wegen ausgewählt, du hingegen kannst nur mit Muskeln und Raufereien protzen.«

Ansgar lachte bitter. »Baugulf ist schlau, er selbst riskiert überhaupt nichts, wer auch immer deine Täuschung entlarvt. Deine Aufgabe ist es, Tassilos Familie zu warnen, erkennst du das denn nicht? Falls allerdings ein Franke dich zu fassen bekommt, trifft Baugulf keinen Tadel, er wollte ja nichts anderes, als dem König behilflich zu sein.«

Vielleicht konnte ich den Mönchen wirklich nicht trauen. Vielleicht sollte ich alles vergessen, was ich in den letzten Tagen mühsam über Tassilo gelernt hatte, und mich lieber auf meine eigene Schliche verlassen. »Du kennst mich schlecht, Ansgar, ich habe mehr Möglichkeiten zur Täuschung als andere. Außerdem ist Tassilo längst in der Gewalt des Königs. Ich hätte mich nur zu fürchten, falls er dem Gericht entkommen könnte, dann allerdings würde ich bis zur Elbe rennen.«

Ansgar rülpste. »Er darf nicht entkommen. Die Awaren rüsten gegen uns, und die Griechen bereiten sich darauf vor, in Benevent zu landen. Kriege sind nicht billig, Karl braucht Tassilos Gold. Viele baiovarische Vasallen wurden bestochen, gegen den Herzog auszusagen, trotzdem gibt es keinen Beweis eines wirklichen Verbrechens.«

So, der König gierte nach Gold und Macht. Er war nicht besser als Raban, nur größer und seine Beute auch. Aber ich würde einen fetten Anteil daran haben, und dann sollte selbst mein Bruder nicht mehr wagen, mich gering zu achten.

Ansgars Gesicht war gerötet. »Der verfluchte Herzog hat die Awaren aufgehetzt und ihnen fränkische Waffen verschafft. Er befielt seinem Volk den Meineid, wenn sie auf den König schwören, und er hat Karls Vasallen zu einem Fest geladen, um ihnen nach dem Leben zu trachten. Mir würde das reichen, ihm die Kehle durchzuschneiden.« Er boxte mich in die Seite. »Weißt du was, Meginhard, ich zeige dir, mit dem Schwert umzugehen. Ich wäre ruhiger, wenn ich wüsste, dass du dich wehren kannst.«

Aus unserem Packen wühlte er ein doppelschneidiges Schwert und einen Harnisch heraus und warf beides vor mich hin. »Na los, leg ihn an, du wirst dich sowieso daran gewöhnen müssen.«

Das gepanzerte Wams gefiel mir. Es musste eine Heidenarbeit gewesen sein, all die kleinen Metallstücke zu schmieden und beweglich zu verbinden. Wenn man mit der Hand darüber strich, glitzerten sie im Schein des Feuers.

»Hat das nicht Zeit bis morgen?«, fragte ich.

»Nun mach schon, mir zuliebe, ich möchte dich gerne darin sehen.« Er schleuderte wieder einen Stock nach Burchard. »He, merkst du nicht, dass dein Herr Hilfe braucht?«

Burchard bemühte sich vergeblich, mir die Rüstung überzustülpen, und Ansgar stieß ihn zur Seite. Ich roch das Bier in seinem Atem und spürte seine Ungeduld. »Andersherum, siehst du, das ist der Rücken. Vorsicht, halte dein Gesicht nach unten, wenn du dir keine Kratzer einhandeln willst. An den Seiten wird es fest gezogen, so!«

Er trat einen Schritt zurück und betrachtete sein Werk.

»Heb das Schwert auf!«

Als ich zögerte, sagte Ansgar: »Die Klinge leidet, wenn man sie im feuchten Gras liegen lässt.«

Also tat ich, wie mir geheißen. Aufgerichtet reichte mir die Waffe fast bis an die Brust, ich konnte sie nur mit beiden Händen halten.

Mein Bruder zog sein eigenes Schwert und sprang auf die andere Seite des Feuers. Breitbeinig, die Knie leicht gebeugt, und den Oberkörper etwas vorgeneigt, stand er hinter den Flammen. Die Arme hatte er gehoben und die Augen fest auf mich gerichtet. Er war bereit, auf die kleinste Bewegung zu reagieren. »Wie stehst du denn da?«, rief er. »Du musst federn, sonst kannst du mich nicht abwehren!«

Da ich nichts dergleichen tat, tänzelte er lauernd vor, und ich wich aus. Den gleichen Abstand beibehaltend, schlichen wir ums Feuer. Er, leichtfüßig und kraftvoll, wie ein Luchs, ich dagegen mit plumpen Schritten, rückwärts gehend, und durch die Rüstung behindert.

Er machte einen plötzlichen Ausfall, und ich riss mein Schwert in die Höhe.

Ansgar grinste. Wieder stieß er nach mir. Um ein Haar wäre ich gestolpert. »Hör auf, Ansgar. Wir können morgen weiter machen.«

»Was hast du denn, es ist doch nur ein Spiel, zier dich nicht.« Sein Schwert zischte vor, und ich schlug ungelenk mit meinem dagegen.

»Na also! Du kannst es ja!« Er lachte, sprang vor und zurück und hieb nach mir, mal rechts, mal links. Ich fasste den Griff fester, um die Stöße abzufangen. »Lass gut sein, Ansgar.«

»Nein, nein, du machst das ganz richtig. Weiter so.« Immer heftiger drang er auf mich ein, änderte unerwartet die Richtung, huschte ums Feuer und griff von hinten an. Ich konnte mich gerade schwerfällig umdrehen, da war er längst wieder fort gesprungen. Seine Augen glänzten. Schon berührte er mich mit seinem Schwert, leicht nur, ohne mich zu verletzen, er schien genau berechnen zu können, was ich als nächstes tun würde.

»Schluss jetzt, Ansgar, das ist nicht lustig.«

»Doch, das ist es! Wehr dich, du musst mit deiner ganzen Entschlossenheit zuschlagen.« Er fuchtelte vor meiner Nase, piekte mich ins Gesäß und bearbeitete meine Klinge, dass sie mir beinahe entglitten wäre.

Er wollte mich demütigen.

Ich war kein Gegner für ihn, doch in all dem Gehampel würde ich ihn treffen können. Ich brauchte nur zu warten, bis er mir wieder in die Seite stechen wollte, um dieses Mal nicht nach hinten auszuweichen, sondern nach vorne.

Mit aller Wucht, wie er es mir geraten hatte, stieß ich zu.

Sein Schwert sauste dicht an meinem Kopf vorbei, und traf meine Hand.

Es tat nicht weh, meine Finger verloren nur jegliche Kraft. Meine Klinge rutschte auf die Erde. Ich presste mein Handgelenk und führte die Wunde an den Mund.

Ansgar stand zitternd vor mir, seine Arme hingen schwer herab. »Meginhard, es war nur Spaß, ich dachte nicht, dass du mich ernstlich angreifen würdest. Du hättest mir die Eingeweide durchbohrt, wenn ich nicht abgewehrt hätte. Es tut mir Leid …« Er setzte sich ans Feuer, drehte mir den Rücken zu und stützte die Stirn in die Hände.

Ich lutschte an meinem Blut. Nun würde ich meinen starken Bruder wohl trösten müssen. Burchard zog mich am Ärmel. »Es ist besser, wenn ich das verbinde«, sagte er, und ich überließ ihm die Hand, die nun heftig pochte.

»Ansgar, mach dir keine Gedanken darüber.«

»Tut es sehr weh?« Er hob nicht einmal den Kopf.

»Ach was, nur ein Kratzer.« Das stimmte nicht, die Wunde schmerzte inzwischen so sehr, dass ich am liebsten hineingebissen hätte.

»Verdammt, Meginhard, warum hast du mitgemacht?«

Es war sicher nicht der rechte Augenblick, mit ihm zu streiten. »Leg dich hin, Ansgar, es ist spät, wir sind alle müde.«

Er ließ sich tatsächlich auf die Decke fallen, die Burchard vorsorglich ausgebreitet hatte. Dann verlangte er nach Bier.

»Sofort, Herr«, sagte Burchard. Er schüttete den Trank in einen Becher und wieder in den Krug zurück, so dass man es glucksen hören konnte. Darüber schlief mein Bruder ein.

Als ich am nächsten Morgen erwachte, war Ansgar fort.

Meine Hand schmerzte fürchterlich. Ich versuchte meine Finger zu bewegen, doch es gelang mir nicht. Nicht eine Spur! Der Verband ließ sich nicht lösen. Das Blut hatte den Stoff durchdrungen, er war auf der Wunde fest geklebt. Panisch rief ich nach Burchard.

»Was macht Ihr denn, Herr? So geht das nicht, Ihr reißt ja alles wieder auf.«

»Meine Finger sind steif! Was soll jetzt aus mir werden? Ich bin Tokkenspieler und brauche meine Hände.« Tatsächlich war ich den Tränen nahe. Burchard holte Wasser und weichte die Kruste auf. »Macht Euch keine Sorgen, Euch hätte gar nichts Besseres passieren können.«

»Bist du närrisch? Sieh dich vor, ich habe noch eine gesunde Hand, die durchaus den Stock halten kann.«

»Schimpft nur, das ist besser als Euer Gejammer. Nach dem, was ich gestern sah, muss ich mich wohl damit abfinden, dass Ihr nie ein Kämpfer werdet. Aber nichts sieht verwegener aus als ein blutiger Verband. Niemand wird Euch herausfordern können, solange Ihr verletzt seid, und ich brauche mich nicht für Euch zu schämen.«

Ansgar kam herangeprescht. Er hatte eine Ente erlegt und warf sie neben die Feuerstelle. Dann schubste er Burchard beiseite. »Kein Wasser, es ist oft unrein!« Er nahm meinen Arm, drückte plötzlich fest zu und riss im gleichen Moment den Stoff von der Wunde. Es kümmerte ihn nicht, dass ich schrie. Die Wunde blutete kaum noch, durchsichtiger Schleim sickerte heraus.

»Du kannst froh sein. Ein glatter Schnitt, daran wirst du nicht sterben.« Er säuberte die Verletzung mit Wein, nahm einen steinernen Anhänger vom Hals und ließ ihn über meiner Hand pendeln. »... sose benrenki, sose bluotrenki, sose lidirenki: ben zi bena, bluot zi bluoda, lid zi geliden, sose gelimida sin ...«

Trotz der Schmerzen musste ich kichern. Mein großer Bruder, den nichts in der Welt schrecken konnte, der ungezählten Sachsen den Garaus gemacht hatte, schwenkte jetzt ein heidnisches Amulett hin und her.

»Lach nicht! Die Worte haben mir schon mehrmals geholfen, und der Stein stammt von den Germanen. Er ist wundertätig. Selbst der König trägt einen ähnlichen bei Tag und Nacht.«

»Schon gut, pack meine Hand wieder ein und lass mich in Ruhe mit deinem Zauberkram.«

Der Schnitt heilte tatsächlich ohne Schwierigkeiten. Ich konnte die Hand zwar noch lange nicht richtig gebrauchen, aber meine Finger sträubten sich von Tag zu Tag weniger. Wenn die Wunde gar zu sehr pochte, stellte ich mir vor, nicht ich säße in glänzender Rüstung hoch zu Ross, sondern ein edler Ritter, der in seinen Kämpfen schon viele Narben errungen hatte. So vertraut war mir diese Rolle noch aus dem Tokkenspiel, dass mein Körper sich unwillkürlich streckte. Mein Blick wurde entschlossen, mein Kinnladen hart, und der kleine Kratzer störte mich nicht mehr.

* * *

Unser letztes gemeinsames Lager schlugen wir im Angesicht von Tassilos Festung auf. Nur einen halben Tag entfernt trotzte sie auf einem Hügel. Dort drinnen weilte die edle Familie und ahnte nicht, dass der Herzog längst seiner Waffen beraubt und gefangen war.

Ich fürchtete weniger seine Sippe, drei Frouwen und ein Knabe, als die beunruhigende Anzahl von gerüsteten Männern, die ohne Unterlass in weiten Kreisen um das Anwesen ritten. Ich würde nicht einmal in die Nähe der Burg gelangen, ohne dass sie mich entdeckten. Auf den Mauern sah ich ebenfalls Wachen, und drinnen befanden sich bestimmt noch weitere.

Ansgar warf einen Blick auf das ferne Treiben und bestimmte, dass wir kein Feuer machen durften. »Vielleicht ist es besser, wenn du schon jetzt die Farben des Herzogs trägst, für den Fall dass die Wachen dich frühzeitig aufspüren.«

Die Kleider sahen viel zu rein aus für den langen schnellen Ritt, den ich angeblich hinter mir hatte.

»Burchard, mach sie schmutzig, ein paar Löcher wären auch nicht schlecht.«

Es fiel ihm sichtlich schwer, das schöne Tuch zu verderben. Ich ließ mir die alte, blutige Binde anlegen und hoffte, dass ich nun verwegen genug erschien. Burchard schüttelte abfällig den Kopf. »Ich würde Euch für einen Räuber halten, für einen ziemlich dreckigen Räuber.«

»Na, das bin ich ja auch.«

Im Morgengrauen rüttelte Ansgar mich aus dem Schlaf. »Tassilos Krieger lassen keinen Moment nach, sie sind sogar mit Fackeln geritten. Sei um Himmels Willen vorsichtig.«

»Darauf kannst du dich verlassen.«

Warum sollte ausgerechnet ich in diese feindliche Welt vorstoßen, da hinter jedem Busch, in jedem Winkel niederträchtige Klingen lauerten? Ach, Ansgar hätte nur einmal seine Stimme erhoben, und die Feinde wären in alle Richtungen davongerannt.

»Werde ich dich in Ingilunheim treffen?«, fragte ich.

»Sicher nicht, sobald das hier vorüber ist, zieht das Heer nach Italien, die Griechen warten schon auf uns. Du kannst mich irgendwann auf meinem Hof besuchen, wenn du willst.«

»Ja, sicher.« Ich war nicht besonders erpicht darauf, meinen Bruder mit Gisela und der kleinen Tochter im trauten Kreis der Familie zu sehen, und trotzdem wünschte ich, er hätte sich herzlicher verabschiedet.

Wir bepackten das Pferd, und ich saß auf.

»Lebt wohl, ihr beiden!«, rief ich, rammte Bertha die Hacken in die Flanken und sprengte fort.

Nach einer Weile ließ ich die Stute in leichten Trab fallen und legte mir Worte zurecht, für den Moment, da man mich aufhalten würde.

»Halt, bleibt stehen! Wartet auf mich!«

Es war Burchards Stimme, die da rief. Mit rotem Kopf rannte er mir nach. Ich hätte ihn von meinem Entschluss, ihn bei Ansgar zu lassen, in Kenntnis setzen sollen. Doch ich hatte mich erst in der Nacht dazu durchgerungen und war am Morgen zu angespannt gewesen, mir sein Gezeter anzuhören. »Verschwinde! Bleib bei meinem Bruder.«

»Ich würde gerne Eurem Bruder dienen, aber ich darf nicht, ich habe geschworen, Euch niemals im Stich zu lassen.«

»Ich entbinde dich von deinem Schwur! Du bist frei. Geh, wohin du willst.«

»Das mache ich. Ich hatte gerade vor, zur Burg zu gehen«,

sagte er und stapfte los. Als ich ihm zu Pferde folgte, begann er zu laufen. Ich hätte ihn über den Haufen reiten, ihn niederschlagen sollen. Gerade, als ich dazu bereit war, kamen uns die Wachen des Herzogs entgegen.

»Macht Platz, ihr Einfaltspinsel!«, rief Burchard keuchend. »Seht ihr nicht, dass wir es eilig haben?«

Kein Ritter, den ich kenne, hätte sich solche Frechheit gefallen lassen, und diese hier waren nicht anders. Ich kam gerade noch zurecht, um Burchard vor einem zweiten Hieb zu bewahren.

»Rührts ihn nit an! Hohlköpfige Tulifanten!«, brüllte ich so beherzt, wie es mir möglich war. »Bringts mich zu Luitperga und sorgts dafür, dass mir nit aufghalten wern! I hoab wahrlich scho gnua Zeit mit unseren Feinden verlorn und will mi nit au no dahoam rumstreiten müassen! Auf d'Beine, faule Ratz, worauf wartst no!« Ich ließ die Zügel knallen und stob an den verblüfften Rittern vorbei. Sie konnten nicht ahnen, dass ich vor ihnen floh.

Burchard hatte meiner Aufforderung zwar umgehend gehorcht, doch er blieb immer weiter zurück. Als ich sein Keuchen gar nicht mehr hören konnte, warf ich einen schnellen Blick nach hinten. Die Ritter folgten mir in einigem Abstand. Burchard lag quer vor einem der Männer und strampelte hilflos. Recht geschah ihm.

Ich sprengte durchs Tor, rutschte vom Pferd und warf einem verdutzten Burschen die Zügel zu. Die Wachen beachtete ich nicht. Mochten sie doch schreien, meine Verfolger würden ihnen gleich erklären, dass ich es eilig hatte. Mit großen Schritten überquerte ich den Hof und betrat das Haupthaus. In der Halle erwischte ich einen Knecht am Ärmel: »Melde Luitperga, dass ich da bin, aber rasch!«

Der Bursche lief sofort los. Erst nach ein paar Schritten drehte er sich um und fragte, wen er anmelden sollte.

»Berengar! Ich bringe Nachrichten vom Herzog, die nicht warten können!«

Ich brauchte nicht lange auf und ab zu gehen, die edle Frouwe war gleich bereit, mich zu empfangen. Ihre Gemächer lagen im oberen Teil des Hauses. Mit jeder Stufe, die ich erklomm, wurde mir der Irrsinn, den ich trieb, deutlicher bewusst. Herzogin Luitberga war eine Tochter von Desiderius, dem gefallenen Langobardenkönig. Sie galt als verschlagen und rachsüchtig, und man munkelte, dass selbst Tassilo ganz nach ihrem Willen handelte. Wenn jemand mich entlarven konnte, war sie es. Ich musste so nahe wie möglich an der Wahrheit bleiben, umso weniger Fehler würden mir unterlaufen.

Der Knecht öffnete mir die Tür.

Ergeben kniete ich vor der Herzogin und wartete, dass sie mich ansprach.

»Wer bist du? Ein Bote meines Gemahls? Wo ist dann Rutbert? Und wieso habe ich dich noch nie gesehen?«

»Mein Name ist Berengar, verehrte Frouwe. Wenn Ihr so freundlich sein wollt, lest bitte erst den Brief, den man mich so schnell wie möglich zu überbringen hieß. Danach mögt Ihr Euch mit meiner Person beschäftigen.«

Sie kam näher und streckte die schlanke Hand aus. Faltig und braun war ihre Haut, und an zwei Fingern prangten schwere Ringe.

»Weißt du, was darin geschrieben steht?«, fragte sie, nachdem sie das Pergament überflogen hatte. Sie blieb beängstigend ruhig. Entweder hatte sie den Schwindel schon durchschaut, oder sie war außerordentlich kaltblütig.

»Ich weiß, was ich zu tun habe, selbst wenn die Botschaft verloren gegangen wäre. Die persönlichen Mitteilungen Eures Gemahls gehen mich nichts an.«

»Und du bist sicher, dass Tassilo ein solches Gekritzel hervorgebracht hat?«

»Ich war dabei, als dieser Brief geschrieben wurde, Frouwe.«

»Was sagtest du, ist mit Rutbert geschehen?«

»Es tut mir Leid, Herzogin, ich kenne ihn nicht.«

»Gut, du darfst aufstehen.« Sie ging ans Fenster und blickte hinaus. Eine zarte Person, schmales Gesicht und schmale Glieder, sie schien zerbrechlich und zäh zugleich. Ich sah wie ihre Finger zittrig über das Schriftstück glitten. Nein, kaltblütig war sie gewiss nicht, nur gewohnt, ihre Gefühle zu beherrschen.

»Verehrte Frouwe, wenn ich mir erlauben darf ... Es ist wichtig, dass wir so schnell wie möglich aufbrechen. Viele seiner Vasallen haben Euren Gemahl verlassen, als er gefangen genommen wurde. Es wird zweifellos bald zu einer Belagerung kommen.«

»Was sagst du da? Er ist ein Gefangener? Er schreibt nichts davon.«

»Man nahm ihm die Waffen ab und brachte ihn unter Aufsicht ins Kloster. Der Brief wurde in großer Eile aufgesetzt. Bitte, Frouwe, es ist keine leichte Aufgabe, Euch in Sicherheit zu bringen. Ich wäre Euch dankbar, wenn Ihr das Nötige in die Wege leiten würdet, damit wir morgen abreisen können.«

»Morgen schon? Wie soll das möglich sein? Nicht einmal die Ritter wären so schnell bereit.« Die Herzogin schüttelte entschieden den Kopf.

Mir lag ohnehin wenig daran, von bairischen Kriegern begleitet werden. »Eure Ritter müssen hier bleiben, gnädige Herzogin. Niemand darf auf den Gedanken kommen, dass Ihr geflohen seid. Die Burg muss bewacht werden wie bisher, und falls Karls Truppen angreifen, sollten Eure Ritter sie lange beschäftigen können.«

»Was für ein Wahnsinn!« rief sie. »Tassilo kann nicht von mir erwarten, dass ich völlig ohne Schutz reise.«

Ich fiel wieder auf die Knie. »Bitte, verehrte Frouwe, man verlangt von mir, Euch zu überzeugen. Lasst ein paar Knechte in Rüstungen stecken, der Anblick wird für jeden Räuber Abschreckung genug sein. Die echten Ritter aber werden hier gebraucht, sie müssen mit dem Heer des Königs fertig werden.

Bitte, hindert mich nicht daran, gehorsam zu sein, mir wurde glaubhaft versichert, dass das mein Tod wäre.«

»Das sieht Tassilo ähnlich. Steh auf. Mir gefällt das Ganze zwar nicht, aber wir werden morgen früh reisefertig sein.« Die Herzogin klatschte nach einer Zofe. »Führe den Ritter in die Gästekammer und sorge dafür, dass er nichts vermisst. Dann rufe meine Töchter und Theotbert zu mir. Das Gesinde soll sich im Saal einfinden. Alle, hörst du? Sie sollen still sein und auf mich warten.«

»Ja, Frouwe.«

Ich verbeugte mich und folgte der Zofe hinaus.

»Warte Mädchen, ich muss noch meinen Diener holen.«

Burchard war nicht im Saal, er war weder in der unteren Halle noch in der Küche. Während ich in alle Kammern blickte, lief die Zofe verlegen hinter mir her. Ich hatte wenig Lust nach Burchard zu brüllen. Oh, warum musste er alles noch schwieriger machen.

Auf dem Hof entdeckte ich ihn dann.

Er prügelte sich!

Während ich verzweifelt bemüht war, das Vertrauen dieser Menschen zu erlangen, wälzte er sich inmitten einer johlenden Meute mit einem gut gekleideten Jüngling im Staub. Ich brauchte mich nicht mehr um eine grimmige Miene zu bemühen, sie stellte sich ganz von selber ein.

»Schluss damit! Sofort!«

Es muss gewaltiger Zorn in meiner Stimme gelegen haben, vielleicht war es auch nur die Anspannung, die jetzt aus mir heraus brach. Jedenfalls lachte niemand mehr. Alle starrten mich an, und beide Kämpfer blickten auf.

Was sie sahen, war kein frommer Wunderverkäufer, kein singender Tokkenspieler, kein höriger Bastard, sondern ein Ritter! Sie erwarteten, dass ich entsprechend handelte.

Ich zog die Streithähne auf die Beine und versetzte jedem eine kräftige Ohrfeige. Die Umstehenden wichen bestürzt vor mir zurück, dabei hätte ich niemanden mehr schlagen können, mein Handgelenk schmerzte fürchterlich.

»So, Mädchen, jetzt zeige mir meine Kammer.«

Endlich fiel die Türe hinter uns zu, und wir waren allein.

Burchard fürchtete sich vor dem, was nun folgen würde, aber ich war zu erschöpft, um mit ihm zu hadern. Ich konnte mich nur noch auf das Lager werfen, tief atmen und hoffen, dass mein Herz zur Ruhe käme.

»Burchard!«

»Ja, Herr«, flüsterte es aus einer Ecke.

»Du könntest mir etwas Milch holen. Warte, lauf nicht gleich weg. Die Herzogin wird ihrem Gesinde erklären, was sie vorhat, dann solltest du zufällig in der Halle sein. Wahrscheinlich wird sie einige Vasallen zu sich rufen, präge dir die Gesichter ein.«

Er nickte und verschwand.

Lange lag ich einfach nur da. Es dunkelte schon. Wahrscheinlich misstraute die Herzogin mir nicht ganz und gar, sonst hätte man mich längst in Ketten gelegt. Was, um Himmels Willen, sollte ich sagen, wenn sie nach unserem Ziel fragte? Vielleicht kannte sie Ingilunheim, irgendwann würde sie wissen, dass ich sie dorthin bringen wollte.

Ich hörte Schritte und Stimmen vor der Tür.

Jetzt war es soweit, man hatte mich durchschaut.

Lautlos stand ich auf und griff nach meinem Schwert. Ansgar hatte mir geraten, dass es besser sei, zuerst zuzuschlagen, und zwar mit aller Kraft. Wenn man mich also vernichten würde, dann wollte ich es meinen Gegner wenigstens nicht leicht machen.

Mit einem Ruck öffnete ich die Tür. Zwei Knechte mit Schüsseln und Krügen standen da und sperrten die Mäuler auf. Hinter ihnen kam Burchard zum Vorschein. Der Ältere fasste sich zuerst: »Bitte verzeiht, dass wir nicht angeklopft haben, wir hatten ja keine Hand frei. Die Herzogin sendet ihre Grüße und hofft, dass Ihr Euch mit diesem Mahl begnügen könnt. Ihr sollt Euch nicht bekümmern und nur gut ausruhen. Alles wird Euren Wünschen entsprechend besorgt.« Sie stellten die Sachen auf den Tisch und beeilten sich hinauszukommen.

Burchard hatte leider nicht viel Neues erfahren. Knechte und Mägde waren angewiesen worden, eine Menge Vorräte auf Wagen zu laden. Geschirr und alles mögliche Gerät sollte mitgenommen werden, denn man wolle dem Kloster, in dem die Familie angeblich einige Monate verbringen würde, nicht unnötig zur Last fallen. Das Gesinde wusste also weder etwas von der Flucht noch von dem Golde. Das würde die Reise sehr erleichtern, ich bekam ehrliche Hochachtung vor der Herzogin. Tatsächlich tönte die ganze Nacht Gelärme durchs Fenster. Außer uns hatte wahrscheinlich niemand Muße zu ruhen.

Im Morgengrauen wurden wir geweckt.

Luitperga hatte nicht zu viel versprochen. Als ich auf den Hof trat, standen die Karren in schöner Ordnung bereit, angeführt von ein paar verkleideten Pferdeknechten hoch zu Ross, die zu den ungewohnten Rüstungen übertrieben grimmige Mienen zeigten. Gerade wurden die letzten Ochsen eingeschirrt, und die hohe Familie begab sich in einen geschlossenen Wagen.

Ich würde diese Horde von mehr als fünfzig Menschen anführen müssen, und sie durften nicht zögern, mir zu folgen. Nicht ein Einziger durfte daran zweifeln, dass ich ihnen zu Recht den Weg wies. Wie sollte mir das je gelingen, da mein Wille wie Weizenschrot und meine Knie nichts als Maische waren?

Die Herzogin winkte mich heran. Zwei junge Damen saßen neben ihr und wurden mir als Cotani und Hrodrud vorgestellt.

»Und das ist Theotbert, mein jüngster Sohn, wir setzen all unsere Hoffnungen in ihn.«

Auf der Bank gegenüber drückte sich ein Jüngling in die Kissen.

Ausgerechnet jener Bursche, den ich geohrfeigt hatte!

Ich senkte den Kopf und erwartete meinen Untergang.

»Wir sind bereit, Berengar. Wohin also, gedenkst du uns zu führen?« Offenbar hatte der Knabe nichts von unserem Zusammenstoß berichtet. »Es wird Euch wenig gefallen, Frouwe, aber es ist die sicherste Lösung. Ich bringe Euch dorthin, wo Euch niemand vermuten wird. Hinter die Linien des Königs.«

»Wie bitte? Ins Frankenland?«

»Jawohl, verehrte Herzogin.«

»Was für eine Frechheit!«, sagte sie, dann begann sie zu lachen. »Was für eine Frechheit!«

Ich kletterte aufs Pferd, ritt an die Spitze des Zuges, und auf meinen Wink setzten sich Wagen und Karren rumpelnd in Bewegung.

Sie folgten mir alle, und dafür hatte ich nicht ein einziges Mal lügen müssen. Ja, man fürchtete mich sogar. Ich stand in dem Ruf, ungeduldig und jähzornig zu sein, wahrscheinlich hätte ich gar nichts Überzeugenderes tun können, als den Sohn des Hauses zu schlagen. Was für eine Frechheit, tatsächlich. Die neue Wertschätzung straffte meinen Körper und härtete meine Stimme. Ich war Ritter Berengar, der mit all seiner Kühnheit die edle Familie ins Frankenreich geleiten würde.

Nach einer Weile kam Burchard angerannt. »Darf ich zu Euch hinaufkommen, Herr?«

»Was fällt dir ein? Wir sind erst einen halben Tag unterwegs, und schon magst du nicht mehr laufen. Ich muss dich wohl daran erinnern, dass es dein Wunsch war, mich zu begleiten. Mach, dass du fort kommst.«

»Werdet nicht gleich böse, Herr, ich will Euch nur etwas erzählen.«

»Es geht nicht an, dass ich meinen Diener aufs Pferd nehme.«

Lange bekam er keine Gelegenheit, seine Neuigkeiten los zu werden, denn ständig waren Menschen in der Nähe. Er musste sich gedulden, bis ich zum Lagern halten ließ und in die Büsche strebte, um mein Wasser abzuschlagen.

»Ich weiß, wo das Gold ist«, flüsterte er.

»Wo?«

»Der Wagen mit dem Heu für die Ochsen ist viel zu schwer. Er macht tiefere Spuren, als alle anderen. Da lungern auch vier Krieger herum, die sich für Stallknechte ausgeben. Aber ich glaube ihnen nicht.«

»Und wieso denkst du, dass sie keine Knechte sind?«

»Sie rühren keinen Finger und geben stattdessen den Rittern Befehle. Außerdem sind sie noch keine Rute zu Fuß gegangen, sondern haben sich auf den Futterwagen gelegt.«

Die Herzogin hatte ihre Leibwache also mitgenommen. Wozu dann die alberne Maskerade mit den Pferdeknechten? Das konnte nur bedeuten, dass sie auch mir nicht wirklich traute.

»Nicht wahr, Herr, es ist gut, dass ich mitgekommen bin?«

Ich nickte abwesend, und Burchard zog fröhlich los, um nach meinem Zelt zu sehen.

So ein Lager aufzubauen, ist keine leichte Sache. Das Gesinde stritt sich über die Plätze für Wagen und Zelte, der Koch errichtete eigenmächtig seine Feuerstelle, so dass der Rauch genau zur Herzogin getrieben wurde, während die Vorräte weit entfernt auf der anderen Seite abgestellt wurden.

Barsch verjagte ich den Koch.

Von da an verlangten sie meine Entscheidung zu allem und jedem, verstanden mich grundsätzlich falsch und beschuldigten ihre Gefährten, wenn nichts gelang. Zu allem Überfluss schlich Theotbert in meiner Nähe herum, wo auch immer ich schimpfend und fluchend zu ordnen suchte.

Endlich, nachdem die Ochsen nicht mehr im Felde grasten, die Kühe nicht mehr brüllten, weil sie gemolken werden wollten, und Grütze für das Gesinde im Topf blubberte, konnte ich mich in mein Zelt begeben und Atem holen. Ich hatte viele ungerecht behandelt und glaubte, dass mich nun so ziemlich jeder im Lager hasste. Nur nicht die vermeintlichen Stallknechte. Sie anzubrüllen, hatte ich mich nicht erdreistet. Sie saßen ja auch nur faul im Gras und hatten somit keine Fehler gemacht.

Burchard war gerade dabei, mich vom Harnisch zu befreien, als Theotbert ins Zelt schlüpfte. Der Jüngling betrachtete meinen Sattel, spielte mit meinem Schwert und warf meinem Diener feindselige Blicke zu. Burchard starrte unversöhnlich zurück, bis ich ihm bedeutete, uns allein zu lassen.

Theotbert richtete sich auf und reckte das kurze Kinn vor. »Ich verbiete dir, mit der Herzogin über die Prügelei zu sprechen!«

»Aha, und wie gedenkst du, einen Zwischenfall geheim zu halten, dem die halbe *familia* zugesehen hat?«

»Die Hörigen schweigen, wenn ich das will. Und du musst das auch, sonst lasse ich dich auspeitschen.« Der Prinz sah mich nicht an bei diesen Worten, ein verzogener Bengel, höchstens zwölf oder dreizehn Jahre alt.

»Gut, komm her, überwältige mich. Du siehst, dass ich verletzt und unbewaffnet bin, du wirst es leicht haben.«

Hastig legte er mein Schwert zur Seite. »Du darfst Mutter nichts verraten. Versteh doch, ich muss einmal Herzog von Baiern sein, der schlägt sich mit Edelgeborenen und mit dem Schwert, aber wälzt sich bestimmt nicht mit Sklaven im Dreck.«

»Und warum tust du dann so etwas Ungebührliches?«

»Was muss dieser Saufranke von Diener so seltsam daherquatschen, er hat mich gereizt.«

»Pass auf, dass du mich nicht reizt. Du bist es nämlich, der seltsam spricht. In deinem eigenen Land gibt es viele Dörfer, in denen man kein Wort von deinem Geschwätz verstünde.«

»Wenn schon, das sind nur Bauern.«

»Da hast du Recht. Du solltest ihnen allen den Garaus machen, Karl wird sich bedanken, dass du ihm die Mühe abnimmst. Vergiss nicht die, die merkwürdig aussehen, ach ja, manche kleiden sich auch sonderbar, und einige wagen es sogar, anders zu denken als du. Ich glaube, dir fehlt die väterliche Hand.«

»Mein Vater hat nie so grob mit mir gesprochen.«

»Dann wird es höchste Zeit, dass ich es tue. Lass mich in Frieden, bevor ich ungeduldig werde.«

Zögernd verließ er das Zelt. Er war sich nicht sicher, ob ich schweigen würde, und ich fand, es könne nicht schaden, ihn eine Weile im Ungewissen zu lassen. Burchard grinste, als er wieder herein durfte. »Das war Honig in meinen Ohren, Herr. Ach, hättet Ihr mich gestern nur nicht unterbrochen. Der liefe jetzt nicht mehr so aufgeblasen herum.«

»Wir liefen überhaupt nicht mehr herum, wenn du ihm auch nur ein Haar gekrümmt hättest. Erinnere mich lieber nicht daran.«

»Aber er hat Saufranke zu mir gesagt. Wenn ich recht verstanden habe, sind wir jetzt keine Franken mehr.«

»Genau, und darum wirst du ihn in Zukunft wie deinen Prinzen behandeln. Sonst bekommst du es mit mir zu tun.«

Die Herzogin tat mir die Ehre, mich zum Mahle zu laden. Taktvoll erkundigte sie sich nach meiner Wunde. Burchard hatte den Verband täglich mit rotem Weine angefeuchtet, er sah inzwischen schauderhaft aus.

»Wie gerne würde ich Euch von Ruhmestaten sprechen, verehrte Herzogin, gerade, weil so liebreizende Jungfrouwen anwesend sind. Doch leider stammt die Verletzung nur von einem Unfall, die Strafe für zu eifrigen Biergenuss.«

Die Töchter waren wirklich reizend. Beide hatten schwarzes Haar und dunkle Augen, die Haut war ein wenig heller als die der Mutter, und Cotani hatte weichere Glieder. Sie senkte den Blick und lachte hinter vorgehaltener Hand. Hrodrud dagegen spuckte ungeniert ein Stück Knorpel aus. »Hoffentlich tut es ordentlich weh, sonst wäre es ja keine Strafe«, sagte sie.

»O ja, gnädige Prinzessin, es schmerzt mich mehr als alle Wunden, die ich je davontrug. Besonders, weil ich niemandem damit diente und sie mich dabei behindert, Euch angemessen zu beschützen.«

Hrodrud war von meiner Selbstlosigkeit nicht sehr beeindruckt. »Mutter, bist du sicher, dass wir uns einem Versehrten anvertrauen sollten, der wegen einer Schramme jammert?«

»Trudi!«, mahnte die Herzogin, und Theotbert kicherte.

»Ihr habt Recht, verehrte Frouwe«, sagte ich, »es ist sicher nur noch ein Kratzer. Ich sollte die Binde abreißen und mich nicht mehr darum kümmern.« Sogleich begann ich, den Stoff zu lösen. Die schmerzlichsten Grimassen zuckten über meine Miene, doch kein Laut entrang sich meiner Brust. Cotani wandte das Gesicht ab, während Hrodrud und Theotbert meiner Tätigkeit neugierig zusahen.

Die Herzogin legte mir die Hand auf den Arm: »Bitte nicht, Berengar, du solltest lieber auf deine Gesundheit achten und den Verband öfter wechseln.«

»O verzeiht mir, ich gehe nur selten mit Frouwen um und hatte nicht daran gedacht, dass Euch der Anblick beleidigen könnte. In Zukunft werde ich mich an Euren Rat halten.«

Sie lächelte wohlwollend.

Da ich in meinem Leben viele Wege durchwandert hatte, konnte ich die Route in groben Zügen in den Sand zeichnen, was mir einige Bewunderung einbrachte. Sogar Hrodrud musterte mich anerkennend.

So war es also, als Ritter zu gelten, unentbehrlich zu sein und Vertrauen zu genießen, ein Zustand, an den ich mich durchaus gewöhnen wollte. Gleich fing ich an, meinen neuen Einfluss geltend zu machen. »Wenn wir unsere Reise unbehelligt fortsetzen wollen, dürfen wir keine Verheerungen anrichten. Jedes Feuer muss sorgfältig gelöscht werden, weder Ochsen noch Pferde dürfen sich an den Feldern gütlich tun, und der Kot von so vielen Menschen muss eingegraben werden, dass nicht der Gestank unseren Weg verrät. Ich wäre daher dankbar, wenn Theotbert sich dieser Dinge annähme.«

Der Junge wurde rot vor Freude, dass er sich nun statt meiner mit dem Gesinde ärgern durfte.

* * *

Theotbert widmete sich seiner Aufgabe mit großem Eifer, er versuchte gar, meinen Tonfall nachzuahmen. Schmeichelhaft war das allerdings nicht für mich. Wie ein giftiger Köter rannte er umher und kläffte die Leute an. Ich hoffte sehr, dass seine Parodie dem Original nicht ähnlich war.

Natürlich ging auch unter seiner Leitung alles Mögliche daneben. Die verkleideten Pferdeknechte verloren bald die Lust, ihre Waffen zu schleppen, und warfen das Zeug auf einen Wagen, sobald man ihnen den Rücken kehrte. Das Gesinde jammerte über wunde Füße und brauchte von Tag zu Tag länger, den Aufbruch vorzubereiten. Irgendjemand kam gar auf den Einfall, einen Zugochsen zu schlachten.

Die Herzogin war sehr aufgebracht, als der Trupp nicht abfahren konnte, und machte mich für das Missgeschick verantwortlich. »Bitte, zürnt mir nicht, gnädige Frouwe. Es wäre ungerecht, wollte ich über die Sache sprechen, ohne den Prinzen wenigstens anzuhören.«

Ich ließ Theotbert rufen und stellte ihn zur Rede. Wie ich es getan hatte, wies er jeden Vorwurf zurück und gab die Schuld an die Hörigen weiter. Doch ich war weniger wohlmeinend als Luitperga. »Deine Hörigen interessieren mich einen Dreck, auf dich habe ich mich in meinem Irrsinn verlassen, denn ich hielt dich für einen aufrechten Mann, der für seine Fehler gerade steht. Was gedenkst du jetzt zu tun?«

Die Herzogin sah mich entrüstet an, da ich es wagte, derart rüde mit ihrem Sohn zu sprechen, doch zugleich war sie interessiert, wie er sich verhalten würde, und wartete auf seine Reaktion.

»Ich werde die Schuldigen finden und bestrafen, damit so etwas nicht wieder vorkommt«, sagte Theotbert.

»Das kannst du gerne machen«, sprach ich nun sanft, um jeglichen Unwillen von mir abzulenken, »doch uns fehlt immer noch ein Ochse.«

Theotbert blickte ratlos zu seiner Mutter und dann zu mir. Ich wusste genau, wie er sich fühlte, er würde den Zipfel einer Lösung freudig ergreifen, nur um aus dieser Situation heraus zu kommen. Ich klopfte dem Jungen auf die Schulter. »Schade, ich habe dich wohl überschätzt. Da ich diesen Trupp sicher geleiten muss, werde ich mein eigenes Pferd vor den Wagen spannen und die nächsten Ruten zu Fuß gehen. Die Vorräte nehmen schnell ab, bald werden wir auf einen Karren verzichten können.«

Oh, welche Erleichterung in seinen Zügen, doch dann, wie ich erwartet hatte, hob er entschlossen den Kopf. »Nein, es war mein Fehler, mein Pferd wird den Wagen ziehen.«

Die Herzogin umarmte ihren Sohn. »Lieber Berengar, verwehre ihm nicht, für seine Taten zu stehen. Vielleicht wird diese Reise den würdigen Erben aus ihm machen, den wir uns alle wünschen.«

Obgleich ich weiterhin bequem einherritt, verbreitete sich die Kunde von meiner Selbstlosigkeit im ganzen Zug. Über den armen Theotbert dagegen feixte ein jeder. Der schwitzte und schnaufte neben seinem stolzen Hengst, denn er war nicht gewohnt, seine Füße zu gebrauchen.

Ich wollte ihn ungern zum Feinde haben. Darum sprengte ich am Abend zu ihm und zog ihn auf mein Pferd. Für den Rest des Tages würde Bertha leicht uns beide tragen können.

»Lass mich runter«, sagte Theotbert, nachdem er sich etwas erholt hatte.

»Nein, es ist genug! Jeder hat dich gesehen, und nur darauf kommt es an.«

»Du bist ein seltsamer Mann. Ich kenne niemanden, der vor den Augen meiner Mutter die Stimme gegen mich erhoben hätte. Selbst mein Vater wagt das nicht. Hast du denn vor gar nichts Angst?«

»O doch, mehr als du glaubst.«

»Ich weiß, vor Hrodrud fürchtest du dich.« Er lachte unverschämt.

Und er lag nicht ganz falsch mit seiner Vermutung.

Seit ich wusste, dass Gisela meinem Bruder eine Tochter geboren hatte, war mein Leben ein dürres Flussbett geworden, in welchem höchstens ein Rinnsal aus Kieseln vorbeirappelte. Mich dürstete nach Hingabe. Wenigstens wollte ich davon träumen können, für irgendeinen Menschen von Bedeutung zu sein.

Schon mehrmals hatte ich versucht, mich Cotani zu nähern, doch stets kam die herbere Schwester dazu und führte die Unterhaltung in Gefilde, die mir unlieb waren. Immer wieder forderte sie mich heraus, und ich wurde regelmäßig bissig in ihrer Gegenwart. Dabei stand mir doch der Sinn danach, in romantischer Eintracht Glühwürmchen zu zählen.

»Ich habe Respekt vor deinen Schwestern, falls du darauf anspielst.«

»Nein, nein! Du bist verliebt!«, trumpfte Theotbert auf. »Das sieht doch jeder, sogar dein geistloser Saufranke hat es bemerkt, stimmt's?«

Er ließ seinen Fuß gegen Burchards Kopf schnellen.

Der sprang ein Stück beiseite. »Verzeiht mir bitte, dass ich Euch gestoßen habe, mein Prinz, Ihr hättet leicht herunterfallen können«, säuselte er und warf mir einen Blick zu, als wollte er mir ins Bein beißen.

Ich hieb dem Jungen hinter mir meinen Ellenbogen in den Leib. Nicht hart, mehr aus Versehen, nur dass ihm kurz die Luft weg blieb. »O ja, Theotbert, du hättest sehr leicht fallen können, und ich habe wirklich keine Lust, den Matsch eines unreifen Bengels von der Erde zu kratzen.«

Eine Weile war er still. »Aber du bist doch verliebt, etwa nicht? Hrodrud ist es jedenfalls. Wenn du mich angemessener behandeln würdest, könnte ich mich bereit erklären zu vermitteln.«

»Ich behandele dich absolut angemessen, und ich wünsche nicht, dass du dich in meine Angelegenheiten mischt.«

»Aha«, triumphierte der Plagegeist, »Es sind also Angelegenheiten. Entweder bist du von jetzt an freundlicher, oder ich sorge dafür, dass Hrodrud beschäftigt ist, wenn du geifernd um Wagen und Zelte schleichst.«

Ich ließ Bertha einen Satz nach vorne machen, und Theotbert saß auf der Erde. Er würde mir schon wieder gewogen sein. Später. Erst sollte er mir Hrodrud vom Halse halten. Das Angebot war gar zu verlockend gewesen.

Prinzessin Cotani wirkte immer so frisch und sauber, dass ich mich in meinen Lumpen nicht mehr wohl fühlte. Burchard knurrte: »Was wollt Ihr eigentlich, Herr? Erst verlangt Ihr, dass ich Eure Gewänder verderbe, und jetzt soll ich waschen und flicken. Das ist nicht so einfach, auf Euer Geheiß habe ich ganze Arbeit geleistet.«

»Lieber Burchard, du verstehst doch, was ich wünsche. Ich weiß, dass ich mich auf meinen treuen Gefährten verlassen kann.«

»Warum sprecht Ihr so mit mir? Seid Ihr böse auf mich?«

»Aber nein, ich werde mich bald mit einer Frouwe treffen und vielleicht sogar alleine mit ihr sein. Bitte tu, was du kannst, damit ich mich nicht zu schämen brauche.«

Burchard brummte zwar, dass mich alle schon als verdreckten Halunken gesehen hätten, und dass er jedem Weib den Hintern versohlen würde, wenn es ihn seiner Kleider wegen tadeln wollte, aber er machte sich ans Werk, und es gelang ihm, einiges zu retten. Auch Harnisch und Schwert bearbeitete er gründlich, schrubbte mir schonungslos den Reisedreck vom Leib und kämmte mir den Bart.

Was das Äußere betraf, konnte ich jetzt mit jedem respektablen Ritter mithalten. Lässig trabte ich am Wagen der Familie vorbei. Welche Enttäuschung. Alle drei Damen saßen einträchtig darinnen, und die Herzogin winkte mir leutselig zu.

Theotbert fand ich an gewohnter Stelle zu Fuß neben seinem Hengst.

»Wunderbares Wanderwetter, nicht wahr, mein Prinz?«

»Du brauchst mich nicht zu verspotten. Ich gebe ja zu, dass mein Verhalten ungehörig war. Himmel, was für ein Satz.« Dann schmunzelte er. »Im Moment könnte ich weder auf dem Pferd noch im Wagen sitzen. Ein Glück, dass ich mit Fug und Recht zu Fuß gehe.«

»Ich weiß nicht, was ich von dir halten soll, Theotbert. Du bist klug, verantwortungsbewusst und besorgst deine Aufgabe wirklich beeindruckend. Aber plötzlich benimmst du dich wie ein bockiger Lümmel. Wenn das anders wäre, könnte man mit dir reden wie mit einem Mann, ja wie mit einem Freund.«

»Das kannst du auch. Ich zähle schon dreizehn Jahre, nur hat das leider noch niemand bemerkt.« Der Knabe streckte sich, bereit, jede Bürde zu tragen, die ich ihm anvertrauen wollte.

»Ich muss gestehen, deine Schwester hat mir tatsächlich den Sinn verwirrt. Allerdings meine ich Cotani.« Ich seufzte schwer. »Doch sie wird sich mit einem König vermählen, nicht mit ihrem eigenen Vasallen.«

Theotbert sah nachdenklich zu mir auf. »Könige müssen zuerst an ihren eigenen Vorteil denken, oder? Wenn ich Herzog bin, werde ich treue Verbündete brauchen. Mutter könnte dir ein Gut schenken, vielleicht auch eine Salzmine, dann bist du wert genug für meine Schwester. Cotani ist ein Weib, sie wird tun, was man von ihr verlangt.«

Theotbert besaß zwar weder die Mittel, noch die Macht, mir solche Versprechungen zu machen, aber wenn er mir durchaus behilflich sein wollte, würde ich ihn nicht daran hindern. Wieder seufzte ich und blickte sehnsuchtsvoll in die Ferne.

Ein guter Geist muss mir dieses eingegeben haben, denn

dadurch bemerkte ich, dass hinter den Bäumen mehrere geduckte Gestalten vorbei huschten.

Ich wendete sofort, galoppierte zu den falschen Stallburschen und rief ihnen zu: »Macht euch auf einen Kampf gefasst. Nehmt eure Waffen und haltet euch bereit.«

Bevor sie widersprechen konnten, eilte ich zum Wagen der Herzogin. »Versteckt Euer wertvolles Geschmeide und legt an, was Ihr zur Not entbehren könnt. Ansonsten bleibt, wo Ihr seid und verhaltet Euch ruhig. Möglicherweise werden wir überfallen.«

Ich überlegte einen Moment, ob das Gold lieber verteilt werden sollte, der Karren hinterließ wirklich tiefe Spuren – doch dann hätte man es später auch vor dem Gesinde schützen müssen. »Ihr da!«, rief ich ein paar Dienern zu. »Auf den Heuwagen mit Euch, ihr seid krank.«

Sie gehorchten hoch erfreut. »Krank, habe ich gesagt. Wenn ich euch lachen sehe, werde ich dafür sorgen, dass ihr gleich in Wahrheit jammert.«

Ich war noch nicht an der Spitze des Zuges angekommen, als wir aufgehalten wurden.

Fünf Männer standen im Weg. Sie machten wahrlich keinen Hehl aus ihrem Gewerbe. Die Schwerter gezogen und die Gesichter mit Erde beschmiert, verlangten sie Tribut, wenn wir unsere Reise fortsetzen wollten. Unsere verkleideten Pferdeknechte starrten die Räuber mit offenen Mäulern an, und die echten Krieger waren noch weit hinter mir. Ich konnte nur versuchen, den Streit so lange wie möglich hinauszuzögern. »Womit dürfen wir Euch dienen? Wenn Ihr mit uns speisen wollt, seid herzlich willkommen.«

»Halt keine Reden«, sagte der Anführer, »sonst schneide ich dir die Zunge ab. Wir holen uns eure Schätze. Wenn ihr gefügig seid, werden wir euch ziehen lassen, andernfalls seid ihr alle des Todes. Versucht nicht, uns zu täuschen, der Zug ist umzingelt.«

Da er seine Kumpane aber nicht hervorrief, mutmaßte ich, dass es außer diesen Fünfen niemanden mehr gab. Wo blieben nur die Krieger?

»Unser größter Schatz ist die Gesundheit, soweit sie noch vorhanden ist«, sagte ich bedauernd. »Auch wir sind verfemt, fortgejagt und ausgestoßen. Darum seid willkommen und teilt mit uns, was wir noch haben.«

Die Räuber tuschelten miteinander. Plötzlich fielen sie über mich her, rissen mich vom Pferd und schlugen mir das Schwert aus der Hand. Ich fand mich aufs Unbequemste festgehalten, und an meinem Hals drohte eine Klinge.

»Wenn sich nur einer rührt, stirbt dieser Ritter!«, rief der Anführer. Die Diener auf dem Heuwagen hatten pflichtgemäß begonnen zu klagen. Ihr Wehgeschrei hätte nicht echter klingen können, als sie mich in den Händen der Räuber sahen. Ich beeilte mich, hervorzupressen: »Ach, die Armen, das teuflische Leiden zerfrisst ihre Eingeweide, gerade die Kräftigsten ereilt es zuerst.«

Einer der Schurken wandte sich zu mir um. »Spar dir dein Gezeter, uns kannst du damit nicht schrecken.« Er entblößte seine Brust und gab den Blick auf eitrig faulende Wunden frei. Der Kerl, der mich ergriffen hatte, sagte: »Natürlich wollen wir uns das restliche Leben so angenehm wie möglich machen, aber selbst wir nehmen nichts ohne Gegengabe. Da!« Er spie mir ins Gesicht und stieß mich am Gesinde vorbei zu dem Wagen, den man unschwer als vornehm erkennen konnte. Die Hörigen schlichen in sicherem Abstand hinterher, nicht einer, der mir zu Hilfe eilte.

Der Anführer riss den Verschlag auf. »Hier haben wir ja die teure Gesellschaft. Wenn ich untertänigst um den Schmuck bitten dürfte.« Er verbeugte sich grotesk und hielt der Herzogin seine Pranke unter die Nase.

Luitpergas Lippen waren bleich, und ihr Atem ging schnell, doch sie dachte nicht daran, ihm den Gefallen zu tun. »Verschwindet augenblicklich, oder euer Leben ist verwirkt.«

»Oho, ich errege wohl den Unwillen der verknitterten Vettel. Die jungen Mädchen werden hoffentlich weniger spröde sein.«

Er zerrte Hrodrud und Cotani aus dem Wagen. Sie schrieen vor Angst und wanden sich unter seinen gierigen Händen.

»Gebt ihnen den Schmuck«, drängte ich, »sonst werden sie Euch nicht in Ruhe lassen.«

Der Armreifen und Ketten der Mädchen hatten sich die Räuber schnell bemächtigt, und auch Luitperga entledigte sich jetzt all ihres Geschmeides.

Der Griff um meinen Arm löste sich ein wenig. Ohne nach dem Grund dafür zu forschen, riss ich mich los und warf mich auf den Kerl, der Cotani bedrängte. Der Aufprall ließ ihn stürzen, und ich prügelte auf ihn ein. Aber die Überraschung währte nur kurz, schon drehte er sich um, und seine Faust traf gegen meinen Kopf.

Unerträglicher Sturm sauste durch meinen Schädel. Ich konnte mich nicht mehr rühren.

Über mir stand Burchard, er hielt mein Schwert in beiden Händen und fuchtelte wild damit herum. Ich sah noch Theotberts Rappen heranstürmen, dann versank ich in Dunkelheit.

Als ich wieder zu mir kam, stand der schwarze Hengst neben mir und graste friedlich. Aus der Ferne hörte ich erregte Stimmen. Allmählich wurden sie lauter, und plötzlich wusste ich, dass ich mitten im wüsten Getümmel lag. Luitpergas Krieger kämpften erbittert gegen die Räuber. Doch zwei von ihnen lagen bereits am Boden. Die Mädchen kreischten und versuchten sich des groben Kerls zu erwehren, der sie beide festhielt.

Das Gesinde stand mit schreckgeweiteten Augen herum.

Helft doch! Warum tut ihr nichts?

Schon einmal hatte ich einen übermächtigen Gegner stürzen sehen, und dazu hatte es keiner Kraft bedurft, nur Entschlossenheit.

Danke, Tokkenspieler, für alles, was Ihr mich jemals lehrtet.

Meine Hand stahl sich zu dem Messer, welches Heilige geschaffen und den König verschont hatte. Unendlich langsam rutschte ich vorwärts, bis ich hinter dem Anführer lag, mein Messer tief in der Faust verborgen. Ich wartete reglos, bis der Kerl zurücktrat, dann ließ ich die Klinge hervorschnellen und durchtrennte mit einem Schnitt die Sehnen an seinem Fußgelenk.

Er fiel!

Er begrub mich!

Ich hielt die Luft an, um seinen eklen Dunst nicht einatmen zu müssen. Der schwere Körper krümmte sich auf mir, er drückte mein Gesicht zusammen. Ich würgte und erbrach mich unter ihm.

Dann regte er sich nicht mehr, Burchard hatte ihn erstochen.

Mühsam schob ich mich unter dem Leichnam heraus. Einer der Räuber konnte fliehen, die anderen hatten gezaudert, als ihr Anführer starb, was ihren Tod bedeutete.

Theotbert lag im Schoße seiner Mutter. Die Schwestern standen dahinter und klammerten sich aneinander.

Burchard hielt mein Schwert fest umklammert und keuchte: »Die Krieger haben nicht auf Euch gehört, Herr. Sie würden immer noch Löcher in die Luft starren, wenn der Prinz ihnen nicht Beine gemacht hätte.«

»Das ist wahr, Mutter.« Theotbert bemühte sich, seine Stimme fest klingen zu lassen, doch es wurde eher ein Wimmern daraus. »Sie mussten erst nach ihren Waffen suchen, als ich sie dazu aufforderte.«

Die Herzogin strich ihm über die Stirn, bettete seinen Kopf ins Gras und erhob sich. Langsam ging sie auf die Ritter zu. »Habt ihr mit euren Gewändern auch alle Ehre abgelegt? Ich glaubte, mich auf euren Schutz verlassen zu können!«

Der eine blickte zu Boden, der andere aber trat vor. »Wir

hingegen glaubten, Ihr zöget den Schutz dieses Maulhelden vor. Eurem Weichling sind wir keinen Gehorsam schuldig.«

Burchard brüllte: »Nehmt das zurück! Mein Herr wird Euch in Stücke reißen!«

Der Ritter bleckte höhnisch die Zähne. »Ich nähme das Angebot gar zu gerne an, wenn dein mutiger Herr Zeit dazu findet. Wahrscheinlich aber reicht seine Tapferkeit gerade aus, um hochgeborenen Weibern nachzustellen.«

Ich war schwach, besudelt und nicht fähig auch nur dem kleinsten Angriff standzuhalten. »Vergesst die unbedachten Worte meines Dieners, Ritter. Heute ist genügend Blut vergossen worden, wir sollten lieber den Verletzten helfen und ihre Qualen lindern.«

»Das finde ich auch!«, ließ sich Cotanis klare Stimme vernehmen. »Letztendlich hat dieser Mann uns alle gerettet. Doch rühmt er sich seiner Taten? Nein, er tritt bescheiden zurück, nachdem er seine Pflicht erfüllte.«

Schöneres hätte sie nicht sagen können. Sie schob ihre Hand in die meine, führte mich beiseite und hieß mich niedersitzen. Zu meinem Bedauern entzog sie mir das weiche lebendige Gebilde und tastete behutsam meinen Schädel ab. Oh, wie gerne folgte ich dem sanften Druck und entspannte mich unter den empfindsamen Fingern.

Viel zu bald war Burchard zur Stelle. Er half mir auf, hängte sich meinen Arm über die Schulter und führte mich zu meinem Zelt. Wie schön, das Gesinde wohlbehalten zu sehen, die Wagen heil und das Gold unberührt. Sogar dem starrköpfigen Krieger lächelte ich auf meinem Wege zu. Das Zelt war reizend, und mein Lager schien mir federweich.

Wenn ich doch nur hineingelangen könnte!

Burchard hinderte mich mit aller Kraft. Er riss mir das Gewand vom Leibe und goss kaltes Wasser über mich. »Ihr stinkt wie ein Wildschwein, Herr. Erst macht Ihr so ein Theater wegen Eurer Angebeteten, und dann wischt Ihr Euch nicht einmal die Kotze vom Maul, wenn sie Euch untersucht.«

Ich wehrte mich nicht mehr. In meinem ganzen Leben hatte ich mich nicht so sehr geschämt.

Später kam Cotani, um nach mir zu sehen. Mir ging es längst wieder gut, zumindest was den Leib betraf. »Vergebt mir bitte, Prinzessin, ich war nicht bei Sinnen. Ich hätte Euch fliehen müssen, in meinem abscheulichen Zustand. Ihr werdet mich für einen barbarischen Flegel halten.«

Sie lachte und versicherte, dass meine Befürchtungen unbegründet seien. »Natürlich warst du nicht bei Sinnen, hätte ich dich sonst an der Hand führen müssen?«

Das Blut schoss mir ins Gesicht.

»Du hast einen harten Schlag eingesteckt, und wir sorgen uns um dich. Kümmere dich nicht mehr um das Gesinde, Theotbert wird das übernehmen. Weise du uns nur den Weg, führe uns an den fränkischen Heeren vorbei, und bringe uns in geborgene Unterkunft.«

»Es gibt nichts, was ich mehr wünsche, verehrte Prinzessin.«

Cotani setzte sich auf meinen Packen und zupfte an den Riemen. Wie eine dunkle Wolke floss das Haar über ihre Augen und verbarg ihr Gesicht vor mir. »Ich habe die Zelte so satt, alles ist feucht und durcheinander. Jeden Morgen rätsle ich, wo ich mich überhaupt befinde. Vielleicht gibt es gar keine Baiern mehr auf der Welt, und wir irren umher und wissen von nichts. Berengar, glaubst du, dass alles gut wird?«

»Alles wird gut, ich bin ganz sicher. Das Christfest werdet Ihr als glückliche Familie feiern.«

Die Lüge wischte die Verzagtheit aus Cotanis Antlitz. Sie klappte mit ihren Wimpern und hielt sie eine Spur zu lange geschlossen, als dass man es blinzeln nennen konnte. »Ich sollte mich schämen«, sagte sie. »Mein Vater sitzt gefangen und mein Bruder als Geisel, und da beschwere ich mich über klamme Gewänder. Man hat meinem Vater doch kein Leid getan, als man ihn entwaffnete?«

»Der Herzog ist nach wie vor ein mächtiger Mann, niemand würde wagen, ihm etwas anzutun. Er wird vor Gericht gestellt, weiter nichts.«

Gleich wurde sie wieder ernst. »Was kann man ihm nur vorwerfen? Er ist doch der Aufforderung gefolgt und ist zu Karl geeilt zur Reichsversammlung. Warum überfällt man ihn dann?«

»Es wird behauptet, er hätte das Frankenreich verraten und den König geschmäht.« Verschreckt floh die letzte Zuversicht, und ich sprach schnell weiter: »Macht Euch keine Sorgen, Cotani, man wird seine eigenen Vasallen dazu befragen.«

»Wirklich? Dann ist alles gut. Mein Vater denkt ja nur an Baiern. Seine Vasallen wissen das am Besten, sie werden ihm nicht in den Rücken fallen.«

Sie stand auf und drückte mir die Hand. »Ich will jetzt nicht mehr stören, wir müssen morgen früh aufbrechen, nicht wahr? Ich bin sehr froh, dass du bei uns bist, Berengar.«

Dann verschwand sie, und Burchard kam herein. »Ihr seid wirklich durchtrieben, Herr. Die ganze Zeit habe ich gelauscht, um einzugreifen, falls die Kleine Euch einwickeln sollte. Aber das war völlig unnötig. *Macht Euch keine Sorgen, Prinzessin, man wird auf Tassilos Vasallen hören.* Und so tröstlich gesprochen, ich bin selber ganz gerührt.«

Die Prinzessin kam noch öfter zu mir. Mal begleitete sie mich ein Stück zu Pferd, dann wieder besuchte sie mich beim Abendessen. Und immer fand ich beruhigende Worte für sie. Irgendwann glaubte ich mir selbst und vergaß ganz, dass ich die Familie nicht in Sicherheit, sondern ins sichere Verderben führte. Nachts träumte ich mich mit ihr vermählt und stellte mir vor, wie wir Arm in Arm durch unsere Festhalle schritten, um bedeutende Gäste zu empfangen.

Ach, niemals hätte sich Cotani dem Bastard genähert, der ich in Wirklichkeit war. Vielleicht hätte sie über meine Possen gelächelt, vielleicht hätte sie mir eine Silbermünze zugeworfen, aber bestimmt hätte sie mir nicht ihr Vertrauen geschenkt. Nein, mich, den elenden Meginhard, bedachte niemand mit seiner Gunst. Nie wieder wollte ich Meginhard sein.

Da wandelte sich das Bild. Gisela stand hinter meiner hochgeborenen Gemahlin und flüsterte ihr ins Ohr: »Dummes schafäugiges Weib, du tändelst mit verdorbener Brut. Wusstest du nicht, dass dieser dort den Menschen gefährlich ist? Vertraue ihm nicht, denn seine Geliebte ist die Lüge. Seine Mutter starb für ihn, er hat seinen Herrn umgebracht und seinen König verraten. Lass ihn denen, die mit ihm fertig werden. Lass ihn mir, nur ich kann sein Herz in Wunden reißen, die niemals heilen werden.«

* * *

Kurz vor Ingilunheim übernahmen die Franken unseren Trupp. An die dreißig Ritter hatten uns eingeschlossen und erklärt, dass wir nun Gefangene des Königs seien. Die Baiern leisteten keinen Widerstand, und Karls Vasallen brauchten nicht einmal ihre Schwerter zu ziehen. Stattdessen nahmen sie mir meines. Der Karren mit dem Gold unterstand nun ihrer Wache, und die edle Familie wurde in ihren Wagen verwiesen. Eine Zofe und ein Diener durften mit ihnen sein, sonst niemand. Die bairischen Kämpfer legte man in Ketten und warf sie auf den Vorratskarren. So konnten sie weiter fahren, wie sie es ja die ganze Reise hindurch gewohnt waren.

Ein trauriger Zug schleppte sich nach Norden. Ich musste Bertha am Zügel führen und stapfte hinter den Pferdeknechten her. Als die Königspfalz endlich auftauchte, konnte ich kaum noch meine Beine heben.

Den hohen Herrschaften wurden Räume in der Burg zugestanden. Mich aber scheuchte man zusammen mit dem Gesinde in eine Ecke des Hofes, wo wir von jungen Burschen bewacht wurden, die jede Gelegenheit nutzten, uns ihre Unerschrockenheit zu beweisen.

Nach zwei Tagen beklemmender Ungewissheit wurde ich ergriffen, ins Hauptgebäude geschleift und einem älteren Mönch vorgeführt. Sein Tisch lag voller Pergamente. Selbst auf den Stühlen hatte man sie ausgebreitet und Unbrauchbares in Stapeln auf den Boden gehäuft.

»Du bist Berengar aus Fulda, nicht wahr?«

»Ganz recht, Vater, der bin ich, und ich habe meinen Auftrag zuverlässig ausgeführt.«

»Du hast viel Zeit mit diesem Pack verbracht. Sage mir nun alles, was sie gegen den König geäußert haben.«

»An dergleichen kann ich mich eigentlich gar nicht erinnern.«

Graue Fältchen zerknitterten das Gesicht des Mönches. »Du weißt, dass du nicht lange leben würdest, käme der Herzog jemals frei. Es liegt in deinem Interesse, wenn du mir die Wahrheit sagst.«

»Ich sage ja die Wahrheit, Vater. Die Baiern sorgten sich um ihren Herzog und natürlich um sich selbst. Die meisten wissen nicht einmal, was Tassilo vorgeworfen wird.«

Der Mönch wies auf ein Bündel. »Hier sind fränkische Kleider für dich. Das Pferd darfst du zum Lohn behalten. Tassilos Schicksal ist auch ohne deine Mithilfe besiegelt. Du kannst gehen!«

»Aber ehrwürdiger Vater, soll das der ganze Lohn sein? Habe ich dafür mein Leben aufs Spiel gesetzt und gutgläubige Menschen betrogen?«

»Wenn du beichten möchtest, wird dich ein Priester in der Kapelle anhören. Ich sagte, du darfst gehen!«

Was sollte ich tun, schreien und um mich schlagen, dem Mönch an die Kehle springen? Ich nahm das Bündel und verließ den Raum.

Nachdem ich mich umgezogen hatte, konnte ich mich frei bewegen und fand einen Schlafplatz im Holzschober. Um Burchard loszukaufen, musste ich den Wachen zwei Krüge

Bier versprechen. Ich versprach gleich einen dritten, damit sie mich zur Verhandlung ins Gericht schleichen ließen.

Leider kam ich ziemlich spät, und viele Menschen standen vor mir. Einen Blick auf den Herzog konnte ich doch erhaschen. Unverständlich, dass dieser graue Zwerg gefährlich sein sollte. Man hatte ihm die Hände auf den Rücken gebunden, und er wankte leicht. Wahrscheinlich hatte er schon lange so stehen müssen. Er hörte nicht mehr zu, wie ein Vasall nach dem anderen ihn schmähte. Nach jeder Aussage wurde er gefragt, ob all diese Dinge der Wahrheit entsprächen, und er nickte nur.

Der König selber sagte nichts. Er saß inmitten der Grafen und hatte die Stirn in die Hand gestützt.

Als alle Zeugen gesprochen hatten, bat ein älterer Fürst um das Wort. »Wir haben viel Abstoßendes hören müssen, und Tassilo konnte sich zu keinem Vorwurf rechtfertigen. Besonderes Gewicht haben die Berichte seiner eigenen Untertanen, die in seiner Nähe weilten und somit sein Treiben am besten kennen. Doch nichts, was vorgetragen wurde, verlangt nach fränkischem Recht seinen Tod, denn Baiern ist selbstständig, und der Herzog musste nach eigenem Ermessen verfahren. Für die Feindseligkeit der Griechen kann er nichts. Wenn er sich auch mit den Awaren verständigte, so kam es doch zu keinem Angriff. Sollte er fränkischen Vasallen nach dem Leben getrachtet haben, so ist ihm die Ausführung doch nicht gelungen. Und die verleumderischen Äußerungen, die er bewiesenermaßen von sich gegeben hat, berechtigen höchstens zu einer Strafe bei Haut und Haar.«

Jetzt erhob sich der Mönch, der mich befragt und abgewiesen hatte. »Mein König, geehrte Herren! Es ist richtig, dass die Anschuldigungen und sogar das Geständnis unerheblich sind, gegen einen anderen Verstoß dieses Mannes – Harisliz!«

Die Menschen raunten. Schwerer hätte man den Herzog nicht beschuldigen können. Mitten in der Schlacht das Heer zu verlassen, das war das übelste Verbrechen, welches man gegen König und Reich verüben konnte.

Der Mönch ließ das schauerliche Wort eine Weile im Raume drohen, bevor er weiter sprach: »Vor fünfundzwanzig Jahren, als noch Karls Vater Pippin auf diesen Mann vertraute, ließ Tassilo seinen König feige im Stich und zog mit seinen Rittern nach Hause. Er mehrte sein Gold und ließ es sich wohl sein, während viele ehrbare Franken ihr Leben in der Schlacht verloren. Nun frage ich Euch, mein König, welche Strafe steht darauf?«

Karl blickte auf und sagte leise: »Wer bin ich, über meinen Blutsverwandten zu richten? Urteilt ihr Franken, Langobarden, Sachsen, Thüringer und vor allem ihr Baiovaren. Ich will mich Eurem Rate anschließen.«

»Schuldig!« ... »Schuldig!« ... So sprach ein jeder, die ganze Reichsversammlung.

Tassilo brach auf die Knie. Kaum verständlich bettelte er um sein Leben.

Der König stand auf, ging zu ihm und fragte: »Was wünschst du, mein untreuer Vetter, was mit dir geschehen soll?«

»Bitte erlaubt mir, in ein Kloster zu gehen, Karl. Ich will für meine Sünden Buße tun, um meine Seele zu retten. Bitte, mein König, seid gnädig und mildert das strenge Recht.«

»Ich habe Mitleid mit dir, es soll sich fügen, wie du willst. Schafft ihn in den Hof hinaus und schert ihm das Haar!«

»Wartet Karl!«, rief der Herzog und krabbelte hinter dem König her. »Ich flehe Euch an, setzt mich nicht dieser Schande aus, mich öffentlich vor den Franken zu scheren. Was kann meine Schmach Euch noch bedeuten? Habt Ihr nicht alles, was Ihr begehrt? Sendet mich an einen verschwiegenen Ort, damit ich das Urteil in Würde entgegennehmen kann.«

Der König drehte sich um und half Tassilo auf. »Damit du erkennst, wen du betrogen hast, und damit es dir leichter fällt, deine Taten zu bereuen, will ich dir auch diesen Wunsch erfüllen. Hiermit befehle ich, dass Herzog Tassilo umgehend nach St. Goar gebracht und am sechsten Juli zum Mönch geschoren wird. Seine Gemahlin, seine Töchter und beide Söhne werden sich ebenfalls auf Lebenszeit dem Dienste Gottes widmen, jeder an einem anderen Ort.«

Der Herzog wollte abermals aufbegehren, doch der König fiel ihm ins Wort: »Du hast dein Leben und deine Würde, das ist mehr, als mir lieb ist, Tassilo.«

Ich hatte genug gesehen und schlich hinaus.

Cotanis Schicksal bedrückte mich. Wenn ich sie auch nicht retten konnte, so wollte ich mich wenigstens dem Kloster, welches sie verbergen würde, großzügig zuwenden, damit sie keinen Mangel litt. Die Milde des Königs ließ mich hoffen. Wenn er selbst seinem ärgsten Feind so sehr entgegenkam, würde er sich seinem heimlichen Gehilfen gewiss mehr als dankbar erweisen.

Mehrere Tage versuchte ich zu Karl vorzudringen, und jedes Mal vertröstete man mich. Stundenlang hockte ich vor irgendwelchen Türen und wartete.

Derweil erbettelte Burchard Abfälle für uns.

Die Vorbereitungen zum Aufbruch des Heeres waren mir völlig entgangen, und ich war ehrlich überrascht, als mir die Wachen eines Abends den Zutritt ganz verwehrten. »Lass uns endlich in Ruhe! Die Awaren haben ihr Versprechen an Tassilo gehalten, sie greifen Friaul und Baiern an. Außerdem liegen die Griechen schon vor Benevent und bedrohen den Papst. Der große Feldherr wird keine Zeit für dich haben, denn morgen ziehen wir den Feinden entgegen.«

»Ich muss den König aber sprechen. Er kann nicht einfach davon reiten, ohne mich anzuhören.«

»Verschwinde, wenn du keinen Ärger haben willst.« Der Wächter legte seine Hand auf sein Schwert, doch ich glaubte nicht, dass er mich angreifen würde. Er kannte mich ja, und ich war schließlich unbewaffnet.

Geradewegs marschierte ich auf den Eingang los.

Die Ritter lachten, doch was sie taten, war alles andere als erheiternd. Sie rissen mich zurück und warfen mich die Stufen hinab. Höhnend traten sie nach mir, und wenn ich mich aufrichtete, um zu entkommen, schlugen sie mich mit der flachen Klinge, so dass ich wieder zu Boden stürzte. Ich schlang die Arme über den Kopf und zog die Knie an, doch die Wucht eines Stiefels bog mir den Rücken auf, ein weiterer rammte meine Schulter in den Sand. Erst, als ich mich nicht mehr regen konnte, ließen sie von mir ab. Mit Fußtritten rollten sie mich vom Eingang fort in eine Mauernische, als wäre ich ein Haufen Dreck.

Burchard wartete, bis es dunkel war und die Wachen mich vergessen hatten. Dann schlich er zu mir und kühlte meinen Kopf mit kaltem Wasser. »Kommt, Herr. Nur fort von hier. Ich helfe Euch.«

Mein Körper war wund, und mein Blut war dicke Galle. Ich schob Burchards Hände fort. »Lass mich! Ich muss nur eine Weile ausruhen. Du wirst schon sehen, ich bekomme mein Recht.«

Burchard schüttelte den Kopf. »Warum legt Ihr Euch mit den Wachen an? Ihr seid nun einmal kein Kämpfer, findet Euch damit ab, ich tue es ja auch.«

»Ich verzichte auf deine Ratschläge. Verschwinde!«

Der Bursche schüttelte zwar immer noch den Kopf, aber schließlich trollte er sich und ließ mich in Frieden.

Wenn ich jetzt meinen Lohn nicht forderte, würde ich ihn nie mehr einklagen können. Nein, der König durfte mich nicht abweisen, nicht er, dessen Leben ich geschont hatte.

Nur noch ein wenig Kraft sammeln, nur ein paar Augenblicke, bis mein Schädel aufhörte zu klingen und die Glieder willig wurden.

Meine Stimme hatte über Märkte und Plätze geschallt und war in entfernteste Winkel gedrungen. Nicht ich war fähig, mir Gehör zu verschaffen, aber meine Tokken hatten es immer vermocht. Sie konnten wüten, sich kühn und entschlossen zeigen, um ihren Willen zu erzwingen. Wenn ich keine Tokken zur Verfügung hatte, würde mein eigener Leib herhalten müssen. Er war bereits zerschlagen, Schlimmeres konnte ihm nicht mehr geschehen.

Es dämmerte, mir blieb nur wenig Zeit.

Beharrlich pumpte ich Luft in meine Lungen und fühlte mein Herz kräftiger schlagen. Etwas wankte mein Körper noch, dann strafften sich die Muskeln und sträubten sich nicht mehr.

Meine Schritte hallten auf dem menschenleeren Hof. Zwei Krieger lehnten schläfrig neben der Tür, und alle Fenster waren schwarz.

Dorthinein, in diese dunklen Löcher würde ich mein Begehren schleudern.

Mein Blick durchdrang die Mauern. Ich konnte die Träumenden dahinter in aller Klarheit erkennen, ihre Augen zuckten hinter geschlossenen Lidern und schauten Geheimnisse, welche dem Wachen verborgen blieben.

Keinem von ihnen würde ich gestatten, mich zu überhören.

Der Speichel sammelte sich auf meiner Zunge, und ich musste schlucken. Dann wurde meine Kehle weit.

»Karl!«, rief ich. Laut und klangvoll tönte meine Stimme. »Mein König!«

In den Augenwinkeln sah ich, dass die Wachen näher kamen, doch sie waren keine Wirklichkeit für mich, und ich vergaß sie sofort wieder.

»Karl! Warum flieht Ihr den, der Euch einen Dienst erwies? Ist das die Dankbarkeit eines Herrschers? Reicht Euer Edelmut nur solange, bis Euer Begehren erfüllt ist?«

Ich rang nach Luft, denn ich hatte einen Schlag auf den Rücken erhalten. Aber ich spürte keinen Schmerz und sammelte meine Kraft aufs Neue. »Ihr schuldet mir den Lohn, König! Wenn Ihr mich jetzt nicht hören wollt, werde ich Euch folgen, zu den Awaren, oder nach Griechenland, sogar in die Hölle, wenn es sein muss …«

Ich stürzte vornüber, und mein Sinn wurde dumpf. Meine

Stimme gehörte mir nicht mehr. Sie fuhr fort zu rufen, ich weiß nicht, ob die Worte noch vernehmlich waren. »Karl! Fürchtet Ihr denn Euren Untertan, dass Ihr Euch verstecken müsst?«

Man fragte nach der Ursache des Lärmes, die Wächter riefen Erklärungen zu den Fenstern hinauf und schleppten mich ins Gebäude.

»Setzt ihn dorthin«, sagte jemand.

Allmählich floss Empfindung in meinen Leib zurück, und ich spürte die Prügel. Meine Glieder wurden nachgiebig, und meine Hände zitterten. Ich saß auf einer Bank vor einem älteren Herrn im Nachtgewand.

»Ich muss mit dem König sprechen«, flüsterte ich.

»Ja, ja, wir alle haben deinen Wunsch vernommen.« Der Mann fasste mich am Kinn, drehte meinen Kopf hin und her und betrachtete die Prellungen. »Warum beschimpfst du unseren Herrn? Ich hoffe für dich, dass du gute Gründe für deinen Radau vorbringen kannst.«

Ein junger Laienkleriker kam gelaufen und sagte, dass der König den Störenfried zu sehen wünsche. Meine Kühnheit hatte mich völlig verlassen, als ich hinter ihm durch Hallen und Gänge schlich. Er öffnete eine Tür und winkte mich hinein.

Karl saß breitbeinig auf seinem Bett. Einige Vasallen und auch zwei Priester standen bei ihm und besprachen die letzten Vorbereitungen zum Feldzug.

Mein Begleiter trat mir in die Kniekehle und stieß mich nach vorn, so dass ich auf allen vieren landete.

Welch irrer Geist hatte mich befallen, vor dem Fenster des Königs zu zetern? Er würde mich auspeitschen lassen, mindestens.

»Was willst du?«, fragte er vom Bett aus.

Ich wusste nicht genau, ob er mich meinte, und zögerte, bis ich sicher war, dass niemand anders antworten wollte. »Bitte, vergebt mir, dass ich Euch gestört habe, mein König. Seit Tagen versuche ich, vorgelassen zu werden und wurde immer ...«

»Spar dir das Geschwätz, was willst du?«

»Ich bitte um meinen gerechten Lohn.«

Karl erhob sich. »Wende dich an das Grafengericht, wenn man dir etwas schuldig ist. Wie kannst du es wagen, mich damit zu belästigen?«

»Verzeiht mir«, flüsterte ich, »aber Ihr selbst schuldet mir den Lohn.«

»Was?« Er stand jetzt fast über mir, seine Stiefelspitzen eine Handbreit vor meiner Nase.

»Mein König, auf Eurer Geheiß habe ich Tassilos Familie entführt und seinen Schatz geraubt. Nicht eine Münze behielt ich zurück, sondern gab alles getreulich in Eure Hände. Ich vertraue darauf, dass Ihr Euer Wort haltet und Euch dankbar erweist.«

»Du hergelaufener Lump!«, brüllte Karl. »Wie kannst du dich erdreisten, deinem König Entführung und Diebstahl zu unterstellen, wie einem gemeinen Schurken? Für weniger als das müsste ich deinen Kopf fordern.«

»Bitte zürnt mir nicht, ich will Euch nicht verleumden, Ihr habt doch selbst gewünscht ...«

»Gar nichts habe ich!« Er stampfte auf und ab.

Nach einer Weile blieb er wieder vor mir stehen. »Jetzt verstehe ich, du bist ein *scurra*, ein unverschämter Narr, der sich einen schlechten Zeitpunkt ausgesucht hat, seine Possen vorzustellen. Ich kann natürlich nicht zulassen, dass du herumläufst und alberne Lügen über mich verbreitest, am Ende schenkt dir noch jemand Glauben.«

Der König drehte sich zu den Männern um. »Die Lage ist ernst, meine Herren, einen Narren zu bestrafen kann selbst für den mächtigsten Herrscher gefährlich werden.«

Die anderen lachten.

»Ich werde ihn von meiner Redlichkeit überzeugen müssen, damit er fortan lieber über meine Feinde lästert. Einhard, bringe mir die Aufzeichnungen!«

Der junge Kleriker brachte einen Packen gebundener Pergamente, und Karl blätterte ein wenig darin. »Hier ist genauestens aufgeschrieben, was sich zugetragen hat. Was steht dort über Tassilos Prozess, Einhard?«

Ich und alle Anwesenden erfuhren, dass der überhebliche Herzog, im Vertrauen auf seine verräterischen Kumpane, bedenkenlos nach Ingilunheim gekommen war und in völliger Verkennung der Weitsichtigkeit des Königs sogar nach seiner Familie gesandt hatte. Doch er wurde des schweren Verrates überführt und von der Reichsversammlung zum Tode verurteilt. Der König aber hatte, von Mitleid ergriffen, den Wunsch des Herzogs erfüllt, im Kloster Buße zu tun.

»Da hörst du selbst, dass ich niemanden entführt oder geraubt habe«, sagte Karl, »Ich ließ nicht einmal das Urteil vollstrecken.«

»Aber mein König«, fing ich vorsichtig an, »ich selbst schrieb jenen Brief an Luitperga, ich war der Bote und setzte mein Leben aufs Spiel.«

Einhard knallte die Schriften auf den Tisch. »Deine Behauptung ist lächerlich! Hier kannst du die Wahrheit nachlesen, wir nehmen die Geschichtsschreibung ernst, und du kommst nicht darin vor. Niemand schuldet dir etwas, du kannst froh sein, wenn man dir nicht Haut und Haar abschlägt.«

Der König setzte sich wieder aufs Bett. »Lass gut sein, Einhard. Ich habe keine Lust, mich über einen *scurra* zu erregen, der nicht einmal besonders komisch ist. Und du, verwegener Schreihals, treibe deine Späße woanders.«

Ein Diener hielt mir pflichtschuldigst die Tür auf und verbeugte sich sogar. Aber er machte sich nicht die Mühe, sich das Grinsen zu verkneifen.

Ihr schmunzelt, ehrwürdige Richter, steht Euch der Sinn denn nach Vergnügen? So lacht denn über meinen Misserfolg, wenn Euch schon so wenig genügt, Eure Mundwinkel in die Breite zu ziehen.

Oh, ich bin wahrhaftig ein Meister in der Kunst des Absturzes geworden.
So ein Sturz muss sich deutlich vom allgemeinen Gleichmaß unterscheiden, je plötzlicher und unverhoffter er auftritt, desto mehr Frohsinn ruft er hervor. Besonders freut Ihr Euch, wenn der Fallende seine Würde zu erhalten sucht, obgleich die possierliche Haltung, die der zerbrechliche Leib unweigerlich im Flug zur Erde einnimmt, ein solches Unterfangen aussichtslos erscheinen lässt.

Da lacht Ihr, weil Ihr Euch erhaben dünkt, über dieses Kümmerlein, weil Ihr noch einmal davon kamt und dem Schicksal eine fettere Seite abgebissen habt.
Da lacht Ihr nicht Euch, sondern den Pechvogel tot und mit ihm Angst und Drangsal, welche sich geschwind in Euren kleinen Zeh verziehen, oder ins Ohrläppchen oder an einen anderen Ort, an dem sie nicht leicht aufzuspüren sind.

Spottet also über mich und meine aussichtslose Lage, denn dann fürchtet Ihr mich nicht und braucht mir nicht zu zürnen.
Doch bedenkt derweil, dass ich Euch diese Freude schenke und zu weiteren Gaben nicht mehr fähig sein werde, falls Euer Urteil bitter ausfallen sollte.«

PER MEAM VOLUNTATEM
MIT MEINEM WILLEN

Die Stute am Zügel und Burchard im Schlepptau, trottete ich aus der Königspfalz.

Tokken besaß ich nicht, auch keine Leier, und meine Neuigkeiten hielten nicht besonders lang, denn die Awaren waren schnell geschlagen. Daraufhin begehrte niemand mehr meine Amulette. Freundlicherweise sannen sie auf Rache, doch in Baiern wurden sie kurzerhand erneut niedergemacht. Viele von ihnen ertranken auf der Flucht in der Donau, und kein Gramm Silber verirrte sich in meine Taschen.

Also ging ich dazu über, Bilsensamen gegen Zahnweh zu veräußern und überreife Früchte in einem Krug zu sammeln, bis sie Blasen schlugen. Die Pampe presste ich durch ein Tuch, um den zweifelhaften Sud als wundertätiges Heilmittel auszugeben. Burchard bediente sich heimlich und wurde sehr glücklich davon, doch am nächsten Morgen gab sein Magen es in beide Richtungen von sich. Da ich die Wirkung nun kannte, erzählte ich den Menschen, wie ich es im Kloster gelesen hatte, dass ihre Krankheit von schlechten Körpersäften herrührte. Oh, sie staunten über all das Ekle, was nach meinem Trank ihre Leiber verließ, und gleich fühlten sie sich erheblich besser. Doch zu meinem Bedauern ist der Gesundete nicht mehr bestrebt, für seine Genesung zu bezahlen.

Mir würde nichts übrig bleiben, als das Pferd zu verkaufen.

Oder Burchard.

Er war beängstigend kräftig geworden, und leider auch unbeherrscht. Ich erinnerte mich wohl, dass er ohne zu zögern nach meinem Schwert gegriffen hatte, um die Räuber abzuwehren, ein äußerst ungebührliches Verhalten für einen Hörigen. Dazu brauchte er eine Menge Nahrung, die nicht leicht zu beschaffen war.

Ich würde viel für ihn bekommen. Eine Leier könnte ich erstehen, Farben, Stoffe, Holz, eine gute Feile, alles was ich brauchte, um neu anzufangen. Ich hätte sogar genug, den Winter warm und geruhsam zu verbringen.

Eines Abends, als wir lagerten, rief ich ihn zu mir.

»Ich weiß nicht recht, was ich mit dir anfangen soll, Burchard. Wenn du mich begleiten willst, musst du dir dein Brot verdienen.«

Er sah mich ratlos an.

»Was kannst du, wie willst du mir von Nutzen sein?«

»Ich verstehe nicht, was Ihr meint. Ich kann Feuer machen und Eure Sachen tragen ...«

»Bertha trägt mehr als du, und ein Feuer bekomme ich gut selbst zustande. Kannst du jonglieren, kannst du schnitzen, gehst du auf den Händen, oder hast du eine schöne Stimme?«

Er starrte mich immer noch an, und ich seufzte. »Vielleicht ist es besser, wenn ich ohne dich weiter ziehe.«

»Herr, Ihr wollt mich doch nicht im Elend zurücklassen, mitten in der Wildnis, in einem Land, in dem ich niemanden kenne!« Er krabbelte zu mir herüber, nahm meine Hand und legte seine Stirn darauf. »Bitte verstoßt mich nicht. Kein anständiger Mensch nimmt einen Knecht, der davongejagt wurde.«

»Schon gut, vielleicht kannst du lernen, mir nützlich zu sein.«

Ich ließ ihn scherzhafte Verse wiederholen, doch die Worte, die ich ihm in den Mund legte, kamen mit so absonderlicher Betonung wieder heraus, dass man keinen Sinn mehr verstehen konnte. Er brachte es nicht einmal fertig, passend zu meinen Liedern klingende Hölzer zu schlagen, und mit dem Singen plagte ich ihn nur ein einziges Mal, dann zog ich es vor, meine Ohren zu schonen.

»Ich kann das nicht, Herr. Ihr wisst es, und ich weiß es

auch. Als ich noch Höriger auf Hardrads Hof war, wurde ich wenigstens geachtet, dann hat man mich zum Diener gemacht, und jetzt nennt Ihr mich sogar Euren Gehilfen. Ich müsste der glücklichste Mensch auf Gottes Erde sein, aber ich fühle mich so erbärmlich wie nie zuvor.«

Er hatte Recht. Sobald man mir einen guten Preis anbot, wollte ich ihn abgeben. Bis dahin sollte er sich nicht mehr quälen müssen. »Ich weiß, was du wert bist, Burchard. Gräme dich nicht, sieh lieber nach dem Feuer und füll mir den Becher.«

* * *

Ich sollte meinen Gehilfen nicht loswerden, sondern sogar noch einen dazu bekommen. Und der neue Begleiter war weder gesund noch kräftig.

Wir gerieten auf ein passables Gut. Allerdings war keine Menschenseele auf dem Hof zu entdecken, und Burchard rumpelte gegen die Tür. »He da, niemand zu Hause? Seid ihr keine Christenmenschen, dass ihr euch weigert, Gäste zu beherbergen, die zu Kranken und Siechen unterwegs sind?«

Ein älterer Mann öffnete und musterte uns argwöhnisch.

»Bring sie herauf, schnell!«, tönte es von oben. Ein Weib hatte sich aus dem Fenster gebeugt, ihre Augen waren verweint, und ihre braunen Flechten hingen wirr herab. »Gelobt sei der Allmächtige, meine Gebete wurden erhört. Beeilt Euch, mein Sohn liegt im Sterben.«

Ich wollte den Irrtum berichtigen, doch sie war schon verschwunden. In der Halle hatte sich das Gesinde versammelt und betete. Als wir vorbeieilten, erstarb ihr Gemurmel. Schwaden von beißendem Räucherwerk schlugen uns aus den oberen Räumen entgegen.

Das Weib nahm meine Hand und führte mich durch den Qualm an das Lager ihres stöhnenden Jungen. Er hatte seine

Augen halb geschlossen. Die Haare klebten ihm auf der Stirn und seine Wangen glühten.

Vorsichtig zog das Weib die Decke von seinem geschwollenen Fuß. Ein dunkler Streifen wand sich das Bein hinauf, unterbrochen von mehreren Einschnitten, dort wo man die Ader gestochen hatte. Am Knöchel waren zwei winzige Punkte zu erkennen.

Ein Schlangenbiss.

Burchard hatte sich neben das Lager gekniet und stotterte ein Gebet. Ich konnte es ihm nur nachtun und die lateinischen Heilsformeln aufsagen, die ich von den Mönchen gelernt hatte. Währenddessen entfernte ich das rußende Kraut und ließ Luft in die Kammer. Warum sollte der Junge noch gegen das Ersticken kämpfen müssen, da es sowieso um ihn geschehen war?

Ich wollte gehen, doch aus einer Regung heraus hängte ich dem Knaben eins der Wurzelamulette um den Hals, die wir nirgends losgeworden waren. »Vielleicht haben die Geister Mitleid und versehen es mit magischer Kraft. Wenn Gott dir nicht mehr helfen kann, soll dieses Holz dich auf deiner Reise vor dem Bösen bewahren, das nach deinem Fuß geschnappt hat und sich nicht damit zufrieden geben will.«

Im nächsten Moment bereute ich meine Freigebigkeit bereits. Das Weib bekreuzigte sich und flüsterte: »Ich habe es gewusst. Das Böse ist noch hier! Seid Ihr ein Zauberer, dass Ihr Verborgenes sehen könnt?«

Sie griff nach meinem Ärmel, zerrte mich zu sich heran und winselte: »Schafft es uns vom Hals. Der Junge ist mein einziges Kind, und ich werde in meinem Alter keines mehr bekommen.«

»Bitte beruhigt Euch, ich habe getan, was mir möglich war.«

Sie aber hing an meinem Gewande und ließ sich nicht abschütteln. Ihr Mund war weinerlich verzogen und ihre Augen glasig. Wie ein unersättliches Getier zog sie sich an meinen

Kleidern hoch. Gierig verlangte sie nach der Heilung ihres Sohnes. Ich fühlte mich von ihrer Angst besudelt. Angewidert trat ich mit dem Fuß nach ihr und rannte die Treppe hinunter.

Knechte und Mägde hoben die Köpfe. Von oben kreischte es: »Um Himmels Willen, haltet ihn auf! Er ist ein Kundiger, ein Zauberer!« Das Weib stolperte mir nach. »Das Böse ist noch hier, es lauert schon auf den Nächsten. Der Fremde hat es benannt, er muss es vernichten, sonst sind wir alle verloren.«

Zwei Knechte versperrten mir die Tür.

»Gute Leute«, versuchte ich zu beschwichtigen, »die Trauer verwirrt ihr Gemüt. Der Junge wurde von einer Schlange gebissen, dagegen bin ich genauso machtlos wie ihr.«

Eine Magd schrie auf und zeigte mit dem Finger auf einen alten Kerl, der in einem Winkel an der Wand hockte. Sein grobes Kinn und die scharf gezeichnete Nase riefen dunkle Erinnerungen in mir wach. Seine Augen waren von weißlichem Gallert bedeckt und irrten ziellos umher.

»Er ist es! Er ist der Teufel«, kreischte die Magd. »Er hat auch mir von einer Schlange gesprochen, die er zwischen meine Decken spucken will.«

Der Alte drückte sich in seinen Winkel und beteuerte seine Unschuld. »Ich habe niemandem etwas getan. Darf ich keine Scherze mit den Mägden machen, wenn sie nach Milch duftend an mir zupfen und zerren? Ihr werdet doch nicht glauben, dass ich gegen meine Wohltäter Böses im Schilde führe?«

Doch zu erregt waren die Menschen, zu angstvoll und zu beschränkt, als dass sie nicht nach jedem Schuldigen geschnappt hätten, dessen sie habhaft werden konnten. Schon griffen sie nach Gegenständen, die gerade in ihrer Nähe lagen, um dem Bösewicht den Garaus zu machen. Einer rückte gar mit dem Putzlappen vor.

Unter ihren Schlägen rutschte der Alte an der Wand hinunter. Als er seine Lider über die weißen Augen schloss, erkannte ich ihn – es war Raban!

»Hohlköpfiges Pack!«, schrie ich. »Wollt ihr, dass sein böser Geist auf ewig wüten soll? Erschlagt ihn, und seine ruhelose Seele wird sich grausam rächen. Aber wartet gefälligst, bis ich fort bin. Ich würde keinen Fuß auf einen Hof setzen, wo ein Besessener von Unwissenden getötet wurde.«

»Ich auch nicht«, sagte Burchard und hielt mir die Tür auf.

Der Hausherr lief herbei. »Bitte, lasst uns nicht mit dem Teufel allein. Wenn Ihr ein Zauberer seid, dann müsst Ihr uns helfen.«

»Ja, befreit uns von dem Ungeheuer«, flehte sein Weib. »Wir geben Euch so viel Ihr wollt, aber bringt den Besessenen fort und vernichtet ihn mit Euren heimlichen Ritualen.« Rasch stimmte ich zu, denn ich fürchtete, sie würde sich wieder an meinen Saum klammern.

Raban lag quer über der Stute und bot einen schauerlichen Anblick mit seinen Blessuren und den verrenkten Gliedern. Wenigstens hielt er die leeren Augen geschlossen. Burchard blieb in vorsichtigem Abstand und murmelte bittere Klagen, weil ich ihm einen Dämon auf den Hals hetzte.

»Du wirst den Unsinn doch nicht glauben. Sei lieber froh, dass du helfen darfst, einen Unschuldigen vor dem Tode zu bewahren.«

»Aber Herr, Ihr dürft ihn nicht am Leben lassen. Er ist verflucht! Sein Geist muss vertrieben werden, mit all den geheimen Riten, die man Euch im Kloster lehrte.«

»Was quatscht du für albernes Zeug? Wenn er aufwacht, wirst du selber sehen, dass wir es mit einem harmlosen Menschen zu tun haben.«

Doch Raban dachte nicht daran zu erwachen. Wenn ich an seinen Lumpen zog, ächzte er nur leise, und weil mir der erzwungene Fußmarsch zu mühsam wurde, lagerten wir bald.

Burchard weigerte sich, den Verletzten vom Pferd zu heben. »Die Finger sollen mir abfaulen, wenn ich den Teufel auch nur berühre. Ihr wisst, dass ich immer gehorsam war, aber das da ist Eure Sache. Ich will mein Seelenheil nicht verwirken.«

Ich gab Raban einen leichten Stoß, und er rutschte fügsam auf den Boden. Sein Stöhnen ließ uns wissen, dass er am Leben war.

Das Feuer brannte hell und ruhig, wir aßen gutes Fleisch und gönnten uns sogar einige Becher Bier, trotzdem mochte sich kein Friede einstellen. Tausendmal sagte ich mir, dass Raban nicht in der Verfassung sei, irgendjemandem ein Leid zu tun. Und doch, die fremde Seele stahl sich in unsere Gemeinschaft, war unverkennbar zugegen und hielt unsere Gedanken gefangen.

Ich schlief sehr schlecht und wachte noch vor dem Morgengrauen auf. Aus dem Dunkel klang leises Wimmern.

Mit einem glimmenden Ast bewaffnet, ging ich den Geräuschen entgegen.

Armer Raban, er hatte versucht, sich unters Gebüsch zu schieben. Als er meine Schritte hörte, keuchte er und bemühte sich verzweifelt zu entkommen. Er richtete genauso wenig aus wie eine Fliege im Spinnennetz, sondern fügte sich nur selber Schmerzen zu. Seine milchigen Augen waren weit aufgerissen und suchten das Licht.

»Bitte verschont mich, ich habe nichts Böses getan ...« Purer Schrecken klang aus seinen Gestammel.

»Keine Angst! Dir geschieht nichts. Hör auf mit dem Gejammer!« Er schien mich nicht zu verstehen, kreischte und schlug mit Händen und Füßen in die Luft. Erst als ich ihm in die Rippen trat, gab er Ruhe. »Bist du endlich bei Sinnen? Hörst du mich?«

Er drehte sich auf die Seite und versuchte, den Kopf zu heben. Seine Augen fanden meine Silhouette. »Ja, ja, ich höre Euch, verehrter Zauberer.«

»Nenn mich nicht so, ich besitze gewiss keine magischen Fähigkeiten. Du solltest dich lieber bedanken, dass ich dich nicht dem Unverstand deiner Leute überließ.«

»Danke, gnädiger Herr.« Er fröstelte und sagte leise: »Bitte, wenn ich schon meinem Ende entgegensehe, lasst mich bis dahin nicht allzu sehr leiden. Wäre es möglich, dass ich eine Decke bekomme?«

»Mit deinem Ende will ich nichts zu schaffen haben.« Ich gab ihm meine Decke und half ihm, sich an einen Baum zu lehnen.

»Gütiger Herr, ich möchte gar nicht wissen, was Ihr mit mir vorhabt, aber ich flehe um Gnade für meinen geschundenen, hungernden Leib. Bitte gewährt mir einen kleinen Rest von der duftenden Brühe aus Eurem Kessel, selbst den übelsten Verbrechern gesteht man ja eine letzte Mahlzeit zu.«

»Du bekommst Brühe, sobald sie warm geworden ist, und das wird gewiss nicht deine letzte Mahlzeit sein.«

Was sollte ich bloß mit Raban anfangen? Jetzt, da er in der Lage war, seine Wünsche zu äußern, würde er nicht zulassen, dass ich ihn seinem Schicksal übergab.

Wovor fürchtete ich mich eigentlich? Er hatte mich nicht erkannt. Solange Raban einsah, dass ich es war, der über sein Los bestimmte, sollte er mir willkommen sein. Niemand wusste so viele Schliche wie er, was mir gewiss noch nützen konnte.

Inzwischen war Burchard erwacht und starrte beunruhigt auf den Fremden, der gemütlich in meine Decke gehüllt am Baume saß.

»Komm ans Feuer, Burchard«, sagte ich, »und du auch Raban, die Suppe ist gleich heiß.«

»Danke, hochverehrter Zauberer, denn das seid Ihr sicher, da Ihr meinen Namen erraten habt.« Raban versuchte sich zu erheben, aber es gelang ihm nicht, und ich winkte Burchard, damit er dem Krüppel half. Der aber rührte nur emsig in seinem Becher. Sofort lenkte Raban ein: »Ich bin es gewohnt abseits zu essen. Wenn Euer Diener nicht fürchtet, dass seine Finger dabei abfaulen, kann er mir vielleicht meinen Anteil herbringen.«

Wahrscheinlich hätte ich nicht lachen sollen, Burchard war ernstlich gekränkt und weigerte sich rundheraus, das Scheusal zu bedienen. »Was haben wir mit ihm zu schaffen? Er beleidigt uns und frisst die Vorräte weg.«

»Kein Wort mehr, Burchard! Erinnere dich, dass wir keine Vorräte besaßen, bevor wir ihn mitnahmen. Und du Raban, spar dir deine Sticheleien. Wenn ihr nicht friedlich seid, reite ich nämlich ohne euch weiter. Dann mögt ihr euch gegenseitig zerfleischen, bevor es die Wölfe tun.«

Nun hatte ich also zwei Gehilfen, die ich versorgen musste. Der eine unbegabt und einfältig, der andere alt, fast blind und lahm. Gottlob sah der Tokkenspieler nicht, was für eine Truppe ich in seinem Namen führte, er hätte sich vor Lachen ins Hemd gemacht.

Für meinen Beutel sollte sich Raban allerdings als wahrer Segen erweisen.

Weil er recht wunderlich erschien und ohnehin auf dem Pferde sitzen musste, rief ich ihn in den Siedlungen als Seher aus. Wir hatten einige Wendungen verabredet, damit er wusste, was er den Leuten zu sagen hatte, denen er gerade die Hand auf die Stirne legte. Sie waren sehr verblüfft, wenn der Blinde ihre Haarfarbe erspürte, und glaubten ihm auch alles Weitere.

Natürlich hatte er Burchards Unzulänglichkeiten bald erkannt, doch zu meinem Erstaunen empfahl er mir nicht, ihn zu verkaufen. Im Gegenteil. Er machte sich an den Burschen heran und schmeichelte ihm: »Ich habe selten einen treueren Diener als dich erlebt. Du verehrst deinen unerfahrenen Herrn sehr, nicht wahr?«

»Das kannst du glauben, Alter. Gestatte dir ihm gegenüber ja keine Frechheiten, du wärst nicht der Erste, den ich zu Brei schlage.«

»Ich wollte dir nicht den Mut absprechen, einen Greis zu bedrohen.« Raban seufzte. »Zu dumm, dass der Schöpfer so harte Muskeln ausgerechnet an dich verschwenden hat. Du bist nur ein Höriger und wirst im Ernstfall doch davonrennen.«

»Habt Ihr das gehört, Herr? Erlaubt mir, dieser Ratte das Maul zu stopfen. Ich habe mich nie vor einer Keilerei gedrückt, nicht einmal, als die Gegner Räuber waren.«

Raban rutschte näher. »Mit jedem willst du es aufnehmen, ja? Warum tust du es dann nicht? Auf allen Märkten lungern Hitzköpfe herum, die sich gerne messen. Sie geben ihren letzten Pfennig dafür, damit man ihnen auf die weichen Schädel klopft.«

Ich betrachtete meinen kräftigen Diener. Obgleich er das Kinn nach vorne schob und die Brauen böse runzelte, wirkte er wie ein bockiges Kind. Sein rundes Gesicht, die hellen Brauen und das Babyhaar würden keinen Burschen zum Wettkampf herausfordern.

»Wir werden einen Bärenmann aus dir machen!« sagte Raban. »Den Pelz haben wir schon. Du brauchst noch Handschuhe, damit du einen Stein in der Faust verbergen kannst. Oder dein Herr könnte dir Klauen schnitzen. Dazu machen wir dich schwarz und reiben dich mit ranzigem Öl ein. Die Kerle werden sich Mut antrinken müssen. Das ist wichtig, Besoffene kommen schnell in Raserei und vergessen, ihre Körper zu schützen.«

Mein Diener kam mir nun weniger verwegen vor. »Burchard, es ist deine Entscheidung, ich zwinge dich nicht. Wenn du Bedenken hast, kann ich das verstehen.«

»Ich bin kein Feigling, Herr! Ich kämpfe für Euch.«

Es tat mir Leid, den schönen Pelz zu zerschneiden, um Burchards Gesicht und seine Hände zu verdecken. Große Mühe gab ich mir mit den Bärenklauen, denn sie würden seine einzige Waffe sein. Wenn er die Faust darum schloss, drohten drei harte Holzspitzen zwischen seinen Fingern. Er schlug probeweise in die Decke und zeigte mir stolz den verheerenden Abdruck. »Seht Ihr, Herr, ich werde mich zurückhalten müssen, wenn ich niemanden umbringen soll.«

Dann legte Raban ihm eine Schlinge um den Hals und band ihm die Arme auf den Rücken. »Die Leute müssen schließlich glauben, dass du gefährlich bist. Schade, dass wir keine Ketten haben.«

Wie ein wildes Tier stolperte er dem Pferde nach. Ich hatte mir einen Stock beschafft und bewachte ihn von hinten. Der Prügel diente mir weniger dazu, Burchard damit zu schlagen, sondern die frechen Lümmel davon abzuhalten, ihn zu bespucken oder an seinem Fell zu rupfen.

»Seht den unbezähmbaren Bärenmann!«, rief ich. »Er hauste in den tiefen Wäldern und wurde von Wölfen gesäugt! Viele haben ihr Leben gelassen, bis er eingefangen war! Was höre ich? Schwächlinge schimpft ihr die wackeren Jäger? Einen halben Denar, und wir lassen ihn los, selbst wenn es nur leichtes Silber ist. Wer gegen ihn gewinnt, bekommt seinen Einsatz zurück und einen ganzen Krug Bier dazu.«

Burchard brummte und riss wütend an den Seilen, denn Raban hatte die Schlinge kurz, aber fest zugezogen.

Die Mädchen sprangen zur Seite, die Burschen hingegen zeigten sich tollkühn und lachten. Ja, hier konnte man zu Ruhm und Ehren kommen, aber ein halber Denar war eine Menge wert. »Was ist? Will niemand einen Obolus wagen? Gibt es hier nur Feiglinge? Ihr riskiert ja nichts, es sei denn, ihr zweifelt an eurer eigenen Stärke.«

»Hör auf, uns zu beleidigen!«, rief ein Kerl. Sein Gesicht war gerötet, ich weiß nicht, ob er die Farbe seiner Erregung oder dem Wein verdankte. »Da hast du dein Silber, steck es gar nicht erst ein, ich bekomme es sowieso gleich zurück.«

Besonders bedrohlich wirkte er nicht, eher aufgedunsen und schwerfällig. Die Menge johlte dennoch und pries ihren Helden. Schnell wurde ein Kreis in den Sand gezogen. Sollte einer der Gegner seinen Fuß außerhalb absetzen, war für ihn der Kampf verloren.

Ich nahm Burchard die Seile ab und stieß ihn in den Ring.

Schauerlich ertönte sein Gebrüll. Ja, das konnte er, ich

hoffte fast, dass der fremde Bursche ganz ohne Kampf davon rennen würde. Das tat er zwar nicht, aber er wich deutlich zurück, als Burchard mit ausgebreiteten Armen auf ihn zustampfte.

»Puh, der stinkt vielleicht«, konnte der Kerl noch sagen, schon saß er breitbeinig auf der Erde. Burchard hatte ihn nur wenig gestoßen und ließ ihm jetzt Zeit, wieder aufzustehen.

»Mach schon!«, riefen die Umstehenden. »Du willst doch nicht aufgeben?«

Der Kerl wischte sich mit dem Arm über den Mund und erhob sich.

Er beugte den Kopf nach vorne und rammte ihn Burchard in den Bauch. Beinahe wäre es vorbei gewesen. Burchard wankte ein paar Schritte zurück, aber dann fing er sich, griff seinen Widersacher um die Taille und hob ihn hoch. Er drehte sich ein paar Mal um die eigene Achse und schleuderte den Burschen aus dem Kreis.

Die Leute waren wenig erfreut über diesen Ausgang. Sie schmähten den Verlierer, und jeder glaubte, es besser machen zu können. Jetzt musste ich die Raufbolde zur Ordnung rufen, damit sie sich der Reihe nach aufstellten, um ihre Habe abzuliefern. Die meisten besaßen keine Münzen, aber ich war auch mit Eiern, einem Wasserkessel, einem Beutel Hafer und Rauchfleisch zufrieden.

Nicht jeder machte es so leicht für Burchard. Bald blutete seine Lippe, und manchmal konnte er sich nur mit Hilfe der Klauen wehren. Dem sechsten Gegner hielt er nicht mehr stand, und ich war gezwungen, das Silber zurückzugeben und einen Krug Bier zu verschenken. Vielleicht musste der Kampf so ausgehen, denn nun hatten die Menschen einen Sieger, den sie reinen Herzens feiern konnten und waren mit dem Tag zufrieden. Ganz im Gegensatz zu Burchard, der trübsinnig auf der Erde hockte. Raban legte ihm schnell die Seile an und zerrte ihn hoch, damit er wieder ärgerlich wurde und sich wild gebärdete.

Kaum hatten wir den Hof verlassen, blieb Burchard stehen und wollte aus seinem Kostüm befreit werden.

»Bist du von Sinnen?«, sagte Raban. »Was meinst du, wie sie über uns herfielen, wenn auch nur einer dich harmlos sähe. Beweg dich, und komm bloß nicht auf die Idee zu jammern. Deine Schwäche hat uns mehr als einen Obolus gekostet. Dein Herr sollte dir ein wenig Schneid einprügeln.«

Burchard blickte nach dem Stock in meiner Hand und trottete weiter.

Er tat mir Leid. Ich fand, er hatte sich wacker geschlagen. Als wir weit genug fort waren, half ich ihm eigenhändig aus dem Fell.

»Ihr seid von mir enttäuscht, nicht wahr?«, fragte Burchard. »Bitte, tadelt mich nicht, ich habe schon lange nicht mehr gerauft, und es waren einfach zu viele. Nächstes Mal hole ich den verlorenen Obolus zurück, das verspreche ich.«

Ich versicherte, dass ich sehr stolz auf ihn war, und schrubbte ihm die Farbe von der Haut. Nach und nach kamen die blutunterlaufenen Flecken zum Vorschein, und ich musste fast unseren ganzen Wein für kühlende Umschläge opfern. Leise jammerte er auf seinem Lager vor sich hin.

Wir begrenzten Burchards Kämpfe auf vier hintereinander, und wenn er einen Erholungstag brauchte, sprang Raban als Hellsichtiger ein. Ich selbst tat eigentlich nichts, außer die Leute heranzurufen und den Gewinn zu zählen. Am ehesten trennte sich das Volk von den alten leichteren Pfennigen, die man längst nicht mehr annehmen durfte. Silber ist Silber, zur Not würde ich einen Juden finden, der es einschmelzen konnte.

Obgleich ich immer ein wenig für die kalte Zeit zurücklegte, musste ich nicht geizen. Meine Gehilfen bekamen alles, was sie brauchten und manchmal etwas mehr. Doch kaum fanden sie mich großzügig, gingen sie sich gegenseitig an die Kehle. Konnten sie allerdings über mich murren, hielten sie untereinander Frieden, und ich gewöhnte mich daran, sie für das Geringste anzuherrschen, um mein Gemüt gesund zu erhalten.

* * *

Der Herbst hielt deutlich Einzug, und ich war erleichtert, als uns die Mauern Mogontiacums aufnahmen, die Stadt, in der mich einst der Tokkenspieler mit meiner *familia* bekannt gemacht hatte. Nach einigem Suchen fanden wir Dodas Haus. Es war mir früher schon klein vorgekommen, jetzt schien es mir winzig. Auch Doda fand ich eingeschrumpelt. Sie ging gebeugt auf einen Stock gestützt und öffnete die Türe nur einen Spalt. Mager war sie, und das Haar so dünn, dass ihr Knoten sich in ständiger Gefahr der Auflösung befand.

»Verehrte Doda, ich bin Berengar, ein wandernder Künstler und würde gerne mit meinen Gehilfen bei Euch um Herberge bitten. Vielleicht habt Ihr auch Platz für die brave Stute. Natürlich werde ich Eure Freundlichkeit zu entlohnen wissen, ganz wie es bei Euch üblich ist.«

»Was?«

Ich wollte meine Begrüßung etwas lauter wiederholen, aber die Alte unterbrach mich. »Du bist nicht Berengar! Warte! Ich kenne dich, du bist der kleine Meginhard, der so fein gekocht hat. Mich führst du nicht hinters Licht, du Schlingel.« Sie drohte mit dem Finger und lachte. Vorne hatte sie überhaupt keine Zähne mehr. Unvermittelt umarmte sie mich und klopfte mir auf den Rücken. Ganz leicht war sie geworden.

»Das muss Raban sein. Was ist mit dir geschehen? Du siehst ja schrecklich aus.« Sie reichte ihm die Hand.

»Und der da?« Sie kniff die Augen zusammen, als sie Burchard musterte. »Nein, jetzt schwatze ich und lasse euch auf der Straße stehen.«

In ihrer engen Küche waren die Jahre stehen geblieben. Raban setzte sich mit einem tiefen Seufzer auf seine gewohnte

Bank, fegte den Geschirrhaufen zur Seite und grunzte: »Als ob man nach Hause käme!«

Ich nickte Burchard zu, dass er Bertha versorgen solle, und sagte zu Doda: »Ihr braucht sicher Euer Entgelt im Voraus. Sagt mir nur, was Ihr erwartet, wir sind gewiss keine schäbigen Gäste.«

»Na, na, Kleiner, mit mir kannst du Scherze treiben, aber wenn Berengar hört, wie du mit seinem Silber prasst ... Verrate uns lieber, was du uns Gutes auftischen willst.« Sie hockte sich auf einen Schemel, legte Hände und Kinn auf ihre Krücke und schmatzte versonnen.

Raban schlug auf den Tisch und rief: »Ja, natürlich! Du bist die Küchenfee! Wie konnte ich so blind sein? Worauf wartest du, Kleiner? Wenn ich mich nicht irre, haben wir geräuchertes Fleisch im Beutel, Buchweizen ist auch noch da und Rüben natürlich. Ach, beinahe hätte ich die Honigkuchen vergessen.«

Dodas Augen weiteten sich bei dieser Verheißung, und ich brachte es nicht übers Herz, sie zu enttäuschen. »Gut, ihr sollt euer Festmahl haben. Aber in diesem Dreckstall kann ich nichts ausrichten. Burchard, du holst Wasser, und du Raban, sammle das Gerät ein.« Raban rührte sich nicht, nur seine Mundwinkel zuckten spöttisch. Bevor ich mich mit ihm befasste, wollte ich Doda aus dem Wege haben. Ich nahm sie an den Schultern und half ihr auf. »Und Ihr, liebe Frouwe, legt Euch ein Weilchen zur Ruhe. Ich werde Euch wecken, wenn alles bereit ist.«

Sie kicherte vor sich hin, als ich sie in ihre Kammer brachte. »Nein so was, liebe Frouwe sagt er zu mir, der Lümmel.«

Raban hatte sich zurückgelehnt. »Los, los!«, rief er. »An die Arbeit, Küchenfee, zeig uns, was du am besten kannst.«

»Ich warne dich, Raban, treib es nicht zu weit!«

Er beugte sich über den Tisch und fauchte: »Was willst du wohl tun? Wo ist dein Herr geblieben, he? Mach mir nichts vor, ich habe selbst erfahren müssen, wozu die eigenen Leute fähig sind. Geblendet haben sie mich und mir die Knöchel zerschlagen, damit ich sie nicht verfolgen konnte. Stümper! Hätten sie doch zu Ende geführt, was sie begonnen haben. Du bist wohl gründlicher gewesen, da du es wagst, dich Berengar zu schimpfen. Du gibst dich als Freier aus und trägst einen falschen Namen. Glaub mir, den Leuten gefällt es sehr, einen landschädlichen Herumtreiber büßen zu sehen. Gewöhne dir einen gefälligeren Ton an, wenn du die Welt noch eine Weile genießen willst.«

Ich hätte keine Ruhe mehr vor ihm gehabt, wenn ich mich jetzt einschüchtern ließ. Zum Glück sah er nicht, wie meine Hände zitterten, als ich nach einer Schüssel mit undefinierbarem Inhalt griff. Ich holte aus und schleuderte ihm das Zeug ins Gesicht. »Ich hoffe das schmeckt dir, Raban, es wird das Letzte sein, was du ins Maul bekommst. Wenn es dir nicht mehr gefällt, satt und träge auf meinem Pferd zu reiten, verschwinde lieber aus meiner Reichweite. Kriech in den Gassen herum, such deine Freunde und sag mir Bescheid, falls du tatsächlich einen aufgespürt hast. Was ist? Findest du die Türe nicht? So viel wirst du doch noch sehen können?«

Ich ging auf ihn zu, und er drückte sich in die hinterste Ecke. Abwehrend hielt er die Arme über den Kopf. »Um der Barmherzigkeit Willen, ich habe es nicht so gemeint, Meginhard, nie würde ich meinen Wohltäter verraten.«

Als ich ihn herauszerren wollte, krallte er sich am Tisch fest und strampelte. Seine Worte waren heiseres Gekläff. »Hör auf, bitte, ich würde elend verrecken da draußen, das weißt du. Ich bin doch mein Brot noch wert, jag mich nicht fort wie einen alten Köter.«

Burchard war mit dem Wasser hereingekommen und freute sich hämisch über das, was er sah. »Soll ich ihm auf den Schädel pochen, Herr?«

Raban war auf die Erde gerutscht und versuchte unter die Bank zu kriechen. »Du wirst ihm doch nicht nachgeben«, stammelte er. »Der bringt es fertig und schlägt mir den Geist entzwei, das Einzige, mit dem ich dir nützen kann.«

Die beiden widerten mich an. »Ihr werdet dieses Dreckloch jetzt in eine Küche verwandeln. Wie ihr das anstellt, ist mir gleichgültig, doch wenn ich nur ein einziges Staubkorn finde, schlage ich euch beide grün und blau.«

Damit drehte ich mich um und widmete mich dem Feuer.

»Hör mal, Meginhard«, sagte Raban nach einer Weile, ohne seine Arbeit zu unterbrechen. »Ich weiß, was du für mich getan hast, und du hast alles Recht, mich zu behandeln, wie es dir gefällt. Aber vielleicht könntest du davon absehen, mir vor Doda zu befehlen. Es kann dir doch nichts ausmachen, mir diesen Stolz zu lassen.«

Ich nickte. Ein üppiges Mahl wollte ich bereiten. Aus dem Fenster des niedrigen Hauses würden glückliche Stimmen und warmer Kerzenschein auf die Straße dringen, und sollte ein Fremder daran vorbeigehen, konnte er bedauern, dass er nicht eingeladen war.

* * *

In einer großen Stadt wechselt das Silber leichter den Besitzer als anderswo. Die Leute waren gewohnt zu handeln, und selbst Sklaven trugen Münzen in den Taschen. Obgleich auch andere Spielleute um die losen Pfennige buhlten, brauchten wir nicht zu darben.

An den Markttagen war ich weniger erschöpft als meine Gehilfen, die ja für mich alle Arbeit taten, und ich liebte es, mich den Künsten fremder Händler zu überlassen. Bequem saß ich in einem schummrigen Zelt, genoss süßes Gebäck und heißen Pflaumenwein, während der Kaufmann seine Seide vor mir flattern ließ. Er merkte schnell, dass mein Interesse unbeständig war, und begann, vom Süden zu berichten. »Kaiser Konstantinus hat es besser getroffen als unser verehrter König. In seinem Land muss niemand frieren, und die Weiber dort kann man als die lieblichsten der Welt bezeichnen. Natürlich nehme ich meine Gemahlin dabei aus, deren eigenwillige Reize über jeden Vergleich erhaben sind.« Ich schmunzelte über seine Worte, und er fuhr fort. »Könnt Ihr begreifen, junger Herr, dass ausgerechnet dieser Kaiser eine von Karls Töchtern begehrte?«

»Ihm wird wohl eher an Macht, als an Schönheit liegen«, antwortete ich.

»Der König jedoch mag die Gesellschaft seiner Töchter nicht entbehren. Er wird ihnen nie erlauben zu heiraten, und darum hat sich Kaiser Konstantinus lohnendere Begierden ausgedacht: das Herzogtum Benevent, ach ganz Italien wollte er unter griechischer Oberhoheit sehen. Im Witumanoth landete die byzantinische Flotte vereint mit den Streitkräften von Patritius aus Sicilien an der italienischen Küste.«

Der Händler unterbrach sich, um meinen Becher neu zu füllen.

»Er glaubte wohl Grimoald von Benevent auf seiner Seite, da dieser sich eine griechische Prinzessin zur Gemahlin erwählte. Aber Grimoald fiel über die Verdammten her. Auch die Langobarden boten Truppen auf, und König Karl sandte fränkische Krieger zur Unterstützung.«

»Und, sind die Griechen jetzt von der Küste vertrieben?«

»O ja, werter Herr, schwere Beute und, gepriesen sei der Allmächtige, auch eine Menge Gefangene hat die Schlacht uns gebracht.« Der Händler beugte sich vor und senkte die Stimme. »Deshalb bin ich nun in der Lage Euch ein Kleinod zu zeigen, so selten, dass es nur ausgewählte Kunden zu Gesicht bekommen. Wartet einen Moment.«

Flink verschwand er hinter den Vorhängen und kam gleich darauf mit einem dunkelhäutigen, zitternden Mädchen zurück. Es zählte höchstens sieben oder acht Jahre und war in hauchzarte Stoffe gekleidet, damit die schmalen Glieder hindurchschimmerten sollten.

»Ist sie nicht einer Gazelle gleich?«, fragte der Kaufmann.

Ich wusste nicht, wie eine Gazelle aussah, wahrscheinlich ein ziemlich dürres Tier. »Nehmen die Griechen denn Kinder mit, wenn sie in den Krieg ziehen?« Da ich keinen Bedarf an hungrigen Bälgern hatte, trank ich zügig aus und schüttelte entschieden den Kopf.

»Aber verehrter Herr, so etwas ist schwer zu bekommen, in ihren Adern pulsiert byzantinisches Temperament, sie tanzt und singt, dass einem die Sinne vergehen.«

Mir wurde ein wenig heiß bei dem Gedanken.

Da ich noch immer nicht einschlug, schenkte der Händler mir nach und begann zu klagen. Eine weitere Reise würde ihre zarte Konstitution zerstören, sollte er sie gar an einen Trunkenbold verschachern, auf dass sie, nicht besser als eine Scheuerbürste, im Hafen verkäme?

Mein Gesicht glühte inzwischen, und ich nahm noch einen Schluck um mich abzukühlen.

Der Händler kniff in den dünnen Mädchenarm, und es weinte gehorsam.

Ich wandte mich ab.

Gisela hatte ein Töchterlein geboren, welches jetzt im gleichen Alter sein musste wie dieses armselige Geschöpf. Ehe mein Verstand mich zur Ordnung rufen konnte, hatte ich mehr für das Mädchen hingegeben, als ich mir eigentlich leisten durfte.

Für welches Scheusal hielten mich die Menschen wohl, da ich mit dem kreischenden Kind über der Schulter durch die Stadt marschierte. Ich setzte die Kleine bald auf die Erde, schüttelte sie, bis sie still war und zog sie am Handgelenk hinter mir her. Die durchsichtigen Hüllen waren zwar ansprechend, doch völlig ungenügend für diese Jahreszeit. Mein letztes Silber tauschte ich gegen eine Tunika, wollene Strümpfe und einen Umhang.

Erst in Dodas Haus gab ich sie frei. Da stand sie mitten in der Küche, presste die neuen Kleider an die Brust und wagte nicht, den Kopf zu heben.

Zugegeben, meine Gehilfen sahen nicht gerade Vertrauen

erweckend aus, Burchard musste ein so kleines Ding allein durch seine Größe erschrecken, und Raban hatte schon ganz anderen Albträume beschert. Hinter ihr lauerte ich, der gemeine Unmensch, der sie ihrer Familie entrissen und in die Hölle gezerrt hatte. Als ich ihr beruhigend über den Kopf streichen wollte, zuckte sie zusammen und floh in die Ecke neben der Truhe.

»Was wollt Ihr mit der?«, fragte Burchard. »Hat vielleicht eine Hure ihre Brut als die Eure ausgegeben? Mit solchen Weibern werde ich fertig. Keine Sorge, gleich morgen seid Ihr die Schande los.«

»Halt dein einfältiges Maul, Burchard. Dieses Mädchen ist eine griechische Blume, sie kann tanzen und singen, dass dir die Augen übergehen. Ja, schwindelig soll dir werden, wenn sie erst Bälle vor deiner Nase schwirren lässt. Sie wird als Einzige die Mühe wert sein, die ich für ihren Unterhalt aufwenden muss.«

Raban war zur Truhe gehumpelt und befühlte die Glieder des Mädchens. »Man hat dich schön genarrt, Meginhard. Hast du sie denn nicht angesehen? Keine Muskeln und weiche Gelenke, eher tanzt Doda auf dem Markt als dieses Zittergras.«

Doda hatte ihren Namen gehört und kam aus ihrer Kammer gehumpelt. »Das arme Kind!«, rief sie. »Wie könnt ihr es nur halb nackt da hocken lassen. Komm zu mir, Kleine, gleich wird dir warm. Macht Feuer, ihr Rohlinge!«

Sie zog das Mädchen aus der Ecke und half ihm, sich umzuziehen. Die Tunika hatte viel zu lange Ärmel, und wir mussten ihr einen Strick um die Taille binden, damit der Saum nicht über die Erde fegte. Den Umhang aber mochte die Kleine, ganz eng zog sie ihn um sich, als könnte er sie nicht nur vor der Kälte, sondern auch vor uns beschützen. Doda brachte sie ans Feuer, wo sie sitzen blieb und vor sich hin weinte. Natürlich war ihr elend zumute unter all den Fremden. Ich füllte ihr eine Schüssel, doch als ich näher kam, verkrampfte sie sich und starrte zu Boden. Ich musste ihr den Napf unters Gesicht halten, damit sie ihn überhaupt sah.

So blieb es mehrere Tage. Sie verharrte dort, wo man sie hinstellte. Nicht einmal mit Doda wollte sie sprechen. Ich fürchtete allmählich, dass man mich tatsächlich betrogen hatte, vielleicht war sie sogar schwachsinnig.

Wie auch immer, es wurde Zeit, dass sie ihren Teil zur Gemeinschaft beitrug. Ich nahm sie bei den Schultern, ob sie nun zu Stein erstarrte oder nicht, schob sie vor den Herd und drückte ihr den Getreidesack in die Hand. »Na los, rein damit in den Kessel, und stetig rühren, damit nichts anbrennt«, sagte ich und führte ihren Arm. Sie rührte und rührte und hielt nur inne, wenn jemand hinter ihr vorbei ging. Schließlich musste ich sie auffordern, die Schüsseln zu füllen, sonst stünde sie sicher heute noch da.

Von nun an trug ich ihr alles Mögliche auf. Sie erwies sich als geschickt in den meisten Dingen, auch nähen konnte sie. Als sie merkte, dass wir nichts Schreckliches von ihr verlangten, sprach sie bald die ersten Worte, wie ›danke‹ und ›bitte‹. Aber auch ›blinder Schurke‹ und ›elende Ratte‹ konnte sie sagen. Wie sie hieß, verriet sie uns leider nicht, ich nannte sie daher Hadelinda, der wohlklingendste Name, der mir einfiel.

Mir gegenüber blieb sie scheu. Ich sah nichts als ihren Scheitel, der zu allem folgsam nickte, und wenn ich ihr Kinn hob, damit sie mich ansah, kniff sie die Augen zusammen, als würde mein Blick allein ihr Schaden zufügen.

Im Heilimanoth wurde das Wetter so schlecht, dass niemand länger auf dem Markt verweilen mochte als unbedingt nötig, und auch ich sah mich gezwungen, bescheiden im Haus zu bleiben. In meiner Not begann ich, Tokken zu schnitzen. Ich hatte keine genaue Vorstellung, wozu ich sie gebrauchen wollte, darum gerieten sie nicht gut und wanderten aus meiner Hand direkt ins Feuer.

»Wenn Ihr wollt, schlage ich Euch eine Birke«, sagte

Burchard, »dann müsst Ihr nicht das teure Lindenholz verheizen und könntet mir stattdessen vielleicht Stiefel kaufen.« Die Beule, die das teure Lindenholz auf seiner Stirn hinterließ, hielt ihn von weiteren Vorschlägen ab.

Dafür rutschte jetzt Raban in meine Nähe, sah mir über die Schulter und schüttelte bei jedem Schnitt den Kopf. Ich wurde so nervös, dass mein Messer abrutschte und mir in den Finger fuhr.

»O weh, tapferer Zauberer, willst du jetzt Blut in deine Werke fließen lassen? Glaube mir, sie werden dadurch nicht besser. Opferbereitschaft, Blut und Ehre, das passt nur für die Edlen. Ja, vor lauter Gier nach Würde machen die sich sogar gegenseitig den Garaus.« Zur Kurzweil erzählte er uns eine Mär aus der alten Zeit, als das Reitervolk der Awaren noch nicht das Erbe der Hunnen angetreten hatte:

Der Waffenmeister Hiltibrand hatte damals sein Weib und sein neugeborenes Söhnlein verlassen müssen, um seinem Herrn Theoderich ins feindliche Hunnenland zu folgen. In seiner Heimat wuchs der Knabe Hadubrand heran, und auch ihn lobte jedermann ob seines Mutes, er stand seinem Vater an Kühnheit nicht nach.

Viele Jahre später erst kehrte der alte Krieger nach Hause zurück. Sein Sohn aber sah die Armreifen aus Feindesland und hielt den Vater für einen verhassten Hunnen. Er forderte ihn zum Kampfe und erlag nach ehrenvollem Streit dem Stärkeren. Voller Gram blickte nun der Vater auf sein triefendes Schwert, welches den Sohn getötet hatte. Er konnte die Trauer nicht verwinden und stürzte sich in die eigene Klinge. So wurde das Blut von Vater und Sohn schließlich im Tode wieder vereint.

Die Geschichte grub sich tiefer in mein Gemüt, als Raban ahnen konnte. Ansgar hatte seinen Vater erschlagen, und auch ich wusste nichts Genaues über meine Herkunft. Ohne recht zu überlegen, hatte ich mein Messer weitergeführt. Der Kopf, den ich nun in der Hand hielt, wirkte wahrhaftig weder freundlich noch schön – mit der langen Nase und den etwas zu fülligen Wangen.

Ich drehte das Holzbild in alle Richtungen. »Bist du vielleicht mein Vater? Wie ist dein Name?«

Hadelinda blickte verstohlen zwischen mir und dem Kopf hin und her. Zum ersten Mal entdeckte ich ein kaum wahrnehmbares Lächeln auf ihren Lippen. Natürlich, das Holzding trug zweifellos meine eigenen Züge, allerdings ausgeprägter und älter. Ich beschloss, den hässlichen Schädel zu behalten. Er sollte die erste Figur für meine neue Geschichte werden: Hiltibrand, der Vater, der seinen Sohn erschlagen würde. Aber ich wollte ihn mit Haaren und Bart zur Unkenntlichkeit verschönern, und einen gewaltigen Wanst sollte er bekommen, dass niemand mehr auf die Idee kam, dass ich der Figur Pate gestanden hatte.

Am nächsten Tag schlich Hadelinda ein wenig näher, um mir beim Verleimen der Ohren zuzusehen. Als ich mich daran machte, die Hände zu schnitzen, hockte sie schon neben mir. Schüchtern strich sie über die hölzernen Finger, und als kein Unwetter über sie hereinbrach, wagte sie sogar zu lächeln.

Meine Figuren wurden besser. Nie zuvor hatte jemand so viel Anteil an meiner Arbeit genommen. Sobald Hadelinda Zeit dazu fand, lehnte sie an meinem Knie und verfolgte die Fortschritte. Ich gewöhnte mich so sehr daran, dass ich ohne ihre Aufmerksamkeit nichts Rechtes zu Wege brachte.

Allmählich nahm die Geschichte Gestalt an.

Viele meiner Vorstellungen scheiterten erbärmlich an der herzlosen Welt der stofflichen Dinge. So verabschiedete ich mich trauernd vom Nebel über dem Schlachtfeld, denn meine feuchten Blätter qualmten zwar vorzüglich, aber der Rauch verflüchtigte sich eigensinnig in die falsche Richtung und brachte uns zum Husten. Nachdem der Vorhang Feuer gefangen hatte, trennte ich mich auch vom Flammenmeer, welches ursprünglich den todbringenden Kampf beleuchten sollte.

Über Burchards Kunstverständnis machte ich mir keine Illusionen, aber ein ordentlicher Krawall an der richtigen Stelle war ihm zuzutrauen. Von Raban lieh ich mir vor allem die Stimme. Er hätte nicht die Kraft gehabt, mit ausgestreckten Armen hinter der Abdeckung zu stehen. So hockte er unten, spielte die Lyra zu unseren Liedern und sprach die Figuren, die ich nicht allein bewältigen konnte, zum Beispiel das gesamte Hunnenheer und die Kämpfer Theoderichs.

Währenddessen stand Hadelinda neben mir auf einer Kiste. Das Mädchen nahm sich die Handlung sehr zu Herzen, weinte, wenn der Vater seine Familie verließ, und hielt sich die Augen zu, wenn zum letzten Kampf geblasen wurde.

Weil es immer erheiternd ist, wenn eine Weibsperson auf hartgesottene Kämpfer losgeht, hatte ich ihrer Tokke ein flaches Stöcklein in die Hand gegeben, mit dem sie krachend um sich schlagen konnte. Aber Hadelinda brachte es nicht fertig, meinen Ritter damit auch nur zu berühren und ebenso wenig war sie bereit, ein wenig zu keifen.

»Ich höre nichts! Wie oft muss ich dir die Worte noch vorsprechen?«

»Bitte nicht, ich kann das nicht zu Euch sagen, Herr.« Schon schniefte sie wieder, gleich würde sie erneut in Tränen ausbrechen.

»Wem könntest du denn so etwas sagen?«, fragte ich so sanft, wie ich vermochte. »Es muss doch jemanden geben, den du heimlich verfluchst.«

Erst war sie verwirrt, dann sprudelte es plötzlich aus ihr heraus: »Ich verfluche die Schlächter, die unsere Hütte abbrannten. Sie haben unsere Schafe mit Messern gestochen, so dass sie in ihrem Blut liegen blieben und verfaulten. Und die Menschenjäger verfluche ich, die uns mit Pferden hetzten und in den Norden trieben, beladen wie Packesel, aber ohne deren Futter. Den Händler will ich auch verfluchen, der mich verkaufte, als ich gerade Vertrauen zu ihm gefasst hatte. O ja, ich verfluche die ganze verdammte Frankenbrut!« Ihre Lippen waren blass, und ihr Kinn zitterte.

»Na also, worauf wartest du dann? Ich bin ein verdammter Franke.«

»Nein, bitte Herr, Euch hab ich nicht gemeint, bestimmt nicht, Herr, ich schwöre. Bitte verzeiht mir. Jetzt seid Ihr wieder böse auf mich.«

»Ich bin nicht böse. Aber siehst du diesen Frankenritter, diesen versoffenen Ochsen, der nur an seine Beute denkt, Häuser und Höfe verheert und kleine Mädchen erschreckt, weil er sich dann mannhaft dünkt. Der verdient es, dass man ihm gehörig die Meinung sagt und ihm den Hintern versohlt, findest du nicht?«

Hadelinda lächelte unsicher: »Ja, der verdient es.«

Jetzt hatte sie überhaupt keine Scheu mehr, das Stöcklein zu benutzen. Sie vergaß völlig, dass meine Hand in der Tokke steckte, und wenn mein Ritter vor dem bösen Weibe floh, war es nicht nur reines Spiel.

Doch als sie die roten Streifen auf meinem Handrücken entdeckte, erbebte sie. Mit hochgezogenen Schultern stand sie neben mir und rührte sich nicht mehr. Nichts konnte sie bewegen, das böse Weib noch einmal auf die Bühne zu heben, weder gute Worte, noch dass ich ihr Prügel androhte.

Ich gab es auf, ihr irgendetwas beibringen zu wollen. Sollte sie die Mutter spielen, eine kurze Rolle, in der sie nach Herzenslust heulen konnte. Ansonsten hielt sie mir die Tokken bereit und durfte bei den Liedern mitsingen. Das böse Weib übernahm ich selbst, und später sollte es die erfolgreichste Figur im ganzen Stück werden.

Es schmerzte mich, von Doda Abschied zu nehmen, aber der Frühling brach an. Ich kaufte ihr das Wichtigste für die nächsten Wochen, hieß Burchard und Hadelinda das Haus säubern und versprach dutzendfach, dass ich bald wiederkäme. Bühne und Vorräte wurden zu gleichen Teilen auf Burchards und Berthas Rücken verteilt. Die Stute musste auch noch Raban tragen. Ich hatte meine Sachen geschultert und führte das treue Tier. Hadelinda lief ohne Last voraus.

Wir spielten häufig, und zuweilen wurden wir weiterempfohlen. Dennoch blieb nicht so viel in meinen Taschen zurück, wie ich erwartet hatte. Meine Gehilfen kümmerten sich nicht darum, sie hörten den Beifall und brüsteten sich mit ihren geringfügigen Taten. Zudem wurden sie immer fauler und drängten mich, aufwendige Wirkungen kurzerhand wegzulassen.

An jedem Rastplatz hieß es, eine Menge auszupacken, die Schlaflager zu richten und ein großes Mahl zu bereiten, um beim Aufbruch alles wieder zu verstauen. Meine Augen wachten überall, dass wir ja nichts vergaßen. Ich kontrollierte den Sattelgurt, verteilte die Lasten, prüfte, ob das Feuer ordentlich gelöscht war, und bestimmte die Richtung. Oft dachte ich wehmütig daran, dass einst meine Habe in einen kleinen Beutel gepasst hatte.

* * *

Fast hatte ich meinen Groll gegen den König aufgegeben, als er mich abermals bitter einholte. Ungefähr im fünfundzwanzigsten Jahre meines Lebens wurde im ganzen Reich erneut ein großes Rüsten gegen die aufsässigen Awaren befohlen. Alle folgten diesem Ruf. Pippins Heerschar aus Italien wurde an die Grenzen gesandt, unter dem Grafen Theoderich schlugen Friesen, Sachsen und Thüringer den Weg nördlich der Donau ein, während Karl mit Franken und Alemannen am südlichen Ufer marschierte. Auf dem Strom selbst folgten die Baiovaren mit Schiffen voller Proviant. Selbst den jungen Ludwig hatte der König wehrhaft gemacht, um ihn zu lehren, an des Vaters Seite zu kämpfen.

Bevor Karl das Feindesland betrat, verordnete er ein dreitägiges Fasten, um himmlischen Segen auf seine Waffen herabzuflehen. Gerade zu dieser Zeit befanden wir uns in Reginum, wo die gestrenge Königin Fastrada und ihre Töchter zurückgeblieben waren und ebenfalls fasten wollten. Drei Tage hungerten ein jeder für den König, wir allerdings, weil wir absolut nichts verdienen konnten.

Vor dem lautstarken Gebettel konnte der Allmächtige seine Ohren nicht verschließen, er gewährte Karl einen vorläufigen Sieg, fette Beute und reichlich Gefangene. Doch nicht nur Schätze brachte das Heer nach Hause, sondern auch eine böse Pferdeseuche, die kaum ein Zehntel der vielen tausend Rosse am Leben ließ. Im Herbst stolperten die siegreichen Ritter zu Fuß durchs Land, und ihre Beute drückte gerade so schwer auf die krummen Rücken, wie sie gierig gewesen waren. Uralte Klepper wurden von der Weide geschleift, weil sie plötzlich Goldes wert waren, und ein Erlass verbot das Fleisch dieser wertvollen Tiere zu verzehren.

Dann fiel auch Bertha der Seuche zum Opfer.

Ich hatte nicht geahnt, wie sehr wir auf die treue Stute angewiesen waren. Das Theater konnten Burchard und ich gerade noch bewältigen, doch selbst wenn Hadelinda ihr Bündel und alle Decken trug, blieben immer noch Vorräte und Küchengerät. Raban tat sein Möglichstes, er humpelte mit dem klappernden Packen hinter uns her und ließ keinen Jammerlaut entwischen. Wir bemühten uns, langsam zu gehen, doch schließlich blieb er zurück und brach mitten auf dem Weg zusammen.

»Es tut mir Leid, Raban, ich kann nicht auf dich warten.«

Kein Bauer würde ihn aufnehmen, er war ein Furcht erregender Krüppel, der nichts anderes zuwege brachte als üble Träume. Trotzdem musste ich ihn zurücklassen. Wer war ich, dass ich mein verweichlichtes Herz tätscheln durfte und dabei Burchard und Hadelinda vergaß? Raban verzog das Gesicht, als ich ihm meinen Entschluss mitteilte. »Ich erwartete eigentlich einen plötzlichen, gut gezielten Hieb, der mich schmerzfrei ins Jenseits fahren lässt. Na gut, du Feigling! In meinem Saum sind Münzen eingenäht. Die sollst du haben, wenn du versprichst, einen Karren und einen Ochsen zu besorgen.« Er fummelte an seinem Gewand, fand seinen Schatz und riss den Stoff entzwei.

Es waren sechzig Denare! Fünf Solidi!

»Raban ...«

»Spar dir die Dankeshymne, ein Großteil stammt aus deinem Beutel.«

Im leichten Niesel machte ich mich auf, den nächsten Hof zu suchen.

Sechzig Denare! Nie hätte ich geglaubt, dass Raban so dreist war, mich zu bestehlen. Warum sollte ich das kleine Vermögen für seine Bequemlichkeit verwenden? Zum Lohne für seine Treue vielleicht? Allerdings wäre mein Silber längst in der Stadt vergeudet, hätte Raban es nicht bewahrt. Nun, ein Karren würde nicht teuer sein, Burchard konnte ihn genauso gut ziehen wie ein Ochse, und der Rest blieb immer noch für mich.

Den ganzen Nachmittag war ich am Rhein entlanggewandert und hatte keine Ansiedlung gefunden. Ein schmaler Weg führte nach Westen. Ich überquerte die Ebene und machte mich spät abends an den Aufstieg. Als ich zurückblickte, konnte ich weit in der Ferne Colonia schimmern sehen. Dort gab es noch Leben zu dieser Stunde, dort waren die Lichter gerade erst angezündet worden.

Wie wunderte ich mich, als auch aus dem dunklen Walde Feuerschein durch die Äste funkelte. Ein kleines Dorf hätte längst in friedlicher Ruhe schlummern müssen, doch hier hatte sich viel Volk auf dem Platz gesammelt. Ein fröhliches Fest schien sich anzukündigen, und die Männer ließen eifrig ihre Becher kreisen. Ich war noch nicht ganz hinzugetreten, da ertönten schon die Trommeln. Wild wurden sie geschlagen, leidenschaftlich und kraftvoll. Mein Herz geriet völlig aus dem gewohnten Trott. Eine Flöte setzte ein, und der fremdartige Tanz umschlängelte meinen Leib, so dass ich mich unwillkürlich wand und drehte.

Dann übernahm eine Männerstimme die erregende Melodie.

Niemand konnte sich dieser Stimme entziehen, sie sog einen jeden in den glühenden Reigen. Der Tanz bemächtigte sich auch meiner Füße, und ich musste meinen Körper dem Taumel überlassen. Mit all den anderen wirbelte ich ums Feuer. Mir rann der Schweiß von den Gliedern, und die Zunge klebte mir am Gaumen. Die Hütten gerieten in Schwung und rasten an meinem Blickfeld vorbei, bald lösten sie sich in wirre Schleier auf, Blitze zuckten durch mein Hirn, ich glaubte wahrhaftig, ein Stück der Ewigkeit erhaschen zu können.

Als ich wieder zu mir kam, war meine Kehle trockenes Stroh. Leichter Rauch stieg aus dem Aschehaufen, und neben mir lagen die Männer des Dorfes im Dreck. Ein Ausdruck entrückter Glückseligkeit strahlte aus ihren Mienen, und ich fragte mich, ob ich genauso blöde grinste wie sie.

Die drei Teufelsmusikanten saßen ein wenig entfernt auf einem Baumstamm und stritten leise. Ich erkannte sie gleich, der ältere Mann und das betagte Weib trugen allerlei Flatterwerk an ihren Gewändern, ganz in der Art fremder Spielleute. Der dritte war fränkisch gekleidet und zählte vielleicht ein paar Jahre mehr als ich. Der Alte führte einen Krug an die Lippen. Als ich das sah, wurde mein Durst unerträglich. Und wenn sie hundertmal Teufelsmusikanten waren, sie gehörten zu meiner *familia* und würden mich nicht abweisen.

»Seid gegrüßt«, sagte ich und ging zu ihnen hinüber.

Der Alte blickte auf. Seine Hand fuhr unter sein Gewand. »Was wollt Ihr?«

»Mein Name ist Berengar, ich bin Tokkenspieler und möchte mich für die Musik bedanken. Ich hätte auch nichts gegen ein wenig Geselligkeit, der wilde Tanz hat mich durstig gemacht.«

»Wart Ihr in Colonia?«, fragte der Alte.

»Nein, leider nicht, ich komme aus ...«

Schon kam seine Hand wieder zum Vorschein, und er klopfte mir freundlich auf den Arm. »Setzt Euch. Wir werden keinen Gaukler verdursten lassen.«

Es ist immer ein vertrautes Gefühl, wenn man auf Spielleute trifft. Man prahlt gewöhnlich ein bisschen, klagt gemeinsam über die schweren Zeiten und erzählt sich, wo wie viel zu holen ist. Später schimpft man über das Volk, welches nur billigen Klamauk versteht, um gleich darauf die Jungen zu tadeln, die allesamt faul sind und ihr Handwerk nicht erlernen wollen. Endlich konnte ich mir von der Seele reden, was andere nicht begreifen würden. Ich erzählte von meiner Truppe, dass der eine unbegabt, der andere alt und das Mädchen schwächlich sei.

Das Weib nickte verständnisvoll. »Es ist wirklich ein Jammer, da zerbrechen wir uns den Kopf darüber, was wir mit Adalram anfangen sollen, wenn wir einst genügend Silber haben, um nach Syrien zurückzukehren, und Berengar braucht dringend einen talentierten Mann.«

Der Dritte hatte bisher noch nicht gesprochen, jetzt hob er den Kopf und sah mir gerade ins Gesicht. Dunkle weiche Augen hatte er, fast wie eine Frouwe oder eher wie ein Reh. »Dann verkauft mich doch. Was ihr für mich bekommt, wird für die Reise wohl genügen.«

Er betonte die Worte nicht nach ihrem Inhalt, sondern schien sich ganz ihrem Klang zu überlassen. Ich wusste sofort, dass er gesungen hatte. »Das Angebot ehrt mich sehr. Bedauerlicherweise bin ich nicht reich und kann mir keinen weiteren Gehilfen leisten. Schon gar nicht einen so begabten wie Euren Adalram.«

»Wirklich«, meinte der Alte, »dieser Handel hätte für uns alle nur Vorteile gebracht. Viel brauchen wir nicht mehr, und es wäre uns eine Beruhigung, zu wissen, dass Adalrams Talent nicht auf irgendeinem Roggenfeld verkommen muss. Sagt nur frei heraus, was Ihr zur Verfügung habt, wir werden uns schon einigen.«

So verlockend waren seine Worte, dass ich über die Freigebigkeit nicht erst nachdachte. »Vier Solidi könnte ich Euch bezahlen«, platzte ich heraus, schwindelig vor närrischem Begehren.

Adalram lachte, und ich schämte mich meiner albernen Hoffnung. Der Alte aber legte den Kopf schief und meinte: »Wenn Ihr wenigstens einen Solidus mehr hättet. Nicht wahr, fünf ist eine runde Summe, und ich müsste mich später nicht gar so sehr über meine Dummheit grämen.«

Rasch zog ich das Verlangte aus dem Beutel und drückte es dem Alten in die Hand. Adalram holte sein Bündel, lächelte mich offenherzig an und war bereit, mir zu folgen. Die drei verabschiedeten sich nicht voneinander, wahrscheinlich war das in Syrien nicht üblich, dachte ich bei mir.

Der Weg war noch dunkel kurz vor dem Morgengrauen. Ich hatte kaum geschlafen und fühlte mich schwach. Sonderbar, die federnden Schritte meines Sängers hinter mir zu hören. Wie die meisten Männer war er größer als ich. Wenn er wollte, hätte er mich ohne Schwierigkeiten erschlagen können.

»Adalram?«

»Was gibt es, Herr?«

Weich klang seine Stimme; mir war schleierhaft, wie ich einen Moment zuvor noch solchen Unsinn hatte denken konnte. »Erzähle mir von eurer Musik. Ich habe so etwas noch nie gehört.«

»Ich weiß nicht viel darüber, die Alten haben mich gelehrt auf ihre Art zu singen. Ich glaube, in ihrem Land tanzen sich die Menschen in Verzückung, um dem Allmächtigen nahe zu sein. Mir ist das einerlei, solange ich jeden Tag üben kann und man meine Kunst zu schätzen weiß.«

»Ich fürchte, ich muss ein wenig mehr von dir verlangen, Adalram. Wenn wir umherreisen, wirst du eine Menge tragen müssen, und ich erwarte, dass du deine Kräfte ohne Widerrede einsetzt. Meine Leute bekommen, was sie brauchen, und ich behandele sie gut. Allerdings nur, solange sie nicht aufsässig sind. Es liegt also an dir, ob du ein angenehmes Leben haben wirst.«

»Ja, es liegt immer an mir.«

Burchard und Hadelinda freuten sich über meine Rückkehr, aber Raban verstand sofort, dass aus seinem Karren ein weiterer Gehilfe geworden war.

»Ein erwachsener Sänger, ja? Für sechzig Denare? Wahrscheinlich quietscht er wie eine alte Tür. Oder ist er schwachsinnig wie damals Kunibert? Ach, Kunibert hat wirklich wie ein Engel gesungen, ein ziemlich dummer Engel allerdings. Als wir ihm erzählten, dass die Stimme von Krötenschleim geschmeidig wird, jagte er wie ein Wilder hinter den Viechern her, aber er war sogar zu dumm, sie zu erwischen.«

Meine Gefährten kicherten, und Adalram starrte auf die Erde.

»Ist deine Errungenschaft denn auch so schön wie Kunibert? Dann könnten wir ihm Weibergewänder anziehen. Die Kerle werden zerschmelzen vor seiner dunklen Samtstimme und kostbare Geschenke opfern, damit sie ihn berühren dürfen. Adalram braucht nichts zu fürchten. Wenn sie ihn entkleidet haben, werden sie schreiend das Weite suchen.«

Der Sänger spuckte vor dem Krüppel aus. »Wer bist du, dass du dich über einen Künstler lustig machst? Ich habe an Höfen gesungen, die du nicht einmal von außen ansehen dürftest. Halte dein Sabbermaul in Zaum, bevor du jemanden beschimpfst, der höheren Zielen dient!«

Raban humpelte näher. »Nanu, du dienst höheren Zielen? Hat dein neuer Herr dir nicht erklärt, wofür wir dich brauchen? Du wirst ein Pferd ersetzen müssen. Ich bin es gewohnt zu reiten, ich kann gar nicht zu Fuß gehen, weißt du?« Er tätschelte den Sänger ein wenig am Hals, wie er es bei Bertha getan hätte. »Keine Sorge, mein stolzes Ross, wir bauen eine Liege, die du ziehen kannst, und vielleicht bekommst du sogar Rollen dazu. Ich hab mir schon immer gewünscht, mit der Kutsche zu fahren und lustig die Peitsche zu schwingen.«

Burchard gluckste. »Oh ja Herr, eine Kutsche, mit allerliebsten Glöckchen dran, gezogen von einem singenden Engel.«

»Schluss jetzt!« Ich wollte vermeiden, dass sie sich in die Haare gerieten, bevor sie sich überhaupt kannten. »Wenn Raban nichts tragen muss, kann er durchaus mithalten. Gebt mir etwas zu essen, und dann lasst mich schlafen.«

»Ich bin weder ein Pferd noch ein Engel, und ich bin keineswegs dumm!«, stellte Adalram mit kühler Stimme fest.

Am nächsten Morgen war Raban tot.

Wie gewöhnlich hatte er sich nahe ans Feuer gelegt. Nur eine Hand lugte unter der Decke hervor. Mehrmals sprach ich ihn an, doch er reagierte nicht. Schließlich kauerte ich mich nieder und hob vorsichtig das Tuch.

Entsetzen packte mich.

Dort lag hingestreckt der greise Gaukler. Trübe schimmerte das graue Haar im Morgenlicht, er hielt den Kopf in unnatürlicher Haltung nach hinten gereckt, und hatte seine Arme grotesk zur Seite gewinkelt. Die kranken Beine lagen ordentlich zugedeckt unter dem Umhang, als gehörten sie nicht mehr dazu.

»Was macht Ihr da, Herr?«

Ich war furchtbar erschrocken, als ich plötzlich die Stimme über mir vernahm, und kroch zitternd rückwärts.

Es war Burchard.

»Er ist tot!« stieß ich hervor.

Der Bursche zog mich von der Leiche fort und drückte

mich auf einen Baumstumpf. Hadelinda eilte herbei und legte mir eine Decke um die Schultern.

»Er muss im Dunkeln gestürzt sein«, sagte Burchard, »dabei hat er sich wohl das Genick gebrochen. Bleibt nur sitzen, Herr, wir begraben ihn, Adalram wird mir helfen.«

Raban war gewiss nicht gestürzt, sonst wären seine Beine nicht so sorgsam zugedeckt geblieben. Ich schielte zu Adalram hinüber, der neben meinem Diener stand und den Leichnam betrachtete. Weder Trauer noch Freude war in seiner Miene zu finden, nicht einmal besonderes Interesse.

Warum hatten sich die Spielleute mit einem derart niedrigen Preis zufrieden gegeben? Jetzt fiel mir ein, dass sie mich argwöhnisch nach Colonia gefragt hatten. Irgendetwas Böses musste in der Stadt vorgefallen sein.

Ich hätte mich an den dortigen Grafen wenden können, doch ach, man würde mich zuallererst nach Namen und Herkunft fragen. So gerne sich die Menschen an unserm Spiel erfreuten, sie nahmen uns übel, dass kein fester Platz uns an die Gesellschaft band. Nicht einmal der König hatte Zugriff auf uns, damit wir ihm Treue schworen, wie es inzwischen die Pflicht eines jeden freien Mannes geworden war. Sollte ein Landschädlicher frech vor dem Grafengericht sein Wort ablegen wollen, lachte man ihn aus und jagte ihn davon, wenn ihm nicht Schlimmeres geschah.

»Wir sind so weit, Herr.«

Rabans Grab lag unter einer Eberesche. Von hier aus konnte er den Fluss hören und auch die Vögel, die sich im Herbst an den roten Beeren gütlich tun würden. Ich sprach ein Gebet und wünschte ihm eine friedliche Reise. Dann stimmten wir seine Lieblingsweise an, welche zwar nicht feierlich, aber zu seinem Gedächtnis am passendsten klang. Adalram kannte die Melodie und fiel in das Lied mit ein. Seine Stimme war es, die uns alle überzeugte, dass Raban sicher in den Himmel gelangen und bald fröhlich mit den Engeln ruchlose Scherze treiben würde.

Bald stellte sich heraus, dass Adalram sich überhaupt nicht für den Inhalt unserer dramatischen Geschichte interessierte, sondern nur für seinen eigenen Text. Also sprach ich ihm die Verse vor, und er wiederholte sie Wort für Wort genau in meinem Tonfall. Sogar beim musikalischen Vortrag musste ich ihm zeigen, welche Saite er anschlagen und welche Töne er singen sollte. Danach übte er so ausdauernd, dass ich ihn am liebsten zur Hölle gejagt hätte. Aber das Ergebnis gab ihm recht, er konnte eine solche Intensität entwickeln, dass selbst wir, die wir die Worte tausendmal vernommen hatten, ergriffen zuhörten. Das Einzige, was Adalram für seinen Eifer verlangte, war überschwängliche Bewunderung, die er wie einen selbstverständlichen Tribut entgegennahm.

Nie machte mein Sänger Fehler, treulich hielt er sich an alle Anweisungen. Doch gerade das brachte mich in arge Bedrängnis. Oft änderte ich ja meine Rede, wenn mir ein amüsanter Einfall kam. Adalram jedoch wartete stur auf sein Einsatzwort, und wenn ich mir die Zunge verbog, um meinen Einfall noch unterzubringen, sprach er seinen Satz, genau wie er ihn gelernt hatte, ob das nun passte oder nicht.

Hadelinda und Burchard bogen sich dann vor Lachen. Ich rügte sie scharf wegen des Gekichers, und manchmal bestrafte ich sie ziemlich hart. Sie zogen schon die Köpfe ein, wenn sie meine Miene sahen und entschuldigten sich rasch, weil sie die Darbietung gefährdet hatten.

Doch das war nicht der Grund, warum ich mit ihnen schimpfte.

Nach solchen Tagen lag ich wach und horchte in die Dunkelheit.

War da nicht jemand aufgestanden? Wo wollte er hin zu dieser Stunde? Wen würde ich morgen leblos auf seinem Lager finden? Dann hörte ich das beruhigende Geräusch von Flüssigkeit, die ins Gras plätscherte und schalt mich ein Hasenherz.

Es ging ja alles gut. Adalram war umgänglich und fügsam und ganz bestimmt ein großer Gewinn für meine Truppe. Jedermann mochte ihn gern, und die Frouwen waren allesamt bezaubert von ihm und seinem Gesang. Nein, ich konnte nicht mehr auf den Sänger verzichten.

* * *

Allmählich kam Hadelinda in das Alter, da die Männer nach ihr schielten. Obgleich ihr Haar in Zotteln fiel und ihr niemand gezeigt hatte, sich anmutig zu bewegen, war sie doch ein heranreifendes Weib. Mich störte ihr Äußeres nicht, ich sah noch das verschreckte Kind in ihr, welches ich ein wenig zu reichlich gefüttert hatte. Für Burchard war sie zu klein, der hatte andere Vorlieben. Aber bei Adalram saß sie oft, er brachte ihr bei, die Lyra zu zupfen, und sang mit ihr.

Adalram, in dessen Seele Schluchten klafften, die niemand außer mir zu erkennen vermochte. Adalram legte gerade den Arm um das Mädchen und führte seine Hand.

»Hadelinda!«

Zu meiner Erleichterung löste sie sich sofort und kam fröhlich angelaufen.

»Ich muss etwas mit dir bereden, lass uns ein bisschen schlendern.«

Hadelinda ging neben mir und wartete, dass ich das Wort ergriff. Als ich den Weg in den Wald einschlug, zögerte sie.

»Komm schon, ich möchte nicht, dass uns jeder hören kann.«

Sie atmete tief ein und folgte mir.

»Ich weiß nicht recht, wie ich beginnen soll, Hadelinda. Du bist kein kleines Mädchen mehr.«

»Bitte, lasst mich zurückgehen.«

»Was ist denn?«

»Bitte Herr, verschont mich.«

Hadelinda war auf die Knie gesunken, Tränen liefen ihr übers Gesicht. Ich konnte kaum verwinden, dass ich es war, der ihr solche Qual zugefügt hatte.

»Um Himmels Willen, Hadelinda. Steh auf, hab doch keine Angst.« Ich zog sie am Arm in die Höhe.

Zum ersten Mal sah sie mir direkt in die Augen. »Lieber, lieber Herr, verlangt das nicht von mir. Ich werde eines Tages bestimmt spielen und singen können, wenn ich es nur versuchen darf. Glaubt mir, ich werde mein Brot noch wert sein.«

»Natürlich wirst du das. Ich verstehe nicht, was es dabei zu heulen gibt.«

»Jeder weiß, was einem Spelwip am Ende geschieht. Raban hat schon früher gesagt, ich müsse irgendwann eine Schwester Salomes werden. Ihr würdet nicht so dumm sein, meine Jugend zu vergeuden.«

»Was für ein Unsinn! Wie kommst du nur darauf, dass ich dir so etwas antun würde, du könntest meine Tochter sein. Allerdings habe ich bemerkt, dass du erwachsen wirst, und genau deshalb will ich mit dir sprechen. Ich verbiete dir, alleine in den Dörfern umherzulaufen und mit den Burschen zu tändeln. Ich kann dich nämlich nicht gebrauchen, wenn du aufgedunsen wie eine gestopfte Mastgans einherwatschelst und deinen Bauch streichelst, der ein plärrendes Ungeheuer verbirgt. Und außerdem halte dich von Adalram fern. Hast du mich verstanden?«

Sie wischte sich das Gesicht mit dem Ärmel und blinzelte. »Ja, Herr. Danke. Vielen Dank.« Dann sprang sie davon. Aber sie drehte sich noch einmal um und fragte: »Was habt Ihr gegen Adalram? Wollt Ihr denn nicht, dass ich das Lyraspiel erlerne?«

»Nein, das will ich nicht. Ich will nicht, dass du ihm zu nahe kommst. Es könnte übel enden, wenn du ihn erst reizt und ihn später ablehnst.«

Hadelinda kam näher und lächelte. »Warum seid Ihr auf einmal so wütend? Adalram hat Euch zu Erfolg verholfen, und er ist hübsch, nicht wahr?«

Sie hatte einen so zarten Hals, nur wenig Kraft würde nötig sein, ihn umzuknicken. Ich packte sie an der Schulter und schüttelte sie. »Du wirst dich von ihm fern halten. Komm ja nicht auf die Idee, dich heimlich mit ihm zu treffen. Ich werde es erfahren, und wenn ich dann mit dir fertig bin, werden nicht einmal blinde Greise mit dir anbandeln wollen.«

»Bitte hört auf, ich habe ja verstanden. Wirklich, es macht mir überhaupt nichts aus, Euch zu gehorchen.«

Sie hielt ihr Wort und mied den Sänger tatsächlich.

Adalram bemerkte das kaum, denn er zog die Weiber an wie Hundekot die Fliegen. Heimlich ärgerte ich mich über seine Eroberungen. Aller Witz, den er auf der Bühne zeigte, war schließlich aus meinem Hirn geflossen. Ich war es, der die schöne Stimme einzusetzen verstand, ich hatte die Lyra bezahlt und die Lieder erdacht. Und dennoch würde ich mich damit abfinden müssen, meinen Drang zeitlebens bei habgierigen Dirnen zu erleichtern.

Wenigstens hatte ich die Genugtuung, dass Adalram mir zu dem nötigen Silber verhalf.

Und er verschaffte mir, worauf ich nie zu hoffen gewagt hatte – eine Einladung nach Aachen an den Königshof.

Ihr dürft mich nicht verdammen, für das, was ich dem Theater zuliebe vertuschte und verschwieg. Ihr dürft mich nicht schmähen, für das, was ich in meinen Darbietungen tat oder sprach.

Wollt Ihr mich schuldig sprechen, dann tut das auch mit allen, die mir jemals zusahen. Denn eine Vorstellung ist nichts ohne Publikum, und es zählen immer gerade die Menschen, die im Moment dem Spiele beiwohnen. Im Augenblick seid Ihr meine Zuhörer, verehrte Richter, und ich will mir Mühe geben, Euch gerecht zu werden.

Oh, mögen mir die Hochgeborenen nur genau erklären, was ich für ein fideles Leben führte, damit ich ihnen Glauben schenken kann.
Ihr schwärmt von meinem ungebundenen Dasein und legt mir gleichzeitig eiserne Ketten an. Denn endlich seid Ihr es, die über mein Heil bestimmen. Nicht einem Herrn diene ich, sondern jedem einzelnen, der meinen Aufführungen auch nur einen Funken Aufmerksamkeit entgegenbringt. Wer behauptet da, der Spielmann dürfe einem höheren Streben gehorchen, vielleicht gar himmlischer Eingebung folgen, abseits von irdischem Tand? In Wahrheit hechelt er von Vers zu Vers nach der Gunst ganz weltlicher Banausen, die ihn und seine Sippe erbarmungslos verhungern ließen, wenn er sie nicht zufrieden stellte.

Nur dieses eine Los hat der Allmächtige mir zugestanden und mich mit allem ausgestattet, was dazu nötig ist. Wollt Ihr anderes von mir hören, gebt mir zuerst die Mittel dafür in die Hand.«

IN QUANTUM MIHI DEUS INTELLECTUM DEDERIT

und Kraft des Geistes, den Gott mir gegeben hat

Ja, wir kamen zu Fuß daher, ohne Ross und ohne Wagen, trugen unsere Habe auf den eigenen Schultern, die Kleider staubig und die Schuh zerschlissen. Doch wir waren in die erhabene Königsburg geladen.

Die vierkantigen Gebäude erinnerten mich an Samoussy. Groß und kompakt aus Stein errichtet, verdeutlichten sie jedem Besucher den übermächtigen Rang des Herrschers. Sinnreich hatte man die einzelnen Bauten durch überdachte Gänge verbunden, so dass verschwiegene Höfe und bezaubernde Gärten dazwischen entstanden. Im kühlen Schatten gingen vornehme Menschen auf und ab, von den schönen Dingen des Lebens plaudernd, und hell klang das Lachen einer Gruppe junger Mädchen, die leichtfüßig um die Säulen sprangen und sich gegenseitig haschten. Unauffällig glitten die Hausbediensteten um sie herum. Das übrige Gesinde konnte nicht stören, denn Ställe und Scheunen waren weiter entfernt angelegt worden.

Hier würde ich spielen. Hier würde man mir zujubeln.

Und dann würde auch ich, in anregende Gespräche vertieft, gemessen durch diese Gänge wandeln.

Der Wächter ließ uns ein und rief sogar nach einem Knecht, der uns den Weg zeigen sollte. Unser Führer passte so gar nicht in den erfreulichen Rahmen. Kaum älter als ich, hielt er den Kopf wie ein griesgrämiger Greis nach vorn gereckt, und hinter seiner Schulter erhob sich ein hässlicher Buckel. Sein bleiches Gesicht hätte durchaus angenehm wirken können, wenn er nicht diese verbitterte Miene aufgesetzt hätte. Erst, als wir am Küchenhaus vorbeigeschritten waren, machte er sich die Mühe, uns zu mustern.

»Ihr seid ein Spielmann, stimmt's?«, fragte er. »Man hat hier einen großen Gauklerverschleiß. Ich hoffe für Euch, dass Ihr mehr als das Übliche zeigt.«

»Darauf kannst du dich verlassen, wir singen und tanzen wie andere auch, aber ich habe auch ein Wundertheater, du wirst darüber staunen, falls man dir erlaubt, der Darbietung beizuwohnen.«

Der Bucklige grinste. »Zumindest kann ich so lange zusehen, bis man mich fortjagt.«

Er führte uns zu einem langen Nebengebäude aus Holz, in dem nichts anderes zu finden war als ein breites Strohlager und zwei Tische mit Bänken. Ein paar verwühlte Decken lagen herum, Kleiderbeutel und Geschirr, und auch zwei schnarchende Männer.

Nach und nach gesellten sich weitere Knechte und Mägde zu uns. Burchard schloss sich ein paar Kerlen an, die einen Bierkrug mitgebracht hatten, und die Weiber umringten Hadelinda. Sie staunten über ihr langes schwarzes Haar und machten sich daran, ihre Zotteln zu entwirren. Adalram zog sich nach draußen zurück, damit er in Ruhe seine endlosen Tonfolgen üben konnte.

Ich kontrollierte, ob unsere Bühne sorgsam verstaut war, hob einen Vorhang aus dem Stroh und rückte unsere Kiste in einen dunklen Winkel, damit niemand auf die Idee kam, sie als Tisch zu missbrauchen. Besonders empfindlich war ein allerliebstes Tokkenpaar, welchem ich drei Bänder durch die Leiber geführt hatte. Leider besaßen die Schnüre die Angewohnheit, sich zu verwickeln, sobald ich ihnen den Rücken drehte.

Erst als alles einen sicheren Platz gefunden hatte, verließ ich das Gesindehaus, um gemächlich durch den weitläufigen Park zu schlendern.

Plötzlich ertönte knapp über meinem Kopf der Schrei eines

Raubvogels. Unwillkürlich duckte ich mich, gerade noch rechtzeitig. In sanftem Bogen segelte der Falke über mich hinweg, und flatterte ein wenig, ehe er sich auf dem Arm eines anmutigen Frouwenzimmers niederließ. Geschickt legte sie ihm die Kappe an und band das Geschüh. Dann blickte sie herüber. »Was stehst du herum? Siehst du nicht, dass ich Hilfe brauche?«

Da sie lieblich anzusehen war, verzieh ich ihr die groben Worte und eilte ihr entgegen. Sie wartete keine Begrüßung ab, sondern befahl mir, ein Stück Hasenfleisch als Belohnung für den Falken aus ihrem Beutel zu nehmen.

»Du musst es in der Faust halten. Nun lass doch etwas überstehen, wie soll er denn sonst kröpfen?« Als sie zufrieden mit meiner Haltung war, gab sie mir den Fußriemen und setzte den Vogel auf mein Handgelenk. Ich stöhnte vor Schmerz, denn der Falke schlug mir unbarmherzig seine Krallen in die Haut. Die Frouwe schimpfte ungerührt weiter: »Halt still, du ungeschickter Tölpel, er findet sonst kein Gleichgewicht.« Sie zog den Lederhandschuh aus, der ihre Hand geschützt hatte, und winkte mir damit, dass ich ihr folgen sollte.

Vielleicht war sie eine Prinzessin oder gar Fastrada, die Königin.

Der Falke riss kleine Bissen aus dem Fleisch und flatterte bei jedem Schritt mit den Flügeln. Ich ließ mir nicht anmerken, dass er mir dabei den Arm zerfetzte.

Von weitem kam ein älterer Knecht angelaufen und klagte schon, ehe wir ihn verstehen konnten. »Warum habt ihr mich nicht gerufen, Frouwe Madelgard? Ich hätte Euch das Tier doch abgenommen. Nur einen Moment habe ich nach dem Futter gesehen, und schon wart Ihr verschwunden.«

Jetzt wusste ich, mit wem ich es zu tun hatte.

Diese dort war keine Prinzessin.

Es war Madelgard, das unverfrorene Weib, welches viele betört und bekümmert hatte, zu meinem Leidwesen auch mich.

Sie warf ihr Haar in den Nacken. »Sollte ich etwa wie ein Marktweib nach dir brüllen? Gottlob war ein hilfreicher Ehrenmann in der Nähe.«

Ich jedenfalls war froh, dass ein hilfreicher Falkner in der Nähe war und mich von dem Vieh befreite.

Madelgard musterte mich. Sie trug den Kopf sehr aufrecht und konnte dadurch auf mich herabsehen, obwohl sie nicht größer war als ich.

Ich ließ ihr Zeit zu erwägen, wie sie mir begegnen sollte. Auf ihrer Miene wechselten die Stimmungen in schneller Folge, doch dann siegte grenzenlose Verblüffung auf ihrem Antlitz. »Ich kenne dich, du hattest keinen Bart, damals. Du warst der Gauklerjunge, der mich aus meiner Heimat gelockt hat. Ja, ich erinnere mich, einen guten Freund vergisst man eben nicht. Wie war noch dein Name?«

»Man nennt mich jetzt Berengar.«

»Natürlich, Berengar! Ach, wie froh bin ich, einen Vertrauten bei mir zu haben. Wenn Karl nicht hier ist, gleicht der Palast einer Schlangengrube. Es ist nicht leicht für ein Weib in meiner Position.«

»Ich kenne deine Position zwar nicht, aber ich sehe, dass du es weit gebracht hast. Ich selbst will auch nicht klagen, man hat mich an den Hof gerufen, damit ich die Edlen mit meiner Kunst erfreue.«

»Dann bleibst du für eine Weile hier, wie schön. Ich habe so vieles auf dem Herzen und niemanden, mit dem ich sprechen kann. Ach Berengar, es ist so schwer, einsam zu sein, du musst mich unbedingt noch heute Abend aufsuchen.« Vertraulich legte sie ihre Hand auf meinen Arm.

Mir geschah nichts.

Etwas schneller ging mein Herz vielleicht, ein bisschen Schweiß in meinen Handflächen, doch ich fürchtete ihre Zauberkraft nicht mehr. Ich würde gefahrlos mit ihr umgehen können, selbst nachts, selbst in ihrer Kemenate, selbst wenn der Mond rot leuchten sollte. Also sagte ich zu.

Der Himmel zeigte sich bedeckt, so weiß ich nicht, welche Farbe der Mond bevorzugte, als ich mich zu dem Gemach begab, welches Madelgard mir beschrieben hatte.

Sie war nicht allein, ein feister Herr saß bei ihr, trank Wein und aß Honiggebäck.

»Wie schön, dass du kommst,« begrüßte sie mich. »Ach, du hast dein Instrument vergessen? Nein, lauf nicht zurück, um es zu holen, nimm meines.«

Sie kramte eine Leier hervor, ein wertvolles Stück aus seltenem Holz, doch völlig verstaubt, und die Saiten allzu nachgiebig.

»Du musizierst, Madelgard? Ich will dir gerne den Gefallen tun, die Leier zu stimmen, aber das dauert eine Weile. Es ist ein schönes Instrument, ich möchte es nicht verderben.«

»Nicht wahr, es ist besonders hübsch. Karl hat es mir geschenkt. Ich glaube, ich wäre eine Künstlerin geworden, doch diese Saiten sind zu hart für mich. Sie hinterließen so hässliche Rillen in meinen Fingern, dass ich aufhören musste.«

Sie schob mich hinter ihr Bett und zog einen Vorhang zu, so dass ich mich in einem abgeschlossenen Kämmerlein wiederfand. »Warte, Madelgard, ich hatte mich auf deine Gesellschaft gefreut.«

Sie schlüpfte zu mir herein, drückte mich auf einen Hocker und sah mir in die Augen. Leise sagte sie: »Je betörender du spielst, desto schneller sind wir den Kerl los. Sei nicht dumm, versuche seine Gunst zu gewinnen. Deine Kunst kann dir genauso nutzen wie mir, ich habe dich ohnehin schon übermäßig angepriesen.«

»Schon gut, bring mir einen Becher Wein und kümmere dich um deinen Gast. Ich will euch schon aufspielen.«

Anfangs lauschte ich noch dem Gespräch, doch es war höchst eintönig. Der Graf beklagte sich, weil seine Verdienste vom König schmählich übersehen würden, und Madelgard versicherte, dass er ein kühner Recke sei, der sich nicht um dumme Esel scheren müsse, da diese nun einmal ein notwendiges Übel auf der Erde seien, nur nützlich, die Unterschiede deutlich zu machen.

Ich hingegen saß im Dunkeln und zupfte romantische Weisen.

Normalerweise hätte mich die Situation verärgert. Doch die Leier klang ungewöhnlich voll und trotzdem klar, es war eine Freude, sie in der Hand zu halten. Ich gab mir Mühe, ihr gerecht zu werden.

Später begaben die beiden sich aufs Lager, und es kam mir absonderlich vor, unmittelbar daneben zu hocken, nur durch das Tuch getrennt. Jetzt aufzustehen und den Raum zu verlassen hätte meine Anwesenheit freilich erst recht deutlich gemacht, so blieb ich, wo ich war, und versuchte die eindeutigen Geräusche zu übertönen.

Ja, ich erfrechte mich sogar, ihre Lust zu beeinflussen. Ich brachte den Grafen gehörig ins Schwitzen, drosselte kaltblütig seine Ungeduld, um ihn gleich darauf unerbittlich mit scharfem Rhythmus aufzupeitschen. Kein Wunder, dass der feiste Graf schnaufte und röchelte und zum Schluss schnurstracks ins Schnarchen überging.

Vorsichtig lüftete ich den Vorhang. Madelgard hatte sich zur Seite gedreht und ihre Glieder nur flüchtig bedeckt. Ihre Schenkel lagen schlaff. Die Farbe in ihrem Gesicht war verschmiert, und um die Mundwinkel hatten sich zwei scharfe Falten eingegraben. Sie sah nicht sehr glücklich aus.

Unwillkürlich musste ich an Gisela denken. Auch sie war sicher älter geworden. Ich wünschte innig, dass ihre Fältchen nur vom Lachen herrührten.

Madelgard zog das Leintuch über ihre Blöße und flüsterte: »Du darfst mich nicht verdammen, bedenke, dass ich die Geliebte deines Königs bin. Karl schätzt mich sehr, er kann sich nur nicht an Treue gewöhnen. Jetzt sitzt der Rohling in Regensburg und buhlt mit seiner Gemahlin.«

»Nun, so furchtbar treu scheinst du ihm ja auch nicht zu sein.«

Lautlos begab sie sich zu ihrem Spiegel und begann die Härte in ihrem Antlitz zu übermalen. »Ich habe keine andere Wahl, mein Freund. Wie soll ich an Schmuck und Gewänder kommen, wenn Karl mir keine schenkt? Und wie soll ich ihn erregen, wenn ich in alten Säcken einhergehe?«

»Aber Madelgard, hast du keine Angst, den König zu kränken?«

Rosa Flammen zuckten über ihre Wangen. »Ich wünschte, ich könnte es! Fastrada setzt dem armen König zu, dass er verweichlicht sei und dass seine Vasallen ihm nicht gehorchen. Anstatt ihr zu zürnen, bemüht er sich, ihre Gunst zu erhalten und zeigt sich unbarmherzig gegen seine Gefolgsleute. Ach, Berengar, ich weiß, ich bin schlecht. Hätte ich doch nur die Samen meiner Mutter nicht verloren, Fastrada könnte mich längst nicht mehr bedrücken. Sieben davon im Mörser zerstoßen schenken nach sieben Tagen den Tod ..., leider wächst der Wunderbaum hier im Norden nicht.«

»Was redest du da? Du willst doch nicht etwa Königin werden? Mit deinen verdorbenen Begierden habe ich nichts zu schaffen. Gib mir meinen Lohn, ich bin müde.«

Madelgard senkte schräg den Kopf, damit ihr das Haar ins Gesicht fiel und sie schüchtern hindurchblinzeln konnte. Ihr Kinn begann zu zittern, und ihre Augen schwammen ein wenig, da sie die Lider eine Weile nicht geschlossen hatte. »Sieh, was aus mir geworden ist, seitdem du mich verlassen hast. Ich hoffte, mein Los würde dich dauern, aber du verlangst auch noch Bezahlung für einen Freundschaftsdienst. Was soll ich dir denn geben? Ich besitze ja nichts, was ich nicht selber nötig brauche.«

Ich strich ihr das Haar aus der Stirn. Gerne wäre ich töricht gewesen und hätte mich ihr hingegeben. »Spar dir die Tränen für lohnendere Gelegenheiten, Madelgard. Ich kann nicht unterscheiden, ob sie echt sind, und werde sie nicht beachten. Wenn du nichts anderes entbehren kannst, überlasse mir die Leier. Dafür will ich dir aufspielen, sooft du danach verlangst.«

Madelgard stieß mich hart gegen die Brust. »Du gieriger Blutegel! Verschwinde, und glaube ja nicht, dass ich dein stümperhaftes Geklimper noch einmal über mich ergehen lasse.« Damit war ich hinausgeworfen.

Langsam schritt ich über den nächtlichen Hof und fühlte nach der Dose in meinem Beutel. Ich zog sie heraus und betrachtete die sonderbaren Samen zum ersten Mal genauer. Sie waren erbsengroß und graurosa marmoriert. Im Mondlicht sahen sie wie dicke, blutgefüllte Zecken aus. Sieben davon im Mörser zerstoßen bringen nach sieben Tagen den Tod ... lange genug für den Täter, sich unverdächtig in Sicherheit zu bringen. Ich hatte die ganze Zeit ein böses Gift mit mir herumgetragen.

* * *

Bald nutzten auch die wirklich Vornehmen des Palastes meine Anwesenheit und riefen mich für bescheidene Unterhaltung zum Mahle.

Die Prinzessinnen saßen in verschwenderischem Kerzenlicht an einem silbernen Tisch. Es glitzerte auf Leuchtern und Bechern und schillerte in allen Farben auf ihren raschelnden Seidengewändern. Scherze flogen durch den Raum, aufreizende Blicke und gedämpftes Lachen. Sogar die kleinen Mädchen wussten sich anmutig zu betragen, wenn sie nicht gerade in haltloses Gekicher ausbrachen. Zwischen ihnen saßen die Zofen, ein paar blasse Mönche und verschämte Jünglinge, die vor lauter Ehrfurcht kaum wussten, wo sie hinsehen sollten.

Karl hatte so viele Töchter, dass ich mir beim besten Willen ihre Namen und Gesichter nicht merken konnte. Zudem war manche Zofe kostbarer gekleidet als die hohen Frouwen. Ich beugte vor der falschen das Knie und schickte versehentlich eine Prinzessin barsch nach Wein. Sie kicherte darüber und gehorchte sogar. Ich war schließlich ihr Narr, und trieb derlei Unfug nur zu ihrem Vergnügen.

Um Adalrams Erfolg brauchte ich mir keine Sorgen zu machen. Auch Hadelinda erfreute die Zuschauer, denn die Waschweiber hatten ihr für den wichtigen Abend ein rubinfarbenes Gewand geliehen. Ich war sehr stolz, als das reizende Geschöpf sich zwischen mir und Adalram wiegte, und ganz in der Musik gefangen, ihre flache Trommel schlug.

Wir wurden bewundert und gelobt, man versprach mir einen Umhang, wenn ich weiterhin geistreich blieb, und Hadelinda bekam sogar einen kleinen Kamm aus Horn. Adalram schenkten sie nichts, sie schmachteten nach ihm, der höchste Lohn, den sie ihm geben konnten. Ich hatte keinen Zweifel mehr, dass nun ein glanzvolles, bequemes Leben für mich begonnen hatte.

Es war schon Nacht, als wir uns auf den Weg zum Gesindehaus begaben. Ich schickte meine Gehilfen voraus, um durch die offenen Gänge zu wandeln und noch ein wenig mein Glück zu genießen.

»Na, habt Ihr die Weiber bezirzt?« rief es aus dem Dunkel. Es war der Bucklige; er saß auf einer Mauer, soff und musterte mich frech. Als ich näher kam, senkte er aber doch den Kopf und stand widerwillig auf.

»Bleib nur sitzen. Wir haben die Damen artig unterhalten, wenn du überhaupt weißt, was das bedeutet.«

»Erzählt mir nichts, ich kenne die Gelüste der losen Dinger. Ihr habt Glück, sie überhaupt hier anzutreffen, normalerweise schleppt der König die ganze *familia* mit auf seine Reisen.«

»Der König weilt in Regensburg, nicht wahr? Wenn er seine Töchter zurückgelassen hat, wird er sicher bald wiederkommen.«

»Bestimmt nicht, Spielmann. Er bereitet den nächsten Feldzug gegen die Awaren vor, das kann eine Weile dauern. Ihr könnt also getrost Lästerlieder über ihn verbreiten, die

Grafen werden Euch dafür lieben. Aber Ihr solltet Euch nicht neben mich setzen, wenn Euch an Eurem Ruf gelegen ist.«

»Wie heißt du?«

»Ihr habt es gehört, man nennt mich Bastard.«

»Das Wort gefällt mir nicht, wie ist dein richtiger Name?«

Der Bucklige brummte: »Ach, nennt mich doch, wie es Euch passt.«

»Wie du willst, Erich. Ich werde mir deinen Rat überlegen, Friedbart. Allerdings suche ich mir meinen Umgang gewöhnlich selber aus, Wernher. Du solltest jetzt schlafen gehen, Anselm, sonst wirst du morgen deinen Aufgaben nicht gerecht, Gottschalk.«

Er lachte und schüttelte den Kopf. »Sagt doch lieber Bastard zu mir, wie es alle Welt tut. Es ist mir schwer genug gefallen, mich daran zu gewöhnen.«

Der Bucklige hatte recht, die Edlen liebten es tatsächlich, wenn man über den König herzog. Diese Menschen lebten ja mit ihm zusammen und hatten seine Launen dauernd auszuhalten. Je persönlicher ich wurde, desto größer war ihr Jubel. Es machte mir zunehmend Freude, Karls Schwächen ans Licht zu zerren und dem Gelächter preiszugeben.

Oft trieb ich mich unter den Bediensteten herum, damit sie mir Geheimnisse erzählten. Da ich allen die bereitwillige Aufmerksamkeit entgegenbrachte, die niemals unterbricht, sondern immer bestärkt, jenes Interesse, das sonst nur für der eigenen Person vorbehalten ist, vertrauten sie mir unverhohlen an, was ich erfahren wollte. Vor allem Madelgard lieferte mir eine Menge Gerüchte über die unbeständige Keuschheit der Prinzessinnen.

Sobald man mich wieder rief, probierte ich das neue Wissen aus. In meinen Versen verliebte sich die Schönste in einen armen Jüngling. Sie tat nichts Verwerfliches, sie sehnte sich nur nach dem Ehebund, wie es sich für sittsame Mädchen ziemt. Der König musste natürlich dahinter kommen, und selbstverständlich verwehrte er ihr das bescheidene Glück.

Eigentlich sollte ihr mittelloser Angebeteter noch erfahren, dass er in Wirklichkeit von edler Herkunft war und sieben *mansi* Land sein eigen nannte. Doch dazu kam ich nicht, eine Prinzessin brach in Tränen aus und schluchzte: »Wie kannst du so gefühllos sein, mein Leid vor aller Welt bloßzulegen.«

Schleunigst fiel ich auf die Knie und beteuerte, dass meine Geschichten nur erdachter Unsinn wären. Ihre Schwester erhob sich und funkelte mich an. »Lügner! Was wird mein Vater wohl sagen, wenn er von der Verderbtheit deines Sängers hört? Halte deine Leute im Zaum, falls dir an deiner Haut noch etwas liegt.«

Adalram stand unbeteiligt neben mir und sah dem Aufruhr gelangweilt zu.

Ich entschuldigte mich hundertfach und buckelte aus dem Saal.

Mein Blut brodelte, und als wir auf dem Gang waren, schäumte es mir über die Zunge. »Verfluchter Weiberheld, was erdreistest du dich, mit einer Königstochter zu tändeln?«

Adalram sagte gelassen: »Die Kleine verlangte nach mir, sollte ich ungehorsam sein? Ein Vergnügen war es ohnehin nicht, sie hatte nicht die geringste Erfahrung und war so eng, dass ich fürchten musste, in ihr abzubrechen. Also schreit mich nicht an, ich vertrage das schlecht.«

»Man sollte dir deinen eigenen Seim einflößen, bis du daran erstickst!« Meine Faust schnellte vor und traf ihn an der Schläfe.

Den nächsten Schlag fing er ab. Ehe ich mich über seine Unverfrorenheit wundern konnte, hatte er schon Vergeltung geübt. Ich schmeckte Blut auf der Zunge, und mein Kiefer war taub. Adalram hielt mich fest und blickte mich mit seinen Rehaugen an. »Ihr habt mich bisher anständig behandelt.

Lasst es dabei, es wäre schade, wenn ich mir einen neuen Herrn suchen müsste.«

Die Drohung war deutlich, und ich bezwang unverzüglich meine Wut. »Ich verbiete dir ja nicht, nach deiner Natur zu leben, Adalram, aber ich kann nicht zulassen, dass wir dadurch in Ungnade fallen. Such dir in Zukunft deinen Umgang unverfänglicher aus.« Adalram lächelte liebenswürdig und sagte, das würde sich einrichten lassen.

Unsere Meinungsverschiedenheit konnte nicht geheim bleiben, denn die Folgen waren in unseren Gesichtern abzulesen. Adalram wurde von den Mädchen bedauert, mich hingegen verhöhnten sie, weil ich nicht mehr vermochte, mit beiden Mundwinkeln zugleich zu lächeln.

Ach, sollten sie nur spotten. Sie beschenkten mich ja reich für meine Langmut, und ihre Schandmäuler würden ohnehin bald vor Staunen offen stehen bleiben. Denn am heiligen Sonntag nach der Messe wollten wir unser Theater zeigen.

* * *

Man hatte uns für die Aufführung einen Saal zugewiesen, der mit allerlei Möbeln, Teppichen und Gerät voll gestellt war. Pergamente und sogar Bücher lagen wie Plunder dazwischen.

Während meine Gehilfen räumten und schleppten, blätterte ich in einem der reich verzierten Bändchen. Farbige Illustrationen leiteten jedes Kapitel ein, und auf den Seitenrändern rankten kunstvolle Schnörkel empor, die sich mit goldenem Weinlaub schmückten. Wehmütig dachte ich an das Skriptorium in Fulda, wo ich einst an der Seite fleißiger Mönche gesessen und geduldig Zeichen für Zeichen in die Waagschale meiner Seele geschrieben hatte.

Ein winziges Detail riss mich abrupt aus der Erinnerung.

Ich hatte die Miniatur eines Heiligen betrachtet, der die Hand zum Segen erhob. Vor ihm knieten etwas kleiner dargestellt ein Würdenträger und zwei Knaben, König Pippin mit seinen Söhnen Karl und Karlmann bei ihrer Salbung. Das Ganze war umgeben vom üblichen Girlandenwerk und wirkte etwas unproportional.

Mein Blick blieb an einer kleinen grauen Raute auf dem Umhang des jüngeren Knaben haften. Es war eine Kreuzfibel! Meine Kreuzfibel!

Das Pergament zitterte in meinen Händen, und die Buchstaben begannen zu schaukeln. Der Saal um mich herum versank in Finsternis, nur der kleine graue Fleck auf dem Pergament leuchtete mir in die Augen. Wieder und wieder malte ich seine Form mit dem Zeigefinger nach.

Karlmanns Fibel!

Er musste sie Mutter einst gegeben haben, als reichen Lohn für Hurendienste. Alle beide hatten für des Königs Allmacht sterben müssen, und ich, ihr Sohn, hockte im Palast, um die Töchter des Feindes zu unterhalten.

Oh, hätte ich doch das Messer in den feisten Hals gestoßen, als die Gelegenheit dazu günstig gewesen war. Hätte ich die Herzogin Luitperga doch gewarnt, statt sie in die Hände des Tyrannen zu spielen. Nun blieb mir gerade noch, den König mit belanglosen Scherzen wohlmeinenden Lachern preiszugeben.

Ich legte die Stirn auf das Bildnis und weinte lautlos.

Großer Gott, warum darf ich kein unwissender Höriger sein, der frisst und säuft und in der Zwischenzeit anderen überlässt, sein Leben zu lenken?

»Herr, wollt Ihr nicht bald die Tokken auspacken?« Hadelinda hatte mich leicht an der Schulter berührt.

»Ja, ja, kümmere dich um deine Aufgaben, statt dich um meine zu sorgen«, brummte ich mürrisch, denn sie sollte mein Leid nicht bemerken.

Als ich Vater Hiltibrand in der Hand hielt, rauschte es mir abermals kalt den Rücken hinunter. Alles war da, die große Nase, der stattliche Bauch, sogar einen blauen Umhang hatte ich ihm genäht. Ich brauchte nur noch einen goldenen Reif auf sein Haupt zu stülpen und würde das genaue Ebenbild des Königs vor mir haben. Absichtlich hätte ich eine solche Ähnlichkeit niemals vollbracht. Mit unsicheren Fingern zog ich ein Kupferband, welches vor Lähmungen schützen sollte, von meinem Handgelenk, und setzte es der Tokke auf. Dann legte ich sie an ihren Platz und begab mich an meine gewohnten Tätigkeiten.

Unser Spiel bekam völlig neue Bedeutung, nun da es offensichtlich König Karl war, der in die Schlacht ritt, um Ruhm und Ehre zu erstreiten. Pflichtschuldig zollten die Zuschauer seinen Siegen Beifall und hielten schreckerfüllt den Atem an, sobald er in Gefahr geriet. Am Ende des ersten Teiles hatte ich selbst die Zweifler überzeugt, dass sie ihren König bedenkenlos rühmen konnten.

Nach langen Jahren kehrte er mit reicher Beute aus dem Hunnenlande heim.

Welch ein Jubel aus den Reihen, schließlich weilte der wahre König immer noch in Regensburg, plante den nächsten Schlag gegen die Awaren und dachte nicht daran, sich um die Seinen zu kümmern.

Der herangewachsene Sohn ritt ihm entgegen. Aufrecht und stolz trat er vor den Fremden und zögerte nicht, seine Herkunft zu offenbaren. Doch als der alte Recke nun behauptete, er sei der lang vermisste Vater, bezichtigte der Jüngling ihn der Lüge. König Karl sei ein Mann der Ehre, niemals hätte er sich so lange von seinem Lande abgewendet und Weib und Kind schutzlos gelassen, wenn er nicht gefallen wäre.

Der Kampf war unausweichlich.

Ich hörte Raunen in den Reihen, und einige standen auf, um dem Schicksal Einhalt zu gebieten. Zu spät, schon kreuzten sich die Klingen.

Eine Weile ließ ich ungewiss, wer siegen würde.

Dann lag der Sohn schlaff über der Leiste. Tokken können entsetzlich leblos aussehen, wenn sie niemand mehr bewegt.

Der König betrachtete stumm sein furchtbares Werk, der Saft einer Roten Beete tropfte von seinem Schwert, und ich sammelte mich für seine letzten tragischen Verse.

Ich kam nicht mehr dazu.

Die Zuschauer riefen mir ihre Empörung entgegen. Sie schüttelten die Fäuste gegen die kleine Tokke und verlangten nach Gerechtigkeit. Schon grapschten sie nach der Figur, so dass ich hinter den Vorhang tauchen musste. Ich stieß mit dem Fuß nach Adalram, und, oh Wunder, dieses Mal wartete er nicht auf sein Stichwort. Wehmütig zog das Schlusslied durch den Raum und beruhigte die aufgebrachten Gemüter.

Niemand blieb, um uns zu loben. Alle gingen fort, in Gedanken an die schreckliche Prophezeiung, der sie beigewohnt hatten.

Wir hatten das Theater noch nicht einmal zur Hälfte abgebaut, als ein Diener gelaufen kam und mich aufforderte, ihm unverzüglich zu folgen. Er hastete durch Gänge und Flure, jeder Saal öffnete sich in einen neuen, und alle Türen, die wir eilig passierten, führten in weitere prächtige Räume.

Endlich blieb er stehen. Acht würdige Männer standen mir gegenüber und starrten mich an. Es waren Mönche, Grafen und Ritter. Unter ihnen auch ein Langobarde, der sich als Fardulf vorstellte und mich heranwinkte.

»Dein Spiel war ungewöhnlich«, sagte er. »Man könnte deine Holzknüppel fast für lebendig halten. Doch verrate uns nun auch, wer diese Mär erdacht und dir die Verse vorgesprochen hat.«

»Ich danke ergeben für das Lob, Herr. Leider kann ich selbst nie einschätzen, wie meine Kunst sich darstellt. Ich befinde mich nämlich in einem Zustand seelischer Entrückung, während ich spiele, und die Worte purzeln selbsttätig aus meinem Munde. Glaubt mir, das ist äußerst unangenehm, besonders wenn ich nachher auf das eine oder andere angesprochen werde und ich mich an nichts erinnern kann.«

»Du willst doch nicht behaupten, dass der Teufel aus dir spricht?«

Wie verfluchte ich meine törichte Zunge, die daherplapperte, ohne mich um Rat zu fragen. »Um Himmels Willen, Herr, ich bin ein frommer Christ, halte jedes Fasten und gebe den Armen von meinem spärlichen Lohn. Ich habe immer darauf vertraut, dass Gott mir seinen Geist gegeben hat.«

Ein Ritter lachte. »Unsinn, ich bin sicher, dass du alle Sinne beisammen halten musst, wenn du die Tokken in Bewegung setzt, und genau weißt, was du sagst.«

»Aber lieber Herr, kein Mensch vermag so lange die Arme in die Höhe zu heben, ohne sich wundersamen Mächten zu überlassen. Versucht es nur. Lange bevor die Kerze dort heruntergebrannt ist, werden Eure Muskeln zittern. Ja, nicht einmal eine Hühnerfeder könntet ihr noch halten, geschweige denn die schweren Holzköpfe.«

Ich hätte mich gefahrlos auf jede Wette einlassen können, selbst ich hätte Schwierigkeiten bei dieser Aufgabe gehabt. Wir hielten ja nicht einfach die Arme hoch, sondern bewegten sie zu einem bestimmten Zweck. Ohne diesen Sinn würde sich auch meine Aufmerksamkeit bald auf das kribbelnde Blut richten, welches langsam die Finger verlässt. Die Schwere meiner Hand würde stetig zunehmen, weil ich ihr Gewicht beimäße, und schließlich sehnte ich ein Ende herbei. Der Körper glaubt immer, was man über ihn denkt, er hat ja keinen eigenen Verstand, eine Behauptung zu überprüfen.

»Wie dem auch sei«, sagte Fardulf, und kam auf mich zu, »auf jeden Fall hast du den König geschmäht!«

Ich fiel auf die Knie und wollte betrübtes Gezeter anstimmen, aber er winkte ab. »Dein Spiel hat die Gemüter verstört, es hat Unwillen und Angst erregt und eine Tragödie prophezeit. Doch eine Sache habe ich nicht verstanden. Wieso hatte der Sohn, der erschlagen wurde, keinen Buckel?«

»Ich habe nie darüber nachgedacht, Herr. Ich sang doch bloß von einer alten Mär, die keineswegs von unserem König handelt, sondern von Hiltibrand, der zufällig auch gegen die Hunnen ...«

Er riss mich am Gewand in die Höhe. »Lügner! Was treibst du für ein Spiel, und wer hat dich dazu veranlasst? Rede endlich!«

»Bitte, lasst mich gehen. Ich wollte nur Vergnügen bereiten und bitte demütig um Vergebung, wenn ich gefehlt habe. Ich werde unverzüglich meine Sachen packen ...«

»Verstockter Narr!« Ich plumpste auf die Erde.

Ein vierschrötiger Mönch half mir auf, legte mir die Hände auf die Schultern und drehte mich zur Versammlung um. Ich spürte den leichten Druck seiner Finger, er würde mich nicht entwischen lassen.

»Welche Gründe dieser Künstler zu seinem gewagten Spiel auch verborgen hält, sie mögen sein Geheimnis bleiben. Er wird uns nützlich sein, und wir sollten ihm dafür danken, anstatt zu zweifeln, dass Gottes Geist aus seinem Munde sprach.«

Fardulf trat näher. »Also gut, Tokkenspieler. Wenn du tust, was wir von dir verlangen, soll dir nichts geschehen. Deine Mär kann bleiben, wie sie ist, allerdings musst du deinem Prinzen einen Buckel geben. Verstehst du?«

Ich begriff kein Wort, dennoch hielt ich es für angebracht, eifrig zuzustimmen.

»Du wirst einen Märtyrer aus ihm machen. Der verstoßene Sohn, der trotz ungerechter Behandlung Würde und Anstand zu bewahren vermag. Wer möchte nicht das Reich dem Sohn zu Füßen legen, statt es in den Händen des selbstsüchtigen Königs verderben zu lassen?«

Einer der Vasallen spuckte auf die Erde. »Wie wollt Ihr erreichen, dass Pippin sich gegen seinen Vater erhebt? Der Kerl ist dankbar, dass er im Palast leben darf und nicht wie seine Mutter, in irgendeinem Kloster vergessen wird. Den Kopf einziehen und kuschen, das ist alles, was er kann.«

Der Mönch ließ mich los. »Ihr solltet Vertrauen in Gottes

Wege haben, genau wie der Prinz Vertrauen zu diesem Spielmann fassen wird. Pippin muss an die Rechtmäßigkeit unserer Sache glauben, sonst wird er das Volk nicht überzeugen. Durch den Narren können wir unseren Einfluss geltend machen, nicht wahr?« Der Mönch zeichnete mir mit dem Daumen ein kleines Kreuz auf die Stirn. Es brannte auf meiner Haut, und ich wünschte, er hätte es wieder abgewischt.

Fardulf klopfte mir auf die Schulter. »Du weißt also, worum es geht! Enttäusche uns nicht! Fürs Erste sollst du eine Kammer bekommen, damit du ungestört auf Pippin einwirken kannst. Ja, er selbst soll dir beim Umzug helfen, nutze die Gelegenheit.«

Ich verbeugte mich und zögerte keinen Augenblick, der Gesellschaft zu entfliehen.

Nur so viel hatte ich erfasst: dass man sich meiner bedienen wollte, um den Prinzen Pippin auf den Thron zu hieven.

Ein sonderbarer Wunsch, meines Wissens war Pippin längst König von Italien, hatte sich in mehreren Schlachten ausgezeichnet und war seinem Vater herzlich zugetan. Den jungen Karl konnten sie auch nicht meinen, er würde sowieso die Krone erben. Ludwig von Aquitanien liebte seinen Vater vielleicht nicht, doch war er ängstlich um dessen Gunst bemüht, auf dass er nicht Rang und Namen verlor, wie ..., natürlich, wie der Erstgeborene. Der uneheliche Sohn, der Missgestaltete, der nicht mehr Pippin heißen durfte, als die neue Königin einen wohlgeformten Knaben gebar. Ich hatte nur einen Buckligen auf dem Hof gesehen, und mein Blut wurde zäh.

Nun, Karl, deine Getreuen waren nicht gründlich genug. Mich haben sie übersehen, und nun werde ich, der Bastard deines Bruders, dir die Würden entreißen, die du meinem Vater gestohlen hast. Selbst wenn ich den Thron niemals erklimmen kann, so sollst auch du dich nicht mehr lange darauf räkeln.

Meine neue Kammer war winzig und lag weit abgelegen im schattigsten Teil der Anlage. Von den Wänden bröckelte Lehm, und der gestampfte Boden glich einer Kraterlandschaft. Aber sie gehörte zur Königsburg und war für mich allein bestimmt.

Der Bucklige schleppte Stroh herbei, und Burchard brachte meine Sachen.

»Das ist ja wie früher, Herr«, sagte er, »hier gibt es sogar eine Schlafnische für mich ...«

Ich mochte Hadelinda nicht allein bei Adalram lassen und musste ziemlich unfreundlich werden, damit Burchard sich endlich trollte.

Den Buckligen aber hielt ich zurück.

»Was wollt Ihr noch?«, fragte der.

»Vielleicht Gesellschaft. Setz dich, trink mit mir auf mein neues Heim!«

Er schielte nach meinem Weinkrug. »Bestimmt nicht, Tokkenspieler, aber wenn ich mir einen Becher für geleistete Dienste mitnehmen darf, dann will ich mich nicht wehren.«

»Komm schon, setz dich. Was hast du gegen mich?«

Hinter seiner Stirn gärte der Argwohn. Plötzlich stemmte er beide Hände auf die Kiste und beugte sich zu mir herüber. Die Kanne schwankte gefährlich. »Wenn ich etwas gegen Euch hätte, würde ich bleiben. Ich würde mehr als diesen Krug mit Euch leeren. So heiter würde es zugehen, dass der ganze Palast von unserem Fest erbebte. Trotzdem würde keiner anklopfen, um an dem Frohsinn teilzuhaben. Wisst Ihr denn nicht, dass meine Krankheit ansteckend ist? Nicht der Buckel, an den gewöhnt man sich. Mein wahres Leiden riecht nach Ächtung. Sagt mir, dass Ihr diesen Fluch ertragen könntet, und ich leiste Euch Gesellschaft. Wollt Ihr das nicht, beschert mir einen Becher und lasst mich in Frieden. Ich kann mir gut allein die Nacht schön saufen.«

»Nun, wenn du lieber stehen magst, soll mir das recht sein. Du erlaubst aber, dass ich uns endlich einschenke und deinem weiteren Vortrag mit weniger trockener Kehle folge. Lass dich nicht unterbrechen.«

Der Bucklige schüttelte den Kopf und nahm einen großen Schluck.

»Dein Name ist Pippin, nicht wahr? Ich nehme an, der Beschützer der heiligen römischen Kirche selbst hat dich darauf taufen lassen. Es ist geradezu eine Sünde, dich anders zu nennen. Wie kommt es, dass du nicht bei deinem Vater in Regensburg weilst?«

»Ich bin krank, das bin ich immer, wenn man mich nicht dabei haben will. Meine Mutter war eben nur eine Konkubine, und als der König eine Langobardin heiraten musste, wurde sie verstoßen. Die Neue behielt er aber auch nicht lange, und seinen Schwiegervater Desiderius verjagte er lieber mit Waffengewalt, statt auf das Erbe zu warten. Die nächste Gemahlin gebar ihm dann endlich ehrbare Söhne. Großmutter hat mich noch nie gemocht. Sie rief mich Bastard, und Vater tat das irgendwann auch. Er tat immer, was Großmutter wollte.«

Er schwieg und betrachtete ausgiebig seinen Becher. Nach einer Weile sagte er: »Die anderen machten mit, weil es nicht schön ist, einsam zu sein. Ihr werdet das auch noch feststellen, wenn Ihr Euch mit mir abgebt. Jeder, dem ich irgendwann ein Unrecht tat, lässt mich nun hundertmal dafür bezahlen. Ich kann es dem Gesinde nicht mal verdenken, vielleicht hätte ich genauso gehandelt.«

Während seines Geständnisses hatte ich fast den ganzen Wein geleert. Reumütig schenkte ich ihm die letzten Tropfen ein. »Deine Großmutter ist tot. Warum forderst du nicht dein Recht? Der König ist trotz allem dein Vater.«

Pippin lächelte sauer. »Ich bin kein Kind mehr, wie Ihr seht, sondern ein Rivale für meine Brüder. Wollte ich irgendetwas von meinem Vater verlangen, müsste er fürchten, ich giere nach dem Erbe. Dann säße ich schneller im Kloster, als Ihr zwinkern könnt.« Pippin wandte sich zum Gehen, es war ihm sichtlich unangenehm, über sein Los zu sprechen.

»Was würde wohl geschehen, wenn deine Brüder eine ihrer vielen Schlachten nicht überlebten?«, fragte ich schnell. »Plötzlich wärest du kein Bastard mehr, plötzlich wärest du die Hoffnung des Reiches.«

Pippin hielt sich die Ohren zu. »Davon will ich nichts wissen.«

Aber ich war noch nicht fertig. »Du hast Recht, Bastard, dein Glück könnte ohnehin nicht lange anhalten. Karl hat damals deine Mutter betrogen und ist seiner jetzigen Gemahlin auch nicht treu. Wo ihm ein schönes Weib die Schenkel öffnet, muss er turteln und herzen, bis wieder ein nässendes Ungeheuer auf die Welt kommt und laut nach Macht und Krone schreit. Sag, würdest du dich ein zweites Mal bereitwillig in die hintere Reihe stellen?«

»Ihr lügt!«, rief Pippin. »Mein Vater hat meine Mutter geliebt und wäre ihr treu geblieben, wenn Großmutter sie nicht verbannt hätte.«

»Es ehrt dich, dass du deinen Vater verteidigst, Pippin. Aber ich halte wenig von einem Kerl, der nicht Manns genug ist, sich zu seiner Liebe zu bekennen, nur weil es der Mama nicht gefällt.«

»Sprecht nicht weiter, Gaukler. Hat Gott mich nicht genug gestraft mit dem Buckel? Müsst Ihr auch noch mein Lebensbild in Stücke schlagen?«

»Oh, den Buckel hast du nicht von Gott. Den hat dir dein Vater vermacht, die Ähnlichkeit ist unverkennbar. Seiner sitzt allerdings nicht auf dem Rücken, sondern hier.« Ich hielt meine Arme in weitem Bogen um einen vermeintlichen Wanst.

Widerwillig musste er lachen.

»Du hast mein Spiel gesehen, Pippin. Wenn du einverstanden bist, komm morgen zu mir, damit ich meiner Figur dein Gesicht geben kann.«

»Gewissenloser Possenreißer, seht Ihr mich schon vom Vater erschlagen?«

»Natürlich nicht, aber irgendwann wirst du König der Franken sein und verlangen, dass ich das Knie vor dir beuge. Dann kann ich meinen dreisten Wunsch nicht mehr äußern und werde froh sein, dein Abbild schon zu besitzen. Oder willst du etwa verzerrt in deinen künftigen Heldenliedern auftreten?«

»Ihr müsst wahnsinnig sein, Gaukler, und mit Wahnsinnigen verkehre ich nicht zu dieser Stunde.«

An der Tür drehte er sich noch einmal um. »Glaubt Ihr ernsthaft, dass der König seinen Sohn erschlagen könnte?«

»Glaubst du es?«

Eine Antwort bekam ich nicht.

Hadelinda verabscheute den Buckligen. »Er ist böse, das sagen alle. Ständig lauert er nach den Schwächen der Leute, damit er ihnen grollen kann.«

Ich erklärte ihr, dass dieser bucklige Knecht unser zukünftiger König sei und wir das Glück hätten, uns seine Gunst schon jetzt zu sichern. Aber sie sperrte sich standhaft, ihm nahe zu kommen. Also überredete ich Madelgard, den Prinzen mit Süßigkeiten und Früchten zu füttern, während ich sein Antlitz ins Holz bannte. Sie machte ihre Sache gut. Jede ihrer Bewegungen verhieß erfreuliche Einblicke, und Pippin hielt in Erwartung gebannt tatsächlich weitgehend still.

Doch mir ging die Arbeit schlecht von der Hand, da ich währenddessen unablässig auf ihn einredete. Ich plauderte über die Bauern, die wegen Karls Begierde nach Land und Macht, Jahr für Jahr ihre Felder verlassen mussten, erzählte, wie der Beschützer der Kirche die Heiden zu Hunderten taufen ließ, ohne dass diese jemals Gottes Wort vernommen hatten, und verriet, dass er Klostergut an seine Vasallen verschenkte, damit sie ihm noch mehr Krieger sandten.

Pippin versuchte eine Stubenfliege zu fangen, die ihn ebenso penetrant belästigte wie mein Geschwätz. Als er sie endlich hatte, schlug er sie nicht tot, sondern zupfte ihr die Flügel aus und setzte sie auf den Tisch, um zuzusehen, wie sie im Kreise lief. Für einen Moment glaubte ich, das ekle Getier wimmern zu hören, und mir graute vor dem, was meine Worte in seiner verwundeten Seele auslösen könnten.

Zu meinem Bedauern war er keineswegs erbaut von dem Kopf, den ich geschaffen hatte, und nannte mich Stümper. Er legte großen Wert auf sein Gesicht, da die übrige Gestalt so benachteiligt war.

»Aber mein Prinz, es betrübt mich, dass Ihr so sprecht. Es ist schon möglich, dass Eurem ungeübten Auge das Antlitz grob und ungeschlacht vorkommen mag, denn ich habe meine ganze Kunst aufgeboten, eure Eigenheiten zu übersteigern, dass man Euch auf weite Entfernung noch gut erkennt. Wartet nur ab, bis Haar und Kleider angebracht sind, dann werdet Ihr Eure harten Worte bereuen.«

In Wahrheit hatte er Recht, die Kopfform war nicht gelungen, die Augen ungleich, der rechte Wangenknochen plump, und für die Nase hatte ich zu wenig Holz stehen lassen. Ich bat Hadelinda, die Fehler mit reichlich Farbe zu vertuschen. Die Menschen würden sowieso nur seinen Buckel sehen und wissen, wer gemeint war.

Ich hatte Adalram die Königstokke anvertraut und musste viele Stunden mit ihm arbeiten, damit er zu der sonoren Stimme auch halbwegs glaubhafte Bewegungen zustande bekam. Doch mir blieb nichts anderes übrig, denn ich selbst wollte meine Aufmerksamkeit ganz auf den hölzernen Buckligen richten können.

Burchard war ehrlich verstört, als er sah, wie ich diese Rolle zu spielen gedachte. »Man wird uns davonjagen!«

Hadelinda nickte. »Die Hauptfigur ist wirklich unansehnlich, und dann fast gänzlich ohne Text, kein überschäumendes Gefühl, kein wortgewandter Vers, nicht mal ein sehnsuchtsvolles Lied, wie man es sonst von Euch gewohnt ist. Wie sollen die Zuschauer denn in Wallung geraten? Wie sollen sie wissen, wann sie lachen oder weinen müssen?«

Sie hatte nicht ganz Unrecht. Den Menschen in seiner unergiebigen Dürftigkeit haben wir Tag für Tag vor Augen, den mögen wir nicht noch länger betrachten, nein, die Figur auf der Bühne soll schillernd sein.

»Ich habe meine Gründe, und ihr tut, was ich Euch sage.«

»Seid nicht gleich böse, Herr«, fing Hadelinda wieder an, »aber jeder weiß doch, dass es lustig wird, wenn der Krüppel kommt. Auch diese bucklige Tokke wird Heiterkeit erregen. Man erkennt den Bastard ja sofort, und je gewichtiger er sich über Stolz und Würde äußern würde, desto skurriler könnte er dem Volk erscheinen. Das wäre ein Erfolg, oder nicht? Nach Eurer Geschichte könnte man fast glauben, dass Ihr versucht, dem Buckligen edle Gesinnung anzudichten.«

»Ich will tatsächlich, dass die Figur des Königssohns geachtet wird, Hadelinda. Darum darf er nur wenig sprechen, und nicht in Versen, sondern schlicht, was nötig ist. Wenn es euch beruhigt, lasse ich seine Stimme etwas beben, als müsste er mit großer Anstrengung tiefe Seelenqualen niederkämpfen.«

Mein Taktik ging auf.

Wir spielten auf der Wiese, damit uns so viele wie möglich zusehen konnten, und die Edlen auf ihren Sesseln reagierten nicht anders als Zofen und Lakaien, die hinter ihnen standen. Sogar das tumbe Gesinde, das heimlich in die Bäume geklettert war, vermochte ich zu überzeugen. Anfangs grölten sie natürlich, sobald mein liederlich gefertigter Pippin die Bühne betrat. Aber dann hörten sie seinen knappen Worten zu, denn er sprach vernünftig aus, was sie alle dachten. Sicher war er kein Held, wie man ihn kennt, aber auch kein alberner Narr. Im zweiten Teil löste er sogar Bewunderung aus, die Achtung vor dem Bedrängten, der tapfer sein Los ins Auge fasst und seinem Ende aufrecht entgegentritt.

Als sein Vater ihn erstach, blieb es still in den Reihen.

Ich konnte durch den Vorhang sehen, dass viele sich vor Pippin verneigten. Der aber weinte, gerührt von seinem eigenen Edelmut und seinem tragisch süßen Tod.

***

Kurz darauf übernahmen die aufrührerischen Grafen den Palast. Sie verbannten Königstreue und die Prinzessinnen in ihre Gemächer und nahmen Pippin unter ihre Fittiche.

Überall in den Gängen lungerten Bewaffnete und machten sich einen Spaß daraus, meine Gehilfen zu erschrecken. Burchard kam wiederholt mit Blessuren ins Gesindehaus zurück. Wenn man nach meinen Diensten verlangte, musste ich an mehreren Posten vorbei, sinnlose Fragen beantworten und demütigende Untersuchungen über mich ergehen lassen. Aus reiner Bosheit zerstörten sie den kleinen Liebhaber an Schnüren, so dass sein hölzernes Weiblein nun alleine tanzen musste. Hadelinda nahm ich gar nicht mehr mit, seit man ihren Körper an den sonderbarsten Stellen nach Waffen durchforstet hatte.

Pippin wurde unterdessen neu eingekleidet, man unterrichtete ihn im Kampf mit dem Schwert und versuchte ihm abzugewöhnen, wie ein Knecht zusammenzuzucken. Madelgard leistete ihm weiterhin Gesellschaft.

Ich verargte Pippin nicht, dass er im Moment keine Zeit für mich fand. Später würde er mir hundertmal vergelten, was ich für ihn getan hatte, und dann wollte ich ihm unterbreiten, dass wir vermutlich Vettern waren.

Man verlor keine Zeit, den Buckligen zum König zu krönen.

Nicht wir durften die feierlichen Hymnen spielen, sondern fremde Bläser und Trommler. Nur mit äußerster Hartnäckigkeit war es mir möglich, einen Platz in der Tür zu finden, elend gequetscht und gedrückt von schwitzenden Kerlen, die alle größer waren als ich. Rein gar nichts konnte ich sehen.

Ich machte mir törichte Hoffnungen auf den Augenblick, da das Volk niederkniete, um dem neuen Herrscher zu huldigen, doch es war so eng, dass ich erbarmungslos hinabgezogen wurde und schmerzlich feststellen musste, dass der Kniende noch mehr Raum benötigt, als der Stehende.

Da ich so gar keinen Vorteil aus meinen Schlichen ziehen konnte, stahl ich mich manchmal allein in die Halle der Schlosskapelle, um die Ereignisse der letzten Wochen an mir vorüberziehen zu lassen.

Hier, in diesem Raum, wurde über das Schicksal des ganzen Reiches entschieden. Dem Altar gegenüber stand der Thron, fest und ewig aus Marmorplatten gefügt. Ich, Meginhard, hatte einen neuen König darauf gesetzt und den alten ins Verderben geschickt, und wenn ich darüber hinwegsah, dass niemand von meinen Taten Kenntnis nahm, spürte ich eine gewisse Hochstimmung. Einen lauten Ruf ließ ich ertönen, der großmächtig wiederhallte.

Ich hatte nicht gehört, dass Pippin eingetreten war, aber plötzlich wusste ich, dass er mich von hinten musterte.

»Wie geht es dir?«, rief ich erfreut. »Ich hoffe du hast die Aufregung wohl überstanden.«

»Was suchst du hier, Tokkenspieler?«

»Nichts Bestimmtes, es ist schön still hier drinnen.«

»Ja, das ist es«, sagte Pippin und setzte sich auf seinen kalten Stuhl. »Wenn ich es verlange, ist es überall still.«

»Das kann natürlich ein Vorteil sein, aber jetzt wirst du eher dein Leben genießen wollen, mit Tanz und Trunk, willigen Weibern und lustigen Kerlen. Du hast eine Menge nachzuholen.«

»Ich halte nichts davon, mit Menschen zu feiern, die mich verspottet haben. Blutegel und feiges Geschleim. Ich sorge lieber dafür, dass sie es in Zukunft nicht mehr tun.« Er lehnte sich zurück und blickte in die hohe Kuppel.

»Pippin, ich verstehe, dass du verletzt bist, aber Menschen

lachen nun einmal über Hilflose. Das ist keine Bosheit, nur verzeihliche Schwäche. Du siehst ja selbst, wie viele jetzt zu dir halten.«

»Meinst du die Grafen? Sie glauben, dass sie mich gängeln könnten. Oh, wie artig flöten sie mir unverschämte Ratschläge ein. Sie vermeiden getreulich, hinter meinem Buckel zu lungern, um mich nicht zu kränken, doch zum Lohne wollen sie gleich ihre Vorteile gesichert sehen. Noch gebe ich ihren eitlen Reden nach, noch ist mein Vater am Leben. Doch bald wird ihnen das Getue nichts mehr nützen. Ich werde sie schon dazu bringen, mit den Zähnen zu klappern und in den Knien zu schlottern, und glaube mir, ich weiß, was das bedeutet.«

»Du wirst nicht den ganzen Hof zum Teufel jagen können, wer sollte dir dann noch huldigen, die Kakerlaken vielleicht?«

Ich hielt das für einen guten Spaß, aber Pippin war anderer Ansicht. »Halt dein vorlautes Maul und knie gefälligst nieder, wenn du mit deinem König sprichst.«

»Verstehst du keinen Scherz mehr, Pippin? Was hältst du davon, wenn ich uns einen Krug Wein besorge, mir scheint, du solltest dringend auf fröhliche Gedanken kommen.«

Der bucklige König erhob sich und starrte wütend auf mich herunter. »Ich bin keine Spielfigur, die man nach Gutdünken hin und her schiebt, das gilt auch für dich. Knie nieder und überzeuge mich augenblicklich, dass ich keinen Feind vor mir habe.«

Widerstrebend tat ich, was er verlangte, doch meine Zunge gehorchte weder ihm noch mir. »So schnell vergesst Ihr also, wer Euch den Mut gab, diesen Platz einzunehmen? Habe ich Euch jemals verhöhnt? Habe ich nicht sogar mit Euch getrunken, ganz gleich, wie ansteckend Euer Leiden war? Gerne hätte ich freiwillig getan, wozu Ihr mich jetzt zwingt. Lasst es mich wissen, wenn Ihr Euch genug an meiner Fügsamkeit geweidet habt.«

Er erwiderte nichts und ließ mich nicht aufstehen. Lange

starrte er mich nur an, dann schlich er aus dem Saal, ohne dass ich es merkte. Ich kam mir ziemlich töricht vor, als ich mich vor einem leeren Thron kniend fand.

Welcher Teufel hatte mir nur eingeflüstert, diesem rachgierigen Kerl die Krone in die Hand zu spielen? Seine mitleidlosen Finger würden sie in kürzester Zeit zerbrechen.

Sosehr ich Karl auch hasste, er hatte sich immerhin als weitsichtiger Feldherr bewährt und bemühte sich um Gerechtigkeit in seinen Ländern. Vor allem aber, war er sich seiner sicher genug, um hin und wieder Gnade walten zu lassen.

Pippin hingegen würde seine Macht dazu verschwenden, nach hinterlistigen Feinden Ausschau zu halten, und überall würde er welche finden. Niemand würde mehr unbeschwert einherplappern können, ohne zu fürchten, vor das eifrige Gericht geschleppt zu werden. War es nicht jetzt schon so im Palast? Belauschte nicht ein Mensch den anderen, um etwa eine Dreistigkeit zu entdecken und sich selbst in goldenes Licht zu rücken?

Pippins Reich würde Argwohn heißen.

Ich wandte mich dem Altar zu und legte mich flach auf den Boden, wie es die Mönche tun, wenn sie sich schwerer Sünden erleichtern wollen. Schon während ich mich niederließ, wusste ich, dass ich keine Hilfe erwarten durfte. Zu sehr frohlockte mein eitles Herz, dass ich es gewesen war, der diese Lage geschaffen hatte, und bedeutete sie auch Unheil, so war die Tat doch groß.

Meine Gedanken hatten dieses bewirkt, mein Spiel hatte den Sohn zum Gegner des Vaters gemacht, und vielleicht würde sich sogar der Schluss meiner Geschichte noch erfüllen.

* * *

Dann wünschte der neue König meine Unterhaltung, und sofort vergaß ich mein Misstrauen gegen ihn. Ach, wie pries ich meine Langmut, ich würde zum Palast gehören, wie ein silberner Tisch in der Festhalle, wie ein gutes Pferd im Stall, wie ein lieber Vetter des Königs.

Pippin saß gelöst am Feuer im Kreise seiner Treuen. Sie waren schon mitten im Zechen und benahmen sich entsprechend geräuschvoll. Der Langobarde Fardulf haschte gerade eins der freimütigen Mädchen, zog es über seinen Schoß und suchte unter den durchscheinenden Gewändern nach Schätzen.

Meine Gehilfen und ich knieten eine Weile im Eingang. Als Pippin uns bemerkte, kam er herüber und fasste mich am Arm, damit ich mich erhob. Seine Wangen waren eine Spur zu rot, und seine Augen stellten sich nicht mehr gleich auf verschiedene Entfernungen ein, aber die Spannung war völlig aus seinen Zügen gewichen. Ich gönnte ihm, dass er endlich unbeschwert sein konnte.

Es wurde sehr lustig. Sie lachten über unsere Verse, machten Hadelinda schöne Augen und sangen freudig die bekannten Melodien mit.

Dann kam der speckige Hausmarschall auf den Gedanken, mir Wein über den Kopf zu gießen. Pippin nahm den Spaß gleich auf und füllte auch meine Lyra mit der roten Flüssigkeit. Er nannte das Musikantenblut und forderte mich auf, aus der Lyra zu trinken, damit ihr Geist auf mich übergehe.

Statt des Wohlklangs entstanden nun kleine vibrierende Wellen darin. Das trockene Holz saugte gierig den berauschenden Saft. Die Lyra würde für immer verdorben sein. Ich sagte kein Wort, winkte Adalram und Hadelinda und verließ die johlende Gesellschaft.

Am nächsten Tag ließ der König mich rufen, und ich begab mich beklommen in sein Gemach.

»Berengar, bitte steh doch auf.« Er legte den Arm um mich und klopfte mit seinen Madenfingern auf meine Schulter. »Ich hoffe, mein Scherz hat dich nicht allzu sehr gekränkt.« Er führte mich zu einem Tisch. Madelgards wundervolle Leier lag darauf. Er strich zart über die Saiten, und der Klang verzauberte mich sofort. »Es tut mir Leid, dass ich dein Instrument zerstört habe, vielleicht kann diese Gabe dich versöhnen. Ich würde mich sehr grämen, wenn du uns verlassen wolltest, ich müsste mich nach einem anderen Künstler umsehen, und du bist nicht leicht zu ersetzen.«

Als ich die schmeichelnden Worte hörte, verflog mein Groll. »Haltet mich nicht für so empfindlich, dass ich einen derben Spaß nicht verstehen kann, mein König. Ich bin wahrhaftig kein Spielverderber.«

Pippin war sichtlich erleichtert und bat mich fast schüchtern um einen Freundschaftsdienst. Ich sollte mit der neuen Leier und meinem Feingefühl die rechte Stimmung zu einer verschwiegenen Zusammenkunft schaffen.

»Madelgard erzählte mir, dass du gerade auf diesem Gebiet ein großer Könner bist, und ich weiß, dass ich dir vertrauen kann. Aber die Frouwe ist aus hohem Geschlecht, sie fürchtet sich vor Zeugen, besonders, da sie sich bei solchen Gelegenheiten zu erstaunlichen Geräuschen hinreißen lässt.« Er kam ganz nah und flüsterte: »Sie liebt es, so zu tun, als würde sie entführt.«

Ich nickte verständnisvoll, und er erklärte mir beglückt Zeit und Ort, da er mich erwartete.

Zur abgesprochenen Stunde fand ich mich ein und klopfte an die Tür. Anstatt mich willkommen zu heißen, ergriffen mich zwei Diener und zerrten mich in das Gemach. Obgleich ich mich nach Kräften wehrte, gelang es ihnen, mir ein Tuch vor die Augen zu binden, so dass ich nichts mehr sehen konnte. Ich schrie und stieß um mich, aber sie lachten bloß über meine Bemühungen.

Plötzlich hörte ich Pippins Stimme. »Was soll das Gezeter? Ich dachte, wir waren uns einig, Berengar? Die Frouwe wünscht Musik, aber keine Zeugen. Sie hätte wenig Freude, wenn sie befürchten müsste, dass ein lüsterner Spielmann sie durch den Schlitz eines Vorhanges begafft. Was ist nun? Spielst du uns auf, oder willst du dein Wort brechen? Ich habe dir vertraut, und ich habe eine Belohnung beschafft, die dich überraschen wird.«

»Ich spiele ja, mein König. Ich hatte den Überfall Eurer Diener nur falsch gedeutet. Verlasst Euch auf mich, ich halte mein Wort.«

»Und du wirst unter keinen Umständen die Binde abnehmen?«

»Unter keinen Umständen.«

Dann bedeutete er mir anzufangen.

Leises Flüstern war zu hören. Ich glaubte die Anwesenheit mehrerer Männer zu spüren, vermutlich waren es Lakaien. Dann vernahm ich das schnelle Keuchen der Frouwe. Sie schien sich davor zu fürchten, laut zu sprechen, und Pippin erklärte ihr, dass sie sich nur umzusehen brauche, um sicher zu sein, dass alles seine Richtigkeit habe.

»Ja, ich sehe es«, hauchte sie.

Man gab ihr zu trinken. Sie wehrte sich wohl zuerst, dann sog sie plötzlich scharf den Atem ein und trank.

Die Unbekannte zierte sich sehr, als Pippin begann, sie zu entkleiden. Er sprach mal milde, mal hart zu ihr und drängte sie, die dumme Gegenwehr doch aufzugeben. Sie aber flüsterte nur Widerworte, ihr Atem flog, und sie stöhnte in all dem Kleidergeraschel.

Ich sang derweil ein sanftes verheißungsvolles Lied, von dem ich glaubte, dass es auch die sprödeste Schönheit nachgiebig stimmen könnte.

Jetzt tapsten nackte Füße. Sie liefen an mir vorbei, doch der König hatte die Flüchtende gleich eingeholt und zog sie neben mir auf den Boden. Sie wimmerte und stieß erstickte kleine Schluchzer aus.

Ich fand es an der Zeit, ein wenig Fahrt in meine Weise zu bringen. Mein Rhythmus wurde schneller und lauter damit das Weib endlich nachgab und man mich entlassen würde.

»Der Spielmann drängelt schon«, sagte Pippin. »Du willst doch nicht seine Geduld erschöpfen.«

Nein das wollte sie nicht, aber ich hörte, wie sie keuchte, während der Bucklige sich an ihr zu schaffen machte.

Plötzlich schrie das Mädchen auf.

Es war Hadelindas Stimme.

Mein Schreien folgte fast gleichzeitig, und ich riss mir die Binde von den Augen.

Sie trug nur noch ein kurzes Hemd. Es war über der Schulter zerrissen und reichte ihr gerade bis zum Bauch. Drei Edelleute mit rosig überhauchten Gesichtern standen um sie herum. Vor der Tür hatte sich Fardulf aufgebaut und grinste. Ihnen allen sprang die Häme aus den Augen, als sie mein Entsetzen sahen.

Pippin schlug mir auf die Schulter. »Na, ist das eine Überraschung, Berengar? Du hast mit mir gespielt, jetzt spiele ich mit dir. Ich werde allen heimzahlen, was sie an mir getan haben. Gräme dich nicht deswegen, es ist keine Bosheit, nur verzeihliche Schwäche.«

Ich stürzte auf Hadelinda zu, wollte sie ergreifen und sie mit mir zerren, nur fort von diesen Teufeln. Sie aber kreischte und flüchtete vor mir. Das Gelächter verbrannte meine Ohren. Sie hätte den Männern keinen größeren Gefallen tun können, als in ihrem Aufzug über Tisch und Schemel zu springen, und ich, der genarrte Dummkopf hinterher. Endlich hatte ich sie in eine Ecke gedrängt und konnte sie in meinen Armen bergen.

Nachdem sie sich etwas beruhigt hatte, griff ich sie am Handgelenk und trat auf die Herren zu. Sie glucksten noch immer und waren gespannt, was als Nächstes folgen würde. Am Liebsten hätte ich ihnen meine Verachtung ins Gesicht geschleudert, wäre auf sie losgesprungen, um sie zu zerfetzen, doch ich besann mich rechtzeitig. »Es war töricht von Euch, ihren Leib zu berühren«, sagte ich ruhig. »Ihr hättet auf den edlen Fardulf hören sollen. Habt Ihr das Mädchen denn nicht angesehen? Das schwarze Haar, die verräterischen Linien in den Händen?«

»Was faselst du?«, kicherte der bucklige König.

Ich antwortete genauso gefasst wie zuvor: »Fragt den Langobarden, es war schließlich sein Vorschlag.«

Fardulf zuckte verständnislos mit den Schultern.

»Aber verehrter Herr!«, rief ich. »Wie habt Ihr mich gedrängt, meine gefährliche Schönheit zur Verfügung zu stellen. Sie ist eine echte Sarazenin, halb Dämon, halb Mensch. Ihr Inneres birgt giftige Dämpfe, die schleimigen Absonderungen ihres Körpers können das härteste Schwert zum Rosten bringen, und wer damit in Berührung kommt, um dessen Manneskraft ist es geschehen. Das war es doch, was Ihr wünschtet, Herr Fardulf, darum habt Ihr mich gefragt!«

»Was für ein Unsinn!«, sagte der. »Ihr werdet diesem Lumpen doch nicht glauben!«

»Glaubt mir, oder glaubt mir nicht. Immerhin muss Euch aufgefallen sein, dass der ehrenwerte Langobarde sich bei dem Spaß nicht die Finger schmutzig machte.«

»Der Gaukler hat Recht, du standest nur an der Tür. Was soll das heißen, Fardulf?« Die Männer rückten gegen den Fürsten vor, während Pippin kicherte.

Fardulf versuchte ein Lächeln und sagte: »He, meine Freunde, ich habe keine Ahnung, wovon der Tölpel spricht.«

Ich setzte eine bekümmerte Miene auf und klagte: »Bitte, hoher Herr, wollt Ihr jetzt leugnen, damit Ihr mir den Lohn schuldig bleiben könnt? Ich werde mein Recht nicht einklagen können, aber ich hoffe, die verehrten Herren geben nicht mir die Schuld, falls der eine oder andere von nun an die Weiber enttäuschen wird.«

Pippin lachte immer noch, während ich Hadelindas Kleider aufsammelte. Ich scherte mich nicht darum, dass Fardulf schrie, als die Männer ihn ergriffen. Am nächsten Tag war der dunkelhäutige Langobarde aus dem Palast verschwunden.

In meiner Kammer fing Hadelinda an zu heulen.

Es war schrecklich, sie hörte nicht wieder auf. Burchard und Adalram verließen entnervt den Raum, und ich wäre ihnen am liebsten gefolgt. Stattdessen sprach ich auf sie ein und versuchte alles Erdenkliche, um sie zu trösten. Schließlich legte ich mich auf mein Lager und sagte ihr, sie solle nur heulen, solange sie mochte. Ich würde erwägen, sie als Besonderheit auf den Märkten zu zeigen, als das ewig weinende Weib. Ja, man könnte sogar Wetten abschließen, ob es wohl jemandem gelänge, sie zum Lachen zu bringen. Ich hoffte sehr, dass sich ihr Zustand als zuverlässig erweisen würde, nicht dass ich durch eine Regung ihrer Mundwinkel plötzlich all meine Habe verlöre.

Ganz kurz lächelte sie unter den Schluchzern. Dann fragte sie leise: »Ihr verabscheut mich nicht?«

Ich wollte entschieden verneinen, aber meine Stimme gehorchte mir nicht mehr, so schüttelte ich nur den Kopf.

Gleich heulte sie wieder. »Die Frouwe Madelgard hat gesagt, ich müsse Euch helfen, die Gunst des Königs zu sichern. Da bin ich mit ihr gegangen, und als ich Euch sah, habe ich gedacht ... Ihr spieltet ja, dass sich das Mägdlein nicht zieren soll ... und ich durfte nur flüstern, der Bucklige wollte mir die Zunge abschneiden, wenn ich ein Wort sage ... als ich dann doch geschrieen habe, seid Ihr auf mich losgestürzt ... ich habe Euch noch nie so wütend gesehen ... es tut mir Leid, Herr. Ich bin widerlich, ich schäme mich so sehr.«

»Es gibt nichts, weshalb du dich schämen müsstest.« Mehr konnte ich nicht sagen. Sie ahnte nicht, wie sehr sie mich mit ihren Worten quälte, und ich wollte nicht, dass sie es wusste.

Keinen Moment länger würde ich in diesen Mauern ausharren. Ich ließ Burchard und Adalram unsere Sachen packen und holte Hadelinda erst, als alles bereit zum Aufbruch war.

Wir kamen nur bis zum Tor.

»Wo wollt ihr hin?«, fragten die Wachen. »Ihr habt nicht etwa eine verräterische Nachricht in eurem Plunder? Der König wird gar nicht erfreut sein, dass jemand seine Gastfreundschaft verschmäht. Ich fürchte, wir werden eure Eile bremsen müssen.«

Ich griff nach Burchards Arm, damit er sich nicht zu Protest hinreißen ließ, und sagte verständnisvoll: »König Pippin kann froh sein, so pflichtbewusste Männer an den Toren zu haben. Da ich Euren Auftrag achte, will ich diese Schwelle nicht ohne die Erlaubnis des Königs überschreiten. Kommt denn, meine Gefährten, die Welt wird sich gedulden müssen.«

Wie hatte ich erwarten können, dass Pippin auch nur eine Maus entwischen lassen würde, solange Karl eine Gefahr für ihn darstellte? Ich fühlte mich eingesperrt und machtlos, mir war erbärmlich zu Mute.

Burchard dagegen fauchte vor Wut. »Die behandeln uns wie Gefangene! Uns, denen alle Wege gehören, die wir ein und aus gehen, wo immer wir wollen. Ihre Bauern können sie vielleicht festhalten, die kennen es nicht anders, aber wir werden das nicht hinnehmen, nicht wahr, Herr? Wir werden nicht tatenlos warten, bis man unser überdrüssig wird.«

Hadelinda nestelte nervös an ihrem Reisebündel. »Wieso überdrüssig?«

»Was glaubst du wohl?«, sagte Adalram. »Sie wissen jetzt, dass wir entwischen wollten. Was tut man mit Lumpenpack, das weder nützlich noch verlässlich ist.«

Hadelinda wurde blass, und ich hielt es für nötig, dem Schreckbild, welches in unserer Mitte Gestalt annehmen wollte, rechtzeitig die Farbe zu verwischen. »Beunruhigt euch nicht, uns droht keinerlei Gefahr. Packt die Sachen wieder aus. Und dann helft mir in meiner Kammer.«

Meine Stimme war ruhig und spiegelte durchaus nicht den Zustand meines Gemüts. Ich hatte ein winziges Stück von Pippins gekränkter Seele zu Gesicht bekommen. Lange würde er nicht zulassen, dass ich gesund herumlief und womöglich über ihn spottete, wie zuvor über seinen Vater. Was hatte ich von meiner Rache an Karl, wenn ich nicht lange genug lebte, um seinen Untergang zu genießen?

Allein hätte ich mich vielleicht im nächtlichen Nebel aus dem Staube machen können, doch was sollte aus meinen Gefährten werden, aus der Bühne und den Tokken? Außerdem fürchtete ich mich vor einer einsamen Flucht. Ich war nicht mehr so flink wie früher, schon gar nicht nach der langen Zeit des Müßigganges. Am liebsten hätte ich laut nach meinem Bruder gerufen, damit er unerschrocken alle meine Feinde hinweg mähen sollte.

Ich rief natürlich nicht.

Burchard sollte es für mich tun, Burchard, der mit den anderen hereingekommen war und tatendurstig vor mir stand.

»Schließt die Tür und setzt euch.«

Meine Kammer war nicht mit einer Fensterluke ausgestattet, und es wurde finstere Nacht darin. Nur ein leichter Schimmer fiel durch die Türritze, und wir zündeten ein launisch flackerndes Talglicht an.

»Hört zu, um hier herauszukommen, müssen wir uns aufeinander verlassen können. Im Spiel können wir auf Burchard am ehesten verzichten. Aber was ich von ihm wünsche, ist nicht ungefährlich.«

»Ich bin kein Feigling!«

»Warte, bis du alles gehört hast. Ich möchte, dass du nach Bilk zu Ansgar läufst. Du wirst ihm sagen, dass ein Buckliger den Thron an sich gerissen hat und unser Leben bedroht. Mein Bruder ist ein Vasall des Königs, er findet sicher Wege, uns zu befreien.«

»Ja, Herr, aber wie soll ich aus dem Palast kommen?«

»Wir veranstalten ein Spektakel, das keine Wache ungerührt lassen soll. Dann wirst du rennen müssen.«

»Und wie komme ich wieder herein?«

»Gar nicht! Du bleibst in Bilk und wartest auf uns!«

Burchard schluckte. »Ich habe geschworen, an Eurer Seite

zu bleiben. Ich darf Euch nicht zurücklassen, sonst würde ich mein Wort brechen. Habt Ihr nicht gehört, was Adalram sagte? Ihr seid hier nicht sicher. Ihr könnt nicht verlangen, dass ich ohne Euch gehe und vielleicht für immer alleine bleibe!«

Eben noch wagemutig und jetzt ein weinerlicher Kerl, dem ich nicht die geringste Aufgabe anvertraut hätte. Doch es gab nur ihn. »Ich habe keine Ahnung, was aus dir wird, wenn du versagst. Es liegt ganz bei dir. Je schneller du die Nachricht überbringst, desto eher wird Ansgar eingreifen. Ich hatte gehofft, dass ich mich auf deine Unerschrockenheit verlassen kann, aber gut, wenn du dich fürchtest ...«

»Nein, nein, Ihr könnt Euch auf mich verlassen. Ihr kommt doch bestimmt später nach Bilk, oder?« Statt einer Antwort drückte ich ihm die Hand. Er richtete sich auf und wurde rot vor Stolz.

»Gut! Um Burchard nicht zu gefährden, müssen wir die Wachen ablenken. So ungern ich es sage, aber unsere einzige Möglichkeit dazu ist Hadelinda.«

Ich breitete den ganzen Plan vor ihnen aus. Hadelinda nickte. »Ich bin einverstanden. Ihr würdet das nicht von mir fordern, wenn es nicht nötig wäre, das weiß ich jetzt.«

Auch Adalram stimmte zu.

In einer mondlosen Nacht begaben wir uns auf den Hof. Jeder von uns trug zwei Fackeln, außer Burchard. Der hatte sich ein dunkles Gewand angetan und sich das Gesicht geschwärzt.

Die Lichter steckten wir um uns herum in den Boden, und Adalram begann eine schmachtende Melodie zu singen. Nach und nach traten Menschen an die Fenster, und die Wachen sahen neugierig zu uns herüber. Jetzt begann ich, die Trommel zu schlagen, und Hadelinda bewegte sich schlängelnd im Feuerschein. Sie machte das sehr gut, jeder Schwung ein Versprechen. Wir stimmten zuerst langsame Weisen an, dann bearbeitete ich die Trommel heftiger, und wir sangen schamlose Verse dazu.

Aus den Gebäuden drang Gelächter zu uns herunter, und bald ertönten auffordernde Rufe an Hadelinda. Zur Antwort wirbelte sie mit ihrem Schultertuch und schleuderte es aus dem erleuchteten Kreis. Irgendjemand fing es johlend auf.

Eine Menge Menschen standen inzwischen dort im Dunklen. Für sie alle galt nur noch dieses flackernde Rund, die Welt außerhalb war nicht mehr wirklich.

Meine Hände flogen drängend über die Trommel, und Hadelinda steigerte den unsittlichen Tanz. Sie wirkte wie in einem Rausch oder wie in Wut. Beklommen vernahm ich das scharfe Geräusch, als sie ihre Tunika zerriss und zu Boden gleiten ließ.

Ihr leichtes Untergewand zuckte und flatterte, dann wurde es wieder zahm und schmiegte sich liebevoll an ihre Glieder, sie strich zärtlich darüber und zog es plötzlich stramm, dass sich die kleinen Brüste darunter deutlich abzeichneten. Sie hoben und senkten sich und suchten aus der Bedrängnis zu entkommen.

Hadelinda meisterte ihre Aufgabe so perfekt, als hätte sie ihr Lebtag nichts anderes getan. Ich fing ihren zornigen Blick auf und bemerkte, dass ich seit geraumer Zeit vergessen hatte zu trommeln. Hoffentlich war Burchard schon weit fort und starrte nicht genau wie ich versteinert auf das Mädchen.

Wie sollte ich sie nur unversehrt hier fortschaffen? Rundum grölten die Kerle und munterten sie auf, sich endlich des Gewandes zu entledigen.

Zu meinem Wirbel entblößte Hadelinda die Schultern. Ich ergriff eine Fackel, ließ sie kreisen und schleuderte sie über alle Köpfe hinweg.

Die nächste Fackel sauste durch die Luft, als Hadelinda das Hemd bis zu den Schenkeln raffte, und zwei weitere, als ich fürchtete, gleich würde sie ihre Scham entblößen.

Es war beruhigend dunkler jetzt, doch die lüsternen Augen hatten sich schnell daran gewöhnt. Ich tanzte zu Adalram hinüber und zischte ihm zu, dass es Zeit wurde zu verschwinden.

Wir sangen nun ohne unsere Instrumente, um die Hände frei zu haben. Gleichzeitig ergriffen wir die letzten Lichter.

Hadelinda stand ganz still, sie fasste ihren Saum und zog ihn langsam höher.

Niemand johlte mehr, alles wartete.

Jäh riss das Mädchen ihr Kleid über den Kopf, einen Augenblick nur stand sie nackt, dann hatten wir die Fackeln im Sand gelöscht, packten Hadelindas Arme und rannten so schnell wir konnten in die Dunkelheit hinaus.

Hinter einem Heuhaufen lag ein Umhang bereit, den wir Hadelinda überwarfen. Auch ihr Haar versteckten wir unter einem Tuch und wischten ihr die Schminke ab, denn niemand sollte die schamlose Dirne erkennen.

Gemächlich begaben wir uns wieder zu den anderen, als hätten wir genau wie sie dem Schauspiel beigewohnt.

Ich konnte Hadelinda nicht loben, obwohl sie es sicher verdiente.

Ich war wütend auf sie, denn insgeheim hatte ich gehofft, sie würde sich verschämter zeigen. Zudem nahm ich ihr übel, dass sie auch mich in Aufruhr versetzt hatte, sosehr, dass ich sie nicht mehr ansehen konnte, ohne an ihren Leib zu denken.

Zuvor hatte ich ihr versprochen, sie in meine Kammer zu nehmen, damit sie sich in der Dienernische zurückziehen konnte. Jetzt hingegen drohte ihr Gefahr von mir. Nicht dass ich sie anrühren wollte, doch es hätte mich beunruhigt, sie so nahe zu wissen. Also würde ich mich selbst ins Gesindehaus begeben, wenigstens in dieser Nacht.

»Du kannst in der Nische schlafen, Hadelinda, das Stroh ist frisch. Komm ja nicht auf den Gedanken, dich auf mein Lager zu verirren. Ich möchte, dass du dir den unkeuschen Schweiß herunterschrubbst, bevor du dich zur Ruhe legst. Gute Nacht!«

»Bitte, geht nicht alle fort, ich habe noch nie allein geschlafen, ich werde mich zu Tode fürchten.«

»Das Einzige wovor du dich zu fürchten hast, ist deine eigene Sündhaftigkeit. Die kann einem allerdings Schauer über den Rücken jagen.«

Sie sah mich so entgeistert an, dass ich floh und hinter mir die Tür zuschlug.

* * *

Die Stimmung im Palast wurde zunehmend gereizt. Ahnungslose Besucher hielt man als Geiseln fest, sobald sie das Tor durchschritten hatten. Mönche und Edelleute waren dabei, auch Königstreue. Ihnen geschah nichts Böses, sie wurden reichlich versorgt und durften sich innerhalb der Mauern frei bewegen. Obgleich die Grafen sich darum bemühten, dass Pippin in seiner Verbitterung nicht all seine Untertanen vergrämte, verschwand manch einer über Nacht. Geflüsterte Vermutungen flirrten über den Hof, sie sprangen mich rücklings an und krallten sich in mein Gemüt.

Ich fürchtete schon, dass Burchard sich verirrt hatte, von den Häschern gefangen worden war oder mich gar im Stich lassen wollte. Dann zwang ich mich zur Geduld und rechnete mir die Tage vor, die nötig waren, Ansgar in Bilk zu erreichen. In meinem ganzen Leben hatte ich nicht geglaubt, dass ich die Ankunft meines Bruders einmal so sehr herbeiwünschen könnte.

Als er schließlich eintraf, ging alles außerordentlich schnell.

Er kam im Gefolge des Königs.

Die Wachen blieben reglos und bemühten sich, den Mauern zu gleichen, damit der zornige Feldherr sie übersah.

Karl sprang vom Pferd und rief auch schon nach Pippin. Seine Schritte hallten durch die Flure, niemand stellte sich ihm in den Weg, und das lag nicht an seinen Rittern, die hinter ihm drein hasteten. Seltsamerweise befand sich der Langobarde Fardulf mitten unter ihnen. Karl überraschte den

Frischgekrönten in seinem eigenen Gemach, warf ihn vom Lager und schleifte ihn auf den Hof. Vor aller Augen sollte der Untreue durch das Schwert des Vaters Gerechtigkeit erfahren.

Der vierschrötige Mönch, der mir ein Kreuz auf die Stirn gezeichnet hatte, hastete hinter ihm her. Er war der Einzige, der es wagte Einspruch zu erheben: »Mein König, besinnt Euch. Der Bastard ist von Eurem Fleisch, beschmutzt Eure Seele nicht mit dem Blut Eures Sohnes. Wir haben einer Prophezeiung beigewohnt, Ihr könntet eine solche Gräueltat nicht verwinden und würdet eigenhändig Euren Tod herbeiführen.«

Pippin lag reglos zu Füßen des großen Mannes und erwartete den erlösenden Hieb.

Nichts geschah.

Der König musste die Waffe mit beiden Händen fassen, damit sie nicht zitterte. Plötzlich entglitt sie seinem Griff, und die Klinge schepperte dicht neben dem Buckligen in den Staub. Pippin erschrak so sehr, als wäre er getroffen worden.

»Ich kann nicht«, sagte Karl. Er beugte sich zu dem Verräter und stützte ihm den Kopf. Lange betrachtete er die entsetzten Züge seines Sohnes.

Dann erhob er sich und rief seine Ritter. »Bringt ihn in sein Gemach. Bewacht ihn, er darf mit niemandem sprechen. Und ergreift alle, die an der Verschwörung beteiligt waren. Fardulf wird euch ihre Namen nennen.«

Der König verschwand im Haupthaus, und wir wurden vom Hof getrieben.

In meine Kammer durfte ich nicht mehr, ich musste die Schergen bestechen, mir meine Habe zu überlassen. Mit vielen anderen hockte ich nun eingesperrt in einem Nebengebäude und konnte nichts anderes tun, als zu warten. Draußen hörten wir ab und zu Streitgebrüll und auch das unangenehme Geräusch von Schwertkämpfen, aber wir konnten nicht sehen, wer dabei siegte.

Eines Tages drang hämisches Gejohle zu uns herein; Pippin wurde öffentlich zum Priester geschoren. Seine früheren Anhänger spotteten am lautesten und wagten nicht, ihren Kummer zu zeigen.

Es ist schon seltsam, wie die Furcht sich einem langsam um die Beine schlängelt, den Rücken entlangkraucht und sich kalt um den Nacken legt, wenn man nur lange genug im Ungewissen gehalten wird.

Manchmal kamen Bewaffnete und nahmen einen von uns mit. Ich wünschte erst, sie würden endlich nach mir verlangen, doch schon nach ein paar Tagen verkroch ich mich in die dunkelste Ecke, sobald sie die Tür aufstießen. Sie entdeckten mich trotzdem und zerrten mich ans Licht. Auch Adalram nahmen sie mit, dabei war er nur ein Höriger, dessen Wort nichts gelten konnte.

Man stieß uns in einen kleineren Saal, in welchem treue Verwalter als Aushilfsrichter fungierten. Sie wirkten abgespannt und reizbar, genau wie die vier Bewaffneten, welche man ihnen zum Schutz gelassen hatte.

Ich schwitzte, als ich erklären sollte, was wir mit unserer Darbietungen bezweckt hatten. So sachlich wie möglich stritt ich jeden Vorsatz ab und behauptete, dass die Ähnlichkeit zu wirklichen Ereignissen rein zufällig sei. Sie glaubten mir nicht, und ich beschwor sie, sich meine Tokken doch selbst anzusehen.

Ein wenig erhellten sich die Mienen, das versprach Abwechslung an einem langen Verhandlungstag. Ich dankte Gott und allen Geistern, die mir eingeflüstert hatten, meinem Hiltibrand rechtzeitig den Kupferreif vom Haupt zu nehmen und seinen Bauch von etwas Wolle zu befreien, ja ich frohlockte schon, dass ich diese trockenen Gesellen bald für mich gewinnen würde.

Adalram kam mir zuvor. Selbstgefällig zog er den unkenntlichen König auf die Hand. Es war ja seine Rolle, und er verließ sich darauf, dass kein Mensch sich seiner Stimme entziehen konnte. Schnell hatte er alle Aufmerksamkeit an sich gerissen. Es gefiel ihm, die misstrauischen Augenpaare hin und her zu dirigieren, bald rechts, bald links, durch den ganzen Saal. Ach, nicht einmal jetzt scherte er sich um die Bedeutung seiner Worte, er spulte die Rede unaufhaltsam herunter. Bald würde er Namen nennen, bald würde er enthüllen, wir sehr wir Karl verleumdet hatten.

»Seht selbst, hochgeehrte Richter!«, rief ich dazwischen, »nicht ich spotte über Karl, sondern jeder, der behauptet, diese Narrentokke würde unserem König ähneln. Eine große Nase und hängende Wangen habe ich genauso gut wie er, nicht wahr?«

Sie starrten von der Tokke zu mir und wieder zurück und verzogen ihre Mäuler. Ich setzte den Buckligen auf meine Hand und eilte Adalram nach. Aus der Nähe waren die dicken Farbschichten und die liederliche Gestaltung gut erkennbar. Ich hoffte sehr, man würde uns nun endlich für alberne und vor allem harmlose Stümper halten.

Doch Adalram fuhr fort, das einmal Gelernte vollendet zu sprechen. Darum wiederholte mein Holzkrüppel krächzend seinen letzten Vers, deutete ihn falsch und setzte eine salbungsvolle Wendung hinzu. Adalram stockte. Mein Echo verunsicherte ihn erbarmungslos, und er brachte die hehren Worte nicht mehr fehlerlos heraus.

Einer der hohen Herren behauptete, er könne ihn nicht mehr verstehen, und hielt sich lauschend die Hände hinter die Ohrmuscheln.

»Was sagst du?«, rief ein anderer. »Geht das nicht etwas lauter?«

Adalram verstummte ganz und ließ die Tokke sinken.

Aber die Edlen riefen, er stünde vor Gericht und solle gefälligst das Maul aufmachen. Der Hohn zuckte in ihren Blicken, begierig über die Lippen zu spritzen. Zwei erhoben sich sogar und klopften Adalram auf den Rücken, damit er seine Verse ausspucken möge. Der arme Sänger begann von vorne. Hocherfreut ahmten die Herrschaften sein klägliches Gestammel nach, und als er wieder zögerte, schlugen sie so heftig zu, dass er husten musste. Ein ähnliches Vergnügen hatten die Richter wohl lange nicht gehabt. Auch die Bewaffneten an den Wänden konnten sich nicht mehr zurückhalten. Da glitten verwegene Mienen in die Breite, und die Rüstungen schepperten aufs Unmanierlichste.

Untertänig fragte ich, welches Urteil wir zu erwarten hätten.

»Du maßt dir wohl nicht an, dass euer närrisches Gehampel irgend eine Bedeutung hätte. Scherze nur weiter mit deinen Holzknüppeln, aber nicht hier.« Ich sah davon ab, mich über den Unverstand der ehrenwerten Richter zu beschweren und eilte erleichtert der Freiheit entgegen.

Sobald die Ordnung wieder hergestellt war, reiste der König nach Regensburg zurück. Der Awarenkrieg lockte, und er wollte eine Schiffsbrücke über die Donau bauen, um im nächsten Jahr bequemer nach Pannonien zu ziehen.

Ein Trupp unglücklicher Verräter folgte ihm, um das gerechte Urteil entgegenzunehmen. Der Galgen oder das Schwert wartete auf sie. Auch Madelgard hockte gebunden auf einem der Wagen. Ich tat als würde ich sie nicht erkennen, um ja nicht mit ihr in Verbindung gebracht zu werden.

Mochten sie mich *scurra* nennen, mich Wicht und Possenreißer schimpfen. Im Gegensatz zu ihnen allen blieb ich wohlbehalten am Leben und frohlockte über meinen Verstand, der mir erlaubte, sogar über meinen eigenen Stolz zu triumphieren.

Nein, ich ging nicht mit ihnen. Ich ging mit Ansgar, um Burchard abzuholen.

Und auch um Gisela wiederzusehen.

Nun wisst Ihr, dass ich weder gut noch böse bin. Genug hörtet ihr, um mir zu misstrauen, genug auch, um mir dankbar zu sein, da ich Euch vor der Herrschaft eines missgünstigen Krüppels bewahrte.

Weshalb wünscht Ihr noch immer, dass ich mein Wort geben soll? Wer könnte Wert darauf legen, wer würde mir noch Glauben schenken?
Ihr müsstet mich ächten, sollte ich mich je erdreisten, meinen Mund an Eurem Schwur zu verbrennen.

Mich verlangt, genau wie Euch, doch nur nach Innigkeit und Anteilnahme. Mir, Meginhard, soll Euer Verständnis gelten, trotz meiner schlechten Taten. Darum vertraue ich Euch alles an, wessen ich mich entsinne, Ihr könnt Euch dessen rühmen, denn nie zuvor habe ich mich einem Menschen gegenüber offenbart.
Hernach will ich jeder Entscheidung rückhaltlos zustimmen, solltet Ihr es wagen, sie für mich zu treffen, selbst wenn Ihr Euch meiner, wie ich vermute, recht ungeziert entledigen werdet.

Wenn schon das Leben kein Glück erhoffen lässt, so muss es wohl nach dem Tode in der Ewigkeit zu finden sein. So Ihr das glauben mögt, sprecht geschwind das Urteil und schickt mich gradewegs hinein in die Verheißung.

Ach nein, Ihr seid entrüstet und wollt mich nun bestrafen.
Straft mich also mit dem Leben selbst, möge es mir noch lange eine geliebte Bürde bleiben.«

SIC ATTENDAM ET CONSENTIAM

WILL ICH DEM ZUSTIMMEN UND EINVERSTANDEN SEIN

Unterwegs konnte ich an nichts anderes denken als an die Begegnung mit meiner einstigen Freundin. Hinterrücks stahlen sich vermessene Träume in mein Hirn und verursachten Beben und Zagen. Vor ihr würde ich kein königlicher Erbe sein, kein Höfling, nicht einmal ein Künstler, nur ein Mann, der ihre Zuneigung vermisste. Ich sah sie freudig winkend, sie sprang uns entgegen, und ich machte Herz und Arme weit, um sie aufzufangen. Doch niemals umschloss ich sie; ich wischte das Traumbild fort, bevor sie an mir vorbeilaufen und meinem Bruder um den Hals fallen konnte.

Ansgars Hof umfasste immerhin acht *mansi,* und ich lobte das Anwesen ausgiebig. Seine Augen funkelten, wenn er auf Ställe und Scheunen wies und mir seine Pferde auf der Weide mit Namen vorstellte.

Die Hörigen verbeugten sich und arbeiteten erst weiter, wenn wir vorüber waren, und als wir das Haus erreichten, liefen Knechte und Mägde herbei, um ihren Fro zu empfangen. Ich war erleichtert, dass zumindest Burchard mich überschwänglich willkommen hieß. So konnte ich mir auch ein wenig verehrt vorkommen, und der Neid biss nur noch kleine Löcher in meine Eingeweide.

Noch jemand stand in der Tür, mich zu begrüßen.

Gisela hatte sich kaum verändert. Freilich zauste ihr Haar nicht so wild, wie ich es in Erinnerung hatte, und sie lehnte gelassen am Rahmen, statt aufgeregt herbeizuhüpfen. Aber ihre Haltung war genauso gespannt wie damals, wenn sie darauf aus gewesen war, mir unauffällig in die Scheune zu folgen.

Als ein zweites Weib hinter sie trat und ungeduldig winkte, bemerke ich meinen peinlichen Fehlschluss. Meine Augen irrten zwischen Mutter und Tochter hin und her und konnten die Ähnlichkeit nicht fassen.

»Meginhard!«, rief die Ältere. »Warum sitzt du noch auf dem Wagen, habe ich nicht lange genug auf dich warten müssen?«

Ich sprang hinunter und rannte ihr entgegen, doch ein paar Schritte vor ihr überfiel mich heftige Scheu, und ich bremste meinen Lauf. »Sei gegrüßt, Gisela, ich freue mich, dich wohlbehalten zu sehen.«

Ihr Antlitz schien runder zu sein, auf ihrer Stirne hatten sich die ersten Falten eingegraben, und von ihrer Nase zogen sich zwei weiche Schatten zu ihren Mundwinkeln hinunter.

»Willkommen«, sagte sie und strecke mir die Hand entgegen.

Ihre Haut fühlte sich warm und trocken an, doch mir war sie zu heiß. Nur flüchtig berührte ich sie und zuckte zurück. Ich war entsetzlich befangen. Mein Selbstvertrauen zog sich in verborgene Tiefen zurück, wo ich es nicht mehr finden konnte.

»Du bist sicher müde«, sagte Gisela. »Dein Bursche kann dir die Kammer zeigen und Wasser bringen. Deine Begleiter muss ich in den Stall verbannen, aber sie werden es trotzdem bequem haben.«

Ich war nicht müde, und ich hatte mich am Morgen ausgiebig im Fluss erfrischt, doch mein Herz stolperte, heiße Wogen stiegen zu meinen Wangen empor, und ich wusste nichts anderes, als einfältig zu nicken.

Gisela wandte sich unvermittelt ab, ging zum Karren hinüber und gab den Knechten Anweisungen. Wie früher sprach sie mit großen Gesten, doch ihre Bewegungen wirkten harmonischer, denn ihre Glieder waren nunmehr von anmutiger Fülligkeit.

Das junge Mädchen lehnte immer noch am Türrahmen und

musterte mich unverschämt, was mir großes Unbehagen bereitete. Ich nickte auch ihm zu und folgte Burchard zu meiner Unterkunft.

»Seht, wie schön Euer Gemach geworden ist, Herr. In Wahrheit ist es nur die Vorratskammer. Es gibt ja bloß drei Räume in diesem Haus, die Halle, das Schlafgemach für den Fro und das Frouwenzimmer. Aber ich habe Haferstroh für Euer Lager bekommen und heiße Steine, damit ihr es behaglich habt. Wirklich, ich dachte nicht, dass Ihr so lange ausbleiben würdet. Wenn Ihr wüsstet, was ich durchgestanden habe. Tag und Nacht bin ich gelaufen, weil ich mich zu sehr fürchtete, in der Dunkelheit zu ruhen. Dadurch bin ich natürlich fehl gegangen und habe Hunderte von Ruten umsonst zurückgelegt. Später glaubte ich, Ihr hättet mich vergessen, sogar geheult habe ich Euretwegen. Aber ich bin Euch nicht mehr gram, jetzt, wo Ihr endlich da seid.«

Er ordnete meine Sachen, kleidete mich aus und wieder an und redete die ganze Zeit auf mich ein. Ich ließ ihn gewähren.

Meine Gedanken weilten bei der einstigen Freundin, die ich zornig und ängstlich gesehen hatte, deren Körper meine Hände kannten, die ich zu verstehen und zu lieben wusste. Ich begriff nicht, dass sie mir fremd geworden war. Warum hatte ich meine Schritte verlangsamt und nur ihre Hand genommen, statt sie in die Arme zu schließen?

Unter meinen Achseln bildete sich klamme Feuchte und meine Hände hinterließen glitschige Abdrücke auf allem, was sie berührten. Eigentlich hätte ich hinausgehen sollen, um den Hof zu erkunden, doch ich fürchtete, Gisela mit meinem Bruder zu überraschen. Den Anblick vertrauter Zweisamkeit hätte ich nicht verwunden. So hockte ich auf einem Schemel in meiner überhitzten Kammer und wartete bang, dass man mich zum Mahle rief.

Tückische Teufel hatten mir diese letzte Gelegenheit verschafft, die Geliebte zu erringen. Oh, wie sie feixten; sie ergötzten sich an meiner aussichtslosen Leidenschaft und hofften auf albern verzücktes Gestammel. Doch ich würde ihnen den Spaß verderben. Gisela sollte mich selbstsicher und liebenswürdig finden. Einem erfahrenen Ehrenmann würde sie begegnen, auf dessen Freundschaft sie stolz sein konnte. Ich hörte nicht darauf, dass die Teufel schon siegten, da ich bereit war, dem einzigen Menschen, an dessen Urteil mir lag, eine Posse vorzuspielen.

Es fing sehr gut an. Betont gelassen betrat ich den Saal, nahm gleichmütig den Willkommenstrunk entgegen und sträubte mich nicht, als man mir den Ehrenplatz anbot. Dann allerdings zögerte ich zu lange, mich zu setzen, und die anderen standen unschlüssig herum. Schließlich lachte Ansgar, sagte, er hätte solchen Hunger, dass er keinesfalls länger aushalten könne und drückte mich auf meinen Stuhl.

Man hatte Giselas Tochter an meine rechte Seite platziert. Irmintrud hieß sie, ein sächsischer Name. »Reicht Ihr mir bitte das Brot, Spelman?«, fragte das Mädchen.

Wie hatte ich sie je mit Gisela verwechseln können? Irmintrud war sogar jünger als Hadelinda, dreizehn Jahre alt vielleicht, noch ein Kind, welches nur spielte, erwachsen zu sein. Jetzt runzelte sie die Brauen und überlegte, ob sie sich beschweren sollte, da ich ihr versehentlich den harten Kanten gegeben hatte. Sehr aufrecht saß sie da, aß anmutig und machte nicht die geringsten Kleckse auf den Tisch.

Ganz im Gegensatz zu mir. Was ich auch nehmen wollte, strebte mit unerbittlicher Hinterlist in die Lücke zwischen Schüssel und Napf. Mindestens die Hälfte jedes Bissens verfing sich in meinem Bart, dass ich verstohlen mit der Hand wischen musste und nie sicher war, ob ich alle Spuren getilgt hatte. Dann stellte ich den Becher schräg auf meinen Löffel und bemerkte zu spät, dass er kippte. Mein ausholender Rettungsversuch half dem Weine erst recht hinaus. Zielsicher strömte er Irmintrud entgegen. Sie hatte sich erhoben und sah andächtig zu, wie sich die rote Pfütze der Tischkante näherte, eine Weile dort verharrte, erst zögerlich tropfte und dann stetig zu Boden rann. Ein Diener kam gelaufen, wischte meine Schande fort und füllte den Becher aufs Neue.

»Ist es wahr, dass Ihr meiner Mutter das Leben gerettet habt?«, fragte Irmintrud, »jetzt würde ich doch gerne wissen, wie das zugegangen sein soll.«

»Ach, das ist lange her, alte Geschichten«, wehrte ich ab.

Gisela lächelte mich an. »Ich erinnere mich noch genau. Ohne Waffe warf er sich gegen die Krieger und gedachte nicht einen Moment der Gefahr für seinen eigenen Leib. Er hat mich aus ihren Fängen gerissen, während ich ihn zum Dank noch kratzte und trat. Ich kenne wahrhaftig nicht viele Männer, die so verwegen sind.«

Meine Ohren wurden heiß. Giselas Lob rutschte wie eine warme Kugel in meinen Leib. Dort drinnen hüpfte sie fröhlich umher und hinderte mich daran, vernünftige Sätze zu formen. Ich verschluckte mich, und Ansgar klopfte mir auf den Rücken. »Nur keine Angst, niemand verlangt, dass du deine Heldentat wiederholst. »

Nach dem Essen wünschte Irmintrud meine Figuren zu sehen. Erleichtert ließ ich Adalram und Hadelinda rufen und konnte mich endlich auf meine Fertigkeiten verlassen.

Ansgar ließ sich sogleich von unserem Rhythmus mitreißen, und Irmintrud war ganz und gar gefesselt, als meine einsame Holzbraut auf dem Bretterboden trippelte. Einmal nur ließ sie den Blick ungläubig an den Schnüren entlanggleiten, die Hadelinda und ich in den Fingern hielten. Dann sah sie nur noch auf das kleine Weiblein, das reizend knickste, sich wiegte und allerlei kunstvolle Sprünge vollführte, dabei nicht einen Moment angestrengt aussah und niemals aufhörte, lieblich zu lächeln.

Ich ermunterte sie, Hadelindas Stelle einzunehmen. Mit großem Ernst biss sie sich auf die Unterlippe und versuchte die Schnüre meinen Bewegungen anzupassen. Ich vollführte die Sprünge eigentlich ganz gut allein, es wäre einfacher gewesen, wenn Irmintrud nur still gehalten hätte, statt mich zu behindern. Das sagte ich ihr natürlich nicht. Ich freute mich an ihrem Jubel und lobte ihr Talent. Genau wie Ansgar feuerte ich sie an und half ihr mit heiteren Versen, im Takt zu bleiben.

Nur Gisela hatte die Lippen schmal aufeinander gepresst. Ich wusste wirklich nicht, was sie an unserem Spiele störte, ich wählte ja nur harmlose Worte, die vor dem strengsten Abt keinen Anstoß erregt hätten. Doch Gisela nutzte die erste Möglichkeit, um sich bei meinen Gehilfen zu bedanken und sie fortzuschicken. Als die beiden draußen waren, fuhr sie mich an: »Du herzloser Rohling! Dauert dich das Mädchen denn nicht? Sie ist kaum älter als meine Tochter, aber du lässt sie frivole Kapriolen vorführen. Schlimmer noch, du lässt sie in Fetzen gehen, die sie kaum anständig bedecken, und setzt sie allen Blicken aus.«

Ich holte gerade Luft, um mich zu rechtfertigen, schon zankte sie weiter: »Sag mir um Himmels Willen nicht, was sie sonst noch treiben muss, man sieht das Herzeleid ja deutlich genug in ihren Augen. Ich kann so etwas nicht gutheißen, und wenn sie hundert Mal ein Spelwip ist. Oh, wenn ich daran denke, dass ich beinahe mit dir gezogen wäre, dass meine eigene Tochter jetzt ihr Los teilen müsste. Gottlob hast du so lange nichts von dir hören lassen, dank dem Allmächtigen, dass er mir diese Prüfung ersparte. Ich dulde auf keinen Fall, dass du Irmintrud mit deinem liederlichen Trugwerk verwirrst.«

Damit schnappte sie ihre Tochter am Ärmel und zog sie mit sich fort.

»Noch nie habe ich mir solch einen Unsinn anhören müssen!«, rief ich den Frouwensleuten nach, und da sie mich nicht mehr hören konnten, erklärte ich Ansgar: »Du kannst mir glauben, dass ich die Tänzerin entschiedener hüte, als ihr eigener Vater es könnte.«

Ansgar klopfte mir auf die Schulter und sagte: »Ich finde, man sollte die halbwüchsigen Gören ins Kloster stecken, bis irgendein Dummkopf auf ihre Sittsamkeit acht geben will und sie in seine Munt nimmt.«

Er drehte seinen Becher auf dem Tisch. »Nimm Gisela den Ausbruch nicht übel, du kennst ihr Temperament, ich habe sie in all den Jahren nicht zähmen können. Sie ist wirklich manchmal wunderlich. Als sie das Kind gebar, hat sie fest daran geglaubt, dass du auf geheimnisvolle Weise davon erführest und sofort nach Bilk eilen würdest. Dann meinte sie, du müsstest tot oder irgendwo gefangen sein, sonst wärest du längst bei ihr. Du hättest ihre Wut erleben sollen, als ich erzählte, dass ich dich wohlbehalten getroffen und nach Baiern begleitet habe. Sie sagte, jetzt habest du sie und dein Kind verraten.«

»Was redest du? Was meinst du mit *dein Kind*?«

»Na, meines ist es gewiss nicht, an das Erlebnis, welches vorrausgegangen sein müsste, würde ich mich erinnern.«

»Ansgar ... warum hast du mir das nicht früher gesagt?«

Im ganzen Reich hatte ich nach trügerischer Bedeutsamkeit gejagt, während auf diesem schmucklosen Hof mein Glück auf mich wartete.

Mein Bruder lehnte sich zurück und musterte mich gelassen. Ich entdeckte Mitleid in seinen Augen, aber keine Herzlichkeit.

»Ich weiß, warum du geschwiegen hast!«, rief ich aufgebracht. »Du wolltest Gisela für dich behalten. Du hast dich nicht geändert, Ansgar, wenn du etwas begehrst, reißt du es an dich, ganz gleich, wen du damit verletzt. Wirf mich hinaus, denn ich werde keine Rücksicht auf dich nehmen. Ich liebe Gisela, und ich will dir weder sie noch meine Tochter überlassen.«

Mein Bruder erhob sich und öffnete die Tür. »Du siehst erschöpft aus. Leg dich schlafen, bevor du Dinge sagst, die dir später Leid tun werden.«

Ich folgte seinem Rat, denn ich war verwirrt und mochte im Grunde niemandem zürnen. Es gab auf einmal zwei geliebte Wesen, um deren Wohlbefinden meine Mühen kreisen durften. Für sie wollte ich wach und lebendig sein, sie sollten mich unentbehrlich finden und Tag für Tag über mich verfügen. Beide wollte ich glücklich sehen, was auch immer ich dafür aufwenden musste.

So zuversichtlich ich mich zur Ruhe begeben hatte, so verzagt war ich am nächsten Tag, als ich vor der Tür des Frouwenzimmers stand.

Gisela war allein. Sie saß neben dem Fenster auf einem Schemel und hatte sich ganz und gar in eine Decke gehüllt, was sehr gemütlich aussah. Nur ihr Kopf und die Hände schauten daraus hervor. Sie webte an einer Borte, die sich in roten und blauen Mustern über ihre Knie kringelte. Mir wurde weh, als ich das friedliche Bild betrachtete. Das also erwartete Ansgar jedes Mal, wenn er von seinen Schlachten heimkehrte.

Gisela blickte auf und lächelte überrascht. »Meginhard! Ich glaubte, du wärest ärgerlich, doch da du mich aufsuchst, kann ich hoffen, dass du mir meine harten Worte verzeihen willst. Ich konnte nicht anders, als ich sah, wie sehr deine Kapriolen Irmintrud gefangen nahmen. Wie du siehst, habe ich inzwischen gelernt, mich wie ein anständiges Weib aufzuführen; stundenlang beschäftige ich mich mit den langweiligsten Tätigkeiten, um meiner Tochter ein Vorbild zu sein. Da kann ich schwerlich zulassen, dass du meine ganze Mühe in Trümmer schlägst.«

Ein paar unartige Strähnen hatten sich unter ihrem Haarband hervorgewagt; helle Fäden funkelten darin. Gisela schüttelte sie nach hinten und runzelte ungeduldig die Brauen.

Ich stellte mich ans Fenster und starrte hinaus, während ich nach Worten suchte. »Ich wusste nicht, dass ich eine Tochter habe«, begann ich. »Jetzt müsst ihr beide mit mir kommen.

Alles was ich versäumte, möchte ich nachholen. Ich werde dich in meine Munt nehmen und euch die Geborgenheit gewähren, die ihr so lange vermisst habt. Du brauchst dich nicht vor der Welt zu fürchten, ich kenne sie und weiß mich darin zu bewegen. Ihr werdet bestimmt keinen Mangel leiden. Ich bin kein Jüngling mehr, und du bist ein reifes Weib, wir sollten uns das Glück nicht länger versagen.«

Gisela war eine Weile still. »Wenn es nur um mich ginge, würde ich dir folgen. Doch Irmintrud ist fast erwachsen, und dein Bruder hat ihr seinen Namen gegeben, damit sie ehrbar heiraten kann. Ich möchte nicht, dass du verwirrende Sehnsüchte in ihr weckst. Bitte, Meginhard, verrate nicht, dass du ihr Vater bist. Halte dich von ihr fern, bis Ansgar ihr einen guten Mann gewählt hat.«

»Sie ist von meinem Fleisch. Du kannst sie mir nicht vorenthalten, ich habe das Recht, über ihre Zukunft zu wachen.«

Gisela fuhr auf, und die warme Decke glitt zu Boden. »Du hast jedes Recht verwirkt. Jahrelang habe ich nichts von dir gehört. Reicht es nicht, dass du mein Leben zerstörtest? Ich werde nicht zulassen, dass Irmintrud ein ähnliches Schicksal erleiden muss. Sie wird einem Mann gehören, der bei ihr bleibt, der sie versorgt und ihren Kindern ein Vater ist.«

Die Worte trafen mich. Ihre Besorgnis war echt, vielleicht war sie sogar fähig, mich zu hassen. »Gisela, ich will meiner Tochter doch nicht schaden. Auch dich wollte ich niemals verletzen, ich dachte, das wüsstest du.«

»Du musst Irmintrud in Ruhe lassen, wenn dir nur ein wenig an ihr liegt, bitte Meginhard!« Giselas Stimme klang hart und verzweifelt zugleich.

Ich hob die Decke und die Handarbeit auf und legte beides auf den Stuhl. »Quäle dich nicht meinetwegen, ich nehme dir das Mädchen nicht weg, und wenn du darauf bestehst, werde ich es sogar meiden.«

Gisela sah mich so erleichtert an, dass ich ihre Hände nahm.

Es war, als würden kleine Blitze durch unsere Handflächen zucken. Der warme Strom rauschte uns durch die Arme, durch die Leiber, von ihr zu mir, um und um. Nie hatte ich Ähnliches verspürt. Wie vertraut kamen mir ihre Glieder entgegen. Sie legte ihre Wange an meine Schulter und seufzte erlöst.

Das waren meine Fingerspitzen, die ihren Nacken streicheln durften, das waren meine Arme, die sie hielten und meine Lippen die jetzt auf ihrem Haar ruhten. Sie war mein, nach mir hatte sie sich gesehnt, und mir gab sie jetzt ihre Seele hin, zuversichtlich und weich.

Ich wollte ihr sagen, dass ich diesen Hof nicht mehr ohne sie verlassen konnte, da sie mein Leben bedeutete. Genauso wenig konnte ich mich von der Tochter trennen, die ich ja gerade erst bekommen hatte.

Und doch schwieg ich, denn ich fürchtete, Gisela aufs Neue zu beunruhigen.

Nach einer Weile schob sie mich fort, und ich wagte nicht, mich zu sträuben.

Sobald ich Ansgar traf, bat ich ihn um Verzeihung, damit er nicht auf den Gedanken kam, mir die Tür zu weisen. Er war erleichtert über meine Einsicht. »Meginhard, du bist mein Bruder, und solange du mir keinen Verdruss bereitest, magst du mein Gast sein. In einem hattest du allerdings Recht, ich versuchte tatsächlich, Gisela für mich zu gewinnen. Es ist mir leider nicht gelungen.«

Um Giselas Gunst zu erhalten, ging ich Irmintrud vorläufig aus dem Weg. Zumindest in der ersten Zeit, solange die Mutter uns argwöhnisch beobachtete. Doch das Mädchen suchte meine Gesellschaft, und ich brachte es nicht über mich, sie fortzujagen, wenn sie zu uns in die Scheune schlich und höflich bat, uns beim Üben zusehen zu dürfen. Bald weilte sie so oft bei uns, dass sie schon fast dazugehörte, und alles, was wir taten, kam ihr aufregend und großartig vor.

Insgeheim freute ich mich darüber, denn Irmintrud sollte

einmal in einer *familia* leben dürfen, in der es niemanden interessierte, ob sie ehelich geboren war oder nicht. Die eigene Herkunft, das eigene Wesen verleugnen zu müssen schien mir eine grausame Bürde zu sein. Mein Leben lang hatte ich selbst darunter gelitten, und ich wollte das Dasein meiner Tochter nicht auf einer solchen Lüge aufgebaut wissen.

Obgleich ich Irmintrud nur als Kind betrachten konnte, gab es schon mehrere Freier, die um ihre Gunst und Mitgift buhlten. Da kam ein verwegener Bursche auf hohem Ross herangeprescht. Sein Diener galoppierte in weitem Abstand hinterher, um der Kühnheit seines Herrn gebührende Wirkung zu verschaffen. Der junge Kerl wetteiferte mit den Knechten des Hofes, balancierte auf dem Dach der Scheune und scheute sich nicht, von schwankend hohen Ästen ins Wasser zu springen. Betroffen sah ich, dass Irmintrud dem planschenden Burschen interessiert zuschaute.

»So unbekümmerte Lebenslust betrachtet man gern, nicht wahr?«, sagte ich beiläufig. Sie errötete und zuckte mit den Achseln. »Findet Ihr?«

»Man kann ihm nicht verargen, dass er die Gefahr sucht. Er hat ja kein Weib und keine Kinder, die auf seinen Schutz angewiesen wären, und sollte er sich tatsächlich einmal die Beine brechen, wird seine Mutter sich glücklich schätzen, ihn Tag für Tag umsorgen zu können.« Meine Tochter zog missbilligend die Mundwinkel nach unten und ignorierte seine Protzerei fortan.

Manch arglosen Jüngling verwickelte ich vor Irmintrud in gelehrte Unterhaltungen. Dabei verwendete ich wahllos lateinische Ausdrücke, um sie dann derart umständlich zu erklären, dass niemand mehr begreifen konnte, was ich meinte. Dann lächelte ich, klopfte dem verwirrten Kerl auf die Schulter und versicherte, dass es ganz unerheblich sei, ob man die Sprache der Gebildeten nun verstünde oder nicht.

Von den reiferen Herren war das Mädchen am leichtesten abzulenken. Sobald sie begannen, von einem sicheren Heim zu sprechen, rief ich meine Gehilfen in die Scheune, brachte Wein und Käse und regte sie zu fröhlichen Liedern an. Man hörte unser Gelächter auf dem ganzen Hof, und Irmintrud trachtete gleich danach, ihrem faden Freier davonzulaufen.

Noch mehr als nach meinem Kinde sehnte ich mich nach Giselas Nähe. Vor allem drängte es mich, die Zärtlichkeit zu verschenken, welche ich im Übermaß aufgespart hatte und die nun mit jedem Atemzug hervorzusprudeln drohte. Abends klopfte ich an ihr Gemach, und wenn sie alleine war, schlüpfte ich zu ihr hinein. Ich kannte ihre Hoffnungen und wollte ihr keinen Kummer mehr bereiten. Mehrfach hörte ich mich schwören, dass ich mir lieber die Zunge herausreißen wolle, als preiszugeben, dass Irmintrud nur der Bastard eines windigen Gauklers war. Gisela lächelte dann. »Ich bin so froh, dich endlich bei mir zu haben. Irmintrud wird mir nicht mehr lange bleiben. Eher als mir lieb ist, darf ich wieder an meine eigenen Wünsche denken.«

Wir berührten uns liebevoll zur guten Nacht, und mein unstetes Herz klopfte selig bis in den Schlaf hinein, bis zum nächsten Morgen, der schon einen weiteren Abend im Schoße trug.

Eines Nachts stürzte Gisela in meine Kammer. Sie war aufgewacht, und das Mädchen hatte nicht neben ihr gelegen. Nirgends hatte sie Irmintrud finden können und fast schon gehofft, dass sie bei mir wäre. Ich dachte nicht an meine Nacktheit, sprang vom Lager und fuhr in meine Kleider. Wir weckten das Gesinde und suchten überall.

Dann eröffnete mir Burchard, dass auch Adalram verschwunden war.

Diese Nachricht traf mich wie ein Schmiedehammer. Ich kippte gegen das Scheunentor und war nicht fähig, meine Glieder zum Handeln zu bewegen.

Ansgar brüllte nach seinen Männern. In alle Richtungen

jagte er sie und drohte mit der Peitsche, wenn sie ohne das Mädchen zurückkehren sollten.

Knechte und Mägde drückten sich auf dem Hof herum und schielten furchtsam nach ihrem Fro. »Das dumme Kind«, flüsterten sie. »Eine Liebschaft mit einem Knecht. Er wird sie totschlagen.«

Auch mir hatte man ein Ross zugestanden. Burchard bugsierte mich in den Sattel und schlug dem Tier auf die Kruppe. Erschrocken galoppierte es mit mir zum Tor hinaus.

Ich angelte nach den Zügeln und hetzte meinem Bruder nach. »Warte Ansgar, wir müssen nach Osten. Adalram wird nicht nach Colonia fliehen, das weiß ich genau.«

Scharf wendete er seinen Hengst und stob davon, ohne sich nach mir umzusehen. Sein Ross war schneller als meines, ich konnte mich nur bemühen, in der Dunkelheit nicht die Richtung zu verlieren.

Plötzlich nahm ich eine Bewegung in den Büschen wahr. Das Pferd scheute, und einen Augenblick später schlug ich hart auf den Boden. Ohne mich um den Schmerz zu kümmern, kam ich auf die Beine und stürzte ins Gesträuch.

Adalram war zu überrascht, um sich gleich zu wehren, und ich zerrte ihn auf den Weg.

Irmintrud fiel mir in den Arm. Wütend hämmerten ihre harten Fäuste auf mich ein. Der Sänger löste sich aus meinem Griff. »Lasst uns in Ruhe, Tokkenspieler. Das Mädchen ist mir freiwillig gefolgt. Wir werden unser Leben ohne Euch einrichten.«

Meine Knöchel trafen ihn an der Braue, die sofort aufplatzte. »Wenn ich mit dir fertig bin, wird dein Engelsgesicht endlich deiner verruchten Seele gleichen. Dann wirst du keine unschuldigen Kinder mehr verführen.«

»Ihr kennt Irmintrud schlecht«, sagte er und wischte sich das Blut von der Schläfe, »sie ist kein Kind mehr ...«

Weiter kam er nicht, ich hatte ihm in die Rippen geschlagen, und als er sich wehrte, gebrauchte ich auch meine Füße. Oh, er war stark, ich aber hatte wundes Blut und war bereit, es mit Salz zu mischen. Nichts hatte er übrig gelassen. Mein Sehnen, meine Hoffnungen, alles zerbrach in seiner Lüsternheit.

Irmintrud schrie, und ihr Entsetzen war es, das mich antrieb, wieder und wieder aufzustehen, um mich mit neuer Wut auf das Scheusal zu stürzen.

Irgendwann muss Adalrams Gegenwehr nachgelassen haben.

Er lag am Boden, und Ansgar zog mich von dem stöhnenden Bündel fort. »Hör auf, Meginhard, du wirst ihn noch umbringen.«

»Das hoffe ich, gib mir dein Schwert, damit ich zu Ende führe, was ich begonnen habe.«

Aber Ansgars Arme umklammerten mich. »Komm zu dir! Gelüstet dich nach Vaterehre? Dann müsstest du zuerst die lasterhafte Tochter strafen. Lass ihr wenigstens die Möglichkeit, sich selbst von der Schande reinzuwaschen und den verdammten Kerl zu pfählen. Du hast keinerlei Recht, Rache zu üben, Meginhard. Vergiss nicht, dass Irmintrud meinen Namen trägt und unter meiner Herrschaft steht.«

Meine Tochter hatte sich über den Sänger gebeugt und streichelte unablässig sein Haar. Dann blickte sie mir direkt in die Augen »Ich verfluche dich, Tokkenspieler!«, sagte sie. »Erschlage deinen Knecht, erschlage mich, doch deine Seele soll nie wieder mit einer anderen verbunden sein.«

Ihr Bann ließ mich erzittern. Alle Wut rann aus meinem Körper und versickerte im welken Laub.

Ansgar half Irmintrud auf. »Ich werde dich nicht bestrafen, aber du musst begreifen, dass es Unrecht ist, wenn du mit einem Abhängigen gehst. Es würde Euch beide unglücklich machen, ihr seid nicht vom gleichen Stand und werdet nie die gleichen Wünsche hegen. Wenn du den Sänger wirklich magst, dann lässt du ihn ziehen und nach seiner Berufung leben. Du wirst über diesen Vorfall schweigen, denn in Kürze sollst du einem achtbaren Mann gehören. Ich habe Mittel, eine solche Heirat schmackhaft zu machen, so schnell, dass niemand Verdacht schöpfen kann, selbst wenn du jetzt schon schwanger wärest.«

Meine Tochter weinte und verbarg ihr Haupt an seiner Brust. Ansgar ließ sie eine Weile gewähren, dann nahm er mein Pferd am Zügel und hob sie hinauf.

»Ich kenne dich nicht mehr, Meginhard«, sagte er. »Dein Knecht hat eine Jungfrouwe aus meinem Hause entführt und mich damit entehrt! Ich ziehe dich nicht zur Rechenschaft, weil du mir einen großen Dienst erwiesen hast. Jetzt wird Gisela dich hassen. Verdamme mich also nicht, wenn ich die Stelle übernehme, die du endgültig verspielt hast. Ich schicke dir deine Gehilfen und deine Sachen. Leb wohl.«

Ich fühlte nur noch Beschämung.

Jetzt sollte ich mich wohl erdolchen, um die Erde zu reinigen von Meginhard, dem Verdorbenen, der Unglück in seinem Beutel führte und wahllos über die Menschen schüttete. Meginhard, der Heuchler, der sein Herz hinter der Zunge versteckte, dem niemand trauen durfte, ohne in größten Jammer zu geraten.

Verborgen in meinem Beutel lag das scharfe Messer, welches Heilige geschaffen und sich geweigert hatte, den König zu töten. Das Messer, welches ich gestohlen hatte, aus einem gottgeweihten Haus.

Schon spürte ich die Schneide beruhigend kalt an meinem Hals, gleich würde sie meine Haut ritzen, und der Schmerz sollte mich allen Gram vergessen machen. Leicht und tief würde sie eindringen. Ich sah mein Blut von dem blanken Stahl perlen, als verwehrte sich die Klinge gegen solche Verunreinigung.

Da stürzte ich nieder und erblickte meinen Körper auf dem Waldboden; er drückte sich ins Laub und fand sein Bett darin; im selben Augenblick fühlte ich mich schweben; einer Feder gleich schwankte ich über der Erde; vom leisen Windhauch geführt ging es hinauf, erhob mich bis zu den Wipfeln. Ich war ganz damit angefüllt, die Erlösung zu spüren und leicht geworden einherzuschaukeln zwischen Himmel und Erde. Sicher hätte ich über die Bäume schauen können, vielleicht lag dort eine Lichtung oder ein kleiner Hof. Die Neugierde begann mich zu martern, doch ich wagte nicht, den Leib da unten aus dem Sinn zu lassen, vielleicht hätte mich die nächste Brise entgültig fortgeweht.

Einen Blick nur, allein um mir zu beweisen, dass ich gestorben war und nun wahrhaftig fliegen konnte.

Diese Vermessenheit genügte, mich stürzen zu lassen.

In entsetzlicher Geschwindigkeit ging es zurück.

Heftiges Röcheln schüttelte mich, als hätte ich wirklich zugestoßen. Meine Finger suchten zitternd nach der Waffe, die noch unbefleckt und blank in meiner Tasche lag. Draußen raste die Welt im Rund, gierig, mich in den Strudel zu ziehen, mich zu verlachen und zu schmähen, weil ich nicht fähig war, mich selbst zu vernichten. Irgendwann aber, dessen konnte ich gewiss sein, musste mein Körper auch ohne mein Zutun verfallen.

Adalram stöhnte. Seine Tunika war verrutscht und entblößte seine kräftigen Schenkel, wohlgeformt und muskulös, und doch so verletzlich. Ich sah seine Lider zucken. Ein Speichelfaden bahnte sich den Weg über das verdreckte Kinn und ließ einen hellen Streifen zurück. Sein Brustkorb hob und senkte sich ganz wie der meine, er empfand den gleichen Schmerz wie ich, den körperlichen und auch den anderen.

War ich denn besser als er?

Was lohnte es noch, vorzugeben, ich wäre ein guter Mensch. Mein Knecht durfte ruhig wissen, dass er es mit einem Gleichgearteten zu schaffen hatte.

Ich musste ihn rütteln, damit er zu sich kam. Er blinzelte nur kurz, schloss gleich darauf die Augen und flüsterte: »Das hättet Ihr nicht tun sollen, Tokkenspieler, eine solche Dummheit, wegen eines liebestollen Weibes. Das war nicht klug und wird unerfreulich für Euch enden.«

Ich drückte meinen Finger in die Wunde an seiner Schulter, bis er aufschrie. »Willst du dich an mir rächen, Adalram? Du solltest in Zukunft vorsichtiger mit deinen Drohungen sein, ich könnte sie dir eines Tages übel nehmen.«

»Spart Euch den Atem, Ihr bestimmt am allerwenigsten, was eines Tages geschehen wird, zumal Ihr jenen Tag nicht mehr erleben werdet.«

Ich drückte wieder zu und wartete ein schönes Weilchen, bis sein Schreien in Wimmern überging und sein Körper sich unter meinen Fingern wand. Dann erst bequemte ich mich zu antworten.

»Du hast meine Tochter geschändet! Doch ich vertraue darauf, dass du dich von ganzem Herzen nach Läuterung sehnst.« Ich brauchte nur leicht meine Hand auf seine Schulter zu legen, um überstürzte Zustimmung zu erhalten.

»Glaube mir, Adalram, du wärest nicht der Erste, den ich aus dem Weg räume, weil er mir lästig ist.« Mich schauderte vor meinen eigenen Worten, da sie die Wahrheit bezeugten. »Doch im Gegensatz zu dir werde ich keine Fehler begehen. Du hast es dir zu leicht gemacht mit Raban, mein Junge.«

Darauf begann ich, in aller Ruhe seine Wunden zu säubern.

Als ich ihm den Rücken zudrehen musste, spürte ich die Schwere seiner Faust über meinem Kopf. Ich war bereit, jeden Moment zurückzuspringen. Aber Adalram ließ seinen Arm wieder sinken.

»Ihr wisst von Raban?« fragte er. »Warum schlagt Ihr mich nicht tot, warum habt Ihr es nicht längst getan?«

»Du bist lebendig nützlicher, sorge dafür, dass ich meine Meinung nicht ändern muss.« Ich brachte meine Lippen nah an sein Ohr. »Versuche nie wieder, mich zu täuschen, denn ich weiß mehr, als du ahnst. Ich weiß auch von Colonia!«

Adalram wandte sich ruckartig ab und zitterte. »Wer hat euch das gesagt? Außer den Spielleuten war niemand dabei, als ich Ritter Meginher erschlug. Und die schlotterten vor Angst, nie hätten sie es gewagt, mich zu verraten. Könnt Ihr denn in meiner Seele lesen? Ihr seid kein Mensch.«

Meginher war tot?

Da hatte mir der schändliche Sänger ohne es zu wissen einen großen Dienst erwiesen. Es stellte sich aber keine Freude ein, nicht einmal Genugtuung. Vielleicht hatte Adalram Recht. Ich war kein Mensch mehr, sondern glich kaltem Gestein, das getreten werden musste, um in Bewegung zu geraten.

Ich erhob mich. »Denk ja nicht, du könntest faul herumliegen und deine Prellungen zählen. Mach Feuer, damit Burchard uns findet. Und gib mir deinen Beutel, ich will nachsehen, was du meinem Bruder gestohlen hast.«

»Ja, Herr«, sagte der Schändliche und kroch ins Unterholz, um nach Ästen zu suchen.

* * *

In den folgenden Wochen schlief ich wenig und soff stattdessen, denn Irmintruds Fluch erdrückte mich in meinen Träumen. Mit verquollenen Augen raffte ich mich morgens hoch, kämpfte den Schwindel nieder und begrüßte den Kopfschmerz wie einen alten Freund.

Da ich kein guter Mensch sein konnte, versuchte ich wenigstens ein guter Spelmann zu sein. Doch die Scherze gerieten mir bitter, was da glomm und rußte, was mein Herz ersticken wollte und meine Nächte quälte, drängte ungestüm ans Licht, und niemand wollte mehr über meine Gaukeleien lachen.

So hieß ich Hadelinda, unsere Tuche zu Bußgewändern zu verarbeiten. Während Adalram schon weit vor dem nächsten Dorf einen heiligen Choral anstimmte, begann ich, Rüge und Mahnung über die Bewohner zu schütten, und meinte damit vor allem mich selbst: »Bedenkt, dass der Tag sein wird, an dem ihr sterben müsst. Weh dem, der dann seine Sünden in der Finsternis zu büßen hat; es ist wahrhaftig ein grausig Ding, wenn er nach Gott schreit und keine Hilfe mehr bekommt. Die Berge werden brennen, kein Baum wird stehen bleiben, und das Moor verschlingt sich selbst. Das ist der Tag des Gerichtes, dann muss ein jedes Menschenkind erscheinen, vom Grab sich lösen, aus dem Staube auferstehen und Rechenschaft ablegen für seine Taten. Dann zieht Satan, der uralte Feind, mit heißer Flamme in den Kampf gegen Elias. Seht den erbarmungslosen Streit um eure Seelen und wisset: Nur mit den Gerechten wird der Himmel sein.«

Singend zogen wir in die Kirche ein, um den Menschen unser Spektakel vorzuführen, ein Spiel um die letzten Dinge des Lebens, das *muspilli*, das große Gericht.

Von den Sternen im Theaterhimmel stieg eine mächtige Schar weiß gekleideter Engel herab. Doch kaum wollte sich Jubel erheben, erschien mit Qualm und Kerzengeflacker das Heer der Hölle, um sich unter Burchards Radau auf die Lichtgestalten zu stürzen. Wir liehen uns Weihrauch für die Teufel aus, denn der war zumeist in den Kapellen zu finden. Der Weihe hat es sicher nicht geschadet, wenn sie mit den Tokken in Berührung kam, und meinen bösen Holzwichten tat ein wenig Heiligkeit nur gut.

Damit die Zuschauer sich nicht allzu sehr entsetzen, wollte ich eine Figur in meinem Spiele haben, die schamlos gegen jedes Gebot verstieß und sich mit amüsanter Schliche aus dem Gericht davonzustehlen suchte. Ein jämmerliches Seelchen hatte ich dafür geschnitzt, mit schlotterdürrem Leib und einem viel zu großen Haupt. Ich mochte dieses Männlein sehr; es war derartig frech, dass ich es nur ungern in der Hölle schmoren ließ. Wohl suchte es mit allerlei Gewitztheit seine Sünden zu verbergen. Doch da sagten seine Glieder unversehens die Wahrheit, sogar der kleine Finger hub an, mit hoher Stimme zu bekennen, denn kein Schwindel durfte vor dem *muspilli* bestehen.

Genau wie viele andere Sünder fiel das Männlein am Ende Satan zu, und die Menschen erzitterten vor den Höllenqualen, die wir an den Tokken gar anschaulich verübten.

Oh, wie begierig waren die Menschen, sich mit Almosen den Weg zur Erlösung freizukaufen.

Abends jedoch, als ich satt und müde an mein Männlein dachte, erfasste mich sonderbare Beklemmung. Das Grauen auf der Bühne hatte sich aus meinem Hirn geschlängelt, wessen Tod spielte ich da Tag für Tag herbei? Ich musste mein banges Herz zur Ordnung rufen und mir selbst erklären, dass dies nur ein Spiel war und weder heute noch zu irgendeiner anderen Zeit Wirklichkeit werden konnte.

Meine Begleiter kümmerte das alles wenig, sorglos waren sie auf ihre Lager geplumpst und grunzten wie üblich. Hadelinda brachte mir eine zweite Schale Abendbrei und fragte, ob sie ein neues Lied vortragen dürfe.

Ich hörte nur halbherzig zu. »Genug, Hadelinda, lass mich.«

Das Mädchen starrte in meinen Napf. »Ich bin noch nicht fertig ...«

»Aber ich bin fertig! Manchmal überlege ich ernsthaft, ob ich nicht aufhören sollte.«

»Bitte sprecht nicht so«, flüsterte Hadelinda. Sie rutschte zu meinen Knien nieder und umschlang meine Beine. Dabei verschüttete sie den heißen Brei auf meine Hände, ich hatte Mühe den Aufschrei zu unterdrücken.

»Ich möchte keine Schande für Euch sein, lieber singe ich gar nicht mehr.«

»Beruhige dich.« Ich hatte den Brei leidlich in meinem Gewand abgewischt und strich ihr über das Haar. »Ich meinte doch nicht dich, du machst mir keine Schande, im Gegenteil, ich bin mit dir sehr zufrieden.«

Hadelinda seufzte leise und legte den Kopf in meinen Schoß.

Meine Finger spielten mit ihren dunklen Strähnen und verirrten sich darin. Um uns beide wuchs ein Gespinst, weich und sicher, es schirmte uns ab vor allem Bösen und war durchlässig genug, uns nicht zu erdrücken.

Um es nicht zu zerstören, flüsterte ich. »Ich mache mir Sorgen um mich selbst, Hadelinda. Ich bin es, der nicht genügen kann. Ich bringe den Menschen Furcht und lasse Schreckbilder lebendig werden, die ich nicht mehr einfangen kann. An irgendjemandem werden sie sich schadlos halten.«

»Unsinn, Herr, Ihr seid nur erschöpft und solltet öfter ausruhen«, sagte sie und schob ihr Haupt tief in meine Hände.

So viel Zutrauen hatte sie zu mir.

Meine Hand war auf ihren Nacken gerutscht. Wohlige Schauer rieselten darunter vorbei. Meine Blicke glitten ihren Arm entlang, der leicht auf meinen Knien ruhte. Wie glatt und braun er war, wie weich würde er sich unter meinen Lippen anfühlen! Sie räkelte sich ein wenig, weil ich in meiner Bewegung inne gehalten hatte. Ich konnte sehen, wir ihr Atem die Schulterblätter hob, die Wirbelsäule rundete und kurz vor dem Gesäß versiegte.

Meine Lenden füllten sich mit Feuer, mein Hirn, mein Herz drohten dort hineinzustürzen. Doch Hadelinda war so herzlos, mir zu vertrauen.

»Du hast Recht, Hadelinda, ich bin gewiss nur erschöpft.« Ich schob ihre Arme von meinem Schoß. »Sag Burchard, er soll mir Wein bringen, und dann will ich deinem Rat folgen.«

»Ich habe schon Wein mitgebracht.«

»Gut, lass mich jetzt allein.«

Hadelinda zögerte, dann schenkte sie mir ein knappes »Wie Ihr wollt, Herr« und gesellte sich zu den anderen.

Was bedeutet allein sein, wenn das eigene Lager nur ein paar Schritte neben dem nächsten aufgeschlagen ist? Ich kroch unter meinen Pelz und weinte.

Die Erregung blieb. Ich löste sie nicht, ich spürte dem

Schwellen nach, das in mein Glied brandete. Während sich meine Aufmerksamkeit unter dem Pelz zusammenzog, begaben sich meine Gefährten zur Ruhe, wünschten sich gute Nacht und freundliche Träume.

Fast schmerzhaft drängte mich das Begehren, ihm nachzugeben, ihm nachzuhelfen. Und endlich schlossen sich Augen und Ohren. Ich überließ mich dem gewaltigen Schauder, der meinen Leib mit grenzenloser Wärme füllte, dass er sich aufbäumte und schließlich mit aller Welt versöhnte.

* * *

Es muss im Jahre 799 gewesen sein, als Papst Leo mit prächtigem Gefolge von Süd nach Nord das ganze Frankenreich durchquerte. Bis nach Paderborn wollte er ziehen, denn dort weilte der König und widmete sich den unverbesserlichen Sachsen. Zunächst freute ich mich über diese Nachricht, denn am Weg des Papstes lief eine Menge Volk zusammen. Doch die Menschen waren nur darauf erpicht, einen Blick auf ihren obersten Hirten zu erhaschen, und kümmerten sich nicht um unsere Kunst. Leider hielt sich der Vertreter Petri sehr zurück, seine Schäfchen zu beglücken. Gerüchte flogen durch den Zug, mal wollte man ihn vorn, mal in der Nachhut gesehen haben. Manche behaupteten sogar, er müsse sich versteckt halten, da ihm irgendwelche Römer nach dem Leben trachteten. Ich zumindest fand ihn nicht, und als unsere Vorräte zur Neige gingen, waren wir gezwungen, die Prozession ohne erhabenen Segen zu verlassen.

Ausgerechnet im Heilagmanoth gerieten wir in der Nähe der Küste auf eine ungeschützte Hochebene. Eisnasser Wind nahm uns die Sicht, und wir hörten, wie die Brandung gegen schroffe Klippen toste. Rute für Rute kämpfen wir uns näher an den Horizont. Mein guter gefilzter Umhang hatte sich bald voll gesogen, er wurde schwerer als die Lasten, die ich auf dem Rücken trug. Als ich lagern ließ, hatte keiner von uns auch nur einen einzigen trockenen Faden am Leib. Burchards erbärmliches Feuer flackerte nur wenige Augenblicke, eine heftige Bö machte die Hoffnung zunichte. Mehr sitzend als liegend kauerten wir uns aneinander und gaben uns der Erschöpfung hin.

»Seht nur!« Hadelinda wies zum fernen Ufer. Roter Schein flackerte über den grauen Himmel.

Burchard erhob sich. »Da brennen Fischerdörfer! Ihr habt uns wirklich gut geführt, Herr, wenn wir nicht erfrieren, dann rösten uns die Normannen.«

An der Nordseeküste verbreiteten die heidnischen Normannenschiffe schon seit einiger Zeit ihre Schrecken, aber ich hatte nicht damit gerechnet, dass sie schon bis zum Kanal vorgedrungen waren. »Morgen werden wir gewiss ein sicheres Dach finden.«

Unser neuer Unterschlupf war nicht nur sicher, sondern auch außerordentlich bequem. Eigentlich hatte ich an der Abtei St. Requier bloß angeklopft, um uns eine kurze Rast zum Trocknen zu verschaffen, doch als der Wachmann erfuhr, dass wir Gaukler seien, öffnete er die Tore weit.

Der Laienabt kam mir persönlich entgegen. Ich erkannte ihn, Angilbert, ein lebenslustiger Mann, der damals im Gefolge des Königs nach Aachen gekommen war. Ein wenig neigte er zur Fülligkeit, sein Pelz klaffte über dem Bauch auseinander, und indigoblauer Damast mit Goldstickereien glänzte darunter hervor.

»Lieber Spelmann, warum weichst du vor mir zurück?«, fragte er freundlich und reichte mir den Willkommenstrunk. »Ich bewundere die Künste, ja, ich versuche mich zuweilen selbst darin. Karl nennt mich sogar Homer für meine stümperhaften Dichtungen. Bleib eine Weile hier, offenbare deine Talente, und vor allem hilf mir, den öden Winter zu überstehen.«

Ich nahm das Angebot sehr gerne an, suchte mir eine Ecke in der Halle des Abtshauses und stand dem geselligen Jüngling zur Verfügung, sobald er Unterhaltung wünschte. Das war eigentlich ständig der Fall.

Das Gesinde schnarchte längst um uns herum im Stroh, und in der Feuerstelle kokelten die letzten Äste vor sich hin. Angilbert blies in die Glut. »Du denkst natürlich, Papst Leo hätte sich freiwillig nach Paderborn begeben. Hast du ihn gesehen? Hast du wenigstens seinen Segen gehört?«

»Das nicht, Herr, aber irgendwo in seinem ruhmvollen Gefolge muss er wohl gesteckt haben.«

»Der Papst kann im Moment niemanden segnen, Berengar, er kann nicht sprechen. Seine Reise war in Wahrheit eine Flucht. Am Markustag auf der Prozession zur Kirche des heiligen Laurentius brachen seine Gegner aus einem Hinterhalt hervor, verjagten das unbewaffnete Volk und rissen den Vertreter Petri vom Pferd. Die Augen wollten sie ihm nehmen und auch die Zunge. Wahrscheinlich glaubten sie ihn tot, als sie ihn nackt im Graben liegen ließen. Gottlob konnte sein Kämmerer Schlimmeres verhindern und wenigstens sein Leben retten. Als Karl davon erfuhr, sandte er Bischof Hildibald von Colonia und Graf Ascarich nach St. Petri, damit sie den Erhabenen in seine Obhut führten.«

»Als Märchendichter macht Ihr Eurem Namen Ehre, Homer. Ihr wollt mir doch nicht ernsthaft weismachen, dass irgendjemand wagen könnte, den obersten Hirten zu überfallen?«

»Du kannst mir ruhig glauben, Gaukler. Leo drückt sein Volk mit enormen Steuern, man klagt ihn der Buhlerei und sogar des Meineides an. Viele Römer verachten Leos Einvernehmen mit dem Frankenkönig, denn die Wiege des Christentums steht nun mal nicht im Frankenland, sondern im byzantinischen Kaiserreich. Während Karl als Beschützer der römischen Kirche mehr und mehr Macht auf seine Krone häuft, geht Konstantinopels Einfluss zugrunde. Dieser Entwicklung mögen die Verwandten seines Vorgängers nicht länger zusehen. Der Untersuchung, die sie forderten, hat

Leo sich wohlweislich entzogen, aber auch Päpste sind verletzlich.«

»Warum verachten sie den König? Hat er Rom nicht oft genug zur Seite gestanden, gegen die Langobarden, gegen die Griechen ...«

Angilbert lachte bitter. »Das mag schon sein, aber wir Franken sind in den Augen der Gebildeten bloß tumbe Barbaren, die weder lesen noch schreiben können, sich in stinkende Schafspelze hüllen und in rauchgeschwängerten Hallen hausen. Als ich Konstantinopel sah, musste ich dem sogar zustimmen.«

»Ihr wart in Konstantinopel?«

»O ja, dort schimmern sogar einfache Wohnhäuser im Farbenspiel kunstvoller Mosaike, überstrahlt vom Glanz der goldenen Paläste. Die Stadt ist verwöhnt mit ewigem Sonnenschein, und wer sich erfrischen möchte, spaziert durch schattige Gärten mit zauberhaften Springbrunnen. Das lebensspendende Nass stammt aus einer Zisterne mitten in der Stadt. Allein dieses Gebäude ist prächtiger als die himmlischste Kathedrale, die du dir vorstellen kannst. Marmorsäulen spiegeln sich im klaren Wasser, und die Kuppeln wölben sich so hoch, dass einem schwindelig wird. Wer möchte nicht in diesem hoch entwickelten Kaiserreich das Zentrum alles Geschehens wissen?«

»Niemand, solange dort ein Weib regiert, nicht wahr?«, warf ich ein.

»Du hast Recht, ein Weib wird Rom nicht schützen können. Die schöne Irene kämpft nicht mit dem Schwert, sondern mit List und sehr viel Gold.«

Ein gestürzter Papst, eine wassergefüllte Kathedrale, und dazu eine machtlose Kaiserin ... gewagtere Geschichten hätten selbst mir nicht einfallen können.

»Verehrter Homer, wenn das wahr wäre, hätte der König diese Irene längst in seine Munt genommen. Die edle Frouwe gäbe sich in sicheren Schutz, und Karl würde ohne jede Anstrengung die Kaiserwürde über Orient und Oxident erlangen. Mehr kann er sich wirklich nicht wünschen, und wir dürfen nach dieser wunderbaren Lösung getrost schlafen gehen.«

Doch Angilbert füllte seinen Becher aufs Neue. »Oho, dein Geist ist rege, doch vergisst du, dass Irenes Sprössling Konstantin Anspruch auf den Kaisertitel erheben könnte.«

Schon einmal war ein unliebsamer Nebenbuhler des Königs fristgerecht aus dem Leben geschieden, und damals hatte niemand eine Untersuchung gefordert. Ich fühlte die Kreuzfibel des Unglücklichen unter meinem Gürtel.

Plötzlich ahnte ich, was ich meinem düsteren Spiel zum Leben erweckt hatte: ein hohes Gericht, vor welchem die Missetaten der mächtigsten Würdenträger offenbar werden mussten. Vielleicht würde dieses Gericht tatsächlich stattfinden, in Rom – in der heiligen Stadt. Ich sah den König an der Seite des angeklagten Papstes, ihm die Zunge zu ersetzen, und dann mit ihm zu Grunde zu gehen ...

Nun schlug ich selber vor, einen weiteren Krug zu öffnen, und weckte Hadelinda, damit sie das Feuer schürte.

»Ihr seid sehr kenntnisreich, verehrter Homer, und wie ich weiß, Karls treuer Freund. Sicher wünscht auch Ihr, dass kein Frankenfeind den heiligen Stuhl in Rom erklimmt. Vielleicht kann ich Euch helfen, dem König einen Dienst zu erweisen.«

Angilbert hörte aufmerksam zu, als ich begann, einen gewagten Plan vor ihm zu entwickeln.

»Ich bin erstaunt, Gaukler, und das ist selten der Fall. Gleich morgen will ich einen Boten nach Paderborn schicken, ich verspreche dir, dass dein Einfall nicht vergessen wird.«

Mondelang geschah nichts, kein Gesandter, nicht einmal ein Bote traf ein. Ich glaubte schon, das Gespräch mit Angilbert nur geträumt zu haben, vielleicht hatte auch der Rotwein unser beider Geist verwirrt.

Dann überfiel im Lenzing der König selbst die Abtei. Seine Söhne Karl und Pippin ritten neben ihm, und dahinter Luitgard, seine neue Gemahlin. Die weißen Schläfen mit einem purpurnen Flatterband umwunden, saß sie kühn auf dem eigenen Ross, statt bequem im Wagen zu fahren.

Aus dem hoheitlichen Gefährt kletterte nur ein alter Herr. Er wirkte ganz in sich zusammengesackt, so dass die schlichte Tunika beziehungslos um seine Glieder schlotterte.

Angilbert begrüßte ihn besonders ehrfürchtig, denn dieses war sein geschätzter Lehrer Alkuin von York. Der jedoch fand nur bitteren Tadel für seinen Schützling. Energisch und für alle hörbar schalt er dessen unbeherrschte Neigung für gottloses Schauspiel und Gauklerpack.

Er meinte eindeutig mich mit seinen Worten. Bei dieser Art Neuankömmlinge zog ich es vor, mich schnellstens unsichtbar zu machen und in eine entlegene Scheune umzusiedeln.

Erst in der Nacht schlich ich mit Burchard in die Halle, um unsere Sachen zu holen.

»Wie schön, dass du hereinschaust!«

Himmel, der Gelehrte war noch auf! Ich blieb im Eingang stehen und senkte den Kopf. Verdammte Bettflucht der Greise, die mit dem kümmerlichen Rest ihrer Lebensstunden geizen, statt wie brave Menschen zu schlafen.

»Wir wollten dich gerade rufen. Dein Bursche mag sich trollen, aber du, schließe die Tür und komm näher.«

Mehrere Gestalten saßen im spärlichen Kerzengeflacker, begierig, mich in Augenschein zu nehmen. Ich dagegen wagte nicht genauer hinzusehen, und beugte vorsichtshalber das Knie vor dem Alten.

Nach ein paar Fragen zu meinem Woher und Wohin kam er zügig zur Sache: »Wir alle teilen deinen Wunsch, die apostolische Erhabenheit wieder leitend und waltend in Rom zu sehen, aber wer ihn liebt, wird ihn nicht in diese Schlangengrube zurückschicken. Seine Ankläger werden sich noch bitterer auf ihn stürzen als das letzte Mal.«

»Das glaube ich Euch aufs Wort, verehrter Vater. Doch ein

erneuter Angriff würde niemanden mehr überraschen können, das ist ein großer Vorteil, oder nicht?«

»Um diesen Vorteil zu nutzen, müssten wir dem Papst unsere vertrauenswürdigsten Strategen und Krieger zur Seite stellen.«

»Und Köche«, entwischte mir, »ich meine, es gibt auch Gift …« Verstohlen drückte ich den Beutel gegen mein Bein, damit die rosa Samen in Madelgards Holzdose nicht plötzlich rasseln konnten.

»Meinetwegen auch Köche.« Alkuin schmunzelte, zumindest klang seine Stimme danach. »Auf jeden Fall werden sich die Sachsen bei dir bedanken, wenn unsere besten Männer in Rom die Sonne genießen.«

»Verzeiht mir meine dreisten Worte, ehrwürdiger Vater, aber der König hat oft genug erfahren, dass es nichts nützt, die Sachsen zu bekriegen. Trotzdem fährt er mit seinem Unsinn fort, statt zu verhindern, dass sie sich verbünden.«

Im Hintergrund hatte sich ein Mann geregt. »Du schmähst deinen König?« Karls hünenhafter Schatten erhob sich.

Ohne zu zögern warf ich mich zu Boden in der Hoffnung, dass er mich nicht erkannte. »Nein, bestimmt nicht, verehrte Herren. Ich bin bloß ein Gaukler, dem manchmal törichte Einfälle aus dem Kopf purzeln, und in meiner Dummheit glaubte ich, dass die Kampfkraft unseres hoch geschätzten Herrn das Reich ins Unermessliche ausgedehnt hätte, sämtliche Sachsen würden sich aus den Augen verlieren, wollte man sie nur gleichmäßig über das Land verteilen. Dann könnte unser großer Feldherr und König getrost den Papst nach Rom begleiten und vor Gericht für ihn sprechen.«

Der Schatten rückte bedrohlich näher. »Du Heilloser! Willst du den Papst wie einen Verbrecher vors Gericht zitieren?«

»Warte Karl«, sagte Alkuin. »Vor den Richter wagt man sich natürlich nur, wenn man weiß, dass man ungeschoren davonkommt. Wie gedenkst du das zu erreichen, Gaukler?«

Frostiges Blut fuhr mir durch den Leib. Wenn ich Karl in meinen Plan verwickeln konnte, würde er selbst seine Seele den Teufeln weihen und für alle Missetaten, die in seinem Namen begangen wurden, in der Hölle brennen müssen.

»Durch einen Eid, Herr.« Ich schluckte den rauen Ton meiner Stimme hinunter. »Das ist schon einmal geschehen, Ihr könnt es im Kloster Fulda nachlesen. Ein Papst, ich glaube er hieß Pelagius, befreite sich vor vielen Jahren mit einem Reinigungseid von dem Verdacht, seinen Vorgänger ermordet zu haben. Unserem armen Vater Leo wird weit weniger zur Last gelegt. Mögen seine Verletzungen auch verhindern, dass er den Eid selber spricht, so wird man ihm glauben, wenn König Karl ihm seine Zunge leiht.«

Ich zitterte am ganzen Leib und konnte nicht mehr verfolgen, was sie über meinen Vorschlag sprachen. Ich bemerkte nicht einmal, dass sie die Halle verließen und sich zur Ruhe begaben.

Karl würde des Papstes Worte aufsagen. Im Angesicht des Schöpfers würde er schwören, dass er rein von schuldvollen Verbrechen sei, solches weder selbst getan noch hat tun lassen. Das aber war ein Meineid vor Gott, denn mein Vater hatte für Karls Allmacht sein Leben lassen müssen, und meine Mutter war für seine Krone gestorben.

Oh, wie sehnte ich den Tag herbei, da jedes Menschenkind, ob König oder Sklave, vor den höchsten Richter treten musste. Zu Karls Höllenfahrt wollte ich feierlich die Kreuzfibel an meinem Umhang glänzen lassen.

Das Feuer war erloschen, milchig waberte der Qualm unter der Decke. Burchard berührte mich an der Schulter. »Was ist nun, Herr? Gehen wir? Wenn Ihr noch bleiben wollt, wäre ich für einen Hinweis dankbar. Die Nächte sind zu kalt, um sich in Mauerecken herumzudrücken, und irgendwann muss ich auch mal schlafen.«

»Wir gehen! Ja, wir wandern nach Bilk. Du wirst sehen

Burchard, der schwere Stein auf meiner Seele wird sich auflösen, wie Eierschale in Säure. Dann werde ich endlich mein eigenes Leben beginnen können, unbelastet von Rachgier und Missgunst. Ich werde niemandes Geschick mehr lenken müssen, vielleicht nicht einmal mehr mein eigenes. Wenn es soweit ist, möchte ich in Giselas Nähe sein.«

Wenn ich Gisela endlich mein Innerstes offenbarte, würde sie mir eines Tages verzeihen, dessen war ich gewiss. Ich würde darauf warten, wenn es sein musste jahrelang und war sogar bereit, den Zorn meines Bruders unterdessen zu ertragen.

* * *

Wir eilten uns nicht, gemächlich zogen wir durch Sommer und Herbst und verweilten dort, wo es bequem war. Unterdessen siedelte der König tatsächlich Hunderte von Sachsen um und schickte Papst Leo unter der Obhut treuer Krieger nach Rom zurück, damit der Geschundene unter der Sonne Italiens genas. Die Krieger schützten nicht nur unseren heiligen Vater, sondern verfolgten auch dessen Widersacher mit bitterer Entschlossenheit, denn selbst ein Papst wirkt vor Gericht überzeugender, wenn es keine Ankläger mehr gibt.

Allmählich wurde es kühler, und schließlich erblickten wir die Lichter von Colonia, einer verheißungsvollen Stadt, nur zwei Tagesreisen von Gisela entfernt. Hier wollte ich geduldig ausharren, bis meine Stunde gekommen war.

Mit Wachen an den Toren zu verhandeln war eine unliebsame, wenn auch nötige Tätigkeit, die ich keinem meiner Gefährten zutraute. Freundlich ging ich auf den grimmigsten Burschen zu und fragte ihn, ob Colonias Mauern für Pilger ein achtbares Unterkommen böten.

»Falls Ihr wirklich Pilger seid, solltet ihr Euch anderweitig umsehen und Eure Bußfertigkeit nicht unnütz gefährden. Ich kann Euch ohnehin nicht glauben, nicht mit dem wertvollen Umhang um Eure Schultern, und schon gar nicht mit der Dirne im Schlepptau. Sagt mir lieber die Wahrheit. Wenn ich für drei Silberstücke meinen Posten verlassen soll, will ich wissen, wem ich die Großzügigkeit verdanke.«

Ich lachte herzlich, obgleich mich der geforderte Preis entrüstete. Nun, Colonia war ein bedeutender Ort mit vielen Bewohnern, ich würde ein Vielfaches wieder hinaustragen. »Eure Neugierde soll gestillt werden, guter Mann. Ich bin Berengar, und meine Mission ist frommer, als Ihr denkt. Wir bringen den Menschen Gottesfurcht und bewegen sie zur Mäßigkeit. An weltlichen Gütern liegt uns nicht, darum kann ich Euren Wunsch nach Silber leider nicht in voller Höhe erfüllen.«

Nun war es an ihm zu lachen. Das tat er so geräuschvoll, dass die anderen Wächter sich nach uns umsahen und ein uralter Recke neugierig herbei schlurfte. Seine Rüstung war zu schwer für den verwitterten Körper, er ging gebeugt und stützte sich auf einen Stock. Dennoch erstarb das Gelächter, als er näher kam.

Der Wächter verbeugte sich respektvoll. »Dieser Windhund behauptet, er würde dem Volk mit seiner Dirne zum rechten Glauben verhelfen.«

Ein Lächeln rutschte auf die hagere Miene des Alten. »Einer solchen Bekehrung würde ich gerne beiwohnen. Wer bist du?«

»Man nennt mich Berengar, edler Herr.«

Der greise Ritter kam näher und musterte mich so durchdringend, dass ich trotz des warmen Wetters fror.

»Berengar, der Tokkenspieler?«

»Eben dieser«, antwortete ich, erfreut über die Ausmaße meines Ruhmes.

Plötzlich griff mich der Alte am Gewand und zog mich zu sich herab. »Du hast mich betrogen und wagst es noch, frech in meine Stadt zu marschieren? Du glaubtest wohl, ich ruhte längst im Grabe, weil du mir damals deinen Wundertrunk verweigertest. Jetzt helfen deine Ausflüchte nicht mehr, du selbst bist der Beweis, dass du Lebenswasser brauen kannst.«

Ich versuchte seine Hände zu lösen, doch seine Finger hatten sich in meinem Gewand verkrampft.

»Weißt du, was ich leiden muss?«, flüsterte er. »Ich ernähre mich von Brei, weil ich nur noch faule Stummel im Maule habe. Ich vermag nicht, mich alleine aufzurichten, meine Hände zittern, und mein Kopf wackelt, ohne dass ich es verhindern kann. Ich sehe nicht mehr viel, aber gut genug, um zu erkennen, dass an dir die Jahre folgenlos vorübergingen. Warum hast du mich damals an dem Wunder nicht teilhaben lassen? Ich hätte dir für deine Zauberkunst doch gegeben, was immer du verlangtest.«

Was wollte der alte Recke von mir? Ich hatte ihn mein Lebtag nicht gesehen. Alle Ruhe zwang ich in meine Stimme und versicherte, dass mich der edle Herr gewiss verwechselte. Niemals hatte ich mich mit Zauberei und magischen Tränken befasst, ich war nur ein gottesfürchtiger Tokkenspieler.

Der Alte ließ mich los und spuckte vor mir aus. »So belügst du mich zum zweiten Mal, Berengar, sogar mit den gleichen Worten. Deinen Trank brauche ich nicht mehr, es lohnt nicht, das Leiden zu verlängern. Doch meine Rache soll dich grausamer treffen, als du es dir in deinen Träumen vorzustellen vermagst.«

Inzwischen hatten die Wachen einen Kreis um mich gebildet.

»Ich bin nicht der, für den mich dieser ehrwürdige Ritter hält«, haspelte ich, »das Alter muss ihm den Sinn verwirrt haben.«

»Dann heißt du nicht Berengar?«, fragte einer der Bewaffneten.

Vor Angst zeriss mein Hirn in kleine Fetzen, die umhersausten und sich nicht mehr fassen ließen. In all dem Gebraus fand ich nur noch die Wahrheit. Ich plapperte meinen wirklichen Namen heraus. Den Namen eines Hörigen, der sich als freier Mann ausgab und längst vergessen hatte, dass solches ein Unrecht war.

»Was soll das bedeuten?« Der Wächter packte mich am Arm. »Wen haben wir da eingefangen? Einen Lügner auf jeden Fall. Vielleicht auch einen Verräter oder gar einen Hexenmeister, der vor lauter geheimen Sprüchen nicht mehr weiß, wie er sich nennen soll.«

»Um Himmels Willen, ich habe mich nur versprochen, Eure Mundart rutscht mir nicht so leicht von der Zunge, ich komme nämlich von weit her, aus dem fernen Baiern.«

»So, dann wirst du dich hoffentlich erinnern, auf welchen Namen du vor dem bairischen Gericht geschworen hast.«

»Wofür haltet Ihr mich?«, rief ich. »Noch nie hatte ich mit Gerichten zu schaffen.«

Statt mich nun endlich freizugeben, packte ein zweiter Wächter zu. »Du standest noch nicht vor dem Grafengericht? Ist das die Wahrheit?«

Machtlos hing ich zwischen den beiden Kerlen, die mich um Haupteslänge überragten. Sie drückten so fest zu, dass sich das Blut in meinen Händen staute. Hastig beteuerte ich meine Ehrlichkeit, doch meine Stimme überschlug sich und löste Heiterkeit bei den Wachen aus.

Der Alte grinste. »Solange er dem König keine Treue geschworen hat, gilt er als Gefahr für Krone und Reich! Lasst ihn ja nicht entkommen.«

Der Griff verstärkte sich derart, dass ich beschloss zu stöhnen. Meine Würde war ohnehin verloren, warum sollte ich nicht nach Mitleid trachten. Aber die dumpfen Kerle verstanden mein Ansinnen nicht. »Wir werden ihn unter Bewachung halten, bis das Grafengericht wieder tagt.«

Jeder freie Mann musste inzwischen sein Gelöbnis ablegen, sobald er das zwölfte Jahr erreicht hatte. Da ich zu keiner Gemeinde gehörte und die Richter aus natürlicher Scheu gemieden hatte, war ich dieser Untertanenpflicht bisher entronnen. Natürlich wäre ich in diesem Moment sofort bereit gewesen, meinen Eid zu leisten. Ich hätte meine Hand auf irgendwelche heiligen Knochen gelegt, kurz die entsprechenden Worte gemurmelt und mich ein paar Minuten später in die nächste Taverne begeben, um mich beim Weine für den Schrecken zu entschädigen. Der König nahm das Ritual allerdings sehr ernst. Eine Menge Feierlichkeit gehörte dazu, geistliche Zeugen und die mächtigsten Reliquien, die aufzutreiben waren.

Die Wachen bogen mir die Arme auf den Rücken und zogen sie hoch, so dass sich mein Oberkörper nach vorne krümmte und mein Kopf nun zwischen ihren Bäuchen baumelte. Aus den Augenwinkeln sah ich, dass eine andere Wache Burchard festhielt, und ich hörte Hadelinda schreien.

Meine Furcht wich für einen Moment der Sorge, und ich rief meinen Gefährten zu, sie sollten zwei Tage dem Rhein nach Norden folgen. Dort lag Bilk, der Hof meines Bruders. Wenn er mich auch hasste, ihnen würde er seinen Schutz nicht verweigern. Adalram aber gab ich frei, mochte er sehen, wo er blieb. Sie sollten sich um mich nicht ängstigen, bald wäre ich wieder bei ihnen.

So entschieden meine Stimme klang, so erbärmlich war die Haltung, aus der sie tönte, dass ich abermals Gelächter erntete. Wenigstens lockerten die Wachen ihren Griff ein wenig, und ich konnte unbemerkt meinen Beutel auf die Erde gleiten lassen. Wenn sie mich durchsuchten, durften sie kein Gift bei mir finden.

Dann schleppten sie mich fort, und Hadelindas Rufe zerrissen mir das Herz.

Nicht die Fesseln schmerzten, nicht die Stöße und Tritte, mit denen man mich vorwärts trieb, es war die Ohnmacht, die mich entsetzte. Für sie war ich nicht mehr ihresgleichen. Ob ich schrie oder spuckte, oder ob ich mir Engelszungen lieh, sie hatten mich zum Opfer erwählt, und alles, was ich aufbieten konnte, würde ihre Verachtung nur vergrößern. Mutlos ließ ich mich führen, nur darauf bedacht, keine unerwünschten Bewegungen zu machen, da dies sogleich fühlbar geahndet wurde.

Wir betraten ein mächtiges Gebäude, welches ich zu jeder anderen Gelegenheit bewundert hätte. Nun verstärkten die festen Mauern meine Beklemmung. Von hier gab es kein Entweichen, aus jedem Stein dünstete unnahbare Überlegenheit. Nicht Franken hatten dies errichtet, Römer hatten es erdacht.

Ein hoch gewachsener Mann versperrte uns den Weg. Er trug eine schlichte Tunika aus feinem Leinen und knetete unaufhörlich seine langen weißen Finger.

Noch ehe die Krieger ihn beim Namen nannten, erkannte ich ihn.

Graf Gerrich aus Samoussy.

Sein missfälliges Gesicht schwappte auf mich zu. Ganz deutlich zeichneten sich seine hochgezogenen Unterlider ab, die Falte an seinem Mundwinkel ...

Dann wich er wieder zurück und wandte sich an die Krieger.

»Warum bringt ihr den Lumpen hierher? Wer weiß, was der für Ungeziefer hereinschleppt.«

Die Wachen erklärten artig, was vorgefallen war, doch Gerrich unterbrach sie mit einer ungeduldigen Handbewegung. »Wenn er aufs Gericht warten muss, dann soll er das im Kloster tun, zumal man ihn der Zauberei verdächtigt. Ich will keinen Verdruss damit haben.«

»Ach was«, meinte der Geleitsmann zu meiner Linken. »Der ist vollkommen harmlos.« Zum Beweis stieß er mir den Stiefel in die Kniekehlen, so dass meine Beine einknickten und ich nach vorne stürzte. Mein Gesicht schlug auf den Boden, dann riss der Krieger mich zurück und lachte. »Seht Ihr, Gerrich, der flucht nicht einmal.«

Der andere stimmte zu. »Niemand kennt ihn, niemand wird für ihn einstehen. Überlasst ihn uns, wenn Ihr Euch fürchtet. Wir finden schon heraus, was es mit seinen Lügen auf sich hat.«

»Danke für euren Eifer, aber ich verdiene mir mein Lob lieber selbst.« Gerrich trat vor mich hin und betrachtete voller

Abscheu die roten Tropfen, die auf die ausgetretenen Steine leckten. »Was hast du zu sagen?«

Ausgerechnet er sollte über mein Los bestimmen dürfen? Ausgerechnet ihm sollte ich auch noch schmeicheln?

»Geehrter Herr Gerrich, ich habe bislang nur Lob über Eure Stadt gehört und mag nicht glauben, dass es hier üblich ist, unschuldige Fremde wie Verbrecher in Fesseln zu legen, nur weil irgend ein Greis von Zaubertränken faselt. Ich habe mit den Edelsten des Reiches gespeist, mich mit dem Gelehrten Alkuin von York über wichtige Reichsfragen ausgetauscht und sogar den König selbst beraten. Oh, ich habe mächtige Freunde, die sich über Euer Verhalten sehr wundern würden.«

»Ein Fremder also? Einer, der sein Maul aufreißen und sich beschweren will. Ich fürchte, deine mächtigen Freunde werden nichts von deinem Verbleib erfahren. Schafft ihn hinunter und gebt Acht, dass ihr ihm keine Mittel lasst, mit denen er sein Hexenwerk ausüben könnte.«

Ich wurde in eine Kammer geschleift, in der nicht einmal ein Lichtschacht vorhanden war. Möbel gab es auch nicht, nur ein paar leere Fässer und Kisten lagen darin, wie ich im Kerzenschein erkennen konnte.

Die Wachen waren in vergnügter Stimmung. Sie lösten meinen Strick und entschuldigten sich wortreich für die unzulängliche Unterkunft. »Hoffentlich wird der vornehme Herr sein Lager nicht unerquicklich finden, schließlich kommt er aus dem Palast, wo er und seine mächtigen Freunde gewöhnlich in Kissen aus Federn und Seide schlummern.«

Dann durchsuchten sie mich. Ihre Pranken glitten über meinen Körper, rutschten unter meinen Umhang und zerrten an meinen Gewändern. Sie waren entschlossen, mich ganz und gar zu entkleiden. Die Berührung kränkte mich, darum half ich ihnen, so weit sie es zuließen. Und ich lachte dazu, damit sie nicht merkten, wie gedemütigt ich war.

Plötzlich kniff mich einer ins Gesäß, dass ich vor Schreck

einen possierlichen Satz durch die Kammer machte. Das gefiel ihnen gut. Splitternackt ließen sie mich vor ihnen umherhüpfen. Meine Mundwinkel zerrten nach oben und unten zugleich, und ich kicherte mich in einen schmerzhaften Krampf. Zwischendurch jaulte ich gefällig, wenn ihre Schwerter mir in die Seite stachen. Sicher war meine weinerliche Grimasse schon rot wie Schweineschinken.

Warum blieb ich nicht einfach stehen und ließ sie an ihrer Gehässigkeit ersticken? Ich war voller Ekel gegen mich selbst und konnte doch nicht aufhören.

Irgendwann hatten sie genug. Die Tür schlug zu, und ich war allein mit mir.

So allein, wie ich im Grunde immer schon gewesen war, allein in äußerst abstoßender Gesellschaft.

Ich gluckste noch ein paar Mal, dann löste sich der Krampf in Heulen auf.

Ich hätte um ein Licht bitten sollen und um meinen warmen Umhang. Sie hätten meine Wünsche natürlich nicht erfüllt, doch sie hätten wenigstens gewusst, dass ich litt.

Ich fror und die Wunden brannten.

Verheißungsvoll strahlte es unter der Türritze hervor.

Es war doch nicht möglich, dass man mir ernsthaft schaden wollte. Sicher würden die Wachen gleich zurückkommen und mich aus der misslichen Lage befreien. Unentwegt starrte ich auf den hellen Streifen, um die Schatten ihrer Füße herbeizulocken. So lange starrte ich dorthin, dass der Lichtschein seine Form veränderte. Er wurde zu einem gleißenden Schwert, das sich in meine Augen bohrte.

Ich glaubte, ein schürfendes Geräusch zu hören.

Welche Pein stand mir jetzt bevor?

Tatsächlich, Fingernägel kratzten auf dem Stein unter der Türe.

Ein Geist!

Das war Berengar, mein toter Herr, der sich nun aus seinem

Grabe herauf scharrte und nach Gerechtigkeit verlangte. Gleich würden seine Finger durch die Ritze kriechen und nach mir greifen. Ich rutschte soweit wie möglich in die Dunkelheit zurück und presste mich an die Wand.

Es konnte niemand anders sein als Berengar. Natürlich, einst hatte er hier in Colonia einem Ritter von Lebenswasser gesprochen. Unsinniges Verlangen hatte er damals geschürt, das beherrschte er auf bewundernswerte Weise. Dann aber nahm er sich plötzlich heraus, ein bisschen ehrenhaft zu sein, und mochte für den falschen Trunk kein Silber mehr nehmen. Jetzt kam ich daher, kaum älter, als er damals gewesen war, und führte nichtsahnend seinen Namen. Was für ein lächerliches Missgeschick. Die Falle, die ein Possenreißer stellt, ist gerade groß genug für einen anderen Possenreißer, und ich, der fintenreichste unter allen, musste stracks hineinmarschieren.

Das war die Grube, die mein Herr mir geschaufelt hatte, lange bevor ich ihn verraten konnte. Er hatte tief und dunkel gegraben, und ich entsetzte mich vor ihm.

Ach, die Wachen ahnten nicht, wie grausam es war, mich mir selber auszuliefern. Ich warf mich gegen die Tür und brüllte.

Plötzlich tat sie sich wahrhaftig auf. Beide Krieger standen da und feixten.

Beinahe wäre ich ihnen um den Hals gefallen, so erleichtert war ich, dass man mich noch hörte, dass es mich noch gab. Ich wollte ihnen so gern vertrauen, ja, ich schämte mich meines unrühmlichen Krakeels, und als sie nach dem Grund meiner Unzufriedenheit fragten, bat ich sie nur um etwas Bier. Sie verstanden meinen Wunsch und versprachen, unverzüglich Abhilfe zu schaffen. Unbekümmert trampelten sie den Gang entlang und riefen, dass sie meinen Durst gleich löschen wollten.

Die kalte Jauche ergoss sich über meinen bloßen Leib.

Nur wenig wurde auf die Erde verschüttet, da ich erwartungsvoll nah an die Tür getreten war. Ich konnte nicht einmal schreien. Lange stand ich, ohne mich zu rühren und mochte nicht fassen, was mir geschah. Was sie dort draußen riefen, galt mir nichts mehr. Es lohnte nicht, darauf zu hören, es lohnte nicht einmal, sie zu hassen.

Es fror mich den Leib hinauf und hinunter, ich weiß nicht, ob ich vor Ekel oder vor Kälte zitterte. Vorsichtig tastete ich nach den Fässern, stellte eines auf, damit ich meine Notdurft darin verrichten konnte, und rollte das andere in die Nähe des Lichtscheins. Dieses sollte mir Zuflucht gewähren. Ich krabbelte hinein, zog Arme und Beine nah an den Körper und blies meinen warmen Atem in die Höhlung. Allmählich ließ das Zittern nach, ich wurde ruhig und gab mich der Erschöpfung hin.

Wie viel Zeit ich in meinem Fass verbrachte, kann ich nicht sagen.

Ab und zu stellte man mir Brei und Wasser hin, sonst störte man mich nicht. Die wunderbaren Gaben nahm ich dankbar entgegen. Anfangs fand ich Äpfel darin, später nur noch schrumplige Rüben. Es musste inzwischen Winter geworden sein. Wenn ich Brot bekam, brach ich nur kleine Stücke ab, es war hart und krachte in der Stille. Ich wendete jeden Bissen im Gaumen hin und her, bis er weich wurde und schließlich süß wie Honig meiner Zunge schmeichelte. Dann erst schluckte ich ihn hinunter.

Die Dunkelheit erschreckte mich nicht mehr, sie wurde weit und grenzenlos und bot mir Raum. All meine Lieben sah ich darin, wirklicher, als würden sie vor mir stehen. Aber der Trost schmeckte sauer, es tat mir Leid, dass ich niemandem Freude hatte schenken können. Weder Gisela noch Irmintrud, weder Ansgar noch Burchard. Nicht einmal für Hadelinda hatte ich rechtzeitig einen guten Mann gewählt, weil ich sie für mich behalten wollte. Ich kam mir wirklich nicht besonders erhaben vor; so putzte ich emsig an den letzten weißen Flecken meines Herzens, damit sie hell erstrahlten und meine forschenden Blicke abzulenken vermochten.

Wieder einmal hörte ich Schritte und freute mich auf das Gebrumm der Wächter. Ich grollte ihnen nicht, schließlich waren sie die einzigen Menschen auf der Welt, und sie beachteten mich, trotz meines Elends.

Dieses Mal tapste ein weiteres Paar Füße neben ihnen. Vorsichtshalber kroch ich tief in mein Fass.

Hadelinda trat ein, und die Wachen schlossen die Türe hinter ihr. Ein Talglicht beleuchtete ihr verschrecktes Gesicht. »Herr? Wo seid Ihr?«

»Komm nicht näher, ich möchte nicht, dass du mich so siehst!«

Sie scherte sich nicht um meine Worte, sondern hielt die Kerze direkt in meine Zuflucht hinein.

»Kannst du nicht hören, aufsässiges Weib? Mach, dass du fort kommst, ich habe dich nicht gerufen!«

»Was haben sie Euch nur angetan?« Hadelinda streckte ihren Arm herein und streichelte meinen Fuß, als sei ich ein verwundetes Tier. Doch im Unterschied zu Tieren können wir Menschen uns mit den Augen eines anderen betrachten. Ich trat nach ihr, denn ich konnte nicht ertragen, so erbärmlich vor ihr zu sein. »Verschwinde, verdammt noch mal!«

»Bitte, schickt mich nicht fort. Die Frouwe Gisela gab mir Silber für die Wachen, aber die haben sich nur bestechen lassen, weil heute Christfest ist. Ich kann nicht noch einmal zu Euch kommen.«

Gisela! Also hasste sie mich nicht! Meine Augen füllten sich, und die Kerze ertrank in Schlieren. »Stell das Licht weg, es blendet mich.«

Sie tat mir den Gefallen, kauerte sich vor das Fass und blickte starr auf den Boden.

»Hadelinda, zieht um Himmels Willen weiter. Kommt nicht mehr in diese Stadt, es könnte auch für euch gefährlich werden.«

»Verlangt so etwas nicht. Ohne Euch will ich nicht fortgehen.«

»Erwartest du wirklich, dass ich dieses bequeme Fass verlasse, um euch auf die Sprünge zu helfen? Ich hatte gehofft, ihr könntet inzwischen auch annehmbar spielen, wenn ich nicht vor dem Theater sitze und schnarche.« Sie lächelte zaghaft. »Wir brauchen Euch doch, Ihr müsst schimpfen und zetern, damit wir wissen, dass wir zu jemandem gehören.«

Da sie weiterhin zu Boden blickte, kroch ich aus meiner Zuflucht, hockte mich neben sie und streichelte ihr über die Wange. »Geh mit den anderen, Hadelinda.«

Sie schloss die Lider und weinte. Als ich ihr Kinn hob, blickte sie mir in die Augen, und ich sah, dass sie nicht gedachte, auf meine Wünsche zu hören.

»Ich kann nicht, Herr. Adalram hat sich fortgemacht, und Burchard ist in Bilk bei Eurem Bruder geblieben. Er hat sich selber eingetauscht, als Gegenwert für das Essen, das man Euch brachte.«

Draußen waren Schritte zu hören.

Hadelinda schreckte hoch. »Bitte, Herr, darf ich Eure Hand halten? Ich habe solche Angst, dass dieses die letzte Gelegenheit ist.«

Ich fürchtete mich, als sie so sprach und suchte meinerseits ihre Hände. Ein kleiner weicher Beutel lag darin. Krampfhaft drückte ich Hadelindas Finger, als wäre ich geschützt, solange wir uns hielten. Sie lehnte ihren Stirn an meine Schläfe und flüsterte: »Man hat uns alle verhört, und Adalram erzählte schreckliche Dinge über Euch. Man wirft Euch vor, Ihr hättet hier in Colonia den edlen Ritter Meginher ermordet, nur weil der Eure Kunst beleidigte. Ihr sollt Gedanken lesen können, Tränke brauen und mit Hexen verkehren. Deshalb nahm man Euch die Kleider und alle persönlichen Dinge. Sobald Karl zum Kaiser gekrönt worden ist, sollt Ihr den Untertaneneid leisten.«

»Was redest du da? Karl wird Kaiser?«

»Ja, Herr, er hat den armen Papst Leo unter seine Fittiche genommen, bis der Erhabene wieder ganz genesen war und sich mit einem Eid von allen Vorwürfen befreien konnte. Nun will unser lieber Hirte den König aus Dankbarkeit zum Kaiser krönen, man feiert den Triumph schon auf den Straßen. Ihr müsst sehr stolz sein, Herr, denn ihr habt ja auch dazu beigetragen, dass unser lieber Vater errettet wurde.«

Mir wurde übel.

Ja, ich hatte Karl nach Rom gelotst, damit er zugrunde gehen sollte, und nun erfuhr er dort die größte Ehrung, die ein Mensch sich wünschen konnte.

Ich dagegen hockte in der Finsternis und bangte um mein Leben. Hatte ich denn meinen eigenen Untergang herbeigespielt?

»Herr, wenn Ihr den Eid geleistet habt, darf das Gericht über Euch urteilen. Da kein barmherziger Tod für Euch vorgesehen ist, müsst Ihr dafür nun selber sorgen.«

Die Tür wurde aufgestoßen.

»Schluss jetzt, Weib!«, sagte der Wächter.

Hadelinda umarmte mich. Ich wollte sie nicht loslassen, ich wollte sie so gerne noch spüren, wollte ihr sagen, dass ich nicht aufrichtig gewesen war, wenn ich mich ihr gegenüber zurückhaltend gezeigt hatte. Stattdessen stieß ich sie von mir und rief ihr nach, sie solle sich nie mehr in den Mauern Colonias blicken lassen.

Das Mädchen hatte mir Furcht in die Seele gesät. Die Furcht vor dem Tode und vor den Schmerzen, die ihm vorausgehen würden.

Der Beutel lag in meiner Hand. So viele Jahre hatte ich ihn aufbewahrt, und jetzt mochten sich meine Finger nicht mehr darum schließen. Durch das Leder fühlte ich die Fibel meiner Mutter, die mir weiterhin verwehrte, das sorglose Leben eines unbedeutenden Bastards zu führen. Ich spürte das gestohlene Messer darin und auch die klappernde Holzdose mit Gift, das darauf lauerte, einem Unglücklichen zum Verhängnis zu werden.

Sorgfältig zerdrückte ich die Samen mit der reinen Klinge, einen nach dem anderen, und füllte die Bröckchen in meinen Trinknapf. Jeden Krümel ertastete ich in der Dunkelheit, damit nicht einer verloren gehe.

Sieben Tage würde ich auf die Erlösung warten müssen, doch ich konnte mich nicht entschließen, den Napf zu leeren.

Zu früh kamen die Wachen, mich zu holen.

»Steh auf! Gerrich will dich sehen.« Sie warfen mir einen Umhang über die Schultern und rissen mich auf die Füße. Meinen Beutel konnte ich gerade noch unter dem Tuch verbergen, aber Madelgards Holzdose und die graue Flüssigkeit entdeckten sie. Misstrauisch roch einer der Krieger an der Brühe. »Was ist das?«

»Bitte überlasst mir den Trunk. Ihr werdet einem Todgeweihten doch nicht seine letzte Mahlzeit verwehren.«

Doch sie hörten mir nicht zu. Gnadenlos zerrten sie mich auf den Gang hinaus, der weiß und kalt meine elende Gestalt verhöhnte. Ich bibberte vor Angst, und meine Glieder verweigerten den Gehorsam. Die Wachen mussten mich stützen, sie schleiften mich mehr, als dass ich ging. Sie blieben auch an meiner Seite, als ich dem Edlen Gerrich vorgeführt wurde, und halfen mir, mich aufrecht zu halten.

In der barmherzigen Dunkelheit hatte ich den Schmutz nach einer Weile vergessen, doch hier, vor diesem sorgfältig gekleideten Herrn, stieg mir mein eigener Geruch beschämend in die Nase. Ich wurde mir der Nacktheit unter dem Umhang bewusst, wand mich vor Peinlichkeit und hoffte, dass Gerrich mich nicht allzu eingehend betrachten wollte.

Genau das aber tat er.

Er ging um mich herum und musterte mich von allen Seiten, als wäre ich ein Schwein, für das der Bauer einen unverschämten Preis verlangte. Ob er wohl bemerkte, dass meine Haut unter dem Dreck inzwischen genauso vornehm blass war wie die seine?

Ja, er glaubte tatsächlich, die Menschen nach seinem Willen steuern zu dürfen. Er betrachtete ihre Gesichter und meinte, sie seien von unkundiger Hand gezeichnet, weil sie Grimassen schnitten und bedenkenlos jedem Gefühl das Feld ihres Antlitzes überließen, nur damit er darin lesen konnte.

Das schadete nichts, denn auch ich konnte sein Antlitz gerade so deutlich vor meinen Augen entstehen lassen, wie ich es sehen wollte. Das hatte mich die Dunkelheit gelehrt. Schon ließ ich sein Bild kläglich zusammenschrumpfen. Er war bloß ein grauer Vogel mit halb geöffnetem Schnabel und stechenden, hellblauen Augen, eine hungrige Dohle nur, die sich verkrampft ihren mausernden Federbalg um die Glieder zog und aufgeregt um mich herumhüpfte.

Seine Fragen kamen schnell und knapp, sie schossen auf mich los, noch ehe ich zu Ende geantwortet hatte.

»Warum hast du behauptet, dein Name sei Meginhard?«

»So nannte mich meine Mutter.«

»Am Tor gabst du dich als Berengar aus.«

»So nenne ich mich auch. Zum Gedenken an meinen Herrn und Lehrer, der mich schon unterwies, als ich noch ein Knabe war. Ich verdanke ihm ...«

Der Edle war aufgesprungen und unterbrach mich. »Beantworte nur meine Fragen, geschwätziger Lump! Man hat dich bezichtigt, magische Tränke zu brauen.« Er kam mir nahe, sah über meinen unappetitlichen Zustand hinweg und hob meinen Kopf. »Du solltest lieber gestehen und deine Seele erleichtern. Vertraue mir deinen Trank an, ich halte nichts von unnötiger Härte und würde deinen guten Willen als ersten Schritt zur Läuterung ansehen.«

Die Freundlichkeit war auf seinen Lippen festgefroren, in Wirklichkeit ekelte er sich vor mir. Gleich würde er sich die Hände an der Tunika abwischen. Als er das tatsächlich tat, musste ich unwillkürlich lächeln.

Begehrlich befahl er mir, von dem wundersamen Lebenswasser zu berichten, welches mir so zuverlässig die Jugend erhielt. »Du solltest dich schnell entschließen. Die Gerichte sind nicht besonders zimperlich, wenn sie einen Gegner der Krone wittern, und es wäre mir ein Leichtes, dafür zu sorgen, dass du aufs Grausamste verurteilt wirst.«

Versuche mich nur, Gerrich, ich will niemandes Geschick mehr lenken, und ich will nicht mehr schuldig werden, nicht einmal an dir. »Es tut mir Leid, Herr, ich fürchte, es gibt auf der ganzen Welt keinen Trank, der die Jugend erhält. Vielleicht wendet Ihr Euch lieber an die schönen Weiber, sie wissen so allerlei, wenn es gilt, Falten zu verbergen.«

Gerrichs Brauen zogen sich böse auf einen Punkt über der Nasenwurzel zusammen. »Verstockter Tor!«, schrie er.

Der Krieger an meiner Rechten trat von einem Bein aufs andere, als ob er ein dringendes Bedürfnis verspürte. »Verzeiht, dass ich zugehört habe«, fing er an. »Ich weiß nicht, wie es dem Lumpen gelungen ist, ohne seine Gerätschaften einen Zaubertrank zu brauen, aber in seinem Kerker steht ein Napf, bis obenhin mit einer sonderbaren Flüssigkeit gefüllt. Ich habe das Zeug nicht angerührt, das schwöre ich.«

Gerrich entspannte seine Züge, schloss seine Lider und atmete tief. »Bring mir den Trank«, sagte er leise. Dann beugte er sich zu mir herunter. »Noch heute wirst du den Tag verfluchen, an dem du dein Leben verlängertest. Mir aber soll dein Gnadengeschrei noch hundert Jahre lang als reine Wonne in den Ohren klingen.«

Er gab den Wachen ein Zeichen, und sie schleppten mich aus dem Gebäude, um mich zum Thingplatz zu führen.

* * *

Meine Glieder bewegten sich nur mühsam. Anscheinend hatten die Wachen keine Lust, mich zu tragen, sie schoben und zerrten und nahmen in Kauf, dass sie nur schleppend vorwärts kamen.

Das Tageslicht schmerzte. Mein Kopf umhüllte sich mit

barmherzigem Nebel, so dass ich die Schmähungen nur undeutlich vernehmen konnte. Ich glaube, dass die mutigsten Knaben mit Unrat nach mir zielten, und einer wagte sich so nahe heran, dass er mich stoßen konnte.

Der Länge nach stürzte ich in den Morast.

Es war recht bequem in meinem neuen Bett.

So viele Fußstapfen um mich herum, kleine und große, sie überlagerten sich gegenseitig, und auch die tiefsten waren an den empfindlichen Rändern schon von zarteren Schritten durchbrochen. Ach dürfte ich nur noch einen Augenblick hier liegen bleiben und zusehen, wie alle Hast unter neuem Streben begraben wird. Wie vergänglich ist doch der Eindruck, den ein Mensch hinterlässt.

Doch die Wachen zerrten mich wieder auf die Füße. Ich stapfte sehr gewissenhaft, während meine Begleiter mich zogen und schoben, und es belustigte mich, dass ich es tat.

Der Thing lag auf einer kleinen Anhöhe, ehemals wohl außerhalb der Stadt, aber nun gesäumt von Hütten und Häusern, die sich zwischen die Ruinen der Römer schlichen und verstohlen alte Steine aufsogen.

Die Pfaffen waren schon mit ihrem Schrein aus goldbelegtem Schnitzwerk zugegen. Ich konnte nicht erkennen, welche Reliquie sich darin befand, denn außer mir waren noch viele gekommen, um ihr Gelöbnis abzulegen oder um mit dem Nachbarn zu streiten. Kläger und Beklagte riefen laut nach ihrem Recht, als wäre es ihr Eigentum und hörten nicht zu, wenn ihr Gegner die gleichen Worte im Munde führte. Jeder hatte sein bestes Gewand angetan, und wer nur ein einziges besaß, hatte es so lange gewalkt, bis es dünn und fadenscheinig geworden war und nichts mehr verbergen konnte.

Unterdessen war auch Gerrich eingetroffen und hatte neben dem ehrwürdigen Grafen Platz genommen, der heute Gericht halten sollte. Dort saßen noch zwei Fürsten, ein hoher Kirchenvater und ein Mönch. Sie alle waren geschützt durch den schweren Tisch, der sie wie ein Festungswall gegen das Volk abschirmte. Hinter ihnen und um den ganzen Platz herum hatten sich Bewaffnete verteilt, denn niemand sollte auf den Gedanken kommen, ein Urteil anzuzweifeln.

Ein Gesandter des Kaisers stapfte auf und ab, ließ hören, dass Karl ihn ausersehen hatte, über die Vereidigung zu wachen, und erklärte, dass niemand vor den mächtigen Reliquien seine Aussage verfälschen dürfe, da Gott eines jeden Worte höre und in unsere Seelen schaue.

Wie die anderen antwortete ich artig, dass ich die Tragweite des Schwures wohl begriffen hatte und keinen Meineid leisten würde. Dabei dachte ich an die sächsischen Grafen, die ich schwören gesehen hatte, an den Verräter Hardrad, an Herzog Tassilo ... O ja, ich war mir der Bedeutung dieses Eides durchaus bewusst.

Nun sollte ich mit den anderen meiner Untertanenpflicht nachkommen, damit der Richter in guter Ordnung meinen Fall untersuchen und darüber befinden konnte.

»Sprecht mir nach!«, tönte es von vorne.

»Sacramentale qualiter promitto ego,
quod ab isto die inantea fidelis sum ...«

Ein dumpfes Gemurmel drang aus den Kehlen, sie sprachen die lateinischen Worte wie eine Zauberformel, wie ein Gebet, das Segen über ihre Häuser bringen sollte.

»... domno Carolo piisimo imperatori,
pura mente absque fraude et malo ingenio
de mea parte ad suam partem ...«

Meine Lippen bewegten sich nicht. Ich verstand den Sinn der Verse, und ich vermochte nicht, sie nachzusprechen.

»... et ad honorem regni sui,
iustitia obediens atque consentiens ...«

Ich schalt mich, ob meiner Dummheit, vielleicht könnte ich schon heute Abend mit meinen Gefährten am Feuer hocken und über die ausgestandene Pein mit ihnen lachen, wenn ich mich überwand und den Herren zu Willen war.

»... sicut recte debet esse homo domno suo
Si me adiuvet Deus ...«

Diesen Schwur würde ich genauso wenig halten können wie meine anderen Versprechen. Ich durfte nichts mehr beeiden, und ich mochte nicht länger lügen. Behutsam fingerte ich die Fibel meiner Mutter hervor und steckte sie an den schäbigen Umhang.

»... et ista sanctorum patrocinia quae in hoc loco sunt
quia diebus vitae meae, ...«

Gerrich verzog seinen Mund. Vielleicht begannen Madelgards Samen schon jetzt in seinem Bauch zu gären.

»... per meam voluntatem,
in quantum mihi Deus intellectum dederit, ...«

Der Edle erhob sich, streckte langsam den Arm vor, und sein weißer Finger zielte auf mich.

»... sic attendam et consentiam.«

Was sollte er mir noch nehmen können außer meinen dürftigen Leib. Selbst da würde ich ihm zuvorkommen, denn in meiner Faust verborgen lag ein vertrautes Messer. So viele waren vor mir gestorben, und alle hatten diese letzte Herausforderung erfolgreich hinter sich gebracht. Worum sorgte ich mich also?

Gerrich unterbrach meine Gedanken: »Seht, was er am Umhang trägt. Ich kenne die Fibel, sie stammt aus Karlmanns Gut. Entweder ist er ein Dieb oder ein Feind des Kaisers. Er hat seinen Eid geleistet, vernichtet ihn.«

Gerne wollte ich die Bühne betreten, auf die er mich jetzt drängte. In dieser Mär aber würde ich eine Rolle spielen, die für jedermann sichtbar sein durfte. Es würde meine eigene Rolle sein.

Meine Kehle frohlockte, als ich sie endlich wieder weit machte, damit meine Worte über den Thing schallen konnten. »Ihr irrt, Gerrich!«, rief ich. »Ich habe nicht geschworen, kein Wort kam über meine Zunge. Müssen die *missis* sich nicht die Zeit nehmen, mir erst zu erklären, was ich da versprechen soll?«

Die Wache rempelte mich warnend in die Seite, doch Gerrich hatte sich bereits erhoben und winkte, damit man mich vor den Richterstuhl brachte.

Dieser war sehr ärgerlich über die Störung, wie gerne hätte er die lästige Pflicht schon hinter sich gehabt. Er seufzte. »Damit ein jeder erkennen soll, dass dieses Gericht beharrlich der Gerechtigkeit dient, selbst wenn ein Nichtsnutz wie du es beleidigt, gebe ich dir Gelegenheit, deine Worte zu bedauern.«

»Geehrter Herr, ich will Euch nicht beleidigen, doch wie kann ich einen Schwur nachsprechen, dessen Inhalt ich nicht zustimme. Vergesst auch nicht die Männer, die des Lateinischen nicht mächtig sind. Sollen sie alle einen Meineid leisten?«

Gerrich knetete seine Finger. Er war noch blasser geworden, ich entdeckte Furcht in seinen Augen. Vielleicht hatte er meinen Napf geleert und ahnte bereits, dass Gift darin schwappte.

»Wie kommst du zu der Fibel?«, zischte er über den Tisch.

Nein, vor mir fürchtete sich der Edle – vor mir und vor seiner eigenen, längst vergessenen Freveltat.

Der Richter bedeutete ihm, sich zu setzen. »Mäßigt Euch, Gerrich. Zur Untersuchung des Falles kommen wir, sobald der Taugenichts geschworen hat.« Er wischte sich müde über die Augen, doch als er wieder aufblickte, war ich immer noch da. »Ich bin das ewige Theater leid, Trotz und Widerspruch bei den gebräuchlichsten Verrichtungen. Du kannst mir glauben, dass nichts Böses aus der Formel spricht. Unser Kaiser hat sie selbst verfasst, und gottesfürchtige Männer standen ihm dabei zur Seite. Besinne dich, du Narr.«

Meine Zunge dürstete danach, wahr zu sagen und mich glorreich in den Abgrund zu plappern. Wenn ich es nicht tat, würden meine Glieder für mich sprechen, am Ende erhöbe gar mein kleiner Finger seine Stimme, um grell und laut zu bekennen.

»Ich will nichts schwören, was ich nicht zu halten vermag,

verehrter Graf. Ihr werdet mich auf jeden Fall verurteilen, und ich möchte nicht unter falschen Voraussetzungen sterben. Es gibt einen Richter, der mir dann nicht mehr vergeben würde. Ich spreche weder von Euch noch vom Kaiser, und auch nicht von Gott. Ich spreche von mir selbst.«

Gerrichs Zorn schlug mir körperhaft entgegen. Er brüllte einen Sack voll Verwünschungen über mich herab, aber der Richter gebot ihm Ruhe und befragte die Wächter nach meiner Person. Diese eiferten sogleich, sich gegenseitig zu übertrumpfen, schilderten beflissen alles, was sie über mich wussten, und noch viel mehr. Sie behaupteten, dass ich mich in der Finsternis wohl fühle, dass ich keine Schmerzen empfände und lache, wenn man mich demütige.

Sicher hätten sie mir noch einen schuppigen Schwanz angedichtet, doch nun grölten auch andere, die irgendwann meinen Darbietungen beigewohnt oder wenigstens davon gehört hatten. Von Teufeln und Schwefelrauch erzählten sie und sagten, ich würde Holzscheite zum Leben erwecken, damit sie sich in die Träume schlichen und unter den Menschen Verwirrung stifteten.

Sollte ich sie denn verachten, weil sie sich über einen verdreckten Gaukler erregten, der sich erdreistet hatte, ihre Gewohnheiten zu durchbrechen? Sollte ich sie bedauern, da sie ängstlich lärmten, als wäre meine Rede böser Fluch, der ihre zaghaften Seelen vernichten wollte? Ich musste sie wohl fürchten, denn sie zerdrückten mein Leben in den ungelenken Fingern und ahnten nicht, wie kostbar es mir war.

Nun würde ich all das offenbaren, was ich in meinem Herzen verborgen gehalten hatte. So lange würde ich erzählen, bis ich selber schließen wollte, und das würde am Ende meiner Menschenfrist sein.

Man würde mich wohl nicht mehr leben lassen, wenn ich meine Herkunft preisgab. Dann musste ich ihre Schuld auf meinen Rücken laden und das Messer gegen mich richten, denn ich wollte kein Märtyrer werden, der klaglos Torturen ertrug. Wenn ich einen Platz in ihren Seelen gefunden hatte, würde ich getrost auch diesem Ende zustimmen, denn nie hatte ich etwas anderes gewünscht, als dass sie mich für einen Augenblick in ihrer Mitte aufnähmen.

Mich, den Bastard, den Sohn Karlmanns, den Verräter, den Mörder, den Tokkenspieler ...

Mich, Meginhard.

Doch bis dahin war noch lange Zeit, denn ich hatte mein ganzes Leben wieder vor mir. Ich schritt zu dem goldenen Schrein, legte meine Hand darauf und umklammerte mit der anderen das gefügige Messer. Geduldig harrte ich auf den Moment, da die Menge Luft zu holen schien.

Dann sprach ich:

Verehrte Richter, Ihr könnt mich nun fortschaffen und mir in einem dunklen Winkel den Garaus machen, doch dazu ist auch später noch Gelegenheit.

Ich glaube nicht, dass ich, Meginhard, ein Künstler bin, noch dass ich jemals einer war. Weder der Heilige Geist noch ein Teufel hat je aus mir gesprochen. Das kann ich bezeugen, denn alles, was ich tat, habe ich selbst entschieden. Jeder Mensch bestimmt allein über seine Taten; selbst Hexen und Zauberer handeln eigenständig, und auch unsere guten Mönche werden von keiner Vorsehung gelenkt. Ich behaupte das ohne Furcht, denn mich plagt keine Sorge um mein Seelenheil; ich wünsche mir kein Leben nach dem Tode. So viele Wunder habe ich gesehen, so viele schuf ich selbst, und nun bin ich müde zu glauben.

Auch Euch Richter fürchte ich nicht, die Ihr Ehrlichkeit verlangt und einen Meineid fordert. Ich werde niemandem Rechenschaft ablegen außer mir selbst, denn es gibt keinen Menschen, keinen Geist und keinen Gott, der in meine Seele eindringen könnte.

Jetzt fürchte ich nur noch das Schwinden meiner Kraft, die ich so dringend brauchen werde, falls Ihr Euch entschließen solltet, mich freizugeben. Noch zittern die Spieler vor meinem Urteil und buhlen um meine Gunst, denn noch kann meine Stimme sich erheben und mein Haar als dunkel gelten, wenn es auch mit grauen Flecken gemustert ist. Schon lange leugne ich die Schmerzen in meinem Rücken, in der Nacht flieht mich der Schlaf, und während der Darbietungen überfällt mich unentrinnbare Müdigkeit. Doch ich kenne die Spieler und brauche nicht zu sehen, was sie tun. Wahllos zitiere ich sie zu mir, rüge sie ob ihrer Trägheit und gräme mich über ihr Unvermögen, bis sie ihre Blicke in die Erde bohren und jede Strafe auf sich nehmen, die ich, Meginhard, ihnen zu meiner eigenen Bequemlichkeit auferlege.

Denn die Menschen wollen geführt werden. Ist der Herr freundlich zu ihnen, verwandeln sie sich in unersättliche Bestien und machen ihm das Leben zur Hölle. Ist der Herr schwach, lassen sie ihn im Graben liegen und geifern nach seiner Habe. Bedient er sich aber ärgerer Hand, ist ungerecht und grob, dann vertrauen sie ihm, sind glücklich unter seinem Schutz und gehorchen gern. Und die Menschen wollen betrogen werden. Sie fürchten den Wandel, da er sie frei machen könnte. Sie fürchten die Freiheit, da sie selbst entscheiden müssten. Sie fürchten sich zu entscheiden, da sie irren könnten. Schafe sind sie und folgen dem, der eindrucksvoll zu blöken versteht. Sie ducken sich vor Drohungen und gieren nach armseligen Vergünstigungen. Die Könige ebenso wie die Knechte.
Weil sie sich so ängstigen, küssen sie jedem die Hand, der ihnen zukünftiges Heil verspricht.
Darum habe ich alle Talente genutzt, die mir zur Verfügung stehen, und ich tue es noch. Ich bin niemandem Dank schuldig für diese Talente, denn ich selbst habe sie gefördert und gepflegt.
Sie machten mich zu dem, was ich jetzt bin.

Ich bin der Herr über die Darsteller.
Ich bin der Herr über die Hölle und das Himmelreich.
Ich bin der Herr über Glück und Elend aller Menschen, die mir zusehen.
Ich bin Tokkenspieler.«

GLOSSAR

Augustam
Augsburg, gegründet in der Römerzeit als Militärlager *Augusta Vindelicum*

Benediktiner Klosteralltag
Beispiel für einen heutigen Ablauf: 1. Laudes (Gebet in der Morgenfrühe), 2. Mittagshore (bestehend aus Terz, Sext, Non), 3. Vesper (abendliches Gotteslob), 4. Komplet (Gebet zum Tagesabschluss) in Verbindung mit Vigil (nächtliches Gotteslob)

Tagesablauf der Mönche im Mittelalter (nach Dr. Frank Dierkes):

1.00	Vigilien oder Nocturnen Psalmen, Lektionen, Kantika und Hymnus ›Te deum laudanus‹ unterbrochen durch Wechselgesänge
5.00	Laudes oder Matulin 66. und 50. Psalm, zwei variable Psalmen und der 148.–150. Psalm
6.00	Prim Hymnus und Psalmen
9.00	Terz Hymnus und Psalmen
12.00	Sext Hymnus und Psalmen
15.00	Non Hymnus und Psalmen
17.00	Vesper Hymnus und Psalmen
18.00	Komplet Hymnus und Psalmen

Bei dieser Einteilung blieb kaum noch Zeit Hand- und Schreibarbeiten nach der Ordensregel zu erledigen, weshalb zahlreiche Ausnahmen vorgesehen waren.

Bilk

Im Jahre 799 wurde die *Villa Bilici* erstmals urkundlich erwähnt, ein größeres Anwesen aus welchem der Düsseldorfer Stadtteil Bilk entstanden sein dürfte. Es lag in der Nähe des Klosters Swidberthswerth, dem heutigen Kaiserswerth. Zu dem Herrenhof gehörte wahrscheinlich eine kleine Kirche, die nach 700 errichtet worden sein muss. Dieser Bau, eine rechteckige Kapelle mit geradem Chorabschluss, stand an der gleichen Stelle wie heute Alt Sankt Martin. Leider hat eine unsachgemäße Grabung im Jahre 1935 die Informationen über diesen Bau für immer vernichtet.

Britanie

Bretagne, Einhard nennt Ritter Roland *Hruodlandus Brittannici limitis praefectus* Markgraf Roland von Bretagne

Chasaren

Das *Chasarenreich* befand sich zwischen dem christlichen Byzanz und dem muslimischen Persien und pflegte mit beiden enge Verbindungen. Hebräer, jüdische Kaufleute aus Kleinasien, aus dem byzantinischen Raum, sowie aus dem Kaukasus siedelten sich unter dem Schutz der mächtigen Chagane im Chasarenreich an und belebten den Handel. Nach der historischen Überlieferung konvertierte König Joseph im 8. Jahrhundert zum Judentum.

Civitas

Als *civitas romana* wurde im alten Rom die Gesamtheit der freien Bürger bezeichnet, denen das römische Bürgerrecht zustand. Im Mittelalter benutzte man den Begriff *civitas* für Stadtstaat, Stadt, oder Gemeinde.

Durendal

Name des berühmten Schwertes. Aus dem historischen Ritter Roland Einhards entwickelte sich eine literarische Heldengestalt. So entstand in Frankreich *la Chanson de Roland,* das Rolandslied, eine Dichtung in altfranzösischer Sprache. Kurz nach 1100 griff ein weiterer Dichter den Stoff auf und schuf daraus ein Epos. Gemäß dieser Verse stieß Roland mit letzter Kraft in sein Horn Olifant, um Kaiser Karl zu Hilfe zu rufen. Angesichts der Niederlage stürzte er sich dann in sein Schwert Durendal.

Das Tal *Brèche de Roland* soll der Sage nach entstanden sein, als Roland, dem Tode nahe, vergeblich versucht hatte, das Schwert an einem Felsen zu zerbrechen. Es stellt heute einen Übergang von der spanisch-französischen Grenze in den Ordesa Nationalpark dar. Nach einer anderen Legende schleuderte er das Schwert kilometerweit von sich, damit es den Feinden nicht in die Hände fallen sollte. Im Felsen von Rocamadour soll es angeblich stecken geblieben sein und ist nun über dem Eingang zur Wallfahrtskapelle zu besichtigen.

Von Sizilien bis nach Island wurde der Held bekannt und seine Geschichten weitererzählt. Das traditionelle sizilianische Puppenspiel ist noch heute ein Beispiel dafür.

Eiloha

Der alte Name des Gebietes um das heutige Fulda bedeutet möglicherweise *Eichenwald.* Die Gegend wird in der *Vita Sturmi* beschrieben. Sturmius war von Bonifatius beauftragt worden, zu prüfen, ob sie sich für die Gründung eines Klosters eignen würde.

Siehe auch → Fulda

Familia

In der patriarchalischen Ordnung bis ins 16. Jh. umfasste dieser Begriff die gesamte Hausgenossenschaft von Freien und Sklaven die dem Hausherrn anvertraut waren.

Friedelehe

Der Begriff *Friedel* hat sich aus *friudiea* entwickelt, was Geliebte bedeutet. Die Friedelehe wurde im allgemeinen zwischen standesgemäß ungleichen Ehegatten geschlossen und beruhte auf reiner Willensübereinkunft. Häufig wurde sie von vornehmen Frauen gewählt, denn im Gegensatz zur kirchlich anerkannten Muntehe wurde der Gatte hier nicht zum Vormund seiner Frau. Der Mann durfte neben einer Muntehe beliebig viele Friedelehen haben. Ursprünglich waren Kinder aus diesen Verbindungen erbberechtigt, doch durch die Macht der Kirche wurden sie von der Erb- und Thronfolge ausgeschlossen. Wegen der Poligynie, der leichteren Auflösbarkeit und der Gleichstellung von Mann und Frau hielt die Kirche solche Verbindungen für Konkubinate und erklärte sie im 9. Jh. für illegitim.

Fro

Altes Wort für ›Herr‹ in der Bedeutung ›der Erste‹ oder ›der Vorderste‹

Fronhof

Herrenhof, Zusammensetzung mit dem Wort *Fro*, wie auch *Frondienst* oder *Fronarbeit*

Frouwe

Herrin, weibliche Bildung aus *Fro*, heute in dem Wort ›Frau‹ erhalten. Der Herkunft gemäß blieb die Bezeichnung ›Frau‹ lange Zeit den Damen von Stand vorbehalten.

Fulda

744 übergab Karlmann, der Bruder des späteren fränkischen Königs Pippin, den Adelshof Eiloha samt Umland an Bonifatius zur Gründung eines Klosters, die sogenannte ›Karlmann-Schenkung‹. Im Auftrag des Bonifatius gründete Sturmius (Sturmi, Sturminus) hier am 12. 3. 744 das Benediktinerklos-

ter Fulda. Karl der Große verlieh im Jahre 774 dem Kloster Fulda die politische Immunität mit eigener Gerichtsbarkeit und Regierung. Fulda galt somit als Reichskloster und unterstand direkt den römisch-deutschen Königen und Kaisern.

Hausmeier

Nach dem lateinischen *maior domus,* ›der Größere im Hause‹ oder ›Hausältester‹, stand diese Bezeichnung dem höchsten Amtsträger eines Hofes zu. Als Vertreter des Grundherrn beaufsichtigte er die Bauern und Unfreien auf dem Salland, zog Abgaben ein und übernahm den Vorsitz im Hofgericht. Auch Pippin der Jüngere war ursprünglich ein Hausmeier. Die Einflussmöglichkeiten seines Ranges ermöglichten ihm, zu einem unabhängigen Regenten des Reiches aufzusteigen und 751 selbst das Amt des Königs zu übernehmen.

Hufe

Die Hufe war ursprünglich der Ackeranteil, der einem Familienoberhaupt zugewiesen wurde. Seit dem 8. Jh. ist damit die bäuerliche Wirtschaftseinheit aus Haus, Hof, Acker- und Wiesenland gemeint. Dienste und Abgaben waren mit der Hufe verbunden, nicht mit der Person des Bauern. Gegen Ende des 8. Jahrhunderts bezeichnete die Hufe auch eine regional unterschiedlich große Maßeinheit *flämische Hufe* = 16,8 ha, *fränkische Hufe* = 23,9 ha; *sächsische Hufe* = 12 ha.

Irminsul

Heiligtum der heidnischen Sachsen, vermutlich in Form einer hölzernen Säule, die in der Nähe der sächsischen Festung Eresburg in Westfalen stand. Möglicherweise sollte sie die Weltesche *Yggdrasil* symbolisieren, in der nordischen Mythologie ein immergrüner Baum im Mittelpunkt der Welt, dessen Wurzeln die Welten der Menschen, der Hel und der Reifriesen halten. Die Irminsul wurde 772 von Karl dem Großen zerstört.

Kolonenbauern

Kolonen waren Pachtbauern, die ein Stück Land, meist eine Hufe des Grundherrn, gegen Leistung von Diensten und Abgaben selbstständig bewirtschafteten. Sie waren zwar keine Sklaven, aber sie waren an das Land gebunden und konnten mit ihrer Parzelle verkauft werden. Zu ihren Pflichten konnte die Feldbestellung gehören, das Bauen von Zäunen, Straßen und Brücken, sie hüteten Vieh, schlugen Holz, oder erledigten Boten- und Fährdienste. Außerdem zählte die Unterstützung des Grundherrn im Kriegsfalle dazu, etwa durch Stellung von Lebensmitteln oder seltener der Kriegsdienst mit der Waffe. Von den Frauen wurde zusätzlich Backen, Spinnen, Weben und Waschen verlangt.

Mansi

fränkische Einteilung des Bodens. Ein *mansus* wird als Normalausstattung einer von einem Grundherrschaftszentrum abhängigen Bauernstelle mit Land und Nutzungsrechten definiert und auch als *huba, hoba*, huobe oder deutsch »Hufe« bezeichnet. – Siehe → Hufe

Miete

lateinisch *meta* für Kegel, Pyramide. Zur Aufbewahrung im Freien werden Feldfrüchte auf trockenem Boden oder in einer Grube gleichmäßig geschichtet und vollständig mit Stroh und einer Schicht Erde abgedeckt.

Missis

lateinisch *missi regis* oder *dominici;* ›Sendgrafen‹. Bis ins 12. Jahrhundert waren *missis* Beauftragte des Königs. Diese Gesandten kontrollierten als Vertrauensleute die Verwaltung und das Heerwesen, waren aber in erster Linie Richter. Königsboten erhielten schriftliche Weisungen *(Kapitularien)* direkt vom Königshof und hatten dem Herrscher über die Ergebnisse ihrer Tätigkeit Bericht zu erstatten.

Mogontiacum

Mogontiacum oder Mainz ist eine der ältesten Städte am Rhein, ein Kreuzungspunkt uralter Handelsstraßen. Der lateinische Name wird von dem keltischen Lichtgott Mogo abgeleitet, der dann von den Römern mit Apollo gleichgesetzt wurde.

Monatsnamen

Karl der Große benannte die Monate nach hauptsächlich landwirtschaftlichen Gesichtspunkten neu.

Monat	*althochdeutsch*	*fränkisch*	*Bedeutung*
Januar	Hartung	wintarmanoth	Hart – kalt, gefroren, und Wintermonat
Februar	Hornung	hornungmanoth	Rehe und Hirsche werfen ihr Gehörn ab, oder Horn im Sinne von Winkel – der im Winkel Geborene, der Bastard, der zu kurz Gekommene – der kürzeste Monat
März	Lenzing	lenzinmanoth	vom germanischen langatin – die Tage werden länger
April	Ostaramond	ostarmanoth	geht ev. auf die germanische Göttin Ostara zurück, oder steht mit Osten in Verbindung als Tagesanbruch in der christlichen Liturgie, mit der Auferstehung ist die Nacht besiegt

Monat	*althochdeutsch*	*fränkisch*	*Bedeutung*
Mai	Wonnemond	winnemanoth	Weidemonat, Wonne oder Winne bedeutet hier noch Weide
Juni	Brachet	brachmanoth	In der Dreifelderwirtschaft wird jetzt das Brachland umgepflügt
Juli	Heuert	hevimanoth	Heumonat, hevi = Heu, in dieser Zeit wird das Gras gemäht oder ›niedergehauen‹
August	Ernting	aranmanoth	Erntemonat, aran = Ernte
September	Scheiding	witumanoth	Scheide zwischen langen und kurzen Tagen, und witu = Holz, in dieser Zeit wird Holz geschlagen
Oktober	Gilbhart	windumemanoth	Das Laub vergilbt, und windume (lat. vindemia) = Weinlese
November	Neblung	herbistmanoth	Nebelmonat / Herbstmonat
Dezember	Julmond	heilagmanoth	Monat des Julfestes, heiliger Monat

MORGENGABE

Nach der Hochzeitsnacht bekam die Frau die Morgengabe, durch welche sie als rechtmäßige Ehefrau anerkannt wurde. In der Frühzeit konnte sie aus Rindern, Pferden oder Waffen bestehen, später aus Ländereien, die im Todesfalle des Ehegatten auch zur Witwenversorgung dienten. Starb die Ehefrau vor dem Mann und hinterließ keine Kinder, so fiel die Morgengabe wieder an die Sippe ihres Mannes zurück.

Munt

Althochdeutsch für ›Schutz‹ oder ›Vormundschaft‹. Munt bezeichnete die Herrschafts- und Schutzgewalt des Hausherrn über die seiner Herrschaft unterworfenen Angehörigen (Frau, Kinder, ledige und verwitwete Verwandte und Bedienstete)

Muspilli

Dieses althochdeutsche Gedicht in Stabreimen vom Anfang des 9. Jahrhunderts stammt aus Bayern. Es handelt vom letzten Weltgericht und schildert die Schicksale der Seelen nach dem Tode im christlichen Sinn. Herkunft und Bedeutung des Wortes Muspilli sind ungeklärt.

Odal

germanisch für ›Sippeneigentum‹. Gemeint ist der vererbbare Besitz an Grund und Boden einer Sippe. Verwandt ist das Wort Adel, welches zunächst nur die Abstammung einer Sippe bezeichnete, dann das Geschlecht selbst und schließlich den vornehmen Stand.

Paderborn

777 wurde Paderborn das erste Mal urkundlich erwähnt, als Karl der Große hier die erste fränkische Reisversammlung auf sächsischem Boden abhielt. Ein zweites wichtiges Ereignis fand 799 statt: Nachdem Papst Leo in Rom knapp einem Attentat entkam, reiste er nach Paderborn, um Karl den Großen um Hilfe zu bitten. Das ursprünglich vierteilige ›Paderborner Epos‹ beschreibt die Zusammenkunft. Auf der Basis dieses Treffens wurde ein Jahr später das ›Heilige Römische Reich‹ gegründet.

Paladin

Lateinisch *comes palatinus* oder *palatii*, im übertragenen Sinn ›treuer Gefolgsmann‹. In der mittelalterlichen Dichtung werden die Helden im Kreis Karls des Großen Paladine genannt.

pater noster

Das ›Vaterunser‹ in Latein

Reginum

Regensburg; die Wurzeln der Stadt am nördlichsten Punkt der Donau liegen in der Römerzeit. Kaiser Marcus Aurelius errichtete hier die Festung *Castra Regina*. Später wurde die kaum zu erobernde Festung zur Residenz eines neuen Stammes, nämlich der *baiuvarii* (Bayern). Die ersten baiuwarischen Herzöge aus dem Geschlecht der Agilolfinger übernahmen die Siedlung. Am Kreuzungspunkt wichtiger Verkehrsverbindungen gelegen, wurde Regensburg im Mittelalter zur Metropole eines europaweiten Fernhandels.

Rinhausen

Rinhusen oder Rheinhausen, Königshof im heutigen Düsseldorf, in dessen Schutz das Kloster Swidberthswerth aufgebaut worden sein soll.

Rute

altes deutsches Längenmaß, je nach Region etwa 3–5 m

Salland

Der Haupthof eines Anwesens, auf dem die Grundherren selbst oder ihre Meier lebten, hieß fränkisch *Sala*. Scheunen, Ställe, Küchen, Back- und Brauhäuser, Keltern, Mühlen, Frauenhäuser zum Spinnen und Weben sowie Wohnhäuser für das Gesinde umgaben die Bauten der Herren. Das dazugehörige Salland oder Herrenland wurde mit Hilfe der am Hofe ansässigen Unfreien und der zu Diensten verpflichteten Bauern bearbeitet.

Samoussy

Karlmanns Königspfalz und Sterbeort bei Laon. Die Mutter Karls und Karlmanns ›Bertrada von Laon‹ residierte in unmittelbarer Nähe. Der Name bedeutet soviel wie ›Villa am Wasser‹ (moussy = ›sich spiegelnd‹)

Die Architektur scheint ein Rückgriff auf die Bauweise hellenistischer oder römischer Herrscherpaläste gewesen zu sein. Ein vergleichbarer Aufbau ist in der bedeutenderen Pfalz Ingelheim zu finden.

Sarazenen

griechisch *sarakenoi,* lateinisch *saraceni,* ›die unter dem Zelt leben‹. Der Name *Sarazenen* meinte ursprünglich nomadische Stämme, die sich in einem Gebiet vom heutigen Syrien bis Saudi Arabien ausbreiteten. Später galt er im Abendland allgemein für Araber, dann überhaupt für alle Moslems des Mittelmeergebiets.

Saxen

Einschneidige sächsische Haumesser, vermutlich später von den Wikingern übernommen. Die Messer wurden in Längen von 7,5 bis 75 cm gefunden. Sie besaßen schwere gerade Klingen mit breitem Rücken und wiesen eine Spitze auf, so dass sie auch als Stichwaffe dienen konnten. Funde in Skandinavien zeigen einen abgewandelten nach unten geschwungenen Klingenrücken.

Scurra

lateinisch für ›leichtfertiger Mensch‹, ›Narr‹, ›Possenreißer‹. Das heutige ›skurril‹ lässt sich vermutlich von diesem Wort ableiten.

In der Gesta Karoli magni erwähnt Notker einen scurra, welcher sich über die Ungerechtigkeit ausließ, dass Karl einem Verwandten seiner Gemahlin die Lehen entzog, sobald diese verstorben war: ›Nunc habet Uodalricus honores perditos in oriente et occidente, defuncta sua sorore.‹ Karl soll darauf in Tränen ausgebrochen sein und alles zurück gegeben haben.

Spelwip

Die Frau eines Spielmanns. Die Herkunft des Wortes *spel* oder *spil* ist unbekannt, es bewahrte jedoch seine Grundbedeutung von ›Tanz, tänzerische Bewegung‹ bis in die mittelhochdeutsche Zeit. Auch das altgermanische Substantiv *wip* oder wib ist unsicherer Herkunft, es wäre möglich, dass ›Weib‹ mit dem indogermanischen uei-b = drehen, umwinden, umhüllen in Zusammenhang steht und ursprünglich die umhüllte Braut bezeichnete.

Swidberthswerth

Suitbert, auch *Suicbert, Swidbert* genannt, war ein angelsächsischer Benediktinermönch, der 690 nach Südfriesland ausgesandt wurde, und sich um die Verkündigung des Glaubens zwischen Lippe und Ruhr bemühte. Anfängliche Erfolge wurden jedoch durch Einfälle der Sachsen zunichte gemacht. Pippin und dessen Gemahlin Plektrudis wiesen ihm eine Insel im Rhein beim heutigen Düsseldorf zu, wo er ein Kloster gründete. Diese wurde zunächst nach ihm *Swidberthswerth* benannt, erhielt aber später den Namen Kaiserswerth. Hier starb er im März 713.

Thingsplatz

Thing ist die nordgermanische Form von ›Ding‹, hier in der Bedeutung von Versammlung. In der germanischen und fränkischen Zeit war das *Thing* eine Gerichts- und Heeresversammlung, welche in regelmäßigen Zeitabständen abgehalten wurde, wobei allgemeine Erscheinenspflicht bestand. *Gebotenes Thing* wurde ursprünglich bei Bedarf einberufen, seit Karl dem Großen vierzehntäglich, wobei nur noch Gerichtsvorsitzender *(Zentenar)*, Schöffen und Parteien anwesend waren.

Tokken

Dokken, Tocken, Holzklotz: So wurden im Mittelalter alle Arten von Puppen bezeichnet. Bis heute existiert das Wort z. B. in Nürnberg als *Dock'n Gäßla,* eine Gasse in der vermutlich Spielzeuge verkauft wurden und lebt in der schwedischen Sprache als *dockteate*r für ›Puppentheater‹ weiter.

Nach archäologischen Funden kann man davon ausgehen, dass bewegte Figuren schon vor unserer Zeitrechnung zu religiösen und zeremoniellen Feiern genutzt wurden. Die Theaterform mit dramatischer Handlung entwickelte sich hingegen erst später. Da die Figuren mit schwindender religiöser Funktion auch allgemein an Bedeutung verloren, sind die Quellen hierzulande rar.

Im asiatischen Raum entwickelte sich das Schattentheater, und als Ursprungsraum für das Handpuppentheater wird Persien angenommen. Gliederpuppen waren bereits im antiken Griechenland bekannt. Aristoteles beschrieb eine Figur, die den Kopf drehen, den Nacken, die Glieder und sogar die Augen bewegen konnte. Platon verwendete in seinen Schriften das Bild von der an Fäden gezogenen Puppe als Symbol für menschliche Abhängigkeit. Das französische Wort *Marionette* taucht in Deutschland erst im 17. Jahrhundert auf. Es ist vermutlich wie *Marotte* (das Narrenzepter) eine Verkleinerungsform des Namens Maria und bezeichnete ursprünglich eine kleine Heiligenfigur.

Erst nach den Kreuzzügen findet man in unserem Kulturkreis erste Abbildungen von Spielfiguren, was allerdings nicht heißen muss, dass diese Theaterform nicht schon vorher vereinzelt aufgetaucht sein kann. Die bisher älteste Darstellung eines Puppenspiels stammt aus der Zeit um 1160 und findet sich im *Hortus deliciarum* der Äbtissin Herrad von Landsberg. Die nächste Abbildung ist erst wieder als Randverzierung im Alexanderlied um 1344 zu sehen, es handelt sich um eine Possenburg, ein Handpuppentheater mit Zuschauern. Beide Handschriften gehen im Text nicht auf die Theaterform ein, da sie vermutlich inzwischen zwar allgemein bekannt, aber nach wie vor unbedeutend war.

Villa

Der ganze bebaute Boden mit Wald, Weide usw. hieß bei den Franken lateinisch *villa*, und deutsch *marka*. Er enthielt in der Mitte den Sitz des Freien, die Sale (siehe → Salland) mit umliegender *huobe* (siehe → Hufe)

Waräger

Altnordisch für ›Eidgenossen‹. Waräger nannte sich eine Gruppe schwedischer Normannen, die in osteuropäische Stromgebiete eindrang, u. a. in Kiew (Kiewer Rus) siedelte und den Handel des Umlandes kontrollierte. Finnen, Balten und Slawen gerieten unter ihre Tributherrschaft. Auf der Wolga und über das Schwarze Meer gelangten die Waräger bis nach Byzanz und brachten vermutlich von dort Mitte des 9. Jahrhunderts das Christentum nach Kiew.

Waskonen

Waskonen, Wascones, Vaskonen: lateinischer Name für Basken.